Wolfgang Hohlbein

DIE TOCHTER DER MIDGARDSCHLANGE

WOLFGANG HOHLBEIN

DIE TOCHTER DER MIDGARDSCHLANGE

Roman aus der Welt
der Asgard-Saga

BAUMHAUS VERLAG

Mix
Produktgruppe aus vorbildlich bewirtschafteten Wäldern und anderen kontrollierten Herkünften
FSC
www.fsc.org Zert.-Nr. GFA-COC-001278

Erschienen und lieferbar bei BASTEI LÜBBE
ist auch der Roman aus der Asgard-Saga von Wolfgang Hohlbein: THOR
Mehr unter www.asgard-saga.com und www.hohlbein.de

Baumhaus Verlag GmbH, Köln
Originalausgabe

Umschlaggestaltung: © Guter Punkt, München unter Verwendung von Motiven von Shutterstock (Mond/Feuer), iStockphoto (Frau) und Stockxchng (Burg/Steinrand)
Satz: Dörlemann Satz, Lemförde
Gesetzt aus der GoudyOldStyle
Druck und Einband: CPI – Ebner & Spiegel, Ulm

Printed in Germany
ISBN 978-3-8339-3901-3

5 4 3 2 1

Sie finden uns im Internet unter: www.baumhaus-verlag.de
Bitte beachten Sie auch: www.lesejury.de

Die Festung brannte wie eine riesige Fackel. Dabei sollte sie doch eigentlich unbesiegbar sein.

Wenigstens war Katharina im festen Glauben an die Unbezwingbarkeit von Burg Ellsbusch aufgewachsen, und noch vor einer Stunde hätte keine Macht des Himmels und der Erde ihren Glauben an diese Unbesiegbarkeit erschüttern können. Burg Ellsbusch war das gewaltigste Bauwerk, das sie jemals gesehen hatte, und sie vermutete sogar, das gewaltigste des ganzen Landes, wenn nicht gar der ganzen Welt. Allein der riesige Donjon mit seinen vier Stockwerken maß gut und gerne zehn Manneslängen, und die Palisadenwand, die die Hügelkuppe umgab, war beinahe halb so hoch. Graf Ellsbusch hatte eine Armee von zwei Dutzend Männern ständig unter Waffen, mächtige Krieger mit Kettenhemden, Helmen und Schwertern, und obwohl Katharina gehört hatte, dass manche der Fürsten im Osten über noch größere Heere und reichere Ländereien mit mehr Leibeigenen geboten, so hatte doch zweifellos keiner von ihnen etwas wie Burg Ellsbusch, die mit ihrer doppelten Palisadenwand und den vier mächtigen hölzernen Wachtürmen das Land in weitem Umkreis beherrschte und sowohl seinen als auch den Bewohnern des gleichnamigen Dorfes Sicherheit und Schutz vor jeder nur vorstellbaren Gefahr bot. Selbst der schlimme Sturm, den Gott im vergangen Winter geschickt hatte, um die Menschen im Dorf für ihr ausschweifendes Leben und ihre

Missachtung seines Willens zu bestrafen und der jedes dritte Haus im Dorf zerstört und selbst die aus festem Stein erbaute Kirche beschädigt hatte, hatte dieser gewaltigen Festung nichts anhaben können.

Jetzt aber hatte sich Burg Ellsbusch in einen gewaltigen Scheiterhaufen verwandelt, dessen Flammen hoch genug zu schlagen schienen, um den Himmel selbst zu versengen. Vor wenigen Augenblicken erst war der Donjon mit einem Getöse zusammengebrochen, das noch bis ins Dorf hinunter zu hören gewesen sein musste, und einen Funkenschauer speiend, der einfach nicht aufhören wollte zu wachsen, bis es aussah, als wäre das ganze Firmament durchlöchert, und als regne Feuer aus unzähligen Nadelstichen.

Vielleicht hatten Himmel und Hölle ja ihren Platz getauscht, dachte Katharina, und dieser Feuerregen würde nie mehr aufhören, sondern immer nur noch schlimmer und schlimmer werden, bis er am Schluss die ganze Welt in Brand gesetzt hätte. Und vielleicht würde auch diese Nacht nie wieder enden, weil es in Wahrheit gar keine Nacht war, sondern der Beginn des Jüngsten Tages, von dem Vater Cedric erzählt hatte.

Und das alles war ihre Schuld.

Als wenn aus diesem schrecklichen Gedanken Gewissheit werden sollte, taumelte in diesem Moment eine brennende Gestalt auf sie zu, kein Mensch, sondern ein Dämon aus den tiefsten Tiefen der Hölle, vielleicht sogar der Teufel selbst, der gekommen war, um sie für ihr schreckliches Tun zu bestrafen. Katharinas Herz setzte aus, um dann rasend schnell und so laut in ihrer Brust weiterzuhämmern, dass es sich wie der dröhnende Hufschlag eines ganzen Dutzends durchgehender Pferde anhörte. Angst schnürte ihr die Kehle zu wie eine eisige Hand, größere und schlimmere Angst, als sie je zuvor in ihrem ganzen Leben gespürt hatte. Sie lähmte sie, sodass sie einfach reglos stehenblieb und der lodernden Gestalt entgegensah. Wozu sollte sie auch weglaufen, wo es doch der Teufel persönlich war, der kam, um sie zu holen?

Die Gestalt torkelte weiter auf sie zu, schreiend und mit den Armen wedelnd wie ein brennender Engel, der seine Flügel entfaltete, und sie konnte die Hitze spüren, und in ihre Nase stieg der schreckliche Geruch von brennendem Haar und schmelzendem Fleisch.

Nur einen halben Atemzug, bevor diese grausame Gestalt sie erreichte und mit ihren grässlichen brennenden Armen umschlingen konnte, tauchte eine zweite Gestalt wie aus dem Nichts neben ihr auf, sprang sie an und riss sie mit solcher Gewalt von den Füßen, dass sie aneinandergeklammert zu Boden stürzten und sich ein halbes Dutzend mal überschlugen.

Katharina prallte so heftig gegen einen verkohlten Balken, dass ihr auch noch das letzte bisschen Luft aus den Lungen gepresst wurde und sie benommen liegen blieb.

Als ihre Sinne zurückkehrten, taten sie es mit der Wucht eines Fausthiebes, aber der gegenteiligen Wirkung. Von einem Atemzug auf den anderen nahm sie ihre Umgebung mit schon beinahe unnatürlicher Klarheit und Schärfe war, als versuchten ihre Sinne ihr Fehlen von gerade eben nun mit um so größerer Emsigkeit wieder wettzumachen. Sie hörte das Prasseln und Brüllen der Flammen, Schatten und grelles rotes und gelbes Licht führten einen immer schneller werdenden Veitstanz rings um sie herum auf, und da war ein Chor gellender Schmerz- und Todesschreie überall. Der Dämon war immer noch da, nur dass es kein Dämon war, sondern etwas viel Schlimmeres: Einer von Graf Ellsbuschs Soldaten, dessen Kleider und Haut Feuer gefangen hatten und der nun nur wenige Schritte neben ihr auf die Knie sank, durch ein grausames Schicksal immer noch am Leben, und immer noch vor Qual schreiend, obwohl er doch mit jedem Atemzug pures Feuer einatmete, das seine Lungen weiter verbrannte.

Und auch das war ihre Schuld, dachte sie entsetzt. Nichts *von alledem* wäre geschehen, hätte sie ihre Pflicht erfüllt und wäre nicht –

Eine Hand packte sie an der Schulter und riss sie nicht nur so grob auf die Füße, dass ihre Zähne aufeinanderschlugen und zu schmerzen begannen, sondern auch endgültig in die Wirklichkeit zurück. Hitze und Lärm nahmen noch einmal zu und steigerten sich zu einem irrsinnigen Crescendo, und erst jetzt erkannte sie den Mann, der sie von den Beinen gerissen und ihr damit vermutlich das Leben gerettet hatte. Auch wenn sein Gesicht so mit Blut und Ruß besudelt war, dass er kaum noch Ähnlichkeit mit sich selbst zu haben schien.

»Herr!«, rief sie erschrocken. »Ihr –«

Graf Ellsbusch versetzte ihr einen Stoß vor die Brust, der sie um ein Haar schon wieder zu Boden geschleudert hätte. »Was tust du hier, Junge?«, fuhr er sie an. »Bist du verrückt? Willst du, dass sie dich umbringen?«

»Herr!«, stammelte Katharina noch einmal. Ihre Augen füllten sich schlagartig mit Tränen, von denen sie sich vergeblich einzureden versuchte, dass sie nur von Hitze und Qualm stammten. »Bitte … bitte verzeiht mir! Ich wollte das alles nicht, und –«

Graf Ellsbusch hörte ihr gar nicht zu, sondern ergriff sie nur noch fester am Arm und zerrte sie einfach mit sich; während er so schnell losrannte, dass Katharina alle Mühe hatte, nicht schon wieder von den Beinen gerissen zu werden. »Weg hier!«, keuchte er. »Schnell! Bleib hinter mir, Junge, ganz egal was passiert!«

Katharina hätte auch gar nichts anderes tun können, selbst wenn sie es gewollt hätte, denn Ellsbusch zerrte sie unbarmherzig weiter hinter sich her. Katharina hätte nicht einmal genau sagen können, in welche Richtung.

Wohin sie auch blickte, brannte es. Die Luft war so heiß, dass das Atmen wehtat, und es fiel ihr immer schwerer, klar zu sehen. Hinter ihnen erscholl ein gewaltiges Poltern und Krachen, als auch noch der Rest des Donjon zusammenbrach und sich endgültig in einen gewaltigen Scheiterhaufen verwandelte, ein riesiges glühendes Grab für die unglückseligen Männer, die den Fehler begangen hatten, sich auf den vermeintlichen Schutz seiner Wände zu verlassen. Und auf sie.

Graf Ellsbusch stieß plötzlich ein erschrockenes Keuchen aus, machte einen raschen Schritt zur Seite und duckte sich hinter die qualmenden Reste eines zweirädrigen Karrens, der auf die Seite gefallen war. Der Esel, der ihn gezogen hatte, war noch angespannt und lag tot daneben, von gleich vier Pfeilen getroffenen, deren abgebrochene Schäfte noch aus seinem Hals und seiner Flanke ragten. Der Anblick versetzte Katharina einen neuerlichen tiefen Stich, denn sie selbst hatte den Karren am Tag zuvor beladen und hier heraufgebracht.

Sie hatte jetzt kaum noch die Kraft, die Tränen zurückzuhalten. War denn wirklich alles, was sie berührte, zum Untergang verdammt?

»Still!«, zischte Graf Ellsbusch, obwohl sie weder etwas gesagt noch den geringsten Laut von sich gegeben hatte. »Wenn sie uns sehen, sind wir tot!« Seine Stimme klang rau von all dem Rauch, den er eingeatmet hatte, und bebte vor Anstrengung.

War das Angst, was sie darin hörte?, dachte Katharina. Aber das war unmöglich! Er war der Herr von Burg Ellsbusch, ihr aller Beschützer, der nichts und niemanden fürchtete!

Aber vielleicht galt das ja nur für die Gefahren dieser Welt. Die Festung jedoch wurde von Dämonen gestürmt, die direkt aus der Hölle kamen. Vater Cedric hatte Recht gehabt, dachte sie entsetzt. Das Jüngste Gericht stand bevor, und die Hölle hatte ihre Tore geöffnet, um ihre schlimmsten Dämonen auf die Menschen loszulassen. Sie konnte sie sehen, ein gutes halbes

Dutzend von ihnen, die sich vor dem gewaltsam aus den Angeln gerissenen Tor versammelt hatten und brüllten und kreischten, mehr als mannsgroße, struppige Riesen, so groß und scheinbar schwerfällig wie Bären, aber tausendmal gefährlicher. Sie hatten Waffen und Helme, und einige von ihnen schienen auch Hörner zu haben. Katharina war sich nicht sicher, ob sie das Peitschen eines Schwanzes sah, oder nur einen flatternden Mantel, doch ihre Stimmen waren ganz eindeutig die von Dämonen; guttural, laut und bellend konnten sie unmöglich aus menschlichen Kehlen stammen. Katharina begann zu weinen.

»Ich weiß, dass du Angst hast, Junge«, sagte Ellsbusch. »Ich habe auch Angst. Aber wir müssen still sein. Wenn sie uns sehen, bringen sie uns um!«

»Das … das ist es nicht, Herr«, stammelte Katharina. »Es ist meine Schuld. Das … das alles ist nur passiert, weil ich –«

»Red nicht so einen Unsinn«, unterbrach sie der Edelmann, im Flüsterton, aber scharf. »Wenn überhaupt, dann ist es die dieses verdammten Pfaffen, der …« Er sprach nicht weiter, sondern presste die Lippen zu einem schmalen Strich zusammen, der in seinem rußgeschwärzten Gesicht wie ein dünner Schnitt wirkte. Katharina sah erst jetzt, dass sein Wappenrock und auch das schwere Kettenhemd darunter zerrissen waren. Blut sickerte durch das Geflecht aus winzigen metallenen Ringen und ließ den Wappenrock dunkel und schwer werden.

»Gut«, sagte er schließlich. »Dafür ist später noch Zeit … falls wir dann noch leben. Du musst mir helfen, Junge. Kannst du reiten? Und kennst du den Weg zu Burg Pardeville?«

Katharina schüttelte den Kopf, was als Antwort auf beide Fragen galt. Sie fragte sich, ob sie Ellsbusch sagen sollte, dass sie gar kein *Junge* war … aber welchen Unterschied hätte das schon gemacht?

Und sie wäre auch gar nicht dazu gekommen. »Dann wirst du es lernen«, sagte Ellsbusch grimmig. »Und der Weg zur Burg ist ganz einfach. Drei Stunden die Küste entlang, und wenn du daran denkst, dass diese Kerle hinter dir her sein könnten, schaffst du es wahrscheinlich in zwei. Aber zuerst müssen wir hier raus, ohne dass sie uns sehen.« Einen Moment lang blickte er wieder zu der Dämonenhorde vor dem Tor. Sie brüllten und schnatterten noch immer wild durcheinander. Vielleicht hatten sie ja Gefangene gemacht, dachte Katharina schaudernd, und beratschlagten jetzt über die schrecklichsten Foltermethoden, um sie möglichst qualvoll vom Leben zum Tode zu befördern.

»Gut«, murmelte Graf Ellsbusch schwer atmend. »Komm mit. Bleib immer dicht hinter mir. Und keinen Laut, ganz egal, was auch passiert, hast du das verstanden?«

Katharina nickte stumm, und Graf Ellsbusch sah noch einmal kurz zu der schnatternden Dämonenhorde hin und huschte dann geduckt los – zu Katharinas Entsetzen nicht zum Ausgang, sondern zurück in die Richtung, aus der sie gekommen waren. Katharina vermied es, den Leichnam des Mannes anzusehen, der gerade vor ihren Augen verbrannt war, aber das fettige Prasseln und Zischen der Flammen und der grässliche Geruch drangen trotzdem zu ihr durch.

Geschickt jeden Schatten und jedes noch so kleine Hindernis als Deckung nutzend, führte sie Graf Ellsbusch um den zusammengebrochenen Donjon herum zu einem kleinen Schuppen auf der anderen Seite. Mehrmals mussten sie reglosen Körpern ausweichen und einmal sogar darüber hinwegsteigen, um nicht in das verräterische Licht der Flammen zu geraten. Die Spuren der Kämpfe waren hier nicht ganz so schlimm wie auf der anderen Seite, aber dennoch unübersehbar – überall brannte und schwelte es, Funken erfüllten die Luft wie Schwärme aus unzähligen glühenden Insekten, und das Atmen geriet mit jedem Moment mehr zur Qual. Auch der Schuppen, zu dem Ellsbusch sie führte, war nicht unbeschädigt geblieben. Sein Strohdach war weggebrannt, und gleich hinter der Tür trat sie in eine klebrige Pfütze, die nach heißem Blut stank. Es war so dunkel, dass man nicht einmal mehr die sprichwörtliche Hand vor Augen sehen konnte, und es verging eine Weile, in der Ellsbusch gedämpft und hektisch in der Dunkelheit hantierte, bevor er zurückkam und Katharina unsanft am Arm packte und in die Schwärze hineinzerrte. Verbranntes Holz schrammte über ihren Nacken und den schmerzenden Rücken, und ein gutes Stück musste sie auf Händen und Knien kriechen, und das durch so vollkommene Dunkelheit, dass ihr Herz noch schneller schlug und die Angst fast übermächtig wurde.

Gerade als sie glaubte, es nun gar nicht mehr auszuhalten, waren sie hindurch, und es wurde wieder hell. Rotes Licht hüllte sie ein, aber auch ein neuerlicher Funkenschwarm, der sich auf ihr Haar und jedes Fleckchen ungeschützte Haut herabsenkte und wie mit tausend winzigen glühenden Zähnen hineinbiss.

Sie waren jetzt außerhalb der inneren Palisade. Der Himmel über ihnen loderte noch immer in einem düsteren Höllenrot, und der Gestank nach brennendem Holz und verschmortem Fleisch war überwältigend. Zu Angst und Schmerzen und allem anderen gesellte sich jetzt auch noch Übelkeit, die in Wellen aus ihrem Magen emporstieg, und unter ihrer Zunge sammelte sich saurer Speichel, und das beinahe schneller, als sie ihn herunterschlucken konnte.

»Spuck es aus«, sagte Ellsbusch. »So machst du es nur schlimmer.«

Katharina sah ihn einen Moment lang irritiert an. Las Ellsbusch ihre Gedanken?

Sie gehorchte widerwillig und stellte zu ihrer Überraschung fest, dass es tatsächlich half. Die Übelkeit verschwand nicht, wurde aber wenigstens nicht noch schlimmer.

»Hör mir zu, Junge«, fuhr Graf Ellsbusch fort. »Das ist jetzt wichtig! Lauf ins Dorf hinunter. Besorg dir ein Pferd oder meinetwegen einen Esel und reite zu Burg Pardeville. Sag dort Bescheid, was hier geschehen ist. Sie sollen alle Männer zusammentrommeln, die sie finden können, und herkommen! Kannst du dir das merken?«

Katharina nickte zwar, aber sie versuchte jetzt erst gar nicht mehr, die Tränen zurückzuhalten. Sie fühlte sich unbeschreiblich elend. »Wollt Ihr mir wirklich noch einmal vertrauen, Herr?«, brachte sie irgendwie heraus.

Ellsbusch runzelte die Stirn, legte den Kopf auf die Seite und sah sie auf eine neue Art an. »Du bist aus dem Dorf, nicht wahr?«

Katharina nickte. Wie konnte es sein, dass Graf Ellsbusch sie nicht erkannte, wo er sie doch selbst vor wenigen Stunden erst zur Wache eingeteilt und die Katastrophe damit zumindest indirekt selbst ausgelöst hatte?

»Wir reden später über alles«, fuhr er fort. »Aber nun komm! Uns rennt die Zeit davon!«

Wahrscheinlich wollte er nicht darüber reden, dachte Katharina, weil er sich wohl selbst einen Teil der Schuld gab. Geduckt und ein wenig humpelnd huschte er los, und Katharina folgte ihm.

Von der nahezu totalen Zerstörung, der Burg Ellsbusch anheimgefallen war, war hier draußen kaum etwas zu sehen. Das äußere Tor stand weit offen, aber die Palisade selbst war vollkommen unversehrt. Ohne die beiden erschlagenen Wachen neben dem Tor wäre der Anblick beinahe friedlich gewesen.

Um so gefährlicher war es, den Raum zwischen den beiden Palisaden zu überwinden. Der Boden war so abschüssig, dass es sie ihr gesamtes Geschick kostete, sich auf den Beinen zu halten. Zu allem Überfluss wuchs dort nasses Gras, was den Boden kaum weniger schlüpfrig als Schmierseife werden ließ. Und es gab nicht die geringste Deckung. Wenn sich auch nur einer der Dämonen zu ihnen herumdrehte, dann *musste* er sie einfach sehen.

Doch sie hatten Glück. Gott und das Schicksal – oder einfach nur der Zufall – waren ausnahmsweise auf ihrer Seite. Sie erreichten das Tor unbehelligt und huschten hindurch, und Ellsbusch schubste sie unsanft in den schwarzen Schlagschatten neben dem Tor. Katharina hörte ein gedämpftes Scharren, als er sein Schwert zog.

»Du hast alles verstanden, was ich dir gesagt habe?«

Katharina nickte, und Ellsbusch wedelte ungeduldig mit seinem Schwert. »Lauf los! Ich bleibe hier und sehe, ob noch ein paar von meinen Männern am Leben sind. Vielleicht können wir sie aufhalten, bis Pardeville mit seinen Soldaten hier ist!«

Vielleicht hätte er noch mehr gesagt, doch er kam nicht mehr dazu, denn plötzlich spie die Dunkelheit hinter ihm einen riesigen struppigen Schatten aus, der sich unverzüglich auf ihn warf. Ein tierisches Brüllen erklang, und das rote Licht vom Himmel spiegelte sich auf der Schneide einer gewaltigen doppelklingigen Axt. Ellsbusch registrierte die Gefahr im allerletzten Moment, fuhr herum und riss das Schwert in die Höhe, doch er war nicht schnell genug. Mit einem grässlichen Knirschen grub sich die Axt tief in seine Schulter, und aus dem überraschten Keuchen des Burgherrn wurde ein gequälter Schrei. Er brach in die Knie, aber sein Schwert bewegte sich weiter und durchbohrte den Unterleib des Angreifers. Der Dämon grunzte überrascht, ließ seine Axt los und stolperte zwei oder drei Schritte zurück, bevor er langsam in die Knie ging und dann auf die Seite fiel.

Auch Graf Ellsbusch stürzte, rollte mit einem dumpfen Stöhnen auf die Seite und presste die Hand auf die klaffende Wunde in seiner Schulter. Blut sprudelte wie rot gefärbtes Wasser zwischen seinen Fingern hervor, und er presste die Kiefer so fest aufeinander, dass Katharina seine Zähne knirschen hörte.

Mit einem einzigen Satz war sie neben ihm und auf den Knien. »Herr!«, keuchte sie. »Um Gottes willen! Was ist denn mit –?«

»Geh!«, stöhnte Ellsbusch. »Tu was … ich dir gesagt … habe!«

Katharina beugte sich nur weiter über ihn, griff nach seiner Schulter und prallte entsetzt zurück, als Ellsbusch vor Schmerz aufschrie und sich wand. Verzweiflung ergriff sie, und sie fühlte sich so hilflos, dass es beinahe körperlich wehtat.

»Geh!«, wimmerte Ellsbusch. »Warne … die anderen!«

Und endlich schüttelte Katharina ihre Starre ab, sprang auf und rannte los, so schnell sie nur konnte.

Im allerersten Moment stürmte sie einfach blindlings drauflos, ganz egal in welche Richtung, nur fort von diesem Ort des Schreckens und tiefer hinein in die beschützende Dunkelheit. Mindestens ein halbes Dutzend mal stolperte sie über ein Hindernis, das sie in der Dunkelheit zu spät sah, und zweimal stürzte sie, rappelte sich aber sofort wieder auf und stolperte weiter.

Der dritte Sturz schließlich war so hart, dass eine Woge aus reinem Schmerz hinter ihren Augen explodierte und sie beinahe das Bewusstsein verloren hätte.

Vielleicht geschah es sogar, denn als sie wieder imstande war, mehr als Schmerzen und das rasende Hämmern ihres Pulsschlags wahrzunehmen, spürte sie, dass Zeit vergangen war, auch wenn sie nicht sagen konnte, wie viel. Stöhnend setzte sie sich auf, fuhr sich mit dem Handrücken durch das Gesicht und registrierte erschrocken das warme Blut, das sie sich über Stirn und Wange schmierte. Sie musste sich verletzt haben.

Dann durchfuhr sie ein heißer Schrecken, als sie begriff, dass es Graf Ellsbuschs Blut war, dessen klebrige Wärme sie auf dem Gesicht spürte, nicht ihres.

War er tot? Ein Teil von ihr weigerte sich einfach, diesen Gedanken auch nur zu denken, denn der Herr von Burg Ellsbusch *konnte* nicht sterben, nicht ein so mächtiger Krieger, der siegreich aus zahllosen Schlachten heimgekehrt und sicher schon schlimmer verwundet worden war. Aber da war auch all das

Blut an ihren Händen, und sie konnte auch das schreckliche Geräusch einfach nicht vergessen, mit dem die Axt des Dämons seine Schulter gespalten hatte …

Sie schüttelte den Gedanken ab, setzte sich weiter auf und wischte sich die Hände im Gras sauber, so gut sie konnte, bevor sie ganz aufstand und sich umsah, um sich zu orientieren.

Katharina erschrak, als sie sah, wie nahe sie der brennenden Burg noch war. Ihr Gefühl wollte ihr weismachen, dass sie meilenweit gerannt war, doch in Wahrheit hatte sie kaum den Hügel hinter sich gelassen, auf dem Burg Ellsbusch thronte – oder um genauer zu sein: *loderte.* Von hier aus betrachtet gab es keinerlei Ähnlichkeit mehr mit dem Inbegriff von Stolz und Wehrhaftigkeit, als die sie die Burg zeit ihres Lebens gesehen hatte. Die Flammen griffen jetzt immer schneller um sich und hatten inzwischen auch von der Palisadenwand Besitz ergriffen, und Katharina wurde mit einem Gefühl sonderbar benommenen Schreckens klar, dass Burg Ellsbusch nicht mehr existierte. Falls die Sonne noch einmal aufging, würde ihr Licht nicht mehr als einen brandgeschwärzten Hügel bescheinen.

Und vielleicht ihren eigenen Leichnam, wenn sie nicht bald verschwand.

Katharina erinnerte sich an Graf Ellsbuschs letzte Worte, und plötzlich wurde ihr klar, dass ihr der Herr von Burg Ellsbusch nicht einfach nur einen Auftrag erteilt, sondern ihr eine Möglichkeit gegeben hatte, ihren schrecklichen Fehler wiedergutzumachen. Sie musste Lord Pardeville und seine Soldaten alarmieren, und vor allem das Dorf warnen. Wenn die Dämonen diese gewaltige Burg einfach überrannt hatten, welche Chance hatten dann die ahnungslosen Dorfbewohner?

Katharina blieb noch einen Moment mit geschlossenen Augen stehen und lauschte, aber alles, was sie hörte war das Prasseln der Flammen und die mannigfaltigen Geräusche des Waldes, der am Fuße des Hügels begann. In ihrer Panik war sie in die falsche Richtung gerannt, sodass sie ein gutes Stück auf ihrer eigenen Spur zurückgehen musste, bevor sie den Weg erreichte. Wenn sie dem Weg durch den Wald folgte, das wusste sie, dann würde sie das Dorf in einer guten halben Stunde erreichen; schneller, wenn sie rannte. Aber alles in ihr warnte sie davor. Die Dämonen mochten grausam sein, aber sie waren gewiss nicht dumm. Wenn sie sich entschieden, auch das Dorf anzugreifen – was Graf Ellsbusch angenommen zu haben schien –, dann war die Gefahr einfach zu groß, ihnen geradewegs in die Arme zu laufen. Geradewegs durch das Unterholz wäre die Strecke kürzer, aber das Gestrüpp war so dicht und das Gelände so unwegsam, dass sie mindestens doppelt so lange brauchen würde, um das Dorf zu erreichen.

Sie entschloss sich zu einem Kompromiss, indem sie zwar dem Fuhrweg gerade noch in Sichtweite folgte, trotzdem aber durch den Wald ging, und sie war noch nicht lange unterwegs, als sie Geräusche hörte und anhielt und sich im nächsten Moment zu ihrer eigenen Umsicht beglückwünschte, denn sie hatte ihr mit großer Wahrscheinlichkeit das Leben gerettet.

Es waren Dämonen, mindestens ein halbes Dutzend, wenn nicht mehr, die ihr zu ihrem Entsetzen aus Richtung des Dorfes entgegenkamen. Katharina erstarrte für einen Moment, ließ sich dann auf beide Hände und ein Knie herabsinken und erstarrte nicht nur endgültig zur Reglosigkeit, sondern stellte sogar das Atmen ein, während die Gruppe an ihr vorbeizog. Es waren sieben, wie sie jetzt erkannte, und hätte sie überhaupt noch Zweifel gehabt, so hätte ihr spätestens dieser Anblick bewiesen, dass es sich tatsächlich um Dämonen handelte. Jeder einzelne von ihnen war ein Riese, mindestens eine Handspanne größer als ein Mensch, wenn nicht mehr. Sie waren unglaublich massig, wie Bären, aber viel bedrohlicher, und hatten struppiges Fell, das wie Draht von ihren Leibern abstand. Mindestens zwei von ihnen hatten tatsächlich Hörner, und alle waren mit bizarren Waffen ausgestattet: Schwertern – natürlich – aber auch Beilen, schrecklichen Stachelkeulen und anderen, ihr vollkommen unbekannten Waffen, die einfach nur erschreckend aussahen. Auch ihre Stimmen waren eindeutig nicht die von Menschen. Katharina hörte etwas, das wie ein raues Lachen klang, ihre Seele aber wie ein Hauch aus der Hölle berührte.

Erst, als die Dämonenhorde an ihr vorbeigegangen und schon fast außer Hörweite war, wagte es Katharina, wieder zu atmen und einen weiteren Moment darauf – vorsichtig – aufzustehen. Ihr Herz hämmerte so laut, dass die Dämonen es eigentlich hätten hören müssen, und auf ihrer Zunge war plötzlich der bittere Geschmack der Niederlage; wieder einmal.

Ihre Gedanken überschlugen sich. Die Dämonen waren aus Richtung des Dorfes gekommen. Was, wenn sie schon dort gewesen waren?

Katharina versuchte sich damit zu beruhigen, dass es keinen Grund dafür gab. Die Menschen im Dorf lebten ein gottesfürchtiges Leben, ganz egal, was Vater Cedric auch Sonntag für Sonntag von seiner Kanzel predigte. Gott hatte keinen Grund, sie so zu bestrafen.

Aber sie hatte sie *gesehen.*

Sie rang noch einen Moment lang mit sich selbst (genauer gesagt mit ihrer Angst), ging dann wieder zum Weg zurück und rannte los, kaum dass sie aus dem Unterholz heraus war, das wie mit tausend dürren dornigen Fingern an ihrem Haar und ihren Kleidern zerrte. Vielleicht lief sie auf diese Weise den Dämonen direkt in die Arme und starb, aber vielleicht gewann sie so auch genau die wenigen kostbaren Augenblicke, die über Leben und Tod des gesamten Dorfes entschieden.

Sie beschloss, ihr Schicksal endgültig in Gottes Hand zu legen und das Risiko einzugehen, und rannte los.

*

Das Dorf lag ein Stück landeinwärts hinter der Burg. Früher einmal hatte es direkt am Wasser gelegen, sodass man mit nur wenigen Schritten das Ufer erreichen konnte, was sehr praktisch gewesen war, hatten seine Bewohner damals doch hauptsächlich vom Fischfang gelebt. Aber das war so lange her, dass sich selbst die Alten im Dorf kaum noch daran erinnerten. Die Fische waren nach und nach weniger geworden, und die Menschen hatten angefangen, Felder anzulegen und Vieh zu züchten. Schließlich, nachdem das Dorf dreimal hintereinander von Hochwasser und Stürmen heimgesucht worden war, die nicht nur großen Sachschaden angerichtet, sondern sogar Menschenleben gefordert hatten, waren seine Bewohner kurzerhand mit Sack und Pack eine gute Meile weiter landeinwärts gezogen und hatten ihre Heimat dort wieder neu aufgebaut. Heutzutage lagen nur noch eine Handvoll kleiner Fischerboote hier, die meisten davon so vernachlässigt und heruntergekommen, dass es kaum noch jemand wagte, damit aufs Wasser hinaus zu rudern.

Und dann war da natürlich noch der Drache.

Katharina hatte nie wirklich an Drachen geglaubt. Die alten Geschichten und Märchen wimmelten von ihnen, und manchmal erzählten die Alten abends am Feuer von den Abenteuern, die sie erlebt hatten, als sie selbst jung gewesen waren; Abenteuer, die meist in fremden Ländern spielten und in denen manchmal auch Drachen und andere und noch viel absonderlichere Ungeheuer vorkamen. Noch bis zum vergangenen Abend war Katharina davon überzeugt gewesen, dass sie samt und sonders ausgedacht waren, nichts weiter eben als spannende Geschichten.

Aber das war gestern gewesen.

Seither hatte sie gesehen, wie eine Armee von Dämonen Burg Ellsbusch in Schutt und Asche gelegt und alle seine Bewohner erschlagen hatte, und nun blickte sie auf den Fluss hinab und sah einen leibhaftigen Drachen. Er war riesig, mindestens zehnmal so lang wie die kleinen Fischerboote, die er rücksichtslos zur Seite gedrängt hatte. Es war zu dunkel, um Einzelheiten zu erkennen, denn am Himmel waren schwere Wolken aufgezogen, als ertrügen selbst die Sterne den Anblick des Leides nicht mehr, das über die Menschen gekommen war.

Dennoch sah sie beinahe mehr, als ihr lieb war. Der Drache hatte einen schlanken, aber massigen Leib und unzählige dürre Beine, auf denen er sich im seichten Uferwasser niedergelassen hatte, aber er schlief nicht, wie man hätte meinen können, sondern hatte Hals und Kopf aufmerksam emporgereckt, und Katharina glaubte den Blick seiner unsichtbaren Augen regelrecht spüren zu können. Gewiss entging ihnen nicht die kleinste Bewegung, und ebenso zweifellos wartete das Ungeheuer nur darauf, eine Beute an Land zu erspähen, auf die es sich stürzen und die sie verschlingen konnte.

Katharina hatte sich diesen Aussichtspunkt nicht willkürlich ausgesucht. Das Ufer war hier nicht flach und allenfalls von einer kleinen Böschung gesäumt. Vor langer Zeit hatte sich der Fluss hier seinen Weg durch einen Berg gegraben, sodass eine bröckelige Steilküste entstanden war, an dieser Stelle beinahe hundert Ellen hoch. Aber Katharina war ganz und gar nicht sicher, dass sie der Drache nicht selbst hier oben erwischen würde, wenn sie unvorsichtig war oder gar ein verräterisches Geräusch verursachte.

Und wenn nicht er, dann das halbe Dutzend Dämonen, das neben ihm am Strand herumlungerte.

Katharina konnte nicht erkennen, was sie taten, aber der böige Wind trug manchmal den rauen Klang ihrer Stimmen zu ihr herauf, und sie hörte sie jetzt ganz eindeutig lachen. Sie hatten keine Furcht, und warum auch, mit einem solchen Ungeheuer auf ihrer Seite?

So behutsam, wie sie überhaupt konnte, schob sich Katharina rückwärts von der Kante zurück und stand erst auf, als sie ganz sicher war, vom Fluss aus nicht mehr gesehen werden zu können. Ihr Herz raste, und sie spürte erst jetzt, wie sehr ihre Knie zitterten und wie scharf jeder einzelne Atemzug in ihre Kehle schnitt. Der unglaubliche Anblick dort unten hatte sie ihre Erschöpfung für einen Moment schlichtweg vergessen lassen, aber Tatsache war, dass sie nur Halt gemacht hatte, weil sie einfach nicht weiter konnte. Sie war so schnell gerannt wie noch nie zuvor in ihrem ganzen Leben, aber eine halbe Meile vor dem Dorf hatten sie einfach die Kräfte verlassen, und so hatte sie den Drachen gesehen.

Drachen … Allein das Wort jagte ihr schon wieder einen eisigen Schauer über den Rücken, Drachen und Dämonen, die brandschatzten und mordeten. Was würde sie wohl noch erleben, bevor diese Nacht zu Ende ging? Sie war in eine Welt finsterer Wunder eingetreten, in der der Schrecken kein Ende mehr zu nehmen schien. Vater Cedric hatte Recht gehabt, dachte sie schaudernd. Es gab Dinge, die sich ein Mensch nicht einmal vorstellen konnte. Aber mussten es denn ausnahmslos *schlimme* Dinge sein?

Katharina schüttelte den Gedanken mit einiger Mühe ab, richtete sich vorsichtig auf und setzte ihren Weg fort, und immerhin erschienen keine Dämonen aus dem Nichts, um sie zu töten, und auch das Dorf empfing sie nicht mit neuen Schrecken, als sie es endlich erreichte. Wenigstens brannte es nicht, sondern lag dunkel und scheinbar friedlich unter ihr, als sie in Sichtweite kam. Nichts rührte sich. Zu ihrer maßlosen Erleichterung sah sie keine Dämonen, sie hörte keinen Schlachtenlärm, und nirgends brannte es. Tatsächlich war es vielleicht sogar *zu* still. Nicht einmal das ewige Licht in der Kirche brannte, obwohl Vater Cedric doch so sorgsam darauf achtete, den Docht der kleinen Öllampe niemals verlöschen zu lassen.

Etwas stimmte hier nicht.

Katharinas Schritte wurden langsamer, je näher sie dem ersten der Handvoll einfacher Gebäude kam. Es war still, viel zu still, selbst für diese fortgeschrittene Stunde. Nicht einmal aus den Ställen drang auch nur der geringste Laut an ihr Ohr. Ihr Herz klopfte.

Beinahe auf Zehenspitzen näherte sie sich dem ersten Haus, hielt vor der aus nur drei Stufen bestehenden Treppe noch einmal inne und legte dann behutsam die flache Hand auf die Tür. Quietschend schwang sie auf ihren ledernen Angeln nach innen, und vollkommene Dunkelheit und der Gestank nach Gewalt und Tod schlug ihr entgegen.

Da es das erste war, erschien ihr dieses Haus als das schlimmste, doch im Grunde unterschied es sich nicht von dem Dutzend weiterer Häuser, die sie der Reihe nach und fast akribisch durchsuchte. Es war überall dasselbe: Sie alle waren tot. Die Dämonen hatten keine Gnade walten lassen, weder Männern noch Frauen, noch Kindern oder Alten gegenüber. Selbst die Tiere waren den Schwertern und Keulen der höllischen Heerscharen zum Opfer gefallen. Sie war zu spät gekommen. Graf Ellsbusch hatte ihr aufgetragen, die Menschen hier zu warnen, und sie hatte zum zweiten Mal versagt. In diesem Dorf lebte nichts mehr.

Bitterkeit überkam sie, als sie aus dem letzten Haus trat und sich der gedrungenen steinernen Kirche im Zentrum zuwandte. Sie verstand jetzt, warum sie noch lebte. Gott hatte *gewollt*, dass sie all das hier sah. Zweifellos hatte er selbst den Dämon daran gehindert, sie zu töten, damit sie hierherkam und mit eigenen Augen sah, welch entsetzlichen Preis die Menschen hier für ihr Versagen bezahlt hatten. Die zweigeteilte Tür stand weit offen, und die Dunkelheit war hier drinnen nicht ganz so vollkommen wie in den meisten anderen Häusern, gab es doch auf jeder Seite drei schmale, aber sehr hohe Fenster, durch die das bleiche Nachtlicht hereinströmte. Auf jeden Fall war es hell genug, um sie erkennen zu lassen, was die Dämonen diesem heiligen Ort und vor allem seinem Beschützer angetan hatten. Der einfache hölzerne Altar war umgestürzt und zerstört, und das mehr als mannshohe Kreuz war umgefallen und lag auf dem Boden. Es sah irgendwie … falsch aus, aber erst, als Katharina es schon halb erreicht hatte, sah sie, warum.

Es war nicht nur das Kreuz, das auf dem Boden lag. Sein Herr und Beschützer lag mit ausgebreiteten Armen auf ihm, und Katharina konnte frisches Blut riechen und – als sie näher kam – ein gedämpftes Stöhnen hören. Dann, als sie noch näher kam, entrang sich auch ihren ein Lippen ein ähnlicher Laut, als sie sah, wie grausam die Dämonen den heiligen Mann bestraft hatten. Sie hatten ihn nicht mit Schwert oder Keule niedergestreckt, sondern das düstere Versprechen des Kreuzes wahr gemacht, indem sie seine Hände und Füße daran festgenagelt hatten.

»Oh mein Gott«, hauchte Katharina. Sie merkte nicht einmal, dass sie neben Vater Cedric auf die Knie sank und die Hände nach ihm ausstreckte, ohne dass sie indes den Mut aufbrachte, ihn wirklich zu berühren.

»Das … das wollte ich nicht!«, stammelte sie. »Vater, glaubt mir … das alles wollte ich nicht.«

Im ersten Moment war es, als hätte Vater Cedric sie gar nicht gehört. Er lag mit geschlossenen Augen da und stöhnte, begleitet von einem schrecklich rasselnden Atem. Dann jedoch drehte er mühsam den Kopf und sah Katharina an, und sein verschleierter Blick klärte sich.

»Du?«, brachte er mühsam hervor. »Du … lebst?«

Warum hatte sie das Gefühl, dass diese Worte vorwurfsvoll klangen? Und was war das, was sie in Vater Cedrics Augen las?

»Bitte vergebt mir, Vater«, stammelte Katharina. Ihre Kehle war wie zugeschnürt, und sie hatte jetzt nicht einmal mehr Tränen. »Sie … sie sind alle tot. Sie haben sie alle … alle erschlagen. Die Festung brennt, und Graf Ellsbuschs Männer sind alle tot. Und … und ich glaube, Graf Ellsbusch auch.«

»Du!«, keuchte Vater Cedric noch einmal »Du verdammtes, unglückseliges Kind! Warum …«

»Es tut mir so leid, Vater«, flüsterte Katharina. »Ich wollte das nicht. Bitte, glaubt mir!«

»Du!«, sagte der Priester zum dritten Mal, und diesmal klang es ganz eindeutig wie ein Fluch. »Gott verfluche den Tag, an dem du zu uns gekommen bist!« Und damit sank sein Kopf endgültig zurück, und sein Atem wurde flacher und verebbte schließlich ganz.

Nun war sie endgültig die letzte Überlebende.

Seltsam – der Schmerz, auf den sie wartete, kam nicht. Katharina begriff nur mit gnadenloser Klarheit, dass alles zerstört und jeder einzelne Mensch tot war, den sie jemals gekannt hatte. Und es war auch genau so, wie sie selbst gerade schon einmal gedacht hatte: dass sie selbst noch am Leben war, war keine Gnade, sondern die Strafe des unbarmherzigen Gottes, von dem ihr Vater Cedric zeit ihres Lebens erzählt hatte. Sie hatte gesehen, was ihre Fahrlässigkeit angerichtet hatte, und nun war es an ihr, es zu Ende zu bringen.

Ihr Blick fiel auf etwas Glitzerndes, das neben dem gekreuzigten Priester auf dem Boden lag. Es war ein Messer mit einem sonderbar fremdartig anmutenden Griff und einer langen, beidseitig geschliffenen Klinge, und sie streckte zögernd die Hand danach aus, führte die Bewegung aber nicht zu Ende. Selbstmord kam nicht infrage, denn das wäre eine der sieben Todsünden gewesen, und Katharina mutmaßte zu Recht, dass sie schon genug Schuld auf ihre Seele geladen hatte, dass es für die eine oder andere Ewigkeit der Verdammnis reichte.

Doch es gab noch einen anderen Weg.

Nachdem sie das Vaterunser gemurmelt hatte – das einzige Gebet, das sie kannte –, stand sie auf, verließ die Kirche und wandte sich in die Richtung aus der sie vorhin gekommen war. Selbst wenn die Dämonen nicht mehr unten am Strand waren, würde sie sich eben dem Drachen opfern und sich von seinem Feuer verbrennen lassen.

Sie musste nicht weit gehen. Katharina hatte das Dorf gerade erst ein paar Schritte hinter sich gelassen, als sie Hufschlag hörte, der rasch näher kam. Plötzlich war die Angst wieder da, und ein Teil von ihr wollte einfach herumfahren und davonrennen, so schnell sie nur konnte.

Stattdessen tat sie genau das Gegenteil und blieb stehen. Selbst wenn sie den Dämonen entkommen könnte – wohin sollte sie gehen? Es gab niemanden mehr, den sie kannte, und keinen Ort, wohin sie noch gehen konnte. Also kämpfte sie ihre Furcht nieder und wartete.

Der Hufschlag wurde lauter, und nur einen Moment später sah sie eine Anzahl Schatten, die rasend schnell auf sie zu sprengten.

Sie waren keine Dämonen, auf ihre Weise aber kaum weniger erschreckend: fünf, sieben, schließlich neun gewaltige Schlachtrösser, auf deren Rücken schwer gepanzerte Ritter saßen. Rasend schnell kamen sie näher, kreisten sie ein und brachten ihre Tiere mit groben Bewegungen zum Stehen. Zwei oder drei Speere richteten sich drohend auf sie, und Schwerter wurden scharrend aus ihren Umhüllungen gezogen.

»Rühr dich nicht!«, herrschte sie eine raue Stimme an. »Eine Bewegung, und du bist tot!«

Katharina hatte nicht vorgehabt, sich zu rühren. Sie hatte auch keine Angst mehr, sondern musste mit einem Gefühl kämpfen, das ihr vollkommen fremd, auf seine Weise aber beinahe noch schlimmer war: Sie würde nicht sterben, denn bei den Reitern handelte es sich nicht um Dämonen, sondern um schwer gepanzerte Ritter. Nicht einmal die Gnade des Todes sollte ihr gewährt werden.

Einer der Reiter beugte sich im Sattel vor, zog sein Schwert und richtete die Klinge drohend auf Katharinas Gesicht. »Wer bist du, Junge? Und was ist hier geschehen?«

Es war dieselbe Stimme, die sie gerade schon einmal gehört hatte, auch wenn sie nur dumpf und kaum verständlich unter dem geschlossenen Visier hervordrang. Der Reiter war sehr groß, mindestens so groß wie Graf Ellsbusch, wenn nicht größer, und ungemein breitschultrig. Er trug Helm, Kettenhemd, eiserne Beinschienen und Handschuhe aus einem dünneren Kettengeflecht, und dazu einen dunkelblauen Wappenrock, auf dessen Brust ein springendes Pferd gestickt war. Auch der Helm wurde von einer gut handlangen Figur gekrönt, die dasselbe Motiv zeigte. Als Katharina nicht gleich antwortete, fuchtelte er drohend mit seinem Schwert, hob aber auch die andere Hand an den Helm und klappte sein Visier hoch. Dahinter kam ein kräftiges Gesicht zum Vorschein, das von einem präzise ausrasierten schwarzen Bart und einem Paar ebenso dunkler Augen beherrscht wurde. Keinen sehr freundlichen Augen.

»Ich frage dich zum letzten Mal, Bürschchen«, herrschte sie der Reiter an. »Was ist hier passiert? Antworte, oder du bekommst mein Schwert zu spüren!«

»Ich … bin von hier, Herr«, antwortete Katharina. »Ich lebe hier, und –«

»Ich bin Guy de Pardeville«, fiel ihr der Ritter ins Wort. »Herr von Schloss Pardeville. Und du solltest mir jetzt besser sagen, was hier passiert ist, bevor meine Geduld endgültig erschöpft ist.«

»Dämonen, Herr«, antwortete Katharina mit halblauter, fast brechender Stimme. »Es waren Dämonen! Sie … sie sind alle tot, sie haben sie alle erschlagen!«

»Dämonen?«, wiederholte Pardeville. Einer seiner Männer lachte, aber nur so lange, bis Pardeville ihn mit einer herrischen Bewegung zum Schweigen brachte. Sein Schwert zielte immer noch auf Katharinas Kehle. Die Waffe musste sehr schwer sein, aber sie zitterte nicht.

»Dämonen, sagst du?«, wiederholte er noch einmal. »Und wen sollen sie getötet haben?«

»Alle«, antwortete Katharina. »Sie sind alle tot. Sie haben das ganze Dorf im Schlaf erschlagen, und … und Vater Cedric haben sie ans Kreuz genagelt.«

Pardeville starrte sie durchdringend und mit unbewegtem Gesicht an, doch dann senkte er endlich das Schwert und machte eine kaum sichtbare Geste mit der anderen Hand. Einer seiner Männer zwang sein Pferd herum und sprengte los, und Pardeville sah Katharina auf eine neue und womöglich noch unangenehmere Weise an.

»Wenn du das nur sagst, um dich wichtig zu machen, oder es ein Scherz sein soll, dann könnte es dich teuer zu stehen kommen, mein Junge«, sagte er.

»Ich sage die Wahrheit, Herr«, beteuerte Katharina. »Sie … sie sind da! Sie haben alle umgebracht, und unten am Fluss wartet ein Drache auf sie.«

»Ein Drache.«

»Und sie haben Burg Ellsbusch niedergebrannt«, fügte Katharina hinzu. »Alle Soldaten sind tot, und … und Graf Ellsbusch auch, glaube ich.«

Unruhe kam unter den Rittern auf, und auch Graf Pardeville selbst wirkte erschüttert. Seine Augen wurden schmal. Schließlich hob er mit einem Ruck den Kopf und sah über die Bäume dorthin, wo der Himmel noch immer rot im Widerschein der Flammen glühte.

»Wenn du das nur erzählst, um –«, begann er, brach dann mitten im Satz ab und presste die Lippen zusammen. Für einen Moment sah er fast aus wie Graf Ellsbusch vorhin, und Katharina wartete beinahe darauf, dass sich die Dunkelheit auftat und einen Dämon ausspie, der ihn mit einer Axt attackierte.

Stattdessen kehrte der Reiter zurück, den er losgeschickt hatte. Er sprengte in scharfem Galopp heran und brachte sein Pferd erst im allerletzten Moment und so brutal zum Stehen, dass das Tier scheute. »Der Junge sagt die Wahrheit, Herr!«, stieß er hervor. »Den Priester haben sie ans Kreuz genagelt und die Bauern erschlagen! Ich habe nur in zwei Häusern nachgesehen, aber da waren alle tot.«

Erneut kam Unruhe unter den Rittern auf, und diesmal tat Pardeville nichts, um seine Begleiter zu besänftigen. Er starrte Katharina an, dann hob er den Kopf und sah noch einmal zu dem roten Licht am Himmel.

»Verdammt!« Er rammte sein Schwert mit einer wuchtigen Bewegung in die Scheide zurück, ballte die Hand zur Faust und wandte sich dann wieder an Katharina.

»Wie viele waren es?«, fragte er. »Konntest du das erkennen?«

»Nein«, antwortete Katharina. »Aber bestimmt viele, Wahrscheinlich hundert.«

»Hundert? Und da bist du sicher?«

Nein, das war sie nicht. Hundert war einfach die größte Zahl, die sie kannte. Katharina nickte. »Bestimmt. Vielleicht sogar noch viel mehr. Wie hätten sie sonst die Festung erstürmen können?«

»Ja, wie wohl«, seufzte Pardeville düster. »Aber du hast nur einen Drachen gesehen?«

Katharina nickte, und einer von Pardevilles Männern sagte: »Dann können es kaum mehr als dreißig sein … allerhöchstens vierzig.«

»Und wir sind neun. Das klingt mir nicht nach einem fairen Kampf«, erwiderte Pardeville. Er dachte einen Moment lang angestrengt nach und nickte dann, als hätte er sich selbst eine Frage gestellt und auch gleich beantwortet. »Wir reiten zurück. Sofort.« Er deutete auf Katharina. »Du kommst mit.«

»Das habe ich nicht verdient, Herr«, flüsterte Katharina.

Das Misstrauen kehrte in Pardevilles Augen zurück; falls es denn überhaupt jemals daraus verschwunden gewesen war. »Wieso?«

»Weil ... es meine Schuld ist, Herr«, murmelte Katharina, Die Worte weigerten sich fast, über ihre Lippen zu kommen, aber sie zwang sich, weiterzusprechen. Sie musste sich erklären. Wenn Pardeville sie tötete, wenn er von der Ungeheuerlichkeit ihres Versagens erfuhr, dann sollte es eben so sein.

»Ich ... ich war auf der Burg«, murmelte sie stockend. »Gestern. Ich hatte einen Wagen mit Hafer gebracht, und Graf Ellsbusch hat mich gefragt, ob ich vielleicht später in seine Dienste treten möchte. Ich habe ja gesagt, und ... und da hat er mich zur Wache oben auf der Palisade eingeteilt.«

»Lass mich raten«, sagte Pardeville. »Du bist eingeschlafen.«

»Und als ich aufgewacht bin, waren sie da«, bestätigte Katharina. »Überall. Ich habe sie nicht bemerkt, und deshalb konnten sie in die Festung eindringen.«

»Red nicht so einen Unsinn«, erwiderte Pardeville fast sanft. »Dass du eingeschlafen bist, ist wahrscheinlich der einzige Grund, aus dem du noch lebst. Hat Ellsbusch dir etwas zu trinken gegeben, bevor du deinen *Posten* bezogen hast? Wein, der sehr bitter geschmeckt hat?«

Katharina nickte. »Aber ich habe nur einen ganz kleinen Schluck getrunken«, sagte sie hastig.

»Ellsbuschs Sinn für Humor war mir schon immer ein Rätsel«, seufzte Pardeville. »Aber jetzt scheint er wohl seine Quittung bekommen zu haben. Mach dir keine Vorwürfe, Junge. Was hier passiert ist, ist gewiss nicht deine Schuld.«

Aber da war noch immer das, was Vater Cedric mit seinem letzten Atemzug zu ihr gesagt hatte. Und sie hatte den Hass in seinen erlöschenden Augen gesehen. Zweifellos war Lord Pardeville ein sehr gütiger Herr, und er sagte das nur, um sie zu trösten.

»Vielen Dank, Herr«, flüsterte sie.

»Du willst wirklich nicht mit uns kommen?«, vergewisserte sich Pardeville.

»Nein«, antwortete Katharina. »Aber ich danke Euch noch einmal.«

»Bedank dich später«, antwortete Pardeville und machte eine Kopfbewegung hinter sich. »Wenn du dann noch lebst. Versteck dich irgendwo, bevor diese Kerle zurückkommen.«

Und damit sprengte er los, und Katharina blieb allein zurück.

Katharina sah ihm und den anderen Reitern aus Augen nach, in denen plötzlich heiße Tränen brannten. Gott machte es ihr wirklich nicht leicht ... aber warum sollte er auch?

Sie kämpfte die Tränen nieder, fuhr sich mit dem Handrücken über das Gesicht und warf dann fast trotzig den Kopf in den Nacken, bevor sie endgültig losging, um den Drachen zu suchen und sich ihm zu opfern.

*

Ihre größte Angst war gewesen, dass der Drache nicht mehr da war und sie dazu verdammt sein könnte, auf ewig mit dieser schrecklichen Schuld zu leben. Aber so grausam war das Schicksal am Ende doch nicht. Das Ungeheuer lag noch immer an der gleichen Stelle im Wasser und schlief, und auch seine Dämonenkinder waren wie unheimliche missgestaltete Schatten in der fast sternenlosen Nacht zu erkennen. Ihre Anzahl hatte sich verändert. Sie schienen mehr geworden zu sein. Vielleicht kehrten sie ja nach und nach zurück, jetzt, wo sie ihr blutiges Handwerk vollendet hatten und es nichts mehr gab, was sie töten konnten.

Katharina hatte furchtbare Angst. Sie war wieder an dieselbe Stelle zurückgekehrt, von der aus sie den Drachen schon einmal beobachtet hatte, hatte sich aber ein Versteck in den dichten

Büschen gesucht, die die Böschung hier säumten, und starrte mit nahezu angehaltenem Atem auf das Ungeheuer hinab. Ihr Herz klopfte so laut, dass der Drache es eigentlich hören musste, und ihre Handflächen waren feucht vor kaltem Schweiß. Immer wieder musste sie daran denken, wie grausam der Dämon Graf Ellsbusch getötet hatte, und sie fragte sich, ob es wohl sehr wehtun würde. Und war es eigentlich auch eine Art von Selbstmord (und damit eine Todsünde), wenn sie bewusst dort hinunterging, damit das Ungeheuer sie verschlang?

Sie tröstete sich mit dem Gedanken, dass Gott gewiss nicht so grausam, sondern dies nur eine allerletzte Prüfung war, um ihren Mut und ihren Glauben zu testen, stemmte sich vorsichtig auf Hände und Knie hoch, und etwas knackte, ganz leise nur, kaum mehr als das Brechen eines dünnen Zweiges, aber für Katharinas angespannte Nerven hörte es sich an wie das Knallen einer Peitsche. Blitzschnell fuhr sie hoch und herum und riss die Arme vor das Gesicht, und ganz kurz meinte sie, etwas wie einen davonhuschenden Schatten aus den Augenwinkeln wahrzunehmen, und vielleicht das Geräusch leichter, sehr schneller Schritte.

Aber als sie genauer hinsah, war da nichts, und alles was sie hörte, war das Hämmern ihres eigenen Herzens, das noch einmal lauter geworden zu sein schien.

Katharina schalt sich in Gedanken selbst eine Närrin (was sie nicht daran hinderte, sich noch einmal und aufmerksamer umzusehen), machte ein grimmiges Gesicht und setzte ihren Weg fort. Es war nicht mehr weit bis zu der Stelle, an der sie zum Ufer hinabsteigen und sich dem Drachen nähern konnte.

Sie hatte noch keine fünf Schritte getan, als sich das Knacken wiederholte, und als sie diesmal herumfuhr, sah sie nicht nur einen Schatten. Nur einen halben Steinwurf von ihr entfernt stand ein Dämon; breit, massig und gehörnt, sonderbarerweise aber kaum größer als sie selbst. Katharinas Herz setzte vor

Schrecken einen Schlag aus. Das war das Ende. Der Dämon würde sie töten, um sie für ihre Verfehlung zu bestrafen, und es gab nichts mehr, was sie noch retten konnte. Dass sie genau aus diesem Grund hierhergekommen war und es so eigentlich nicht einmal einen Grund gab, zu erschrecken, kam ihr in diesem Moment nicht in den Sinn.

Doch anstatt sie zu töten, fuhr der Dämon ganz im Gegenteil auf dem Absatz herum und rannte mit wehendem Fell davon – und Katharina tat etwas vollkommen Verrücktes.

Nicht, dass sie selbst auch nur ansatzweise begriff, warum sie es tat, doch statt ihrerseits wegzulaufen und die Chance zu ergreifen, vielleicht doch noch mit dem Leben davonzukommen, stürmte sie mit weit ausgreifenden Schritten hinter dem fliehenden Dämon her, holte ihn ein und krallte eine Hand in das struppige Fell seiner Schulter. Das fliehende Ungeheuer keuchte vor Schrecken, versuchte sich loszureißen und geriet aus dem Takt, und Katharina, die immer noch aus Leibeskräften hinter ihm herrannte, prallte mit solcher Wucht gegen es, dass sie aneinandergeklammert zu Boden stürzten. Hartes, übel reichendes Fett war plötzlich in ihrem Gesicht und dann in ihrem Mund und ihrer Nase, und ein sonderbar hoher, spitzer Schrei erscholl. Instinktiv griff sie auch mit der anderen Hand zu, um den Dämon festzuhalten, und es wäre ihr wohl auch gelungen, hätte sie nicht ein grausam harter Schlag in den Leib getroffen, der ihr nicht nur die Luft, sondern für einen Moment auch alle Kraft nahm. Mit einem wütenden Fauchen riss sich der Dämon los, sprang auf die Füße und machte eine Bewegung, wie um eine Waffe zu ziehen, mit der er ihr endgültig den Garaus machen würde, und die schiere Todesangst verlieh Katharina die Kraft, die Knie anzuziehen und ihm beide Füße so heftig in den Leib zu rammen, dass er mit einem überraschten Keuchen zurückstolperte.

Und das war nicht alles. Sie musste viel fester zugetreten haben, als sie selbst gespürt hatte, denn der Dämon stolperte mit wild rudernden Armen zurück, und sein gehörnter Schädel löste sich von seinen Schultern und flog davon … nur dass es gar nicht sein Kopf war, sondern ein wuchtiger Helm mit zwei gewaltigen abwärts gekrümmten Hörnern.

Katharina kam nicht dazu, einen Blick auf das Gesicht zu erhaschen, das darunter zum Vorschein kam, denn der Dämon ruderte immer hektischer und verzweifelter mit den Armen, kippte grotesk langsam nach hinten … und verschwand mit einem spitzen Schrei.

Fünf, sechs ungläubige schwere Atemzüge lang blieb Katharina einfach reglos liegen und starrte die Leere an, wo gerade noch diese Ausgeburt der Hölle gewesen war, bevor sie auch nur begriff, was überhaupt passiert war, und ihr allererster klarer Gedanke war: Gott mochte gnädig sein, aber er hatte einen wahrhaftig seltsamen Sinn für Humor. Nicht der Boden hatte sich aufgetan, um das Ungeheuer zu verschlingen, die Erklärung war viel simpler. Die kurze Verfolgungsjagd und der noch kürzere Kampf hatten sie wieder ganz zurück zur Steilküste gebracht, und der Dämon war über die Kante gestolpert und musste jetzt zerschmettert unten auf den Felsen liegen.

Was bedeutete das?, dachte Katharina benommen. Hatte Gott ihr verziehen, oder war es nur Teil einer noch grausameren Strafe, sie noch einmal Hoffnung schöpfen zu lassen, nur um sie dann endgültig zu vernichten?

Fast erschrocken verscheuchte Katharina diesen Gedanken, der nichts anderes als pure Ketzerei war, rollte sich auf Hände und Knie hoch und hielt auf dem Stück zur Felskante noch einmal inne, um die Hand nach dem Helm auszustrecken, der dem Dämon vom Kopf gerissen worden war. Er war sehr schwer und bestand aus einem Metall, das sie noch nie gesehen hatte, hart wie Eisen, aber dicker und irgendwie … gröber. Seine Form war wahrhaft bizarr, was sich nicht nur auf die beiden spitzen Hörner beschränkte, die einmal einem stolzen Widder gehört haben mochten, aber er war erstaunlich klein. Hätte Katharina nicht ernsthaft befürchtet, Schaden an ihrer Seele zu nehmen, wenn sie es tat, hätte sie ihn aufgesetzt, um auszuprobieren, ob er ihr passte. Offenbar waren nicht alle Dämonen solche Riesen wie die, die sie oben in der Burg gesehen hatte.

Ein Scharren erklang, vielleicht sogar so etwas wie ein Keuchen, und Katharinas Herz machte schon wieder einen erschrockenen Sprung in ihrer Brust. Sie ließ den Helm fallen, richtete sich ganz auf die Knie auf und fragte sich fast hysterisch, warum sie nicht einfach aufsprang und wegrannte.

Stattdessen kroch sie ganz zur Steilküste hin und lugte vorsichtig in die Tiefe.

Der Dämon lag nicht zerschmettert auf den Felsen. Stattdessen klammerte er sich nur ein kleines Stück unter ihr mit nur einer Hand an den Stein, während sein anderer Arm wild herumfuhrwerkte, um irgendwo Halt zu finden. Katharina sah jetzt, dass das, was sie für ein Fell gehalten hatte, in Wahrheit ein flatternder Mantel war, und auch das Gesicht, in das sie blickte, war keine Dämonenfratze, sondern beinahe schmaler als ihr eigenes und totenbleich. Zumindest im Moment wurde es von einem Paar riesiger Augen beherrscht, die schwarz vor Todesangst waren.

Genau wie gerade schon einmat tat Katharina etwas, das sie selbst vielleicht am meisten überraschte: Statt es zu Ende zu bringen und den vermeintlichen Dämon in die Tiefe zu stoßen, streckte sie die Hand aus, griff nach dessen wirbelndem Arm und schloss die Finger um ein Handgelenk, das kaum kräftiger war als ihr eigenes. Während sie die andere Hand gegen den Boden stemmte, um festen Halt zu haben, zog sie den zappelnden Dämon mit einem einzigen, kraftvollen Ruck zu sich herauf.

Vielleicht ein wenig zu kraftvoll, denn mit einem Mal war die struppige Gestalt nicht nur neben, sondern über ihr, und sie stürzten zum zweiten Mal aneinandergeklammert zu Boden. Immerhin verzichtete er diesmal darauf, ihr das Knie in den Leib zu rammen.

Stattdessen riss er sich los, sprang auf und bedankte sich für die Lebensrettung, indem er ihr so heftig in die Seite trat, dass Katharina ihre eigenen Rippen knacken hörte und ihr auch noch das allerletzte bisschen Luft aus den Lungen gepresst wurde.

Wimmernd vor Schmerz krümmte sie sich und schlug schützend die Arme vor den Leib, und der Dämon verzichtete darauf, ihre Rippen weiter mit Fußtritten zu malträtieren.

Lieber trat er ihr so hart vor die Schläfe, dass sie nun wirklich das Bewusstsein verlor; wenn auch nur für einen einzigen Augenblick, denn als ihre Sinne zurückkehrten, stand die Gestalt noch immer über sie gebeugt da und streckte gerade die Hand aus, vermutlich um ihr die Kehle zu zerquetschen oder ihr etwas noch Schlimmeres anzutun. Katharina wimmerte angstvoll, aber sie hatte nicht einmal mehr die Kraft, die Hände vors Gesicht zu schlagen.

Doch der Dämon tat ihr nichts. Er beugte sich lediglich vor, um seinen Helm aufzuheben und aufzusetzen, starrte sie durch die schmalen, schräggestellten Sehschlitze hindurch noch einen Moment lang aus hasserfüllten Augen an und holte dann aus, wie um sie noch einmal zu treten. Doch dann zuckte er nur fast trotzig die Achseln, drehte sich auf dem Absatz herum und verschwand mit schnellen Schritten in der Dunkelheit.

Katharina lag etliche Augenblicke lang einfach nur auf dem Rücken, starrte die Wolken über sich an und war einfach nur dankbar dafür, noch am Leben zu sein; aber zumindest im gleichen Maße auch verwirrt. Wieso hatte der Dämon sie nicht getötet? Etwa aus Dankbarkeit, weil sie ihm zuvor das Leben gerettet hatte? Das konnte sich Katharina einfach nicht vorstellen … und eigentlich wollte sie es auch gar nicht, denn das hätte diesem Ungeheuer eine Menschlichkeit verliehen, die sie ihm nicht zugestehen wollte.

Irgendwann war sie wieder zu halbwegs klarem Denken fähig, setzte sich auf und tastete behutsam mit den Fingerspitzen nach ihrem Gesicht. Das Blut, das sie diesmal darauf spürte, war ihr eigenes, und es tat ekelhaft weh. Als sie mit der Zunge nach ihren Zähnen tastete, wurde der Schmerz nicht nur schlimmer, sondern sie stellte auch fest, dass zwei davon wackelten. Offenbar hatte sich der Dämon nicht nur die Hörner eines Ziegenbocks ausgeliehen, sondern bei ihm auch das Zutreten gelernt. Aber sie lebte noch.

Mit (vorsichtig) zusammengebissenen Zähnen stemmte sie sich in die Höhe, sah sich noch einmal aufmerksam um und konnte einen Schmerzenslaut nicht mehr ganz unterdrücken, als sie den ersten Schritt machte. Mindestens eine ihrer Rippen musste gebrochen sein und grub sich bei jeder Bewegung wie ein dünnes glühendes Messer in ihre Seite.

Zornig auf sich selbst und die Schwäche ihres Körpers, der sie anscheinend mit aller Macht daran hindern wollte, endlich Buße zu tun, humpelte sie weiter, spürte einen neuerlichen, stechenden Schmerz in der Seite und fühlte noch, wie etwas wie eine große Dunkelheit aus dem Hintergrund ihrer Gedanken heranrollte.

Dann nichts mehr.

*

Graues Licht drang durch ihre Augenlider, als sie erwachte. Ihr Kopf tat weh, und sie hatte einen schrecklichen Geschmack im Mund, nach ihrem eigenen Blut und noch anderen und unangenehmeren Dingen. Sie konnte sich nicht richtig bewegen, weil irgendetwas sehr Schweres auf ihr lag, und obwohl ihr warm war, war die Luft, die sie einatmete, so kalt, dass sie fast in der Kehle schmerzte.

Katharina setzte dazu an, die Augen zu öffnen, und unterdrückte den Impuls dann im letzten Moment. Sie wunderte sich ein bisschen, dass sie noch lebte, aber sie hatte auch Angst vor dem, was sie sehen würde, wenn sie die Lider hob ... und eigentlich war sie nicht einmal ganz sicher, wirklich noch am Leben zu sein. Sie erinnerte sich an das Dorf, die Dämonen und Schreie, und ausgelöst durch diese Erinnerung wollten noch andere und schrecklichere Bilder vor ihrem inneren Auge entstehen.

Es gelang ihr, sie zurückzudrängen, aber die gnädige Benommenheit, in der sie aufgewacht war, war dahin, und nun fragte sie sich allen Ernstes, ob sie vielleicht tot und in der Hölle war. Aber sollte es dann nicht heißer sein und sie das Brennen glühender Zangen und anderer Folterwerkzeuge spüren, die in ihr Fleisch bissen?

»Du kannst jetzt aufhören, so zu tun, als ob du noch schläfst«, sagte eine Stimme neben ihr. Jedenfalls nahm sie an, dass es das war, was sie sagte, denn sie sprach mit einem sonderbar harten Akzent, der es schwer machte, die einzelnen Worte voneinander zu unterscheiden.

Katharina blinzelte, sog mit einem schmerzerfüllten Zischen die Luft zwischen den Zähnen ein, als das Licht wie mit glühenden Nadeln in ihre Augen stach, und versuchte es nach einem Moment und sehr viel vorsichtiger noch einmal. Aus dem grauen Licht wurde gleißender, fast schon schmerzhaft intensiver Sonnenschein. Sie bemerkte erst jetzt, dass sich der Boden bewegte.

»Schon besser. Das war albern, weißt du? Hier, trink das.«

Katharina hatte noch immer Mühe, sich zu orientieren. Alles schien gleichzeitig auf sie einzustürzen, und aus leiser Benommenheit wurde pure Verwirrung. Immerhin begriff sie, was die Stimme von ihr wollte, und öffnete gehorsam den Mund, als ihr eine hölzerne Schale an die Lippen gesetzt wurde. Das Höllengebräu, das sie albernerweise immer noch erwartete, entpuppte sich als ganz normales Wasser, das allenfalls ein wenig schal schmeckte. Nach den ersten beiden vorsichtigen Schlucken trank sie schnell und fast schon gierig und hätte die Schale zweifellos zur Gänze geleert, wäre sie nicht schließlich mit einem Ruck weggezogen worden.

»Das ist erst mal genug. Wenn du zu schnell trinkst, wird dir nur schlecht.«

Katharina machte ein enttäuschtes Gesicht, sparte sich aber jede Antwort – wer war sie schon, mit einem leibhaftigen Dämon diskutieren zu wollen? – und setzte sich behutsam auf.

Vielleicht trotz allem nicht behutsam genug, denn ihr wurde sofort schwindelig, und die Welt drehte sich nicht nur um sie, sondern begann sich nun auch auf und ab zu bewegen und auf eine Übelkeit erregende Art zu schaukeln.

Wenn das die Hölle war, dachte sie, dann war sie vollkommen anders, als sie sie sich vorgestellt hatte. Dämonen gab es zuhauf – mehr und näher, als ihr lieb war –, aber es gab keine Flammen, keine Glut und keine Schreie, und das Einzige, was zumindest im Augenblick gefoltert wurde, war ihr Magen, der immer heftiger revoltierte. Ihr unbekannter Wohltäter schien mit seiner Warnung Recht zu haben.

»Was macht dein Kopf?«, fuhr die Stimme fort.

Er tut weh, dachte Katharina missmutig, und jetzt, wo sie direkt darauf angesprochen worden war, deutlich mehr als noch vor einem Moment. Während sie die Hand hob und vorsichtig mit den Fingerspitzen nach ihren hämmernden Schläfen tastete, drehte sie sich (vorsichtig) herum und sah den Besitzer dieser so sonderbar fremdartig klingenden Stimme zum ersten Mal an.

Sie erlebte eine Überraschung. Natürlich war ihr längst klar, dass sie weder in der Hölle noch tatsächlich in der Gefangenschaft von Dämonen oder Teufeln war, sondern sich auf einem Schiff voller barbarisch gekleideter Krieger befand, aber das Gesicht, in das sie blickte, passte weder zu der einen noch zu der anderen Vorstellung. Es war schmal und fast schon zierlich geschnitten, und es hatte jetzt keine Hörner mehr, sondern wurde von zwei dicken und fast unmöglich lang erscheinenden Zöpfen von hellblonder Farbe eingerahmt. Außerdem war es jetzt sauber gewaschen. Katharina erkannte es trotzdem sofort. Als sie das letzte Mal in diese großen Augen gesehen hatte, waren sie von schierer Todesangst erfüllt gewesen; jetzt blickten sie nur sehr aufmerksam und fast freundlich.

Die hellblonden Brauen darüber zogen sich zu einem steilen »V« zusammen.

»Du?«, murmelte sie. »Du bist …«

Eine innere Stimme riet ihr, lieber still zu sein, und sie schluckte den Rest dessen, was sie hatte sagen wollen, herunter. Oder versuchte es wenigstens.

»Ein was?«, fragte der Bursche. Er klang irgendwie … lauernd.

»Ein Mensch«, antwortete Katharina unbehaglich.

»Stört dich etwas daran?«, fragte er weiter.

»Nein«, erwiderte sie hastig. »Es ist nur … ähm … also wenn ich das gewusst hätte …«

»Hättest du mich fallen lassen?«, fragte er. Seine Stimme war deutlich spröder geworden.

»Natürlich nicht«, versicherte sie rasch. »Es ist nur … also ich … ich meine, es tut mir leid, dass ich dich geschlagen habe.«

»Ja, das war nicht sehr nett«, bestätigte der Junge. Er konnte kaum älter sein als sie selbst, dachte Katharina. Seine Stimme klang jetzt leicht spöttisch. »Was machen deine Rippen?«

Dasselbe wie ihr Kopf: Jetzt, wo der Junge sie darauf angesprochen hatte, spürte sie die unsichtbare Messerklinge wieder, die sich langsam in ihre Seite bohrte.

»Es geht«, antwortete sie gepresst.

»Das freut mich«, sagte er. »Ich wäre wirklich untröstlich, wenn ich meinem Lebensretter wehgetan hätte.«

»So schlimm war es nun auch wieder –«, begann Katharina, fuhr dann mit einem Ruck herum und konnte sich gerade noch im allerletzten Moment über die niedrige Bordwand beugen, bevor sie nicht nur das gerade erst getrunkene Wasser, sondern auch noch den Rest ihres Mageninhalts von sich gab.

»Du bist nicht besonders seefest, wie?«, feixte der Bursche.

Katharina hätte ihm gerne entsprechend geantwortet, aber sie war voll und ganz damit beschäftigt, bittere Galle ins Wasser zu spucken. Es lag nicht daran, dass sie zu gierig oder zu viel getrunken hatte. Ihr Magen war längst leer, aber die Welt drehte sich immer noch wie wild um sie herum, und dazu schwankte sie in Richtungen, von denen sie noch gar nicht gewusst hatte, dass es sie gab.

»Mach dir keine Sorgen«, sagte ihr Wohltäter. »Das ist nur am Anfang so schlimm.«

»Ach?«, würgte Katharina. Mehr brachte sie nicht heraus.

»Ganz bestimmt«, versicherte er. »Später wird es schlimmer.«

Ja, das war witzig, dachte Katharina. Ihr war viel zu übel, als dass sie wirklich zornig werden konnte, aber sie hatte das Gefühl, es eigentlich werden zu sollen. Später. Vielleicht hatte sie doch einen schlechten Tausch gemacht und sollte sich lieber wünschen, im Fegefeuer aufgewacht zu sein.

»Nein, jetzt ernsthaft: Das vergeht. Du wirst sehen. In ein paar Stunden fühlst du dich bestimmt wieder besser. Die meisten gewöhnen sich schnell daran.«

Diesmal brachte sie immerhin zwei Worte heraus. »Die meisten?«

Das Feixen auf dem schmalen Gesicht wurde schon geradezu dreist. »Nicht alle«, bestätigte er. Aber da war auch eine Spur von echtem Mitgefühl hinter dem spöttischen Glitzern in seinen Augen.

Wenigstens redete sie sich das ein.

Ihr Magen malträtierte sie noch eine geraume Weile, aber irgendwann war einfach nichts mehr darin, was sie von sich geben konnte, und sie ließ sich erschöpft zurücksinken und lehnte Hinterkopf und Schultern gegen das raue Holz der Bordwand. Es wurde noch nicht wirklich besser, denn das Schiff schwankte und zitterte unter ihr, als würde es vom Sturm gebeutelt. Dabei war der Himmel vollkommen wolkenlos und klar, und das rot und weiß gestreifte Segel über ihren Köpfen hing schlaff von der Rahe.

»Bleib hier sitzen«, sagte der Junge. »Ich bin gleich zurück.«

Katharina hatte nichts anderes angenommen. Das Schiff war groß – für ein Schiff –, maß aber dennoch nicht viel mehr als dreißig Schritte in der Länge und kaum fünf oder sechs in der Breite. Entsprechend groß war das Gedränge, das an Bord herrschte. Sie vermochte nicht einmal zu schätzen, wie viele Männer es waren, aber Graf Pardevilles Vermutung war wohl eher vorsichtig gewesen; und dazu kann, dass die Männer immer noch eine gewisse Ähnlichkeit mit Dämonen hatten; oder auch Bären, in diesem Punkt war sie noch nicht ganz schlüssig. Sie schienen ausnahmslos groß und von außergewöhnlich kräftigem Wuchs zu sein. Die meisten hatten ihre bizarren Helme abgesetzt, aber sie waren immer noch Riesen, und fast alle trugen Umhänge und Mäntel aus schwerem Fell, was sie noch massiger aussehen ließ. Gut die Hälfte der Männer saß auf einfachen Bänken und bewegte die langen Ruder, die das Schiff antrieben, die anderen standen einfach nur da, redeten in ihrer sonderbar rauen Sprache miteinander oder taten Dinge, die sie nicht genau erkennen konnte. Seltsamerweise schien kaum jemand auch nur Notiz von ihr zu nehmen. Wenn sie überhaupt ein Blick traf, dann war er eher desinteressiert, oder allenfalls verächtlich.

Ihr namenloser Wohltäter kam zurück, ließ sich neben ihr in die Hocke sinken und setzte das aus Horn geschnitzte Mundstück eines ledernen Trinkbeutels an ihre Lippen. Allein bei dem bloßen *Gedanken*, etwas zu sich zu nehmen, wurde ihr noch übler, doch der Junge machte nur eine ärgerliche Geste, zwang ihre Zähne auseinander und flößte ihr etliche Schlucke von etwas ein, das ganz gewiss kein Wasser war und scharf in ihrer Kehle brannte.

»Was … ist das?«, brachte sie hustend und keuchend heraus. Ihr Magen schien in Flammen zu stehen, und alles drehte sich um sie. »Im Namen Gottes! Wenn du mich umbringen … willst, warum … hast du mich … nicht gleich … ertränkt?«

Der Bursche griente nur breit … und was immer er ihr auch eingeflößt hatte, es tat praktisch augenblicklich seinen Dienst. Ihre Übelkeit verschwand nicht, aber sie nahm eine andere Qualität an, sodass sie wenigstens nicht mehr ihre gesamte Konzentration dafür aufwenden musste, sich nicht zu übergeben.

»Besser?«, fragte er fröhlich.

Katharina nickte, musste plötzlich husten und verzog schmerzhaft das Gesicht, als ihre gebrochene Rippe mit einem stechenden Schmerz darauf reagierte.

»Was war das?«, murmelte sie. Ihre Kehle brannte noch immer wie Feuer, aber aus dem Toben in ihrem Leib war mittlerweile ein Gefühl fast angenehmer Wärme geworden, das sich rasch in ihrem ganzen Körper auszubreiten begann.

»Eigentlich nichts für kleine Jungen wie dich«, antwortete der Junge mit den blonden Zöpfen. Sein Grinsen wurde noch breiter, und jetzt wirkte es eindeutig schadenfroh, fand Katharina. »Aber es hilft gegen Seekrankheit. Wenn du genug davon trinkst, heißt das. Sie verschwindet nicht, aber nach einer Weite ist sie dir vollkommen egal.«

Er hielt ihr den Beutel hin. »Noch einen Schluck? Aber ich warne dich: Spätestens morgen wirst du es bereuen.«

Katharina versuchte erst gar nicht zu verstehen, was er damit meinte. Ihre Kehle tat noch immer weh, und auch ihre Lippen begannen allmählich zu brennen, aber ihr Magen und ihre revoltierenden Eingeweide beruhigten sich zusehends, und morgen war morgen, und so streckte sie die Hand aus und zwang sich, noch ein paar Schlucke zu trinken. Selbst wenn ihr das Zeug die Lippen wegbrannte, war ihr das immer noch lieber, als wenn diese schreckliche Übelkeit zurückkam.

Einer der älteren Krieger, der langes, struppiges graues Haar und einen gleichfarbigen zu drei dünnen Zöpfen geflochtenen Bart hatte, trat auf sie zu und sagte ein paar Worte zu dem blonden Jungen. Katharina verstand kein einziges davon, aber der Tonfall klang selbst in der groben Sprache dieser fremden Krieger nicht besonders freundlich, und das Grinsen ihres Wohltäters wirkte jetzt nicht mehr ganz überzeugend.

Er wartete, bis sich der Grauhaarige wieder herumgedreht hatte und ging, dann nahm er ihr den Schlauch weg, verschloss ihn sorgfältig und befestigte ihn an seinem Gürtel. Katharina nahm an, dass der andere nicht damit einverstanden war, dass er einem Gefangenen Medizin gab.

»Wie ist dein Name?«, fragte sie.

»Warum?«

Katharina deutete ein vorsichtiges Schulterzucken an. »Nur so. Immerhin hast du mir wahrscheinlich das Leben gerettet.«

»Mein Name ist Ansgar«, antwortete er und klang schon wieder misstrauisch. »Und wie kommst du auf die Idee, ich könnte etwas so Dummmes tun?«

»Weil ich noch lebe?«

»Wir töten keine Knaben«, sagte er.

»Dann habe *ich* eben *dir* das Leben gerettet«, antwortete sie trotzig.

»Kaum«, schraubte Ansgar. »Und wenn, dann sind wir allerhöchstens quitt. Kannst du schwimmen?«

Katharina verstand den Sinn dieses scheinbaren Gedankensprungs nicht, beantwortete die Frage aber wahrheitsgemäß mit einem Kopfschütteln.

»Dann solltest du vielleicht nicht ganz so laut herumerzählen, dass du mir das Leben gerettet hast«, sagte er. »Es sei denn, du legst Wert darauf, es ganz schnell zu lernen.«

Katharina war klug genug, nichts mehr darauf zu antworten, sondern Ansgar nur verwirrt anzusehen. Er wirkte regelrecht wütend, auch wenn sie nicht wirklich verstand, warum.

Aber vielleicht war jetzt der richtige Moment, das Thema zu wechseln.

»Wohin bringt ihr mich?«, fragte sie.

»Dich?« Ansgar hob scheinbar beiläufig die Schultern. »Wir fahren zu unserem Lager. Bis Sonnenuntergang müssten wir es erreicht haben. Was danach mit dir geschieht, hängt von meinem Vater ab. Vielleicht lässt er dich gehen.«

Irgendwie fiel es ihr schwer, ihm das zu glauben … Etwas sagte ihr, dass Ansgar ihr niemals etwas antun würde. Dasselbe Gefühl sagte ihr aber auch, dass es nicht besonders klug wäre, ihn direkt darauf anzusprechen.

Stattdessen suchte und fand ihr Blick den grauhaarigen Riesen, der gerade mit Ansgar gesprochen hatte. »Ist das dein Vater?«, fragte sie.

»Erik«, antwortete Ansgar. »Mein Großvater, ja. Und unser Skalde.« Als er ihr ansah, dass ihr dieses Wort nichts sagte, fügte er hinzu: »Unser Anführer.«

Ihr Anführer, dachte sie. Und sein Großvater. Interessant.

Als hätte er ihre Gedanken gelesen, schüttelte Ansgar den Kopf und sagte: »Jetzt bild dir bloß nichts ein. Es ist nicht immer von Vorteil, der Enkelsohn des Skalden zu sein; nicht einmal der *einzige* Enkelsohn des Skalden. Ganz im Gegenteil. Du musst immer der Beste sein und darfst keine Fehler machen. Und wenn du doch einen machst, dann wirst du strenger bestraft als alle anderen.« Er zog eine Grimasse. »Aber das kennst du ja wahrscheinlich«, fügte er mit einem sonderbar wissenden Lächeln hinzu, »als Sohn eines Edelmannes.«

»Wie kommst du auf diese Idee?«, entfuhr es ihr.

Jetzt war sein Lächeln wieder spöttisch. »Ja. Mein Vater hat vorausgesagt, dass du genau das behaupten wirst.«

»Was?«, erkundigte sich Katharina vorsichtig. Aus den Augenwinkeln sah sie, dass der Grauhaarige sein Gesräch unterbrochen hatte und stirnrunzelnd in ihre Richtung sah.

»Dass du nur ein einfacher Bauernjunge bist, für den niemand ein Lösegeld zahlen würde«, antwortete Ansgar.

»Und wenn es so wäre?«, fragte Katharina. Da war plötzlich eine ganz leise, mahnende Stimme in ihr, die ihr riet, sehr vorsichtig zu sein oder besser gar nichts mehr zu sagen, aber sie fühlte sich auch sehr ... sonderbar. Die Wärme in ihrem Magen war wieder verschwunden, doch nun begann sich irgendetwas in ihrem Kopf zu verändern. Sie wusste nicht was, denn sie hatte so etwas noch nie zuvor erlebt, aber es war nicht unangenehm ... zugleich aber auch ein wenig erschreckend. Auf eine angenehme Art wurde ihr ganz leicht schwindelig.

»Wenn es so wäre«, knüpfte Ansgar an ihre Frage an, »dann wäre das sehr schlecht für dich.« Er machte eine Kopfbewegung hinter sie. »Es ist ein ganz schönes Stück bis zum Ufer, vor allem für jemanden, der nicht schwimmen kann. Das hier ist ein kleines Schiff, weißt du? Unnötigen Ballast können wir uns nicht leisten.«

Sie hatte sich fest vorgenommen, es nicht zu tun – aber sie richtete sich ganz ohne ihr eigenes Zutun nicht nur ein wenig auf, sondern drehte auch den Kopf, um zum Ufer hin zu sehen. Es war wirklich ein gutes Stück bis zum Ufer. Das Schiff schoss mit der Strömung in der Flussmitte dahin, zusätzlich beschleunigt von den anderthalb Dutzend Rudern auf jeder Seite, und das Ufer schien nur so an ihnen vorbeizufliegen. Der Rhein kam ihr an dieser Stelle sehr viel breiter vor als nahe des Dorfes, in dem sie aufgewachsen war. Selbst für einen guten Schwimmer wäre es vermutlich nicht leicht, lebend ans Ufer zu kommen, und sie hatte nicht gelogen, als sie behauptet hatte, nicht schwimmen zu können. Katharina hatte Wasser zeit ihres Lebens gefürchtet.

Anscheinend waren ihre Gedanken ziemlich deutlich auf ihrem Gesicht abzulesen, denn Ansgar lachte plötzlich und schüttelte beruhigend den Kopf.

»Wie gesagt: Mein Großvater hat mir prophezeit, dass du dumm genug sein würdest, genau das zu behaupten. Aber ich bin nicht dumm genug, es zu glauben.«

»So?«, fragte Katharina schüchtern.

»Diese Reiter waren nicht zufällig dort«, behauptete Ansgar. »Sie haben nach dir gesucht, habe ich Recht?«

»Guy de Pardeville?«, fragte Katharina und verfluchte sich selbst dafür, noch bevor die Worte auch nur ganz über ihre Lippen gekommen waren.

»Du kennst ihn also. Ist er dein Vater?«

»Nein!«, antwortete Katharina, entschieden zu hastig, und auch zu laut. Aber sie hatte ihre Zunge nicht mehr wirklich unter Kontrolle, und ihre Gedanken waren nicht nur sonderbar leicht, sondern begannen sich auch auf Pfaden zu bewegen, die ihr vollkommen fremd waren.

Ansgar lachte. »Ja, das klingt überzeugend.«

Immerhin brachte sie es jetzt fertig, gar nichts darauf zu antworten, auch wenn es sie eine Menge Willenskraft kostete.

»Wir haben schon einen Boten zu diesem Edelmann geschickt, den du nicht kennst«, fuhr Ansgar fort, »um ihn zu fragen, wie viel Lösegeld er für einen kleinen Bauerntölpel zu zahlen bereit ist, den er gar nicht kennt. Ich bin gespannt auf die Antwort.«

Katharina wusste rein gar nichts über Guy de Pardeville, außer dass er einen wirklich seltsamen Namen hatte und anscheinend aus einem fernen Land kam, aber nach allem, was sie über Ritter und Edelleute wusste, wäre sie nicht sonderlich überrascht, wenn er Ansgars Großater zur Antwort den abgeschlagenen Kopf des Unterhändlers zurückschickte.

»Und wenn die Antwort *nichts* lautet?«, fragte sie und hatte dabei das Gefühl, ständig über ihre Zunge zu stolpern.

Ansgar griente nur und sah demonstrativ ins Wasser hinab. Sein Großvater kam wieder heran, blaffte etwas in seiner sonderbar fremdartigen Sprache, und Ansgars Feixen entgleiste abermals und sah jetzt eher aus wie eine Grimasse. Er antwortete in derselben Sprache, und Erik machte eine harsche Geste und stampfte wieder davon. Einer der Krieger begann zu lachen und hörte sofort wieder damit auf, als ihn ein Blick aus den zornigen Augen des Skalden traf.

»Dein Großvater scheint da anderer Meinung zu sein«, sagte Katharina. Eigentlich lallte sie es. Was war nur mit ihr los?

Ansgar zog eine Grimasse, sah etliche Augenblicke lang nachdenklich auf sie herab und löste dann den Trinkbeutel wieder von seinem Gürtel.

»Nimm noch einen Schluck«, sagte er. »Oder zwei. Danach fühlst du dich besser, und vielleicht erzählst du mir ja dann auch die Wahrheit.«

Katharina bezweifelte beides, und wenn sie es recht bedachte, dann war das, was mit ihren Gedanken (und vor allem ihrer Zunge) geschah, auch gar nicht so angenehm. Aber dann sagte sie sich, dass sie schließlich eine Gefangene und dieser Junge mit den albernen Zöpfen ihr Kerkermeister war, streckte die Hand aus und gehorchte.

Das Getränk kam ihr noch schärfer vor als beim letzten Mal, aber die Wärme kehrte in ihren Leib zurück, und auch das Schwindelgefühl war wieder da und jetzt noch angenehmer.

»Unwaschenau …«, begann sie, blinzelte verwirrt und setzte noch einmal und konzentrierter an: »Und was genau huschugjesch …« Sie schluckte. »Hast du jetzt mit mir vor, meine ich?«

»Ich?« Ansgar grinste breit. »Gar nichts. Wenigstens heute nicht. Schlaf ein bisschen.«

Schlafen? Sie war eine Gefangene, und Ansgars Großvater erwartete ein hohes Lösegeld für sie zu bekommen und würde sie wahrscheinlich töten lassen, wenn ihm klar wurde, dass niemand auch nur einen roten Heller für sie bezahlen würde. Wie kam er auf die absurde Idee, sie könnte jetzt *schlafen?*

Und genau mit diesen Gedanken schlief sie dann ein.

*

Skraevald, wie der Name des kleinen Wehrdorfes lautete, in dem sie am nächsten Morgen (und mit hämmernden Kopfschmerzen und dem schlechtesten Geschmack ihres Lebens im Mund) erwachte, war eigentlich gar kein richtiges Dorf, sondern eher ein besseres Zeltlager; wenn auch von einer Ausdehnung, die sie schier erschlug. Die Fläche, auf dem es sich erstreckte, war deutlich größer als die des Dorfes, in dem sie aufgewachsen war, und sie mutmaßte zumindest, dass auch die Zahl seiner Einwohner deutlich größer war.

Zu ihrer Überraschung war sie allein und nicht einmal gefesselt, und neben dem einfachen, aber erstaunlich bequemen Lager aus Fellen, auf denen sie aufgewacht war, fand sie eine Schale mit frischem Obst und knusprigem Fladenbrot und einen Krug Wasser. Und sie trug auch nicht mehr das zerschlissene Gewand, sondern ein einfaches, aber sauberes Kleid aus hellem Wildleder, das ihre Haut fast wie eine zärtliche Hand streichelte. Auch wenn Katharina der Frage, wer ihr ihr altes Kleid aus-, und dieses wieder angezogen hatte, vorsichtshalber auswich, war sie doch angenehm überrascht. Wenn das die Art war, wie die vermeintlichen Dämonen ihre Gefangenen behandelten, dann sollte sie sich vielleicht wünschen, den Rest ihres Lebens weiter eine Gefangene zu bleiben.

Aber natürlich war dieser Gedanke albern – und auch ziemlich dumm. Ihr Kopf tat noch immer so weh, dass sie sich zu jedem einzelnen Gedanken zwingen musste, aber sie erinnerte sich trotzdem an ihr Gespräch mit Ansgar. Sein Großvater würde bald herausfinden, dass seine vermeintliche Geisel nichts wert war, und was dann mit ihr geschah, das wusste vermutlich nicht einmal Gott selbst.

Und wenn er es wusste, dann war sie ihm dankbar dafür, es ihr nicht gesagt zu haben.

Was bedeutete, dass es allmählich an der Zeit war, Fluchtpläne zu schmieden.

Ihr allererster Versuch endete schon nach drei Schritten, indem sie die Zeltplane zurückschlug, sich blinzelnd unter dem Ausgang hindurchbückte und in ein bärtiges und von verfilztem rotbraunem Haar eingerahmtes Gesicht blickte. Der Mann hielt zwar nicht mit angelegtem Speer vor ihrem Zelt Wache, sondern saß mit bequem untergeschlagenen Beinen ein kleines Stück entfernt und wirkte eher müde als wachsam, aber er sah sie sofort, und nur einen Moment später blaffte er ein einzelnes Wort in seiner rauen Sprache, das in Katharinas Ohren eher wie ein Bellen klang.

Sie verstand trotzdem, was er meinte, zog sich hastig wieder in das Zelt zurück und verbrachte eine geraume Weile damit, sich selbst in Gedanken mit allen möglichen Unfreundlichkeiten zu belegen. Wie dumm war sie eigentlich, auch nur einen Atemzug lang geglaubt zu haben, es könnte so einfach sein? Wofür auch immer Erik sie hielt, sie war viel zu wertvoll für ihn, um sie unbewacht zu lassen.

Sie haderte noch eine Weile mit dem Schicksal und sich selbst, brach dann auch diesen wenig nutzbringenden Gedanken ab und sah sich statt dessen aufmerksamer in dem kleinen Zelt um. Sehr viel gab es nicht zu sehen: Abgesehen von dem Lager, auf dem sie aufgewacht war, bestand die gesamte Einrichtung aus einem einfachen Schemel und einem hölzernen Gestell, dessen Zweck ihr verborgen blieb. Das dünne Leder, aus dem die Zeltbahnen zusammengenäht waren, war mit einer Anzahl hölzerner Pflöcke am Boden fixiert, sodass sie allenfalls die flache Hand darunterschieben konnte, aber vielleicht könnte sie diesen Spalt ja erweitern. Rasch ging sie zur Rückseite des Zeltes, ließ sich in die Hocke sinken und versuchte ihr Glück.

Das Hindernis erwies sich als widerspenstiger, als sie erwartet hatte, sodass sie in eine bequemere Position rutschte und die Muskeln anspannte, und ein schwerer Dolch flog nur eine halbe Handspanne an ihrer Schulter vorbei und bohrte sich mit einem dumpfen Laut bis ans Heft in den Boden. Katharina schrie auf, verlor vor Schreck das Gleichgewicht und landete mit einem zweiten, fast piepsenden Schrei auf dem Hinterteil.

»Die Pflöcke sind sehr tief eingeschlagen«, sagte Ansgar, während er an ihr vorbeiging, das Messer aus dem Boden zog und ihr die Waffe dann mit dem Griff voran hinhielt. »Damit geht es besser, weißt du?«

Katharina starrte abwechselnd ihn und den schweren Bronzegriff der Waffe an und rührte sich nicht, bis Ansgar den Dolch mit einem Schulterzucken wieder unter seinen Gürtel schob. »Andererseits wäre es schade um das schöne Zelt. Meine Tante hat es eigenhändig genäht.«

»Deine … Tante?«, murmelte Katharina – eigentlich nur, um überhaupt etwas zu sagen.

Ansgar streckte ihr die Hand entgegen, und Katharina griff danach und ließ sich von ihm aufhelfen. »Das hier ist eigentlich mein Zelt«, antwortete er. »Mein Großvater wollte dich unten bei den Schweinen anbinden, aber ich habe ihn davon überzeugt, dass er das den armen Tieren nicht antun kann … was macht dein Kopf?«

Katharina antwortete gar nicht darauf, fragte sich aber, woher Ansgar von ihren hämmernden Kopfschmerzen wissen konnte, und sah ihn verblüfft an.

Ansgar amüsierte sich ganz unverhohlen über ihre Verwirrung, ließ endlich ihre Hand los und wies zum Ausgang. »Soll ich dir das Lager zeigen?«

»Wie?«

Katharina nickte, und Ansgar drehte sich mit einem neuerlichen auffordernden Armwedeln herum und verließ das Zelt. Katharina folgte ihm und musste schon wieder blinzeln, als sie ins helle Sonnenlicht hinaustrat.

Der Tag war noch jung. Die Sonne war noch nicht einmal ganz über die Baumwipfel des Waldes geklettert, der das Lager im Osten begrenzte, und über der leicht abfallenden Senke auf der anderen Seite hing noch schwacher Dunst, aber es war trotzdem schon sehr hell. Katharina spürte, dass der Tag sehr heiß werden würde; so heiß wie der davor und der davor. Auch dieser Sommer würde wohl wieder so heiß und trocken werden wie die beiden vorhergehenden, wahrscheinlich würde auch die diesjährige Ernte wieder verbrennen und noch mehr Menschen im Dorf verhungern.

Dann wurde ihr klar, dass sie sich darüber keine Gedanken mehr machen musste, und eine plötzliche, aber sehr tiefe Trauer überkam sie.

Ansgar machte eine Kopfbewegung zum Fluss hinab, und als sie ihm folgte, registrierte Katharina beiläufig, dass der Wachtposten vor ihrem Zelt verschwunden war.

Sie nutzte den kurzen Weg, um sich unauffällig umzusehen, denn dass ihr zugegeben nicht besonders klug vorbereiteter Fluchtversuch gescheitert war, bedeutete ganz und gar nicht, dass sie es nicht noch einmal versuchen würde.

Die Zeltstadt erstreckte sich ein gutes Stück am Ufer entlang, wobei ihre Erbauer geschickt sowohl den Sicht- als auch den Windschutz des nahen Waldes und einer sanft ansteigenden Böschung ausnutzten, die fast ein wenig zu gleichmäßig aussah, um nicht künstlich angelegt worden zu sein. Es waren mehr Zelte, als sie zählen konnte (also mehr als zwölf), und es gab keine Palisade, nicht einmal einen Zaun, sondern nur einen hölzernen Wachturm, der aber nicht einmal die Höhe der Baumwipfel erreichte und wohl eher dafür gedacht war, den Fluss im Auge zu behalten. Auf der kleinen Plattform war jedoch niemand.

Überhaupt sah sie erstaunlich wenige Menschen, vielleicht eine Handvoll Männer, die sich zwischen den Zelten bewegten (nicht einer von ihnen war bewaffnet), zwei oder drei ausnahmslos alte Frauen und überhaupt keine Kinder, als wäre die Zeltstadt für eine sehr viel größere Anzahl von Bewohnern angelegt worden.

Vielleicht lag es auch einfach nur an der frühen Stunde.

Sie ließ sich Zeit, um möglichst viel von ihrer Umgebung in sich aufzunehmen, und ihr fiel zumindest eine Sache auf, die sich noch als wichtig erweisen mochte: Das Schiff war verschwunden. Es gab einen hölzernen Steg, der ein paar Schritte weit ins Wasser führte, aber an seinem Ende war nur ein winziges Boot vertäut, das nicht einmal Platz für drei Personen bot.

»Gefällt dir Skraevald?«, fragte Ansgar. Sie hatte das Gefühl, dass er eigentlich eine ganz andere Frage hatte stellen wollen.

»Skraevald?«

»Unser Lager.« Ansgar machte eine ausholende Geste, die die ganze Zeltstadt einschloss. »Mein Großvater hat es so getauft. Er glaubt, dass der Name Glück bringt.«

»Aber wenn man einem Lager einen Namen gibt, macht man es damit nicht irgendwie zu … mehr?«, fragte sie.

Ansgar nickte anerkennend. »Du bist nicht nur ganz hübsch, sondern auch klug«, sagte er. »Wir sind jetzt im zweiten Jahr hier. Und vielleicht werden auch noch mehr daraus.«

»Hier?«, wunderte sich Katharina. »Und niemand hat etwas dagegen getan?«

»Warum? Das Land ist groß, und wir nehmen niemandem etwas weg.«

Er schien noch mehr sagen zu wollen, unterbrach sich aber dann und maß sie stattdessen mit einem sehr langen und ebenso nachdenklichen wie leicht unbehaglichen Blick.

»Warum hast du mir nicht gesagt, dass du ein Mädchen bist?«, fragte er.

Katharina wurde schon wieder misstrauisch. »Und woher –«

»Nardis hat dir die Lumpen ausgezogen, die du anhattest, keine Angst«, sagte er hastig. »Sie hat es mir gesagt. Aber warum hat *du* es mir nicht gesagt?«

»Als ich dich nach oben gezogen habe, oder während du damit beschäftigt warst, mir die Rippen zu brechen?«, erkundigte sie sich.

Ansgar blinzelte, zwang sich schließlich zu einem nervösen Lächeln und wechselte vorsichtshalber das Thema. »Du hast gefragt, ob die Menschen hier etwas gegen uns haben«, erinnerte er. »Am Anfang war es tatsächlich so. Die Menschen in der Umgebung haben uns gefürchtet, das ist wahr, aber sie haben rasch gemerkt, dass es dafür keinen Grund gibt. Heute treiben sie Handel mit uns.«

»Und die Fürsten?«

»Sind voll und ganz damit beschäftigt, ihre Leibeigenen auszuquetschen und sich gegenseitig zu bekämpfen«, antwortete Ansgar leichthin. »Solange wir ihnen nichts tun, halten sie es umgekehrt genauso.«

»Und warum habt ihr dann gestern Nacht das Dorf überfallen?«

Ansgar sah sie fragend an. »Wovon sprichst du?«

»Von Ellsbusch«, antwortete Katharina. »Von all seinen unschuldigen Männern, Frauen und Kindern, die ihr erschlagen habt, und von Vater Cedric, den eure Männer ans Kreuz genagelt haben!«

»Ich weiß wirklich nicht, wovon –«, begann Ansgar, brach dann mit einem Achselzucken ab und wiederholte seine deutende Geste. »Sprich darüber mit meinem Großvater, vielleicht versteht er ja, wovon du redest. Komm, ich zeige dir alles.«

Katharina rührte sich nicht. »Dass ihr Barbaren und Mörder seid, habe ich ja schon mit eigenen Augen gesehen«, sagte sie. »Aber ich wusste bisher noch nicht, dass ihr auch Feiglinge seid! Hast du nicht einmal den Mut, zu euren Untaten zu stehen?«

Ansgars Lächeln wurde um mehrere Grade kühler. »Mörder und Barbaren?«, wiederholte er. »Wenn du uns wirklich dafür hältst, Mädchen, dann bist du entweder sehr mutig, das so zu sagen, oder sehr dumm.«

»Was habe ich schon zu verlieren?«, schnappte sie trotzig. »Und nenn mich nicht *Mädchen*. Ich habe einen Namen.«

»Den du mir bisher allerdings noch nicht verraten hast, *Mädchen*«, sagte er.

»Katharina«, fauchte Katharina. »Mein Name ist Katharina.«

»Kara«, sagte er nach kurzem Nachdenken.

»Katharina«, wiederholte sie scharf.

»Kara«, beharrte er. Als Katharina auffahren wollte, hob er die Hand und machte eine befehlende Geste. »Ich habe dich schon verstanden, *Kara*, aber außer meinem Großvater und mir spricht hier niemand eure Sprache, und die Männer würden sich an ihren eigenen Zungen verschlucken, wenn sie versuchen würden, ihn auszusprechen.« Er lachte leise. »Außerdem spart es Zeit.«

Katharina wollte es nicht – aber sie musste gegen ihren Willen lächeln, und damit war der Bann gebrochen.

»Willst du den Rest des Dorfs sehen?«, fragte er.

»Jetzt ist es also doch schon ein Dorf«, sagte Katharina. »Und nicht nur ein Zeltlager.«

Ansgar seufzte, schüttelte den Kopf und verdrehte übertrieben die Augen. »Ja oder nein?«

»Hast du denn gar keine Angst, dass ich weglaufen könnte?«, fragte sie, statt direkt zu antworten.

»Weglaufen?«, wiederholte Ansgar. »Aber wohin denn?«

Auch die Antwort darauf blieb ihm Katharina schuldig. Aber sie dachte noch lange darüber nach.

Ansgar zeigte ihr tatsächlich nicht nur jedes einzelne Zelt der sonderbaren Zeltstadt, sondern stellte sie auch jedem einzelnen ihrer Einwohner vor; was allerdings eine ziemlich einseitige Angelegenheit war. Anscheinend hatte er die Wahrheit gesagt, als er behauptet hatte, sein Großvater und er wären die Einzigen hier, die ihre Sprache sprachen. Sie hörte eine Menge fremdartig klingender Namen und musste sich eine Menge noch fremdartiger klingendes Geschnatter anhören, und am Ende war sie wirklich froh, als Ansgar sie in ihr Zelt (das eigentlich seines war) zurückbrachte. Katharina schwirrte der Kopf von all den seltsamen Namen und sonderbaren Worten, die sie gehört hatte. Der schlechte Geschmack, mit dem sie aufgewacht war, war noch immer in ihrem Mund, und auch ihr Magen meldete sich dann und wann mit einem Gefühl leiser Übelkeit; immer im Wechsel mit dem Stechen ihrer gebrochenen Rippe.

Zumindest hatte der improvisierte Rundgang nicht allzu lange gedauert. Ihr allererster Eindruck war richtig gewesen: Skraevald hatte im Moment kaum mehr Einwohner als Zelte, und gerade einmal zehn oder zwölf der Männer waren tatsächlich Krieger.

»Die anderen sind mit Großvater und der *Werdandi* unterwegs«, antwortete Ansgar auf ihre entsprechende Frage. »Aber sie sind bis Mittag zurück. Danach wird er bestimmt mit dir reden wollen.«

»Bis Mittag?«, wunderte sich Katharina. »So schnell geht das?«

»Was?«, fragte Ansgar. Sie saßen in seinem Zelt zusammen; Ansgar auf dem kleinen Schemel, der praktisch die gesamte

Einrichtung darstellte, Katharina mit untergeschlagenen Beinen auf dem Lager aus Fellen. Eine der Frauen hatte ihnen zu essen gebracht; frisch gekochtes Gemüse und schmale Streifen aus gebratenem Hühnchen, die einfach nur köstlich schmeckten. Wie alle Bewohner von Ellsbusch bekam Katharina nur sehr selten Fleisch, und wann das letzte Mal ein Hühnchen auf ihrem Teller gelegen hatte statt eines mageren Hasen oder ein zäher Wildschweinfuß, konnte sie gar nicht mehr sagen. Vielleicht war es ein Jahr her, vielleicht auch zwei. Ansgars Großvater wusste, wie man einen wertvollen Gefangenen standesgemäß bewirtete.

Wahrscheinlich hätte es ihr noch besser geschmeckt, wenn ihr Magen nicht immer noch gegen jeden Bissen revoltiert hätte. Und vermutlich noch *sehr viel besser,* wäre da nicht der hässliche kleine Gedanke gewesen, dass dieses Essen gut und gerne ihre Henkersmahlzeit sein konnte.

»Was genau meinst du damit: So schnell geht das?«, hakte Ansgar nach, als sie nicht sofort antwortete.

»Das Morden und Brandschatzen«, sagte sie. »Habt ihr ein Dorf in der Nähe entdeckt, das sich nicht wehren kann?«

Ansgar verdrehte schon wieder die Augen und seufzte leise, ersparte sich aber jede Antwort und riss ein weiteres Stück Hühnerfleisch von dem Knochen in seiner linken Hand. Katharina fiel auf, wie strahlend weiß und kräftig seine Zähne waren; und nicht nur das. Hätte er nicht diese albernen blonden Mädchen-Zöpfe gehabt, dann hätte er wirklich gut ausgesehen.

Gerade, als sie endgültig zu dem Schluss gekommen war, dass er ihre Frage anscheinend einfach ignorieren würde, antwortete er doch.

»Du kannst es einfach nicht lassen, wie?«

»Was?«, fragte nun Katharina.

»Was haben dir deine Eltern eigentlich über uns erzählt?«, fragte Ansgar kauend. »Lass mich raten: dass wir Ungeheuer und Dämonen sind, die über jeden herfallen, der sich nicht schnell genug versteckt, und nur vom Morden und Brandschatzen leben?«

»Meine Eltern haben mir gar nichts erzählt«, antwortete Katharina. »Sie sind tot.«

»Oh«, murmelte Ansgar. »Das tut mir leid.«

»Schon sehr lange«, fügte Katharina hinzu. »Ich kann mich nicht an sie erinnern.«

Ansgar legte fragend den Kopf auf die Seite, und Katharina beantwortete seine nächste Frage, bevor er sie überhaupt aussprechen konnte: »Ich bin bei guten Menschen in Ellsbusch aufgewachsen. Mal hier, mal da.« Die Wahrheit war eher, dass die *guten Menschen* von Ellsbusch sie mehr oder weniger herumgereicht hatten. Sie erinnerte sich natürlich nicht an die ersten Jahre ihres Lebens im Dorf, aber während der Jahre, an die sie sich erinnerte, hatte sie nie mehr als einige wenige Monate bei einer Familie zugebracht.

Seltsamerweise schmerzte die Erkenntnis, dass all diese Menschen, von denen gewiss nicht einer ihr Freund gewesen war, tot waren, trotzdem so sehr, als hätte sie ihre Familie verloren.

»Und?«, fragte Ansgar, als hätte er ihre Gedanken gelesen.

»Ich weiß gar nichts von euch«, gestand sie widerwillig. »Außer dass die Menschen euch fürchten.«

Nicht einmal das entsprach ganz der Wahrheit, wenn sie ehrlich war. Sie hatte Geschichten gehört, finstere und erschreckende Geschichten von grausamen Kriegern aus dem Norden, die auf ihren schnellen Drachenbooten den Rhein herauffuhren und Angst und Schrecken verbreiteten, aber es waren eben nur Geschichten gewesen. Spannende Geschichten, bei denen einem das Herz in der Brust klopfte und ein wohliger Schauer über den Rücken lief, aber mehr eben auch nicht. Niemals hätte sie geglaubt, dass sie *wahr* sein könnten.

Wenigstens nicht bis gestern.

»Ich verstehe«, seufzte Ansgar. Er sah nicht wirklich ärgerlich aus, fand Katharina. Eher ein bisschen traurig.

»Ach ja?«, fragte Katharina.»Und was verstehst du?«

»Dass die alten Geschichten, die man dir erzählt hat, wahr sind, und zugleich auch so falsch, wie es nur geht.« Er kaute genüsslich, wollte in seine Schale greifen und hielt sie dann stattdessen ihr hin. Katharina sah, dass noch zwei große Streifen knusprig gebratenes Hühnchen auf dem gedünsteten Gemüse lagen. Sowohl ihr Magen als auch ihr Stolz protestierten vehement dagegen … aber es war Fleisch, und ihr lief das Wasser so sehr im Mund zusammen, dass sie sich beherrschen musste, um nicht zu sabbern.

Sie warf Ansgar einen nichts anderes als verächtlichen Blick zu, streckte die Hand aus und nahm das Fleisch. Beide Stücke. Ansgar hob überrascht die Augenbrauen.

»Und wie sollte so etwas gehen?«, fragte sie mit vollem Mund kauend. »Dass etwas wahr ist, und zugleich auch wieder nicht?«

»Weil Menschen manchmal aus Fehlern lernen, Mädchen. Sogar Menschen aus eurem Volk. Oder unserem.«

Es war nicht Ansgar, der das sagte, sondern sein Großvater, der unbemerkt hinter ihnen das Zelt betreten hatte. Er sah sehr müde aus, und Katharina musste nicht fragen, um zu wissen, dass er seit mindestens einer Nacht kein Auge zugetan hatte. Aber er sprach das Deutsche auch sehr viel flüssiger als sein Enkel und gänzlich ohne dessen stockend-holprigen Akzent.

Ansgar sprang auf und begann in seiner harten Muttersprache auf ihn einzureden, und Erik schloss mit der linken Hand die Zeltplane hinter sich und brachte ihn mit einer herrischen Geste der anderen mitten im Satz zum Verstummen.

»Es ist unhöflich, in einer Sprache zu reden, die unser Gast nicht versteht, Ansgar«, sagte er. Mit Schritten, die zugleich kraftvoll wie auch unendlich müde wirkten, kam er näher, ließ sich zwischen ihr und seinem Enkel in die Hocke sinken und sah sie abwechselnd und auf eine Art an, von der Katharina nicht sagen konnte, ob sie ihr gefiel.

Um ehrlich zu sein, machte sie ihr Angst.

»Ihr habt euch also schon ein wenig besser kennengelernt«, fuhr er fort, jetzt direkt an Katharina gewandt. »Aber ich muss mich für die Unhöflichkeit meines Enkels entschuldigen. Ich hatte ihm aufgetragen, sich um dich zu kümmern, aber er hat es anscheinend vorgezogen, sich aufzuspielen und dich zu beeindrucken. Es ist meine Schuld. Ich hätte bedenken müssen, dass er trotz allem noch ein Knabe ist, kein Mann.«

Katharina verstand nicht ganz, was er meinte, aber sie war sich sicher, dass es besser war, keine entsprechende Frage zu stellen, und sah den grauhaarigen Krieger nur stumm und aufmerksam an. Ansgar zog eine beleidigte Schnute.

»Hat man dich gut behandelt?«, fragte Erik, sah dann kurz auf das Fleisch in ihrer Hand und ihre fettigen Lippen und hatte sichtlich Mühe, ein Lächeln zu unterdrücken. Katharina nickte, und Erik, der ganz offensichtlich keine andere Antwort erwartet hatte und auch nicht akzeptiert hätte, fuhr fort: »Es wird nicht mehr lange dauern. Ich habe mit Guy de Pardevilles Unterhändler gesprochen. Morgen bei Sonnenaufgang kommt ein Schiff, das dich abholt und wieder nach Hause bringt, Katharina.«

Katharina fragte sich, von welchem *Zuhause* er sprach. Das einzige Zuhause, das sie je gehabt hatte, existierte nicht mehr, sondern war von ihm und seinen Dämonenkriegern in einen Friedhof verwandelt worden.

Erst dann fiel ihr auf, dass er ihren Namen genannt hatte.

»Katharina?«, fragte sie.

»Katharina«, bestätigte Erik.

»Kara«, sagte Ansgar. Sowohl Katharina als auch sein Großvater ignorierten ihn.

»Guy de Pardeville ist bereit, über deine Freilassung zu verhandeln«, bestätigte Erik. Ein müdes Lächeln huschte über seine Lippen, die zumindest im Moment genauso grau und blutleer wirkten wie sein Bart und sein Haar. »Er ziert sich noch ein wenig, was die Höhe des Lösegelds angeht, aber mach dir keine Sorgen. Das tut er wahrscheinlich nur, weil er es seinem eigenen Stolz schuldig ist. Spätestens morgen Abend bist du wieder zuhause.«

Katharina konnte ihn einfach nur verwirrt ansehen. Warum sollte Guy de Pardeville – oder irgendwer? – Lösegeld für sie bezahlen?

»Was habt Ihr damit gemeint?«, fragte sie schleppend. »Dass Menschen lernen?«

»Du«, antwortete Erik. »Bei uns gibt es keinen Unterschied zwischen *du* und *Ihr.* Wir alle werden nackt und unter Blut und Schmerzen geboren, und wir werden zum gleichen Staub, wenn wir sterben. Genau wie ihr. Aber wir haben das nie vergessen.« Er seufzte müde. »Und um deine Frage zu beantworten, mein Kind: Es ist wahr. Es gab eine Zeit – und sie ist noch nicht einmal so lange her –, da war es genau so, wie du gesagt hast. Krieger aus unserem Volk sind hergekommen, um zu stehlen und zu plündern. Viel Blut ist geflossen, auf beiden Seiten, und eine Menge Unrecht wurde getan. Aber diese Zeiten sind vorbei, und wir haben gelernt, miteinander zu leben, anstatt uns gegenseitig umzubringen.«

Bis auf die zurückliegende Nacht, dachte Katharina.

»Es ist kompliziert«, sagte Erik, beinahe als hätte sie diesen Gedanken laut ausgesprochen. »Ich erwarte nicht, dass du es verstehst oder mir gar glaubst. Aber spätestens bei Sonnenaufgang bist du wieder zuhause, das verspreche ich dir. Und bis dahin«, fügte er in verändertem Ton und mit einem Seitenblick auf seinen Enkel hinzu, »wird sich Ansgar um dich kümmern. Du kannst ihm vertrauen. Wenigstens so weit, wie ich ihm traue.«

Er stand auf, indem er die Handflächen auf die Oberschenkel legte und sich auf die Weise selbst abstützte, nickte Ansgar noch einmal zu und ging schnell, aber mit müde hängenden Schultern aus dem Zelt. Irgendwie hatte Katharina das Gefühl, dass es dunkler wurde, nachdem er gegangen war.

Sie schwiegen noch eine geraume Weile, nachdem sie wieder allein waren, und ihre Gedanken kreisten noch immer um dieselbe Frage: Guy de Pardeville wollte ein Lösegeld für sie bezahlen? Warum sollte er das tun? Noch vor zwei Tagen hatte er noch nicht einmal gewusst, dass es sie *gab!*

»Du … äh … solltest ihn nicht allzu ernst nehmen«, sagte Ansgar schließlich. »Er hat ein paar ziemlich anstrengende Tage hinter sich.« Er grinste schief. »Morden und Brandschatzen ist ein mühsames Geschäft.«

»So war das nicht –«, begann sie, brach mitten im Satz ab und gewann noch ein bisschen Zeit damit, herzhaft in ihr Fleisch zu beißen und genüsslich zu kauen. Ansgar geduldete sich, bis sie fertig gekaut und den Bissen heruntergeschluckt hatte, dann fragte er:

»Und wie sonst?«

»Ich habe die Männer gesehen«, beharrte Katharina.

»Die dein Dorf überfallen haben?«, fragte Ansgar.

»Nein«, gestand Katharina widerwillig. »Aber die Burg. Ich war dabei, Ansgar. Ich habe den Krieger *gesehen*, der Graf Ellsbusch erschlagen hat.«

Ansgar nickte, ebenso langsam wie nachdenklich. »Glaubst du, dass du ihn wiedererkennst?«, fragte er. »Jetzt wo die *Werdandi* wieder hier ist, sind alle Krieger im Lager. Ich kann dir jeden einzelnen zeigen.«

»Diesen nicht«, erwiderte sie. »Er ist tot.«

»Tot«, vergewisserte sich Ansgar. »Und da bist du ganz sicher?«

»Ich wäre tot, wenn man mir ein Schwert in den Bauch stoßen würde«, antwortete sie, nickte bekräftigend und legte die Hand auf die Seite, als ihre gebrochene Rippe ihr mit einem schmerzhaften Stich zustimmte. Ansgars Blick folgte der Bewegung, und er sah plötzlich ein bisschen schuldbewusst aus. Aber er ging mit keinem Wort darauf ein.

»Dann kann es keiner von unseren Männern gewesen sein.«

»Wieso?«

»Weil wir keinen Mann verloren haben«, antwortete Ansgar. »Alle Krieger, die mit uns aufgebrochen sind, sind auch unversehrt wieder zurückgekommen …« Er deutete ein Schulterzucken an. »Nun ja, mehr oder weniger … aber sie sind alle noch am Leben.«

»Ich habe sie *gesehen«*, beharrte Katharina. Seltsam: Obwohl sie diesen Jungen im Grunde kaum kannte, glaubte sie nicht nur zu spüren, dass er die Wahrheit sagte, sie *wollte* ihm glauben.

»Es gab keinen Kampf in dieser Nacht«, beharrte Ansgar. »Wir waren auf dem Rückweg und haben den Feuerschein gesehen, das ist alles. Der einzige Mensch, den wir getroffen haben, war ein schmutziger Bauernjunge, der versucht hat, mich die Klippe hinunterzustoßen.«

»Ich habe es gesehen«, sagte Katharina stur.

»Ich glaube dir«, antwortete Ansgar. Er wirkte mit einem Mal sehr nachdenklich. »Und du bist ganz sicher, dass es einer von …« Er verbesserte sich und sprach jetzt noch langsamer weiter: »… dass es ein Nordmann war?«

Auch dieses Wort hatte Katharina noch nie gehört, aber sie wusste, was er meinte. Sie nickte.

»Das hättest du mir vorher sagen müssen«, sagte Ansgar.

»Ich bin davon ausgegangen, dass du das weißt«, antworte Katharina. »Du warst schließlich dabei.«

»Ich war damit beschäftigt, mich an einem Stein festzuhalten«, sagte Ansgar patzig, »weil mich jemand hinterrücks eine Klippe hinabgestoßen hat.«

»Vielleicht ein argloses Bauermädchen, dem du feige im Dunkeln aufgelauert hast?«, fragte Katharina und klimperte unschuldig mit den Augenlidern. »Vielleicht dasselbe, das dich wieder hochgezogen und dir damit das Leben gerettet hat?«

Ansgar schwieg, und Katharina drehte das Messer genüsslich in der Wunde herum. »Und das du zum Dank grün und blau getreten hast?«

»Das wusste ich nicht«, antwortete Ansgar zerknirscht.

»Dass du mich getreten hast?«

»Dass du ein Mädchen bist«, antwortete Ansgar gereizt. »Ich dachte, dass du …« Er biss sich auf die Unterlippe, starrte einen Moment lang geradewegs durch sie hindurch ins Leere und stand dann mit einem Ruck auf. »Es ist kompliziert.«

»Das habe ich heute schon ein paarmal gehört, sagte Katharina missmutig.

»Das könnte daran liegen, dass es so ist«, erwiderte Ansgar. »Warte hier. Ich muss mit meinem Großvater reden. Wir sind gleich zurück.«

*

Ansgar kam nicht gleich zurück, weder allein noch zusammen mit seinem Großvater. Es verging mindestens eine Stunde, in der sie in ihrem Zelt saß und vergeblich darauf wartete, dass überhaupt etwas geschah, und schließlich ging ihr auf, dass sie sich ziemlich albern benahm. Ansgar hatte die Zeltplane nicht wieder hinter sich geschlossen, und sie konnte sehen, dass der Wächter vor ihrem Zelt verschwunden war – aber sie verhielt sich immer noch wie eine Gefangene, die man mit unsichtbaren Ketten gebunden hatte.

Kurz entschlossen und sehr viel wütender auf sich selbst als auf Ansgar oder seinen Großvater verließ sie das Zelt und machte sich auf die Suche nach dem Skalden. Sie sah Erik nicht sofort, aber als sie sich zum Fluss herumdrehte, erlebte sie eine Überraschung: Der Drache war wieder da, und er war nicht mehr allein.

Das schlanke Drachenboot lag am Ende des kurzen Stegs, und ein zweites und deutlich größeres Schiff schaukelte nur eine gute Steinwurfweite hinter ihm auf den trägen Wellen. Es war von ähnlicher Bauart, aber massiger und irgendwie ... *finsterer*. Seine Reling wurde von runden, nebeneinander aufgereihten Schilden gebildet, und an Deck bewegten sich Dutzende großer Gestalten mit bizarren Helmen und noch bizarreren Waffen, die trotz der Wärme größtenteils schwere Umhänge und Felle trugen.

Das schwere Segel, das schlaff von der Rahe hing, war nicht rot und weiß gestreift, wie das der *Werdandi*, sondern mit einem Wolfsschädel bestickt. Auch das kleinere Boot, das sie vorhin gesehen hatte, war nicht mehr am Steg festgebunden, sondern befand sich auf halbem Wege zu dem fremden Schiff. Es wurde von vier Männern gerudert, zwischen denen ein auffallend großer Krieger stand, der hoch aufgerichtet zu ihnen hinübersah.

Es dauerte einen Moment, bis Katharina der Fehler in diesem Gedanken auffiel: Der schwarzhaarige Krieger sah nicht zu ihnen hin, sondern zu *ihr*.

Im Grunde war es unmöglich. Das Boot war schon viel zu weit entfernt, als dass sie mehr als einen hellen Fleck dort erkennen konnte, wo sein Gesicht war, und umgekehrt galt dasselbe auch für ihn – aber er starrte eindeutig *sie* an, und das auf eine Art, dass sie sich mit jedem Moment unbehaglicher fühlte. Sie meinte seinen Blick fühlen zu können wie die Berührung einer unangenehm trockenen, fiebrigen Hand.

Und dann erkannte sie ihn.

Das war genau genommen noch viel unmöglicher. Das Gesicht des Dämons war fast zur Gänze hinter dem Visier seines barbarischen Helms verborgen gewesen, und sie hatte gesehen, wie er starb.

Und trotzdem war sie vollkommen sicher, dass der Krieger dort drüben im Boot derselbe war, der Graf Ellsbusch erschlagen hatte …

»Du hast ihn also schon gesehen«, sagte Ansgar hinter ihr.

Katharina sah nicht einmal zu ihm zurück, und sie regte sich auch nicht, als er neben sie trat. Katharina ließ den riesigen Krieger nicht aus den Augen, bis er auf das größere Schiff übergewechselt war; mit schnellen, zugleich aber auch sonderbar schwerfällig erscheinenden Bewegungen.

»Wer ist das?«, fragte sie.

»Wulfgar.« Er lachte, aber es klang nicht wirklich freundlich. »Auf ihn und eine Menge seiner Männer würde die Beschreibung zutreffen, vor der du dich so gefürchtet hast. Und das, obwohl die meisten in direkter Linie mit uns verwandt sind.« Er seufzte. »Seine Verwandtschaft kann man sich leider nicht aussuchen.«

»Das ist er«, sagte Katharina leise. Sie beobachte, wie Wulfgar mit schnellen Schritten zu dem niedrigen Zelt am Heck des Drachenbootes ging und dabei heftig gestikulierend Anweisungen gab. Dann fiel ihr auf, wie sonderbar eckig seine Bewegungen wirkten.

»Das ist wer?«, fragte Ansgar.

»Der Dämon, der Graf Ellsbusch erschlagen hat«, antworte Katharina. »Das ist er.«

Ansgar runzelte die Stirn, sah sie einen Moment ebenso nachdenklich wie stumm an und blickte dann wieder zu dem riesigen Drachenboot hin. Der Nordmann hatte seinen Helm wieder aufgesetzt und brüllte seinen Männern Befehle zu, und das laut genug, dass man es bis zu ihnen hören konnte.

»Seltsam«, sagte Ansgar. »Du hast gesagt, er wäre tot … aber für einen Toten bewegt er sich noch ziemlich gut. Und schreit auch noch sehr laut, finde ich.«

»Er war es«, beharrte Katharina. »Ich bin ganz sicher.«

Und das Schlimmste war: Sie hatte Wulfgar nicht einfach nur erkannt, sie wusste mit vollkommener Sicherheit, dass er sie ebenso erkannt hatte.

Ansgar setzte dazu an, etwas zu sagen, beließ es aber dann bei einem neuerlichen Stirnrunzeln und sah noch einmal zu dem schwarzen Drachenboot hin. Auf einen weiteren, gebrüllten Befehl Wulfgars hin senkten sich zwei Dutzend langer Ruder klatschend ins Wasser, und das Schiff begann sich schwerfällig in Bewegung zu setzen, nahm aber rasch Fahrt auf, obwohl es gegen die Strömung ankämpfen musste.

»Wenn du die Wahrheit sagst«, dann ist das eine sehr schlimme Sache«, sagte er schließlich. »Aber wenn nicht, auch. Diese Behauptung könnte dich dein Leben kosten, ob sie nun wahr ist oder nicht. Ist dir das klar?«

»Warum?«, fragte Katharina.

»Weil Wulfgar ein sehr gefährlicher Mann ist, mein Kind.« Erik war genau so unbemerkt hinter ihnen erschienen wie sein Enkel zuvor, und er musste zumindest den letzten Teil ihres Gespräches mit angehört haben. »Was willst du über Wulfgar sagen?«

Als er nicht sofort eine Antwort bekam, wandte er sich mit fragendem Blick an seinen Enkelsohn, und Ansgar begann rasch und in seiner Muttersprache auf ihn einzureden. Diesmal schien er es nicht als unhöflich zu empfinden. Erik hörte stumm und mit völlig unbewegtem Gesicht zu und schwieg auch dann noch eine Weile, als Ansgar fertig war.

»Ansgar hat Recht«, sagte er schießlich, an Katharina gewandt. »Wenn du das, was du ihm gesagt hast, irgendeinem anderen als meinem Enkel oder mir erzählst, dann könnte es dich gut das Leben kosten; ganz gleich, ob es wahr ist oder nicht.«

»Es *ist* wahr«, beharrte Katharina.

»Ich sage nicht, dass du lügst, Mädchen«, antwortete Erik ernst.

»Aber es ergibt keinen Sinn«, fügte Ansgar hinzu. »Graf Ellsbusch und Wulfgar sind seit vielen Jahren Verbündete.«

»Das ist wahr«, sagte Erik. »Aber dir wird auch aufgefallen sein, dass etwas mit ihm nicht stimmt. Er hat sich ziemlich vorsichtig bewegt, und er hatte Schmerzen; auch wenn er versucht hat, sich das nicht anmerken zu lassen.«

»Und?«, fragte Ansgar und machte ein abfälliges Geräusch. »Er schlägt sich dauernd mit seinen Kriegern. Vielleicht ist er endlich an einen geraten, der ihm gewachsen ist.«

»Ja, das könnte sein«, murmelte Erik. Aber er wirkte nicht überzeugt. Schweigend und sehr nachdenklich sah er dem davongleitenden Drachenboot nach, seufzte schließlich noch einmal und sehr tief und bedachte Katharina mit einem langen, undeutbaren Blick.

»Mein Enkel hat mir erzählt, was du über die letzte Nacht auf Burg Ellsbusch berichtet hast«, sagte er. »Hat es sich wirklich genau so zugetragen, Mädchen?« Er hob die Hand, als sie antworten wollte. »Überleg dir deine Antwort ganz genau. Wenn du lügst, und es kommt heraus, ist dein Leben verwirkt. Und auch der Umstand, dass du fast noch ein Kind bist, wird dich dann nicht retten.«

»Es *ist* die Wahrheit!«, beharrte Katharina. Warum glaubte ihr denn niemand?

»Dann komm mit«, sagte Erik, nachdem er einen weiteren Moment nachgedacht hatte. Ohne ihre Antwort abzuwarten, drehte er sich um und ging mit schnellen Schritten davon. Katharina warf Ansgar einen ebenso fragenden wie Hilfe suchenden Blick zu, den er aber geflissentlich ignorierte. Er bedeutete ihr nur mit einer fast befehlenden Geste, seinem Großvater zu folgen.

Erik steuerte das größte Zelt an. Er sah kein einziges Mal zurück, um sich davon zu überzeugen, dass sie ihm auch wirklich folgte. Auf dem Weg dorthin sprach er zwei Männer an, die augenblicklich herumfuhren und davoneilten, und Katharinas ungutes Gefühl verstärkte sich noch mehr. Sie wünschte sich schon fast, gar nichts gesagt zu haben.

Das Zelt musste irgendwie verzaubert sein, denn sein Inneres kam ihr mindestens doppelt so groß vor, wie es von außen den Anschein gehabt hatte, und die Einrichtung war auch nicht annähernd so karg wie die in Ansgar Zelt. Es gab einen Tisch mit einem guten Dutzend Stühlen, mehrere große Truhen, die mit schweren eisernen Bändern beschlagen waren, und sogar ein richtiges Bett, das größer war als die meisten, die Katharina jemals gesehen hatte. Erik wusste zu leben, das musste sie ihm lassen. Auch wenn sie das Innere von Burg Ellsbusch nie gesehen hatte, so bezweifelte sie doch, dass es dort sehr viel prachtvoller sein konnte.

Erik machte eine unwillig-wedelnde Handbewegung auf die Stühle, die etwas so Befehlendes hatte, dass sie nicht einmal auf den Gedanken kam, ihr nicht zu gehorchen. Ansgar nahm auf dem gegenüberliegenden Stuhl Platz, wich ihrem Blick aber weiter aus, und aus Katharinas ungutem Gefühl wurde etwas anderes, über dessen genaue Bedeutung sie lieber gar nicht erst nachdenken wollte.

Wahrscheinlich verging nicht einmal viel Zeit, aber für sie war es trotzdem, als hätten sie eine schiere Ewigkeit schweigend dagesessen. Schließlich betraten zwei weitere Männer das Zelt, und nur einen Moment später ein dritter. Sie waren ungefähr in Eriks Alter und wirkten mir ihren langen Haaren und struppigen Bärten wild und ein bisschen Furcht einflößend, aber die Blicke, mit denen sie sie maßen, kamen ihr eher freundlich vor.

Erik bedeutete ihnen mit einer knappen Geste, Platz zu nehmen und wandte sich direkt an Katharina. »Das sind Ole, Twersig und Hrot«, sagte er. »Sie sprechen deine Sprache nicht, weshalb ich für sie übersetzen werde. Hast du das verstanden?«

Katharina nickte, und Erik wechselte er paar Worte in seiner Muttersprache mit den drei Männern und wandte sich dann wieder an Katharina.

»Erzähl uns noch einmal in allen Einzelheiten, was du gesehen hast.«

So schwer es ihr auch fiel, Katharina gehorchte und ließ nur zwei Dinge weg: ihr eigenes Versagen und die genauen Umstände ihres Zusammentreffens mit Ansgar. Erik unterbrach sie immer wieder, um ihre Worte zu übersetzen, und auch wenn keiner der drei anderen sie auch nur ein einziges Mal unterbrach, entging Katharina doch nicht, dass sich ihre Mienen praktisch mit jedem Wort, das sie hörten, weiter verfinsterten.

»Und du bist ganz sicher, dass es wirklich Wulfgar war, der den Grafen erschlagen hat?«, fragte Erik noch einmal, als sie zum Ende gekommen war.

»Ja«, antwortete Katharina nur. Dieses eine Wort übersetzte Erik nicht, aber es war auch nicht nötig. Bedrücktes Schweigen begann sich an dem langen Tisch auszubreiten.

»Das ist schlimm«, sagte Erik noch einmal.

»Ihr glaubt mir nicht«, sagte Katharina.

»Ich würde dir gerne nicht glauben«, antwortete Erik mit einem schmerzlichen Verziehen der Lippen, »doch leider passt es zu so manchem, was ich gehört habe, und einigem anderen, was bisher keinen Sinn zu ergeben schien.«

Einen Moment lang grübelte er vor sich hin, dann wandte er sich in seiner unverständlichen Sprache an die drei anderen, und eine hitzige Diskussion began. Natürlich verstand Katharina nicht, worum es ging, aber die erregten Stimmen und immer finstereren Mienen verrieten ihr genug.

Und wenn nicht das, dann wäre es der Ausdruck auf Ansgars Gesicht gewesen.

»Habe ich … etwas Falsches gesagt?«, fragte sie unbehaglich.

»Nein«, antwortete Ansgar wenig überzeugend. »Es ist nur …«

»Warum zeigst du Katharina nicht das Lager?«, fiel ihm sein Großvater ins Wort.

»Das kenne ich –«, begann Katharina, und Ansgar bedachte sie mit einem Blick, der sie mitten im Wort verstummen ließ, und stand auf.

»Längst noch nicht alles«, sagte er rasch. »Außerdem hast du Freya und ihre Jungen noch nicht gesehen.«

»Freya?«

»Meine Katze«, sagte Ansgar. »Sie hat vor ein paar Tagen Junge bekommen. Du magst doch kleine Kätzchen, oder?« Es war keine Frage, auf die er eine Antwort erwartete, und er gab ihr auch gar keine Gelegenheit dazu, sondern zog sie schon beinahe gewaltsam von ihrem Stuhl hoch und mit sich aus dem Zelt. Erst, als sie draußen waren, gelang es Katharina, sich loszureißen und ihn zornig anzufunkeln; wenn auch vorsichtshalber aus zwei oder drei Schritten Abstand.

»Was soll das?«, fauchte sie. »Behandle mich nicht wie ein dummes Kind!«

»Du solltest lieber froh sein, dass mein Großvater dich wie ein Kind behandelt«, antwortete Ansgar ernst. »Wenn er dich wie eine erwachsene Gefangene behandeln würde, dann würde es dir nicht so gut gehen, glaub mir.« Sein Blick wurde mit einem Mal so ernst, dass Katharina ein eisiger Schauer über den Rücken lief. »Weißt du eigentlich, was du angerichtet hast, Mädel?«

»Ich?«, fragte Katharina empört.

»Natürlich nicht du«, antwortete Ansgar rasch. Er wandte sich um und bedeutete ihr mit einer Geste, ihm zu folgen, während er losging. »Was du erzählt hast. Wenn es die Wahrheit ist …«

»Es *ist* wahr!«

»Dann ist die Lage noch viel schlimmer, als mein Großvater bisher geglaubt hat«, fuhr Ansgar unbeeindruckt fort. »Komm mit, ich erkläre dir alles … soweit ich es kann, heißt das. Es ist kompliziert, habe ich das schon gesagt?«

»Mehrmals«, knurrte Katharina.

Ansgar zuckte nur mit den Achseln, ging zwischen zwei Zelten hindurch und nahm die flache Böschung zum Waldrand hinauf in Angriff. Er sprach erst weiter, als sie schon auf halbem Wege zu den ersten Bäumen waren.

»Mein Großvater erzählt mir nicht alles, musst du wissen. Er ist der Meinung, dass ich noch zu jung bin, um mir den Kopf über derlei Dinge zu zerbrechen. Irgendwann werde ich vielleicht einmal sein Nachfolger, aber von den Geschicken des Volkes weiß ich nichts! Und wenn es nach ihm ginge, dann würde das wahrscheinlich auch noch die nächsten zehn Jahre so bleiben!«

»Wie alt bist du denn?«, erkundigte sich Katharina.

»Dreizehn«, antwortete Ansgar und schnaubte zornig. »Zur nächsten Wintersonnenwende werde ich vierzehn! Die meisten Gleichaltrigen aus unserem Dorf haben in meinem Alter schon ihre erste Schlacht hinter sich!«

»Du doch auch«, sagte Katharina. »Das war vorgestern, wenn ich mich richtig erinnere … und du hättest sie fast verloren.«

Ansgar hielt für einen Moment mitten im Schritt inne, und für einen noch kürzeren Moment sah es aus, als wollte er wütend werden. Aber dann lachte er. »Und du?«

»Ich *habe* sie verloren«, antwortete sie. »Weil ich dumm genug war, Ritterlichkeit von meinem Gegner zu erwarten.«

»Wie alt du bist, meine ich«, erwiderte Ansgar, ohne auf die Spitze einzugehen.

Katharina überlegte einen Moment. »Zwölf«, sagte sie dann. »Ungefähr.«

»Ungefähr? Du weißt nicht, wie alt du bist?« Ansgar wirkte ehrlich erstaunt.

»Zwölf«, sagte sie noch einmal. »Im nächsten Winter werde ich dreizehn.«

»Zur Wintersonnenwende, nehme ich an«, spöttelte Ansgar.

Katharina schenkte ihm einen bösen Blick, verkniff sich aber jede Antwort. Tatsache war, dass sie weder wusste, wann ihr Geburtstag war, noch der wievielte es genau sein würde. Wenn sie ehrlich war, dann musste sie zugeben, dass sie nicht einmal wusste, ob Katharina der Name war, auf den sie getauft worden war … oder ob sie überhaupt getauft worden war. Es war der Name, den Vater Cedric in die Kirchenrolle eingetragen hatte, zusammen mit einem Geburtsdatum, und von beidem hatte sie schon ein paarmal geargwöhnt, dass es einfach ausgedacht war. Im Grunde war es ja auch egal. Ein Name war so gut wie der andere, solange er gottgefällig war.

Sie hatten den Waldrand fast erreicht. Ansgar bedeutete ihr mit einer Geste, zurückzubleiben, suchte einen Moment im Unterholz und winkte sie dann heran. Als Katharina neben ihn trat und sich in die Hocke sinken ließ, entdeckte sie einen umgestürzten Baum, der zur Hälfte ausgehöhlt war. Darunter befand sich eine Art kleines Nest aus weichem Moos und Blättern, in dem vier winzige Kätzchen lagen, zwei davon grau, die beiden anderen schwarz wie die Nacht. Sie waren noch so klein, dass sie die Augen noch nicht einmal ganz geöffnet hatten, und schienen zu schlafen, doch als sie ihre Nähe spürten, hoben sie wackelig die Köpfe und auch ihre dünnen, piepsigen Stimmchen. Instinktiv streckte sie die Hand aus, um eines davon aufzuheben, doch Ansgar hielt sie rasch zurück und schüttelte zusätzlich den Kopf.

»Lieber nicht«, sagte er rasch. »Freya mag es gar nicht, wenn man ihre Jungen anfasst.« Er hielt ihr die linke Hand hin, und Katharina sah erst jetzt die vier dünnen, aber sehr tiefen Schrammmen, die sich schräg über seinen Handrücken zogen.

»Ich dachte, es wäre deine Katze?«, fragte sie.

»Hm«, machte Ansgar. »Also um ehrlich zu sein, glaubt sie wahrscheinlich eher, dass ich ihr gehöre. Sie lebt hier im Wald, und manchmal bringe ich ihr einen Fischkopf oder etwas anderes zum Fressen. Sie lässt sich füttern, aber nicht anfassen. So sind Katzen nun einmal.«

Katharina nickte nur zustimmend, ließ sich neben dem ausgehöhlten Baumstamm nieder und streckte erneut die Hand aus. Eines der jungen Kätzchen stemmte sich mühsam hoch, kam auf seinen wackeligen Beinchen näher und beann an ihren Fingern zu schnuppern, und ein sonderbares Gefühl von Zärtlichkeit ergriff von Katharina Besitz. Sie musste sich mit aller Macht beherrschen, um das winzige Geschöpf nicht zu nehmen und an sich zu drücken.

»Warum erzählst du mir nicht ein bisschen von dir?«, fragte Ansgar, indem er sich neben sie setzte, gerade weit genut entfernt, dass seine Nähe noch nicht bedrohlich wurde. Ein zweites Kätzchen kam herangewackelt und schnupperte an ihren Fingern.

»Warum sollte ich?«

»Vielleicht bin ich neugierig auf ein Mädchen, das seine Eltern nicht kennt und nicht einmal weiß, wie alt es ist.«

Katharina wartete darauf, dass auch die beiden anderen Kätzchen herankamen, um sie zu begutachten, und ganz genau das geschah auch nach einem weiteren Augenblick. »Da gibt es nicht viel zu erzählen«, sagte sie – was der Wahrheit entsprach. »Meine Eltern sind gestorben, als ich noch ein Säugling war, und jemand hat mich nach Ellsbusch gebracht. Dort bin ich aufgewachsen. Und das ist auch schon alles.«

Ansgar sah sie zweifelnd an. »Du bist zwölf Jahre alt, und das ist alles, was du über dein ganzes Leben erzählen kannst?«

Das war es natürlich nicht, zugleich aber irgendwie doch. Sie wusste nicht so genau, worauf Ansgar überhaupt hinauswollte, aber seine Fragen erfüllten sie mit wachsendem Unbehagen.

Manchmal – und in den letzten Jahren immer öfter – hatte sie das Gefühl, dass in ihrem Leben etwas fehlte, ohne dass sie sagen konnte, was. Und Ansgars Fragen berührten genau dieses Gefühl.

»Ich kann dir sagen, wie man Rüben ausmacht, und den Schweinestall ausmistet«, sagte sie schließlich. »Und wie man friert und Hunger hat natürlich.«

Das hatte sich scherzhaft anhören sollen, aber der bittere Klang ihrer Stimme verdarb ihr den Effekt, und Ansgar lächelte auch nicht, sondern sah sie forschend und ein bisschen traurig an. Natürlich war da noch mehr. Sie hatte nie eine richtige Famalie gehabt, und auch keine wirklichen Freunde, aber es *hatte* glückliche Momente gegeben ... auch wenn ihr im Moment kein einziger einfallen wollte, so angestrengt sie sich auch den Kopf zerbrach.

»Ich weiß, wie das ist«, behauptete Ansgar plötzlich. »Meine Mutter ist auch gestorben, als ich noch kein Jahr alt war. Ich erinnere mich kaum an sie.«

Kaum, dachte Katharina traurig. Kaum war mehr als gar nicht. Immerhin *hatte* er etwas, woran er sich erinnern konnte. Sie wusste ja nicht einmal genau, ob sie überhaupt jemals Eltern gehabt hatte. Vielleicht war sie ja tatsächlich ein Kind des Teufels, auf unnatürliche Weise gezeugt und noch gotteslästerlichere Art geboren; zumindest hatte Vater Cedric das einmal behauptet, als er betrunken gewesen war.

Plötzlich lachte Ansgar. »Sie war von hier, weißt du?«

»Von hier?« Katharina sah sich erstaunt um, und Ansgar lachte noch einmal – gutmütig – und schüttelte den Kopf.

»Natürlich nicht aus Skraevald«, sagte er, »aber von hier, aus eurem Land. Mein Großvater hat sie von seiner ersten Fahrt hierher mitgebracht.«

»Als Sklavin?«, fragte Katharina und bedauerte die Worte schon, bevor sie sie ganz ausgesprochen hatte.

Ansgar nahm sie ihr jedoch nicht übel, sondern schüttelte nur lächelnd den Kopf. »Es gibt keine Sklaven bei uns«, sagte er. »Niemand hat das Recht, einen Menschen zu besitzen … und selbst wenn wir es wollten, wäre es gar nicht möglich. Unsere Heimat ist nicht so warm und fruchtbar wie euer Land. Die Winter sind länger und kälter, und es ist nicht leicht, immer genug Nahrung zu finden. Welchen Sinn hätte es, jemanden durchzufüttern, der zu nichts nutze ist und nur widerwillig arbeitet und einem bei der ersten Gelegenheit die Kehle durchschneidet?«

An diesem Gedanken stimmte etwas nicht, aber Katharina war nicht in der Stimmung, darüber nachzudenken. »Deshalb sprichst du unsere Sprache so gut?«, vermutete sie.

»Mein Großvater hat sie mich gelehrt«, bestätigte Ansgar. »Und meine Tante. Es ist mühsam, und ich spreche sie auch nicht gerne, aber er besteht darauf.«

»Weil das alles hier eines Tages dir gehören wird?«, fragte Katharina.

»Wie kommst du auf diese Idee?«, fragte er erstaunt.

»Weil dein Großvater euer Skalde ist?«

»Und jetzt glaubst du, dass ich es nach seinem Tod auch werde?« Ansgar schüttelte so heftig den Kopf, dass seine blonden Zöpfe flogen und ihn beinahe im Gesicht getroffen hätten. »Ja, mein Großvater hat mir erzählt, dass eure Edelleute ihren Rang vererben, aber das ist eine dumme Regel. Den Rang eines Skalden muss man sich verdienen. Und er kann einem jederzeit wieder genommen werden, wenn man sich als unwürdig erweist.«

Das wiederum kam *ihr* wie eine sehr dumme Regel vor. Wie sollten die Dinge ihren geregelten Gang gehen, wenn niemand wusste, wer morgen über das Land herrschte?

»Ich weiß gar nicht, ob ich Skalde sein will«, sagte Ansgar, als ihm klar wurde, dass er keine Antwort bekommen würde.

»Mein Großvater gibt es nicht zu, aber ich bin nicht so blind, nicht zu sehen, wie schwer er an dieser Last zu tragen hat. Du hasst es ja gerade erlebt.«

»Wieso?«

»Wegen dem, was du über Wulfgar gesagt hast. Es könnte Krieg geben. Mein Großvater war sehr aufgeregt.«

»Aber ich habe doch nur –«

Ansgar brachte sie mit einer sanften Geste zum Verstummen. »Es ist nicht deine Schuld, Kara.«

»Katharina.«

»Mein Großvater verdächtigt Wulfgar schon lange, insgeheim seine eigenen Pläne zu verfolgen und für Unfrieden zu sorgen. Wenn du die Wahrheit sagtst …« Er verbesserte sich. »Wenn du dich nicht getäuscht hast, dann wäre das der Beweis, nach dem er schon lange sucht.«

»Was für ein Beweis?«

»Wie leben schon seit einer ganzen Weile hier«, sagte Ansgar, statt ihre Frage direkt zu beantworten. »Seit mehr als zehn Jahren. So lange ich mich erinnern kann, jedenfalls. Ich weiß, viele aus unserem Volk haben Unfrieden und Schrecken verbreitet, und eine Menge schlimmer Dinge sind geschehen. Aber wir haben gelernt, in Frieden miteinander zu leben und Handel zu treiben, statt uns gegenseitig zu töten. Er hat einen Vertrag mit eurem Kaiser geschlossen, der uns erlaubt, hierzubleiben. Euer Land ist warm und fruchtbar, und es bietet genug Platz für alle.«

»Und Wulfgar möchte das nicht?«

»Er ist ein Krieger«, sagte Ansgar. »Er glaubt, dass nur die Starken das Recht haben, zu leben und zu herrschen. Viele denken so.« Er seufzte. »Aber Odin sei Dank nicht alle.«

»Odin?« Sicher war das einer seiner heidnischen Götter. Ansgar antwortete nicht darauf, und Katharina war ihm im Stillen dankbar dafür. Vater Cedric hatte sie oft genug gewarnt, welchen Schaden ihre Seele nehmen konnte, wenn sie die Namen dieser falschen Götter auch nur aussprach.

»Wir leben hier im Frieden, aber er ist zerbrechlich«, fuhr Ansgar fort. »Wulfgar ist nicht der Einzige, der er gerne sähe, wenn er nicht hält.«

Etwas knackte. Ansgar drehte mit einem Ruck den Kopf, und seine Augen wurden groß. Als Katharina in dieselbe Richtung sah, stockte ihr der Atem.

Neben ihr stand die größte Katze, die sie je gesehen hatte. Sie war schwarz und grau getigert, wie eine ins Riesige vergrößerte Ausgabe der vier Jungtiere, die immer noch an ihren Fingern schnupperten, sah aber weniger niedlich als viel mehr gefährlich aus. Sie hatte die Ohren angelegt und die Augen weit aufgerissen, und ihre drohend gebleckten Zähne waren spitz wie Nadeln und sahen ganz so aus, als würde es ihnen keine besondere Mühe bereiten, ihr einen Finger abzubeißen – oder auch gleich die ganze Hand.

»Ist das … Freya?«, fragte sie stockend.

Ansgar nickte langsam. »Du solltest die Hand jetzt vielleicht ganz vorsichtig zurückziehen«, sagte er.

Freya stieß ein tiefes Brummen aus, das an das Knurren eines zornigen Hundes erinnerte, legte die Ohren noch enger an und kam mit nervös peitschendem Schwanz näher. Misstrauisch roch sie an Katharinas Hand (sie hatte sie nicht zurückgezogen, sondern war zur sprichwörtlichen Salzsäule erstarrt), beschnüffelte dann der Reihe nach die vier piepsenden Babykatzen, die sofort die Gelegenheit ergriffen, sich herumdrehten und nach ihren Zitzen suchten. Dann packte sie das erste Junge im Nacken, um es davonzutragen. Oder auch nicht.

Ansgars Augen wurden groß, als Freya das piepsende Katzenjunge in Katharinas Schoß legte, die Ohren wieder aufstellte und sich herumdrehte, um ihr zweites Junges zu holen, und dann noch das dritte und vierte. Anschließend machte sie es sich selbst in ihrem Schoß bequem und begann laut zu schnurren, während die Katzenbabys an ihren Zitzen zu nuckeln begannen.

»Oh«, murmelte Ansgar.

»Ja, du hattest Recht«, sagte Katharina. »Das ist wirklich eine gefährliche Bestie. Du hast großes Glück gehabt, dass sie dir nicht beide Arme abgerissen hat.«

Ansgar war klug genug, gar nichts darauf zu sagen und nur verwirrt auszusehen. Katharina begann die Katze behutsam zu streicheln, und Freyas Schnurren wurde lauter.

»Du kannst gut mit Tieren umgehen«, sagte Ansgar schließlich.

»Vielleicht kann sie auch nur gut mit Menschen umgehen«, sinnierte Katharina.

Ansgar räusperte sich betont und wechselte das Thema. »Ich wollte mich noch bei dir entschuldigen«, sagte er. »Ich meine, richtig und in aller Form.« Er machte eine Kopfbewegung auf ihre Seite. »Tut es noch weh?«

»Nur wenn ich Luft hole«, antwortete sie.

Ansgar grinste nervös. »Ich wollte das nicht«, versicherte er. »Ich meine: Wenn ich gewusst hätte, dass du ein Mädchen bist, dann hätte ich dir bestimmt nicht so zugesetzt.«

»So schlimm war es nun auch wieder nicht«, wiegelte Katharina ab.

Ansgar bedachte sie mit einem Blick, der ziemlich klar machte, was er von dieser Behauptung hielt. »Ich habe wirklich gedacht, du wärst ein Junge«, beteuerte er. »Immerhin schlägst du wie einer zu.«

»Hm«, machte Katharina.

»Und du hast auch ausgesehen wie einer«, fügte Ansgar hinzu.

»Oh, danke sehr.«

»Gestern Nacht, meine ich«, sagte Ansgar hastig. »Du hattest Hosen an. Und ich wusste gar nicht, dass die Frauen eures Volkes ihr Haar so kurz tragen.«

»Und ich wusste nicht, dass es Völker gibt, deren Männer sich die Haare zu Zöpfen flechten«, gab Katharina zurück. »Bei uns tun das nur die Weiber.«

Ansgar nahm einen seiner fast doppelt daumendicken Zöpfe in die Hand und betrachtete ihn etliche Augenblicke lang so nachdenklich, als sähe er ihn zum ersten Mal. »Was ist schlecht daran?«, fragte er. »Sie sind sehr praktisch im Kampf.«

»So wie die hier im Schweinestall und auf dem Feld«, sagte Katharina und fuhr sich mit den gespreizten Fingern der Linken durch ihr kurz geschorenes Haar. Tatsache war, dass das zwar stimmte, längst aber nicht der einzige Grund war, aus dem sie ihr Haar fast bis auf die Kopfhaut geschoren trug. So kurz und schmutzig, wie es fast immer war, fiel seine helle Farbe nicht so auf, aber tatsächlich war es noch ein gutes Stück heller als das des Jungen. Früher hatte sie es länger getragen – wenn auch nicht annähernd so lang wie Ansgar – aber die anderen Kinder im Dorf und nicht wenige Erwachsene hatten sie deswegen gehänselt, und vor ungefähr zwei Jahren war sie eines Morgens aufgewacht, und jemand hatte ihr das Haar so mit Schweinedreck eingeschmiert, dass sie es nur noch hatte abschneiden können. Und seither hatte sie es einfach dabei belassen; unter anderem eben auch, weil es praktisch war.

Was ihre Kleidung hingegen anging ... als Ansgar die groben Hosen und das noch derbere Hemd erwähnt hatte, hatte sie ganz instinktiv die freie Hand auf die Brust gelegt, wie um den weichen Wildlederstoff zu beschützen. Sie hatte in ihrem ganzen Leben noch nichts besessen, was so kostbar war, und so angenehm zu tragen.

Wenn man es genau nahm, dann besaß sie überhaupt nichts. Da sie weder leibliche noch richtige Pflegeeltern hatte, war sie darauf angewiesen, das zu tragen, was sie geschenkt bekam, und da die Menschen in Ellsbusch arm waren, hatte man ihr nur abgetragene Kleider gegeben; und solche, die keiner mehr haben wollte.

»Keine Angst«, sagte Ansgar. Ihre Geste war wohl sehr eindeutig gewesen. »Das Kleid kannst du auf jeden Fall behalten. Ich habe deine alten Sachen verbrennen lassen … sie haben gestunken.«

»Aber es waren meine!«, beschwerte sich Katharina.

»Bist du der Meinung, einen schlechten Tausch gemacht zu haben?«, erkundigte sich Ansgar feixend.

»Nein«, antwortete Katharina. »Aber in diesem Kleid …«

Kann ich nicht auf dem Feld arbeiten, oder im Schweinestall?, dachte sie traurig. Und das musste sie auch nicht mehr, weil es all das nicht mehr gab.

»Natürlich nur, falls dir das Kleid eines einfachen Bauernmädchens nicht zu schäbig ist«, fügte Ansgar hinzu. Diesmal hatte er ihre Gedanken so falsch erraten, wie es nur ging.

»Glaubst du, ich wäre Besseres gewohnt?«

Ansgar hob die Schultern und grinste schon wieder, aber es sah nicht wirklich echt aus, in seinen Augen war plötzlich wieder fast so etwas wie Misstrauen zu erkennen. »Das weiß ich nicht«, sagte er schließlich. »Wenn das stimmt, was du gerade erzählt hast, dann wohl kaum. Andererseits …«

»Andererseits?«, hakte Katharina nach, als er nicht weitersprach, sondern sie nur stumm ansah … und jetzt eindeutig abschätzend.

»Andererseits ist Guy de Pardeville bereit, Lösegeld für dich zu bezahlen. Das ist schon seltsam. Findet mein Großvater übrigens auch.«

Zumindest in diesem Punkt erging es Katharina nicht anders. Und es beunruhigte sie auch. Sie sagte nichts.

»In ein paar Stunden ist er ja hier, und dann können wir ihn selbst fragen«, sagte Ansgar. Er lachte. »Wenn es wirklich nur eine Verwechslung ist ... also ich freue mich schon auf sein Gesicht, wenn er dich sieht und erkennt, dass er gekommen ist, um Lösegeld für das falsche Mädchen zu zahlen.«

»Und was, wenn er ... nicht bezahlt?«, fragte Katharina unbehaglich.

»Nehmen wir dir das schöne Kleid wieder weg und ertränken dich im Fluss«, sagte Ansgar ernsthaft. »Was hast du denn gedacht?« Er amüsierte sich einen Moment lang ganz unverhohlen über Katharinas belämmertes Gesicht, lachte plötzlich laut und stand auf.

»Was soll schon sein? Er wird dich gewiss mitnehmen, und wenn nicht, finden wir eine andere Lösung. Komm, gehen wir noch ein Stück. Ich kann dir noch eine Menge zeigen.«

Ansgar steckte die Hand aus, um ihr aufzuhelfen, und Katharina setzte dazu an, sein Angebot anzunehmen. Freya fauchte, bleckte drohend die Zähne und begann schnurrend ihre Jungen zu lecken, als sie wieder zurücksank. Ansgar machte ein überraschtes Gesicht.

Katharina zögerte einen Moment und versuchte dann, vorsichtig eines der Katzenjungen von seiner Zitze zu lösen. Diesmal blieb es nicht bei einem warnenden Fauchen. Immerhin war ihr danach klar, woher Ansgar die Schrammen auf seiner Hand hatte.

»Ja, ich glaube, du hattest Recht«, griente Ansgar.

»Womit?«, erkundigte sich Katharina missmutig, während sie ihre Hand betrachtete, auf der sich bereits vier lange, nebeneinander verlaufende Perlenschnüre aus winzigen Blutströpfchen bildeten.

»Dass sie glaubt, du würdest ihr gehören«, feixte Ansgar. »Wie es aussieht, musst du dich wohl gedulden, bis sie ihre Junfen gefüttert hat.«

»Und wie lange kann das dauern?«, erkundigte sich Katharina.

»Nicht sehr lange«, antwortete er, griente plötzlich noch breiter und fügte hinzu: »Es sei denn, sie machen hinterher noch ein kleines Schläfchen.«

Und ganz genau das taten sie selbstverständlich.

*

Es war schon fast wieder Mittagszeit, als sie in die Zeltstadt zurückkamen, und Katharina begriff zweierlei: dass sie Ansgar anscheinend Unrecht getan hatte, denn er hatte tapfer die ganze Zeit neben ihr ausgeharrt, und zwar nicht mit spöttischen Bemerkungen gegeizt, ihr aber dennoch Gesellschaft geleistet, bis Freyas Junge ihr Verdauungsschläfchen beendet hatten und das kleine Raubtier sich endlich bequemte, sein lebendes Ruhekissen aufzugeben. Das Zweite war, dass sie endgültig zu dem Schluss gelangte, dass Gott sich einen besonders üblen Scherz mit ihr erlaubt hatte, sie in der Freiheit von Ellsbusch und seinen guten Menschen und vor allem Vater Cedric aufwachsen zu lassen, anstatt als Sklavin dieses vermeintlichen Barbarenvolks.

War ihr das Frühstück schon wie ein Festmahl vorgekommen, so fehlten ihr für das Mittagsmahl die richtigen Worte, um es zu beschreiben. Es gab Fleisch, Unmengen von Fleisch, und dazu köstlich gedünstetes Gemüse und Scheiben von einem knusprig gebackenen Brot, das vollkommen anders schmeckte als alles, was sie jemals probiert hatte, nämlich einfach nur himmlisch.

Auch die Stimmung hatte sich merklich verändert. Katharina vorstand nach wie vor kein einziges Wort, und die Sprache kam ihr nach wie vor ebenso fremd wie polternd vor – wahrscheinlich hörte sich in dieser Sprache selbst ein Gespräch unter Freunden an wie ein ausgewachsener Streit –, aber es wurde viel gelacht, und nicht nur die Blicke, mit denen Ansgar und sein Großvater sie bedachten, waren eindeutig freundlich. Als sie weggegangen waren, hatte sie es mit dem unbehaglichen Gefühl getan, gerade einen ausgewachsenen Krieg ausgelöst zu haben. Jetzt war sie eher auf einer Feier, die überdies mindestens zwei Stunden anhielt, wenn nicht mehr.

Danach zogen sich die meisten Männer in ihre Zelte zurück – Ansgar und sein Großvater eingeschlossen –, um ein kleines Mittagsschläfchen zu halten. Als die ersten Krieger (nach weiteren zwei oder drei Stunden, der Tag begann sich bereits wieder seinem Ende zuzuneigen) verschlafen wieder aus ihren Zelten auftauchten, erschien auf dem Fluss ein plumper zweimastiger Segler. Guy de Pardeville war gekommen, um sie abzuholen.

*

Das Zelt kam ihr kleiner vor als am Morgen, und irgendwie war es das auch. Ein zweiter Tisch mit der entsprechenden Anzahl Stühle war hereingeschafft worden, und trotzdem reichten die vorhandenen Sitzplätze nicht einmal annähernd. Hinter Guy de Pardeville hatte eine gleich doppelte Reihe gerüsteter Männer Aufstellung genommen, die zwar ihre Helme abgesetzt hatten, sich aber dafür um umso grimmigere Gesichter bemühten, und auch Erik hatte es nicht dabei belassen, die Stühle rechts und links von sich mit seinen grimmigsten und am wildesten aussehenden Kriegern zu besetzen. Mindestens ein weiteres Dutzend Männer hatte mit vor der Brust verschränkten Armen hinter ihm Stellung bezogen, und obwohl Katharina nun schon eine ganze Weile hier war, hatte sie noch nicht endgültig entschieden, ob sie den Anblick nun eher Furcht einflößend oder albern finden sollte.

Wahrscheinlich von beidem etwas.

Normalerweise hätte der Gedanke Katharina zumindest lächeln lassen, aber an der Situation war ganz und gar nichts Komisches. Ganz im Gegenteil war ihr mit jedem Moment unbehaglicher zumute, und nicht einmal das schüchterne Lächeln, das ihr Ansgar von Zeit zu Zeit zuwarf, vermochte daran etwas zu ändern. Vor allem die Art, auf die der ausländische Edelmann sie ansah, wurde ihr immer unangenehmer.

Das Gespräch hatte kurz nach Sonnenuntergang begonnen – schon wieder mit einem ausgiebigen Essen, bei dem auch jetzt wieder reichlich Wein und Bier flossen – und bis spät in den Abend hinein gedauert, und sie hatten sie erst dazu gerufen, als Katharina – so nervös und aufgeregt sie auch gewesen sein mochte – schon beinahe eingeschlafen wäre. Jetzt saß sie auf dem einzigen frei gebliebenen Stuhl (sehr viel weiter von Ansgar und seinem Großvater entfernt, als sie es sich gewünscht hätte, dafür aber deutlich näher an Guy de Pardeville, als ihr lieb war) und wartete darauf, dass etwas geschah. Sie war sehr sicher, dass es nichts Angenehmes sein würde.

Und sie sollte Recht behalten.

Pardeville leerte seinen dritten Becher – allein in der Zeit, in der sie hier drinnen war –, stellte ihn mit einem unnötig lauten Knall auf den Tisch zurück und sorgte auf diese Weise nicht nur für einen Moment verblüffter Ruhe, sondern auch ein fragendes Hochziehen von Eriks Augenbrauen. Statt an den grauhaarigen Nordmann wandte sich Pardeville jedoch direkt an Katharina.

»Komm her, mein Kind«, sagte er. »Lass mich dich ansehen!« Er streckte auffordernd die Hand aus, und Katharina gehorchte und stand auf, um zu ihm zu gehen – wenn auch erst, nachdem sie Ansgar einen beinahe schon flehenden Blick zugeworfen hatte, den dieser allerdings ignorierte.

»Du bist also Katharina«, begann er, nachdem er sie eine Weile begutachtet hatte. »Ich sehe, dein Freund hat Recht gehabt.«

»Mein … Freund, Herr?«

Pardeville machte eine Kopfbewegung zu Ansgar hin. »Dieser tapfere junge Wikinger-Krieger da«, erklärte er schmunzelnd. »Du scheinst großen Eindruck auf ihn gemacht zu haben, und jetzt, wo ich dich von Nahem sehe, kann ich ihn auch gut verstehen.« Er legte den Kopf auf die Seite. »Fürwahr, nur noch einige wenige Jahre …«

»Herr?«, fragte Katharina verwirrt.

Guy de Pardeville lachte auf eine Art, die ihr nicht besonders gefiel, und sie sah aus den Augenwinkeln, wie sich Ansgar anspannte.

Erik räusperte sich. »Da wäre noch eine Kleinigkeit, Pardeville.«

Der Edelmann stutzte, sah einen halben Atemzug lang so aus, als wüsste er wirklich nicht, wovon Erik sprach, und nickte dann hastig. »Oh ja, bitte verzeiht.« Er hob die linke Hand – die andere lag noch immer auf Katharinas Unterarm –, und einer seiner Männer griff unter sein Wams und zog einen schmalen Lederbeutel hervor, den er Erik brachte. Es klimperte leise, als der grauhaarige Krieger ihn entgegennahm und scheinbar achtlos vor sich auf den Tisch legte.

»Für Eure Mühe, Erik«, sagte Pardeville. Er lächelte dünn, und Erik antwortete mit einem nicht minder kühlen Verziehen der Lippen. Katharina meinte geradezu sehen zu können, wie die Stimmung zwischen den beiden Männern abkühlte. Pardevilles Hand lag noch immer auf ihrem Unterarm, und seine Berührung wurde ihr mit jedem Moment unangenehmer.

»Darf ich … eine Frage stellen, Herr?«, murmelte sie, und sei es nur, um die immer unangenehmer werdende Anspannung zu unterbrechen.

»Was immer du willst, mein Kind«, antwortete Pardeville, ohne dass sein Blick den Eriks losließ.

»Warum … zahlt ihr ein Lösegeld für mich, Herr?«, fragte Katharina. »Ich meine: Ihr kennt mich nicht, und ich bin nur ein einfaches Bauermädchen, keine edle Dame …«

»Und jetzt wunderst du dich, dass ich mich für dich einsetze?« Pardeville gab sich Mühe, ein wenig verletzt auszusehen. Er seufzte. »Es ist wahr, ich bin ein Edelmann und du nur eine Gemeine. Aber was wäre ich für ein Edelmann, wenn ich mich nicht um mein Volk kümmern würde?«

»Aber Ellsbusch –«

»Hat dem Grafen Ellsbusch gehört, ich weiß«, unterbrach sie Pardeville. »Doch er ist tot, erschlagen von den gleichen feigen Mördern, die auch dein Dorf ausgelöscht haben, mein Kind, und wir waren nicht nur Nachbarn, sondern auch Freunde.«

Das hatte Katharina ein wenig anders in Erinnerung. Graf Ellsbusch und Guy de Pardeville waren zwar keine Feinde gewesen, soviel sie wusste, aber auch ganz gewiss keine guten Freunde. Sie hütete sich aber, das laut auszusprechen.

»Wenn ein Freund stirbt, ist es dann nicht auch Ehrensache, sich um dessen Familie zu kümmern?«, fuhr Pardeville fort. »Wir Edelleute sind nicht nur dazu da, Steuern von euch einzutreiben, mein Kind. Ich weiß, dass viele das glauben, doch es stimmt nicht. Ihr seid wie unsere Kinder. Manchmal müssen wir euch mit harter Hand erziehen, aber was wäre ich wohl für ein Vater, wenn ich mich nicht um meine Kinder kümmern würde, wenn sie in Not sind?«

»Aber ein Lösegeld?«

»So viel war es nicht«, antwortete Pardeville leichthin. »Und ich würde es auch eher als Belohnung bezeichnen. Zerbrich dir nicht den Kopf. Wir werden bestimmt einen Weg finden, auf dem du es wiedergutmachen kannst.«

»Aber vorher«, sagte Erik, »gibt es noch etwas, das wir besprechen müssen.« Er deutete auf Katharina. »Dieses Mädchen hat uns eine Geschichte erzählt. Eine sehr beunruhigende Geschichte, sollte sie der Wahrheit entsprechen.«

»Ich fürchte, dass es so ist«, seufzte Pardeville. »Burg Ellsbusch wurde angegriffen und niedergebrannt. Niemand hat überlebt … so wenig wie im Dorf des armen Mädchens. Ein schreckliches Verbrechen, ohne Zweifel – aber es wird nicht ungesühnt bleiben, darauf gebe ich Euch mein Wort, Erik. Zumal wir zu wissen glauben, wer sie waren.«

Eriks Blick wurde fragend, und Katharina spürte, wie sich abermals etwas änderte. Weder er noch einer seiner Männer sagten etwas oder zuckten auch nur mit einer Miene, aber etwas … anderes lag plötzlich in der Luft. Etwas Ungutes.

»Wir sind ihnen begegnet«, fuhr Guy de Pardeville fort. »Wir haben versucht, sie aufzuhalten, aber ihre Übermacht war zu groß. Zwei meiner Männer haben für diesen Versuch mit dem Leben bezahlt.« Sein Blick streifte Katharina. »Danke dem Herrn dafür, dass diese Leute hier dich gefunden haben, mein Kind, sonst hätten sie dich zweifellos ebenfalls getötet oder dir noch Schlimmeres angetan.«

Katharina wollte ganz instinktiv antworten und ihrer Verwunderung Ausdruck verleihen, aber dann fing sie einen warnenden Blick Eriks auf und beließ es nur bei einem angedeuteten Nicken. So seltsam es ihr auch immer noch vorkam, Guy de Pardeville schien sie wirklich nicht wiederzuerkennen. Andererseits: Es war dunkel gewesen, ihr Gesicht voller Schmutz und Blut – und sie hatte andere Kleider getragen.

»Um der Wahrheit die Ehre zu geben«, fuhr Pardeville fort, nun wieder an seinen Gastgeber gewandt, »es gibt Stimmen, die glauben, dass Ihr und Eure Männer hinter diesem feigen Überfall stecken, Erik.« Er hob rasch die Hand, als Erik antworten wollte. »Natürlich weiß ich, dass das nicht sein kann. Skraevald ist schließlich dafür bekannt, in Frieden mit seinen Nachbarn zu leben. Aber es wurde ein Drachenboot auf dem Rhein gesehen, und Ihr wisst, wie die Leute sind. Sie sind rasch mit vorschnellen Anschuldigungen bei der Hand, und je größer das Unglück ist, das sie trifft, desto lauter rufen sie nach einem Schuldigen, den sie dafür verantwortlich machen können.«

»Die *Werdandi* war dort«, bestätigte Erik gelassen. »Nicht

einmal sehr weit entfernt. Hätten wir geahnt, was vor sich geht, dann hätten wir –«

Guy de Pardeville unterbrach ihn erneut, und mit einer noch harscheren Geste. »Niemand macht Euch oder Euren Männern einen Vorwurf, Erik«, sagte er. »Dennoch wäre es besser, wenn ihr die Gegend um Ellsbusch und Schloss Pardeville für eine Weile meidet ... wenigstens so lange, bis sich die Gemüter ein wenig abgekühlt haben. Ich werde dafür sorgen, dass allgemein bekannt wird, dass Eure Männer nichts mit diesem schändlichen Verbrechen zu tun haben. Und dass Ihr Euer Leben riskiert habt, um das der einzigen Überlebenden zü retten.«.

Aus irgendeinem Grund schien das nicht das zu sein, was Erik hatte hören wollen. Seine Augen wurden hart, aber er sagte nichts mehr. Es wurde still; auf eine ungute, lastende Art.

Schließlich räusperte sich Guy de Pardeville unecht, griff mit der linken Hand nach seinem Becher, um einen weiteren Schluck zu trinken, und zog sie mit der anderen Hand näher an sich heran. Eriks Blick verfinsterte sich noch weiter.

»Nun, ich habe gesagt, was zu sagen war, und Ihr habt Euer Geld, Erik«, sagte Pardeville. »Es ist spät geworden. Und so sehr ich Eure Gastfreundschaft auch zu schätzen weiß, haben wir doch noch einen langen Weg vor uns.«

»Ihr bleibt nicht über Nacht?«, fragte Erik.

»Nichts, was ich lieber täte«, antwortete Guy de Pardeville. »Doch ich muss zurück. Nach dem, was in Ellsbusch geschehen ist, werden eine Menge Fragen gestellt werden, und noch mehr Dinge in Gang gesetzt, wie Ihr Euch sicher denken könnt.«

»Wie zum Beispiel?«, fragte Ansgar.

Guy de Pardeville sah ihn an, als wäre er nicht ganz sicher, ob er die Frage eines Knaben wie ihm überhaupt beantworten sollte – aber dann zwang er sich zu einem schmallippigen Lächeln. »Es ist kompliziert, mein Junge. Politik. Sei froh, dass du dir über solcherlei Dinge noch nicht den Kopf zerbrechen musst.«

Er stand auf und versuchte Katharina näher zu sich heranzuziehen, und sie nutzte die Gelegenheit, sich loszureißen und ihrerseits einen Schritt vor ihm zurückzuweichen.

»Und … wenn ich das nicht … will?«, hörte sie sich zu ihrer eigenen Überraschung fragen; stockend und leise, aber mit erstaunlich fester Stimme.

Pardeville blinzelte. »Was sagst du?«, fragte er. Auch seine Männer sahen einigermaßen verblüfft aus, war doch das, was sie gesagt hatte, schlichtweg ungeheuerlich.

»Ich … möchte nicht mit Euch zurück«, antwortete sie trotzdem. Ihr Herz klopfte.

»Und was willst du dann, Kind?«, fragte Pardeville. »Etwa hier bleiben, bei diesen … Leuten?« Sie hatte das Gefühl, dass er eigentlich etwas anderes hatte sagen wollen, und auch Ansgar und sein Großvater wirkten nicht begeistert.

»Das weiß ich nicht, Herr«, sagte sie. »Aber da, wo ich bisher gelebt habe, ist nichts mehr. Das Dorf ist zerstört, und alle, die ich gekannt habe, sind tot.«

»Es wird sich eine Lösung finden«, antwortete Pardeville. Er klang immer noch viel mehr erstaunt als zornig. Vielleicht war es ihm tatsächlich noch nie passiert, dass ihm jemand so niedrigen Standes offen widersprach. »Vorerst wirst du auf Schloss Pardeville leben, und später finden wir eine Familie, die dich aufnimmt.«

»Aber das will ich nicht«, antwortete Katharina.

Es wurde sehr still. Guy de Pardeville starrte sie an, und sie konnte in seinen Augen erkennen, wie seine Stimmung sank. Aus Überraschung wurde Zorn, dann blanke Wut.

»Das reicht jetzt«, zischte er. »Du kommst mit, und damit Schluss!«

Er versuchte nach ihrer Schulter zu greifen, verfehlte sie

aber, weil Katharina hastig zurückwich, und bekam nur die Schnur zu fassen, die ihr Kleid über der Brust zusammenhielt. Das dünne Leder riss, und Katharina konnte gerade noch zugreifen, als sich das Kleid selbstständig machen und einfach von ihrer mageren Gestalt abfallen wollte. So ruschte es nur von ihren Schultern. Einer von Pardevilles Männern begann zu lachen, aber Erik sog scharf die Luft zwischen den Zähnen ein und sprang so abrupt auf, dass sein Stuhl umfiel.

Guy de Pardeville starrte sie einen halben Herzschlag lang einfach nur verständnislos an, zwang sich aber dann zu einem sogar halbwegs überzeugend verlegenen Lächeln. »Das … tut mir wirklich leid«, sagte er. »Wie ungeschickt von mir.«

Es blieb still, und etwas an der Art, auf die nicht nur Guy de Pardeville, sondern auch die meisten seiner Männer an ihr vorbei in Richtung des Skalden blickten, erschien Katharina so sonderbar, dass sie sich halb herumdrehte und Erik ebenfalls ansah.

Der grauhaarige Krieger stand hoch aufgerichtet und wie erstarrt da, und der Ausdruck auf seinem Gesicht war … verwirrend. Er war bleich geworden, und seine Augen waren groß und beinahe schwarz vor Schrecken. Dann trafen sich ihre Blicke, und er erwachte mit einem sichtbaren Ruck aus seiner Erstarrung und kam mit raschen Schritten um den Tisch herum und auf sie zu. Ansgar folgte ihm.

»Es war wirklich nur ein Missgeschick, Skalde«, sagte Guy de Pardeville. »Ich werde sofort –«

»Ja, zweifellos«, unterbrach ihn Erik. »So etwas kommt vor.« Er blieb wie durch einen Zufall so stehen, dass Pardeville einen Schritt zurückweichen musste, um nicht von dem weit größeren Mann einfach weggeschoben zu werden, ergriff Katharina nun seinerseits am Arm und sah ihr aufmerksam ins Gesicht.

»Ist alles in Ordnung mit dir, mein Kind?«

»Ja«, versicherte sie hastig. »Es war wirklich nur ein Missgeschick.«

Sie hatte nicht den Eindruck, dass Erik ihre Worte überhaupt gehört hatte. Sein Blick tastete über ihr Gesicht und wurde bohrend. Aber nur für einen Moment, dann kehrte die gewohnte Beherrschung wieder auf sein Gesicht zurück, und er ließ ihre Schulter los.

»Ansgar«, sagte er. »Geh mit Katharina in dein Zelt. Nardis soll ihr Kleid nähen.«

»Das wird wohl kaum vonnöten sein«, sagte Pardeville. »Es ist doch nur eine –«

»Mein Enkel«, unterbrach ihn Erik kühl, »hat mir verraten, wie sehr das Mädchen dieses Kleid liebt, und ich habe es ihr zum Geschenk gemacht. Ihr wollt ihr doch die Freude nicht verderben, nachdem sie schon so viel verloren hat?«

»Nein«, sagte Pardeville; das aber mit einer Stimme, die genau das Gegenteil auszudrücken schien.

»Seht Ihr«, sagte Erik. »Das dachte ich mir. Und es wird nicht lange dauern. Trinkt so lange noch einen Becher Met mit uns.«

Pardeville antwortete gar nicht mehr, sondern starrte ihn so finster an, als hätte er ihn gerade nicht auf einen Becher Met eingeladen, sondern ihm den Fehdehandschuh ins Gesicht geschlagen.

»Jetzt geht«, sagte Erik, an seinen Enkelsohn gewandt. Ich schicke Nardis gleich zu dir. Wartet in deinem Zelt auf sie.«

Ansgar wirkte zwar mindestens ebenso verstört und ratlos, wie Katharina sich fühlte, ergriff sie aber trotzdem am Arm und zog sie fast schon gewaltsam mit sich aus dem Zelt. Einer der Krieger seines Großvaters folgte ihnen, hielt aber guten Abstand. Katharina schwieg trotzdem, bis sie das kleine Zelt am anderen Ende des Lagers betreten hatten. Aber dann hielt sie es nicht mehr aus, riss sich los und fuhr so schnell zu ihm herum, dass ihr das Kleid schon wieder von den Schultern zu rutschen drohte und sie hastig die Arme vor der Brust verschränkte, um es festzuhalten.

»Was bedeutet das, Ansgar?«, fragte sie. »Was ist mit deinem Großvater los?«

»Ich wollte, ich wüsste es«, antwortete Ansgar, brachte sie zugleich aber auch mit einer raschen Geste zum Schweigen. »Aber gerade wollte ich dir dieselbe Frage stellen: Was ist mit dir los?«

»Mit mir?«

»Mit dir«, bestätigte Ansgar. »Davon einmal abgesehen, dass das so ziemlich das Mutigste war, was ich jemals gesehen habe ... war das dein Ernst?«

»Wieso mutig? Guy de Pardeville ist nicht mein Lehnsherr.«

Ansgar sah sie fast schon mitleidig an. »Du hast noch nicht viel von ihm gehört, oder?«, vermutete er.

»Nein. Und wieso sollte es nicht mein Ernst gewesen sein? Ich will nicht mit ihm zurückgehen. Er macht mir Angst.«

»Da bist du nicht die Einzige«, sagte Ansgar ernst. »Und ich kann dich auch verstehen ... aber was hast du jetzt vor?«

»Vor?« Katharina tat so, als würde sie gar nicht verstehen, was er meinte, aber natürlich verstand sie es sehr gut. Es war nur so, dass sie sich eingestehen musste, *darüber* noch gar nicht nachgedacht zu haben.

»Ich kann dich gut verstehen«, sagte Ansgar wieder. »Ich habe gesehen, wie Pardeville dich angesehen hat, und mein Großvater auch ... aber du hast es gerade selbst gesagt: Alles was du je besessen hast, ist zerstört, und jeder, den du gekannt hast, ist tot. Willst du einfach in die Welt hinausgehen und dein Glück suchen?«

Er schüttelte den Kopf, um seine eigene Frage zu beantworten. »Du wärst nach einer Woche tot.«

Katharina wusste nur zu gut, wie Recht er hatte. Aber irgendwie gelang es ihr, die Tränen zurückzuhalten. »Aber ich dachte, ich ... ich könnte ...«

»Hier bei uns bleiben?«, vermutete Ansgar, als sie nicht weitersprach. Er lächelte traurig. »Es ist nicht so, dass ich mir das nicht wünschte, aber es wird nicht gehen. Mein Großvater würde es niemals zulassen.«

»Und warum nicht?«

»Und selbst wenn«, fuhr Ansgar fort, ohne ihre Frage zu beantworten, »würde es nicht gehen. Wir bleiben nicht hier, weißt du? Erik hat am Nachmittag mit den anderen geredet. Wir gehen fort. Gleich morgen bei Sonnenaufgang fangen wir an, das Lager abzubrechen, und fahren wieder nach Hause.«

»Dann komme ich mit«, antwortete Katharina impulsiv.

»Es würde dir dort nicht gefallen«, antwortete Ansgar traurig. »Unser Land ist kalt. Und im Winter geht die Sonne dort manchmal für viele Wochen gar nicht auf. Du könntest dort nicht leben, glaub mir. Und mein Großvater würde es auch nicht zulassen.«

»Und warum nicht?«

»Du hast Pardeville doch gehört«, antwortete Ansgar. »Glaubst du wirklich, mein Großvater würde einen Krieg mit ihm riskieren?«

»Meinetwegen?«

»Nein«, erwiderte Ansgar. »Er sucht schon lange nach einem Vorwand, um die anderen Edelleute gegen uns aufzubringen.«

Katharina starrte ihn an, und plötzlich war sie dankbar dafür, dass es hier drinnen fast vollkommen dunkel war, denn so konnte er wenigstens nicht sehen, dass sie den Kampf gegen die Tränen endgültig verloren hatte. Und mit Sicherheit hätte er den Grund für diese Tränen falsch gedeutet. Es waren Tränen des Zorns; Zorn auf sich selbst, auch nur einen Herzschlag lang so dumm gewesen zu sein zu glauben, es könnte wirklich so einfach sein; aber noch mehr Zorn auf das Schicksal, das sich schon wieder einen so grausamen Scherz mit ihr erlaubt hatte.

»Es tut mir wirklich leid«, sagte Ansgar.

Katharina glaubte ihm. Stille begann sich zwischen ihnen auszubreiten und nahm nur noch zu, als sie sich schließlich herumdrehte und sich auf das einfache Lager aus Fellen sinken ließ, auf dem sie die letzte Nacht verbracht hatte.

Schritte näherten sich, und die Zeltplane wurde mit einem Ruck zurückgeschlagen, doch es war keine der Frauen, die kam, um ihr Kleid zu reparieren, sondern Erik. Ansgar trat seinem Großvater entgegen und wollte etwas sagen, doch Erik scheuchte ihn einfach aus dem Weg und machte eine noch herrischere Geste zu Katharina. »Steh auf!«

Katharinas Herz begann schon wieder angstvoll zu klopfen, vor allem, als sie gehorchte und Erik eine weitere und noch viel unwilligere Geste machte.

»Zieh dein Kleid aus!«

»Herr?«, murmelte Katharina verstört.

Erik ergriff sie kurzerhand bei den Schultern, drehte sie grob herum und zog ihr das Kleid mit einem so derben Ruck herunter, dass das dünne Leder endgültig zerriss und es fast bis zu ihren Hüften hinunterrutschte. Ansgar sog überrascht die Luft zwischen den Zähnen ein, und Katharina erstarrte vor Schrecken. Sie hörte, wie Eriks Gelenke knackten, als er sich hinter ihr in die Hocke sinken ließ. Seine Hand glitt so rau wie warmer Feuerstein über ihren Rücken und tastete über ihr linkes Schulterblatt.

»Das hier«, sagte er. »Woher hast du es, Mädchen?«

Katharina war viel zu verängstigt, um sofort antworten zu können. Sie wusste natürlich, wovon Erik sprach, denn sie war oft genug auf das rote Mal unter ihrem linken Schulterblatt angesprochen worden, auch wenn sie es noch nie selbst zu Gesicht bekommen hatte – und wie auch?

Trotzdem antwortete sie: »Ich weiß es nicht. Das … das hatte ich schon immer!«

Eriks Finger tasteten weiter über ihren Rücken und fuhren

über das Muttermal, und das so fest, dass es beinahe wehtat. Trotzdem spürte sie, wie sehr seine Hand zitterte.

»Das sieht aus wie eine …«, begann Ansgar, der neben seinen Großvater getreten war, sprach dann aber nicht weiter, sondern sah sie nur fragend an. Er wirkte regelrecht erschrocken, fand sie. »Ist das … eine Narbe?«

»Ein Muttermal«, antwortete sein Großvater an Katharinas Stelle. »Und es …«

Auch er sprach nicht weiter, sondern ergriff sie noch fester und mit beiden Händen an den Schultern, sodass es nun *eindeutig* wehtat. Er hielt sie eine quälende Ewigkeit lang so fest und drehte sie dann mit einem Ruck herum, und das so schnell und derb, dass sie gestürzt wäre, hätte er sie nicht zugleich weiter festgehalten. »Wer bist du, Mädchen?«, fragte er. »Woher kommst du? Wer waren deine Eltern?«

»Das … das weiß ich doch nicht!«, wimmerte Katharina. »Ich habe doch schon alles erzählt!«

Aus irgendeinem Grund schien ihre Antwort Erik nur noch zorniger zu machen. Sein Griff wurde so hart, dass sie vor Schmerzen aufstöhnte und das Knirschen ihrer eigenen Knochen zu hören glaubte. Dann ließ er sie fast erschrocken los, stand auf und prallte einen Schritt zurück.

»Entschuldige, mein Kind«, sagte er. »Ich wollte dir nicht wehtun. Es tut mir leid. Aber das ist jetzt wirklich wichtig. Willst du mir ein paar Fragen beantworten?«

Katharina zog hastig ihr Kleid wieder hoch und machte ihrerseits einen Schritt zurück. Sie verstand gar nichts mehr, und Panik drohte sie zu überwältigen.

Trotzdem nickte sie.

»Großvater?«, fragte Ansgar verstört.

Erik beachtete ihn gar nicht, sondern ließ sich abermals vor ihr in die Hocke sinken und sah ihr aufmerksam ins Gesicht. »Erzähl mir von deinen Eltern«, verlangte er.

»Aber sie hat doch schon –«, begann Ansgar, und sein Großvater brachte ihn mit einer Geste zum Schweigen, die nur einen Hauch davon entfernt war, zu einem Schlag zu werden.

»Du selbst«, verlangte er. »Was weißt du von deinen Eltern?«

»Nichts«, antwortete sie, schon wieder den Tränen nahe. »Ich weiß nicht, wer sie waren. Ich … Vater Cedric hat mir nie von ihnen erzählt. Er hat gesagt, sie wären tot und gute Menschen hätten mich zu ihm gebracht, als ich noch ein Säugling war.«

»Hat er von deiner Mutter erzählt?«

»Nein«, antwortete Katharina.

»Und du hast nie nach ihr gefragt? Oder deinem Vater?«

Katharina schüttelte den Kopf, auch wenn es die Unwahrheit war, denn natürlich hatte sie Cedric nach ihren Eltern gefragt, mehr als einmal. Das letzte Mal vor zwei Jahren. Die Tracht Prügel, die er ihr daraufhin verabreicht hatte, war so schlimm gewesen, dass sie die Schläge selbst jetzt noch zu spüren glaubte.

»Nein«, antwortete Katharina. Ihre Panik legte sich allmählich, aber dafür empfand sie jetzt eine so tiefe Verwirrung, dass es beinahe schon körperlich wehtat.

»Gut«, sagte Erik. Er hatte seine Selbstbeherrschung endgültig zurückerlangt. »Es tut mir leid. Ich wollte dich nicht erschrecken. Du kannst bei uns bleiben … wenn du das willst.«

»Wie … bitte?«, murmelte Katharina. Sie verstand nicht, was Eriks letzte Worte bedeuteten.

»Du bleibst hier«, sagte Erik noch einmal. »Ich schicke Guy de Pardeville fort, und du bleibst bei uns. Wir werden später miteinander reden, wenn ich über einiges … nachgedacht habe.«

Er wandte sich an Ansgar. »Du gibst auf sie acht, hast du verstanden? Ich lasse zwei Männer als Wache vor dem Zelt, aber du bist mir für sie verantwortlich.«

Ansgar nickte so schnell, dass ihm gewiss keine Zeit geblieben war, über den Sinn dieses Befehles nachzudenken, und als Erik herumgefahren und aus dem Zelt gestürmt war und er sich wieder zu Katharina herumdrehte, sah er einfach nur ratlos aus.

Trotzdem fragte Katharina: »Und was bedeutet das jetzt?«

»Dasselbe wollte ich dich gerade fragen«, sagte Ansgar verstört. »Ich … verstehe gar nichts mehr.«

Mit einem schnellen Schritt war er neben und einem zweiten hinter ihr, drehte sie kaum weniger grob herum als sein Großvater zuvor und zog ihr das Kleid auf eine Art von den Schultern, die ihm unter allen anderen nur denkbaren Umständen eine Ohrfeige eingehandelt hätte. Seine Finger fuhren über ihren Rücken und tasteten über dieselbe Stelle wie die seines Großvater zuvor, nur dass sie sich nicht wie eine raue Feile anfühlten, sondern auf sonderbare Art … nun ja, angenehm.

»Es sieht wirklich wie eine Schlange aus«, sagte er. »Ist es ein Muttermal?«

»Woher soll ich das wissen?«, fragte Katharina spitz. »Ich habe es noch nie gesehen, weißt du?«

Ansgar blinzelte, ein bisschen verwirrt ob ihrer plötzlichen Feindseligkeit, zuckte aber dann nur mit den Schultern und zog ihr Kleid mit hoffnungslos übertrieben zupfenden Bewegungen wieder hoch, räusperte sich überdeutlich und geduldete sich, bis sie sich wieder zu ihm herumdrehte. Katharina wich seinem Blick aus, und nun war sie es, deren schlechtes Gewissen sich meldete. Ansgar hatte nur freundlich sein wollen, und so dankte sie es ihm. Er konnte ja nicht wissen, dass Vater Cedric sie ein paarmal geschlagen hatte, einfach nur, weil es *da* war.

»Es … äh … sieht wirklich ein bisschen aus wie eine Schlange«, begann er unbeholfen. »Fast wie das –«

»Ja?«, fragte Katharina, als er nicht weitersprach.

»Du … ähm … hattest es schon immer?«, fragte er ausweichend.

»Ist das bei Muttermalen nicht meistens so?«, erwiderte Katharina. »Dass man sie schon immer hatte?«

Ansgar hob abermals die Schultern. »Ich weiß wirklich nicht, warum mein Großvater das gesagt hat«, versicherte Ansgar. »Oder was es bedeutet.«

Katharina glaubte ihm; und sei es nur, weil sie es *wollte.*

Aber das machte es nicht besser.

*

Nicht lange danach kam Nardis zu ihnen, eine der drei älteren Frauen, die sie schon am Morgen kennengelernt hatte. Sie brachte nicht nur eine kleine Öllampe mit, deren winzige Flamme das Zelt mit unstet hin und her springenden Schatten erfüllte, sondern auch Nähzeug, um ihr Kleid zu flicken. Eriks grobe Behandlung hatte ihm jedoch endgültig den Rest gegeben. Nardis betrachtete den hässlichen Riss nur einen Moment lang stirnrunzelnd, wandte sich dann mit einem einzelnen, irgendwie vorwurfsvoll klingenden Wort an Ansgar und verschwand, nachdem sie ihm die Lampe in die Hand gedrückt hatte. Katharina wartete auf ein Wort der Erklärung, bekam aber keine, doch schon nach wenigen Augenblicken kehrte die alte Frau zurück, diesmal ohne ihr Körbchen mit Nähzeug in der Hand.

Stattdessen brachte sie gleich drei Kleider mit, die sie sorgsam auf dem Boden ausbreitete und dann mit einem aufgeregten Schnattern in ihrer sonderbaren Sprache darauf deutete, wobei sie abwechselnd Ansgar und sie auffordernd ansah.

»Soll ich mir … *darf* ich mir eines davon aussuchen?«, fragte Katharina ungläubig.

Jedes dieser drei Kleider war prachtvoller und kostbarer als alles, was sie je zuvor gesehen hatte. Sie alle bestanden aus demselben weichen Wildleder wie das zerrissene Kleid, das sie gerade trug, aber mit kostbaren Stickereien und Zierrat versehen; Kleider, die einer Königin würdig gewesen wären, nicht einem armen Waisenkind wie ihr.

Ansgar wirkte mindestens genau so überrascht wie sie selbst, wandte sich in fragendem Ton an Nardis und erntete ein noch aufgeregteres Schnattern und Armefuchteln. »Nein«, sagte er dann, und noch bevor das Gefühl von Enttäuschung gänzlich Gestalt in ihr annehmen konnte, fügte er hinzu: »Sie sind alle drei für dich.«

»Wie?«, murmelte sie ungläubig.

»Du kannst sie … alle drei behalten«, bestätigte Ansgar. Er wirkte immer noch verwirrt, fast erschrocken. »Sie will nur, dass du jetzt irgendeines anziehst, damit sie das andere mitnehmen und nähen kannst.« Er wandte sich in fragendem Ton an Nardis, und diesmal hörte sich ihre Antwort ungeduldig an.

Es fiel Katharina immer noch schwer, zu glauben, was sie gerade gehört hatte. Diese unendlich kostbaren Kleider sollten *ihr* gehören? Alle drei? Niemand in ganz Ellsbusch hatte *drei* Kleider besessen!

Und auch Ansgar schien es nicht anders zu ergehen. Er starrte die Kleider an, dann Nardis und dann wieder die Kleider. Irgendwie, dachte Katharina, sah er er ein bisschen so aus, als hätte er gerade ein Gespenst gesehen.

»Stimmt etwas damit nicht?«, fragte sie.

»Nein, nein«, sagte Ansgar hastig. »Es ist nur … diese Kleider haben …«

»Was?«, fragte Katharina, als er nicht weitersprach.

»Nichts«, sagte Ansgar halblaut. »Zieh dich um. Nardis wartet.«

Die alte Frau unterstrich seine Worte mit einem abermaligen Händefuchteln, und Katharina hob die Hand, um das Kleid abzustreifen, hielt dann mitten in der Bewegung inne und sah Ansgar scharf an.

»Was?«, fragte Ansgar.

Nardis starrte ihn ebenfalls an, und Ansgar sah einen Moment lang noch verwirrter aus, fuhr dann plötzlich und eindeutig schuldbewusst zusammen und trollte sich.

Sie wartete, bis sich die Zeltplane hinter ihm geschlossen hatte, dann streifte sie das beschädigte Kleid über den Kopf und bückte sich wahllos nach einem der anderen. Alle drei waren so prachtvoll, dass es ihr schier unmöglich war, eine Auswahl zu treffen.

Einen Unterschied jedoch gab es: Anders als das Kleid, das sie gestern bekommen hatte, waren ihr diese zu groß. Nicht so sehr, dass sie sie nicht hätte tragen können, aber sie waren zu weit, und ihre Säume schleiften über den Boden.

Nardis löste das Problem, indem sie plötzlich einen schmalen und ebenfalls mit kostbaren Stickereien verzierten Gürtel hervorzauberte, den sie ihr um die Hüfte band. Anschließend trat sie hinter sie, wie Katharina annahm, um das Kleid am Rücken zuzuschnüren. Statt dessen spürte sie plötzlich Nardis' Fingerspitzen, die über ihre Schulter tasteten und fast ehrfürchtig die Konturen des Muttermales nachzeichneten.

»Dieses Mal bedeutet etwas, habe ich Recht?«, fragte sie.

Natürlich antwortete die alte Frau nicht, denn sie hatte die Frage wahrscheinlich gar nicht verstanden, aber sie ließ von ihr ab, verschnürte nun sehr hastig das Kleid und drehte sie dann um, um noch eine Weile an ihr herumzuzupfen und -zuzerren, bis ihr neues Kleid einigermaßen saß.

»Verstehst du, was ich sage?«, fragte sie.

Wenn es so war, dann ließ sich Nardis jedenfalls nichts anmerken. Sie lächelte nur, zupfte noch eine Weile an ihr herum und trat dann zurück, um ihr Werk zu begutachten; aber sie sah ihr dabei so auffällig *nicht* ins Gesicht, dass es schon fast unheimlich war. Schließlich sagte sie noch ein paar abschließende Worte, hob das zerrissene Kleid auf und ging.

Katharina wollte ihr folgen, karn aber nur bis zum Ausgang. Derselbe Mann, der schon am Morgen vor ihrem Zelt Wache gehalten hatte, stand auch jetzt wieder davor, beließ es nun aber nicht mehr bei einem freundlichen Blick, sondern schüttelte den Kopf und bedeutete ihr mit unmissverständlichen Gesten, dass sie drinnen zu bleiben hatte. Wie es aussah, war sie nun endgültig eine Gefangene.

Enttäuscht zog sie sich wieder ins Zelt zurück, spielte einen Moment ernsthaft mit dem Gedanken, sich einen anderen Weg nach draußen zu suchen, und verwarf ihn schon allein deswegen, weil sie dabei über den Boden hätte kriechen müssen und ihr neues Kleid schmutzig geworden wäre; oder gar zerrissen. Lieber vertrieb sie sich die Zeit damit, die beiden anderen Kleider zu betrachten, die ausgebreitet auf dem Boden lagen; ein Zeitvertreib, dessen sie nicht müde wurde. Diese Kleider umgab zweifellos ein großes Geheimnis, und sie war nicht einmal sicher, dass es nicht düster oder gar gefährlich war, aber sie waren auch ein Schatz, so unermesslich kostbar, dass so mancher sein Leben dafür gegeben hätte.

Sie selbst eingeschlossen.

Sehr lange musste sie sich nicht gedulden. Schon nach kurzer Zeit wurden draußen wieder Stimmen und Schritte laut, und Erik, Ansgar und Guy de Pardeville betraten das Zelt. Der ausländische Edelmann war wütend, und er machte auch gar keinen Hehl daraus, wem diese Wut galt.

»Du machst mir großen Kummer, Mädchen«, fuhr er sie an, kaum dass er hereingekommen war. »Ich habe wirklich eine lange Reise und viel Mühen auf mich genommnen, um dich zu finden, und wie dankst du es mir?«

»Ich bitte Euch, Guy de Pardleville«, sagte Erik. »Mäßigt Euren Ton! Ihr habt es gerade selbst gesagt: Sie ist noch fast ein Kind. Ihr erschreckt sie.«

Guy de Pardeville sah ganz so aus, als würde er liebend gerne noch sehr viel mehr tun, als sie nur zu erschrecken, riss sich aber sichtbar zusammen und wandte sich mit einem Lächeln an Katharina, das so unencht war, wie es nur ging.

»Ich kann dich sogar verstehen, mein Kind«, sagte er. »Das alles war sehr schlimm für dich, und du musst große Angst haben. Wahrscheinlich bist du jetzt sehr durcheinander. Aber du solltest trotzdem keine vorschnelle Entscheidung treffen. Komm mit mir, und ich verspreche dir, dass wir einen guten Platz für dich finden werden.« Er machte eine Kopfbewegung auf Ansgar. »Eriks Sohn hat mir erzählt, dass du bisher kein gutes Leben geführt hast. Ich werde dafür sorgen, dass sich das ändert.«

Er wartete auf eine Antwort, aber Katharina wusste einfach nicht, was sie sagen sollte. Sie wusste nicht einmal, ob sie ihm glaubte oder nicht, und es spielte im Grunde auch keine Rolle: Guy de Pardeville war ein Edelmann und sein Wille Gesetz. Wie konnte sie ihm widersprechen?

»Ich möchte hierbleiben«, sagte sie leise.

»Hier?« Pardevilles Augen flammten in schierer Wut auf, und sie sah, wie schwer es ihm fiel, sich wenigstens äußerlich noch zu beherrschen. Seine Stimme wurde schärfer und bekam einen verächtlichen Klang. »Bei diesen ... Heiden? Kind, was denkst du dir? Hat dich euer Pfarrer denn gar nichts gelehrt?«

Vater Cedric hatte sie tatsächlich eine Menge gelehrt, aber nur sehr wenig davon hatte ihr gefallen; und noch sehr viel weniger wäre in diesem Moment dazu angetan gewesen, ihre Entscheidung noch zu ändern.

»Ich bleibe hier«, beharrte sie.

Pardeville sog scharf die Luft zwischen den Zähnen ein. »Wenn es mit gutem Zureden nicht geht, dann eben anders«, sagte er. »Du wirst mit uns kommen.«

»Ihr habt das Mädchen gehört, Sire«, sagte Erik kühl. »Sie will lieber bei uns bleiben.«

»Ich glaube nicht, dass ihr das Recht habt –«, begann Pardeville, unterbrach sich dann und setzte mit mühsam beherrschter Stimme neu an: »Euer Bemühen in Ehren, dieses Kind zu beschützen. Erik, aber ich kann das nicht zulassen. Sie gehört zu ihrem Volk.«

»Das nicht das Eure ist«, versetzte Erik gelassen. »Ihr seid nicht ihr Lehnsherr, so wenig wie ich. Ich kann sie nicht zwingen, etwas zu tun, was sie nicht will.«

Pardeville funkelte ihn an, fuhr mit einem Ruck herum und versuchte sie zu packen, doch Katharina hatte die Bewegung vorausgesehen und wich rasch einen Schritt zurück, bevor er ihr dieses Kleid auch noch zerreißen konnte. Ansgar zuckte erschrocken zusammen, und Eriks Hand fiel mit einem schweren Klatschen auf den Griff des mächtigen Breitschwertes, das er am Gürtel trug. Pardeville ließ die Hand sinken.

»Ich bleibe hier«, sagte Katharina noch einmal.

»Und das ist wirklich Euer Ernst, Erik?«, fragte Pardeville. »Ihr wollt das gute Verhältnis zwischen uns aufs Spiel setzen, nur wegen der Laune eines Kindes, das sich etwas in den Kopf gesetzt hat?«

»So gut war es nie«, sagte Erik. »Und nun muss ich Euch bitten, zu gehen, Sire. Nehmt Eure Männer und fahrt nach Hause.«

»Aber –«

»Solange Ihr es noch könnt«, fuhr Erik fort, eine Spur lauter, sodass seine Worte zu einer Drohung wurden.

Pardevilles Gesicht erstarrte zu Stein. Auch seine Hand senkte sich auf den Schwertgriff, und einen halben Atemzug lang fürchtete Katharina ernstlich, dass er die Waffe ziehen und es gleich hier und jetzt austragen würde.

Dann entspannte er sich, nickte nur abgehackt und stürmte aus dem Zelt. Ansgar blickte ihm finster nach und machte Anstalten, ihm zu folgen, doch sein Großvater hielt ihn mit einer knappen Geste zurück.

»Die Männer achten darauf, dass er abfährt«, sagte er. Ansgar sagte etwas in seiner Muttersprache, und Erik machte eine ärgerliche Geste, und Ansgar wiederholte seine Worte auf Deutsch: »Sie werden wiederkommen. Und wahrscheinlich nicht allein.«

»Ja, wahrscheinlich«, sagte Erik. »Doch bis dahin sind wir längst nicht mehr hier. Es ist eine gute Tagesreise bis Schloss Pardeville und zurück. Die *Urd* und die *Skuld* sind in wenigen Stunden hier, und dann brechen wir auf«

»Und das alles nur weil du glaubst –«, begann Ansgar, und sein Großvater fiel ihm nicht einmal laut, aber mit schneidender Schärfe ins Wort:

»Und das alles nur, weil dein Skalde es dir sagt, ja.«

Ansgar presste wütend die Lippen aufeinander, aber er wagte es nicht mehr, zu widersprechen. Stattdessen warf er Katharina noch einen Blick zu, der vor Zorn sprühte, fuhr dann auf dem Absatz herum und stapfte wütend nach draußen. Erik bückte sich, um die zwei übriggebliebenen Kleider aufzuheben.

»Das … das tut … mir wirklich leid«, stammelte Katharina. »Ich … ich wollte wirklich nicht, dass meinetwegen –«

»Es ist nicht deinetwegen, Mädchen«, unterbrach sie Erik. Er machte eine Kopfbewegung auf das Lager aus Fellen. »Es ist spät geworden. Versuch ein wenig zu schlafen. Wir brechen morgen sehr früh auf, und es wird ein anstrengender Tag.«

Und damit ging er, ohne ein einziges Wort der Erklärung.

*

Letzten Endes war es Freya, die ihr das Leben (oder doch zumindest die Freiheit) rettete; nicht die Göttin aus dem vielgestaltigen Pandämonium von Ansgars Volk, sondern die grauschwarz gestreifte Katze. Sie musste einen Narren an Katharina gefressen haben; vielleicht hatten sie auch die Götter geschickt, oder sie war einfach nur verrückt.

Katharina brauchte lange, um überhaupt Schlaf zu finden,

und sie hatte das Gefühl, die Augen gerade erst zugemacht zu haben, als sie schon wieder geweckt wurde, von einem lautstarken Schnurren und einer rauen Zunge, die ihr kreuz und quer über das Gesicht leckte.

Mit einem unwilligen Murren hob sie die Lider und blickte in ein Paar unheimlicher leuchtender Augen, die sich unmittelbar vor ihrem Gesicht befanden.

»Freya?«, murmelte sie verschlafen.

Ein noch lauteres Schnurren antwortete ihr, außerdem ein Piepsen, das seltsamerweise aus verschiedenen Richtungen zugleich zu kommen schien. Irgendetwas zerrte an ihren Haaren, und winzige spitze Zähnchen knabberten an ihren nackten Zehen.

Noch immer ein wenig benommen richtete sie sich auf, sah sich um, blinzelte zweimal und sah sich dann noch einmal um, aber es blieb dabei: Es war kein Traum. Freya hatte offensichtlich nicht nur beschlossen, ihr einen nächtlichen Besuch abzustatten, sondern mit Sack und Pack umzuziehen; genauer gesagt mit ihren vier Jungen, die fröhlich auf ihr herumwackelten, sie beschnupperten und ihre winzigen Zähne und Krallen an ihrem lebenden Spielzeug ausprobierten. Katharina war noch nicht wach genug, um zu entscheiden, ob sie das niedlich oder einfach nur lästig finden sollte. Sie brauchte wirklich ein bisschen Schlaf. Aber immerhin versuchten die kleinen Biester nicht, sie umzubringen.

Etwas polterte. Katharina hob den Kopf, um zum Ausgang zu sehen, von wo das Geräusch gekommen war, und eine der jungen Katzen kniff sie so fest in den kleinen Zeh, dass sie mit einem schmerzerfüllten Zischen herumfuhr und den kleinen Quälgeist abschüttelte.

Und das war der einzige Grund, aus dem sie die schmale Messerklinge sah, die in der Zeltplane hinter ihr erschien und sie nahezu lautlos aufschlitzte.

Katharina verschenkte etliche unendlich kostbare Sekunden damit, die Klinge und den länger werdenden Riss einfach nur mit offenem Mund anzustarren. Erst, als sie den verschwommenen Schatten dahinter sah, ging ihr auf, dass der Besitzer dieses Messers vermutlich nicht nur gekommen war, um ihr Zelt zu demolieren.

Hastig pflückte sie die Katzen von sich herunter und musste dann deutlich mehr Mühe aufwenden, um sich Freyas raspelnden Liebesbezeugungen zu erwehren, und stand lautlos auf, um zum Ausgang zu huschen.

Um ein Haar wäre es ihr letzter Schritt gewesen.

Katharina kam im allerletzten Moment auf den Gedanken, einen Blick durch den schmalen Spalt zu werfen, bevor sie die Zeltplane zurückschlug, und beglückwünschte sich im nächsten Moment selbst zu ihrer Umsicht. Der Mann, der vor ihrem Zelt Wache gehalten hatte, war noch immer da, aber jetzt lag er reglos am Boden, und eine zweite, dunkel gekleidete Gestalt beugte sich über ihn und wischte gerade in diesem Moment eine blutige Messerklinge an seinem Mantel ab.

Hinter ihr raschelte es, und Katharina registrierte eine huschende Bewegung aus den Augenwinkeln und reagierte ganz instinktiv, indem sie sich zur Seite warf und so der zupackenden Hand des Mannes entging, der sich den Weg in ihr Zelt freigeschnitten hatte. Der Bursche stolperte mit einem überraschten Grunzen an ihr vorbei und begann mit wild rudernden Armen um sein Gleichgewicht zu kämpfen, und Katharina verschwendete keine Zeit damit, nachzusehen, ob er diesen Kampf gewann oder verlor, sondern war mit zwei raschen Schritten bei dem langen Riss in der Zeltbahn und hindurch; oder jedenfalls beinahe. Ein zweiter Mann kam ihr gebückt entgegen und hatte anscheinend mit allem gerechnet, aber nicht damit, dass sie ihm entgegenkam – mit dem Ergebnis, dass sie kräftig mit den Köpfen zusammenprallten.

Katharina stolperte zurück, fiel auf den Rücken und griff nach dem Erstbesten, was ihr in die Finger geriet, um es nach dem Burschen zu werfen.

Zu seinem Pech war es die Lampe.

Das kleine Tongefäß zerbrach, und Öl lief über Hose und Stiefel des Mannes und fing mit einem dumpfen *Wusch!* Feuer. Noch bevor die Flammen auf seinen Wappenrock oder gar das Zelt übergreifen konnten, war Katharina schon wieder auf den Füßen, stieß die lodernde Gestalt aus dem Weg und stürzte endgültig aus dem Zelt.

Diesmal kam sie immerhin fünf oder sechs Schritte weit, ehe sie einer weiteren Gestalt in Kettenhemd und Wappenrock in die ausgebreiteten Arme lief, doch diesmal reagierte sie nicht schnell genug. Eine starke Hand schloss sich so fest um ihre Schulter, dass sie vor Schmerz und Schrecken aufschrie.

Der Laut ging in einem anderen, gellenden Schrei und dem Prasseln von Flammen unter, die hinter ihr laut wurden. Ein alarmierter Ruf aus dem Lager folgte, und Katharina wurde herum- und den Hang hinaufgerissen. Sie stolperte, fiel nur aus dem einzigen Grund nicht, dass der Mann sie einfach hinter sich herzerrte, und gewahrte ein halbes Dutzend Schatten, die plötzlich überall rings um sie her aus dem Nichts aufzutauchen schienen. Hinter ihnen wurde es hell, als die Flammen auf das gesamte Zelt übergriffen, und in die gellenden Schreie des brennenden Mannes mischten sich immer mehr andere aufgeregte Stimmen und Geräusche.

Katharina wurde brutal weitergezerrt und gegen etwas Weiches und Großes gestoßen, das sie erst als Pferd identifizierte, als ihr Entführer sie endlich losließ und sich in den Sattel schwang. Jetzt erkannte sie ihn auch, obwohl sein Gesicht hinter dem geschlossenen Visier seines bizarren Topfhelms verborgen blieb: Es war Guy de Pardeville. Und auch die Männer in seiner Begleitung waren zumindest zum Teil dieselben, die sie in der Nacht in Ellsbusch gesehen hatte.

Diese Erkenntnis hinderte Katharina nicht daran, auf der Stelle herumzufahren und wegzulaufen. Genau zwei Schritte weit, bevor sie in den Faustschlag eines der Männer rannte und sich würgend vor Schmerz und verzweifelt nach Luft schnappend zusammenkrümmte.

Bevor sie auch nur auf die Knie fallen konnte, wurde sie gepackt und hinter Pardeville auf den Rücken des Pferdes geworfen. »Halt dich fest!«, befahl er. »Wenn du zu fliehen versuchst, töte ich dich!«

Damit sprengte er los.

Katharina fand nicht einmal richtig Zeit, sich irgendwo festzuklammern, bevor die gesamte Gruppe auch schon kehrtmachte und los- und weiter den Hang hinaufsprengte.

Sie kamen nicht einmal ein Dutzend Galoppsprünge weit.

Der Reiter an der Spitze der kleinen Kolonne riss sein Pferd plötzlich zurück und zerrte das Schwert aus dem Gürtel, und die beiden Männer hinter ihm brachen nach rechts und links aus, und nur einen halben Herzschlag später verwandelte sich der ganze Trupp in ein einziges heilloses Chaos. Zwei oder drei Atemzüge lang hatte Katharina buchstäblich alle Hände voll damit zu tun, sich irgendwie auf dem Rücken des Pferdes zu halten, und als endlich wieder wenigstens der Anschein von Ordnung einkehrte, hatte sich ihre Lage dramatisch verändert. Schatten erhoben sich vor ihnen, groß, struppig, manche von ihnen mit Hörnern, vielleicht auch mit peitschenden Schwänzen, und ausnahmslos bewaffnet, wie eine Wiederholung der Feuernacht, in der Ellsbusch gestorben war. Es waren vier oder fünf, aber in der Dunkelheit dahinter bewegten sich noch mehr Schatten; vielleicht eine Patrouille, die aus dem Wald kam.

Lord Pardleville riss sein Schwert aus dem Gürtel, und der große dreieckige Schild, der bisher an seinem Sattel gehangen hatte, erschein wie durch Zauberei an seinem Arm. »Reitet sie nieder!«, brüllte er.

Katharina brauchte schon wieder ihr ganzes Geschick und jedes bisschen Kraft, das sie noch in ihrem geschundenen Körper fand, um sich hinter Pardeville auf dem Pferderücken zu halten, als der gesamte Trupp im gleichen Augenblick lossprengte, um dem Befehl nachzukommen.

Unglückseligerweise dachten die Dämonen nicht daran, sich einfach so niederreiten zu lassen. Brüllend schwangen sie ihre Waffen, taten aber nur so, als wollten sie sich den herangaloppierenden Reitern entgegenwerfen, und wichen ihnen im letzten Augenblick und mit erstaunlichem Geschick aus. Schwerter und Speere stießen auf sie herab, doch nicht eine der Waffen traf ihr Ziel. Dafür schien sich die Anzahl der gehörnten Krieger wie durch Zauberei plötzlich verdoppelt zu haben. Eines der Pferde schrie gepeinigt auf, brach in den Vorderläufen ein und überschlug sich, und sein Reiter wurde im hohen Bogen aus dem Sattel geschleudert und landete meterweit entfernt schwer auf dem Rücken. Nur einen halben Atemzug später verschwand er unter einem Berg struppiger Körper, die mit Schwertern, Äxten und Speeren auf ihn einstachen.

Er war nicht der Einzige. Lord Pardeville hackte mit seinem Schwert nach einem der riesigen Angreifer, die plötzlich überall zu sein schienen. Zwar traf er ihn nicht, hackte ihm aber zumindest eines seiner riesigen Hörner ab und trieb ihn auf diese Weise zurück. Aber nicht alle seine Männer hatten so viel Glück. Der Reiter direkt neben ihm wurde von einem Speer in die Seite durchbohrt und kippte mit einem schrillen Schrei aus dem Sattel, ein anderer wurde unter seinem zusammenbrechenden Pferd begraben, und dann brach endgültig die Hölle los.

Katharina hätte hinterher weder genau sagen können, wie lange es gedauert hatte, noch was genau geschehen war, und es hatte auch nichts mit alledem zu tun, was sie sich je vorgestellt hatte, wenn sie den Geschichten der Alten lauschte, die von heroischen Kämpfen und gewaltigen Schlachten erzählten. Es war die Hölle, in der Männer und Dämonen und Tiere aufeinander einschlugen und -stachen und -traten; es waren Schreie und Gebrüll und das Blitzen von Waffen; es war spritzendes Blut und der grässliche Laut brechender Knochen; es waren abgeschlagene Glieder und leblose Leiber, die in ihrem Blut lagen und noch andere, grauenhaftere Dinge, die zu beschreiben ihr einfach die Worte fehlten; und es war pure Angst und Entsetzen und ein niemals zuvor gekanntes Grauen, das einfach alles andere hinwegspülte.

Wahrscheinlich dauerte es nicht einmal lange, und es waren Pardeville und seine Männer, die einfach überrannt wurden, nicht Eriks Krieger. Die fremden Ritter sanken einer nach dem anderen aus dem Sattel, und Pardeville riss sein Pferd herum und duckte sich, um einem geschleuderten Speer auszuweichen, und Katharina sah den Dolch in seinem Gürtel und reagierte, ohne auch nur nachzudenken: Sie schloss die Hand um die Waffe, zog sie aus der Scheide und rammte sie ihrem Entführer in die Seite.

Ihre Kraft reichte nicht aus, um das Kettenhemd wirklich zu durchdringen, das Pardeville unter dem Wappenrock trug, aber sie spürte, dass immerhin die Dolchspitze durchkam und tief in das weiche Fleisch darunter biss.

Pardeville schrie vor Schmerz auf, schwankte im Sattel und drohte das Gleichgewicht zu verlieren, und Katharina nutzte die Chance und ließ sich einfach rücklings von seinem Pferd gleiten.

Zufall oder anerzogene Bosheit, das Schlachtross spürte die Bewegung und trat mit beiden Hinterläufen aus, und Katharina warf sich mitten in der Bewegung und schon fast verzweifelt herum und entging den tödlichen Hufen buchstäblich um Haaresbreite. Aus ihrem geplanten Sprung wurde ein ungeschickter

Sturz, bei dem sie sich nur durch reines Glück nicht schwer verletzte.

Es war auch so schlimm genug. Sie landete auf Händen und Knien und nahm dem Sturz so die allergrößte Wucht, prellte sich aber beide Handgelenke, und ihre angeschlagene Rippe stimmte fröhlich in das Konzert aus brutalem Schmerz ein, das hinter ihrer Stirn explodierte.

Möglicherweise rettete es ihr das Leben, denn statt aufzuspringen und davonzulaufen, wie sie es instinktiv vorgehabt hatte, rollte sie mit einem schmerzhaften Wimmern auf die Seite, und genau da, wo sie sonst gewesen wäre, bohrte sich ein Speer in den Boden.

Taumelnd kam sie hoch, sah den Dolch neben sich im Gras glitzern, mit dem sie Pardeville angegriffen hatte, und versuchte ihn aufzuheben, aber ihre geprellten Hände verweigerten ihr den Dienst. Jetzt konnte sie sich nicht einmal mehr wehren.

Also fuhr sie herum und rannte Eriks Kriegern und dem brennenden Lager entgegen, so schnell sie nur konnte. Hinter ihr tobte der Kampf zwischen Pardevilles Rittern und der plötzlich aufgetauchten Patrouille mit verbissener Wut weiter. Katharina bezweifelte, dass die Krieger die schwer gepanzerten Reiter auf ihren mächtigen Schlachtrössern tatsächlich überwinden konnten, aber aus dem Lager strömten immer mehr Krieger die Uferböschung herauf, dreißig, wenn nicht vierzig oder mehr, die von Erik selbst und Ansgar angeführt wurden. Wenn es ihr gelang, sie zu erreichen, war sie gerettet. Ansgar schrie plötzlich irgendetwas und begann mit den Armen zu wedeln, und als Katharina über die Schulter zurücksah, begriff sie, dass sie es nicht schaffen würden. Guy de Pardeville hatte sein Pferd herumgerissen und sprengte in scharfem Galopp auf sie zu, das Schwert zum Schlag erhoben. Im allerersten Moment verstand sie nicht einmal, was er da tat. Er würde sie vielleicht einholen, bevor Erik und seine Männer heran waren, aber er konnte doch unmöglich damit rechnen, sie zu überwältigen und zu sich in den Sattel zu ziehen und dann auch noch zu entkommen!

Erst dann wurde ihr klar, dass er das gar nicht wollte. Pardeville sprengte mit hochgerissenem Schwert heran, und er hatte gar nichts anderes vor, als sie zu töten!

Ein Pfeil zischte auf ihn zu. Pardeville wehrte ihn mit seinem Schild ab, beschleunigte sein Tempo noch einmal und zwang sein Tier in einen langgestreckten Bogen, an dessen Scheitelpunkt er sie erreichen und – vielleicht – sogar noch entkommen würde.

Als sein Schwert niedersauste, flog ein Schatten an Katharina vorbei, fing den Schlag ab und klammerte sich mit solcher Kraft an seinen Arm, dass Pardeville zum zweiten Mal innerhalb weniger Augenblicke um sein Gleichgewicht kämpfen musste und sein Pferd scheute. Trotzdem sprengte er weiter.

Katharina stürzte, rollte sich instinktiv zu einem Ball zusammen und schlug schützend die Arme über den Kopf, um jetzt nicht ganz versehentlich von Eriks Kriegern zu Tode getrampelt zu werden. Trotzdem erkannte sie die Gestalt, die sich dem Reiter so todesmutig in den Weg gestellt hatte. Es war Ansgar, der wie ein Wunder plötzlich heran war, obwohl sie das für ausgeschlossen gehalten hatte, und er klammerte sich mit immer verzweifelterer Kraft an den Waffenarm des Edelmannes, ungeachtet der Tatsache, dass das Schlachtross immer schneller wurde und ihn rücksichtslos mitschleifte. Erst nach einem guten Dutzend Schritte gelang es Pardeville, ihn abzuschütteln. Ansgar fiel schwer ins Gras, überschlug sich mehrmals und blieb reglos liegen. Pardeville riss sein Pferd mit einem brutalen Ruck herum und sprengte davon, zusammen mit den drei Männern, die ihm noch geblieben waren. Die Krieger oben am Waldrand versuchten sie zu verfolgen, sahen die Sinnlosigkeit dieses Versuches allerdings rasch ein und machten kehrt, um sich um ihre verwundeten Kameraden zu kümmern.

Als Katharina sich aufrappelte, war Erik bereits bei seinem

Enkel, drehte ihn auf den Rücken und begann ihn mit fliegenden Fingern abzutasten. Ansgar rührte sich nicht. Seine Augen waren geschlossen, und als Katharina neben ihm anlangte und sich auf die Knie fallen ließ, machte ihr Herz einen schmerzhaften Sprung bis in ihren Hals hinauf. Ansgars Gesicht war kreidebleich.

Erik tastete ihn mit zitternden Fingern ab und wollte gerade sein Hemd hochstreifen, als Ansgar mit einem Stöhnen erwachte und die Augen öffnete. Sein Blick blieb trüb.

Erik sagte etwas in seiner Muttersprache zu ihm. Ansgar sah ihn nur weiter verständnislos an, und Katharina fragte hastig: »Bist du verletzt?«

»Ich … glaube nicht«, antwortete Ansgar schleppend, versuchte sich aufzusetzen und verzog nicht nur schmerzhaft das Gesicht, sondern presste auch die Hand gegen die Seite. Sein Großvater drückte seine Hand hinunter, tastete die Seite ab und nickte dann.

»Ich schätze, du hast dir eine Rippe gebrochen«, sagte er. »Und wenn das tatsächlich alles ist, hast du großes Glück gehabt. Was ist in dich gefahren, du Narr? Hast du alles vergessen, was ich dir beigebracht habe? Du greifst einen Reiter in voller Rüstung mit bloßen Händen an?«

Es schüttelte zornig den Kopf. »Wenn du nicht schon verwundet wärst, dann würde ich dich jetzt übers Knie legen und dir den Hosenboden strammziehen wie einem dummen Kind!«

Er stand mit einem Ruck auf, deutete zum Lager hinab und sprudelte ein paar Worte in seiner Muttersprache hervor, woraufhin sich die meisten seiner Männer umwandten und zum Dorf hinabrannten; der Rest stürmte weiter den Hang hinauf, um ihren verwundeten Brüdern dort zu helfen.

»Du bleibst bei ihm, Mädchen!«, sagte er, an Katharina gewandt. »Gib auf ihn acht, damit er nicht noch mehr Unsinn anstellt!«

Dann stapfte er wütend davon, und Katharina sah ihm verwirrt hinterher. So grob und polternd seine Worte auch gewesen waren, war es ihm doch nicht ganz gelungen, seine Erleichterung zu verbergen, dass Ansgar überhaupt noch lebte. Aber er hatte eine seltsame Art, das zu zeigen, fand sie.

»Ist dir …, etwas passiert?«, fragte Ansgar hinter ihr.

Katharina bedachte ihn mit einem schrägen Blick. »Meinst du nicht, dass ich *dir* diese Frage stellen sollte?«, fragte sie.

»Mir geht es gut«, behauptete Ansgar, versuchte noch einmal aufzustehen und verzog schon wieder schmerzerfüllt die Lippen. »Bis auf meine gebrochene Rippe vielleicht.«

Katharina nickte. »Ich weiß, wie weh das tut.«

Ansgar machte ein verdutztes Gesicht, und Katharina streckte die Hand aus, um ihm aufzuhelfen. Sie konnte ihm ansehen, dass sein Stolz mit seiner schmerzenden Seite rang und anscheinend verlor. Er nahm ihr Angebot an und stemmte sich mit zusammengebissenen Zähnen hoch.

»Das war wirklich nicht besonders klug von dir«, sagte Katharina. »Ich meine: Mit bloßen Händen auf einen Mann wie Pardeville loszugehen ist ziemlich verrückt. Aber auch ziemlich tapfer. Ohne dich wäre ich jetzt tot.«

»Dann sind wir ja jetzt quitt, oder?«, fragte Ansgar.

Im allerersten Moment verletzten Katharina diese Worte. Aber dann musste sie wieder daran denken, wie grob Erik gerade gewesen war. Vielleicht waren Sprache und Kleidung ja nicht alles, was diese Menschen von ihnen unterschied.

»Es war trotzdem sehr tapfer«, sagte sie. »Vielen Dank.«

»Hm«, machte Ansgar.

»Kannst du gehen?«, fragte Katharina.

Ansgar riss sich los, machte einen unsicheren Schritt und blieb dann noch einmal stehen, kam ihrer spöttischen Bemerkung aber zuvor, indem er sich herumdrehte und so tat, als betrachte er interessiert den Waldrand.

»Wenn Erik nicht geahnt hätte, dass er diesem Kerl nicht trauen kann, dann hätten sie dich jetzt«, murmelte er. »Ich frage mich, warum er das getan hat.«

»Um mich zu entführen?«

Ansgar schnaubte. »Stell dir vor, das ist sogar mir aufgefallen, sagte er. »Nur ergibt es keinen Sinn. Er muss mindestens zwei oder drei Männer verloren haben, und wenn ich eine Waffe gehabt hätte, dann wäre er jetzt tot. Und das alles nur deinetwegen?«

Sie hätte jetzt eigentlich eingeschnappt sein müssen, und ein bisschen war sie es auch ... aber zugleich gestand sie sich auch ein, dass Ansgar Recht hatte. Sie war nur ein einfaches Bauermädchen, das Pardeville nicht kannte und das – zumindest in seinen Augen – nicht einmal so viel wert war wie die Schabracken seines Pferdes. Gewiss hatte er nicht damit gerechnet, dass sein Überfall so endete und er die Hälfte seiner Männer einbüßte, aber das Risiko war dennoch enorm gewesen; viel zu groß, wenn man den Preis bedachte, den er erringen konnte.

Ansgar hatte Recht: Dieser ganze Überfall war vollkommen sinnlos.

Sie schüttelte den Gedanken ab, wandte sich wieder um und erschrak noch einmal und noch tiefer, als sie sah, dass mittlerweile nicht nur Ansgars Zelt lichterloh brannte, sondern die Flammen auch schon auf die beiden benachbarten Zelte übergesprungen waren und weiter und rasend schnell um sich griffen. Erstaunlicherweise schien niemand auch nur den Versuch zu unternehmen, die Flammen zu löschen. Dafür waren ein gutes Dutzend Männer damit beschäftigt, die wiederum benachbarten Zelte abzubrechen, wobei sie alles andere als behutsam zu Werke gingen und kaum weniger Schaden anrichteten, als es die Flammen gekonnt hätten.

»Das tut mir leid«, sagte sie betroffen. »Das wollte ich nicht!«

»Du?«, wunderte sich Ansgar. Er humpelte mit zusammengebissenen Zähnen los.

»Das ist meine Schuld«, sagte sie niedergeschlagen. »Ich habe die Lampe nach einem der Männer geworfen.«

»Und?«, fragte Ansgar. »Hast du wenigstens getroffen?«

Katharina nickte, und Ansgars Gesichtsausdruck wurde noch grimmiger. »Dann brennt da unten eben nicht nur ein Zelt. Eine geringer Preis dafür, dass du einen von diesen Burschen erwischt hast. Was hättest du denn sonst tun sollen? Dich abschlachten lassen, damit mein Zelt keinen Schaden nimmt?«

Damit hatte er zweifellos Recht, und ebenso zweifellos hätte der Angreifer umgekehrt keinen Moment gezögert, sie zu töten ... aber das änderte nichts daran, dass sie sich schrecklich fühlte. Der Mann war tot, und es war ihre Schuld. Und es war ein grässlicher Gedanke, ganz egal, ob sie nun eine andere Wahl gehabt hatte oder nicht.

Es dauerte nicht einmal lange, bis die drei Zelte vollkommen niedergebrannt waren, und Katharina musste sich eingestehen, dass Eriks Männer völlig richtig gehandelt hatten, den Brand nicht zu bekämpfen. Die Flammen hatten sich zu einem regelrechten Sturm entwickelt, der die drei Zelte so schnell und gierig verschlungen hatte wie ein ausgehungertes Raubtier seine Beute, und schon nach wenigen Minuten war nur noch eine rauchende Aschelandschaft übrig, in der es unablässig zischte und knisterte. Selbst nachdem die Flammen erloschen waren, war die Hitze immer noch so groß, dass sie es nicht wagte, näher als auf zehn oder zwölf Schritte heranzugehen.

Und wenn das sie nicht schon daran gehindert hätte, dann bestimmt der Anblick des fast bis zur Unkenntlichkeit verkohlten Körpers, der dort lag, wo einmal Ansgars Zelt gestanden hatte.

Trotz allem konnte man noch erkennen, dass es einer von Pardevilles Männern gewesen war. Das geschmolzene Metall eines Kettenhemdes schimmerte unter seiner verkohlten Kleidung, und auf dem Kopf trug er einen der grobschlächtigen Helme, wie sie die Ritter des ausländischen Edelmannes trugen.

Dann sah sie noch etwas, was sie dazu brachte, doch mit ein paar schnellen Schritten in den warmen Aschekreis hineinzutreten und sich sogar dazu zu zwingen, den schrecklich zugerichteten Leichnam anzusehen.

Unter dem Toten lag noch etwas anderes und Kleineres. Ihr Herz begann zu klopfen.

Sie kämpfte Ekel und Angst nieder, drehte den Toten mit dem Fuß um und hätte im nächsten Moment beinahe laut aufgeschrien.

»Oh nein!«, murmelte Ansgar neben ihr. Sie hatte nicht einmal gemerkt, dass er ihr gefolgt war. »Ist das … Freya?«

Katharina brachte nur ein mühsames Nicken zustande. Wie es aussah, war der Mann sterbend über der Katze zusammengebrochen und hatte sie unter sich begraben, sodass sie wohl eher erstickt als bei lebendigem Leibe verbrannt war; aber das war allenfalls ein schwacher Trost.

»Aber wie kommt sie denn hierher?«

Katharina hob die Schultern. »Sie war heute Nacht bei mir. Ich glaube, sie wollte mir ihre Jungen bringen.« Mit klopfendem Herzen ließ sie sich in die Hocke sinken, und plötzlich musste sie mit aller Macht gegen die Tränen ankämpfen, die ihr die Kehle zuschnürten.

»Sie hat mich geweckt. Wenn sie nicht gewesen wäre, dann wäre ich jetzt nicht mehr hier.« Und Freya hatte mit dem Leben dafür bezahlt.

Ansgar wollte etwas darauf erwidern, legte aber dann stattdessen den Kopf auf die Seite und lauschte, und im nächsten Moment hörte Katharina es auch: ein dünnes, klägliches Piepsen, das irgendwo hinter ihm erklang.

Mit einem einzigen Satz war sie an ihm vorbei und auf den Knien.

Zwei winzige, klagende Fellbündel schleppten sich auf wackligen Beinchen auf sie zu, piepsten und wimmerten herzerweichend und begann fast augenblicklich laut zu schnurren, als Katharina sie hochnahm und an sich drückte. Sie sahen ziemlich mitgenommen aus und rochen nach Qualm und heißer Asche, schienen aber wie durch ein Wunder unverletzt zu sein.

»Sie haben es geschafft«, sagte sie. »Wenigstens sie! Schau nach, ob du die beiden anderen findest!«

»Das habe ich schon«, antwortete Ansgar.

Katharina drehte sich hoffnungsvoll um und erstarrte dann für einen Moment, als sie seinem Blick begegnete. Und seinem Kopfschütteln.

»Es tut mir leid«, sagte Ansgar. Es klang ehrlich. Und sein Blick wurde noch trauriger, als er auf die beiden kleinen Katzen deutete, die Katharina an sich drückte.

»Sie werden es auch nicht schaffen«, sagte er. »Es wäre gnädiger, wenn du sie ertränkst.« Er streckte die Hände aus.

»Rühr sie bloß nicht an!«, warnte ihn Katharina.

Ansgar seufzte. »Sie werden sterben«, sagte er. »Sie sind viel zu klein. Sie haben ja noch nicht einmal die Augen ganz auf. Willst du, dass sie qualvoll verhungern?«

»Ich schaffe das schon«, behauptete Katharina. Natürlich wusste sie, dass er Recht hatte. Es wäre gnädiger, die beiden jungen Katzen rasch und schmerzlos zu töten. Aber Freya hatte ihr Leben gegeben, um sie zu warnen, und sie war es ihr schuldig, sich nun um ihre Jungen zu kümmern.

»Ich brauche nur ein bisschen Milch. Habt ihr Milch?«

»Ja, aber –«

»Dann füttere ich sie!«

Ansgar seufzte noch einmal, und noch tiefer. »Ich kann es für dich tun, wenn du es nicht kannst«, erbot er sich stattdessen und streckte noch einmal die Hand aus, um nach den Kätzchen zu greifen.

»Dann musst du vorher schon mich ertränken«, erwiderte Katharina grimmig, und Ansgar kapitulierte mit einem neuerlichen, sehr tiefen Seufzen.

*

Die beiden anderen Schiffe, von denen Erik gesprochen hatte, waren nicht gekommen, doch noch vor Ablauf einer weiteren halben Stunde brachte Ansgar sie auf die *Werdandi*, und das schlanke Drachenboot legte ab und begann rasch flussabwärts zu rudern.

An Bord hielten sich erstaunlich wenige Männer auf, gerade genug, um die Ruder zu bewegen und das Segel zu setzen, und es gab auch nicht allzu viel Gepäck. Die Männer nahmen nur das Allernotwendigste mit, und dazu gehörte keines der zahlreichen Zelte, die sie in der zurückliegenden Zeit so emsig abgebrochen hatten, und bis auf ein paar Waffen und Wasserschläuche auch sonst kaum etwas. Hätte Katharina einen Grund dafür benennen können, sie hätte geschworen, dass das, was sie erlebte, nichts anderes war als eine Flucht. Einmal hatte sie Ansgar sogar darauf angesprochen, aber nur einen verächtlichen Blick und ein Schnauben zur Antwort erhalten.

Sie bekam von alledem nicht wirklich viel mit. Etwas für sie Neues und Erschreckendes war mit ihr geschehen, das sie erst sehr viel später verstehen sollte: Da waren Schreie gewesen, und eine Menge Lärm und aufgeregte Stimmen und Hektik, fluchende Männer, und auch solche, die vor Schmerz stöhnten, und der Geruch nach Feuer, nach schwelendem Holz und Blut und Tod, und irgendwann war all das auf seltsame Art unwirklich geworden, als hätte ein Teil von ihr entschieden, sich wie ein verängstigtes Tier in seiner Höhle zu verkriechen und Augen und Ohren vor der ganzen Welt zu verschließen. Ansgar hatte sie in das kleine Zelt im Heck des Schiffes geführt und einfach dort hingesetzt, und alles, was danach geschehen war, erschien ihr nicht wirklicher als ein Traum. Ansgar hatte ihr auch eine Schale mit Milch gebracht, um die beiden winzigen Kätzchen zu füttern, und sie hatte es immerhin versucht. Zuerst, indem sie einen Stoffstreifen in die Milch getaucht und ihnen einen Zipfel hingehalten hatte, damit sie daran nuckelten, und nach und nach mit anderen und immer verzweifelter werdenden Versuchen; schließlich sogar, indem sie sie mit den Gesichtern in die Schale tunkte und darauf hoffte, dass sie sich sauber leckten und damit tranken, ohne es überhaupt zu merken.

Nichts von alledem hatte geholfen, und nun saß sie da, drückte die beiden sterbenden Katzenkinder an ihre Brust und weinte stumm und ohne Tränen in sich hinein.

Irgendwann hörte sie Schritte und nahm einen Schatten wahr, der gebückt in das niedrige Zelt trat. Sie nahm an, dass es Ansgar war, und sah nicht einmal hoch, aber als er sich neben sie setzte, spürte sie ihren Irrtum. Vielleicht lag es an der Art, wie sein Blick auf ihr lastete.

Es war Erik. Sie konnte nicht sagen, was es war, das sie in seinen Augen las. Er sah sie sehr freundlich an, und auf eine warme Art, die sie verstörte, weil ihr einfach kein Grund dafür einfiel, aber da war auch noch so viel mehr in seinem Blick, vor dem sie einfach zurückschrak. An Erik war einfach etwas … Erschreckendes, obwohl sie spürte, dass in ihm nicht einmal eine Spur von Feindseligkeit oder gar Heimtücke war.

»Erik?«, fragte sie schließlich.

»Du weißt, dass sie sterben werden«, sagte Erik mit einer Kopfbewegung auf die beiden winzigen Kätzchen, die sie an sich drückte. Sie waren eingeschlafen, aber Katharina spürte, wie sie litten.

Sie schüttelte trotzig den Kopf. »Das lasse ich nicht zu!«, sagte sie. »Ihre Mutter ist gestorben, um mich zu retten.«

»Und jetzt glaubt du, du wärst ihnen etwas schuldig.« Erik seufzte und sah sie fast strafend an. »Ihre Mutter war ein Tier, das wahrscheinlich nur einen warmen Platz für die Nacht gesucht hat.«

Und wie kam er auf die Idee, dass sie das interessierte? Katharina funkelte ihn an.

»Ansgar hat mir gesagt, dass du dir Vorwürfe machst«, fuhr Erik fort, »wegen des Kriegers, der verbrannt Ist. Aber das musst du nicht. Was ihm widerfahren ist, ist schlimm. Niemand hat einen solchen Tod verdient, auch kein Feind, aber es ist nicht deine Schuld. Was geschehen ist, ist nun einmal geschehen. Es ist der Ratschluss der Götter. Und es steht den Menschen nicht zu, daran zu zweifeln.«

Wahrscheinlich sagte er das wirklich nur, um sie zu trösten, aber er erreichte damit genau das Gegenteil, denn ganz plötzlich sah sie wieder den reglosen Körper des Mannes vor sich, der in ihrem Zelt ums Leben gekommen war, und in das monotone Klatschen der Ruder, das Schnaufen und Ächzen der Männer, das schwere Schlagen des Segels und die hundert anderen Laute des Schiffes mischte sich ein ferner Schrei, der gar nicht da war, sondern nur aus ihrer Erinnerung emporstieg; der gellende Schrei eines Mannes, der bei lebendigem Leib verbrannte und den *sie* angezündet hatte.

Warum empfand sie nichts?

Sie presste die beiden zitternden Katzenjungen noch fester an sich, und der Gedanke, dass sie sterben würden und es rein gar nichts gab, was sie dagegen tun konnte, war schier unerträglich. Die Erinnerung an den Mann, der durch ihre Schuld auf so grausame Weise ums Leben gekommen war, bedeutete ihr nichts.

Das war nicht richtig. Aber sie konnte es auch nicht ändern.

»Wohin … bringt ihr mich?«, fragte sie.

Wieder ließ Erik eine Weile verstreichen, in der er sie nur stumm und nachdenklich ansah. »Nach Bjarnisund«, sagte er schließlich. »Es ist nicht weit. Wenn der Wind weiter so günstig steht, werden wir noch vor Sonnenaufgang dort sein.« Katharina sah ihn fragend an, und Erik fügte hinzu: »Unser Hauptlager. Es wird dir gefallen. Es gibt dort Kinder, weißt du? Ein paar sind in deinem Alter.«

Es dauerte einen Moment, bis Katharina zu verstehen glaubte, was er ihr damit sagen wollte. »Dann … dann kann ich bei euch bleiben?«, fragte sie stockend.

»Erst einmal«, antwortete Erik, und auch jetzt wieder nach einem langen Schweigen. »Später sehen wir weiter.«

»Erst einmal?«

»Erst einmal«, bestätigte Erik und lächelte sie beruhigend an. »Lass ein paar Tage ins Land gehen, und dann reden wir noch einmal in Ruhe.« Er hob ganz leicht die Stimme, als sie ihn unterbrechen wollte. »Das alles ist viel zu viel für dich, um es jetzt schon zu begreifen, mein Kind. Du hast Gewalt erlebt und musstest um dein Leben fürchten. Deine Heimat wurde zerstört, und alle deine Freunde sind tot.«

»Es waren nicht meine Freunde«, sagte sie trotzig.

Erik lächelte verzeihend, als hätte sie etwas sehr Dummes gesagt. »Aber es waren die einzigen Menschen, die du kanntest«, sagte er. »Sie waren deine Familie, ob es dir nun gefällt oder nicht. Sie waren die einzigen Menschen, die du hattest. Stell es dir nicht zu leicht vor, dein ganzes Leben hinter dir zu lassen und einfach zu uns zu kommen. Ich bin nicht sicher, ob dir das Leben bei uns gefällt.«

Schlimmer als das, was sie bisher gelebt hatte, konnte es kaum sein, dachte sie bitter. Erik hatte Recht: Sie wusste rein gar nichts von ihm und seinem Volk, und schon gar nicht, wie das Leben dort sein mochte – aber konnte es schlimmer sein als die Jahre, an die sie sich erinnerte. *Alle* Jahre?

»Ich weiß nicht, was Ansgar dir über unsere Heimat erzählt hat, Kind, aber unser Land ist hart, und manchmal verlangt es einen hohen Preis für das bisschen Leben, das es uns dafür gibt. Ich möchte nicht, dass du vielleicht eine vorschnelle Entscheidung triffst, die du später bereust.«

Aber was sollte sie denn bereuen? Dass sie nicht mehr bei den Schweinen schlafen musste, nur schlechtes und viel zu wenig Essen bekam, dafür aber um so reichlichere Schläge?

Erik sah sie erneut auf diese seltsame Art an und wartete wohl darauf, dass sie etwas sagte, aber sie wusste einfach nicht, was. Schließlich streckte er die Hand aus, nahm eines der winzigen schwarzen Kätzchen an sich und begutachtete es eingehend, ohne sein protestierendes Piepsen und Strampeln zur Kenntnis zu nehmen. Danach verfuhr er auf dieselbe Weise mit dem zweiten Tier. Sie wusste nicht, warum er das tat, aber sie kam nicht umhin, die Behutsamkeit zu bewundern, mit der seine vermeintlich so groben Finger mit den winzigen Tierchen umgingen. Seine narbige Pranke war mehr als doppelt so groß wie die zwei Wochen alten Kätzchen, aber sie war sicher, dass er dem winzigen Geschöpf nicht einmal das leiseste Unbehagen zufügte.

»Zwei kleine Kater«, sagte er, nachdem er ihr auch das zweite Tier zurückgegeben hatte. »Sie kämpfen tapfer, die beiden Burschen. Aber sie werden es nicht schaffen. Hat Ansgar dir das nicht gesagt?«

»Doch.«

»Aber du willst es nicht wahrhaben. Nur gibt es manchmal Dinge, die einfach geschehen, ob es uns nun gefällt oder nicht.«

Erik wurde unterbrochen, als einer seiner Männer den Kopf ins Zelt steckte und ein paar Worte in ihrer polternden Sprache sagte. Erik antwortete mit einer ruppigen Bemerkung und einer nicht minder unwilligen Geste, mit der er den Mann davonscheuchte. Er wirkte verärgert, als er sich wieder an Katharina wandte; auch wenn sie spürte, dass dieser Ärger nicht ihr galt.

»Ich muss dir ein paar Fragen stellen, Mädchen«, sagte er. »Du musst nicht antworten, wenn du es nicht willst. Aber wenn du es tust, dann sag bitte die Wahrheit.«

Katharina antwortete nicht. Sie reagierte überhaupt nicht, sondern presste nur die beiden wimmernden Kätzchen an sich und begann sie zu streicheln, aber ihr Schweigen schien Ansgars Großvater als Antwort zu genügen.

»Ansgar hat mir schon gesagt, dass du wenig über deine Mutter weißt«, sagte er. »Aber ist denn da gar nichts, woran du dich erinnerst? Dieser Priester, der dich aufgezogen hat – er hat nichts von ihr erzählt?«

Sie wollte ganz automatisch den Kopf schütteln – das alles hatte nicht nur Ansgar, sondern auch er selbst sie schon einmal gefragt, und sie konnte ihm schließlich nichts verraten, was sie schlichtweg nicht wusste –, aber dann hob sie stattdessen nur die Schultern.

»Ja?«, fragte Erik.

»Nicht über meine Mutter«, antwortete sie widerwillig. »Aber er hat mich ein paarmal Hexenkind genannt. Nur wenn er betrunken war.«

»Betrunken?« Erik hatte sichtbare Mühe, ein Grinsen zu unterdrücken. »Ich wusste gar nicht, dass die heiligen Männer eures Volkes trinken.«

Katharina reagierte auch jetzt wieder nur mit einem angedeuteten Schulterzucken. Sie wusste nicht genau, wer oder was Vater Cedric wirklich gewesen war, aber eines war er ganz gewiss *nicht* gewesen: ein heiliger Mann.

Erik lachte, fast als hätte er ihre Gedanken erraten, aber es hörte sich zugleich auch ein bisschen traurig an. »Was hat er damit gemeint: Hexenkind.«

»Wahrscheinlich nichts«, antwortete sie. »Er hat vieles gesagt, was ich nicht verstanden habe. Wahrscheinlich wollte er mir nur wehtun.« Vater Cedric hatte Menschen gerne wehgetan. Wenn sie es sich recht überlegte, eigentlich jedem.

»Ist er auch tot?«, fragte Erik.

»Sie haben ihn ans Kreuz genagelt«, antwortete Katharina leise.

Erik seufzte. »Ja, und nach dem, was du mir über ihn erzählt hast, hat er das wohl auch verdient, nehme ich an.« Er klang ein wenig enttäuscht. »Und er war der Einzige der mit dir über deine Mutter gesprochen hat?«

»Nur über mich«, verbesserte ihn Katharina. »Nicht über meine Mutter.«

»Und Graf Ellsbusch?«

»Der hat mich gar nicht gekannt«, antwortete sie.

»Und trotzdem warst du auf seiner Burg, als sie überfallen wurde?« Erik klang nicht nur unüberhörbar zweifelnd, er gab sich auch nicht die geringste Mühe, es zu verhehlen. Von einem Atemzug auf den anderen änderte sich alles. Ganz plötzlich hatte sie das Gefühl, verhört zu werden.

»Das war Zufall«, behauptete sie. »Ich habe eine Ladung Hafer zur Burg gebracht, und ich glaube, er hat sich einfach nur einen Scherz mit mir erlauben wollen.« Sie lachte bitter. »Er hat nicht einmal gemerkt, dass ich ein Mädchen bin.« Warum stellte er ihr all diese Fragen? Sie hatte Ansgar, ihm und den drei anderen doch schon alles erzählt, was sich in dieser Nacht zugetragen hatte. Sogar mehr als einmal.

»Da ist er nicht der Einzige«, sagte Erik. »Sogar meinem Enkel ist das passiert.«

»Während oder nachdem ich ihn verprügelt habe?«, fragte sie.

Erik runzelte strafend die Stirn, aber es gelang ihm auch nicht ganz, das amüsierte Zucken seiner Mundwinkel zu unterdrücken. »Und Guy de Pardeville?«, fragte er.

Jetzt antwortete Katharina gar nicht mehr. Der grauhaarige Skalde hatte diese Frage zwar in beiläufigem Ton gestellt, so als wollte er einfach nur das Gespräch in Gang halten, aber sie spürte, dass sehr viel mehr dahintersteckte.

»Dann will ich dir etwas über ihn erzählen«, sagte Erik, als sie lange genug geschwiegen hatte, um ihm klarzumachen, dass es auch dabei bleiben würde. »Guy de Pardeville kommt aus einem fremden Land. Es nennt sich Frankreich. Hast du schon einmal davon gehört?«

Katharina verneinte.

»Seine Familie war dort sehr mächtig und sehr reich«, fuhr Erik fort »Aber sie sind in Ungnade gefallen, und sie mussten ihre Ländereien verlassen. Viele sind in das gezogen, was ihr das Heilige Land nennt, um die Heiden dort zu bekehren, aber einige sind auch hierhergekommen. Niemand weiß genau, was damals in ihrer Heimat geschehen ist, aber es heißt, es hätte mit uns zu tun.«

»Mit euch?«

»Nicht mit unserer Familie, aber mit unserem Volk«, antwortete Erik. »Leider gibt es noch immer viele, die so denken wie Wulfgar und seine Mörderbande. Was immer es auch war, Pardeville war noch ein Knabe, als seine Familie und er hergekommen sind, und seither hasst er alles, was auch nur irgendwie mit uns zu tun hat.«

Sie wurden erneut unterbrochen, als derselbe Mann wie eben zurückkam und seine Worte wiederholte, jetzt aber in eindeutig drängenderem Tonfall. Eriks Miene verdüsterte sich noch weiter, aber dieses Mal wies er den Störenfried nicht zurecht, sondern wirkte im Gegenteil mit einem Male beunruhigt.

»Wir werden unser Gespräch später fortsetzen«, sagte er, bereits im Aufstehen begriffen. »Versuch ein wenig zu schlafen.«

Er ging, bevor Katharina noch eine weitere Frage stellen konnte. Wenn er sie mit seinen letzten Worten hatte beruhigen wollen, dann erreichte er damit allerdings genau das Gegenteil. Katharina sah ihm nur einen kurzen Moment lang mit gerunzelter Stirn nach, dann legte sie die beiden Kätzchen behutsam auf das weiche Fell, mit dem das Zelt ausgelegt war, deckte sie mit einem Zipfel zu und kroch ebenfalls aus dem Zelt.

Als sie sich aufrichtete, wurde ihr schwindelig, was zum Teil sicher daran lag, dass sich das Schiff unruhig unter ihr bewegte. Aber nicht nur. Anscheinend hatte Ansgar mit seiner Vermutung Recht gehabt, sie wäre nicht *seefest.* Was immer das auch bedeutete.

Katharina blieb einen Moment lang mit geschlossenen Augen stehen, wartete vergeblich darauf, dass die Dunkelheit hinter ihren Augenlidern aufhörte, sich mit dem Rest der Welt um die Wette zu drehen und ging dann mit zusammengebissenen Zähnen weiter. Ihre Knie fühlten sich mit jedem Schritt, den sie tat, ein bisschen wackeliger an, und der vertraute Geruch des Flusses schien plötzlich eine säuerliche Note zu bekommen. Übelkeit stieg aus ihrem Magen hoch und sammelte sich als bitterer Speichel unter ihrer Zunge.

Und wenn sie sich noch ein bisschen mehr auf all das konzentrierte, dachte sie, dann würde ihr gleich wahrscheinlich wirklich schlecht werden – und sie empfand wenig Freude an der Vorstellung, zu Erik zu gehen und ihm als Erstes vor die Füße zu spucken.

Mit einer bewussten Anstrengung drängte sie die Übelkeit zurück und setzte ihren Weg fort. Die *Werdandi* war spürbar schneller geworden, und die Männer an den schweren Rudern strengten sich jetzt doppelt an. Katharina konnte die Spannung fühlen, die über dem Schiff lag. Sie entdeckte Erik im Heck des schlanken Drachenbootes, nur ein paar Schritte entfernt, wo er zusammen mit Ansgar und zwei weiteren Männern stand. Aber erst, als sie sie schon fast erreicht hatte, sah sie den gedrungenen Schatten, der hinter der *Werdandi* aufgetaucht war. Er war nicht einmal sehr weit entfernt, aber auch diese Nacht war sehr dunkel, und sie konnte kaum mehr als einen unheimlichen Schatten erkennen. Aber sie sah, dass er sehr groß war, um einiges größer als die *Werdandi*, und dort, wo er das kaum weniger dunkle Wasser berührte, schäumte eine dünne Linie.

»Was ist das?«, flüsterte sie erschrocken.

Ansgar drehte sich mit einem Ruck zu ihr herum, riss die Augen auf und sah regelrecht entsetzt an, und auch Erik maß sie mit einem eindeutig strafenden Blick. »Hatte ich dich nicht gebeten, im Zelt zu bleiben?«

»Nein«, antwortete Katharina wahrheitsgemäß.

Ansgar sah jetzt *eindeutig* entsetzt aus, doch als er etwas sagen wollte, brachte ihn sein Großvater mit einer raschen Geste zum Schweigen,.

»Das ist die *Fenrir*«, antwortete er. »Wulfgars Schiff.«

»Und was will er von uns?«

Statt zu antworten, wandte sich Erik ganz um und rief einen scharfen Befehl in seiner Muttersprache, und die Männer an den Rudern verdoppelten ihre Anstrengungen noch einmal. Im allerersten Moment schien gar nichts zu geschehen, aber dann ging ein sachtes Zittern durch die Planken unter ihren Füßen, und sie spürte, wie das Schiff schneller wurde. Nach nur wenigen Dutzend Ruderschlägen schienen sie sogar vor dem Wind zu laufen, denn das große rotweiße Segel über ihren Köpfen hing plötzlich schlaff von der Rahe. Sie war nicht ganz sicher, ob sie es nur sah, weil sie es sehen wollte … aber es kam ihr wenigstens so vor, als fiele das andere Schiff allmählich zurück.

»Schaffen wir es?«, fragte sie.

Erik antwortete nicht, sondern starrte den monströsen Schatten hinter ihnen nur weiter an, aber Ansgar schüttelte nach einem Moment den Kopf. »Nein.«

»Aber sie fallen zurück!«, protestierte Katharina.

»Die *Fenrir* ist viel größer«, antwortete Ansgar. »Sie hat doppelt so viele Ruder wie wir, und die Männer halten das Tempo nicht lange durch.«

»Aber sie fallen zurück!«, beharrte Katharina, als müsse sie es nur oft genug wiederholen, um einen bloßen Wunsch in Wahrheit zu verwandeln.

Ansgar schüttelte nur stumm den Kopf, aber nun antwortete sein Großvater: »Weil er mit uns spielt.«

Einen kurzen Moment lang starrte er den verschwommenen Umriss hinter ihnen noch schweigend an, dann drehte er sich mit einem Ruck auf der Stelle herum und bellte einen einzelnen, knappen Befehl. Die *Werdandi* erbebte zum zweiten Mal, als die Ruderer wieder in ihren gewohnten Rhythmus zurückfielen und das Schiff langsamer wurde.

»Aber was tut ihr denn da?«, entfuhr es Katharina. War Erik verrückt?

»Sie holen uns so oder so ein«, sagte Ansgar. »Die Männer werden kaum kämpfen können, wenn sie zu Tode erschöpft sind.«

»Kämpfen?«, wiederholte Katharina erschrocken. Aber warum denn nur? Doch nicht etwa … *ihretwegen?*

»Kannst du schwimmen?«, fragte Erik plötzlich.

»Nein«, antwortete Katharina. *Schwimmen?* Schon der Gedanke, sich auf einem Schiff zu befinden, hätte sie mit schierer Todesangst erfüllt, hätte sie ihn wirklich an sich herangelassen.

»Dann müssen wir kämpfen«, sagte Ansgar grimmig.

»Kämpfen?« Eriks Hand schloss sich mit solcher Kraft um den Schwertgriff an seinem Gürtel, dass seine Gelenke knackten wie trockenes Reisig. Aber er schüttelte trotzdem den Kopf. »Das wäre Selbstmord, und es brächte nichts ein. Sie sind doppelt so viele wie wir, mindestens.«

»Aber wir sind keine *Skärlinge* wie sie!«, fauchte Ansgar.

Was immer dieses Wort bedeuten mochte, es brachte ein flüchtiges Lächeln auf Eriks Lippen. Er schüttelte trotzdem noch einmal den Kopf und sah dann zum Bug hin. Katharina blickte kurz in dieselbe Richtung, konnte aber dort nichts als Dunkelheit und Schatten erkennen, die lautlos miteinander rangen.

Anscheinend hatte Erik trotz seines Alters schärfere Augen als sie – oder er kannte sich hier einfach gut aus. »Rudert schneller!«, befahl er. »Und fahrt dichter ans Ufer heran! Sie werden uns nicht vor der Flussbiegung einholen. Wenn wir nahe genug am Ufer sind, dann schafft ihr es vielleicht, bevor sie auf Sichtweite herankommen. Du wirst ihr helfen, Ansgar!«

Ansgar sah nicht begeistert aus, aber er nickte nur stumm, und Katharina wunderte sich ein bisschen, dass Erik diese Worte auf Deutsch gesprochen hatte, statt in seiner eigenen Sprache.

Erst, als er sie in genau dieser und deutlich lauter wiederholte und die *Werdandi* daraufhin abermals schneller wurde, begriff sie, dass er es ihretwegen getan hatte.

Und sie begann zumindest zu ahnen, was er mit den Worten gemeint hatte.

Allein der Gedanke erfüllte sie mit blankem Entsetzen.

»Ich kann wirklich nicht schwimmen«, sagte sie kläglich, als Ansgar sie an der Schulter ergriff und mehr oder weniger sanft zurück zum Zelt bugsierte.

»Aber ich kann wirklich nicht –«, begann sie noch einmal und brach mit einem erschrockenen Keuchen ab, als Ansgar sie grob herumdrehte und noch unsanfter in Richtung Bug stieß.

»Das brauchst du auch nicht«, sagte er. »Ich schwimme gut genug für zwei.«

Gut, jetzt *war* sie in Panik.

Ansgar schubste und zerrte sie einfach weiter, bis sie im Bug der *Werdandi* angelangt waren. Das Schiff hatte mittlerweile deutlich Fahrt aufgenommen und schoß schnell wie ein Pfeil über den schwarz daliegenden Fluss, und ein rascher Blick zurück über die Schulter zeigte ihr, dass das andere Schiff jetzt sichtbar zurückzufallen begann. Aber sie glaubte auch regelrecht zu spüren, wie viel zusätzliche Kraft jeder einzelne Ruderschlag die Männer kostete. Das Schiff schien immer noch schneller zu werden, aber selbst ihr war klar, dass sie dieses Tempo nicht mehr lange durchhalten würden.

Sich mit der linken Hand an dem hölzernen Drachenkopf festhaltend und beide Füße fest gegen den Boden gestemmt, beugte sie sich mit klopfendem Herzen vor und sah ins Wasser hinab. In der Nacht wirkte es so schwarz wie Pech und schien sogar das bisschen Sternenlicht zu verschlucken, das durch die Wolkendecke drang. Sogar der Schaum, den die emsig arbeitenden Ruder aufpeitschten, war schwarz.

»Keine Angst«, sagte Ansgar. »Ich kann wirklich gut schwimmen. Ich bringe dich sicher ans Ufer. Aber du musst Vertrauen zu mir haben. Wenn du anfängst, um dich zu schlagen oder gar in Panik gerätst, dann könnten wir beide ertrinken.«

Ja, das war durchaus beruhigend, dachte Katharina. Ihr Herz schlug noch einmal schneller und schien jetzt wie mit winzigen Fäusten von innen gegen ihre Brust zu hämmern.

Sie sah wieder nach vorne. Die Flussbiegung, von der Erik gesprochen hatte, kam jetzt allmählich in Sicht, eine Ansammlung finsterer Schatten zur Rechten, die für sie ebenso gut das Tor zur Hölle sein könnte, wenn sie daran dachte, was sie dahinter erwartete. Sie versuchte die Zeit abzuschätzen, die sie noch brauchten, um sie zu erreichen, aber es gelang ihr nicht. Nicht einmal annähernd lange genug, jedenfalls.

»Gehen wir wieder zurück«, sagte Ansgar und machte eine Geste in die Richtung, aus der sie gerade erst gekommen waren, zum Heck hin. »Du musst dir wirklich keine Sorgen um uns machen.«

Anscheinend hatte er es darauf angelegt, ihr Angst zu machen, dachte Katharina. Und das gelang ihm auch. Sie rührte sich nicht von der Stelle. »Aber warum denn?«, murmelte sie nur.

Ansgar druckste einen Moment herum, aber schließlich antwortete er doch. »Mein Großvater glaubt wohl, dass Wulfgar deinetwegen hier ist.«

Katharina war nicht einmal überrascht. Trotzdem fragte sie: »Warum?«

»Weil er schon gestern Abend wollte, dass wir dich ausliefen«, antwortete Ansgar. »Großvater konnte sich das nicht erklären.« Er zog hörbar die Nase hoch, um seine Verlegenheit zu verbergen. »Ich glaube, er hätte es sogar getan, wenn es nicht ausgerechnet Wulfgar gewesen wäre und wenn er darum *gebeten* hätte, statt es zu *verlangen.*«

Dazu sagte Katharina vorsichtshalber nichts.

»Hätte er eher gewusst, dass du ihn erkannt hast ...«

»Hätte ich ihn eher gesehen ...«, gab Katharina zurück.

»Hm«, machte Ansgar. Dann wiederholte er sein aufforderndes Wedeln in Richtung Heck. »Komm.«

Das war auf der ganzen Welt ungefähr das, was sie am allerwenigsten wollte. Katharina folgte ihm trotzdem und bemerkte etwas, das ihre Furcht sogar noch einmal steigerte: Die Männer ruderten mit so verzweifelter Kraft, als ginge es um ihr Leben – was es möglicherweise ja auch tat –, aber das Schiff wurde dennoch schon wieder langsamer. Ihre Kräfte waren einfach aufgezehrt. Die *Fenrir* war ein deutliches Stück zurückgefallen, aber sie begann schon wieder aufzuholen, und sie meinte geradezu sehen zu können, mit welcher Leichtigkeit sie das tat. Erik hatte Recht, dachte sie bedrückt: Wulfgar spielte mit ihnen.

»Es ist gleich so weit«, sagte Erik. »Hast du Angst?«

»Nein«, log Katharina.

»Das solltest du aber«, erwiderte Erik, ernst, aber auch mit einem angedeuteten Lächeln. Er wandte sich an seinen Enkel. »Wenn ihr das Ufer erreicht, dann lauft sofort hinauf in den

Wald. Maersk und Haägr werden mit euch gehen, und sobald wir Skaergaede erreichen, schicke ich euch Männer entgegen. Haltet euch von Menschen fern. Wir wissen nicht, wer wirklich auf unserer Seite steht.«

Zwei weitere Männer gesellten sich zu ihnen, setzten die Helme ab und schälten sich aus ihren Mänteln und den schweren Kettenhemden. Ihre Waffen behielten sie, und auf einen weiteren Wink Eriks hin gab einer der Männer Ansgar einen schmalen Waffengurt, an dem etwas hing, von dem Katharina nicht sagen konnte, ob es nun ein besonders kleines Schwert oder ein außergewöhnlich großes Messer war. Selbst Ansgar wirkte ein bisschen erstaunt.

»Du wirst nicht den Helden spielen«, sagte Erik eindringlich, während Ansgar sich den Waffengurt umband. »Aber wenn es gar nicht anders geht, dann wirst du sie mit deinem Leben verteidigen.«

Und das alles nur ihretwegen?

»Das … will ich nicht«, hörte Katharina sich zu ihrem eigenen Entsetzen sagen. Ansgar starrte sie aus aufgerissenen Augen an, und auch Erik wirkte ein bisschen verwirrt; wenn auch nicht annähernd so sehr wie Katharina selbst, die sich fragte, ob sie eigentlich den Verstand verloren hatte.

Trotzdem fuhr sie fort: »Ich will nicht, dass noch mehr Menschen meinetwegen zu Schaden kommen.«

Ansgar wollte etwas sagen, doch Erik kam ihm zuvor. »Das ehrt dich, mein Kind … aber es geht schon lange nicht mehr um dich.«

Mit einer harschen Bewegung erklärte er das Thema für beendet und wandte sich wieder an Ansgar und die beiden anderen. »Macht euch bereit. Sobald wir an den Felsen vorbei sind, springt ihr. Mit ein bisschen Glück erreicht ihr die Bäume, bevor die *Fenrir* auf Sichtweite heran ist.«

Das Schiff schwenkte leicht herum, als es die Flussbiegung

erreichte. Die bedrohlichen Schatten, die sie gesehen hatte, entpuppten sich als eine Ansammlung haushoch aufragender Felsen, die sich wie eine steinerne Zunge weit genug in den Fluss hineinschoben, um ihnen tatsächlich hinlänglich Sichtschutz zu bieten. Aber sie sah auch, wie schaumig und wütend sich das Wasser am Fuße dieser steinernen Barriere brach, und auch wenn sie herzlich wenig von der Schifffahrt verstand, kam die *Werdandi* dem Riff für ihren Geschmack entschieden zu nahe. Die langen Ruder berührten beinahe den Fels.

»Macht euch bereit«, sagte Erik; zweimal und in beiden Sprachen.

Ansgar trat mit einem Fuß auf die niedrige Reling hinauf und griff nach ihrer Hand, und Katharina versuchte ganz instinktiv einen Schritt rückwärts zu machen. Prompt prallte sie gegen einen ihrer beiden Begleiter, der hinter sie getreten war; vermutlich, um sie kurzerhand ins Wasser zu werfen, sollte sie nicht freiwillig springen.

»Halt einfach die Luft an«, riet ihr Ansgar.

Das sollte ihr keine Schwierigkeiten bereiten, dachte Katharina. Sie konnte vor Angst sowieso kaum noch atmen. Sie zwang sich, noch einmal tief Luft zu holen, und Erik schrie plötzlich: »Halt!«, und riss sie so kraftvoll zurück, dass sie ins Stolpern geriet und Ansgar mit beiden Armen zu rudern begann, um nun nicht ganz unfreiwillig und kopfüber ins Wasser zu fallen. Die *Werdandi* zitterte, als einige Männer den Befehl offensichtlich falsch verstanden und das Rudern einstellten.

Katharina riss sich instinktiv los, fuhr herum und konnte ein erschrockenes Keuchen nicht mehr unterdrücken, als sie die beiden monströsen Schatten sah, die mit wirbelndenden Rudern direkt auf die *Werdandi* zujagten. Es war eine Falle gewesen, begriff sie entsetzt. Dass Wulfgars Schiff so weit zurückgefallen war, war weder Glück noch dem Umstand zu verdanken, dass sein Kapitän ein grausames Spiel mit ihnen spielte. Wulfgar hatte ganz genau gewusst, dass hinter der Biegung gleich zwei weitere Schiffe auf sie warteten.

Reine Panik ergriff sie. Hätte Erik sie nicht schon wieder gepackt und festgehalten, wäre sie vielleicht einfach über Bord gesprungen und hätte versucht, das Ufer zu erreichen, ohne sich überflüssige Gedanken über die Frage zu machen, ob sie eigentlich schwimmen konnte oder nicht.

Seltsamerweise brach an Bord zwar für einen Moment ein gewaltiges Durcheinander und Stimmengewirr aus, aber Katharina wartete vergeblich auf irgendein Anzeichen von Schrecken oder gar Panik. Ganz im Gegenteil hörten nun auch noch die restlichen Männer auf zu rudern, sodass das Schiff nur noch von seinem eigenen Schwung getragen vorwärtsschoss, immer noch schnell, aber auch rasch langsamer werdend. Noch seltsamer kam es ihr vor, dass keiner der Männer nach seinen Waffen griff oder auch nur wirklich beunruhigt wirkte.

»Was … bedeutet das?«, fragte sie zögernd.

Ansgar riss sich mit sichtbarer Mühe vom Anblick der beiden näher kommenden Drachenboote los, schenkte ihr ein breites Grinsen und drehte sich dann herum, um dorthin zu sehen, wo jeden Moment die *Fenrir* hinter den Felsen auftauchen musste. »Das sind die *Urd* und die *Skuld*«, sagte er. »Unser beiden anderen Schiffe.«

Katharina riss die Augen auf »*Eure* Schiffe?«

»Und eine böse Überraschung für Wulfgar«, feixte Ansgar. »Schade, dass ich sein Gesicht nicht sehen kann, wenn er gleich auftaucht und sie sieht.« Er machte ein grimmiges Gesicht. »Jetzt sind wir ihm überlegen. Ich hoffe nur, die *Fenrir* wird nicht zu sehr beschädigt. Sie ist im Grunde ein schönes Schiff, das nichts für seinen Besitzer kann.«

»Schweig!«, sagte Erik streng. Lauter und in seiner Muttersprache fügte er ein paar Worte an die Mannschaft hinzu, und die Krieger auf der linken Seite tauchten die Ruder wieder ein.

Das Schiff wechselte den Kurs und glitt in einem zunächst langgestreckten, dann immer enger werdenden Bogen in Richtung Flussmitte. Die beiden anderen Schiffe – eines davon war deutlich größer als die *Werdandi* – passten ihren Kurs an und wurden ebenfalls langsamer. Noch bevor sie ihr Wendemanöver auch nur halb beendet hatten, tauchte die *Fenrir* hinter der Flussbiegung auf. Selbst in der Nacht wirkte der riesige Wolfskopf mit den drohend gebleckten Zähnen auf dem Segel bedrohlich.

Erik rief weiter Befehle in seiner Muttersprache, und etliche Männer, die nicht mit Rudern beschäftigt waren, zogen ihre Waffen und lösten die großen Rundschilde von der Reling.

Trotzdem wirkte Ansgar nicht zufrieden und machte eine Bemerkung, aus der sich eine kurze, aber hitzige Diskussion mit seinem Großvater ergab, die Erik genau so beendete, weil es seine Art war: mit einem befehlenden Wort und einer noch befehlenderen Geste.

»Stimmt irgendetwas nicht?«, fragte Katharina, nachdem Ansgar mit zornig zusammengebissenen Zähnen zurücktrat; wohlweislich aber so leise, dass Erik die Worte nicht hören konnte.

»Er will ihn nicht angreifen!«, sagte Ansgar. »Eine Gelegenheit wie diese bekommen wir vielleicht nie wieder, aber unser Skalde ist dagegen!«

»Wogegen?«, fragte sie.

Vielleicht hatte sie doch nicht so leise gesprochen, wie sie geglaubt hatte, denn es war Erik, der antwortete, nicht sein Enkel.

»Einen Krieg anzufangen, mein Kind«, sagte er, zwar mit einem Lächeln in Katharinas Richtung, aber auch einem tadelnden Blick zu Ansgar hin.

»Den hat ja wohl eher Wulfgar –«, begehrte Ansgar auf, und Erik unterbrach ihn:

»Er hat nichts getan, außer hinter uns herzufahren, und solange er nichts anderes tut, werden wir gewiss nicht als Erste zu den Waffen greifen.«

Ansgar schnaubte empört, aber dabei blieb es auch, und Erik und die anderen begaben sich zum Bug der *Werdandi*, die langsam zwischen die beiden anderen Drachenboote glitt. Auch die *Fenrir* hatte mittlerweile nicht nur verlangsamt, sondern schwenkte auch mit einer Leichtigkeit herum, die Katharina bei einem Schiff dieser Größe und vermeintlichen Schwerfälligkeit geradezu unglaublich erschien.

Aber dann entdeckte sie noch etwas, das ihr einen eisigen Schauer über den Rücken jagte: Das Deck der *Fenrir* schien vor Männern schier überzuquellen. Katharina versuchte erst gar nicht, sie zu zählen, aber es mussten Dutzende sein, und was noch viel schlimmer war, sie erkannte diese Krieger. Große, schwer bewaffnete Gestalten mit bizarren Helmen und struppigen Fellmänteln, die ihr selbst jetzt, wo sie wusste, was sie waren, noch mehr wie Dämonen denn wie Menschen vorkamen.

Als das Schiff auf Rufweite heran war, trat Wulfgar an die Reling heran und bildete mit den Händen einen Trichter vor dem Mund. »Erik, alter Freund!«, rief er. »Brauchst du Hilfe?«

»Nein«, rief Erik auf dieselbe Weise zurück. »Aber warum verfolgt ihr uns?«

»Wir haben von dem Überfall auf euer Lager gehört und waren in Sorge, dass dir etwas zugestoßen sein könnte!«, erwiderte Wulfgar. »Ist bei euch auch wirklich alles in Ordnung? Sollen wir euch zurück nach Skaersgaerde eskortieren?«

»Danke für das Angebot, aber wie du siehst, sind wir in guten Händen«, antwortete Erik mit einer Geste auf die beiden anderen Drachenboote. »Aber habt noch einmal Dank für Eure Hilfe!«

Selbst über die große Entfernung hinweg konnte man Wulfgar ansehen, dass ihm diese Antwort mit allem anderen als reiner Freude erfüllte. Aber er sagte nichts mehr dazu, sondern zuckte nur die Achseln und trat wieder von der Reling zurück, und nur einen Moment später begannen sich die Ruder der *Fenrir* wieder zu bewegen, und das Schiff nahm Fahrt auf.

»Ja, er war also nur in Sorge um uns und hat uns nur gejagt, um sich davon zu überzeugen, dass es uns allen gut geht«, sagte Ansgar spöttisch.

»So wird es wohl sein«, antwortete Erik. »Es ist doch ein schönes Gefühl, so eine große Familie zu haben, die sich um einen sorgt, nicht wahr?«

*

Sie erreichten Bjarnisund nicht mehr vor Sonnenaufgang, wie Erik es ihr versprochen hatte, sondern erst kurz nach Tagesanbruch, was zur Folge hatte, dass Katharinas erster Blick auf das Dorf zu einem Erlebnis wurde, das sie lange nicht vergaß, denn es war irgendwo zwischen *gespenstisch* und *märchenhaft* angesiedelt. Sie konnte sich nicht entscheiden; vielleicht, weil es tatsächlich etwas von beidem hatte. Morgennebel lag über dem Fluss und kroch in dünnen Schwaden die Uferböschung hinauf, und die Sonne stand noch so tief, dass ihr Licht fast waagerecht auf den Fluss fiel und den Dunst geisterhaft aufleuchten ließ. Man konnte Umrisse darin erkennen, die Häuser sein konnten, genau so gut aber auch mythische Ungeheuer, die aus ihren finstersten Träumen emporgestiegen waren und nun am Ufer darauf warteten, sie zu verschlingen. Mehrere hölzerne Stege, wie sie sie auch schon in Skraevald gesehen hatte, ragten ein gutes Stück weit in den Fluss hinein, und an einem davon war ein weiteres Drachenboot vertäut, dessen mit einem geschnitzten Drachenkopf verzierter Bug wie der emporgereckte Hals einer riesigen Seeschlange aus dem Nebel ragte. Erik besaß also insgesamt vier Schiffe, vielleicht sogar mehr. Er musste ein sehr reicher Mann sein; vielleicht sogar reicher, als Graf Ellsbusch es gewesen war.

Katharina hatte versucht, noch ein wenig Schlaf zu finden, was natürlich nicht funktioniert hatte. Zu viel ging ihr durch den Kopf, und rein gar nichts davon schien auch nur den mindesten Sinn zu ergeben. So hatte sie den größten Teil der Nacht damit zugebracht, in dem winzigen Zelt zu liegen und die beiden hilflosen Kätzchen an sich zu drücken, um ihnen wenigstens ein bisschen Wärme zu spenden, wenn es sonst schon nichts gab, was sie für sie tun konnte. Es war eine dunkle und schlimme Nacht gewesen, die kein Ende nehmen wollte.

Jetzt war sie fast froh, in dieser Nacht keinen Schlaf gefunden zu haben, denn dann hätte sie vielleicht diesen ganz besonderen magischen Moment verpasst, in dem sie zum ersten Mal eine fremde Welt sah, in der sie doch einen Gutteil ihres zukünftigen Lebens verbringen sollte.

Inmitten des Nebels erschienen vage Bewegungen, zuerst so schattenhaft und zart, dass sie unter der bloßen Berührung ihres Blickes zu vergehen schienen, doch als sie näher kamen, gerannen sie zu menschlichen Umrissen, und kurz darauf hörte sie auch Stimmen. Die beiden anderen Schiffe fielen fast unmerklich zurück, sodass die *Werdandi* den Steg zuerst erreichte und mit einem sachten Ruck endgültig zur Ruhe kam. Noch bevor die Männer damit beginnen konnten, das Schiff zu vertäuen, wurden aus den Schatten menschliche Gestalten, die auf den Steg hinausdrängten und ihnen mit großem Hallo und heftigem Gestikulieren und Winken entgegenkamen. Sofort begannen überall aufgeregte Gespräche und Diskussionen, Frauen eilten auf den Steg oder gleich ganz an Bord, um ihre Männer zu begrüßen, Söhne ihre Väter, oder Freunde Freunde, die sie augenscheinlich lange nicht mehr gesehen hatten. Noch während die beiden anderen Schiffe an ihnen vorüberglitten und den zweiten Steg ansteuerten, entstand an Bord ein solches Gedränge, dass Katharina es fast ein bisschen mit der Angst zu tun bekam, einfach erdrückt zu werden.

Schließlich nahmen Erik und einer seiner Krieger sie in die Mitte, während ein weiterer vorausging und ihnen mit seinen breiten Schultern den Weg bahnte, aber nicht einmal dann kamen sie wirklich gut voran.

Es wurde erst besser, als sie den Steg hinter sich gelassen hatten und die kurze Böschung zum Dorf hinauf im Angriff nahmen. Sie war so steil, dass man überall schmale Stufen in die Erde gegraben und mit dicken Ästen und Balken abgestützt hatte, sodass eine Art komplizierter Treppe entstanden war, bei deren bloßem Anblick ihr beinahe schwindelte.

Als sie sich dem ersten der sonderbaren Gebäude näherten, kam ihnen eine schlanke Frau unbestimmbaren Alters entgegen, deren blondes Haar zu denselben dicken Zöpfen geflochten war wie das Ansgars. Ihr Gesicht leuchtete auf, als sie Erik erblickte, und sie winkte ihm zu und beschleunigte ihre Schritte. Erneut gab es ein großes Hallo und eifriges Geschnatter, und Katharina musste die Worte nicht verstehen, um zu begreifen, dass die beiden offenbar mehr als nur flüchtige Bekannte waren.

Schließlich ließ Erik die Frau los und wandte sich mit einem aufgeregten Wedeln mit beiden Händen zu Katharina um. »Das ist Arla«, sagte er. »Meine Tochter und Ansgars Tante.« Er wedelte noch aufgeregter mit den Händen. »Katharina.« Dann fügte er noch einen kurzen, aufgeregten Redeschwall in seiner Muttersprache hinzu.

Arla legte den Kopf auf sie Seite und betrachtete sie mit unverhohlener, aber freundlicher Neugier. Dann erschien ein neuer, fragender Ausdruck in ihren Augen, und ihr Blick wanderte aufmerksam und mehrmals an ihrer Gestalt hinab und wieder hinauf, aber erst nach einigen weiteren Augenblicken wurde Katharina klar, dass ihr Erstaunen wohl weniger ihr selbst als dem Kleid galt, das sie trug.

»Das ist eine lange Geschichte«, sagte Erik, unvermittelt wieder ins Deutsche wechselnd. »Ich erzähle sie dir später, aber jetzt muss sie erst einmal zur Ruhe kommen; und ich nehme an, gegen ein gutes Frühstück hätte sie auch nichts einzuwenden, nach der anstrengenden Nacht, die hinter ihr liegt. Du hast das Kochen nicht verlernt, in der Zeit, in der ich fort war?«

»In ganzen drei Wochen?« Arla lachte, stutzte dann und machte ein fragendes Gesicht, als sie erst jetzt die beiden winzigen Kätzchen sah, die Katharina an die Brust drückte. Noch bevor sie eine entsprechende Frage stellen konnte, sprudelte Ansgar auch schon in seiner Muttersprache los, und Arla hörte ihm geduldig zu und beließ es danach nur bei einem weiteren, angedeuteten Achselzucken.

»Lass uns ins Haus gehen«, sagte Erik. »Wir haben eine Menge zu besprechen, aber zuallererst braucht unser Gast etwas zu essen.« Er maß sie mit einem bezeichnenden Blick. »Und ein Bad.«

Sie steuerten eines der niedrigen, aber erstaunlich langen Gebäude an, die sich um einen halbrunden Platz gruppierten und so das gesamte Dorf bildeten. An seinem gegenüberliegenden Rand erhob sich ein wirklich sonderbares Gebäude. Als einziges im Dorf hatte es mehr als ein Stockwerk und noch einen zustätzlichen, seltsam asymmetrisch geformten Turm, der sich an seine Seite lehnte. Außerdem war es mit dünnen Holzschindeln gedeckt, nicht mit Stroh. Hätte es nicht so bizarr ausgesehen – und hätte sie nicht gewusst, dass dieses Volk zweifellos einem finsteren Götzenglauben anhing –, hätte sie es für eine Kirche gehalten. So aber blieb ihr seine Bedeutung rätselhaft.

Auch die anderen Gebäude waren von fremdartiger Bauweise, entsprachen aber schon eher dem, was sie bei einem so rohen und barbarischen Volk erwartet hätte: Selbst das kleinste der wuchtigen Langhäuser war ein gutes Stück größer, als es das größte Haus in Ellsbusch gewesen war, und sie waren nicht aus mit Stroh und Lehm gefülltem Fachwerk erbaut, sondern aus schweren Baumstämmen, die mit großer Kunstfertigkeit miteinander verbunden worden waren. Mit ihren flachen Strohdächern und den kleinen Fenstern wirkten sie beinahe bedrohlich – aber eben nur beinahe –, zugleich aber auch auf eine beruhigende Art massiv. Katharina war sicher, dass es keine vorstellbare Naturgewalt gab, die ihnen etwas anhaben konnte.

Nach ein paar Schritten wandte sie sich mit einem fragenden Blick an Erik. »Was ist das?, fragte sie mit einer Geste auf die vermeintliche Kirche.«

»Unsere Kirche«, antwortete Erik.

»Eure … Kirche?«, wiederholte sie zweifelnd. Aber hatte Vater Cedric nicht immer behauptet, alle Fremden wären Ketzer und Götzenabeter?

»Wir sind Christen«, bestätigte Erik, und als wäre diese Behauptung nicht aberwitzig genug, grinste Ansgar plötzlich breit und machte eine Kopfbewegung auf seine Tante.

»Und Arla ist unsere Priesterin.«

Katharina war so verblüfft, dass sie gar nichts mehr dazu sagte. Sie war auch nicht sicher, dass das die Wahrheit war. Vielleicht erlaubten sich die beiden nur einen seltsamen Scherz mit ihr.

Sie hatte damit gerechnet, dass sie das größte Gebäude ansteuern würden, war Erik doch der Skalde dieses Dorfes und damit wohl so etwas wie ein Bürgermeister, wenn nicht mehr – doch das genaue Gegenteil geschah: Arla führte sie zu einem der kleineren Gebäude, und drinnen erwartete sie eine weitere und durchaus angenehme Überraschung. Sie wusste nicht genau, was sie erwartet hatte – vermutlich nichts –, aber wenn, dann allerhöchstens so etwas wie in Ellsbusch: kleine, dunkle und niedrige Räume, die so beengt waren, dass man das Gefühl hatte, nicht mehr richtig atmen zu können, und in denen es ununterbrochen nach brennendem Holz und nassem Stroh stank. Der Geruch nach Asche und verkohltem Holz war auch hier zu spüren, aber längst nicht so aufdringlich und krank machend, und im allerersten Moment kam es ihr so vor, als wäre das Haus innen größer als außen. Ein Eindruck, der wohl von dem hohen, von einem ganzen Spinnennetz aus Balken getragenen Strohdach und der Tatsache kam, dass sein gesamtes Inneres aus einem einzigen Raum bestand und es auch nur sehr wenige Möbel gab.

»Setz dich, Kind.«

Arla machte eine Kopfbewegung zu einem kleinen Tisch, der von vier einfachen Hockern ohne Lehnen flankiert wurde. »Ich mache dir gleich etwas zu essen, aber zuerst muss ich das Feuer wieder in Gang bringen. Ansgar – nimm dir ein paar deiner Freunde und holt Wasser aus dem Fluss; genug für ein Bad.«

»Aber ich bin doch gerade erst –«, protestierte Ansgar und führte den Satz vorsichtshalber nicht zu Ende, als Arla ihm einen strengen Blick zuwarf. Zwar schmollend, aber sehr schnell trollte er sich, und auch Erik wechselte nur noch ein paar Worte mit seiner Tochter und ging dann davon – wenn auch nicht, ohne ihr noch einen weiteren dieser sonderbaren Blicke zugeworfen zu haben.

Katharina war enttäuscht, und sie hatte plötzlich wieder ein bisschen Angst, auch wenn sie nicht genau sagen konnte warum oder wovor. Vor Arla ganz gewiss nicht. Sie kannte diese Frau zwar erst seit wenigen Augenblicken, aber sie hatte dieselben freundlichen Augen wie Erik und – auf eine vollkommen andere Art – auch seine Stärke.

»Setz dich doch, Kind«, wiederholte Arla, und dieses Mal gehorchte Katharina; und sei es nur, weil sie irgendwie immer noch das Gefühl hatte, sich auf der *Werdandi* zu befinden, die sich heftig unter ihr bewegte.

Es half allerdings nicht viel, denn kaum hatte sie sich gesetzt, da schienen sich unsichtbare Zentnerlasten auf ihre Glieder zu senken, und mit einem Mal musste sie fast ihre ganze Willenskraft aufbieten, um auch nur die Augen offen zu halten.

Arla hantierte eine Weile herum, ohne dass sie genau erkennen konnte (oder es sie interessiert hätte), was sie tat, und als sie wieder an den Tisch trat, hielt sie in der linken Hand einen Trinkbecher aus Holz, aus dem es dampfte. In der anderen trug sie ein geflochtenes Körbchen, das mit weichem Stoff ausgelegt war. Ebenso behutsam wie nachdrücklich nahm sie Katharina die beiden jungen Katzen ab, die sofort zu weinen begannen, und legte sie hinein.

»Sie wollen nicht trinken«, sagte Katharina traurig.

»Weil sie noch viel zu klein sind«, sagte Arla. »Wenn du sie ihrer Mutter weggenommen hast, nur weil sie so niedlich sind, dann hast du ihnen keinen guten Dienst erwiesen.«

»Sie ist tot«, sagte Katharina.

Arla seufzte, stellte das Körbchen so vor ihr auf den Tisch, dass sie es bequem erreichen und die Hand hineinlegen konnte, und die Kätzchen hörten sofort auf zu weinen, als sie die Wärme ihrer Finger spürten, oder vielleicht auch ihren Geruch. Arla sah ein bisschen überrascht aus, aber auf ihrem Gesicht erschien ein warmes Lächeln.

»Trink deinen Tee«, sagte sie. »Es kann sein, dass er dir nicht schmeckt, aber er tut dir bestimmt gut.«

Katharina gehorchte und stellte fest, dass Arla Recht hatte: Der Tee schmeckte tatsächlich scheußlich. Sie würgte ihn trotzdem mit vorsichtigen kleinen Schlucken herunter, und immerhin war er heiß genug, um ein Gefühl wohliger Wärme in ihrem Magen auszulösen. Sie hatte nie wählerisch sein können und war es gewohnt, auch Dinge zu verzehren, die scheußlich schmeckten, und sie argwöhnte zumindest, dass ihr die meisten davon nicht unbedingt *gutgetan* hatten.

Arla hantierte erneut eine ganze Weile irgendwo in dem großen Raum herum, machte sich eine Zeitlang am Kamin zu schaffen und kam dann zurück. Dieses Mal brachte sie eine Schale mit Milch und ein zweites geflochtenes Körbchen mit sich, das Nähzeug und allerlei Stoff- und Lederreste zu enthalten schien.

Katharina nippte weiter vorsichtig an ihrem Becher und stellte mit einem Gefühl sachter Verwirrung fest, dass sie sich bereits an den bitteren Geschmack zu gewöhnen begann. Interessiert, aber ohne große Hoffnung sah sie zu, wie Arla einen Lederflicken und eine gebogene Nadel aus Elfenbein nahm und ihn mittels einer Anzahl Löcher in seinem Rand und einer dünnen Schnur in einen winzigen Beutel verwandelte, in den nicht einmal eine Babyfaust gepasst hätte. Katharina ahnte, was sie damit vorhatte, und sie wusste auch, dass es vollkommen zwecklos war. Aber sie sagte auch nichts, um sie von ihrem sinnlosen Tun abzuhalten. Stattdessen nutzte sie die Zeit, Arla noch einmal aufmerksamer zu mustern.

Selbst wenn Erik ihr nicht verraten hätte, dass sie seine Tochter war, wäre ihr die Ähnlichkeit aufgefallen, nicht nur in ihrem Gesicht, sondern auch an ihrer Art, zu reden, sich zu bewegen und sich zu geben. Es gelang Katharina immer noch nicht, ihr Alter zu bestimmen, aber sie war auf jeden Fall alt genug, um ihre Mutter zu sein. Trotzdem hatte sie noch immer volles, fast wie gesponnenes Gold schimmerndes Haar und strahlend weiße (und vor allem vollzählige!) Zähne. Und obwohl ihr Gesicht – und mehr noch ihre Hände – von sehr vielen Jahren schwerer Arbeit kündeten, die hinter ihr lagen, hatte sie sich zugleich doch eine Jugendlichkeit erhalten, die Katharina das seltsame Gefühl gab, allenfalls mit einer Schwester am Tisch zu sitzen, die nur ganz zufällig alt genug aussah, um ihre Mutter zu sein.

Arla war mit ihrer Bastelarbeit fertig, gab ein winziges Schlückchen Milch in den Beutel und verschloss ihn sorgfältig, bevor sie mit ihrer Nadel ein weiteres kleines Loch hineinstach, aus dem ein einzelner weißer Tropfen quoll.

»Das habe ich schon versucht«, sagte sie traurig. »Es hat nicht funktioniert.«

Arla nickte, nahm völlig unbeeindruckt eines der Kätzchen in die Hand und setzte es an den Beutel wie an eine einzelne, grobe Zitze. Es begann sofort zu trinken, und Katharinas Augen wurden groß.

»Du hast versucht, sie mit kalter Milch zu füttern«, vermutete Arla. »Die trinken sie nicht. Und in meinem Nähkörbchen schläft unsere Katze, deshalb riecht das Leder nach ihr.«

»Dann kann ich sie retten?«, fragte Katharina hoffnungsvoll.

Arla nickte, schickte aber auch gleich eine Bewegung hinterher, die fast schon wieder ein Kopfschütteln war. »Sie könnten trotzdem sterben«, sagte sie. »Du müsstest sie alle zwei Stunden füttern, und das Tag und Nacht, und anschließend musst du ihre Bäuche massieren, damit sie sich erleichtern können. Das geht mindestens noch eine Woche lang so, und wenn du es auch nur eine einzige Nacht vergisst oder sie zu kalt werden, dann sterben sie trotzdem. Traust du dir das zu?«

Katharina nickte, und Arla schien einen Moment lang angestrengt über diese Antwort nachzudenken und reichte ihn dann das Katzenkind. »Du übernimmst da die Verantwortung für zwei Leben.«

Katharina nickte abermals, sagte aber nichts, sondern fütterte das Kätzchen zu Ende und begann dann seinen Bauch zu massieren, ganz wie Arla es ihr erklärt hatte. Anschließend verfuhr sie auf dieselbe Weise mit dem anderen Tier und wollte sie schließlich wieder an sich drücken, um sie zu wärmen, doch Arla nahm sie ihr weg, legte sie in ihr Körbchen und trug es anschließend zum Kamin, dessen Flammen schon wieder hoch prasselten.

»Hier ist es warm genug«, sagte sie. »Jetzt bist du erst einmal an der Reihe – und keine Sorge, ich kümmere mich um die beiden Burschen, bis du zurück bist.«

»Zurück?«, fragte Katharina, schon wieder ein bisschen beunruhigt.

»Inzwischen haben Ansgar und seine Freunde Zeit genug gehabt, Wasser zu holen«, antwortete Arla. »Und Erik hat Recht, weißt du? Du könntest ein Bad vertragen.«

Für ihren Geschmack hatte Katharina genug von Wasser, und zwar für die nächsten fünf oder zehn Jahre. Aber sie wagte es nicht, zu widersprechen, und selbst wenn sie es gewollt hätte, wäre sie wahrscheinlich einfach zu müde dazu gewesen ... und wenn sie ehrlich war, dann war es ihr mittlerweile fast egal, was mit ihr geschah.

Gehorsam stand sie auf und folgte Arla nach draußen.

Die Sonne war inzwischen nicht nur zur Gänze aufgegangen, sondern hatte mit ihren wärmenden Strahlen auch die letzten Nebelfetzen geschmolzen, sodass sie zwar im ersten Moment blinzeln musste, das Dorf nun aber zur Gänze überblickte. Es kam ihr größer vor als vorhin, und sehr viel lebendiger. Als sie hergekommen waren, mussten so gut wie alle seine Einwohner zum Fluss hinuntergeeilt sein, um die heimkehrenden Schiffe zu begrüßen, nun aber schienen sie allesamt hier (und allesamt *nicht* in ihren Häusern!) zu sein, und Katharina sah ihre Vermutung von vorhin bestätigt: Bjarnisund hatte mindestens doppelt so viele Einwohner wie Ellsbusch, wenn nicht sogar noch sehr viel mehr. Eine allgemein heitere Stimmung schien vorzuherrschen, aber schon nach wenigen Schritten revidierte Katharina diese Einschätzung: Die Menschen hier wirkten eindeutig *erleichtert*, als wäre eine unsichtbare Last von ihnen abgefallen oder etwas Schlimmes nicht geschehen, mit dem sie fest gerechnet hatten.

Ihr blieb nicht viel Zeit, diesem Gedanken weiter zu folgen, denn ihre Führerin steuerte nun das größte Haus an und legte auch ein scharfes Tempo vor, als hätte sie es mit einem Male eilig. Katharina trottete gehorsam hinter ihr her und sah sich zwar neugierig um, als sie das Haus betraten, war aber im Grunde viel zu müde, um irgendwelche Einzelheiten zu erkennen. Das Haus kam ihr so groß vor, dass sie das Gefühl hatte, ganz Ellsbusch müsse hineinpassen, und irgendetwas dampfte. Das war alles, was sie durch den betäubenden Nebel hindurch wahrnahm, der sich über ihre Gedanken gelegt hatte.

Das Dampfende entpuppte sich als etwas, von dem sie gehört, aber es noch nie selbst gesehen hatte: ein hölzerner Badezuber, in dem sich heißes Wasser befand. Zwei große Laken waren so aufgespannt worden, dass sie einen gewissen Sichtschutz zum Rest des riesigen Raumes hin bildeten, und von dem heißen Wasser ging ein ihr völlig unbekannter, aber sehr angenehmer Geruch aus.

»Nur zu«, sagte Arla, nachdem sie sich eine Weile angemessen über ihren erstaunten Gesichtsausdruck amüsiert hatte. »Steig hinein. Es wird dir gefallen.« Sie lächelte flüchtig. »Aber ich würde vorschlagen, dass du vorher dein Kleid ausziehst.«

Katharina gehorchte zwar, zögerte aber so sehr, ihr das Kleid auszuhändigen, dass Arla es ihr schon beinahe gewaltsam wegnehmen musste. »Nur keine Sorge«, sagte sie lächelnd. »Du bekommst es zurück.«

Sie begann das Kleid sorgsam zusammenzulegen und wiederholte zugleich ihre auffordernde Kopfbewegung – ein bisschen ungeduldiger vielleicht –, und dieses Mal gehorchte Katharina und stieg zögernd in den Bottich.

Das Wasser war warm, fast schon heiß, und irgendetwas war darin, das es nicht nur angenehm duften ließ, sondern es auch wunderbar weich machte, sodass es ihrer Haut schmeichelte. Das war jedoch noch nicht alles: Sie hatte noch nie in *warmem* Wasser gebadet, und es war ein einfach unbeschreibliches Erlebnis. So musste sich eine Königin fühlen, dachte sie, die von ihren Dienerinnen umsorgt wurde. Und Vater Cedric und Guy de Pardeville hatten diese Leute *Barbaren* genannt?

Arla ließ sie eine Weile einfach in dem heißen Wasser ruhen und den unbekannten Luxus genießen, doch gerade, als die

Wärme ihre Wirkung zu tun begann und sie ernsthaft einzuschlafen drohte, trat sie hinter sie und begann sie ungefragt mit einem Stück Seife und einer groben Bürste zu bearbeiten, und obwohl es jetzt eindeutig ein bisschen wehtat, war auch das zugleich ein sehr angenehmes Gefühl.

»Du wäschst dir nicht sehr oft das Haar, wie?«, fragte sie.

Statt zu antworten, versuchte Katharina den Kopf zu drehen und sie fragend anzusehen, was Arla aber nicht zuließ. Sie begann ihre Kopfhaut nur kräftiger mit der groben Bürste zu bearbeiten, was allmählich wirklich unangenehm zu werden begann. »Wieso?«

»Weil du Läuse hast, mein Kind«, antwortete Arla spöttisch. »Aber keine Angst. Den kleinen Biestern kommen wir schon bei.«

Katharina verstand nicht genau, was Arla damit meinte. Jeder hatte Läuse – war das denn nicht normal?

»Allzu viele Verstecke finden sie ja sowieso nicht«, fuhr Arla in leicht belustigtem Ton fort. »Was ist überhaupt mit deinem Haar passiert?«

»Was soll damit passiert sein?«, fragte Katharina, wobei sie eine ordentliche Ladung Seife in den Mund bekam. Es schmeckte scheußlich.

»Es ist nicht da«, antwortete Arla. »Du scherst dir den Kopf kahl? Warum?«

»Weil es praktischer ist«, erwiderte Katharina. Und weil Vater Cedric es von ihr verlangt hatte. Genau so, wie er ihr stets befohlen hatte, sich wie ein Junge zu kleiden. Bisher hatte sie sich nie etwas dabei gedacht, aber nun fragte sie sich zum ersten Mal, ob es dafür vielleicht noch einen anderen Grund gab als den, dass sie das nehmen musste, was sie geschenkt bekam.

»Ja, das mag sein«, seufzte Arla. »Aber es ist trotzdem eine Schande. Du bist ein Mädchen, und ich glaube, sogar ein sehr hübsches Mädchen, unter all dem Schmutz und Grind. Und du hast wunderschönes Haar. Du solltest es wachsen lassen.«

Sie schrubbte und rubbelte fröhlich weiter an ihrem Kopf herum, nahm sich schließlich ihren Nacken und ihre Schultern vor und stockte dann für einen ganz kurzen Moment mitten in der Bewegung, als ihre kreisenden Finger die Stelle unter ihrem linken Schulterblatt erreichten.

»Tatsächlich«, sagte Arla.

»Deshalb wolltest du also, dass ich bade«, sagte Katharina. »Du hast mit Erik gesprochen.« Sie fragte sich, wann eigentlich. Erik und sie hatten nur einige wenige Sätze in ihrer Muttersprache miteinander gewechselt.

»Du bist nicht nur ein hübsches Mädchen, sondern auch ein außergewöhnlich kluges, scheint mir«, erwiderte Arla amüsiert, hörte aber trotzdem nicht auf, mit den Fingerspitzen die Umrisse des Schlangenmals nachzuzeichnen. Katharina konnte hören, wie sie verblüfft den Kopf schüttelte.

»Er hat Recht. Es sieht tatsächlich fast genauso aus.«

»Genauso wie was?«, fragte Katharina.

Arla antwortete nicht gleich, sondern ließ endlich von ihrem Rücken ab und kam um den Bottich herum, um ihr direkt ins Gesicht zu blicken. »Hat Erik dir nichts darüber erzählt?«

Katharina schüttelte den Kopf, und Arla wirkte fast ein bisschen enttäuscht, antwortete aber dann mit derselben Geste. »Dann ist es auch nicht an mir, das zu tun«, sagte sie. »Und vielleicht hat er sogar Recht damit. Manchmal ist es nicht klug, Dinge vorschnell auszusprechen.«

Nicht, dass Katharina auch nur ansatzweise verstand, wovon sie überhaupt sprach.

Ihr Gesichtsausdruck musste wohl entsprechend hilflos gewesen sein, denn Arla lachte plötzlich wieder. »Ich werde mit meinem Vater reden«, versprach sie, »und danach unterhalten wir uns, das verspreche ich dir. Aber jetzt ist es erst einmal genug. Du brauchst ein bisschen Schlaf, mein Kind.«

Dem konnte Katharina kaum widersprechen.

Außer, dass es eigentlich mehr war als nur *ein bisschen*.

*

Während der nächsten Woche geschah nicht viel, zugleich aber auch beinahe mehr als in all den Jahren zuvor, an die sie sich erinnerte, denn ihr Leben wurde vollkommen umgekrempelt, auf den Kopf gestellt und neu zusammengesetzt; auch wenn ihr das zu diesem Zeitpunkt selbst noch gar nicht bewusst war. Sie brauchte tatsächlich zwei oder drei Tage, um sich vollständig von den Strapazen der Reise zu erholen, was aber zu einem Gutteil daran lag, dass sie selten mehr als zwei Stunden Schlaf am Stück bekam, weil sie sich um ihre beiden vierbeinigen Adoptivkinder kümmern musste; eine Arbeit, die sich lohnte. Schon nach Kurzem begann sie ihren Entschluss insgeheim zu bereuen und die piepsenden Fellbündel sonst wohin zu wünschen – vor allem, wenn Arla sie wieder einmal weckte und ihr mit unverhohlener Schadenfreude den improvisierten Trinkbeutel hinhielt –, aber sie nahm ihre Aufgabe sehr ernst und erfüllte sie gewissenhaft, und womit keiner (und wenn sie ehrlich war, nicht einmal sie selbst) zu rechnen gewagt hatte geschah: Die beiden Kätzchen starben nicht, sondern überlebten und wuchsen so schnell, dass man beinahe dabei zusehen konnte. Nach wenigen Tagen schon verließen sie ihr Körbchen und wuselten so emsig im Haus herum, dass Katharina alle Hände voll damit zu tun hatte, sie immer wieder einzusammeln und aus den unmöglichsten Notlagen zu befreien, in die sie sich in ihrer Tollpatschigkeit selbst brachten.

Sie verließ das Haus kaum in dieser Zeit. Katharina war keine Gefangene und durfte sich überall in Bjarnisund frei bewegen, wie ihr Arla mehrmals versicherte, aber Erik und Ansgar hatten das Dorf wieder verlassen, noch bevor sie wieder ganz zu Kräften gekommen war, und abgesehen von Arla selbst schien niemand hier ihre Sprache zu sprechen. Deshalb zog sie es vor, hier drinnen zu bleiben und Arla bei der Arbeit zu helfen, so gut sie konnte. Sie erfuhr in diesen Tagen eine Menge über Ansgar, Erik und ihr Volk und dessen Geschichte (das meiste vergaß sie gleich wieder, weil es viel zu kompliziert war, und etliches davon machte ihr schlichtweg Angst), aber rein gar nichts über das Geheimnis ihres Muttermals, denn diesem Thema wich Arla beharrlich aus.

Endlich kehrten Ansgar und sein Großvater zurück. Auf irgendeine Weise, die Katharina fast wie Zauberei vorkam, schienen die Einwohner Bjarnisunds die Ankunft der *Werdandi* vorauszuahnen. Das gesamte Dorf eilte zu seiner Begrüßung zum Fluss, noch bevor das rotweiß gestreifte Segel der schlanken *Drakkar* – so nannte man diese Schiffe, wie Arla ihr erklärt hatte; und in der Sprache ihres Volkes hieß es nichts anderes als *Drache* – über dem Rhein auftauchte, und auch Katharina selbst war dabei. Sie hatte nicht mitgewollt, aber Arla hatte darauf bestanden und argumentiert, dass sie sich schließlich nicht für den Rest ihres Lebens im Haus verkriechen konnte, und so war sie ihr widerwillig gefolgt, hielt sich aber ein wenig abseits der anderen.

Allerdings änderte sich das, als das Schiff näher kam und sie die beiden unterschiedlich großen Gestalten sah, die in seinem Bug standen: Ansgar und sein Großvater, die beide trotz der warmen Witterung schwere Fellmäntel und Helme trugen.

Irgendetwas an ihrem Anblick … irritierte Katharina, aber sie konnte nicht sagen was, und dann war das Schiff nahe genug heran, dass Ansgar sie offensichtlich erkannte, denn er hob den Arm und winkte ihr zu, und die Frage verlor jede Bedeutung. Katharina löste sich von ihrem Platz und ging nicht nur näher zum Ufer, sondern gehörte sogar mit zu den Ersten, die den Steg betraten, um dem Schiff entgegenzueilen. Ansgar winkte ihr jetzt mit beiden Armen zu, während sein Großvater seinen Platz unter dem geschnitzten Drachenkopf aufgab, um den Ruderern noch einige letzte Anweisungen zu geben.

Rings um sie herum entstand Unruhe, als das Schiff näher kam. Damit hatte Katharina gerechnet, denn auch als sie selbst vor Wochenfrist hier angekommen war, hatten die Einwohner Bjarnisunds den Moment kurzerhand in eine Feier verwandelt, aber an dieser Unruhe war etwas … nicht richtig. Sie meinte etwas wie ein mühsam unterdrücktes Erschrecken zu spüren, verscheuchte diesen Gedanken aber sofort und lief das letzte Stück bis zum Ende des Steges, ohne dass ihr zu Bewusstsein gekommen wäre, wie ungewöhnlich sie sich benahm. Sie hatte Wasser nie gemocht, und spätestens seit einer Woche hasste sie es regelrecht.

Ansgar sprang mit einem federnden Satz auf den Steg hinab, noch bevor das Schiff gänzlich angelegt hatte, war mit zwei schnellen Schritten bei ihr und schloss sie so fest in die Arme, dass ihr buchstäblich die Luft wegblieb. Dann schob er sie ein Stück von sich weg und maß sie mit einem langen, prüfenden Blick.

»Anscheinend hat sie Wort gehalten«, sagte er.

»Wer?«, erkundigte sich Katharina verwirrt.

»Arla«, antwortete Ansgar. »Sie hat versprochen, ein Mädchen aus dir zu machen, und es ist ihr gelungen. Na ja«, fügte er feixend hinzu. »Jedenfalls hat sie sich Mühe gegeben.«

»He!«, protestierte Katharina. Ansgars Grienen wurde noch breiter, doch er sagte nichts mehr, sondern ergriff sie am Arm und zog sie rasch über den Steg zurück auf sicheren Boden, bevor die Menschenmenge so groß werden konnte, dass sie gar nicht mehr von der Stelle kamen.

»Wie ist es dir ergangen?«, sprudelte er los. »Bist du gesund?

Hast du dich schon eingelebt, und verstehst du dich mit Arla? Geht es den Katzen gut? Was macht deine Rippe?«

»Ja«, antwortete Katharina.

Ansgar blinzelte, und sie deutete mit einer fast schon ärgerlichen Geste zum Schiff. »Aber meinst du nicht, dass du mir ein paar Fragen beantworten solltest? Du bist einfach verschwunden, ohne auch nur ein Wort zu sagen! Wo seid ihr gewesen?«

»Wir mussten … etwas überprüfen«, antwortete Ansgar ausweichend. »Und den Rest von Skraevald holen, aber es war nicht mehr viel da. Man muss etwas nur liegen lassen, und schon wird es gestohlen. In einem schönen Land lebst du, das muss man schon sagen.«

Katharina ignorierte die letzte Bemerkung. »Und das hat eine Woche gedauert?«

»Es gab eine … ähm … unerwartete Begegnung«, antwortete Ansgar, plötzlich beinahe verlegen. Aber nur für einen ganz kurzen Moment, dann griente er schon wieder, und seine Augen leuchteten auf. »Wir haben gute Neuigkeiten, glaube ich – aber das wird Erik dir selbst sagen.« Er gab sich Mühe, bedauernd auszusehen, was ihm aber nicht wirklich gelang. »Ich darf nichts sagen.«

»Warum?«, fragte Katharina, schon wieder ein bisschen beunruhigt.

»Wahrscheinlich, weil er es dir selbst sagen will«, antwortete er.

»Weil er mir *was* selbst sagen will?«

Ansgar schüttelte feixend den Kopf. »Das ist ein netter Versuch, aber Erik würde mir den Kopf abreißen, wenn ich etwas sage. Keine Angst«, fügte er hastig hinzu, als sie auffahren wollte. »Es ist nichts Schlimmes. Im Gegenteil.«

Katharina bedachte ihn mit dem bösesten Blick, den sie zustande brachte, beließ es dann aber dabei und sah noch einmal zur *Werdandi* hin. Der Steg was mittlerweile so voller Menschen, dass es den Männern kaum noch gelang, von Bord zu gehen, und sie sich nicht einmal mehr gewundert hätte, wären die ersten einfach ins Wasser gefallen. Nur mit einiger Mühe gelang es ihr, Erik inmitten des Gedränges auszumachen ... und dann erkannte sie, was sie gerade schon an Eriks Anblick gestört hatte: Der grauhaarige Wikinger war nicht nur in voller Rüstung und Waffen erschienen, sondern trug einen Verband um den linken Unterarm, und damit war er nicht der Einzige. Etliche Männer bewegten sich, als bereite es ihnen Mühe oder Schmerzen, oder trugen mehr oder weniger auffällige Verbände, und mindestens einer von ihnen war nicht einmal mehr imstande, aus eigener Kraft zu laufen, sondern musste gestützt werden.

»Was ist passiert?«, fragte sie erschrocken. »Seid ihr angegriffen worden?«

»Das ist nichts«, behauptete Ansgar großspurig. »Dein neuer Verehrer Guy de Pardeville wollte einfach nicht glauben, dass du nicht mehr bei uns bist. Wir haben ihn davon überzeugt, dass es so ist.«

»Ihr seid angegriffen worden?«, fragte Katharina noch einmal.

»Ja, aber nicht so, wie du jetzt vielleicht denkst«, sagte Ansgar. Er schlug mit der flachen Hand auf das Schwert, das er immer noch am Gürtel trug. »Es war nicht so schlimm, wie es aussieht.«

»Es sieht *ziemlich* schlimm aus«, sagte Katharina, aber Ansgar schüttelte nur noch einmal und noch großspuriger den Kopf. »Ein paar Männer sind verletzt, aber keiner wirklich schlimm, und niemand wurde getötet ... wenigstens keiner von uns.«

Wenn das ein Trost sein sollte, dann verfehlte er seine Wirkung. Katharina fühlte sich schon wieder schlecht, denn in die Freude, Ansgar wiederzusehen, mischte sich die bittere Erkenntnis, dass schon wieder Blut vergossen worden war, und das vielleicht schon wieder ihretwegen. Auch wenn ihr im Nachhinein klar wurde, wie naiv diese Vorstellung im Grunde war, so hatte sie sich doch bisher gegen jede Logik an den Gedanken geklammert, dass der Albtraum vorbei sein könnte, nun, wo sie hier in Bjarnisund und damit in Sicherheit war. Aber wie es aussah, fing er vielleicht gerade erst an.

Ihre Reaktion schien Ansgar zu überraschen, vielleicht sogar ein bisschen zu verstimmen. Einen Augenblick lang schien er tatsächlich darauf zu warten, dass sie ihn für seine Tapferkeit lobte, dann zuckte er fast trotzig mit den Achseln und begann die komplizierte Treppe hinaufzusteigen.

Katharina zögerte einen Moment, ihm zu folgen. Während dieser Reise war etwas geschehen, das auch für sie von großer Wichtigkeit war, und am liebsten wäre sie auf der Stelle herumgefahren und zu seinem Großvater geeilt, um ihn mit Fragen zu bestürmen. Aber schließlich hatte Ansgar ihr gerade gesagt, dass Erik später mit ihr sprechen würde, und auf dem Steg und dem Ufer davor herrschte inzwischen ein solches Gedränge, dass sie wahrscheinlich gar nicht zu ihm durchgedrungen wäre. Also folgte sie Ansgar.

Er ging zum Dorf hinauf, steuerte aber nicht das kleine Haus an, das er zusammen mit seinem Großvater bewohnte (und in dem Katharina im Moment praktisch allein lebte, solange Arla sie nicht besuchte), sondern ging nur bis zur höchsten Stelle der Böschung und sah eine Weile konzentriert in die Richtung, aus der die *Werdandi* gerade gekommen war. Er wirkte ein bisschen nervös, fand Katharina. Hatte er vielleicht Angst, dass sie verfolgt wurden?

Sie stellte die Frage laut, aber Ansgar antwortete nur mit einem Kopfschütteln und einem verächtlichen Schnauben. »Niemand wäre dumm genug, so etwas zu versuchen, behauptete er. »Hier sind mehr als zweihundert Krieger versammelt. Sogar euer Kaiser würde es sich zweimal überlegen, uns hier anzugreifen.«

Katharina wusste nichts von *ihrem* Kaiser, außer dass es ihn gab, eine fast schon mystische Figur, von der die Menschen manchmal redeten und deren Namen sie nicht einmal kannte, aber sie fragte sich, warum Ansgar das eigentlich gesagt hatte. Ihre Beunruhigung wuchs.

»Sind wir in Gefahr?«, fragte sie geradeheraus.

»Das Leben ist prinzipiell lebensgefährlich«, witzelte Ansgar, wurde aber dann umso ernster. »Ich glaube nicht. Später wird Erik ein großes *Thing* abhalten, schon damit er die ganze Geschichte nicht zweihundert Mal erzählen muss. Jetzt komm. Ich will sehen, ob es den Katzen wirklich gut geht.«

Die beiden kleinen Katzen, dachte Katharina, waren wahrscheinlich im Moment das, was ihn auf der ganzen Welt am allerwenigsten interessierte. Aber er wollte über das andere Thema nicht reden und gab ihr auch keine Gelegenheit, noch eine weitere Frage zu stellen, sondern ging mit schnellen Schritten voraus.

Die beiden kleinen Kätzchen kamen ihnen mit tapsigen Schritten entgegen, kaum dass sie das Haus betreten hatten, und begannen sie lautstark um Milch anzubetteln. Es war noch nicht ihre Zeit – Arla hatte sie eindringlich gewarnt, sie nicht zu verwöhnen –, aber sie ließ sich in die Hocke sinken und begann sie zu streicheln, woraufhin aus dem jämmerlichen Weinen ein lautstarkes Schnurren wurde.

»Tatsächlich«, sagte Ansgar. »Du hast es wirklich geschafft! Weißt du, dass die Männer an Bord Wetten abgeschlossen haben, wie viele Tage sie überleben?« Er schüttelte ehrlich beeindruckt den Kopf, ließ sich neben ihr in die Hocke sinken und streckte die Hand aus.

»Ach?«, fragte Katharina spitz. »Und worauf hast du gewettet?«

Ansgar grinste, streckte die Hand weiter aus, und eines der Kätzchen hob den Kopf, schnüffelte an seinem Finger und grub seine winzigen Zähnchen so herzhaft hinein, dass er vor Schmerz aufschrie und in der Hocke das Gleichgewicht verlor und zu Boden plumpste.

»Anscheinend auf das Falsche«, grollte er, während er seinen blutenden Finger in den Mund steckte.

Gut, Katharina war der Meinung, sie hätten sich eine Extra-Portion Milch verdient, nahm sie hoch und trug sie zu ihrem Körbchen neben den Kamin.

»Haben die kleinen Teufel schon Namen?«, erkundigte sich Ansgar missmutig, während er seinen Finger betrachtete, aus dem zwei winzige dunkelrote Blutströpfchen quollen. Dabei machte er ein so leidendes Gericht, als befürchte er ernsthaft, die Hand zu verlieren.

»Hugin und Munin«, antwortete Katharina, die schon damit begann, Milch warm zu machen. Immerhin hatten die beiden gerade ihre Feuertaufe als ihre Leibwächter bestanden, da war es nur angemessen, sie zu belohnen.

»Hugin und Munin?« Sie meinte regelrecht hören zu können, wie Ansgar die Augen aufriss. »Wie bist du denn *darauf* gekommen?«

»Gar nicht«, gestand Katharina. »Es war Arlas Idee. Weil sie schwarz sind, meinte sie.«

»Ja«, sagte Ansgar mit sonderbarer Betonung. »Das sieht ihr ähnlich. Weil sie schwarz sind!« Er lachte, und Katharina drehte nun doch den Kopf und sah ihn stirnrunzelnd an. Ansgar machte jedoch keine Anstalten, seine sonderbare Bemerkung zu erklären, sondern stemmte sich übertrieben umständlich hoch, betrachtete noch einmal wehleidig die schwere Verletzung an seinem Zeigefinger und wischte die Hand dann an seiner Hose ab.

»Das hat sie garantiert nur getan, um Großvater zu ärgern«, sagte er.

»Was?«

Ansgar ignorierte die Frage, ging zum Tisch und setzte sich auf einen der unbequemen Hocker. »Anscheinend verstehst du dich ja gut mit Arla«, sagte er. »Hast du auch schon andere Freunde hier gefunden?«

Katharina war verwirrt und fast ein bisschen verärgert. Wie kam er auf die Idee, *ihr* Fragen zu stellen, nachdem er sie einfach hier abgeladen hatte und dann sang- und klanglos verschwunden war? Trotzdem beantwortete sie seine Frage mit einem Kopfschütteln. »Außer ihr spricht hier niemand meine Sprache.«

»Und das ist ein Grund, mit niemandem zu reden?«, fragte Ansgar. Eigentlich schon, dachte Katharina, sparte es sich aber, ihn auf diesen so offensichtlichen Widerspruch hinzuweisen. »Vielleicht lerne ich eure Sprache«, sagte sie stattdessen.

Ansgar sah sie einen Moment lang so verblüfft an, als hätte sie ihn ernsthaft gefragt, ob die Sonne jeden Morgen aufging, und lachte dann. »Ja, sicher«, gluckste er. »Wenn du zufällig eine Woche Zeit hast, nicht wahr? Oder auch zwei.«

Katharina schluckte die scharfe Antwort herunter, die ihr auf der Zunge lag, Tatsächlich hatte sie Arla gefragt, ob sie ihr die Sprache ihres Volkes beibringen konnte, und diese hatte im allerersten Moment genau so reagiert wie Ansgar; wenn auch nicht so verletzend. Sie hatte trotzdem unverzüglich damit begonnen, ihr die ersten Worte beizubringen, und Katharina hatte rasch begriffen, warum sie so reagierte. Ihre Sprache klang nicht nur fremdartig und war für Katharinas Zunge fast unaussprechlich, sie war ungeheuer *kompliziert*. Das Problem waren nicht die Worte, die sie schließlich nur auswendig lernen musste. Sich Dinge zu merken, darin war sie schon immer sehr gut gewesen. Nahezu unmöglich hingegen war es ihr, die Regeln zu begreifen, nach denen sie aneinandergereiht und ausgesprochen wurden. Oft wechselten sie ihre Bedeutung, je nachdem, in welchem Zusammenhang sie ausgesprochen wenden, oder auch nur, ob laut oder leise.

Sie sagte gar nichts mehr, sondern setzte sich nur bequemer (und mit dem Rücken zu Ansgar gewandt) hin und fütterte die beiden Kätzchen, und auch Ansgar schwieg eine geraume Weile. Schließlich räusperte er sich unecht, und sie konnte hören, wie er unbehaglich auf seinem Schemel hin und her zu rutschen begann.

»Es tut mir leid«, sagte er. »Ich wollte dich nicht verletzen. Es ist nur so, dass unsere Sprache wirklich schwer zu lernen ist. Jeder sagt das.«

»Du sprichst sie doch auch«, antwortete Katharina, drehte sich halb zu ihm herum und musste dann selbst lächeln, als sie den verwirrten Ausdruck auf seinem Gesicht sah. »*Unsere* Sprache, meine ich.«

»Das ist etwas anderes«, behauptete Ansgar. »Großvater und Arla haben sie mich von Anfang an gelehrt, und richtig kann ich sie bis heute nicht.«

»Vor allem scheinst du Probleme damit zu haben, sie zu verstehen«, sagte eine Stimme von der Tür her. »Oder habe ich mich nicht deutlich genug ausgedrückt, als ich gesagt habe, dass ich zuerst mit ihr reden werde?«

Erik kam herein, bedachte Ansgar mit einem zusätzlichen strafenden Blick und sah sich dann langsam und prüfend um; als erwarte er, dass sich hier in den wenigen Tagen, die sie fort gewesen waren, irgendetwas verändert hätte.

»Wir haben nur über die Katzen gesprochen!«, versicherte Ansgar hastig. »Über sonst nichts!«

»Die Katzen?« Erik entdeckte die beiden jungen Kätzchen in Katharinas Schoß erst jetzt und wirkte einigermaßen überrascht, und Katharina musste nicht fragen, um zu wissen, auf welchen Ausgang er gewettet hatte. Sie ertappte sich bei der Hoffnung, dass er möglichst viel verloren hatte.

»Hugin und Munin«, fügte Ansgar hinzu. Als Erik nun ihn verblüfft ansah, grinste er wieder breit und fügte hinzu: »Das war Arlas Idee.«

»Ja, wessen sonst«, seufzte Erik. Er sah verärgert aus, fand Katharina, doch bevor er dieser Verärgerung Luft machen konnte, kam Arla herein, und er beließ es bei einem stummen und eindeutig vorwurfsvollen Blick zu den Katzen hin.

»Ich bin genauso überrascht wie du«, sagte Arla lächelnd. »Ich hätte nicht gedacht, dass sie auch nur einen Tag überleben. Sie hat ein richtiges kleines Wunder vollbracht, meinst du nicht auch?«

»Hugin und Munin?«, fragte Erik.

»Sie sind schwarz, und es sind zwei wirklich tapfere kleine Burschen«, erwiderte Arla lächelnd. »Welche Namen würden wohl besser passen?«

Diesmal antwortete Erik in seiner Muttersprache, und den kurzen Disput, der sich daraufhin entwickelte, musste Katharina nicht verstehen, um zu wissen, dass es sich vielleicht noch nicht um einen Streit handelte, aber sehr wohl um etwas, das dem nahekam. Schließlich beendete Arla den Beinahe-Streit mit einer unwilligen Geste, mit der sie zugleich auf den Tisch deutete.

»Genug jetzt«, sagte sie, unvermittelt wieder ins Deutsche wechselnd, wie sie es fast immer in Katharinas Gegenwart tat. »Wir können später noch nach Herzenslust streiten. Jetzt setz dich, damit ich mir deinen Arm ansehen kann.«

»Das ist nichts«, behauptete Erik. »Ein Kratzer. Andere sind schlimmer verletzt und brauchen deine Hilfe nötiger.«

»Andere sind aber nicht mein Vater«, erwiderte Arla, »und unser Skalde. Willst du Fieber bekommen und vielleicht nicht mehr richtig denken können, wenn dein Verstand gebraucht wird, anstelle deines Schwertes?«

Katharina hatte das Gefühl, dass diese letzten Worte eine tiefere Bedeutung hatten und nicht einfach nur so dahingesagt waren. Erik nahm jedenfalls ohne neuerlichen Protest Platz, wandte sich jedoch schon praktisch aus derselben Bewegung heraus und in schon wieder schärferem Ton an Ansgar. »Hast du nichts zu tun? Das Schiff muss entladen werden, und wenn du scharf nachdenkst, dann findest du bestimmt noch die eine oder andere Arbeit, die getan werden muss.«

»Lass deine üble Laune nicht an anderen aus, Vater«, schalt ihn Arla. Erik bedachte sie mit einem ärgerlichen Blick, schwieg aber, und Ansgar erhob sich hastig von seinem Stuhl und ging. Als Katharina ihm folgen wollte, schüttelte Erik den Kopf.

»Du bleibst!«

Allein der ungewohnt scharfe Ton, in dem er diese beiden Worte aussprach, alarmierte Katharina. Aus dem unguten Gefühl, das sie sofort beim Anblick der sich nähernden *Werdandi* gehabt hatte, wurde Gewissheit: Etwas Schlimmes war geschehen, und es hatte mit ihr zu tun.

Sie setzte sich und sah Erik erwartungsvoll an, doch der grauhaarige Skalde musterte sie nur seinerseits auf sehr seltsame Art – fast ein bisschen traurig, wie es ihr vorkam – und wartete, bei sich auch Arla zu ihnen gesellt hatte. Sie kam nicht mit leeren Händen, sondern lud eine hölzerne Schale mit Wasser vor sich auf dem Tisch ab, und dazu ein geflochtenes Körbchen mit allerlei Verbandszeug und etlichen kleinen Säckchen und winzigen Tontiegeln. Auf einen knappen Wink seiner Tochter hin streckte Erik den verletzten Arm aus, und sie begann mit geschickten Bewegungen den schmuddeligen Verband abzuwickeln.

»Wir müssen uns unterhalten, Kind«, begann Erik. Er klang unbehaglich, fand Katharina, als fürchte er sich fast ein bisschen vor dem, was er ihr sagen wollte, und seine nächsten Worte schienen diesen Eindruck zu bestätigen.

»Die Dinge entwickeln sich nicht zum Guten, fürchte ich. Der Überfall auf Burg Ellsbusch hat die Menschen überall in Angst und Schrecken versetzt, und sie rufen laut nach Vergeltung.«

Es dauerte einen Moment, bis Katharina überhaupt verstand, was er damit meinte. »Aber doch nicht an euch!«, sagte sie erschrocken. »Ihr wart das doch nicht!«

»Das ist wahr, aber es spielt keine Rolle, fürchte ich«, antwortete Erik und sog mit einem scharfen Zischen die Luft zwischen den Zähnen ein, als Arla den Verband mit einem Ruck von seinem Arm riss. Was darunter zum Vorschein kam, war alles andere als ein *Kratzer*, wie er behauptet hatte, sondern ein tiefer, bis auf den Knochen reichender Schmitt, der sich bereits entzündet hatte. Ein unangenehmer Geruch ging davon aus, und Katharina wurde bei seinem Anblick fast ein bisschen übel.

»Was zählt ist allein, was die Menschen glauben«, fuhr er fort, »und sie glauben stets das, was sie glauben wollen oder was man ihnen sagt, das sie glauben sollen. Und ich kann sie sogar verstehen. Sie haben zu lange unter den Überfällen unseres Volkes gelitten, und manche von uns nehmen sich auch heute noch mit Gewalt, was sie haben möchten.«

»Wulfgar«, vermutete Katharina.

»Nicht nur er«, antwortete Erik, nickte aber zugleich. Vielleicht zuckte er auch nur zusammen, da sich Arla in diesem Moment mit einem feuchten Tuch – und alles andere als behutsam – an seinen Arm zu schaffen zu machen begann. Katharina sah ganz bewusst nicht hin, aber es nutzte nicht viel, denn ihre Fantasie übernahm das für sie, was ihre Augen ihr nicht zeigten. »Aber er ist von allen der Schlimmste, das ist wahr, und ich glaube, dass es seine Krieger waren, die Burg Ellsbusch niedergebrannt und die Menschen in deinem Dorf getötet haben.«

»Ich habe gesehen, wie er den Grafen erschlagen hat«, erinnerte Katharina.

Aber sie hatte auch gesehen, wie Ellsbusch ihm noch sterbend das Schwert in den Leib gestoßen hatte! Wie also konnte er noch am Leben sein?

»Ich weiß«, sagte Erik gepresst. Arla tat etwas an seinem Arm, das ihm sichtliche Qualen bereitete, aber irgendwie gelang es ihm, keine Miene zu verziehen. »Aber niemand wird dir glauben, wenn dein Wort gegen das seine steht.«

»Weil ich nur ein Kind bin?«

»Auch«, antwortete Erik. »Und vor allem, weil du du bist.«

»Aha«, sagte Katharina. Und was sollte das bedeuten?

Arla sagte etwas in ihrer Muttersprache, und Erik dachte einen kurzen Moment darüber nach und schüttelte dann den Kopf.

»Doch, ich fürchte, es ist der richtige Moment«, sagte er. »Uns bleibt nicht mehr viel Zeit. Noch weniger, als ich ohnehin schon befürchtet habe.« Er wandte sich wieder direkt an Katharina. »Es kann sein, dass wir Bjarmisund verlassen müssen, Kara. Ich werde noch heute ein großes *Thing* einberufen, um über diese Frage zu beraten. Doch bis ich das tue, möchte ich eine ehrliche Antwort von dir.«

»Von mir?«, wunderte sich Katharina.

»Ich hätte mir gewünscht, dass es unter anderen Umständen geschieht, aber die Dinge sind nun einmal so, wie sie sind«, antwortete Erik in bedauerndem Tonfall. »Es hat mit deinem Muttermal zu tun.«

Das überraschte Katharina nicht. Sie hätte schon taub, blind und dumm auf einmal sein müssen, um nicht zu begreifen, dass dieses Mal, das sie selbst noch nie zu Gesicht bekommen hatte, nicht nur für Erik eine ganz besondere Bedeutung hatte. Und natürlich hatte sie sich den Kopf darüber zerbrochen und sich die wildesten Geschichten ausgedacht.

Aber das waren doch nur Geschichten … oder?

»Ansgar hat dir erzählt, dass meine Frau von eurem Volk war?«, fragte Erik. Sie nickte. »Ich war nicht viel älter als er heute, als ich zum ersten Mal hergekommen bin und sie kennengelernt habe, musst du wissen. Mein Vater war der Anführer einer stolzen Flotte von Schiffen, die den Rhein hinauffuhr, um Beute zu machen.«

»So wie Wulfgar?«, entfuhr es Katharina. Sie bedauerte die Frage sofort, aber zu ihrem Erstaunen lächelte er nur.

»Wulfgar und ich sind vom gleichen Blut«, antwortete er. »Und um der Wahrheit die Ehre zu geben, ich war nicht anders. Wir haben reiche Beute gemacht, damals. Vielleicht kann ich Ansgar deshalb so gut verstehen und lasse ihm manchmal mehr durchgehen, als gut für ihn ist. Aber ich lernte ein Mädchen kennen. Mein Vater war dagegen, dass ich mich mit ihr einlasse … aber als wir zwei Jahre später wieder nach Hause fuhren, da habe ich sie mitgenommen, und wenig später wurde sie meine Frau.« Er schwieg einen Moment, gerade lange genug, damit sie sich die Frage stellen konnte, warum er ihr das alles erzählte, und fuhr dann fort: »Sie hatte ein Muttermal unter der linken Schulter, das wie eine Schlange aussah.«

Katharina starrte ihn an, und auch Arla hörte für einen Moment auf, seinen Arm zu versorgen. Katharina konnte ihren Blick fast wie eine Berührung spüren.

»Wir haben oft unsere Scherze darüber gemacht«, fuhr Erik fort, und ein sonderbar warmer Ton schlich sich in seine Stimme. »Manche fanden es auch erschreckend, und nicht wenige hielten es für ein schlechtes Omen und nannten sie *Jormungand*. Irgendwann hat sie diesen Namen dann angenommen, und sogar ich habe sie so genannt, oder wenigstens Jormun … obwohl sie eigentlich Katharina hieß.«

»Jormungand?«

»Der Name der Midgardschlange, in der alten Sprache«, erklärte Arla. Sie schien Katharina anzusehen, dass sie diese Antwort eher noch mehr verwirrte, denn sie fuhr mit einem angedeuteten Lächeln fort: »Das ist nur eine Figur aus unseren alten Legenden, Kind. Die Midgardschlange, eine der drei Erzfeinde der Menschen, die einen ewigen Kampf gegen die Götter führt.

Aber keine Sorge.« Sie blinzelte ihr beinahe verschwörerisch zu. »Am Schluss wird sie natürlich von Thor mit seinem Hammer erschlagen.«

Katharina lächelte nicht, und sie begriff auch nicht ganz, was Arla an dieser alten Geschichte so lustig fand. Ihr machte sie Angst, und genau das sollte sie Arla doch eigentlich auch machen. Sicherlich war es nur eine alte Geschichte – aber eben genau eine von jenen ketzerischen Geschichten, die dazu angetan waren, die Seelen der Menschen zu verderben. Vater Cedric hatte sie oft genug davor gewarnt, und Arla sollte das eigentlich so gut wissen wie er – wenn sie denn wirklich das war, was zu sein sie vorgab.

»Die Menschen damals waren abergläubisch«, fuhr Arla fort. »Manche hat dieses Muttermal erschreckt, und andere haben darin ein Zeichen der Götter gesehen. Ich glaube, manche tun es heute noch.« Sie wechselte ein paar Worte in ihrer Muttersprache mit Erik, und er nickte, antwortete aber so, dass auch Katharina ihn verstand. »Ja, du hast Recht. Vielleicht sollten wir es eine Weile für uns behalten … obwohl fast jeder im Zelt es gesehen hat.«

»Und was … ist mit ihr geschehen?«, fragte sie zögernd, als Erik nicht weitersprach. »Mit deiner Frau, meine ich.«

Ein Ausdruck vager Trauer erschien in seinen Augen. »Sie ist gestorben, nur kurze Zeit, nachdem Arla auf die Welt kam«, antwortete er. »Niemand weiß, warum. Eines Tages wurde sie krank und starb, einfach so. Ich glaube, dass sie in unserem Land einfach nicht leben konnte. Vielleicht habe ich selbst sie getötet, indem ich sie mitgenommen und gezwungen habe, dort zu leben, statt in dem Land, in dem sie geboren wurde.«

»Red nicht so einen Unsinn«, sagte Arla. Sie schüttelte den Kopf und fuhr fort, seinen Arm zu behandeln. Erik ignorierte ihren Einwurf.

»Wir hatten zwei Töchter«, fuhr er fort. »Arla ist die jüngere. Sie hat dasselbe Mal auf dem Rücken, wie ihre Mutter es hatte. Und auch ihre ältere Schwester; Ansgars Mutter.«

»Und … ich«, vermutete Katharina. Ihr Herz klopfte, und ihre Gedanken begannen sich immer schneller im Kreis zu drehen.

Statt direkt zu antworten, nickte Erik seiner Tochter zu, und Arla ließ von seinem Arm ab und stand auf. Sie zögerte noch einmal kurz, drehte sich dann aber um und streifte ihr Kleid herunter, sodass Katharina ihren bloßen Rücken sehen konnte.

Das Mal war genau da, wo sie Arlas tastende Finger auf ihrem eigenen Rücken gespürt hatte, nur ein kleines Stück unter dem linken Schulterblatt und damit genau über dem Herzen. Sie sah es zum ersten Mal mit eigenen Augen und war trotz allem verblüfft. Es war rot, vielleicht halb so lang wie ihre Hand und sah tatsächlich aus wie eine Schlange mit emporgerecktem Kopf.

Zögernd stand sie auf, hob die Hand und tastete mit zitternden Fingern über das rote Mal. Es fühlte sich sonderbar an, hart wie Narbengewebe und zugleich auch lebendig, als verberge sich unter Arlas glatter Haut tatsächlich eine winzige Schlange, die durch einen geheimnisvollen Zauber dort eingesperrt war.

Arla ließ sie eine ganze Weile gewähren, bevor sie ihr Kleid wieder hochzog und ihr mit einem wortlosen Kopfnicken bedeutete, sich wieder zu setzen.

»Und was ist mit meiner … ich meine, mit Arlas Schwester passiert?«, fragte sie.

Erik lächelte flüchtig, als er ihren Beinahe-Versprecher bemerkte, wurde aber dann umso ernster. »Ich bitte dich, Ansgar nicht zu verraten, was ich dir jetzt erzähle«, sagte er. »Wenigstens für eine Weile. Habe ich dein Wort?«

Katharina nickte, ohne dass sie indes wirklich verstand, was er meinte. Hinter ihrer Stirn tobte ein Sturm, der nicht nachließ, sondern immer schlimmer wütete.

»Wir haben Ansgar erzählt, sie wäre gestorben, aber das ist nicht wahr«, sagte Arla.

»Warum?«

»Weil wir nicht wollten, dass er seine Mutter in schlechter Erinnerung behält«, antwortete Erik. »Sein Vater war … kein guter Mensch. Wir haben uns nie verstanden, aber ich habe mich daran erinnert, wie es war, als ich selbst damals deine Großmutter kennengelernt habe, und der Ehe schließlich zugestimmt. Es war ein Fehler. Meine Tochter wurde schwanger und gebar Zwillinge, einen Jungen und ein Mädchen. Ansgar und Kara.«

Kara? Katharinas Herz begann so schnell zu hämmern, dass sie kaum noch Luft bekam, und plötzlich schien sich die ganze Welt um sie herum zu drehen. Ansgar war ihr …?

»Es wurde nur schlimmer, nachdem die Zwillinge geboren waren«, fuhr Erik fort. »Mir wurden erschreckende Dinge über meinen Schwiegersohn zugetragen; Dinge, die ich nicht glauben wollte und die ich auch jetzt nicht wiederholen möchte. Es hieß, er plane, uns an unsere Feinde zu verraten, um uns zu unterwerfen und sich selbst zum Skalden zu machen. Ich habe viel zu lange die Augen vor der Wahrheit verschlossen, und als ich ihn dann endlich zur Rede gestellt habe, da war es beinahe zu spät. Wie sich zeigte, *hatte* er uns verraten. Unsere Feinde griffen an, und es kam zur Schlacht. Wir siegten, aber die Hälfte unserer Krieger war tot, und wir mussten unsere Heimat verlassen.«

»Und … Ansgars Mutter?«, fragte Katharina stockend.

»Sie floh, zusammen mit ihrem Mann und dem Mädchen«, antwortete Arla an Eriks Stelle. »Sie hätte beide Kinder mitgenommen, aber in den Wirren der Schlacht wurde Ansgar von ihr getrennt, sodass er bei uns blieb.«

»Um genau zu sein«, verbesserte sie Erik, »hat Arla ihr Leben riskiert, um die Kinder zu holen. Sie wollte sie beide retten, aber es gelang ihr nicht.«

»Mein Vater übertreibt, wie üblich«, behauptete Arla. Sie hatte damit begonnen, Eriks Arm frisch zu verbinden und zog den Knoten nun mit einem Ruck zusammen, der hart genug war, ein schmerzhaftes Zucken auf seine Lippen zu zwingen.

»Und jetzt glaubt ihr, dass ich …«

Sie unterbrach sich schon wieder, vielleicht, weil das, was sie sagen wollte, einfach zu absurd war. Solche Geschichten … passierten doch nicht wirklich!

»Es wäre gut möglich, dass du Ansgars Schwester bist, ja«, antwortete Arla an Eriks Stelle. Ihre Hand griff nach der Katharinas, hielt sie einen Moment und zog sich dann wieder zurück. »Ich bin sogar sicher, dass es so ist. Mir ist die Ähnlichkeit sofort aufgefallen.«

»Mit deiner Schwester?«

»Auch. Vor allem aber mit Ansgar. Ich hätte es wahrscheinlich sogar gemerkt, wenn Erik mir nichts gesagt hätte.«

»Ich sehe Ansgar ähnlich?«, fragte Katharina. »Das ist mir gar nicht aufgefallen.«

»Was daran liegen könnte, dass du dich selbst so selten siehst«, schmunzelte Arla, aber sie wurde auch sofort wieder ernst. »Aber genau wissen wir es nicht, und vielleicht werden wir es nie erfahren. Wir haben damals überall nach meiner Schwester und dir … und ihrem Kind gesucht, aber wir haben sie nicht gefunden. Es hieß, ihr Schiff wäre im Sturm gesunken und alle wären ums Leben gekommen. Aber niemand weiß, ob das wahr ist.«

»Und es soll auch keinen Einfluß auf deine Entscheidung haben, mein Kind«, fügte Erik hinzu.

»Welche Entscheidung?«, fragte Katharina mit klopfendem Herzen.

»Ob du bei uns bleiben willst«, antwortete Erik. »Es ist gleich, ob du wirklich die bist, für die wir dich halten, oder ob das alles nichts als ein sonderbarer Zufall ist. Wenn du hier bleibst, dann werden wir dich wie eine von uns behandeln, mit allen Rechten und Pflichten. Aber entscheide nicht vorschnell.«

»Wo soll ich denn hin?«, murmelte sie.

»Wir haben Freunde hier«, antwortete Erik. »Wir finden eine Familie, bei der du leben kannst, keine Sorge. Gute Menschen, bei denen du ein besseres Leben hättest als bisher. Und bedenke es gut. Es kann sein, dass wir von hier fortgehen müssen. Du würdest in einem Land leben, das dir vollkommen fremd ist, und damit meine ich nicht nur die Sprache. Alles dort ist anders als hier.« Für einen Moment wurde sein Blick noch trauriger, und seine Stimme leiser. »Deine Großmutter hat dieses Land getötet, und auch deiner Mutter hat es kein Glück gebracht.«

Dachte er etwa, dieses Land hier hätte *ihr* Glück gebracht?, dachte sie bitter. Was hatte *dieses Land* ihr denn gegeben, außer einem Leben voller Angst und Erniedrigungen und harter Arbeit?

»Wenn die Sonne untergegangen ist, werden wir beraten, ob wir Bjarnisund verlassen oder versuchen hierzubleiben«, fuhr Erik fort. »Ich weiß, diese Frist ist sehr kurz, aber wenn, dann verlassen wir das Land vielleicht sehr schnell; möglicherweise schon morgen.«

»Und bis dahin muss ich mich entscheiden …«

»Ob du uns begleiten willst, ja«, sagte Erik. »Ich weiß, diese Frist ist entsetzlich kurz, um eine solche Entscheidung zu treffen, aber mehr Zeit bleibt uns leider nicht, fürchte ich.« Er hob die Hand, als Katharina antworten wollte. »Entscheide jetzt noch nicht. Das *Thing* wird bis spät in den Abend dauern, vielleicht die ganze Nacht. Und es ist nicht einmal sicher, dass wir schon heute zu einer Entscheidung gelangen. So viel Zeit bleibt dir auf jeden Fall, und du solltest sie nutzen.«

*

Es war das erste Mal, dass sie die sonderbare Kirche betrat, und doch tat sie es nicht, weil sie Trost im Gebet suchte oder sich gar Schutz oder Hilfe in einem Haus versprach, in dem sie Gott angeblich näher war. In Ellsbusch war sie jeden Sonntag in die Kirche gegangen, und sogar an jedem Feiertag, um sich Vater Cedrics flammende Reden gegen die Sünde und seine unermüdlichen Ermahnungen anzuhören, doch wenn sie ehrlich war, hatte sie von Gottes Nähe dort nichts gespürt. Aber im Winter war es dort immerhin ein bisschen wärmer gewesen als in dem zugigen Schuppen, in dem sie schlief.

Jetzt war sie nur hergekommen, weil sie hier allein sein konnte. Sie hatte das Gefühl, endlose Stunden mit Erik und seiner Tochter geredet zu haben, doch in Wahrheit waren nur einige wenige Augenblicke vergangen. Das Dorf war voller Menschen, als wäre jeder einzelne seiner Einwohner herausgekommen, um das heimkehrende Schiff zu begrüßen – was auch tatsächlich der Fall war –, und wäre sie auch nur ein wenig aufmerksamer gewesen, dann wäre ihr die sonderbar gedrückte Stimmung aufgefallen, die von vielen Besitz ergriffen hatte.

Im Moment wollte sie einfach nur allein sein, und diese angebliche Kirche war vermutlich der einzige Flecken in ganz Bjarnisund, an dem das überhaupt möglich war. Der Aufruhr in ihren Gedanken und Gefühlen hatte sich noch immer nicht gelegt, sondern war eher schlimmer geworden. Sie wusste nicht mehr, was sie denken sollte, was überhaupt mit ihr geschah, und sie wagte erst recht nicht, sich vorzustellen, was womöglich noch mit ihr geschehen *würde*.

Vielleicht geschah dies alles hier nicht wirklich. Je länger sie über diese Möglichkeit nachdachte, desto wahrscheinlicher erschien sie ihr. Vermutlich gab es auf der ganzen Welt kein armes Mädchen, das nicht insgeheim davon träumte, dass eines Tages ein Ritter in strahlender Rüstung auf einem weißen Pferd auftauchen und ihr offenbaren würde, dass sie in

Wahrheit eine Prinzessin war, die ihrer Mutter aus der Wiege gestohlen oder auf irgendeinem Wege mit einem Bettlerkind vertauscht worden war, dessen erbärmliches Leben sie seither führen musste.

Aber natürlich war das nur eine naive Vorstellung, eine Geschichte eben, die unmöglich wahr werden konnte.

Und ausgerechnet *ihr* sollte sie nun passieren?

Das war lächerlich.

Ein leises Knarren drang in ihre Gedanken; das Geräusch der ledernen Angeln, auf der die Tür nach innen schwang. Katharina kämpfte sich mühsam aus ihren vornehmlich düsteren Überlegungen zurück in die Wirklichkeit, drehte sich auf der harten Bank herum und erkannte Arla. Wahrscheinlich war sie gekommen, dachte Katharina, um ihr zu sagen, dass Erik und sie sich nur einen bösen Scherz mit ihr erlaubt hatten und gerade in diesem Moment ein Schiff unten am Steg anlegte, um sie zurück nach Ellsbusch zu bringen, wo sie bei lebendigem Leibe verbrannt werden sollte, war sie doch schließlich ein Hexenkind und Bastard.

Im ersten Moment sagte Arla jedoch gar nichts, sondern kam mit sehr langsamen Schritten heran und nahm neben ihr Platz. Die schmale Bank knarrte unter ihrem Gewicht, und Katharina spürte erneut, wie hart und unbequem das einfache Möbelstück war; als wäre es eigens dafür gebaut worden, unbequem zu sein. Zumindest in diesem Punkt ähnelten sich diese Kirche und die Vater Cedrics.

Aber auch nur in diesem.

Es war so dunkel hier drinnen, dass sie nicht wirklich viel erkennen konnte, doch das Wenige, was sie sah, ließ sie ganz sicher sein, daß Vater Cedric sofort Hölle und Ketzerei geschrien hätte, hätte er auch nur einen einzigen Blick hier hereinwerfen können. Es gab einen schlichten hölzernen Altar, und an der Wand dahinter hing ein großes Holzkreuz, doch es gab auch andere Dinge, deren Anblick ihr fremd und beunruhigend vorkam. Vielleicht Symbole ihrer heidnischen Religion, der sie trotz allem insgesamt noch anhingen.

»Ich dachte mir, dass ich dich hier finde«, begann Arla, nachdem sie eine Weile in fast vertrautem Schweigen nebeneinander gesessen hatten. »Bist du sehr gläubig?«

Sie nickte wortlos – was sollte sie denn sonst sein? –, aber das schien Arla als Antwort nicht zu genügen. »Das war eine dumme Frage«, sagte sie. »Wer würde sie schon mit nein beantworten, selbst wenn es nicht so wäre? Ich will sie neu stellen: Glaubst du daran, dass dort oben jemand ist, der über uns wacht und unsere Geschicke bestimmt?«

»Gott, meinst du?«

Seltsamerweise antwortete Arla nur mit einem Schulterzucken und sah sie weiter fragend an.

»Natürlich!«, sagte Katharina hefrig. »Vater Cedric hat gesagt –«

»Ich habe dich nicht gefragt, was Vater Cedric glaubt oder dir gesagt hat, dass du es glauben sollst«, unterbrach sie Arla sanft, »sondern was du glaubst.«

Katharina wollte ganz instinktiv empört auffahren – diese Worte waren eindeutig Ketzerei! –, aber dann begegnete sie etwas in Arlas Blick, das sie nicht nur innehalten, sondern vielleicht zum ersten Mal im Leben wirklich über diese Frage nachdenken ließ.

Ob sie an Gott glaubte? Selbstverständlich glaubte sie an Gott. Wenn es ihn nicht gäbe, wer hätte dann die Welt mit all ihren Tieren und Pflanzen und Menschen erschaffen sollen, wer die Berge, die Meere und die zahllosen Sterne am Himmel, und letzten Endes auch sie? Daran zweifelte sie keinen Atemzug lang. Doch zum allerersten Mal fragte sie sich, was für eine Art von Gott es eigentlich war, der all dies erschaffen hatte und angeblich mit so unendlicher Liebe und Großmut über sie alle wachte. Vater Cedric war nie müde geworden, ihnen von seiner Allmacht und Liebe zu predigen, und dem Paradies, das als Belohnung auf alle die wartete, die ein bescheidenes und mildtätiges Leben lebten und seine Gebote befolgten. Aber er war genauso wenig müde geworden, vom Fegefeuer und der ewigen Verdammnis und immerwährenden Höllenqualen zu predigen, die die erwarteten, die das nicht taten. Und wenn Gott tatsächlich so allmächtig und voller Liebe war, warum ließ er dann zu, dass seine Kinder so sehr litten und sich nur zu oft gegenseitig unbeschreibliche Dinge antaten? Einmal hatte sie diese Frage Vater Cedric sogar laut gestellt, und natürlich hatte sie sich damit eine wirklich üble Tracht Prügel eingehandelt. Aber danach hatte sie trotzdem eine Antwort bekommen: weil Gott zwar ihrer aller Vater war, aber ebenso wenig wie ein menschlicher Vater verantwortlich für alles Schlechte, was seine Kinder taten. Und weil das Leben so hart sein musste, um ihnen ausreichend Gelegenheit zu geben, sich zu bewähren und sich des ewigen Lebens im Paradies würdig zu erweisen. Nur die, die nach dem Tag des Jüngsten Gerichts Einlass dorthin fanden, selbstverständlich.

Arla wartete eine ganze Weile vergebens auf eine Antwort, stand schließlich auf und bedeutete ihr mit einem Kopfnicken, ihr zu folgen. »Ansgar hat mir erzählt, wie erstaunt du warst, dass ich die Priesterin hier bin«, sagte sie.

»Es gibt keine Priesterinnen«, antwortete Katharina ganz automatisch. »Nur Männer dürfen das Wort des Herrn verkünden und die Beichte abnehmen.«

»Hat euer Vater Cedric das gesagt?«, wollte Arla wissen. Katharina nickte, und Arla fügte hinzu: »Hat er auch gesagt, warum?«

Die Frage allein war die pure Ketzerei und hätte sie schnurstracks auf den Scheiterhaufen befördert, sofern Vater Cedric sie nicht in heiligem Zorn gleich getötet hätte. Trotzdem versuchte sie wenigstens, sie zu beantworten. »Weil unser Herr Jesus Christus ein Mann war?«

»Und seine Mutter eine Frau, die ihn unter Schmerzen ausgetragen und unter noch größeren Schmerzen geboren hat«, versetzte Arla. »Aber ich habe nicht nach Jesus Christus gefragt, Kar … Katharina, sondern nach Gott. Was meinst du – ist Gott ein Mann oder eine Frau?«

Katharina stockte schier der Atem. »So eine Frage darf man nicht stellen!«

»Sagt Vater Cedric, nehme ich an«, seufzte Arla, machte zugleich aber auch eine wedelnde Geste, nicht darauf zu antworten. Sie ging ganz zum Altar, auf dem Katharina zu ihrem großen Erstaunen eine in schweres Leder gebundene Bibel entdeckte, und deutete auf das hölzerne Kreuz an der Wand darüber.

»Es ist wahr, wir sind Christen«, sagte sie, »wenn vielleicht auch nicht alle in ihrem Herzen. Das war die Bedingung, die euer Kaiser damals gestellt hat, bevor er uns die Erlaubnis gab, uns hier anzusiedeln. Viele waren dagegen, unseren alten Glauben abzulegen und plötzlich die Götter zu verleugnen, an die sie zeit ihres Lebens geglaubt haben. Ein paar sind wieder in unsere alte Heimat zurückgekehrt und haben versucht, dort ein neues Leben zu beginnen. Wir haben nie wieder von ihnen gehört. Und ich glaube, die meisten von denen, die damals die Taufe empfangen haben, haben es nur getan, weil sie es mussten. Aber inzwischen ist einige Zeit vergangen, viele Jahre, und das Wort Gottes erfüllt nun viele hier, wenn nicht die meisten.«

Sie legte die flache Hand auf die Bibel, wie um sie dadurch zusätzlich von der Wahrhaftigkeit ihrer Worte zu überzeugen. »Ich glaube an Gott, und ich glaube an dieses Buch. Es ist ein sehr weises Buch, wenn man es richtig zu lesen weiß.«

»Du kannst lesen?«, fragte Katharina erstaunt.

Arla lächelte. »Muss man das nicht können, um das Wort des Herrn zu verkünden, mein Kind?«

Das wusste Katharina nicht. Sie hatte Vater Cedric niemals lesen sehen, und worin auch? Ellsbusch war eine viel zu arme Gemeinde, als dass ihre Kirche etwas so Kostbares wie eine Bibel besessen hätte.

»Wenn du wirklich an Gott glaubst, warum hast du dann noch all diese Götzenbilder an der Wand?«, fragte sie, indem sie mit der Hand auf die sonderbaren Artefakte wies, die beiderseits des schmalen Kirchenschiffes an den Wänden hingen. Eines davon sah aus wie ein zu groß geratener und irgendwie sonderbar geformter Hammer, die anderen waren ihr vollkommen unbekannt, wirkten aber beinahe noch beunruhigender.

»Sind sie das denn?«, fragte Arla. »Götzenbilder?«

»Was denn sonst?«

Arla schien einen kleinen Moment nachdenken zu müssen, bevor sie antwortete. »Es sind Symbole unseres alten Glaubens«, sagte sie dann. »Sie spenden den Menschen Trost.«

»Also *sind* es Götzenbilder«, schloss Katharina.

»Vielleicht sind unsere alten Götter ja dieselben wie eure?«

»Das ist Ketzerei!«, sagte Katharina, und diesmal meinte sie es ehrlich.

»Ist es das?«

»Es gibt nur einen Gott!«, beharrte Katharina, und trotz dem, was sie gerade selbst gesagt hatte, nickte Arla.

»Das ist wahr«, sagte sie. »Doch wer sagt uns, dass er immer und zu allen Zeiten denselben Namen gehabt haben muss?« Sie machte eine angedeutete, abwehrende Geste, als Katharina auffahren wollte. »Vielleicht hast du Recht, und es gibt nur diesen einen wahrhaftigen Gott. Aber wenn es so ist, dann hat es ihn schon immer gegeben, und die Menschen haben schon immer zu ihm gebetet, nur unter verschiedenen Namen. Alles andere ergäbe keinen Sinn, nicht wahr? Warum sollte der einzige und allmächtige Gott zulassen, dass seine Kinder falschen Götzen huldigen?«

»Das *ist* Ketzerei«, sagte Katharina noch einmal und jetzt mit noch größerer Überzeugung. »Ihr seid keine wahren Christen, und du bist keine richtige Priesterin!«

»Doch«, antwortete Arla ruhig. »Das bin ich. Ich glaube an einen gütigen Gott, und ich glaube an dieses Buch und das, was darin geschrieben steht. Vielleicht glaube ich nicht an das, was manche eurer heiligen Männer daraus gemacht haben – und spar es dir, jetzt zum dritten Mal zu sagen, das wäre Ketzerei. Das weiß ich selbst. Aber vielleicht ist ja auch das nur ein Wort, das eure heiligen Männer erfunden haben, um alle die mundtot machen zu können, deren Meinung ihnen nicht gefällt.« Sie legte die Hand noch einmal und jetzt mit gespreizten Fingern auf das heilige Buch. »Hier drinnen steht es jedenfalls nicht, kein einziges Mal.«

»Warum sagst du mir das alles?«, fragte Katharina.

»Vielleicht, weil es die Wahrheit ist?«, schlug Arla vor, schüttelte gleich darauf den Kopf und lachte leise. »Und natürlich auch aus einem anderen Grund. Du bist jetzt verwirrt, habe ich Recht? Du verstehst nicht wirklich, was ich dir gerade gesagt habe, aber es verwirrt dich, und es macht dir große Angst. Ist es nicht so?«

Katharina nickte.

»Und das ist nichts gegen das, was dich erwartet, wenn du wirklich mit uns kommst«, fuhr Arla fort. »Das Leben dort ist so anders, dass du es dir nicht einmal vorstellen kannst. Erik hat Recht, weißt du? Meine Mutter hat es getötet, und auch deiner Mutter hat es kein Glück gebracht.«

»Du willst nicht, dass ich mitkomme?«, fragte Katharina.

Arla schüttelte heftig den Kopf. »Das ist es nicht!«, versicherte sie. »Im Gegenteil. Ich wäre überglücklich, wenn du es tätest, und Erik ebenfalls. Er hat dich bereits ins Herz geschlossen, und daran würde sich wahrscheinlich nicht einmal etwas ändern, wenn sich herausstellen sollte, dass du nicht seine Enkeltochter bist, sondern nur ein einfaches Bauernmädchen, das zufällig dasselbe Mal trägt.«

»Warum dann?«

»Ich möchte nur, dass du es dir sehr gut überlegst«, antwortete Arla. »Ich weiß, wie schwer dir diese Entscheidung fallen muss, und das in dieses kurzen Zeit. Ich selbst traute mir nicht zu, sie zu treffen, nicht in einem Monat, und schon gar nicht in einem Tag. Wenn du hier bleibst, dann finden wir eine Familie, die dich wie ein eigenes Kind aufnimmt und sich um dich kümmert. Du wärst keine Prinzessin, nicht einmal die Enkeltochter eines Skalden. Aber du würdest behütet und sicher aufwachsen.« Sie lächelte flüchtig. »Nach allem, was ich gehört habe, käme es dir vor wie das Leben einer Prinzessin. Versprich mir nur, darüber nachzudenken, mehr verlange ich nicht. Willst du das tun?«

Katharina nickte.

»Gut, mehr wollte ich nicht hören«, antwortete Arla. »Und jetzt komm mit. Ansgar wartet auf dich. Er will dir den *Thingplatz* zeigen ... und noch ein paar andere Dinge, die dir bestimmt gefallen. Oder willst du deinen letzten Tag hier wieder nur in Eriks Haus verbringen?

Vielleicht wäre das gar keine so schlechte Idee, dachte Katharina. Warum sich etwas ansehen (und vielleicht sogar noch Gefallen daran finden?), was ihr sowieso gleich wieder genommen werden würde? Dennoch nickte sie nur noch einmal stumm.

»Dann komm«, sagte Arla, machte eine einladende Geste zur Tür und blieb schon nach einem einzigen Schritt wieder stehen. »Nur noch eins«, sagte sie. »Du magst Ansgar?«

»Natürlich, aber –«

»Mir ist aufgefallen, wie er dich angesehen hat«, fuhr die

Frau fort, die möglicherweise ihre Tante war. »Und du ihn auch, versuch erst gar nicht, es zu leugnen.«

»Und?«, fragte Katharina misstrauisch.

»Nichts und«, erwiderte Arla. »Ich möchte nur sicher sein, dass du nicht vergisst, dass Ansgar gut dein Bruder sein könnte.«

*

Obwohl sie nun schon seit mehr als einer Woche hier war, hatte sie Bjarnisund noch nie verlassen, und wenn sie ehrlich war, dann war ihr bisher noch nicht einmal der *Gedanke* gekommen, es auch nur zu versuchen. Arla hatte vom ersten Moment an keinen Zweifel daran gelassen, dass sie keine Gefangene war und gehen konnte, wann und wohin immer sie wollte … und dennoch zögerte sie merklich, bevor sie es über sich brachte, das Tor in der vier Meter hohen Palisadenwand zu durchschreiten. Sie war es nicht, aber sie *benahm* sich nach wie vor wie die Gefangene, die sie zeit ihres Lebens gewesen war. Rings um Ellsbusch hatte es keine Palisadenwand gegeben. Die Mauern, die den Ort umgaben, waren unsichtbar gewesen, aber mindestens genau so hoch.

Arla hatte ihr noch einmal eingeschärft, Ansgar nichts von ihrem Gespräch mit ihr und seinem Großvater zu erzählen und ihr dann mitgeteilt, dass Ansgar draußen auf sie wartete, doch im allerersten Moment konnte sie weder ihn noch den *Thingplatz* (was immer das sein mochte) irgendwo entdecken. Die Palisadenwand umgab Bjarnisund auf drei Seiten, und an zweien davon erstreckten sich große hölzerne Koppeln, auf denen Pferde, aber auch eine überraschend große Anzahl von Rindern grasten, und ausgedehnte Felder, deren Anblick sie nun wirklich überraschte. Sie hatte zwar noch keinen einzigen Gedanken an diese Frage verschwendet, aber auf die Idee, dass die Bewohner von Bjarnisund ganz normale *Bauern* sein sollten, wäre sie niemals gekommen.

Aber was denn sonst?, schalt sie sich selbst in Gedanken. Piraten und Raubritter vielleicht?

Sie schüttelte den Kopf über ihre eigene Torheit, riss sich vom Anblick der fast schon erntereifen Felder los und hielt abermals nach Ansgar Ausschau. Sie sah ihn auch jetzt nicht sofort, doch dann rief eine Stimme ihren Namen, und als sie in die entsprechende Richtung sah, gewahrte sie ihn auf der Kuppe eines kleinen Hügels, der das Dorf in die vierte Richtung begrenzte. Westen, nahm sie an, sie hatte nie richtig gelernt, die Himmelsrichtungen zu bestimmen. Er stand zwischen ein paar hoch aufragenden Felsen oben auf der Kuppe und winkte ihr zu.

»Das hat aber gedauert«, begrüßte er sie feixend, als sie neben ihm ankam. »Warst du in der Kirche, um die Beichte abzulegen?«

»Ich war in der Kirche, ja«, antwortete Katharina, die leicht außer Atem war. Der Aufstieg war deutlich steiler gewesen, als sie erwartet hatte, und ein gutes Stück länger. Als sie sich herumdrehte, stellte sie erstaunt fest, wie winzig Bjarnisund unter ihr aussah. Die vier Schiffe, die ordentlich aufgereiht nebeneinander an den Stegen lagen, wirkten wie Spielzeugboote.

»Aber ich habe nicht gebeichtet«, fügte sie nach einer kleinen Weile hinzu.

»Das hätte mich auch gewundert«, sagte Ansgar. »Es gibt hier keinen Beichtstuhl, und Arla hat noch nie jemandem die Beichte abgenommen.«

Katharina drehte sich wieder zu ihm herum. »Weil ihr alle so untadelig und gottesfürchtig seid?«

»Weil sie der Meinung ist, dass kein Mensch das Recht hat, über einen anderen zu richten«, antwortete er. »Und schon gar nicht, ihm die Absolution zu erteilen …« Er hob die Schultern, sah sie einen Moment lang sehr ernst an und konnte ein breites Grinsen dann doch nicht mehr unterdrücken. »Oder so ähnlich. Du kennst Arla doch mittlerweile. Das sind eben ihre Sprüche.«

So gut kannte sie Arla eigentlich noch gar nicht … aber immerhin gut genug, um zu wissen, dass eine Antwort wie diese tatsächlich gut zu ihr gepasst hätte. Ohne es zu wollen, stimmte sie in Ansgars Lausbuben-Grinsen ein.

»Und, was gab es so Geheimnisvolles zu besprechen, das ich nicht hören durfte?«, fragte er unverblümt. Immerhin kam er schnell zur Sache.

»Eigentlich nichts«, antwortete sie. Ansgars Blick wurde nun eindeutig misstrauisch, und Katharina fuhr mit gespielter Zerknirschung fort: »Also gut. Aber es wird dir nicht gefallen.«

»Das bin ich gewohnt«, sagte Ansgar. »Nur zu.«

»Sie haben mich vor dir gewarnt«, sagte Katharina. »Ich soll dir besser aus dem Weg gehen, wenigstens solange ich ein Kleid trage, und keine Hosen. Dir wäre nicht zu trauen, was das angeht.«

Ansgar tat ihr wenigstens den Gefallen, nicht zu fragen, was genau sie mit *das* meinte, aber er wirkte nun ehrlich verärgert und zugleich auch ein bisschen verletzt. »Du darfst mir also wirklich nicht sagen, worum es geht«, murmelte er. »Muss ja ganz schön schlimm sein.«

Eigentlich verstand Katharina selbst nicht, warum Arla und ihr Vater ihr dieses Versprechen abgenommen hatten. Das allermeiste wusste Ansgar doch sowieso schon. Aber sie hatte ihr Wort gegeben und würde es halten.

»Wolltest du mir nicht den *Thingplatz* zeigen?«, fragte sie.

Ansgar schob zwar trotzig die Unterlippe vor, aber er hatte offenbar verstanden. »Du stehst drauf«, meinte er.

Katharina sah zuerst ihn, dann ihre Umgebung und dann wieder ihn verständnislos an, und Ansgar trat einen Schritt zurück und machte eine ausholende Geste mit beiden Armen. »Das hier ist der *Thingplatz*«, sagte er. »Und jetzt frag mich erst gar nicht, wie sie die Dinger hier heraufgekriegt haben, ich weiß es nämlich nicht.« Augenscheinlich meinte er damit die gewaltigen Steine, die Katharina schon von unten aufgefallen waren. Der kleinste von ihnen war größer als sie, und der größte beinahe doppelt so hoch und musste so viel wiegen wie ein Haus, oder sogar zwei. Was von unten wie eine willkürliche Anordnung ausgesehen hatte, das entpuppte sich von hier aus betrachtet als unübersehbar von Menschenhand arrangiert, auch wenn sie sich tatsächlich fragte, ob es wirklich Menschen gewesen waren, die diese gewaltigen Felsbrocken zu einem perfekten Kreis geformt hatten, oder nicht viel eher Riesen oder schwarze Magie. Der steinerne Ring durchmaß mindestens zwei Dutzend Schritte, und Katharina erwartete fast, in seinem Zentrum so etwas wie einen barbarischen Altar zu erblicken, oder auch einen Opferstein, aber alles, was sie sah, war ein Kreis aus verkohltem Erdreich und Asche, wo ein gewaltiges Feuer gebrannt haben musste.

»Und was genau tut ihr hier?«, fragte sie.

»Das ist ein großes Geheimnis«, antwortete Ansgar und sah sich verstohlen nach rechts und links um, als hätte er Angst, belauscht zu werden.

»Arla und mein Großvater glauben, ich wüsste nichts davon, aber ich weiß es natürlich. Einmal im Monat, immer bei Neumond, bringen sie eine Gefangene hierher, die sie von ihren Raubzügen mitbringen – am liebsten eine Jungfrau – und opfern sie unseren alten Göttern, indem sie sie bei lebendigem Leibe verbrennen.«

»Aha«, sagte Katharina säuerlich. »Und was tut ihr wirklich hier?«

Ansgar lachte. »Es ist nur ein Versammlungsplatz«, sagte er. »Die Männer treffen sich hier, um über wichtige Dinge zu beraten und manchmal die ganze Nacht zu streiten. Ich war einmal dabei, aber um ehrlich zu sein, war es einfach nur langweilig.«

»Und heute Abend treffen sie sich wieder?« Ansgar nickte, und Katharina fügte hinzu: »Warum?«

»Weil es nach jeder Fahrt irgendetwas Wichtiges zu besprechen gibt«, antwortete Ansgar. »Und um zu streiten, natürlich.«

»Einfach so«, beharrte Katharina. »Ihr wart länger als eine Woche weg, und dabei ist rein gar nichts passiert, außer dass ihr einen Zusammenstoß mit Graf Pardeville hattet?«

»Doch«, sagte Ansgar. »Aber ich …«

»Du darfst nicht darüber sprechen, weil es dir jemand verboten hat?«, riet Katharina, als er den Satz nicht zu Ende sprach, sondern nur unbehaglich mit dem Fuß scharrte.

»Hm«, machte er immerhin.

»Vielleicht warten wir einfach bis nach eurem … *Thing*«, schlug Katharina vor. Das Wort klang sonderbar in ihren Ohren; aber anders, als sie erwartet hätte. Jetzt, wo sie um seine Bedeutung wusste, hatte es nicht nur seinen Zauber verloren, sondern schien beinahe etwas Bedrohliches zu haben.

Ansgar antwortete auch darauf nicht, sondern scharrte noch einen Moment lang weiter unbehaglich mit dem Fuß und drehte sich dann weg, um seinen Blick über die blühenden Felder schweifen zu lassen. Ein unangenehmes Schweigen begann wie eine unsichtbare Mauer zwischen ihnen zu wachsen.

Katharina sah in dieselbe Richtung wie er und war abermals erstaunt, wie groß die Felder waren, die sich hinter der hölzernen Palisade erstreckten. Sie reichten fast bis zum Horizont und wurden erst kurz davor von einem grünen Schatten begrenzt, der vermutlich ein Wald war. Dunkler Rauch stieg fast senkrecht in die unbewegte Luft dahinter, und Ansgar beantwortete ihren leicht erschrockenen Blick, noch bevor sie die Frage in Worte kleiden konnte.

»Das sind nur die Köhler«, sagte er. »Keine Angst, es ist nichts passiert. Die Feuer brennen fast das ganze Jahr über. Wenn der Wind anders steht, dann kann man es manchmal bis hier riechen.«

»Köhler?«, wiederholte Katharina. Sie wusste natürlich, was

ein Köhler war. Auch in Ellsbsch hatte es einen Köhler gegeben, und sie hatte ihn sogar einmal getroffen; ein verhutzeltes altes Männchen, dessen Gesicht und Hände von seiner lebenslangen Arbeit so schwarz geworden waren, dass alles Wasser der Welt sie nicht mehr sauber waschen konnten, und das ununterbrochen hustete. Aber dort hinter dem Wald brannten mindestens vier Feuer, wenn nicht mehr!

»So viele?«, wunderte sie sich.

»Santen ist eine große Stadt«, antwortete Ansgar.

»Santen?«, wiederholte sie. Was sollte das sein?

Ansgar machte eine wedelnde Geste mit der Hand, deren genaue Richtung sie sich wohl aussuchen konnte. »Die Stadt, die dort liegt«, sagte er. »Mit dem Schiff brauchen wir einen halben Tag, um sie zu erreichen. Zu Pferde sogar weniger, weil der Rhein hier einen großen Bogen macht. Kannst du reiten?«

»Nein«, antwortete Katharina.

»Heute ist es sowieso zu spät«, fuhr Ansgar fort. »Aber wenn du willst, dann bringe ich es dir bei. Es ist gar nicht so schwer, und wenn man es einmal kann, dann ist es einfach herrlich. Wir könnten nach Santen reiten. Die Stadt wird dir bestimmt gefallen.«

Katharina dachte an Ellsbusch, die einzige Stadt, die sie kannte, und behielt ihre Antwort lieber für sich. Sie konnte sich nicht vorstellen, dass es *irgendeine* Stadt auf der Welt gab, die ihr gefiel. Bjarnisund vielleicht einmal ausgenommen.

»Wir treiben Handel mit den Leuten dort«, fuhr Ansgar fort, der ihr Schweigen anscheinend falsch deutete. »Manchmal transportieren wir auch Waren für sie auf dem Fluss. Letztes Jahr haben sie alle unsere Schiffe gemietet, und das fast den ganzen Sommer über. Großvater hat schon überlegt, noch ein weiteres Schiff zu bauen, oder sogar zwei. Es ist ein einträgliches Geschäft.«

Er lachte leise. »Unsere *Drakkars* sind viel schneller als

eure Schiffe, vor allem flussaufwärts. Rudern geht nun einmal schneller als treideln.«

»Vier Schiffe?«, fragte Katharina zweifelnd. Und das den ganzen Sommer über? Es fiel ihr schwer, das zu glauben.

»Santen ist ziemlich groß«, bestätigte er. »Dort leben über tausend Menschen … glaube ich. Vielleicht auch dreitausend oder viertausend.«

»Jetzt lügst du!«, rief Katharina impulsiv. Sie wusste nicht genau, was tausend bedeutete, oder gar dreitausend oder viertausend, aber immerhin war ihr klar, dass es eine gewaltige Zahl sein musste, vielleicht so groß wie die Zahl der Sterne am Himmel, oder noch mehr. Keine Stadt war so groß!

»Du weißt nicht viel von der Welt, wie?«, fragte Ansgar. »Es gibt Städte, die noch weit größer sind. Cölln, zum Beispiel. Sag nicht, dass du noch nie davon gehört hast. Es liegt nicht einmal eine halbe Tagesreise von Ellsbusch entfernt.«

Sie hatte diesen Namen schon gehört, natürlich. Aber es war nur ein Name, ein fast mystischer Ort, der irgendwo existierte, oder auch nicht.

»Novesium?«, schlug Ansgar vor. »Dahin kann man von Ellsbusch aus fast spucken.« Katharina schwieg.

Auch Ansgar war für eine kleine Weile sehr ruhig, und ein Ausdruck von Verwirrung begann sich auf seinem Gesicht breitzumachen, den sie nicht verstand.

»Du bist in deinem ganzen Leben nie aus diesem Kaff herausgekommen, habe ich Recht?«, fragte er schließlich.

»Doch bin ich das!«, protestierte Katharina. »Ich war oft in der Burg.«

»Aha«, sagte Ansgar. »Und wo noch?«

Katharina setzte zu einer noch patzigeren Antwort an, musste sich aber dann eingestehen, dass sie es gar nicht konnte, und starrte ihn schließlich nur mit ärgerlich zusammengepressten Lippen an. Ansgar erwiderte ihren Blick ganz genau so spöttisch, wie sie es erwartet hatte, aber dann änderte sich das. Er sah mit einem Male verlegen aus, beinahe schon schuldbewusst.

»Das tut mir leid«, sagte er dann auch. »Ich wollte mich nicht über dich lustig machen.«

»Hast du auch nicht«, log Katharina. Und wenn sie es ganz genau nahm, dann stimmte das sogar. Seine Worte hatten sie wie böser Spott getroffen, aber es war wohl eher das Leben selbst, das sie verhöhnte.

»Sie haben dich nie aus dem Dorf gelassen?«, hakte Ansgar nach. »Was warst du dort – so eine Art Sklavin?« Er korrigierte sich selbst, bevor sie antworten konnte. »Aber nein, bei euch gibt es ja keine Sklaven, nicht wahr? Ihr nennt sie Leibeigene, glaube ich.«

Katharina schwieg. Nein, sie war weder Sklavin noch Leibeigene gewesen, aber es hatte mehr als eine Gelegenheit gegeben, da hatte sie sich fast gewünscht, es zu sein, besaßen diese für ihre Besitzer doch immerhin noch einen gewissen Wert. Niemand hatte ihr je verboten, das Dorf zu verlassen, aber zum einen hatte sie von Sonnenauf- bis Sonnenuntergang arbeiten müssen, so lange sie sich zurückerinnern konnte (und das sieben Tage die Woche, denn von der Regel, am siebten Tage ruhen zu sollen, hatte Vater Cedric zumindest in ihrem speziellen Fall nichts gehalten), und selbst wenn es anders gewesen wäre, hätte sie gar nicht gewusst, wohin sie gehen sollte.

»Ich zeige dir Santen«, fuhr Ansgar fort, als sie sich weiter nur in beharrliches Schweigen hüllte. »Du wirst Augen machen. Die Stadt ist riesengroß. Ich glaube, ganz Bjarnisund würde allein auf den Marktplatz passen.«

Gut, jetzt war sie davon überzeugt, dass er log, um sie zu beeindrucken. Aber sie erkannte auch die gute Absicht dahinter, und plötzlich stahl sich wieder ein flüchtiges Lächeln auf ihre Lippen.

»Und die Menschen dort werden dir gefallen. Sie sind sehr freundlich.«

»Aber es sind Fremde«, gab Katharina zu bedenken.

»Und du hast Angst vor Fremden?«, fragte Ansgar.

Wie sollte sie nicht? Vater Cedric hatte ihr schließlich oft genug erklärt, wie es ihr ergehen würde, wenn sie die Sicherheit von Ellsbusch verließ. Fremde hielten nichts von elternlosen Bettelmädchen, die ihnen das Wenige wegaßen, was sie besaßen, und sie womöglich am Ende noch bestehlen würden.

»Ja«, seufzte Ansgar. »Ich sehe schon, mein Großvater hat Recht. Es wird eine Weile dauern.«

»Was?«, fragte Katharina misstrauisch.

»Dir zu zeigen, wie das Leben wirklich ist«, antwortete er, »und dass nicht alle Fremden ganz automatisch deine Feinde sind.«

»Aber auch nicht von vornherein meine Freunde.«

Ansgar wollte antworten, runzelte aber dann nur die Stirn und starrte auf einen Punkt irgendwo hinter ihr. Sie drehte sich ebenfalls herum und sah sofort, was ihn abgelenkt hatte.

Von der Höhe des Hügels aus hatten sie nicht nur einen weiten Ausblick über das Umland, sondern auch auf den Rhein, dessen Schleife vom Steg aus betrachtet genau hinter diesem Hügel verborgen war. Ein Schiff näherte sich. Es war noch zu weit entfernt, um Einzelheiten oder gar die Menschen an Bord erkennen zu können, aber sie sah trotzdem, dass es von gänzlich anderer Bauart war. Viel plumper als die schlanken Drachenboote und ohne Ruder, aber auch deutlich größer. Und sie hätte nicht einmal in Ansgars Gesicht sehen müssen, um zu wissen, wie sehr ihn der Anblick erschreckte.

»Was ist das?«, fragte sie.

Statt zu antworten, blickte Ansgar nur noch finsterer zu dem Schiff hin. »Das ging schneller, als ich gedacht habe«, murmelte er.

»Was?«

»Ich muss Erik Bescheid geben«, sagte Ansgar. »Komm!« Er lief los und jagte so schnell den Hügel hinab, dass Katharina alle Mühe hatte, ihm zu folgen, obwohl sie eine schnelle Läuferin war.

Vollkommen außer Atem holte sie ihn ein und wollte eine Frage stellen, doch er machte nur eine unwillige Geste und eilte kaum weniger langsam weiter, sodass sie sich schon wieder sputen musste, um nicht den Anschluss zu verlieren.

Nicht, dass es ihr viel nutzte. Ansgar wechselte lediglich einige wenige Worte mit seinem Großvater, woraufhin dieser aufsprang und aufgeregt und zusammen mit ihm zum Fluss hinabeilte. Unterwegs schlossen sich ihnen etliche weitere Männer an, und noch mehr gesellten sich zu ihnen, während sie am Wasser standen und darauf warteten, dass das Schiff hinter der Flussbiegung auftauchte. Katharina versuchte mindestens drei- oder viermal, Ansgar und seinen Großvater auf das Schiff anzusprechen, aber beide schienen ihre Sprache urplötzlich nicht mehr zu sprechen. Sie musste sich wohl oder übel gedulden, bis das Schiff in Sichtweite kam.

Es dauerte nicht einmal besonders lange, bis es hinter der Flussbiegung auftauchte; obwohl es ihr wie eine schiere Ewigkeit vorkam.

Der Eindruck, den sie von der Hügelkuppe aus gehabt hatte, war richtig gewesen: Das Schiff war deutlich größer als die vier schlanken *Drakkars* und von vollkommen anderer Bauweise, ein plumpes Gefährt, das sich mit sichtlicher Mühe durch die Fluten zu quälen schien. An Deck drängten sich Dutzende von Männern in Kettenhemden und Helmen, über deren Köpfen bunte Wimpel im Wind flatterten und Speerspitzen blitzten.

»Das ist –«, entfuhr es ihr erschrocken.

»Guy de Pardeville, ja«, sagte Erik düster, als sie nicht weitersprach. Seine Hand legte sich auf seinen Schwertgriff am Gürtel. »Wir wussten, dass er kommt, aber …« Er brach mitten im Satz ab, runzelte die Stirn, und sah plötzlich mehr als nur überrascht aus.

Katharina sparte sich gleich die Mühe, noch weitere Fragen zu stellen.

Das Schiff wurde noch langsamer und kam schließlich unweit des Steges zur Ruhe, wahrscheinlich gerade so nahe, wie es das mit seinem weit größeren Tiefgang überhaupt konnte. Katharina korrigierte ihre Schätzung noch einmal ein gutes Stück nach oben, was die Anzahl der Männer an Deck anging. Benennen konnte sie sie nicht, denn sie hatte nie weiter als bis zwölf zu zählen gelernt, aber es war eine regelrechte kleine Armee, die da kam; nicht so viele Männer, wie inzwischen hier am Ufer zusammengekommen waren, aber beeindruckend.

Rings um sie herum kam Unruhe auf, und etliche Männer entfernten sich und eilten mit raschen Schritten zum Dorf zurück, vermutlich aus keinem anderen Grund als dem, ihre Waffen zu holen. Die Spannung, die in der Luft lag, war beinahe mit Händen zu greifen. Wie es aussah, dachte Katharina, hatten Ansgar und sein Großvater ihr nicht alles erzählt, was ihnen unterwegs zugestoßen war.

Dann sah sie etwas, was sie zutiefst erschreckte.

Zwischen all den gerüsteten Kriegern hinter der Reling ragte eine besonders hochgewachsene Gestalt auf. Sie trug einen blauen Waffenrock, auf dessen Brust ein sich aufbäumendes Pferd gestickt war, und dasselbe Symbol zierte auch die Brünne ihres Helms, was sie noch größer erscheinen ließ. Guy de Pardeville.

Katharina merkte nicht einmal, wie sehr ihre Hände und Knie zu zittern begannen, bis Erik ihr beruhigend die Hand auf die Schulter legte.

»Keine Angst, mein Kind«, sagte er. »Das muss nichts bedeuten.« Aber irgendwie hörte er sich nicht so an, als ob er es selbst glaubte.

Pardeville trat von der Reling zurück und verschwand zwischen all den anderen Männern, und wieder verging eine Weile, in der nichts geschah – außer dass ein paar der Männer zurückkamen, die gerade so schnell verschwunden waren; und ganz wie Katharina befürchtet hatte, waren sie nun mit Äxten, Schwertern und Schilden bewaffnet.

Dann glitt ein kleineres Boot hinter dem quadratischen Heck des größeren Schiffes hervor und hielt mit raschen Ruderschlägen auf das Ufer zu. Außer den vier Kriegern, die es ruderten, befanden sich nur noch zwei weitere Passagiere an Bord; Guy de Pardeville und ein zweiter, dunkelhaariger Mann, der ebenso groß war wie er, aber noch sehr viel prachtvoller gekleidet. Auch an seiner Seite hing ein gewaltiges Schwert, aber anders als Pardeville hatte er den Helm abgenommen und unter den Arm geklemmt, sodass man sein schulterlanges schwarzes Haar und das glatt rasierte Gesicht erkennen konnte.

»Baron zu Guthenfels?«, murmelte Erik.

Katharina sah ihn stirnrunzelnd an, aber es war nicht Erik, sondern sein Enkelsohn, der ihre unausgesprochene Frage beantwortete.

»Baron zu Guthenfels ist unser Verbindungsmann zum Hof des Kaisers«, flüsterte er, als hätte er Angst, von den Männern an Bord des Bootes gehört zu werden, obwohl sie noch ein gehöriges Stück entfernt waren. »Er ist ein guter Freund. Ich glaube, wir haben es zum Großteil ihm zu verdanken, dass wir hier siedeln durften.«

Wenn das stimmte, dachte Katharina, warum war Erik dann so nervös?

Das Ruderboot kann näher, schlug einen unnötig großen Bogen um die *Werdandi*, die ihm am nächsten war, und glitt schließlich mit einem hörbaren Scharren ein Stück weit auf das Ufer hinauf, bevor es sich so sehr auf die Seite neigte, dass

Pardeville alle Mühe hatte, mit heftig rudernden Armen das Gleichgewicht zu halten. Katharina rechnete nun damit, dass Erik seinen Besuchern entgegengehen würde, um ihnen behilflich zu sein, oder wenigstens ein paar seiner Männer schicken, aber niemand rührte sich. Pardeville und der Baron stiegen von Bord, und zwei der vier Männer schlossen sich ihnen an, während die beiden anderen das schwere Boot wieder ins Wasser schoben und zurückruderten.

Erik rührte sich immer noch nicht, sondern sah den vier Männern mit vollkommen unbewegtem Gesicht entgegen, und je näher sie kamen, desto ruhiger wurde es ringsum. Aber es war keine gute Stille.

»Erik, mein Freund«, begann Baron zu Guthenfels, nachdem er herangekommen und in zwei Schritten Abstand stehengeblieben war. »Es ist lange her.«

»Drei Jahre«, antwortete Erik.

»Ja, die Zeit vergeht viel zu schnell«, seufzte Guthenfels. »Aber ich habe Euch ja versprochen, Euch zu besuchen.«

»Ich freue mich immer, wenn Freunde zu Besuch kommen«, antwortete Erik mit einer Betonung, die genau das Gegenteil auszudrücken schien. Guthenfels sah auch tatsächlich ein bisschen verletzt aus, aber er beließ es bei einem angedeuteten Heben der Schultern und ließ seinen Blick dann über die dicht geschlossene Reihe aus zum größten Teil bewaffneten Männern vor sich schweifen. Er sah auch Katharina an, und der Blick seiner dunklen Augen verharrte eindeutig länger auf ihrem Gesicht, als ihr lieb war.

»Empfangt Ihr Eure Gäste neuerdings immer in Waffen, Erik?«, fragte er schließlich.

»Nur wenn sie eine Armee mitbringen«, antwortete Erik kühl.

Katharina sah, wie Pardeville auffahren wollte, doch der Baron brachte ihn mit einer raschen Geste zum Schweigen, schüttelte noch einmal den Kopf und sah nun eindeutig ein bisschen traurig aus.

»Ich versichere Euch, dass es ein wenig … anders ist, als es den Anschein haben mag, Erik«, sagte er. »Aber ich will auch nicht unhöflich sein und Euch das Gefühl geben, ich hielte Euch für einen Dummkopf oder unsere Freundschaft wäre mir nichts wert. Es ist wahr: Ich bin nicht zufällig hier. Und ich fürchte, der Anlass meines Besuchs ist kein sehr erfreulicher.«

Er wartete einen Moment lang vergebens auf eine Antwort, seufzte dann noch einmal tief und wandte den Kopf, um zu dem Schiff mit all seinen Soldaten zurückzublicken. Als er sich schließlich wieder zu Erik umdrehte, lag auf seinem Gesicht ein wenig überzeugendes Lächeln.

»Es war eine lange und anstrengende Reise hierher, Erik«, sagte er. »Und sie ist noch nicht vorbei, fürchte ich. Ich bin müde, und auch ein wenig durstig. Habt Ihr noch einen Becher von diesem köstlichen Met, mit dem Ihr mich das letzte Mal bewirtet habt, Erik?«

*

Aus einem Grund, den sie selbst nicht ganz verstand, der ihr ungutes Gefühl aber beinahe in so etwas wie Panik verwandelte, hatte Eriks adeliger Gast darauf bestanden, dass Katharina sie begleitete, und so fand sie sich nach kurzer Zeit wieder an einem Tisch in dem großen Langhaus sitzend. Einmal davon abgesehen, dass Wände und Decke hier nicht aus gegerbtem Leder bestanden und weniger bewaffnete Männer anwesend waren, die nur auf einen Vorwand warteten, ihre Waffen zu ziehen und aufeinander loszugehen, hätte es sich um eine getreuliche Wiederholung ihrer ersten Nacht im Zeltlager der Wikinger handeln können, nur dass die Stimmung jetzt noch angespannter schien und ihr Herz noch schneller schlug.

Dabei hatten sowohl Erik als auch sein Gast ihr Bestes getan, um dem Moment seine ärgste Schärfe zu nehmen. Nur zwei von Eriks Männern saßen mit ihnen am Tisch – Tjerg und Hroth, zwei von den dreien, denen sie in jener Nacht ihre Geschichte erzählt hatte –, und auch Guthenfels hatte seine beiden Krieger draußen vor der Tür zurückgelassen, sodass nur Pardeville und er mit am Tisch saßen, dazu Ansgar, Arla und natürlich Katharina selbst, die sich mit jedem Moment unwohler in ihrer Haut fühlte.

Essen war gebracht worden, und selbstverständlich der Met, um den Guthenfels gebeten hatte, und für eine Weile griffen alle kräftig zu, und wenn überhaupt gesprochen wurde, dann in Eriks Zunge, die zumindest Guthenfels nahezu fließend zu beherrschen schien. Aber Katharina fiel auch auf, dass die Männer zumindest den Met nicht in solchen Unmengen in sich hineinschütteten, wie sie es mittlerweile gewohnt war.

Und es dauerte auch nicht lange, bis Guthenfels zur Sache kam. Er trank noch einen großen Schluck Met, fuhr sich mit einer Geste, die so gar nicht zu seinem ansonsten sehr vornehmen Benehmen passen wollte, mit dem Handrücken über die Lippen, um den nicht vorhandenen Schaum wegzuwischen, und wandte sich dann mit einem Lächeln so auf seinem Stuhl um, dass er Katharina direkt ansehen konnte. Dieses Lächeln kam ihr durchaus ehrlich vor, aber in seinem Blick war zugleich etwas, das sie beunruhigte, obwohl sie zu spüren glaubte, dass es nicht wirklich unfreundlich war.

Doch wer wusste schon, was in den Köpfen von Edelleuten vorging?

»Du bist also Katharina«, sagte er, nachdem er sie eine geraume Weile auf diese sonderbare Weise angesehen hatte.

Katharina nickte nur. Was sollte sie auch darauf antworten?

»Ich habe viel von dir gehört, mein Kind«, fuhr er fort. »Und es freut mich zu sehen, dass du dich so gut erholt zu haben scheinst.«

»Ich war nicht … verletzt, Herr«, antwortete sie unsicher. Baron zu Guthenfels redete nicht nur aus Höflichkeit mit ihr, das spürte sie.

»Nicht alle Wunden, die ein Mensch davonträgt, bluten auch, mein Kind«, antwortete Guthenfels. »Immerhin hast du deine Heimat verloren, und jeder, den du kanntest, wurde grausam ermordet. Ich habe starke Männer an einem solchen Schicksal zerbrechen sehen.«

Katharina wollte darauf antworten, fing aber einen verstohlen-warnenden Blick von Arla auf, die zu Eriks Rechter saß, und beschränkte sich auf ein stummes Achselzucken.

»Womit wir beim eigentlichen Grund Eures Besuches angekommen wären, nicht wahr, alter Freund?«, vermutete Erik.

Guthenfels' Blick hielt Katharina noch einen weiteren Moment fest, und er wirkte fast ein bisschen enttäuscht, als er sich schließlich direkt zu Erik herumdrehte.

»Ich bin froh, dass Ihr dieses Wort benutzt, Erik«, sagte er. »Denn genau als das bin ich gekommen: als Freund.«

»Habt Ihr deshalb so viele Soldaten mitgebracht?«, fragte Arla.

»Es sind schwierige Zeiten, liebe Freundin«, antwortete Guthenfels, »und es sind nicht meine Soldaten … wiewohl sie im Moment meinem Befehl unterstehen, das ist wahr.«

»Und was genau habt Ihr ihnen befohlen?«, erkundigte sich Arla.

»Für den Moment, an Bord der *Sturmvogel* zu bleiben und dafür zu sorgen, dass niemand den Frieden stört«, erwiderte Guthenfels, bevor er sich wieder an ihren Vater wandte. »Ihr könnt Euch denken, warum ich gekommen bin, Erik.«

»Ellsbusch?«

»Ich habe gesehen, was davon übrig ist, ja«, antwortete Guthenfels. »Und auch vom Dorf.« Ganz kurz streifte sein Blick Katharina, als erwarte er eine bestimmte Reaktion auf diese

Worte. Als sie nicht erfolgte, fuhr er fort: »Eine schreckliche Untat. Und ich fürchte, mehr als das. Ich will ganz ehrlich zu Euch sein, Erik, das bin ich schon unserer alten Freundschaft schuldig. Es gibt nicht wenige, die glauben, dass Bjarnisund dafür verantwortlich ist.«

»Lasst misch raten«, sagte Erik, den diese ungeheuerliche Anschuldigung eher zu amüsieren als zu empören schien. »Es sind dieselben, denen unsere Anwesenheit hier schon lange ein Dorn im Auge ist.«

»Mehr oder weniger«, sagte Guthenfels.

»Der eine oder andere, ja?«

»Und Ihr?«, fragte Erik, sah dabei aber eher Pardeville als Guthenfels an. Der ausländische Edelmann erwiderte seinen Blick ebenso wortlos, wie er fast die ganze Zeit über dagesessen hatte, und ebenso hasserfüllt.

»Würde ich glauben, dass Ihr etwas damit zu tun habt, dann säßen wir jetzt nicht hier, um dieses Gespräch zu führen«, antwortete Guthenfels. Er hörte sich ein bisschen verletzt an, fand Katharina. »Leider zählt nicht, was ich glaube. In der Nacht, in der Ellsbusch niederbrannte, wurde ein Drachenboot auf dem Rhein gesehen. Und Guy de Pardeville sagte, er hätte Euch und etliche Eurer Männer aus dem Dorf kommen sehen.«

»Wir waren dort«, antwortete Erik. »Wir haben den Feuerschein gesehen und wollten helfen, aber wir waren zu spät.« Er sah Pardeville an. »Ist es Euch nicht genauso ergangen, Graf?«

Pardeville wollte auffahren, aber der Baron brachte ihn mit einem einzigen, eisigen Blick zum Verstummen. »Ihr gebt also zu, dass Ihr dort wart?«

»Habe ich das nicht gerade schon getan?«, erwiderte Erik. »Wir waren auf dem Rückweg von Novesium und haben den Feuerschein gesehen. Fragt im Hafen dort nach.«

»Das habe ich bereits«, nickte Guthenfels. »Dort bestätigt man Eure Aussage.«

»Das ist kein Beweis, dass sie nichts mit dem Überfall auf Burg Ellsbusch und das Dorf zu tun haben!«, beharrte Pardeville. »Es wurden Wikinger gesehen, und in den Trümmern von Burg Ellsbusch fand man zerbrochene Waffen und Kleider. Und ausreichend Pfeilspitzen in den Leichen seiner Verteidiger. Pfeilspitzen, wie sie die Nordmänner benutzen.«

»Wir sind nicht die Einzigen«, gab Erik zu bedenken, der immer noch erstaunlich ruhig blieb, angesichts dessen, was er sich anhören musste.

»Das ist wahr«, sagte Guthenfels. »Und es ist der Grund, aus dem ich hier bin, Erik, und nicht das Heer, nach dem die Menschen in Novesium und seiner Umgebung rufen, damit es Barnisund auslöscht und euch alle tötet.«

Es wurde sehr still. Weder Erik noch die beiden Männer neben ihm reagierten auch nur mit einem Lidzucken, und auch Arla sah den dunkelhaarigen Edelmann vollkommen ausdruckslos an. Einzig Ansgar sah aus, als würde er gleich aus der Haut fahren, aber noch beherrschte er sich.

Katharina nicht. Sie war einfach empört, und sie verstand nicht, wieso sich Erik nicht gegen diese ungeheuerlichen Vorwürfe zur Wehr setzte, wo es doch im Grunde so einfach war. »Aber sie waren es nicht!«, platzte sie heraus.

Erik runzelte die Stirn – missbilligend, wie es ihr vorkam –, und Guthenfels wandte seine Aufmerksamkeit nun wieder ihr zu. Sein Blick wurde sehr aufmerksam. »Woher willst du das wissen, mein Kind?«, fragte er.

»Weil ich dabei war!«, antwortete sie heftig.

»Ja, man hat mir berichtet, dass du die einzige Überlebende aus dem Dorf bist«, sagte er. »Du hast großes Glück gehabt, dass sie dich nicht gefunden haben.«

»Nicht im Dorf«, antwortete sie. »Ich war auf der Burg, als sie sie angegriffen haben! Ich habe sie gesehen!«

Erik sah jetzt fast ein bisschen erschrocken aus, und Arla

schien ihr wortlos irgendetwas mitteilen zu wollen, worauf sie aber nicht achtete.

»Und was genau hast du gesehen, mein Kind?«, fragte Guthenfels.

»Die Dämonen«, antwortete Katharina. Guthenfels sah nur ein bisschen verwirrt aus, aber Pardeville zog eine verächtliche Grimasse, und Katharina verbesserte sich hastig: »Es waren keine Dämonen, aber in diesem Moment dachte ich, sie wären es. Sie waren riesig, und … und hatten Hörner und Schwerter, und sie haben jeden getötet, den sie gesehen haben.«

»Nordmänner«, schnaubte Pardeville.

»Ja, aber nicht unsere Leute!«, protestierte Katharina.

»*Unsere* Leute«, wiederholte Pardeville.

Guthenfels lächelte nur flüchtig und fragte dann fast sanft: »Und woher willst du das wissen, mein Kind?«

»Weil ich dabei war!«, beharrte Katharina. »Und weil ich weiß, wer –«

»Sie war nicht auf der Burg«, unterbrach sie Pardeville. »Dämonen! Ihr habt es doch gerade selbst gehört! Sie ist verrückt oder will sich wichtig machen … oder lügt, um ihre neuen Heidenfreunde zu beschützen!«

Katharina wollte auffahren, doch nun war es Erik, der sie mit einer raschen Geste und leicht erhobener Stimme zum Schweigen brachte. »Warum seid Ihr hier, Guy de Pardeville? Um herauszufinden, was wirklich geschehen ist, oder Eure vermeintlichen Ansprüche auf dieses Mädchen anzumelden?«

»Ich fürchte, das eine lässt sich vom anderen nicht trennen, Skalde«, antwortete Guthenfels, bevor Pardeville auffahren und damit alles wahrscheinlich nur noch schlimmer machen konnte. Er wandte sich an Katharina.

»Und ich glaube, dass Guy de Pardeville Recht hat, mein Kind – auch wenn ich es sicher ein wenig freundlicher ausgedrückt hätte. Du warst nicht auf der Burg.«

»Ich war dort!«, protestierte Katharina. »Ich lüge nicht!«

»Das glaube ich auch nicht, Katharina«, sagte Guthenfels. »Aber du hast in dieser Nacht Schreckliches erlebt und sicherlich große Angst gehabt. Niemand wirft dir etwas vor, mein Kind, oder glaubt gar, du wolltest uns belügen. Aber ich weiß, dass du nicht auf der Burg warst. Sei froh, dass es so ist, denn sonst wärst du jetzt ebenfalls tot.«

»Und woher wollt Ihr das so genau wissen, wo es doch keine anderen Überlebenden gibt?«, fragte Erik. Es klang alarmiert, und der Blick, mit dem er Katharina streifte, gefiel ihr ganz und gar nicht.

Statt jedoch gleich zu antworten, wandte sich Guthenfels mit einem stummen Nicken an Guy de Pardeville, und dieser stand auf und eilte zur Tür. Katharina wandte sich mit einem fast flehenden Blick an Erik. »Aber ich habe nicht gelogen!«, beteuerte sie. »Und ich habe es mir auch nicht eingebildet! Ich habe doch gesehen, wie –«

»Es wird sich alles aufklären,« unterbrach sie Erik. »Mach dir keine Sorgen. Die Wahrheit kommt an den Tag, und dir wird nichts geschehen, so oder so.«

»Aber –«

»Und nun schweig«, schloss Erik, und das in einem Ton, der es ihr tatsächlich unmöglich machte, weiterzusprechen.

Nach ein paar Augenblicken kam Guy de Pardeville zurück. Er war nicht allein. Zwei weitere Männer in Kettenhemd und Helm traten hinter ihm ein. Sie hatten die Hände ineinander verschränkt und gingen leicht nach vorne gebeugt, um auf diese Weise eine Art lebendiger Sänfte zu bilden, und als Katharina die schmale Gestalt erkannte, die sie auf diese Weise trugen, stockte ihr wortwörtlich der Atem. Sie sprang so heftig auf, dass ihr Stuhl polternd umfiel.

»Vater Cedric?!«

Erik zog die Stirn kraus und sah sie mit einer Mischung aus

Staunen und jetzt ganz unverhohlenem Misstrauen an. Keiner hier kannte Vater Cedric, aber sie hatte schließlich nicht nur behauptet, er wäre tot, sondern auch die grausamen Umstände seines Todes in aller Ausführlichkeit geschildert.

Doch Vater Cedric lebte. Er sah schrecklich aus, krank und ausgezehrt und so abgemagert, als hätte er jeden Tag, seit sie ihn das letzte Mal gesehen hatte, mindestens zwei Pfund an Gewicht verloren. Unter seinen Augen lagen dunkle, fast schon schwarze Ringe, und seine Lippen waren rissig und hässlich verschorft. Selbst über die Entfernung konnte Katharina spüren, wie schlecht er roch – nach Krankheit und Schmutz –, und seine Hände und Füße waren so dick verbunden, dass sie wie absurde schmuddelige Keulen am Ende seiner Gliedmaßen wirkten. Schon das Getragenwerden schien ihm große Schmerzen zu bereiten, denn er ächzte und stöhnte unentwegt, und als ihn die beiden Männer vorsichtig auf einem Stuhl abluden, kam ein dünnes Wimmern über seine aufgesprungenen Lippen. Aber der Blick, mit dem er Katharina maß, war klar und von nichts anderem als schierem Hass erfüllt.

»Ihr seid … Vater Cedric?«, fragte Erik. »Aber man hat mir gesagt, Ihr wärt tot!«

»Gott hat seine schützende Hand über mich gehalten«, antwortete Cedric. Seine Stimme war so dünn und schwankend wie sein Gesicht bleich. »Obwohl deine Brüder alles versucht haben, mich umzubringen, Heide.«

»Bitte verzeiht, Vater Cedric«, sagte Guthenfels rasch. »Ich bin sicher, er wollte Euch nicht beleidigen. Aber die Männer haben ihn schwer verletzt. Es ist ein Wunder, dass er noch am Leben ist.«

»Ich weiß, was ihm angetan wurde«, sagte Erik. »Katharina hat es mir erzählt. Ihr habt mein ehrliches Mitgefühl, Vater.«

»Darauf kann ich verzichten«, krächzte Cedric und wandte sich mühsam zu Guthenfels um. »Kommt zur Sache, Baron!«

Guthenfels bedachte ihn mit einem jetzt eindeutig verärgerten Blick, wandte sich aber trotzdem gehorsam an Erik. »Der Comte de Pardeville hat mir berichtet, dass es gewisse … Missverständnisse gab, im Zusammenhang mit diesem Mädchen?«

»Missverständnisse?« Erik wiederholte das Wort, als müsse er erst über seine genaue Bedeutung nachdenken. Dann schüttelte er den Kopf. »Nein, eigentlich nicht. Guy de Pardeville hat sie gefragt, ob sie mit ihm kommen will, und sie hat nein gesagt, das ist alles. Sie möchte lieber bei uns bleiben … ist es so, Kind?«

Katharina nickte heftig, aber Guthenfels seufzte nur, und Pardeville gab ein nichts anderes als abfälliges Geräusch von sich.

»Sie ist ein dummes Kind!«, fauchte er. »Seit wann interessiert es, was sie will? Das Mädchen gehört zu uns.«

»Vielleicht zu seiner Familie, ja«, antwortete Erik. »Doch von dieser ist niemand mehr am Leben. Und jemand muss sich um sie kümmern.«

»Dafür wird Sorge getragen, keine Angst«, sagte Pardeville heftig. »Es wird ihr an nichts fehlen, aber sie wird uns begleiten. Punktum.«

»Wohin?«, fragte Erik, der immer noch erstaunlich ruhig blieb. »Ihr ganzes Dorf wurde ausgelöscht. Von ihrer Familie lebt niemand mehr.«

»Ich lebe noch!«, mischte sich Vater Cedric ein.

»Und Ihr wollt sie mit Euch nehmen, in ein leeres Dorf, und in Eurem Zustand?«, fragte Erik.

»Die Kirche wird sich ihrer annehmen«, antwortete Cedric. »Sie hat sich ihr ganzes Leben lang um sie gekümmert, und sie wird es auch weiter tun. Es geht um ihr Seelenheil. Sie mag ein Waisenkind sein, aber sie ist immer noch ein Kind Gottes, das zu seinem Volk gehört, nicht zu euch Heiden!«

»Wir sind Christen, Vater«, sagte Arla sanft. »Die meisten hier in Bjarnisund sind getauft.«

»Christen, Humbug!« Vater Cedric fuchtelte mit seinen dick bandagierten Händen in der Luft herum, wie um damit zuzuschlagen, versuchte sich tatsächlich hochzustemmen und sank mit einem qualvollen Husten zurück. Sein Gesicht lief rot an und wurde gleich darauf umso blasser. Es dauerte eine ganze Weile, bis er wieder genug zu Atem gekommen war, um weitersprechen zu können.

»Ja, ich habe von eurer sogenannten *Kirche* gehört!«, brachte er hustend und keuchend heraus. »Das ist Ketzerei! Ihn errichtet einen Götzentempel und pflanzt ein Kreuz auf sein Dach und behauptet, es wäre eine Kirche und ihr aufrechte Christenmenschen! Eine Kirche, in der eine *Frau* das Wort des Herrn verkündet! Das ist Ketzerei!«

»Vater Cedric, bitte beruhigt Euch!« Guthenfels hob zusätzlich besänftigend die Hand und winkte aus derselben Bewegung heraus die beiden Männer wieder heran, die den Geistlichen gebracht hatten. »Vielleicht war es ein Fehler, Euch diese anstrengende Reise zuzumuten, noch dazu in Eurem Zustand. Seid gewiss, wir werden eine Lösung finden, die sowohl in Eurem als auch in unserem Sinne ist, und das Beste für das Seelenheil dieses armen Mädchens.«

Er gab den beiden Männern einen Wink. »Bringt Vater Cedric zurück auf die *Sturmvogel*«, sagte er. »Aber seid behutsam.«

»Ketzerei!«, murmelte Cedric noch einmal. »Das ist Gotteslästerung!«

Guthenfels sagte gar nichts mehr dazu, sondern wartete schweigend ab, bis die beiden Männer den Geistlichen hinausgetragen hatten, und wandte sich dann an Pardeville. »Warum begleitet Ihr Vater Cedric nicht, Comte? Mir wäre wohler zumute, wenn ich einen Mann an Bord der *Sturmvogel* wüsste, dem ich vertrauen kann.«

Pardeville starrte ihn einen halben Atemzug lang mit versteinerter Miene an, stand dann mit einem Ruck auf und stürmte aus dem Haus. Guthenfels sah ihm kopfschüttelnd nach und wandte sich dann mit besorgter Miene an Erik. Statt jedoch etwas zu sagen, sah er ihn nur einen Moment lang durchdringend an und wandte sich dann wieder Katharina zu.

»Und das ist wirklich das, was du willst, mein Kind?«, fragte er. »Hier bleiben, bei diesen Menschen, von denen du nichts weißt, und vielleicht ein Leben führen, das dir vollkommen fremd ist und dich erschreckt?«

Katharina wollte schon fast instinkiv nicken, doch dann geschah etwas Seltsames: Vielleicht lag es daran, dass Guthenfels fast dieselben Worte benutzte wie Erik vorhin – aber mit einem Mal wurde ihr klar, dass sie bisher noch niemals wirklich über diese Frage nachgedacht hatte. Vielleicht gab es ja einen Grund, dass nicht nur Erik selbst, sondern auch Arla und sogar Ansgar sie zumindest indirekt gewarnt hatten, eine vorschnelle Entscheidung zu treffen. Sie wusste, dass das Leben, das sie bisher geführt hatte, schlimm gewesen war und dass sie es weder zurückhaben konnte noch wollte; aber zum allerersten Mal fragte sie sich, ob es hier wirklich um so vieles besser war.

Ärgerlich auf sich selbst, schüttelte sie den Gedanken ab und nickte jetzt umso heftiger, doch ihr kurzes Zögern war Guthenfels nicht entgangen.

Er wandte sich wieder an Erik, ehe sie auch nur ein einziges Wort sagen konnte.

»Die Art, wie Ihr Euch für dieses arme Kind einsetzt, ehrt Euch, alter Freund«, sagte er, »doch Ihr solltet Euch fragen, ob sie den Preis wert ist, den Ihr möglicherweise zahlen müsst.«

»Was soll das heißen?«, fragte Erik, plötzlich in scharfem Ton.

Guthenfels machte eine besänftigende Geste. »Es geht

längst nicht mehr um dieses Mädchen, Erik, und das wisst Ihr auch. Der Überfall auf Burg Ellsbusch ist vielen gerade recht gekommen, um Stimmung gegen Euch zu machen. Ich werde tun, was in meiner Macht steht, um die Wahrheit herauszufinden, aber nur Gott allein weiß, was bis dahin geschieht. Das Mädchen auszuliefern würde von manchem sicher als Zeichen guten Willens ausgelegt.«

»Wir sollen mit dem Leben eines Kindes für unsere Sicherheit zahlen?«, fragte Arla.

»Natürlich nicht«, sagte Guthenfels. »Ihr wird nichts geschehen, dafür bürge ich.«

»Ihr wollt sie zurück zu diesem Pfaffen bringen?«, fragte Erik verächtlich. »Fragt sie, wie es dort war!«

»Ellsbusch existiert nicht mehr, und Vater Cedric wird eine neue Aufgabe finden, sofern er überhaupt überlebt«, erwiderte Guthenfels kopfschüttelnd. »Ich weiß, dass er kein guter Mensch ist. Aber nicht er wird sich um sie kümmern, sondern die Kirche. Sie wäre nicht das erste elternlose Kind, das Zuflucht in ihren beschützenden Armen findet.«

»In den Mauern eines Klosters, meint Ihr!«, schnaubte Erik. »Wo man sie in eine Kutte stecken und ihr alle Freude am Leben austreiben wird?«

Guthenfels setzte zu einer weiteren, sichtbar schärferen Entgegnung an, wandte sich dann jedoch wieder zu Katharina um und sah sie lange und sehr nachdenklich an. Katharina konnte regelrecht sehen, wie es hinter seiner Stirn arbeitete. Sie fragte sich, warum Erik ihm nicht einfach sagte, wofür er sie hielt, wenn dieser Mann doch angeblich sein Freund war. Vielleicht sollte sie es tun.

Guthenfels kam ihr abermals zuvor, indem er sich übertrieben laut räusperte und dann mit einer umständlichen Bewegung aufstand. Erik und die anderen wollten sich ebenfalls erheben, doch Guthenfels schüttelte nur den Kopf. »Behaltet Platz, ich bitte euch! Wir alle sind jetzt aufgeregt und sollten uns selbst eine Weile gönnen, um wieder zur Ruhe zu kommen. Denkt einfach über das nach, was ich gesagt habe. Die *Sturmvogel* fährt weiter nach Santen, wo ich einiges zu erledigen habe. Morgen, spätestens übermorgen kommen wir zurück, und so lange werde ich Vater Cedric noch hinhalten; und Pardeville auch. Aber dann werde ich eine Entscheidung von Euch verlangen müssen, fürchte ich.«

Er wartete darauf, dass Erik oder einer der anderen etwas darauf antwortete. Als das nicht geschah, seufzte er nur noch einmal tief und ging, und Erik wartete gerade lange genug, bis sich Guthenfels und die Schritte seiner beiden Begleiter zu entfernen begannen, dann wandte er sich mit ein paar geflüsterten Worten an den Mann zu seiner Linken, und der Krieger erhob sich rasch und folgte ihm.

»Das ... das alles tut mir wirklich leid«, brachte Katharina mühsam heraus. »Ich wollte wirklich nicht, dass ihr meinetwegen so großen Ärger bekommt.«

»Was bringt dich auf die Idee, es wäre deinetwegen?«, fragte Erik. Es klang verärgert.

»Aber er hat doch gesagt, dass –«

»Du solltest dir endlich abgewöhnen, die Schuld an allem Unglück der Welt bei dir selbst zu suchen, Kind«, fiel ihr Arla mit sanftem Spott ins Wort. »So wichtig bist du nun auch wieder nicht.«

»Aber ich –«, begehrte Katharina abermals auf, nur um jetzt von Erik unterbrochen zu werden:

»Ist es nicht an der Zeit, dass du dich um deine Kätzchen kümmerst? Sie müssen doch längst wieder hungrig sein.«

Die Zeit, in der sie die beiden Winzlinge alle zwei Stunden füttern und in der Zwischenzeit mit ihrer eigenen Körperwärme vor dem Erfrieren schützen musste, war längst vorbei, und das wusste Erik wahrscheinlich besser als sie. Aber Katharina verstand, was er ihr damit sagen wollte, und widersprach nicht noch einmal. Sie beließ es bei einem vorwurfsvollen Blick, stand ohne ein weiteres Wort auf und ging zur Tür. Dass Erik Ansgar einen – alles andere als verstohlenen – Wink gab, ihr zu folgen (und auf sie aufzupassen), machte es kein bisschen besser. Als sie das Haus verließ, ging sie absichtlich so schnell, dass diesmal *er* sich sputen musste, um sie einzuholen.

*

Im Nachhinein war Katharina natürlich klar, wie ungerecht sie Ansgar behandelt hatte, und sie bedauerte ihr kindisches Benehmen zutiefst, aber *während* sie es tat, genoss sie es in vollen Zügen: Ansgar gab sich redliche Mühe, sie mit allerlei Albernheiten und scherzhaften Bemerkungen aufzumuntern und abzulenken, aber sie ging nicht nur nicht darauf ein, sondern strafte ihn regelrecht mit Verachtung und tat genau das, was sein Großvater ihr aufgetragen hatte: Sie kümmerte sich um Hugin und Munin, und nachdem die beiden Racker ihre überraschende Extraportion Milch genossen und sich mit einer Schmuse- und Schnurrattacke gebührend bei ihr bedankt hatten, vertiefte sie sich ganz in ein ausgelassenes Spiel mit ihnen. Schließlich gab es Ansgar mit einer gemurmelten Bemerkung in seiner Muttersprache auf und trollte sich beleidigt.

Katharina bedauerte ihr albernes Benehmen schon längst, und am liebsten wäre sie hinter ihm hergestürmt, um ihn um Verzeihung zu bitten und sich bei ihm zu entschuldigen – schließlich konnte er am wenigsten für all das –, aber sie widerstand der Versuchung tapfer und wartete mit versteinertem Gesicht, bis er das Haus verlassen und die Tür demonstrativ hinter sich zugeknallt hatte.

Kaum jedoch hatte er es getan, da setzte sie die beiden Kätzchen behutsam in ihr Körbchen zurück und eilte zum Fenster.

Sie sah gerade noch, wie er im Langhaus verschwand, spürte noch einmal einen Stich ihres schlechten Gewissens und sah dann zum Fluss hinab, soweit das eingeschränkte Sichtfeld des schmalen Fensters es zuließ.

Die *Sturmvogel* hatte ihren improvisierten Liegeplatz wieder verlassen und bewegte sich langsam zur Flussmitte hin, schwerfällig und ungefähr so elegant wie ein altersschwacher Ochse, der im Morast eingesunken war und sich irgendwie zu befreien versuchte. Obwohl sie ungefähr genauso viel von Schiffen und Seefahrt verstand wie besagter Ochse, war sogar ihr klar, wie hoffnungslos überladen die *Sturmvogel* war. Normalerweise musste sie mindestens drei- oder viermal so weit aus dem Wasser ragen, so wie die schlanken *Drakkars* ihrer neuen Freunde; jetzt reichten selbst die flachen Wellen des Rheins, um das Deck und die Männer darauf nasszuspritzen. Der Anblick machte ihr nach wie vor ein bisschen Angst, aber sie verstand ihn auch weniger denn je. Warum waren Baron zu Guthenfels und Pardeville mit so vielen bewaffneten Männern hier aufgetaucht, nur um gleich darauf wieder zu verschwinden? Und noch viel verwirrender war: Warum hatten sie Vater Cedric mitgebracht? Dass er überhaupt noch lebte, grenzte an ein Wunder. Eine so anstrengende Reise wie diese war ganz dazu angetan, ihn endgültig umzubringen.

Sie fand weder auf die eine noch auf die andere Frage eine Antwort (und hatte das Gefühl, dass das vielleicht ganz gut so war, denn vermutlich hätten sie ihr nicht gefallen) und gab schließlich dem erbärmlichen Maunzen der Kater-Zwillinge nach und begann mit ihnen zu spielen. Vielleicht wäre es dem Baron ja gar nicht so unrecht, wenn Vater Cedric den Strapazen der Reise erlag. Sie hatte nicht das Gefühl gehabt, dass er den Geistlichen besonders mochte.

Der Tag verging quälend langsam. Einmal kam eine der älteren Frauen, die sie schon aus dem Zeltlager kannte – Nardis, wenn sie sich richtig erinnerte –, und brachte ihr zu essen, und ein anderes Mal sah sie durch das Fenster, wie Erik zusammen mit einem halben Dutzend seiner Krieger schnurstracks auf sie zumarschierte und dann abrupt wieder kehrtmachte, um genauso eilig zurückzustürmen. Das alles kam ihr immer geheimnisvoller vor; und immer beunruhigender. Und dazu kam, dass die nervöse Unruhe nicht nachließ, die beim Auftauchen des Schiffes von ganz Bjarnisund Besitz ergriffen hatte, sondern ganz im Gegenteil immer schlimmer zu werden schien.

Es begann schon fast wieder zu dämmern, als Arla zu ihr kam. Sie wirkte erschöpft und müde, als hätte sie einen Tag voll schwerer körperlicher Arbeit hinter sich, und man musste kein großer Menschenkenner sein, um zu sehen, dass das Lächeln, mit dem sie eintrat, zwar ehrlich war, sich dahinter jedoch tiefe Sorge verbarg.

»Es tut mir leid, dass wir dich so lange allein gelassen haben«, begann sie.

»Sicher hattet ihr eine Menge zu besprechen«, vermutete Katharina. Arla nickte nur, und Katharina ließ ihr hinlänglich Zeit, zu antworten, und fügte dann hinzu: »Und es war nichts Gutes, nehme ich an.«

Arla nickte erneut. Ein müdes Lächeln huschte über ihre Lippen und erlosch wieder. »Habe ich dir schon gesagt, dass du dich zu wichtig nimmst, mein Kind? Nicht alle Probleme der Welt sind deine Schuld.«

»Ja«, sagte Katharina nur.

»Die Sonne geht bald unter«, sagte Arla überflüssigerweise. »Ich halte gleich eine Messe, damit wir Kraft im Gebet finden. Möchtest du daran teilnehmen?«

Das, fand Katharina, war eine sehr sonderbare Frage. Hätte sie auch nur eine einzige Messe oder irgendeinen anderen Kirchgang in Ellsbusch versäumt, Vater Cedric hätte sie grün und blau geschlagen. Sie war so überrascht, dass sie gar nicht antwortete.

Arla überraschte sie noch mehr, indem sie ihr Schweigen vollkommen falsch deutete.

»Bleib ruhig hier«, sagte sie. »Deine Seele wird schon keinen Schaden nehmen, wenn du einmal eine Messe auslässt.« Sie ließ sich in die Hocke sinken und begann mit den Katzen zu spielen. Als sie weitersprach, sah sie Katharina nicht an. »Danach treffen sich die Ältesten zum *Thing*.«

»Um zu beraten, was mit mir geschieht?«

Arla lachte, ab hätte sie etwas sehr Dummes gesagt. Katharina wartete nun darauf, ihren albernen Spruch zum dritten Mal zu hören, dass sie sich zu wichtig nahm, doch stattdessen hob sie nur die Schultern und schien einen Augenblick lang ernsthaft über ihre Frage nachzudenken. »Ich glaube, für Erik gibt es keinen wirklichen Grund mehr, hierzubleiben«, sagte sie dann. Obwohl sie Katharina immer noch nicht ansah, konnte sie das traurige Lächeln sehen, das über ihr Gesicht huschte; ein Gesicht zudem, das mit einem Male viel müder und abgekämpfter aussah, als sie es noch vom Morgen in Erinnerung hatte.

»Erik hat dir erzählt, wie wir hierhergekommen sind, und diese Geschichte ist wahr«, fuhr sie nach einer langen Pause fort. »Unser Dorf wurde zerstört, und fast die Hälfte unserer Männer war tot. Es gab dort nicht mehr viel, wofür es sich zu bleiben gelohnt hätte, sodass es nicht schwer für ihn war, die anderen zu überreden, herzukommen und hier ein neues Leben zu beginnen. Aber für Erik gab es noch einen weiteren Grund. Er hat nie aufgehört, nach meiner Schwester zu suchen. Und nach ihrem Kind.«

»Aber es ist doch gar nicht sicher, dass ich wirklich die bin, für die er mich hält!«, protestierte Katharina.

»Könntest du dich selbst sehen, dann würdest du das nicht sagen«, antwortete Arla. »Lass dein Haar wachsen und kleide dich wie er, und selbst mir würde es schwerfallen, dich von Ansgar zu unterscheiden.« Sie schüttelte bekräftigend den Kopf.

»Und dazu das Schlangenmal … nein, für Erik gibt es keinen Zweifel. Meine Schwester ist vielleicht tot, aber er hat dich gefunden. Für ihn gibt es keinen Grund mehr hierzubleiben.«

»Aber hier ist eure Heimat!«

»Niemand glaubt das wirklich, Kind, seufzte Arla. »Wir haben es versucht. Wir leben jetzt seit mehr als zehn Jahren hier, aber wir sind Fremde geblieben. Die Menschen in Santen und einige wenige andere mögen uns freundlich gesonnen sein, aber die meisten begegnen uns immer noch mit Misstrauen. Ich kann sie sogar verstehen. Zu viel ist in der Vergangenheit geschehen, und zu viel Schaden wurde angerichtet, um ihn binnen so weniger Jahre vergessen zu machen. Und den meisten hier ergeht es umgekehrt nicht anders. Dieses Land ist wärmer und fruchtbarer als unsere alte Heimat, aber es *ist* nun einmal nicht unsere Heimat. Wir leben in einem fremden Land, umgeben von fremden Menschen und fremden Göttern … es wird ihm nicht schwerfallen, die anderen zum Weggehen zu überreden.«

»Und du?«, fragte Katharina.

Arla hob nur die Schultern und fuhr fort, die Kätzchen zu streicheln. Nach einer weiteren kleinen Ewigkeit ließ sie von den beiden kleinen Quälgeistern ab und stand auf. »Ich muss in die Kirche«, sagte sie. »Die Messe beginnt gleich, und anschließend das *Thing*. Es könnte spät werden. Soll ich dir noch etwas zum Essen bringen lassen?«

Der plötzliche Themenwechsel überraschte Katharina ein wenig, aber dann verstand sie, warum Arla das tat. Sie schüttelte stumm den Kopf, obwohl sie tatsächlich ein bisschen hungrig war.

Arla zögerte noch einen letzten Moment, wie um ihr noch etwas zu sagen, beließ es dann aber bei einem abschließenden Nicken und ging.

Katharina trat ans Fenster und sah wieder hinaus. Wie Arla gesagt hafte, strömten die meisten Einwohner Bjarnisunds auf die Stabkirche im Herzen des kleinen Dorfes zu – aber längst nicht alle. Viele eilten zum Gebet, aber etliche gingen auch zu ihren Häusern zurück oder standen einfach in kleinen Gruppen herum und redeten, soweit sie nicht einfach nur auf den Fluss hinabstarrten. Vielleicht waren sie zu aufgeregt, um zu beten – oder es gab hier doch nicht so viele Christen, wie Arla behauptet hatte.

Seltsamerweise dachte sie diesen Gedanken vollkommen ohne Empörung. Noch vor wenigen Tagen wäre das anders gewesen. Menschen, die nicht an Gott glaubten, waren Ketzer und als solche Dämonen und Teufeln gleichzusetzen, vielleicht sogar schlimmer, denn die Diener des Satans wurden schließlich als solche geboren und hatten gar keine Wahl, die Menschen hingegen wohl. Doch es wollte ihr nicht gelingen, die gebührende Verachtung zu empfinden. Auch wenn ihr klar war, dass sie diese Menschen hier (und erst recht ihre Art zu leben) noch lange nicht gut kannte.

Völlig reglos blieb sie hinter ihrem Fenster stehen, bis die Gemeinde einer nach dem anderen wieder aus der Kirche herauskamen. Manche – längst nicht alle, und ausschließlich Männer – wandten sich zum Tor und verließen den Ort, vermutlich um auf den Beginn des *Things* zu warten, die anderen kehrten in ihre Häuser zurück oder gesellten sich zu denen, die diskutierend herumstanden. Selbst wenn Katharina ihre Sprache verstanden hätte, wäre sie viel zu weit entfernt gewesen, um zu hören, worüber dort draußen gesprochen wurde … aber das war auch gar nicht nötig. Sie konnte die angespannte Stimmung spüren, die über dem ganzen Ort lag, eine Mischung aus Nervosität, mühsam unterdrückter Furcht und Trauer, und auch ihr selbst erging es nicht anders. Vielleicht erging es ihr von allen hier sogar am schlimmsten, denn sie hatte weder zu Guthenfels' Worte noch den Hass in Vater Cedrics Augen vergessen.

Und während sie so dastand und darauf wartete, dass die Sonne unterging, kam sie zu einem Entschluss.

*

Obwohl sie wusste, dass dort oben nur ein harmloses Feuer brannte, machte ihr der Anblick Angst, denn er erinnerte sie zu sehr an jene schreckliche Nacht, in der Ellsbusch untergegangen war. Der Himmel über dem Hügel jenseits der Palisadenwand glühte in einem düsteren Rot, und der Wind, der sich beständig drehte, trug manchmal ein Durcheinander aus erregten Stimmen an ihr Ohr.

Das *Thing* dauerte jetzt seit einer guten Stunde an, und obwohl sie nichts von dem verstand, was dort oben gesprochen wurde, so war doch klar, dass es wohl noch bis tief in die Nacht andauern würden.

Und das musste es auch, wenn sie eine Chance haben wollte, ihr Vorhaben zu verwirklichen.

Sie zweifelte nicht daran, dass Erik sie suchen lassen würde, sobald ihr Verschwinden auffiel, und bis dahin musste sie ein möglichst großes Stück zwischen sich und Bjarnisund legen, und das möglichst, ohne Spuren zu hinterlassen.

Schon den Ort zu verlassen hatte sich als schwieriger erwiesen, als sie erwartet hatte. Das Tor stand offen und wurde nicht bewacht, aber es herrschte ein ständiges Kommen und Gehen, und sie war nicht sicher, dass man sie gehen lassen würde.

So blieb ihr nur ein Weg, Bjarnisund ungesehen zu verlassen, und *selbstverständlich* war es der, vor dem sie die allergrößte Angst hatte: der Weg durch das Wasser.

Das Palisadendorf war so angelegt, dass sein hölzerner Schutzwall nicht nur bis zum Ufer hinab, sondern auch noch ein gutes Stück weit ins Wasser hineinreichte, und nachdem Katharina einen passenden Moment abgewartet hatte und ungesehen hingeschlichen war, fiel ihr zweierlei auf: Das Ufer fiel an dieser Stelle nicht nur außergewöhnlich steil ab; um es richtig spaßig zu machen, hatte der Rhein an dieser Stelle auch eine außergewöhnlich starke Strömung. Schon beim Anblick der dahinschießenden Wassermassen, die im blassen Licht des Mondes wie eine Mischung aus geschmolzenem Silber und Teer glänzten, zog sich ihr Magen zu einem schmerzenden Klumpen zusammen, und für einen kleinen Moment war sie drauf und dran, einfach aufzugeben und zurückzugehen, um ihr Schicksal endgültig in Gottes Hände zu legen.

Auf der anderen Seite: Wenn Vater Cedric auch nur mit einem Teil von dem Recht hatte, was er behauptete, dann hatte sie Gott hinlänglich genug verärgert, um keine allzu große Gnade mehr von ihm erwarten zu dürfen.

Katharina dachte diesen Gedanken vorsichtshalber nicht zu Ende, sondern schalt sich einen erbärmlichen Feigling (der sie war), stützte sich mit der linken Hand am steinharten Holz der Palisade ab und watete mit zusammengebissenen Zähnen in den Fluss hinaus. Ein leises Zischen kam über ihre Lippen, als sie spürte, wie kalt das Wasser wirklich war, und ihr Herz begann immer schneller und härter zu klopfen. Der Flussgrund unter ihren nackten Füßen fiel erschreckend steil ab, und als wäre das allein noch nicht schlimm genug, war er mit rutschigem Schlick bedeckt, auf dem sie so gut wie keinen Halt fand. Sie würde ausrutschen und jämmerlich ertrinken, das war sicher.

Was sie nicht daran hinderte, immer tiefer in den Fluss hineinzuwaten.

Bald stand sie bis zu den Hüften im Rhein, dann fast bis zur Brust, und längst musste sie sich mit beiden Händen festhalten, um nicht fortgerissen zu werden.

Als sie das Ende der Palisade erreichte, wurde ihre Angst so übermächtig, dass sie innehalten musste. Bisher hatte sie die hölzerne Wand noch einigermaßen geschützt, aber um auf die andere Seite zu gelangen, musste sie diesen Schutz aufgeben und sich der vollen Wucht der Strömung aussetzen, die sie zweifellos einfach mit sich reißen würde.

Sie würde ertrinken, dachte sie noch einmal, und diesmal mit vollkommener Gewissheit. Wasser hatte ihr immer Angst gemacht, so große Angst, dass sie im Nachhinein kaum noch verstand, wie sie die Fahrt an Bord der *Werdandi* überhaupt durchgestanden hatte, ohne vor Furcht einfach den Verstand zu verlieren. Sie würde sterben, wenn sie nur noch einen einzigen Schritt machte.

Aber wenn sie es nicht tat, dann würden Ansgar, Erik, Arla und alle anderen hier in große Gefahr geraten und womöglich ihre Heimat verlieren, vielleicht sogar ihr Leben.

Katharina schloss die Augen, presste die Kiefer so fest aufeinander, dass es weh tat, und tastete sich an der Wand aus Baumstämmen entlang weiter.

Die Strömung war so schlimm, wie sie es erwartet hatte, und ihre Füße verloren augenblicklich den Halt auf dem unsicheren Grund. Hilflos wurde sie davon- und herumgewirbelt, krallte sich instinktiv mit aller Gewalt in das harte Holz und wollte schreien, bekam aber nur den Mund voll Wasser, sodass ein qualvolles Husten und Nach-Luft-Japsen daraus wurde. Die Strömung schien noch einmal zuzunehmen, riss wie mit unsichtbaren Riesenfäusten an ihr und wirbelte sie nicht nur in einem perfekten Halbkreis herum, sondern knallte sie auch auf der anderen Seite mit solcher Wucht vor die Wand, dass ihr nahezu die Sinne schwanden.

Irgendwie gelang es ihr trotzdem, sich nicht nur festzuhalten, sondern sich auch Hand über Hand so weit zum Ufer zurückzuhangeln, dass ihre Füße schließlich wieder Halt auf dem Boden fanden.

Keuchend, hustend, würgend und verzweifelt um Atem ringend taumelte sie schließlich auf das Ufer hinauf, fiel auf

Hände und Knie hinab und blieb eine ganze Weile mehr bewusstlos als wach so hocken. Alles drehte sich um sie, ihr Herz jagte, als wollte es einfach aus ihrer Brust herausspringen, und jeder Atemzug schien wie eine Messerklinge in ihre Kehle zu schneiden.

Aber sie hatte es geschafft. Trotz allem und obwohl sie noch immer vor Angst und Atemnot vor sich hin wimmerte, empfand sie zugleich einen absurden Stolz, ihre schlimmste Furcht überwunden zu haben.

Es dauerte lange, bis sie wenigstens wieder so weit zu Atem gekommen war, dass sie sich aufrichten und zum ersten Mal wieder aufmerksam umsehen konnte. Während sie es tat, wurde ihr klar, dass sie vielleicht sowohl ihre Furcht als auch den Rhein besiegt hatte, aber keineswegs in Sicherheit war. Genau genommen war sie gerade einmal einen Schritt weit gekommen, nämlich von einer Seite der Palisade auf die andere …

Katharina schüttelte diesen wenig hilfreichen Gedanken ab, richtete sich vollends auf und fuhr sich mit den flachen Händen über das Kleid, um das Wasser herauszudrücken, erreichte damit aber nicht mehr, als die Kälte noch mehr zu spüren, sodass sie nun endgültig mit den Zähnen zu klappen begann. Und die Nacht hatte noch nicht einmal richtig angefangen, Ein kräftiger Schnupfen war wohl das Mindeste, was sie sich holen würde.

Sich selbst leidzutun brachte sie allerdings kein bisschen weiter.

Katharina sah sich zum zweiten Mal um und fragte sich zum ersten Mal (wenn auch reichlich spät), wie es jetzt eigentlich weitergehen sollte. Hinter ihr lag die Palisadenwand, die sie zumindest im Moment vor einer zufälligen Entdeckung schützte, aber zur Rechten das Feld, auf dem es absolut keine Deckung gab. Sobald sie aus dem Sichtschutz der Stadt heraus war, musste sie von der Höhe des *Thinghügels* herab deutlich zu sehen sein; selbst in der Dunkelheit, in der ihr Kleid aus hellem Wildleder schlichtweg unübersehbar war. Aber am Fluss entlangzumarschieren erschien ihr noch weniger sinnvoll, denn dort würden Erik und seine Männer zweifellos zuerst nach ihr suchen.

Katharina verwandte noch etliche Augenblicke darauf, sich selbst mit einer Anzahl erlesen unfreundlicher Bezeichnungen zu belegen, sich *darüber* nicht vorher Gedanken gemacht zu haben, verscheuchte schließlich auch diesen Gedanken und marschierte nun doch dem Fluss folgend los, wenn auch in respektvollem Abstand zu seinen zischenden Fluten. Dass sie ihnen einmal ein Schnippchen geschlagen hatte, bedeutete nicht, dass es ihr auch ein zweites Mal gelingen würde. Sie nahm sich vor, einfach so lange am Ufer entlangzugehen, bis Bjarnisund und der *Thinghügel* hinter ihr in der Nacht verschwunden waren, und sich dann landeinwärts zu wenden; was immer sie dort auch erwarten mochte.

Es wurde ein langer Marsch. Die längste Strecke, die sie bisher in einem Stück zurückgelegt hatte, war der Weg von Ellsbusch zur gleichnamigen Burg hinauf gewesen, aber sie musste schon mindestens die doppelte Entfernung marschiert sein, bevor das rote Glühen am Nachthimmel hinter ihr auch nur sichtbar nachzulassen begann, und die Dunkelheit, die sich vor ihr ausbreitete, schien wortwörtlich endlos zu sein. Dazu kam, dass ihr immer kälter wurde. Das Kleid begann langsam auf ihrer Haut zu trocknen, wurde dabei aber nicht im Geringsten wärmer, sodass sie nun ununterbrochen mit den Zähnen klapperte und ihr eigener Atem als grauer Schleier vor ihrem Gesicht hing. Ihre Zehen waren so kalt, dass jeder Schritt wehtat, und ihre Finger begannen allmählich taub zu werden. Und als wäre das alles nicht genug, begann ihr Magen zu knurren. Das gute Leben in Bjarnisund mit zwei warmen Mahlzeiten pro Tag und so viel Brot und Obst zwischendurch, wie sie nur wollte, hatte sie anscheinend schon nach kurzer Zeit verweichlicht. Vater Cedric hatte anscheinend doch Recht, dachte sie: Gott verschenkte nichts, sondern verlangte für alles und jedes einen Preis.

Vielleicht war es an der Zeit, dass sie sich einen anderen suchte.

Der Gedanke war so absurd, dass sie mitten im Schritt innehielt und einen Schauer heißer Furcht verspürte. Das war pure Ketzerei, so schlimm, dass sie erschrocken herumfuhr und allen Ernstes darauf wartete, die Dunkelheit aufreißen und Gottes Racheengel hervortreten zu sehen.

Nichts dergleichen geschah. Nur die Dunkelheit schien noch ein bisschen dunkler zu werden, und die Kälte berührte sie wie mit unsichtbaren eisigen Händen.

Es dauerte eine Weile, bis sie begriff, dass die Finsternis vor ihr tatsächlich finsterer war. Sie konnte nicht erkennen was, aber irgendetwas *war* dort vorne. Es machte ihr Angst.

Mit schon wieder heftig klopfendem Herzen ging sie weiter, blieb alle paar Schritte wieder stehen, um ihre Furcht niederzukämpfen, und stellte schließlich fest, dass diese bedrohliche Mauer aus klumpiger Schwärze nichts anderes war als ein Wald, dessen Ränder mit der Nacht verschmolzen.

Katharina atmete hörbar erleichtert auf und ging nun deutlich schneller weiter. Der Wald würde ihr wenigstens Schutz vor dem schneidenden Wind bieten, und vielleicht fand sie sogar einen Platz, an dem sie sich verstecken und den Rest der Nacht verbringen konnte. Ganz flüchtig nur dachte sie daran, dass es dort vielleicht gefährliche Tiere gab – Wölfe oder Wildschweine und möglicherweise sogar Bären –, verfolgte aber auch diesen Gedanken nicht bis zu seinem Ende, das sie nur entmutigt hätte. Was geschehen würde, das würde geschehen, so einfach war das. Sie *hatte* ihr Leben längst in Gottes Hände gelegt, und sie konnte nur hoffen, dass er nicht allzu nachtragend war.

Außerdem mieden wilde Tiere im Allgemeinen die Nähe der Menschen.

Die meisten wenigstens.

Katharina erreichte den Waldrand, blieb wieder stehen und versuchte die Dunkelheit mit Blicken zu durchdringen, aber sie war wie eine Mauer, die alles Licht und jedes Geräusch zu verschlucken schien. Und je länger sie darüber nachdachte, desto weniger klug erschien es ihr, in diesen nächtlichen Wald einzudringen. Nicht nur wegen der Raubtiere, die es dort vielleicht gab, oder der Gefahr, sich ihr prachtvolles neues Kleid zu zerreißen. Die Dunkelheit dort drinnen war vollkommen, und sie kannte sich in dieser Gegend nicht aus und hatte nicht die geringste Ahnung, wie groß dieser Wald war. Sie wäre nicht die Erste, die sich hoffnungslos im Wald verirrte und nie wieder gesehen wurde. Vorsichtshalber entschied sie, nur dem Waldrand zu folgen und abzuwarten, wohin er sie führte. Ansgar hatte irgendetwas von einer Stadt erzählt, die in dieser Richtung liegen sollte.

Sie hatte noch kein Dutzend Schritte gemacht, als sie ein Geräusch hörte und wie angewurzelt stehenblieb. Ihr Herz begann schon wieder wie verrückt zu hämmern, und ihre Fantasie, die sich anscheinend vorgenommen hatte, sich zu ihrem ärgsten Feind zu mausern, ergriff die Gelegenheit beim Schopf, ihr die bizarrsten Schreckensbilder vorzugaukeln – zumal sich das Knacken wiederholte und eindeutig näher kam.

All das hinderte sie indes nicht daran, mit einer ebenso raschen wie vollkommen lautlosen Bewegung in die Deckung eines niedrigen Busches zu huschen, der in der Dunkelheit wie ein Felsen vor dem Waldrand lag – und kaum hatte sie es getan, da musste sie sich eingestehen, dass ihre Fantasie der Wahrheit in diesem Fall ziemlich nahegekommen war.

Aus dem Wald trat tatsächlich ein Ungeheuer heraus, so groß wie ein Bär und ebenso struppig – und mit zwei gewaltigen Hörnern, die noch ein gutes Stück weit über seinen Kopf hinausragten und es noch größer erscheinen ließen.

Es war nicht nur der bizarre Helm, an dem sie Wulfgar erkannte. Er war zu weit entfernt und die Nacht viel zu dunkel, um sein Gesicht zu erkennen, aber sie wusste trotzdem mit absoluter Sicherheit, dass es Wulfgar selbst war, der nur wenige Schritte neben ihr aus dem Wald trat. Und es war pures Glück, dass er sie nicht gesehen hatte. Ihr Herz hämmerte noch schneller, und so verzweifelt sie auch dagegen anzukämpfen versuchte, zitterten ihre Hände und Knie doch immer stärker. Im Augenblick befand sie sich in (zweifelhafter) Sicherheit, aber wenn der riesige Wikinger nur einige wenige Schritte in ihre Richtung machte, dann *musste* er sie einfach sehen!

Als wäre dieser Gedanke das Stichwort, auf das ein besonders niederträchtiges Schicksal nur gewartet hatte, wandte sich Wulfgar genau in diesem Moment um und kam gemächlichen Schrittes auf sie zu. Katharinas Herz setzte tatsächlich für einen Schlag aus und hämmerte dann mit doppelter Schnelligkeit weiter. Sie war verloren. Wulfgar musste sie sehen, und sie hatte in seinen Augen gelesen, dass er sie sofort und ohne die geringste Gnade töten würde.

Irgendwo in ihrem Augenwinkel bewegte sich ein Schatten, dann polterte etwas ein gutes Stück hinter dem gehörnten Riesen, und Wulfgar fuhr mit einer blitzartigen Bewegung herum und stürmte in die entsprechende Richtung, und noch bevor Katharina wirklich begriff, was überhaupt geschah, fühlte sie sich an der Schulter gepackt und zurück- und zu Boden gerissen. Eine schmale, aber erstaunlich starke Hand legte sich über ihren Mund und erstickte ihren erschrockenen Schrei: Dornige Ranken schrammten über ihr Gesicht und ihre bloßen Unterarme und Hände, während sie tiefer in den Wald und seine alles verschlingende Schwärze hineingezogen wurde. Nun war es endgültig um sie geschehen, dachte sie, eher benommen als entsetzt. Wie hatte sie nur so naiv sein können, ernsthaft zu glauben, der Wikinger wäre allein gekommen, um nach ihr zu suchen?

All diese Überlegungen hinderten sie jedoch nicht daran, sich weiter nach Kräften zu wehren. Zwar wurde sie immer tiefer in den Wald hineingezerrt und sah kaum noch die sprichwörtliche Hand vor Augen, aber sie spürte, dass ihr Entführer hinter ihr war, glaubte einen hellen Schemen wie von einem Gesicht über sich zu erkennen und stieß ihren Ellbogen mit voller Wucht zurück.

Sie traf und wurde mit einem schmerzerfüllten Zischen belohnt, und damit, dass sich der erbarmungslose Griff um eine Winzigkeit lockerte. Enthusiasthisch rammte sie den Ellbogen noch einmal und mit noch größerer Kraft auf dieselbe Stelle und hörte dieses Mal so etwas wie ein gebrülltes Keuchen. Der Griff lockerte sich weiter, und es gelang ihr, sich loszureißen und auf Hände und Knie hochzustemmen.

»Bei Odin, rühr dich nicht, oder wir sind beide tot!«, keuchte eine gepresste Stimme.

Dieselbe, die gerade das schmerzhafte Keuchen ausgestoßen hatte.

Ansgars Stimme.

Es war wohl eher Überraschung als das, was er gesagt hatte, die Katharina tatsächlich mitten in der Bewegung erstarren und für einen Moment sogar den Atem anhalten ließ.

»Keinen Laut!«, fuhr er fort, jetzt nur noch in einem gehetzten Flüsterton. »Und rühr dich nicht! Er kommt!«

Wenigstens den zweiten Teil seines geflüsterten Befehls ignorierte Katharina, indem sie sich – wenn auch unendlich vorsichtig – halb herumdrehte und zum Waldrand zurücksah. Ansgar hatte sie nur ein paar Schritte weit ins Dickicht hineingezogen, aber sie hatte ja gerade selbst erlebt, wie undurchdringlich diese Schwärze von außen betrachtet war.

Katharina schickte ein lautloses Stoßgebet zu Gott (egal, zu welchem), dass Wulfgar nicht über schärfere Augen verfügte als sie, und erstarrte endgültig zur Salzsäule, während sie mit klopfendem Herzen den näher kommenden Schatten verfolgte.

Selbst jetzt, wo sie wusste, wen sie sah, erinnerte sie Wulfgars Silhouette mehr an die eines gehörnten Bären denn an die eines Menschen. Vielleicht lag es an seinen Bewegungen. Er ging langsam am Waldrand auf und ab und blieb immer wieder stehen, um zu lauschen, und er tappte mehr, als er ging. Einmal glaubte sie wirklich so etwas wie ein Schnüffeln zu hören, wie von einem Raubtier, das versuchte, die Witterung seiner Beute aufzunehmen.

Endlich aber – nachdem er mindestens ein halbes Dutzend Mal vor ihrem Verseck auf und ab gegangen war – machte er endgültig kehrt und trollte sich. Katharina blieb trotzdem wie erstarrt sitzen und bemühte sich, möglichst flach zu atmen, und auch Ansgar ließ noch geraume Zeit verstreichen, ehe er es wagte, die Stille zu unterbrechen.

»Ich glaube, er ist weg«, sagte er überflüssigerweise. »Das war knapp.« Seine Stimme klang immer noch gepresst, und sie konnte hören, wie viel Mühe ihm nicht nur das Sprechen, sondern sogar das Luftholen bereitete. Sie musste ihn wohl härter getroffen haben, als ihr selbst klar gewesen war.

Vorsichtshalber antwortete sie gar nicht darauf, sondern kroch auf Händen und Knien das kurze Stück zum Waldrand zurück, hielt aber inne, bevor sie den Sichtschutz des Unterholzes wirklich verließ.

Ansgar zögerte spürbar, ihr zu folgen, und als er es schließlich tat, da spürte sie, dass ihm jede Bewegung große Mühe bereitete; und vermutlich ebenso große Schmerzen. Katharina wollte ihn darauf ansprechen, aber Ansgar schüttelte nur rasch den Kopf, richtete sich vollends auf und deutete stumm nach rechts, zum Fluss hin. Allein der Gedanke, sich den eisigen Fluten wieder zu nähern, ließ sie frösteln, aber die Richtung war auch derjenigen entgegengesetzt, in die Wulfgar verschwunden war, und dieser

Gedanke gab den Ausschlag. Ansgar humpelte voraus, sichtbar nach vorne gebeugt und eine Hand an seine Seite gepresst.

Ansgar war nicht allein gekommen. Vor dem glitzernden Band des Flusses erhoben sich die Silhouetten zweier Pferde und eines weiteren Mannes, der den Arm hob und dazu ansetzte, ihnen ein Grußwort zuzurufen, es dann aber bleiben ließ, als Ansgar hektisch mit beiden Armen zu gestikulieren begann. Obwohl noch immer stark nach vorne gebeugt, legte Ansgar einen raschen Endspurt ein und war bereits in ein halblautes, aber sehr erregt geführtes Gespräch mit dem Wikinger vertieft, als Katharina bei ihnen ankam.

Der kurze Streit (denn um nichts anderes handelte es sich) endete abrupt, als Ansgar schließlich eine herrische Geste machte und dann nach Süden den Fluss hinauf deutete. Angesichts des Umstandes, dass Ansgar noch ein Knabe und der andere alt genug war, um sein Großvater zu sein, hätte Katharina den genau umgekehrten Ausgang erwartet, aber der Krieger fügte sich; wenn auch mit deutlich verärgerter Miene. Er ging zu einem der Pferde, machte jedoch keine Anstalten, in den Sattel zu steigen. Stattdessen löste er den großen Rundschild vom Sattelgurt, hängte ihn sich auf den Rücken und verschwand dann im Laufschritt und ohne ein weiteres Wort in der Nacht. Katharina blickte Ansgar fragend und verwirrt zugleich an.

»Jemand muss das Dorf warnen«, beantwortete er ihre unausgesprochene Frage. »Mein Großvater hat damit gerechnet, dass Pardeville oder auch Guthenfels uns beobachten lässt, aber dass es Wulfgar selbst ist, macht die Sache viel gefährlicher. Er muss es unbedingt erfahren – und am besten, bevor das *Thing* zu Ende ist.« Er zog eine Grimasse. »Sonst geht alles wieder von vorne los, verstehst du?«

Katharina schüttelte wahrheitsgemäß den Kopf. »Und ... wir?«, fragte sie mit einem unbehaglichen Blick auf die beiden Pferde.

»Ich weiß, dass man dir wahrscheinlich erzählt hat, wir wären ein Volk von Barbaren und Rohlingen«, antwortete er, »aber wir lassen keine Frauen zu Fuß gehen, während die Männer reiten.«

Ihr unbehagliches Gefühl, was die beiden Pferde anging, nahm noch zu. »Ich meinte auch eher, wohin wir gehen.«

»Reiten«, verbesserte sie Ansgar.

»Ich kann nicht reiten.«

»Aber du hast doch gesagt, dass du es lernen willst«, erinnerte Ansgar,

»Schon«, bestätigte Katharina nervös, »aber doch nicht –«

»Jetzt?«, unterbrach sie Ansgar feixend. »Warum nicht jetzt? Dieser Moment ist so gut wie jeder andere.« Er machte eine einladende Geste mit der linken Hand auf die Pferde; die andere presste er immer noch gegen die Seite. »Nur keine Angst. Es ist ganz leicht.«

Das bezweifelte Katharina. Sie sah zu einem der riesigen Pferde hoch (täuschte sie sich, oder waren sie größer geworden, seit sie das letzte Mal hingesehen hatte?) und war ziemlich sicher, ein boshaftes Glitzern in seinen Augen zu sehen.

»Aber jetzt ist wirklich nicht –«, begann sie erneut, nur um sofort wieder von Ansgar unterbrochen zu werden:

»– der richtige Moment, uns darüber zu streiten. Möchtest du lieber warten, bis Wulfgar zurückkommt? Vielleicht ist er ja ein besserer Reitlehrer als ich.« Er stellte sich mit dem Rücken zu einem der Pferde hin, verschränkte die Hände vor dem Bauch und bedeutete ihr mit einem Nicken, mit einem Fuß hineinzusteigen, um in den Sattel zu kommen. Katharina war jetzt sicher, dass das Pferd größer geworden war – ein gutes Stück sogar –, und das Schnauben, mit dem es auf ihre Annäherung reagierte, klang ganz eindeutig drohend. Aber sie überwand ihre Furcht, nahm Ansgars Angebot an und stieg mit einer Leichtigkeit in den Sattel, die sie selbst ein bisschen überraschte.

Damit hörten die guten Neuigkeiten aber auch schon auf. Das Pferd schnaubte und bewegte sich zugleich unruhig, beinahe als spürte es ihre Angst. Katharina klammerte sich instinktiv fester an die Zügel, als sie sah, wie hoch über dem Boden sie sich plötzlich wiederfand.

»Siehst du?«, fragte Ansgar. »Das war schon der schwierigste Teil. Alles andere geht fast von selbst.«

»Ach?«, murmelte Katharina kleinlaut.

»Tu einfach dasselbe wie ich, dann kann gar nichts passieren«, riet ihr Ansgar.

Katharina wälzte mittlerweile ernsthafte Mordgedanken, aber sie vergingen fast augenblicklich, als sie sah, welche Mühe es Ansgar kostete, sich in den Sattel des zweiten Tieres zu schwingen. Er gab keinen Laut von sich, aber seine Lippen zuckten, und sie konnte trotz des schlechten Lichts sehen, wie blass er war. Ihr schlechtes Gewissen meldete sich jetzt überdeutlich.

»Es tut mir leid«, sagte sie. Ich wollte dir nicht so wehtun.«

»Hast du auch nicht«, log Ansgar. »Aber du hast meine gebrochene Rippe getroffen. Zweimal.«

Das letzte Wort fand Katharina, war höchst überflüssig gewesen, aber ihr schlechtes Gewissen regte sich jetzt noch mehr. Ihre angeknackste Rippe schmerzte kaum noch, und da sie sich in den letzten Tagen zwangsweise geschont und keinerlei körperliche Arbeit verrichtet hatte, war die Verletzung schon so gut wie verheilt und piekste allenfalls ein bisschen, wenn sie eine falsche Bewegung machte. Ansgar hingegen war mit seinem Großvater und den anderen unterwegs gewesen, und so, wie sie ihn mittlerweile zu kennen glaubte, war er viel zu stolz, um sich zu schonen.

»Aber für ein Mädchen schlägst du ganz schön zu«, räumte er widerwillig ein.

Katharina schluckte die Bemerkung, dass *er* für einen Jungen ziemlich weinerlich war, im letzten Moment herunter und warf ihm nur einen neuerlichen, fragenden Blick zu. Ansgar lenkte sein Pferd in einem engen Bogen neben sie und streckte die Hand aus, um nach dem Zügel ihres Reittiers zu greifen. Katharina hielt instinktiv die Luft an und fragte sich im nächsten Moment selbst, was sie eigentlich erwartet hatte. Das Pferd trabte gehorsam los und schwankte zwar ein bisschen, aber das war auch schon alles.

Das und der Umstand, dass sie in die falsche Richtung ritten.

»Bjarnisund liegt dort«, sagte sie mit einer entsprechenden Kopfbewegung.

Ansgar nickte. »Ich weiß.«

»Aber wir reiten nicht dorthin«, fuhr Katharina fort, nachdem eine weitere Weile verstrichen war. Sie hatten die Stelle fast wieder erreicht, an der sie Wulfgar gesehen hatten, und entfernten sich nun ein Stück vom Waldrand. Um nicht sofort gesehen zu werden, ritten sie aber im Großen und Ganzen weiter parallel zum Wald.

»Wenn du in Bjarnisund hättest bleiben wollen«, antwortete Ansgar lächelnd, »dann hättest du dir den Weg bis hierher eigentlich sparen können. Und vor allem«, fügte er nach einer winzigen Pause und in hörbar verändertem Ton hinzu, »dein kleines Bad im Rhein. Mir wäre das Wasser ja zu kalt; vor allem nachts.«

Es dauerte einen Moment, bis Katharina begriff, was seine Worte bedeuteten. »Moment mal«, sagte sie. »Soll das heißen, du … hast mich die ganze Zeit über … beobachtet?«

»Ole und ich haben auf dich aufgepasst«, verbesserte sie Ansgar. »Glaubst du etwa, wir lassen ein kleines Mädchen ganz allein durch die Nacht marschieren? So etwas ist gefährlich! Du könntest dich verirren oder ins Wasser fallen, und es gibt hier wilde Tiere. Außerdem weiß man nie, wen man trifft.«

Katharina beschloss, das *kleine Mädchen* zu überhören. »Und du hast in aller Ruhe zugesehen, wie ich beinahe ertrunken wäre?«, fragte sie empört.

Ansgar warf einen forschenden Blick in die Dunkelheit, bevor er mit einem Kopfschütteln antwortete: »Wir hätten dich schon gerettet, wenn es nötig gewesen wäre, keine Angst. Und du hast dich ziemlich gut geschlagen, für jemanden, der nicht einmal schwimmen kann, finde ich. Das meine ich ernst.«

Katharina glaubte ihm, aber das machte sie allerhöchstens noch wütender. »Warum?«, fauchte sie.

»Weil du es wirklich gut gemacht hast. Für jemanden, der nicht schwimmen kann, war das verdammt mutig.«

»Ihr habt mich die ganze Zeit beobachtet!«, sagte sie wütend. »Hat es Spaß gemacht, sich über mich lustig zu machen?«

»Wie kommst du denn auf die Idee?«, fragte Ansgar.

»Ihr hättet mich jedederzeit aufhalten können, aber ihr habt in aller Ruhe abgewartet, bis ich mir die Beine in den Bauch gelaufen habe, um mich dann zurückzuholen! Nehmt ihr im Dorf schon Wetten an, wie weit ich gekommen bin?«

Hätte sie es nicht besser gewusst, sie hätte geglaubt, dass Ansgar ehrlich verletzt aussah. »Sieht das hier etwa so aus, als würde ich dich zurückbringen?«, fragte er.

Jetzt war Katharina erst einmal so perplex, dass sie gar nichts mehr sagte, sondern ihn nur ansah. »Nicht?«, brachte sie schließlich mühsam heraus.

Ansgar schüttelte heftig den Kopf. »Du bist nicht unsere Gefangene«, erinnerte er. »Wenn du gehen willst, dann haben wir nicht das Recht, dich daran zu hindern.« Er deutete ein Schulterzucken an, und nun klang seine Stimme wieder ein wenig spöttisch. »Ich an deiner Stelle wäre vielleicht nur nicht mitten in der Nacht losgelaufen, und so ganz ohne alles.«

Katharina hatte das Gefühl, jetzt eigentlich noch wütender werden zu sollen, doch es wollte ihr einfach nicht gelingen …

und wenn doch, dann allerhöchstens auf sich selbst. »Und … wohin bringst du mich?«, fragte sie.

»Wohin willst du denn?«, erwiderte Ansgar.

Sie antwortete nicht darauf, aber Ansgars Blick machte deutlich, dass er gar keine Antwort erwartet hatte. Nach einem weiteren Moment hob er die Hand und deutete in die Dunkelheit vor sich. »Du hast die Feuer der Köhler gesehen. Mit einem von ihnen bin ich gut befreundet. Sie werden dich bestimmst aufnehmen – nur für heute Nacht, keine Sorge«, fügte er hastig hinzu. »Es wird noch kälter, und diese Wälder sind wirklich gefährlich, sogar ohne Wulfgar und seine Krieger. Nicht einmal die Einheimischen gehen nachts in den Wald.«

Katharina fiel erst jetzt auf, dass er den Zügel ihres Pferdes mittlerweile nicht mehr hielt, sondern sie ganz allein ritt. Panik wollte nach ihren Gedanken greifen, aber sie kämpfte sie nieder und stellte nach einem weiteren Moment fest, dass Reiten gar nicht so schwer war, wie sie befürchtet hatte. Wenigstens so lange, wie man nur geradeaus ritt und dem Pferd alles andere überließ, hieß das.

»Wird dein Großvater nicht zornig werden, wenn er erfährt, dass du mich einfach hast gehen lassen?«, fragte sie.

Ansgar sah sie gerade lange genug schweigend an, um aus einem vagen (und ziemlich hässlichen) Verdacht, der sich in ihren Gedanken einnisten wollte, mehr zu machen. Als er schließlich antworten wollte, kam sie ihm zuvor: »Er weiß es, nicht wahr?«

»Nein!«, sagte Ansgar; viel zu schnell, wie sie fand.

»Hat er dich beauftragt, auf mich aufzupassen?«, fuhr sie in verändertem Ton fort. Oder – wer weiß? – ihm vielleicht sogar aufgetragen, *dafür zu sorgen,* dass sie ging?

Dieser Gedanke war so hässlich, dass sie es nicht wagte, ihn laut auszusprechen, aber er schien ihn in ihren Augen zu lesen, denn er sah plötzlich eindeutig schuldbewusst aus.

»Nein«, sagte er noch einmal, und mit noch weniger Überzeugung in der Stimme. Mit einem Mal hatte er nicht einmal mehr die Kraft, sie anzusehen, während er weitersprach. »Arla. Sie hat –«

»Arla?«, unterbrach ihn Katharina ungläubig. »Arla wollte, dass ich gehe?« Sie weigerte sich, das zu glauben. Nicht Arla, diese sanftmütige, stets zu einem Lächeln aufgelegte Frau! Nicht die einzige *Freundin*, die sie je gehabt hatte!

»Nein«, sagte Ansgar noch einmal, hob die Schultern und fuhr dann in unbehaglichem Ton fort: »Jedenfalls nicht so, wie du jetzt glaubst. Und ganz bestimmt nicht für lange.«

Jetzt verstand Katharina gar nichts mehr. Sie war auch nicht sicher, ob sie ihn überhaupt verstehen *wollte*.

»Du hast Pardeville gehört, und auch diesen Pfaffen«, fuhr er fort. »Er – und vor allem Wulfgar – würden nur zu gerne Krieg gegen uns führen. Bjarnisund ist vielen hier schon seit langem ein Dorn im Auge. Ein armes Christenmädchen aus den Klauen der Heiden zu befreien wäre genau der Vorwand, nach dem sie schon lange suchen.«

Katharina war ziemlich sicher, dass das Arlas Worte waren, die sie hörte, auch wenn sie aus Ansgars Mund kamen. »Und deshalb ist es besser, wenn ich nicht mehr da bin«, sagte sie.

»Es ist besser, wenn es *so aussieht*, als wärst du nicht mehr da«, verbesserte sie Ansgar hastig. »Nur für eine Weile, bis sich die Gemüter ein bisschen abgekühlt haben. Wenn erst einmal bewiesen ist, wer wirklich hinter dem Angriff auf Ellsbusch steckt, dann interessiert sich niemand mehr für ein Waisenkind, das bei den Barbaren lebt, weißt du? Aber so lange ist es besser, wenn du nicht da bist.«

»Ich habe *gesehen*, wer es war«, erinnerte ihn Katharina.

»Und mein Großvater und ich und alle anderen in Bjarnisund glauben dir«, sagte Ansgar. »Aber das allein reicht nicht.«

»Weil ich nur ein dummes Waisenkind bin?«

Ansgar zog es vor, diese Frage zu überhören. »Noch ist das *Thing* nicht zu Ende«, antwortete er. »Aber eigentlich weiß jeder, wie es ausgehen wird. Ich glaube, wir werden in unsere alte Heimat zurückkehren, wo wir auch hingehören.«

»Und Arla hat Angst, dass sie euch nicht gehen lassen, solange ich bei euch bin«, vermutete Katharina. Ansgar hob nur die Schultern, und Katharina zerbrach sich einen Moment lang vergebens den Kopf darüber, was sie von alledem halten sollte. Sie sollte zornig werden – vor allem auf Arla, von der sie bisher geglaubt hatte, sie könne ihr vorbehaltlos vertrauen! –, aber es wollte ihr einfach nicht gelingen.

Vielleicht weil sie tief in sich spürte, dass sie Recht hatte.

»Wir haben Freunde in Santen«, erwiderte Ansgar ausweichend und ohne sie dabei anzusehen. »Sie werden dich verstecken, bis wir endgültig entschieden haben.«

»Und warum hat Erik mir das nicht selbst gesagt?«, wollte Katharina wissen.

»Erik!« Ansgar schnaubte. »Du kennst unseren Großvater nicht! Wenn du versuchst, ihn zu etwas zu zwingen, was er nicht will, dann wird er immer noch sturer … sogar wenn es im Grunde das ist, was er selbst will.« Er schüttelte heftig den Kopf. »Selbst Arla wird einen schweren Stand haben, ihm beizubringen, was passiert ist. Aber bisher hat sie noch immer ihren Willen durchgesetzt. Sie ist eine sehr kluge Frau, weißt du?«

Wenn nicht sie, wer dann? Schließlich hatte Arla sie mit nur wenigen Worten dazu gebracht, genau das zu tun, was sie von ihr wollte – und das, ohne es auch nur mit einem einzigen Wort auszusprechen. Und sie konnte sich anstrengen, so sehr sie wollte, sie konnte ihr einfach nicht böse sein.

Und außerdem war da noch etwas, das sie tief drinnen in ihrer Seele berührte, und das auf eine so wohltuend warme Weise, dass ihr die Worte fehlten, um es zu beschreiben. *Unser* Großvater, hatte Ansgar gesagt.

Er hatte behauptet, dass sie eine Stunde brauchen würden, um die Köhlerhütte zu erreichen, und wahrscheinlich hatte er damit Recht; aber Katharina kam es trotzdem so vor, als wären sie Ewigkeiten unterwegs. Ihr war so kalt, dass sie wie Espenlaub zitterte, und ihre Zehen und Finger waren so steif gefroren, dass sie die Zügel nicht einmal mehr hätte halten können, wenn sie es gewollt hätte. Irgendwann – zwar reichlich spät, aber immerhin – hatte Ansgar seinen Mantel abgestreift und ihr umgehängt, und die Kälte war zwar nicht wirklich besser geworden, aber wenigstens nicht noch schlimmer.

Dennoch begann sie sich ernsthaft zu fragen, ob sie diese Nacht überleben würde, lange bevor Ansgar endlich anhielt und ihr mit einem stummen Wink bedeutete abzusteigen. Steif gefroren und entsetzlich müde, wie sie war, nahm sie es ihm ein wenig übel, dass er keinen Finger rührte, um ihr beim Absteigen zu helfen, verbot sich aber jede entsprechende Bemerkung, als sie sah, wie schwer auch ihm jede Bewegung fiel. Zum allerersten Mal fragte sie sich, ob sie ihn vielleicht wirklich schwer verletzt hatte. Aber sie sparte sich auch diese Frage. Selbst wenn es so wäre – Ansgar würde es niemals laut zugeben.

Stattdessen kletterte sie unbeholfen aus dem Sattel und fragte: »Ist es noch weit?«

»Nein«, antwortete Ansgar. Sein Atem bildete grauen Dampf vor seinem Gesicht, und Katharina dachte ein bisschen schuldbewusst an seinen Mantel, der um ihre Schulten hing – allerdings nicht schuldbewusst genug, um ihm anzubieten, ihn zurückzunehmen. »Nur noch ein kleines Stück. Aber der Wald ist zu dicht, um zu reiten. Komm.«

Er war auch zu dicht, um irgendetwas zu sehen. Katharina hielt sich so nahe hinter ihm, wie sie es überhaupt nur konnte, ohne ständig vom peitschenden Schweif seines Pferdes im Gesicht getroffen zu werden, hatte aber trotzdem ständig Angst, den Anschluss zu verlieren. Sie atmete erleichtert auf, als sie –

nach wenigen Dutzend Schritten, die ihr abermals wie eine schiere Ewigkeit vorgekommen waren – auf eine halbrunde Lichtung hinaustraten.

»Warte hier«, sagte Ansgar, indem er stehenblieb und ihr zugleich die Zügel seines Pferdes in die Hand drückte. »Marten und seine Familie schlafen bestimmt schon, und es ist besser, wenn ich zuerst einmal allein gehe.«

Er ließ Katharina gar keine Zeit zu antworten, sondern ging zu einem niedrigen Haus auf der anderen Seite der Lichtung hin, das im schwachen Licht der Sterne kaum mehr als ein gedrungener Schatten war. Trotzdem konnte Katharina erkennen, wie schäbig und einfach es war, selbst nach den gewiss nicht hohen Ansprüchen von Ellsbusch.

Ein Hund begann zu bellen und hörte wieder auf, als Ansgar einige halblaute Worte rief, und noch bevor er das Haus erreichte, erschien das flackernde Licht einer Kerze hinter dem schmalen Fenster. Die Tür wurde geöffnet, und Ansgar begann mit einer gebückten Gestalt zu reden, die darin erschien. Katharina wartete darauf, dass er sie heranwinkte oder rief, aber er debattierte nur einen Augenblick erregt mit dem Köhler, sah dann kurz über die Schulter zu ihr zurück und verschwand zusammen mit ihm im Haus. Die Tür wurde geschlossen.

Katharina war so verdutzt, dass sie im ersten Augenblick nicht einmal sagen konnte, ob sie nun empört oder besorgt sein sollte; oder vielleicht vorsichtshalber gleich beides. Hatte Ansgar nicht behauptet, der Köhler und seine Familie wären seine Freunde?

Sie fand keine eindeutige Antwort auf diese Frage (und wenn sie ehrlich war, *wollte* sie es gar nicht), ärgerte sich einen Moment lang über Ansgar und sah sich dann noch einmal aufmerksam auf der Lichtung um. Die Hütte des Köhlers war nicht das einzige Gebäude, aber die anderen – insgesamt vier – waren noch seltsamer, sodass sie kaum mehr als gedrungene Umrisse erkannte.

Neugierig geworden ging sie hin und stellte fest, dass sie auch aus der Nähe betrachtet nicht wirklich mehr Einzelheiten sah; was hauptsächlich daran lag, dass es keine gab. Die vermeintlichen Gebäude waren keine, sondern mehr als mannshohe und gut drei- oder viermal so breite Hügel aus aufgeschichtetem Erdreich. Und noch etwas war sonderbar, ausnahmsweise aber einmal durchaus angenehm: Als sie näher kam, spürte sie einen warmen Hauch, der von den Hügeln ausging; und ein verbrannter, aber nicht wirklich unangenehmer Geruch stieg ihr in die Nase. Er kam ihr vage bekannt vor, ebenso wie sie nun eine vage Vorstellung von der Bedeutung dieser vermeintlichen Erdhügel hatte. Trotzdem ging sie immer langsamer und blieb schließlich sogar einen kurzen Moment stehen, bevor sie weiterging und die Hand auf einen der Hügel legte.

Er war nicht nur warm, sondern regelrecht heiß, und sie glaubte fast so etwas wie eine Bewegung zu spüren, fast wie das Regen einer gewaltigen Kraft, die tief unter der Oberfläche des Hügels verborgen lag und allmählich zu erwachen begann. Es war ein bisschen unheimlich, aber die Wärme, die von dem Erdhügel ausging, tat auch ungemein wohl, und sie trat noch näher heran.

»Gib acht, dass du dich nicht verbrennst.«

Katharina fuhr zusammen, obwohl sie Ansgars Stimme erkannt hatte, und drehte sich erschrocken herum.

»Die Meiler sind manchmal wirklich heiß«, fuhr Ansgar mit einem besänftigenden Lächeln fort. »Ich will nur nicht, dass du dich verbrennst.« Es machte eine wedelnde Handbewegung. »Außerdem reicht manchmal eine einzige falsche Bewegung, und das ganze Ding geht in Flammen auf … und Marten wäre wahrscheinlich nicht begeistert, wenn er ein paar Wochen umsonst gearbeitet hätte.«

Er wiederholte seine wedelnde Geste, und Katharina tat ihm den Gefallen, zwei Schritte von dem Erdhügel zurückzutreten –

Meiler hatte er ihn genannt –, auch wenn es ihr schwerfiel. Der Meiler war so herrlich warm.

Während sie es tat, fiel ihr Blick wieder auf die einfache Hütte. Die Tür stand auf, und sie entdeckte auf der Schwelle dieselbe gedrungene Gestalt wie gerade. Sie rührte sich nicht, sondern stand einfach nur da und blickte in ihre Richtung.

»Wir können nicht hierbleiben«, vermutete sie.

Ansgar schüttelte traurig den Kopf. »Marten hat Angst«, sagte er. »Wulfgar war hier und hat ihn bedroht. Wenn jemand aus Bjarnisund hier auftaucht und –«

»Ich verstehe«, sagte Katharina spröde.

»Er ist ein guter Mann!«, beeilte sich Ansgar zu versichern. »Und ein wirklich guter Freund, glaub mir. Aber er hat Familie, und Wulfgar kann wirklich sehr grausam sein.« Er wartete einen Moment lang vergeblich auf eine Antwort und hob dann die Schultern. »Wenn ich darauf bestehe, dann nimmt er uns wahrscheinlich trotzdem auf, wenigstens für diese Nacht. Aber …«

Er sprach nicht weiter, und das musste er auch nicht. Wenn er das von ihm verlangte, dann würde er genau das einfordern, weswegen sie selbst sich entschieden hatte, Bjarnisund zu verlassen, und welches Recht hatte sie – ausgerechnet sie! –, *das* von ihm zu verlangen?

»Und jetzt?«, fragte sie nur.

»Es ist zu spät, um heute noch nach Santen zu kommen«, antwortete Ansgar. »Aber Marten gibt uns Essen mit, und ich kenne einen Platz nicht weit von hier, wo wir übernachten können. Sobald es hell wird, reiten wir weiter, und spätestens bis Mittag sind wir in Santen.«

*

Am nächsten Mittag waren sie noch nicht in Santen, sondern gerade erst wieder seit einer halben Stunde unterwegs. Der *sichere Ort*, von dem Ansgar gesprochen hatte, hatte sich als feuchtes Erdloch unter den Wurzeln einer gewaltigen Eiche herausgestellt, in dem sie zwar vor einer zufälligen Entdeckung sicher waren, das zugleich aber so zugig und kalt war, dass sie schon bei seinem bloßen Anblick mit den Zähnen zu klappern begann. Zu allem Überfluss wimmelte es darin nur so von Ratten, die überhaupt nicht daran dachten, ihr gemütliches Zuhause mit den beiden ungebetenen Besuchern zu teilen. Nachdem es Ansgar gelungen war, die Besitzverhältnisse ihrer Höhle zu ihren Gunsten zu klären, konnten sie sich wenigstens auf dem Boden ausstrecken, ohne ernsthaft befürchten zu müssen, im Schlaf angeknabbert zu werden. Es dauerte lange, bis Katharina Schlaf fand, und selbst dann wachte sie immer wieder auf, zitternd und von Albträumen und später auch Fieber geplagt, denn das unfreiwillige Bad und der anschließende stundenlange Spaziergang in ihrem nassen Kleid begannen ihren Preis zu fordern. Erst gegen Morgen schlief sie endgültig ein, und als sie wieder aufwachte – mit dröhnendem Kopf und einem grässlichen Geschmack im Mund –, war es beinahe Mittag. Natürlich machte sie Ansgar Vorwürfe, dass er sie so lange hatte schlafen lassen, doch er argumentierte nur, dass sie im Fieber und fantasierend dagelegen hatte und Schlaf schließlich die einzige Medizin war, die sie im Moment bekommen konnte. Das mochte sogar stimmen, aber Katharina argwöhnte trotzdem, dass er schlichtweg selbst verschlafen hatte und es nur nicht zugeben wollte.

Auch der weitere Weg gestaltete sich schwieriger, als sie nach Ansgars Worten von gestern Nacht erwartet hatte. Der Wald war so dicht, dass an Reiten nicht einmal zu denken war und es ihnen schon schwerfiel, die Pferde nur am Zügel zu führen. Einmal kreuzten sie einen Weg, dem man ansah, dass er oft und regelmäßig benutzt wurde, aber Ansgar machte keinerlei Anstalten, ihm zu folgen, und Katharina stellte auch keine entsprechende Frage. Aber sie dachte sich ihren Teil. Ihr Beinahe-Zusammentreffen mit Wulfgar in der zurückliegenden Nacht schien Ansgar mehr Sorgen zu bereiten, als er zugeben wollte.

Irgendwann einmal aber endet selbst der längste Weg, und als die Sonne ihren Höchststand erreichte, traten sie nebeneinander aus dem Wald, und für Katharina war es gleichsam ein Schritt in eine vollkommen neue Welt; eine Welt voller Wunder, wie sie sie bisher nicht einmal für möglich gehalten hatte.

Sie hatten Santen noch nicht erreicht, konnten es aber bereits sehen, und vielleicht war das auch gut so, denn hätte Katharina der Anblick der Stadt ganz unvorbereitet getroffen, wäre sie vor Schrecken vielleicht einfach erstarrt.

Genau genommen tat sie das auch. Zumindest blieb sie endlose Augenblicke lang einfach stehen, starrte das unglaubliche Bild unter sich an und versuchte vergeblich zu begreifen, was sie da sah.

Ansgar hatte sie vorgewarnt, dass Ellsbusch (die einzige Stadt, die sie kannte) vielleicht nicht unbedingt die größte Stadt war, die es auf der Welt gab, und spätestens der Anblick von Bjarnisund hatte ihr das auch klargemacht, aber das ... war unmöglich. Sie hatte Dutzende von Häusern erwartet, aber unter ihr breitete sich ein Meer von Dächern aus, die mit Stroh, aber auch Holzschindeln oder dünnen Schieferplatten gedeckt waren. Es mussten hunderte sein (in diesem Moment kam es ihr vor, als wären es tausende), und die meisten Häuser hatten zwei oder gar drei Stockwerke. Sie sah allein drei Kirchen, von denen die kleinste groß genug war, ums Vater Cedrics Gotteshaus in Ellsbusch bequem ein halbes Dutzend Mal darin unterzubringen, und am anderen Ende der Stadt, noch ein gutes Stück jenseits der Mauern, erhob sich ein Gebäude, das ebenfalls wie eine Kirche aussah, aber von geradezu absurden Dimensionen war.

Allein das Kirchenschiff war höher als der Donjon der niedergebrannten Burg, und der spitze Turm schien den Himmel anzukratzen. Rauch aus unzähligen Kaminen hing wie eine Glocke aus schmutzigem Nebel über der Stadt, und selbst über die große Entfernung hinweg konnte sie den Geruch von brennendem Holz und Holzkohle riechen, aber auch Essensgeruch – und ein paar andere, unangenehmere Dinge, über die sie im Moment lieber nicht nachdenken wollte.

»Na, habe ich zu viel versprochen?«, fragte Ansgar, nachdem er ihr etwas Zeit gelassen hatte, zu starren und zu staunen. In seiner Stimme schwang eine hörbare Spur von Besitzerstolz mit.

Katharina antwortete nicht. Sie sah ihn auch nicht an, sondern blickte weiter auf diese unglaubliche Ansammlung von Dächern und rauchenden Kaminen hinab. Allein deren Anblick verschlug ihr schier den Atem. Der wärmste Teil des Sommers war längst vorbei, und die Nachmittage waren inzwischen schon kühl – aber wie unvorstellbar reich mussten die Einwohner dieser Stadt sein, schon zur Mittagszeit ihre Häuser zu heizen, nur weil es ein wenig frisch war?

»Und das ist noch gar nichts«, fuhr Ansgar fort. »Vor zwei Jahren war ich mit meinem Großvater in Paris. Was du hier siehst, ist dort nur eine einzige Straße; und es gibt hunderte davon.«

Jetzt sollte sie Ansgar eigentlich böse sein, ihr eine so dreiste Lüge aufzutischen, aber sie war immer noch viel zu erschlagen von der schieren Gewaltigkeit des Anblicks, um auch nur einen klaren Gedanken fassen zu können. Sie nickte bloß.

Ansgar ließ ihr noch einmal Zeit, das unglaubliche Bild in sich aufzunehmen, erheischte aber schließlich mit einem schon fast albern unechten Räuspern ihre Aufmerksamkeit und verschränkte wieder die Hände zur Räuberleiter, um ihr in den Sattel zu helfen. Katharina fühlte sich immer noch nicht wohl (um der Wahrheit die Ehre zu gehen: Sie fühlte sich hundsmiserabel), aber sie schlug sein Angebot trotzdem mit einem Kopfschütteln aus und krabbelte aus eigener Kraft auf den Rücken des Schecken. Das Pferd schnaubte unruhig, und auch Ansgar runzelte wenig begeistert die Stirn, stieg dann aber ohne ein weiteres Wort ebenfalls auf. Katharina beobachtete ihn verstohlen und stellte fest, dass er sich immer noch vorsichtig bewegte. Sie *hatte* ihn verletzt.

Als sie losreiten wollte, streckte Ansgar rasch die Hand aus und fiel ihr in die Zügel. »Da lang«, sagte er mit einer Kopfbewegung nach rechts.

Katharinas Blick folgte der Geste, dann sah sie ihn fragend an. Santen lag direkt unter ihnen, am Fuße einer sanft abfallenden und nur von kniehohem Gras und einigen wenigen Büschen bewachsenen Ebene. Selbst wenn sie langsam ritten, würden sie allerhöchstens eine halbe Stunde brauchen, um die Stadt zu erreichen … was Ansgar aber offensichtlich nicht vorhatte.

»Wir reiten am Waldrand entlang«, sagte er prompt. »Hier gibt es keine Deckung. Sie würden uns sofort sehen.«

»Sie?«, wiederholte Katharina. »Wer?«

Ansgar überging die Frage. »Auf der anderen Seite reicht der Wald bis an den Hafen heran«, sagte er. »Es ist ein Umweg, aber sicherer.«

»Ich dachte, die Menschen in dieser Stadt sind eure Freunde«, sagte sie.

»Die meisten«, sagte Ansgar. »Aber du kannst gerne losreiten und herausfinden, ob es wirklich so ist.«

Sein aggressiver Ton überraschte Katharina, aber er ließ ihr keine Gelegenheit, noch einmal zu widersprechen, sondern griff nach den Zügeln ihres Pferdes und ritt los. Aus Katharinas Verwirrung wurde jäher Zorn, der aber ebenso rasch verrauchte, wie er aufgekommen war, und sie nur in noch größerer Verwirrung zurückließ. Sie verstand nun überhaupt nicht mehr, was hier vorging, aber eines war ihr dafür um so klarer: Ansgar was ihr nicht nur gefolgt, um auf sie acht zu geben. Hier ging noch viel mehr vor, und sie spielte eine Rolle darin.

Der Umweg, den Ansgar einschlug, war noch größer, als sie geschätzt hatte. Der Wald umgab Santen wie eine lebendige grüne Belagerungsmauer an drei Seiten, hielt aber einen respektvollen Abstand zu der niedrigeren und von Menschenhand geschaffenen Mauer und schlug hier und da auch einen willkürlichen Bogen, denen Ansgar getreulich folgte. Sie brauchten mindestens zwei oder drei Stunden, um die Stadt einmal zu umrunden und den Hafen zu erreichen.

Dennoch wurde Katharina die Zeit nicht lang. Sie nutzte jeden Augenblick, um die Stadt anzusehen, und sie wurde des Anblickes auch nicht müde; vor allem nicht, als sie nahe genug herankamen, um all die Menschen innerhalb der Mauern erkennen zu können – eine gewaltige, bunte Menge, die scheinbar chaotisch durcheinanderwuselte und deren Lärmen manchmal mit dem Wind heranwehte und sie auf sonderbare Weise anrührte. So, wie sie aufgewachsen war, dachte sie selbst, sollte sie eine so unvorstellbar große Menschenmenge erschrecken oder doch mindestens nervös machen, aber genau das Gegenteil schien der Fall zu sein: Nichts wünschte sie sich im Moment sehnlicher, als dort hinunterzugehen und in diese brodelnde Menschenmenge einzutauchen, um all diese Wunder aus der Nähe zu betrachten und anzufassen und sich davon zu überzeugen, dass sie auch wirklich waren und sie nicht etwa noch immer im Fieber dalag und fantasierte.

Als sie die Stadt halb umrundet hatten, kam die riesige Kirche besser in Sicht, deren Anblick sie vorhin schon so sehr in Erstaunen versetzt hatte. Aus der Nähe betrachtet wirkte sie noch viel unglaublicher. Die Kirche war tatsächlich noch größer, als sie geglaubt hatte, und war ihrerseits von einer mehr als mannshohen Mauer umgeben, die das gewaltige Kirchenschiff und die Ansammlung kaum weniger gewaltiger Nebengebäude selbst in eine Art Festung verwandelten, die ihr zehnmal wehrhafter vorkam, als Burg Ellsbusch es jemals gewesen war.

Schließlich stellte sie eine entsprechende Frage, auf die Ansgar aber erst nach einem spürbaren Zögern antwortete, und selbst dann nur ausweichend.

»Es sind gefährliche Zeiten«, sagte er. »In Zeiten der Not oder auch bei einem Unwetter suchen die Menschen Schutz in der Kirche ... angeblich in der Nähe Gottes, aber wenn du mich fragst, dann eher, weil sie einfach die dicksten Mauern hat. War das bei euch nicht so?«

Davon abgesehen, dass ganz Ellsbusch fünfmal in dieses gigantische Gebäude gepasst hätte ... oder auch zehnmal? Katharina schüttelte zwar den Kopf, aber es fiel ihr immer noch schwer zu glauben, dass diese Kirche, die ihr so groß vorkam wie ein Berg, wirklich von Menschen erbaut worden sein sollte. Und sah sie darüber hinaus davon ab, dass Ansgars Worte die pure Ketzerei waren, hatte er durchaus Recht. Auch in Ellsbusch hatte Vater Cedric seine Schäfchen in die Kirche gerufen, wenn ein besonders schlimmes Unwetter tobte, und *diese* Kirche hier erschien ihr massiv genug, um nicht nur dem schlimmsten vorstellbaren Sturm zu trotzen, sondern selbst dem Tag des Jüngsten Gerichts.

Was das vielleicht sogar der Plan, den die Erbauer dieser gewaltigen Kirche verfolgt hatten?, überlegte sie ernsthaft. Aber sie begriff sofort, dass allein diese Frage schon wieder ein gehöriges Maß Häresie enthielt, und zog es vor, gar keine Antwort darauf zu suchen.

Aber vielleicht hatte sie sich nicht so gut in der Gewalt, wie sie glaubte, denn Ansgar fuhr unaufgefordert und in fast verteidigendem Ton fort: »Diese Kirche ist schon sehr alt, weißt du? Sie war schon hier, als wir hier angekommen sind –«

Vor zehn Jahren, dachte Katharina. Und das nannte er alt?

»– und wahrscheinlich schon sehr viel früher. Wenn du mich fragst, dann waren sie hier nicht immer so friedlich ... aber heute ist es ein Stift.«

»Aha«, sagte Katharina. »Und was ist ein Stift?«

Ansgar sah sie auf eine Art belehrend an, die sie schon wieder ein bisschen ärgerte. »Die heiligen Männer hier kümmern sich um die Kranken und Alten«, antwortete er gewichtig. »Sie sind gut darin, weißt du? Die Menschen kommen von weither, um ihre Wunden behandeln oder ihre Krankheiten heilen zu lassen.«

Katharina sah ihn zweifelnd an. Der Gedanke klang verlockend, aber es war schließlich nicht das erste Mal, dass Ansgar versuchte, sie auf den Arm zu nehmen oder sich einfach wichtig zu machen. Heilige Männer –, also Männer wie Vater Cedric! –, die sich um die Verwundeten und Siechenden kümmerten? Wenn in Ellsbusch jemand krank geworden war, dann hatte Vater Cedric für ihn gebetet und ihn allenfalls in der Sonntagsmesse erwähnt, und er war wieder gesund geworden oder gestorben. So war das Leben eben, und so war es ihr sinnvoll und richtig erschienen. Wenn Gott wollte, dass seine heiligen Männer Krankheiten heilten, warum schickte er den Menschen dann überhaupt diese Krankheiten? Nur damit Männer wie Vater Cedric ihren Einfluss und ihre Macht noch weiter mehrten?

Gut, *dieser* Gedanke enthielt deutlich mehr als nur eine *Spur* von Ketzerei, und sie schüttelte ihn nicht nur erschrocken ab, sondern wartete einen halben Atemzug lang allen Ernstes darauf, von einem Blitz göttlichen Zorns getroffen zu werden ... aber als sie Gottes Strafe nicht auf der Stelle dahinraffte, geschah etwas anderes. Sie konnte regelrecht spüren, wie hinter ihrer Stirn ein bestimmter Gedanke an die richtige Stelle rutschte und plötzlich etwas erklärte, das bisher vollkommen sinnlos erschienen war.

»Und deshalb haben sie Vater Cedric hierhergebracht«, sagte sie.

Ansgar starrte sie mit offenem Mund an, und das auf eine Art, die klarmachte, dass ihm diese Idee noch gar nicht gekommen war. »Arla hat Recht«, sagte er schließlich. »Du bist klug, Du *musst* meine Schwester sein.«

»Weil ich schlauer bin als du?«, fragte Katharina. ›*Das ist nun wirklich kein Kunststück*‹ fügte sie zwar nicht laut hinzu, aber irgendwie schien er es trotzdem zu hören, denn er wirkte plötzlich ein bisschen beleidigt und hüllte sich für nahezu den gesamten Rest des Rittes in ebenso beleidigtes Schweigen.

Die Stiftskirche fiel wieder hinter ihnen zurück, und schließlich hatten sie die gewaltige Stadt einmal umkreist und näherten sich wieder dem Fluss, was ihnen einen ungehinderten Blick auf den kleinen Hafen Santens erlaubte – der diesen Namen kaum verdiente, denn es war nur eine bessere Anlegestelle, die ihr kaum größer vorkam als die Bjarnisunds. Allein die *Sturmvogel*, die an einem von gerade einmal drei Stegen lag, schien ihn schon fast zur Gänze auszufüllen. So kam es auch, dass sie das zweite, viel kleinere Schiff dahinter erst sahen, als sie den Hafen schon fast erreicht hatten.

Ansgar und sie brachten ihre Pferde im gleichen Augenblick und beide gleichermaßen erschrocken zum Stehen.

Das Schiff war um etliches kürzer als die klobige Kogge, und auch sehr viel niedriger, sah aber auf schwer in Worte zu fassende Weise … bösartiger aus, und dazu hätte es des geschnitzten Drachenkopfes auf dem hoch gezogenen Bug nicht einmal bedurft.

»Das ist die *Fenrir*«, murmelte Ansgar überflüssigerweise.

»Ja«, sagte Katharina. »Aber die Frage ist wohl eher: Was macht sie hier?«

Ansgar sah sie schon wieder auf dieselbe verdutzt-anerkennende Weise an, und Katharina konnte ihm ansehen, dass es diesmal tatsächlich eine ganze Weile dauerte, bis er begriff, was sie *wirklich* meinte: dass die *Drakkar* hier in Santen war, war beunruhigend genug – ausgerechnet Wulfgars Schiff! –, aber noch weitaus beunruhigender fand sie die Art, wie sie neben der *Sturmvogel* lag. Die beiden ungleichen Schiffe hatten nicht nur Seite an Seite festgemacht, vom Deck der *Sturmvogel* waren zwei schmale Planken auf das kleinere Schiff heruntergelassen worden, sodass ihre Besatzungen ungehindert vom einen auf das andere Schiff wechseln konnten.

»Das finden wir heraus«, sagte Ansgar grimmig,

Er wollte weiterreiten, doch jetzt war es Katharina, die ihn zurückhielt. »Hältst du das für klug?«, fragte sie.

»Was?«

»Jetzt in die Stadt zu reiten«, antwortete Katharina und machte zugleich eine Kopfbewegung auf die *Sturmvogel.* Weder auf ihrem noch an Deck der *Fenrir* war auch nur eine Menschenseele zu sehen, aber das machte den Anblick beinahe noch beunruhigender. »Das ist Pardevilles Schiff, und das heißt, dass seine Männer in der Stadt sind, wahrscheinlich schon seit gestern. Und du hast es selbst gesagt: Im Moment ist die Stimmung nicht besonders gut.«

Ansgar nickte zwar, widersprach aber trotzdem. »Wulfgar und seine Männer sind auch hier … oder wenigstens seine Männer. Außerdem sind die Menschen hier den Anblick von Nordmännern gewohnt. Und heute ist Markttag. Deswegen sind auch so viele Menschen in der Stadt. Niemand wird uns bemerken, glaub mir.«

Entgegen seinen eigenen Worten ritt er jedoch nicht weiter, sondern drehte sein Pferd wieder herum und wartete, bis Katharina dasselbe – nur deutlich weniger elegant – getan hatte. Katharinas Blicke wurden so bohrend, dass sie ihm eigentlich schon körperlich wehtun mussten, aber er ignorierte sie nicht nur geflissentlich, sondern ritt das kleine Stück zum Waldrand zurück so schnell, dass sie hoffnungslos zurückfiel. Das Grinsen, mit dem er sie empfing, als sie schließlich bei ihm ankam, war schon beinahe unverschämt.

»Jetzt erzähl mir nicht, dass du es dir anders überlegt hast und wir die ganze Strecke wieder zurückreiten«, sagte sie.

»Das wäre vermutlich sogar das Klügste«, antwortete Ansgar, während er die Hand ausstreckte, um ihr beim Absitzen zu helfen. »Aber wer bin ich schon, einem so klugen Mädchen zu widersprechen?«

Katharina ignorierte seine ausgestreckte Hand, stieg aus eigener Kraft aus dem Sattel und hätte sich um ein Haar auf die Nase gelegt, als das Pferd im denkbar ungünstigsten Moment eine unruhige Bewegung machte.

Ansgar war klug genug, sich jeglichen Kommentars zu enthalten, aber sein Grinsen war nun ganz eindeutig unverschämt.

»Und jetzt?«, fragte sie.

Ansgar gefiel sich darin, weiterhin den Geheimnisvollen zu spielen, indem er sich wortlos herumdrehte, die Satteltaschen seines Pferdes öffnete und ein zusammengerolltes Bündel herausnahm. Erst als er es Katharina reichte und sie es auseinanderfaltete, erkannte sie ein Paar lederner Hosen, die an der Seite geschnürt waren.

»Was soll ich damit?«, fragte sie misstrauisch.

»Anziehen«, antwortete Ansgar feixend. »Sie gehört mir, aber sie müsste dir passen.«

»Und wozu?«

Ansgar verdrehte die Augen. »Sogar ich bin darauf reingefallen und habe dich für einen Jungen gehalten«, sagte er. »Nun mach schon. Ich schau auch nicht hin.«

Es gab auch nichts zum Hinschauen. Katharina behielt ihr Kleid nämlich an, stieg in die Hose (die ihr tatsächlich wie angegossen passte) und stopfte das Kleid kurzerhand hinein, sodass sein Oberteil zu einer reich bestickten Bluse wurde. Als wäre er auf genau so etwas vorbereitet gewesen, zauberte Ansgar aus den unergründlichen Tiefen seiner Satteltasche noch einen ledernen Gürtel und ein Paar Schnürsandalen, die den Temperaturen zwar nicht mehr ganz angepasst waren, aber längst nicht so auffällig (und kalt) wie ihre nackten Füße.

»Schon besser«, sagte Ansgar anerkennend.

»So?«, maulte Katharina. Jetzt sah sie vermutlich *eindeutig* wie ein Junge aus, aber obwohl sie praktisch zeit ihres Lebens als ein solcher herumgelaufen war, störte es sie plötzlich.

»Eine gute Tarnung«, lobte sie. »Bisher haben sie vielleicht nach einem Jungen und einem Mädchen gesucht. Und jetzt sind wir ein Junge –« Sie legte die flache Hand auf die Brust. »– und ein Mädchen.« Damit griff sie nach einem von Ansgars dicken Zöpfen und zog daran. Vielleicht ein bisschen fester als nötig gewesen wäre.

Ansgar zog zwar eine beleidigte Schnute, begann aber dann trotzdem zuerst den einen, dann den anderen Zopf aufzuflechten, um sein Haar darauf zu einem dicken Pferdeschwanz im Nacken zusammenzubinden; eine Frisur, wie sie die Hälfte der Männer in Ellsbusch getragen hatten.

»Zufrieden?«

»Wenn du dir jetzt schnell noch einen Bart wachsen lässt und dir eine tiefere Stimme zulegst.«

Ansgar würdigte sie nicht einmal einer Antwort, sondern schnallte die Satteltasche ab, warf sie sich über die Schulter und versetzte dem Pferd einen Schlag mit der flachen Hand auf das Hinterteil, der es mit einem erschrockenen Schnauben davongaloppieren ließ. Das zweite Tier schloss sich ihm kurzerhand an.

»Keine Angst«, sagte Ansgar fröhlich. »Das machen wir immer so. Sie finden allein nach Hause.«

»Wie beruhigend«, sagte Katharina. »Und wir?«

»Ich kenne den Weg auch«, griente Ansgar. »Und jetzt

komm, ich kriege allmählich Hunger, und ich weiß, wo wir etwas Gutes bekommen.« Er marschierte los, und diesmal brauchte Katharina nur einige wenige Schritte, um zu ihm aufzuschließen.

*

Nebst etlichen anderen gab es vor allem einen wirklich großen Unterschied zwischen zu Fuß gehen und reiten: Reiten ging wesentlich schneller, selbst wenn man nur so gemächlich dahintrabte, wie sie es getan hatten. Statt weniger Augenblicke brauchten sie fast eine halbe Stunde, um erneut den Hafen zu erreichen, und ein zweites Mal und jetzt quälend langsam an den beiden nebeneinander liegenden Schiffen vorbeizugehen milderte ihr Unbehagen keineswegs.

Katharina genoss noch immer den Anblick dieser faszinierenden, riesigen Stadt, aber je näher sie ihr kam, desto mehr schien sie von ihrem Glanz zu verlieren. Sicher, die Häuser hier waren größer und unzweifelhaft prachtvoller als die ärmlichen Hütten von Ellsbusch, in denen sie wechselweise aufgewachsen war, aber auch sie hatten ihre besten Zeiten wohl schon lange hinter sich. Manche von ihnen mochten früher einmal sauber verputzt gewesen sein, nun aber herrschte hier überall Schmutz und Verfall, und das Schlimmste war der Geruch. Anfangs glaubte sie noch, der üble Odem wehte vom Fluss herauf, in den die Männer auf den Schiffen einfach ihre Abfälle kippten, aber er wurde immer stärker, je weiter sie sich vom Wasser entfernten; eine Mischung aus Brandgeruch, Schweiß und faulendem Gemüse und zu vielen Menschen, die sich auf zu engem Raum drängten, aus Stallgeruch und Gülle und dem Inhalt von Nachttöpfen und anderen einschlägigen Behältnissen, die man hier anscheinend einfach auf die Straßen kippte … die diesen Namen im Übrigen nicht wirklich verdienten, waren sie doch wenig mehr als Pfade aus halb flüssigem Morast, in dem ihre Füße bei jedem Schritt bis über den Rist versanken. Außerdem waren sie finster und schmal und so überfüllt, dass sie praktisch ununterbrochen mit jemandem zusammenstieß.

Ansgar, der ihr in zwei oder drei Schritten Abstand folgte, ließ ihr zwar hinlänglich Zeit, immer wieder stehenzubleiben und mit offenem Mund die immer neuen Wunder zu bestaunen, die sie praktisch auf Schritt und Tritt ansprangen, dirigierte sie aber trotzdem zielsicher durch ein Labyrinth verwinkelter (und übelriechender) Straßen und Gässchen bis zu einem Platz in der Mitte der Stadt, der allein schon größer war als ganz Ellsbusch, im Augenblick aber vor Menschen und bunten Marktständen schier aus den Nähten platzte. Der Lärm war unbeschreiblich, und im allerersten Moment erschlug sie das schiere Übermaß an Bewegung und Farben, das sie sah. Hätte ihr jemand in diesem Moment erzählt, dass auf diesem Platz alle Menschen versammelt waren, die es überhaupt auf der ganzen Welt gab, Katharina hätte es wahrscheinlich geglaubt.

»Ich habe doch gesagt, dass heute Markttag ist«, sagte Ansgar stattdessen. »Da geht es hier immer so zu. Manchmal ist es sogar noch schlimmer.«

Katharina warf ihm einen schrägen Blick zu. »Paris?«

»Wie?«, fragte Ansgar.

»Hundertmal so groß?«

Ansgar benötigte zwar ein paar Augenblicke, um überhaupt zu begreifen, was sie meinte, aber dann nickte er um so heftiger. »Mindestens!«

»Ja, bestimmt«, antwortete sie spöttisch.

Ansgar setzte sichtbar zu einer geharnischten Antwort an, besann sich dann aber eines Besseren und beließ es bei einem angedeuteten Schulterzucken. Statt endlich zuzugeben, dass er es mit seinem Versuch, sie zu foppen, wohl ein bisschen übertrieben hatte, machte er nur eine flatternde Handbewegung, mit der er überall und zugleich nirgendwohin deutete, und griff mit der anderen Hand unter sein Wams. Etwas klimperte.

»Siehst du das Haus dort drüben neben dem Rathaus?«, fragte er.

Vermutlich hätte sie das – hätte sie gewusst, was ein Rathaus war oder wie es aussah. Sie schwieg, aber ihr hilfloser Gesichtsausdruck war anscheinend Antwort genug. Ansgar seufzte.

»Das große Haus mit den Arkaden.«

»Aha«, sagte Katharina. *Groß* waren alle Häuser hier. »Und was sind Arkaden?«

Ansgar seufzte noch einmal. Tiefer.

»Ich muss … etwas überprüfen«, sagte er. »Es wäre mir lieb, wenn du hier auf mich warten würdest. Aber für den Fall, dass wir uns aus den Augen verlieren, treffen wir uns dort, einverstanden?«

Er deutete auf ein besonders großes Gebäude auf der anderen Seite des Platzes, das gleich drei Stockwerke und mehrere spitze Giebel auf jeder Seite hatte. Den anderen Arm streckte er aus und ließ drei kupferfarbene Münzen in ihre Handfläche fallen.

»Kauf dir irgendetwas Schönes«, sagte er. »Aber pass auf, dass man dich nicht betrügt.«

Katharina war so überrascht, dass sie gar nichts dazu sagte, sondern die drei Kupfermünzen nur fassungslos anstarrte. Sie hatte noch niemals etwas geschenkt bekommen, sah man von ein paar zerschlissenen Kleidern ab, die niemand mehr haben wollte – schon gar kein Geld! –, und sie wusste auch nicht, was diese Münzen wert waren, aber das spielte in diesem Moment gar keine Rolle. Es war die Selbstverständlichkeit, mit der Ansgar einfach in seinen Beutel gegriffen hatte, um das, was er besaß, mit ihr zu teilen, die sie so sehr anrührte, dass sie plötzlich fast mit den Tränen kämpfen musste.

»Es ist nicht viel«, sagte Ansgar, der ihr Schweigen anscheinend falsch deutete. »Aber für ein paar Süßigkeiten wird es reichen.« Er deutete auf einen der zahllosen bunten Stände, wartete noch einmal kurz und vergebens auf eine Antwort und verschwand schließlich mit einem Achselzucken in der Menge.

Für einen ganz kurzen Moment drohte sie in Panik zu geraten. Die Anzahl der Menschen ringsum schien sich noch einmal zu verdoppeln, alles wurde lauter und bunter, Farben und Geräusche schienen sie regelrecht anzuspringen und wie eine Welle über ihr zusammenzuschlagen. Trotz der Weite des riesigen Platzes hatte sie mit einem Mal das Gefühl, keine Luft mehr zu bekommen. Hunderte von Menschen umgaben sie, und dennoch kam sie sich furchtbar allein und einsam vor.

Doch der Moment verging beinahe so schnell, wie er gekommen war, und Neugier und Staunen namen wieder den Platz von Furcht ein. Ihr Herz klopfte immer noch, jetzt aber wieder vor Aufregung. Sie nahm es Ansgar noch immer ein bisschen übel, dass es sie einfach allein gelassen hatte, aber wenn er glaubte, sie wäre hier sicher, dann musste das wohl stimmen.

Sie erwog den Gedanken, einfach hier stehenzubleiben und zu warten, bis er zurückkam, sah aber schnell ein, wie albern das wäre; und so ganz nebenbei ziemlich dumm. Vielleicht war es das letzte Mal, dass sie eine Stadt von solcher Größe sah, und sie wollte nicht eines der fantastischen Bilder versäumen, die sich ihr boten. Vielleicht war ja alles nur ein Traum, aber selbst das wäre ihr egal gewesen, denn er war einfach wunderschön.

Die Hand fest um die drei geschenkten Münzen geschlossen, als handele es sich um den kostbarsten Schatz auf der Welt (was es in diesem Moment für sie auch war) begann sie vorsichtig den Marktplatz zu erkunden, und schon nach wenigen Augenblicken hatte sie Ansgar, Erik und Arla und sogar Wulfgar und Guy de Pardeville schlichtweg vergessen. Es gab einfach zu viele Wunder zu bestaunen, zu viel Unglaubliches anzusehen. Auf vielen der größtenteils bunt herausgeputzten Wagen wurden Lebensmittel feil geboten: Brot und Gemüse,

Rüben und Fleisch und Salat und frisches Obst – die sie allesamt kannte, auch wenn sie die schiere Menge einfach erschlug –, aber es gab auch Dinge, die sie noch nie im Leben gesehen hatte und von denen sie nicht sicher war, ob sie sie überhaupt essen *wollte*.

Außerdem waren da Wagen mit prachtvollen Kleidern und Stoffen, die mit nie gesehenen Farben protzten und ihr so kostbar erschienen, dass sie schon fast Angst hatte, sie schmutzig zu machen, indem sie sie einfach nur *ansah*. Andere Händler verkauften Kochgeschirr und Messer, Werkzeuge und allerlei sonderbaren Kram, dessen Bedeutung ihr verschlossen blieb, und an einem Stand wurden Waffen feilgeboten: Schwerter, Dolche und Bögen in solchen Mengen, dass man ein ganzes Heer damit hätte ausrüsten können, aber dieser Anblick war mit zu vielen unangenehmen Erinnerungen für sie verbunden, sodass sie nur kurz hinsah und sich dann fast erschrocken dem nächsten Marktstand zuwandte.

Sein Anblick war vielleicht der sonderbarste von allen bisher.

Im ersten Moment konnte sie nicht einmal genau sagen, was dort angeboten wurde, sondern erkannte wenig mehr als ein kunterbuntes Sammelsurium von … Dingen eben. Da war ein aus dünnen Ästen kunstvoll geflochtener Käfig, in dem zwei kleine Vögel saßen, Berge von bunten Tüchern und Töpfe und Tiegel voller Blätter, bunt gefärbten Steinchen oder auch wohlriechenden Gewürzen, aus Horn geschnitzte Kämme und kunstvoll geschmiedete Fibeln, mit silbernen Pailletten verzierte Gürtel und bronzene Armbänder und anderer, ausnahmslos kostbar aussehender Schmuck, und dazu noch zahllose andere Dinge, die allesamt eines gemein halten: Sie schienen zu nichts nutze zu sein.

»Gefällt dir etwas davon, mein Junge?«

Katharina schrak so heftig aus ihren Gedanken hoch, dass sie um ein Haar ihre Münzen hätte fallen lassen, schloss hastig die

Hand noch fester darum und riss dann erstaunt die Augen auf. Vor ihr stand eine schlanke Frau in einem bunten Kleid, das eindeutig mehr von ihren Schultern zeigte als schicklich erschien. Sie musste ungefähr in Arlas Alter sein, hatte aber rabenschwarzes und bis auf die Schulten fallendes lockiges Haar und Augen von derselben, beinahe schon unnatürlich tiefen Farbe. Ihre Stimme klang sonderbar, ohne Akzent, aber dennoch so, als wäre die Sprache, in der sie redete, nicht wirklich die, mit der sie aufgewachsen war.

All das vergaß Katharina aber auf der Stelle, als sie das sonderbare Geschöpf gewahrte, das auf der Schulter der Schwarzhaarigen saß.

Sie konnte nicht einmal sagen, was es war: ob Tier, ein besonders klein gewachsener Mensch oder gar eine ketzerische Mischung aus beidem.

Die Kreatur war nicht viel größer als eine Katze, stand aber aufrecht auf zwei Beinen und hatte Arme mit richtigen, wenn auch winzig kleinen Händchen. Auch ihr Gesicht erinnerte an das eines Menschen (sah man vielleicht von seiner sonderbaren Nase ab), und die Augen, in die sie blickte, waren eindeutig nicht die eines dummen Tieres. Das Geschöpf war von Kopf bis Fuß behaart – braun, nur das Gesicht war mit weißem Fell bewachsen – und trug ein albernes buntes Röckchen und ein mit bunten Steinchen verziertes Halsband, von dem eine Leine zur Hand der Schwarzhaarigen führte.

»Was … ist das?«, murmelte Katharina verwirrt.

Die schwarzhaarige Frau lachte. »Ein Äffchen. Ich wette, so etwas hast du noch nie gesehen, habe ich Recht?«

Katharina schüttelte zur Antwort den Kopf, und die Schwarzhaarige lachte noch einmal und fuhr fort: »Das hätte mich auch gewundert. Es kommt aus einem Land, das so weit entfernt ist, dass du dein ganzes Leben lang wandern könntest, ohne es jemals zu erreichen.«

Katharina starrte ihr schwarzhaariges Gegenüber nur wortlos an. Allmählich begann sie zu argwöhnen, dass es in dieser Stadt üblich war, Fremde zum Narren zu halten. Sie sagte jedoch nichts dazu, sondern konzentrierte sich wieder auf das Geschöpf, das die Fremde Äffchen genannt hatte (was für ein sonderbares Wort!), und das haarige Tier erwiderte ihren Blick aus seinen klugen Augen, legte den Kopf auf die Seite und begann plötzlich wild drauflos zu schnattern.

»Kann es etwa … sprechen?«, fragte sie erstaunt.

»Wer weiß?«, antwortete die Schwarzhaarige. »Viele halten es für sinnloses Geschnatter, aber vielleicht verstehen wir ja nur seine Sprache nicht. Willst du es einmal halten?«

Sie wartete Katharinas Antwort gar nicht erst ab, sondern setzte ihr das Äffchen auf die Schulter, und Katharina erstarrte vor Schrecken, zumal das Geschöpf augenblicklich mit seinen winzigen Fingern an ihrem Haar zu zupfen begann.

»Keine Angst«, sagte die Schwarzhaarige lachend. »Es tut dir nichts. Du kannst es streicheln, wenn du willst.«

Katharina war sich nicht sicher, ob sie das wirklich wollte; das Äffchen zupfte und riss weiter an ihrem Haar, machte sich mit seinen winzigen Fingern an ihrem Gesicht zu schaffen und zog dann mit unerwartetem Geschick die Schnüre ihrer vermeintlichen Bluse auseinander, sodass sie ihr beinahe von den Schultern gerutscht wäre.

»He!«, protestierte sie.

Das Äffchen ließ von seinem vorwitzigen Tun ab, flitzte behände an ihren Arm hinab und war mit einem Satz wieder auf der Schulter seiner Herrin, von wo aus es sie mit einem Schwall geschnatterter Vorwürfe überschüttete. Die Schwarzhaarige lachte leise und versetzte ihm einen spielerischen Klaps auf die Finger, aber für einen ganz kurzen Moment glaubte Katharina fast so etwas wie Überraschung in ihren Augen zu erkennen. Doch der Ausdruck verschwand, bevor sie sich sicher sein konnte.

»Sie sind manchmal ein bisschen vorwitzig«, erklärte die Frau lächelnd. »Aber ich glaube, genau das ist der Grund, aus dem wir sie so mögen.« Sie fasste die Leine des Äffchens ein wenig kürzer und machte mit der anderen Hand eine einladende Geste auf ihre angebotenen Waren.

»Sieh dich ruhig in Ruhe um. Du findest bestimmt etwas, was dir gefällt.«

Katharina tat zwar, wie ihr geheißen, aber sie konnte nicht einmal sagen, was von den ausgelegten bunten Dingen ihr gefiel oder nicht … schon weil sie bei den allermeisten Waren gar nicht wusste, was sie darstellten. Schließlich trat sie ein wenig dichter an den Vogelkäfig heran und deutete auf seine beiden gefiederten Insassen. »Warum sind sie eingesperrt?«, fragte sie.

Die Frage schien ihr Gegenüber zu verwirren. »Weil sie sonst wegfliegen?«, schlug sie vor. Das Äffchen sprang von ihrer Schulter auf den Wagen, streckte die Arme aus und begann mit seinen winzigen Fingerchen an ihrer Faust zu zerren, in der sie die Münzen hielt.

»Ich weiß«, sagte sie, ein wenig überrascht, wie stark die winzigen Fingerchen waren. »Aber warum sollen sie nicht wegfliegen?«

Die Schwarzhaarige blickte sie an, als hätte sie soeben die dümmste Frage gestellt, die man sich nur denken konnte, antwortete aber trotzdem: »Weil sich die Menschen gerne an ihrem Gesang erfreuen, und auch an ihrem Anblick … wie an dem des allermeisten hier übrigens.«

Das musste Katharina erst einmal verdauen. Die Menschen in dieser Stadt konnten es sich leisten, Dinge zu kaufen, nur um sich an ihrem Anblick zu erfreuen? Wie unvorstellbar reich war Santen denn?

»Du warst noch nie hier in der Stadt, habe ich Recht?«, fuhr die Schwarzhaarige fort. »Dann muss dir das alles hier ja ganz besonders gefallen … oder auch gar nicht.«

Das Äffchen zerrte mit noch größerer Kraft an ihrer Hand, und seine Besitzerin zog es mit einem scharfen Ruck an der Leine zurück, was nun sie zur Zielscheibe eines ganzen Schwalles von vorwurfsvollem Gezeter und Geschnatter machte.

»Ich habe auch Süßigkeiten. Warum suchst du dir nicht etwas aus?« Sie deutete auf einen kleinen Tonkrug, aus dem eine Anzahl fingerdicker gelbbrauner Stangen ragten. »Die Honigstangen sind wirklich gut. Ich muss das wissen. Ich mache sie selbst.«

»Ich ... habe kein Geld«, antwortete sie ausweichend.

Die Schwarzhaarige betrachtete ihre geschlossene Faust gerade lange genug, um Katharina klarzumachen, dass sie die kleine Lüge durchschaut hatte, aber dann zuckte sie mit den Achseln und lächelte schon wieder. »Ach, was soll's«, sagte sie. »Nimm dir nur eine, ich schenke sie dir.«

Katharina sah sie ungläubig an, erntete aber nur ein neuerliches Lächeln. »Greif ruhig zu. Ich habe heute gute Geschäfte gemacht und kann es mir leisten, großzügig zu sein. Wenn du willst, kannst du mir zum Ausgleich ja ein bisschen über dich erzählen. Ich bin schrecklich neugierig, musst du wissen.«

Katharina zögerte noch einmal, griff aber dann zu und nahm sich eine der Honigstangen, um vorsichtig daran zu schnuppern. Sie roch köstlich, und als sie noch vorsichtiger daran leckte, schmeckte sie noch unendlich köstlicher. Und so etwas sollte sie einfach *geschenkt* bekommen?

»Wie ist dein Name, Junge?«, fragte die Schwarzhaarige. »Ich bin Vera. Und du?«

»Katha –«, begann Katharina, besann sich im letzten Moment wieder auf die Verkleidung, in die sie geschlüpft war und verbesserte sich: »Kara.«

»Kara«, wiederhole Vera. »Das ist ein ungewöhnlicher Name. Gehörst du zu dem Nordmännern, die flußaufwärts leben?«

»Wie kommst du darauf?«, entfuhr es Katharina erschrocken.

»So schwer ist das nicht zu erraten«, antwortete sie. »Solche Blusen, wie du sie trägst, machen nur die Nordmänner. Dazu dein helles Haar und deine blauen Augen … wo sind deine Eltern, Kind?«

»Sie suchen schon nach meinem Bruder«, sagte eine Stimme hinter ihr. »Und sie werden mit jedem Moment zorniger, in dem ich ihn nicht zurückbringe.« Ansgar trat mit einem Schritt zwischen sie und die Schwarzhaarige und legte ihr demonstrativ die Hand auf den Unterarm. »Du willst unseren Vater doch nicht wirklich wütend machen, oder? Am Ende bekomme ich wieder den Ärger, nur weil ich ein Jahr älter bin und er glaubt, ich müsste ständig und überall auf dich aufpassen.«

»Der ältere Bruder zu sein ist manchmal ein schweres Los«, sagte Vera. »Ich weiß das. Ich hatte drei jüngere Schwestern.«

Ansgar reagierte zwar mit einem angedeuteten Lächeln darauf, ergriff Katharina darüber hinaus aber nur noch fester am Arm und zog sie einfach mit sich. Katharina fand das ziemlich unhöflich, doch Ansgar gab ihr gar keine Gelegenheit, irgendetwas zu sagen, sondern zerrte sie so grob hinter sich her, dass sie beinahe ins Stolpern geraten wäre. Erst als sie den Marktplatz schon fast halb überquert hatten, blieb er wieder stehen und fuhr sie an:

»Bist du verrückt geworden, mit einer Fremden über uns zu sprechen? Noch dazu mit so einer?«

Was meinte er mit *so einer?* »Aber du hast doch selbst gesagt –«

»Dass du dich umsehen und dir etwas Hübsches kaufen sollst!«, fiel ihr Ansgar ins Wort. Er war wirklich sehr zornig. »Nicht dass du jedem erzählen sollst, wer du bist und wo du herkommst!«

»Aber was ist denn so schlimm daran?«, verteidigte sich Katharina. »Sie ist nett. Schau, was sie mir geschenkt hat!«

Sie hielt die Honigstange in die Höhe, und Ansgar starrte die Leckerei so wütend an, dass sie sich kaum noch gewundert hätte, hätte er sie ihr einfach aus der Hand geschlagen. Aber dann beherrschte er sich und zwang sogar ein – unechtes – Lächeln auf seine Lippen.

»Entschuldige«, sagte er. »Ich wollte dich nicht anschreien. Es war meine Schuld. Ich hätte dich nicht allein lassen dürfen. Aber du darfst hier niemandem vertrauen, weißt du. Schon gar nicht solchen.«

»Was meinst du damit?« Katharina sah über ihre Schulter zurück. Vera stand noch immer da und sah stirnrunzelnd in ihre Richtung.

»Fahrendes Volk«, antwortete er. »Gaukler und Spielleute. Du kannst ihnen nicht trauen. Wahrscheinlich hat sie dieses seltsame Tier abgerichtet, uns zu bestehlen. Was hast du ihr erzählt?«

»Nur das, was du gehört hast«, antwortete Katharina wahrheitsgemäß. Sie hätte gerne etwas anderes empfunden, aber sie musste plötzlich wieder daran denken, wie zielsicher das Äffchen die Münzen in ihrer geschlossenen Faust aufgespürt hatte und wie erstaunlich geschickt seine winzigen Fingerchen gewesen waren.

Wortlos gab sie Ansgar die Münzen zurück, brach dann die Honigstange in der Mitte entzwei und reichte ihm die Hälfte, an der sie noch nicht herumgeknabbert hatte. Ansgar betrachtete abwechselnd die Geldstücke und die halbierte Schleckerei und sah plötzlich aus wie das Gestalt gewordene schlechte Gewissen. Dann leckte er so vorsichtig an der Honigstange, als hätte er Angst, dass sie vergiftet war – oder ihm im nächsten Augenblick in die Zunge beißen könnte –, und seine Miene hellte sich auf.

»Hm«, machte er. »Gar nicht so schlecht. Vielleicht ist deine neue Freundin ja doch nicht so übel.«

»Obwohl sie *so eine* ist?«, fragte Katharina spitz.

Ansgar sagte gar nichts mehr dazu, sondern ergriff sie erneut (aber diesmal sehr viel sanfter) am Arm und ging weiter. Als Katharina das nächste Mal über ihre Schulter zurücksah, waren Vera und ihr sonderbares Tier in der Menge verschwunden.

*

Sie hatte fast erwartet, dass Ansgar sie zum Rathaus bringen würde (obwohl sie immer noch nicht genau wusste, was man darunter verstand, außer dass es irgendwie wichtig zu sein schien), aber er steuerte das danebenliegende Gebäude an, das zwar wesentlich kleiner war, für sich genommen aber noch immer von beeindruckender Größe.

Ein intensiver Geruch nach frischem Brot und Mehl schlug ihnen entgegen, als sie sein schattiges Inneres betraten, und ein winziger Hund kam ihnen kläffend – aber schwanzwedelnd – entgegen. Erst danach sah sie das grauhaarige Paar, das im hinteren Teil des weitläufigen, aber sehr niedrigen Raumes stand und Ansgar und ihr entgegenblickte.

»Das sind Hendrik und Elsa«, sagte Ansgar. »Gute Freunde. Wir können erst einmal bei ihnen bleiben. Wenigstens heute.«

»Ihr hättet erst gar nicht herkommen sollen«, sagte der Mann. »Wenigstens nicht heute, und noch dazu am hellen Tage. Man möchte meinen, dass du es darauf anlegst, erkannt zu werden.«

Aber er klang nicht zornig, sondern allenfalls ein bisschen tadelnd. Ansgar grinste nur, beugte sich kurz vor, um den kleinen Hund zu tätscheln, der daraufhin endlich aufhörte zu kläffen, und erwiderte: »Wohl kaum. Ich würde mich im Moment ja wahrscheinlich nicht einmal selbst erkennen.«

»Weil du zum ersten Mal wie ein Junge aussiehst?«, erkundigte sich Katharina.

Ansgar schnitt ihr eine Grimasse, aber Hendrik lachte leise, und seine Frau kam nun näher und sagte: »Du bist also Ansgars verschollene Schwester. Aber was frage ich überhaupt?«

»Woher … wisst Ihr das?«, fragte Katharina überrascht.

»Weil ich nicht blind bin, mein Kind«, antwortete Elsa, die sie dabei unverhohlen neugierig wie gutmütig von Kopf bis Fuß maß. Katharina ihrerseits betrachtete die Frau ebenso neugierig und war nicht wenig verwirrt. Elsa hatte graues Haar, und sowohl ihre Hände als auch ihre gebeugten Schultern kündeten von einem langen Leben voll schwerer Arbeit, aber ihr Gesicht und vor allem ihre Augen kamen ihr noch erstaunlich jung vor.

»Das meine ich nicht«, sagte Katharina. »Woher wisst Ihr überhaupt von mir?«

»Du musst seine Schwester sein«, betonte Elsa lächelnd. »Mindestens bist du genau so klug wie er. Und was deine Frage angeht: Neuigkeiten sprechen sich schnell herum. Die Menschen in Bjarnisund sind unsere Freunde, und du bist jetzt schon seit einer ganzen Weile bei ihnen.«

»Jetzt ist es gut, Weib«, sagte Hendrik, allerdings ebenfalls in eher gutmütigem Ton. »Mach den beiden etwas zu essen. Sie sehen aus, als könnten sie eine kräftige Mahlzeit gebrauchen. Und ich habe ein paar Dinge mit Ansgar zu besprechen.«

Elsa warf ihrem Mann einen gespielt verärgerten Blick zu, bedeutete Katharina aber trotzdem mit einer wortlosen Geste, ihr zu folgen, und wandte sich um. Katharina folgte ihr, vorbei an einer niedrigen hölzernen Theke und einem Regal, in dem sich frisch gebackene Brotlaibe und andere Backwaren stapelten. Durch eine Tür gelangten sie in einen zweiten, deutlich größeren Raum, in dem es nicht nur sehr viel heller war, sondern auch fast unangenehm warm. Den Großteil des vorhandenen Platzes nahm ein gewaltiger Backofen ein, hinter dessen halb offen stehender Klappe dunkelrote Glut waberte, der restliche freie Raum wurde fast zur Gänze von Säcken mit Mehl,

Körben und Schalen und Beuteln mit den unterschiedlichsten Zutaten und stapelweise Feuerholz, Kienspänen und Holzkohle eingenommen, sodass sie kaum noch einen Weg dazwischen hindurchfanden. Und allein der Geruch, der hier viel intensiver war als vorne, ließ ihr nicht nur das Wasser im Mund zusammenlaufen, sondern veranlasste ihren Magen obendrein zu einem hörbaren Knurren. Das Geräusch war ihr ein bisschen peinlich, aber Elsa reagierte nur mit einem gutmütigen Lächeln und bedeutete ihr, weiter und eine schmale Stiege am Ende der Backstube hinaufzugehen.

»Ihr seid Bäcker?«, fragte sie vollkommen überflüssigerweise.

»Und zwar die besten in ganz Santen«, bestätigte Elsa mit einem heftigen Kopfnicken. »Das kann ich mit Fug und Recht behaupten, ohne rot zu werden. Wir sind nämlich die einzigen echten Bäcker in der Stadt.«

Sie betraten eine weitere dieser sonderbar niedrigen Kammern, und Elsa deutete heftig gestikulierend auf einen niedrigen Tisch, um den sich ein halbes Dutzend wuchtiger Stühle gruppierten. »Jetzt setz dich erst einmal da hin, Kind, und ich mache dir etwas Gutes zum Essen. Man kann ja schon hören, wie hungrig du bist.«

Katharina nahm gehorsam Platz, und Elsa schien einen Moment lang darauf zu warten, dass sie irgendwie auf ihre nicht wirklich witzige Bemerkung reagierte, wandte sich dann aber mit einem angedeuteten Schulterzucken ab und verschwand, und Katharina musste sich einen Moment lang tatsächlich mit aller Macht beherrschen, um nicht aufzuspringen und ihr nachzulaufen.

Stattdessen zwang sie sich, ihre Umgebung einer etwas gründlicheren Musterung zu unterziehen, kam aber zu keinem anderen Ergebnis als dem, das sie ohnehin schon kannte: Santen musste eine unermesslich reiche Stadt sein. Die Einrichtung dieser Stube war spärlich, aber dennoch kostbar. Allein der

Schrank mit seinen reich geschnitzten Türen war prachtvoller als alles, was sie je auf Burg Ellsbusch gesehen hatte.

Vielleicht war Graf Ellsbusch ja ein außergewöhnlich armer Adliger gewesen. Falls es so etwas gab.

Elsa kam zurück und brachte ihr einen Becher, aus dem es sichtbar dampfte. »Heiße Milch. Sie wird dir guttun, aber gib acht, sie ist noch sehr heiß. Die Suppe dauert noch einen Moment, aber bis dahin hast du wenigstens schon mal etwas Warmes im Bauch.«

Wieder hatte Katharina das Gefühl, dass das nicht einfach nur so dahingesagt war, weil die Bäckersfrau nur freundlich sein wollte, sondern dass sie eine bestimmte Absicht damit verfolgte oder zumindest auf eine bestimmte Reaktion wartete.

Sie sah sie jedoch nur schweigend an und nippte behutsam an der Milch, die tatsächlich so heiß war, dass sie sich beinahe die Lippen daran verbrühte, aber auch überaus köstlich schmeckte. Wie von selbst wanderten ihre Gedanken zu den Kätzchen. Wie es ihnen jetzt wohl ergehen mochte? Ob sie auch so etwas wie Leckeres wie Milch vorgesetzt bekamen, oder ob Hugin und Munin vielleicht ganz im Gegenteil abgemagert und struppig durch die Wälder streiften – auf Beutezug und doch gleichzeitig in Gefahr, selbst zur Beute zu werden?

Elsa zuckte zum zweiten Mal auf diese seltsame Art mit den Schultern und ging auch jetzt wieder ohne ein weiteres Wort. Etwas hier war … sonderbar, dachte Katharina.

So sonderbar und beunruhigend, dass es sich mit der Sorge um Hugin und Munin zu einem tiefen Gefühl des Verlustes und der Verunsicherung vermischte …

Eine Weile beschäftigte sie sich damit, weiter an ihrer Milch zu nippen, die nach einem guten Schuss Honig schmeckte, wie sie nur ganz nebenbei bemerkte, stand aber schließlich wieder auf und trat mit einem tiefen Seufzer an eines der beiden schmalen Fenster heran, die auf den Marktplatz hinausführten.

Aus dieser Höhe betrachtet wirkte das hektische Treiben dort unten noch bunter und faszinierender, und Katharina korrigierte ihre Einschätzung noch einmal ein gutes Stück nach oben, was die Anzahl der Menschen auf dem Marktplatz anging. Überall wuselte es, wurde begutachtet und gefeilscht, Waren eingepackt und gehandelt, und das war noch lange nicht alles. Auf der anderen Seite des Platzes gewahrte sie ein halb mit bunten Tüchern verhangenes Podest, auf dem farbenfroh gekleidete Gaukler und Spielleute ihre Kunststücke und allerlei Albernheiten aufführten. Eine nicht kleine Menge von Zuschauern drängte sich vor der Bühne, applaudierte und lachte oder munterte die Gauklertruppe mit Rufen zu größerem Eifer auf. Spielende Kinder flitzten überall in der Menge herum, und einmal beobachtete sie, wie ein fettleibiger Bursche unter dem schadenfrohen Gelächter der anderen hinter einem Kind herjagte, das ihm vielleicht etwas stibitzt oder ihn auf andere Weise geärgert hatte – ohne die leiseste Chance indes, es einzuholen.

Der Anblick zauberte ein Lächeln auf ihre Lippen, dessen sie sich nicht einmal bewusst war, aber er erfüllte sie auch mit einem Gefühl vager Trauer, war es doch ihr erster Blick auf ein Leben, das ihr bisher vollkommen unbekannt gewesen war. Vielleicht waren diese Stadt und all ihre Bewohner ja gar nicht so unermesslich reich, wie sie bisher geglaubt hatte. Vielleicht war *sie* bisher nur so unermesslich arm gewesen; und damit meinte sie nicht nur die schäbigen Kleider, das schlechte Essen und die erbärmlichen Umstände, unter denen sie aufgewachsen war. Das dort unten war ein Teil des Lebens, um das das Schicksal sie bisher betrogen hatte, und dieser Gedanke machte sie traurig und wütend zugleich.

Das intensive Gefühl, angestarrt zu werden, ließ sie erschrocken den Kopf drehen, aber das Zimmer hinter ihr war leer. Dennoch blieb das Gefühl.

Sie sah wieder auf den Marktplatz hinab, und für einen ganz

kurzen Moment glaubte sie eine schwarzhaarige Gestalt in einem sehr freizügigen Kleid zu sehen, auf deren Schulter ein winziges Geschöpf saß; wie ein kleiner, haariger Mensch.

Aber als sie genauer hinsah, war da niemand. Und warum hätte Vera ihr hinterherspionieren sollen?

Sie schalt sich selbst einen Angsthasen und Dummkopf (was sie aber nicht daran hinderte, noch einmal genauer hinzusehen), verscheuchte den Gedanken schließlich und konzentrierte sich schließlich wieder auf den interessantesten Teil des bunten Treibens, nämlich auf die Bühne, auf der die Gaukler und Schauspieler noch immer ihre Kunststückchen aufführten. Es dauerte nicht lange, bis sie Vera und ihr Äffchen tatsächlich genau dort stehen und angelegentlich mit einem dunkelhaarigen und sehr groß gewachsenen Mann sprechen sah. Also hatte sie sich doch getäuscht und der Gauklerin Unrecht getan.

»Steh bitte nicht da am Fenster. Jemand könnte dich sehen.«

»Einer von den hundert Jemanden, die mich schon gesehen haben?«, fragte Katharina spöttisch, drehte sich aber trotzdem nicht nur zu Ansgar um, sondern ging auch gehorsam wieder zurück zum Tisch und setzte sich.

»Das ist etwas anderes«, beharrte Ansgar. Er sah wirklich ein bisschen besorgt aus, fand Katharina.

Sie griff wieder nach ihrer Milch, stellte fest, dass sie wohl länger am Fenster gestanden haben musste, als ihr klar gewesen war, denn sie war mittlerweile spürbar abgekühlt, und nahm nun einen großen, genießerischen Schluck.

»Elsa kommt gleich mit dem Essen«, sagte er, indem er näher kam und sich ebenfalls setzte. »Du wirst staunen, sie ist die beste Köchin von ganz Santen.«

»Ich dachte, sie wäre die beste Bäckerin?«

»Das auch«, bestätigte Ansgar. Er lächelte, aber es sah nicht ganz überzeugend aus. »Aber das heißt nicht, dass sie nicht auch die beste Köchin der Stadt sein kann. Du wirst sehen, allein dafür hat sich der Weg hierher schon beinahe gelohnt.«

Katharina nickte nur und sah ihn auffordernd an, aber Ansgar sprach nicht von sich aus weiter, und so saßen sie eine Weile in immer unbehaglicher werdendem Schweigen zusammen, über das sie auch die köstliche Honigmilch nicht mehr ganz hinwegtrösten konnte.

Zumindest im einem Punkt hatte Ansgar die ganze Wahrheit gesagt: Elsa war tatsächlich die beste Köchin, die man sich nur vorstellen konnte. Es dauerte zwar noch eine geraume Weile, bis sie und ihr Mann mit dem Essen kamen, doch das Warten hatte sich gelohnt. Hatte sie schon geglaubt, in Bjarnisund das beste Essen der ganzen Welt bekommen zu haben, so fehlten ihr für das, was die grauhaarige Bäckersfrau ihr vorsetzte, schlichtweg die Worte. Sie aß, bis sie satt war, aß weiter, bis sie glaubte platzen zu müssen, und aß sogar dann noch weiter, bis es einfach nicht mehr ging. Ansgar sah ihr schweigend zu, aber mit unübersehbarer Missbilligung, während sich Elsa so zufrieden zeigte, wie es nur eine Köchin sein konnte, deren Essen so unübersehbar gewürdigt wurde. Hendrik war nur kurz bei ihnen geblieben und hatte sich dann mit der Erklärung zurückgezogen, dass er an einem Markttag wie heute das Geschäft nicht länger als unbedingt nötig geschlossen halten konnte.

»Ich glaube, ich muss einmal ein ernstes Wörtchen mit Arla sprechen«, sagte Elsa, als Katharina endlich fertig war und ihren Teller mit einem Seufzen tiefster Zufriedenheit zurückschob. Sie erinnerte sich nicht mehr genau, ob sie ihn zwei- oder dreimal nachgefüllt hatte. »Es ist eigentlich gar nicht ihre Art, ihre Gäste hungern zu lassen.«

»Das tut sie auch nicht!« antwortete Katharina hastig. »Aber das Essen war so köstlich, dass ich gar nicht aufhören konnte.«

»Du bist eine Schmeichlerin«, behauptete Elsa. »Das hast du

auch von deinem Bruder, nehme ich an.« Sie legte den Kopf auf die Seite und betrachtete sie einen Augenblick lang, als sähe sie sie zum ersten Mal. »Du solltest dir das Haar wachsen lassen, mein Kind. Es ist eine Schande darum. Außerdem wärst du die erste Frau eures Volkes mit einer Knabenfrisur.«

»Sie sind nicht mein –«, begann Katharina, biss sich aber dann auf die Unterlippe und sah Ansgar kurz und beinahe schuldbewusst an.

»Doch, das sind sie«, beharrte Elsa lächelnd. »Schau in einen Spiegel, wenn du mir nicht glaubst, mein Kind.«

»Kara ist aus dem Staunen gar nicht mehr herausgekommen, als sie Santen gesehen hat«, mischte sich Ansgar ein; irgendwie hastig, wie Katharina fand. Er lachte. »Ich glaube, sie hat noch nie eine Stadt gesehen, die mehr als zwölf Einwohner hat.«

»He!«, protestierte Katharina.

»Dann hast du ihr ja eine Menge zu erzählen«, sagte Elsa. Sie stand auf und begann die geleerten Teller zusammenzuräumen, schüttelte aber rasch den Kopf, als Katharina ihr helfen wollte – was Katharina einigermaßen erstaunte. Abgesehen von den wenigen Tagen in Bjarnisund war es bisher stets sie gewesen, die den Tisch abräumen, die Reste an die Schweine verteilen und die Teller sauber schrubben musste. Wenn man es ihr überhaupt gestattet hatte, mit am Tisch zu essen.

»Viel lieber wäre es mir, wenn er sie mir zeigen würde.«

»Das halte ich für keine gute Idee.«

»Wieso?«

Elsa hatte die Teller bereits zusammengeräumt und wollte sie gerade aufnehmen, ließ sie aber jetzt noch einmal sinken und setzte sich wieder. Sie tauschte einen raschen (und – wie sie vielleicht selbst glaubte – verstohlenen) Blick mit Ansgar, bevor sie antwortete. »Ansgar und seine Familie sind gute Freunde und immer gerne bei uns gesehen, aber der Moment ist … ein wenig ungünstig.«

»Weil sie Wikinger sind?«

»Sie selbst nennen sich Nordmänner, und ich glaube, dieses Wort ist ihnen auch lieber«, sagte Elsa betont. »Weißt du, was das Wort Wikinger bedeutet?«

Katharina schüttelte den Kopf. Noch vor zwei Wochen hatte sie nicht einmal gewusst, dass es dieses Wort *gab.*

»Es heißt so viel wie Krieger«, sagte Elsa. »Und für manche bedeutet es auch *Räuber* oder *Mörder*. Aber das trifft auf Erik und sein Volk ganz gewiss nicht zu, und jedermann hier weiß das auch. Aber du weißt, was in Ellsbusch geschehen ist, nicht wahr?« Sie schüttelte den Kopf und lächelte hastig und fast verlegen, bevor Katharina zu einer Antwort ansetzen konnte. »Wie dumm von mir. Wenn nicht du, wer dann?«

Katharina zog nur die linke Augenbraue hoch, aber Elsas Worte machten sie hellhörig. Anscheinend wusste die Bäckersfrau genau, was geschehen war, und auch, welche Rolle *sie* dabei gespielt hatte. Allmählich begann Katharina sogar zu vermuten, dass sie die Einzige hier, war, die nicht über alles Bescheid wusste.

»Die Menschen haben Angst, Kara«, fuhr Elsa fort, wobei sie ganz bewusst den Namen benutzte, den Ansgar ihr wohl genannt hatte. »Jeder hier weiß, dass Erik und die Seinen friedliche Händler und Kauffahrer sind, aber der Überfall auf Ellsbusch hat zu viele schlimme Erinnerungen wachgerufen. Erinnerungen an schreckliche Dinge, die den Menschen Angst machen. Und Menschen, die Angst haben, reagieren manchmal nervös. Im Moment ist es sicherer, wenn ihr euch nicht auf den Straßen sehen lasst.«

»Die *Fenrir* liegt im Hafen«, erwiderte Katharina. »Als ich sie das letzte Mal gehen habe, da hatte sie ziemlich viele Nordmänner an Bord.«

»In diesem Falle wohl eher Wikinger«, seufzte Elsa. »Aber das macht es eher schlimmer. Jedermann kennt Wulfgars Ruf.

Und aus genau diesem Grund hat sich die *Fenrir* auch freiwillig von Guy de Pardeville aufbringen lassen, und seine Männer sind ihm und Baron zu Guthenfels widerstandslos hierhergefolgt, um ihre Unschuld zu beweisen.«

»Ich habe ihn gesehen«, sagte Katharina.

»Auch das habe ich gehört«, seufzte Elsa. »Und da Ansgar und sein Großvater dir glauben, glaube ich dir auch … aber das macht es allerhöchstens noch schlimmer, nicht besser.«

»Wieso?«

Elsa seufzte. »Wulfgar und die meisten seiner Männer sind in der Stadt«, sagte sie. »Und wenn du wirklich die Wahrheit sagst, dann können sie nicht daran interessiert sein, dass du es allzu vielen anderen erzählst. Es wäre gefährlich, wenn du dich in der Stadt sehen lässt.«

»Und wie lange?«, fragte sie.

»Vorerst für heute«, sagte Elsa hastig. »Auch wir haben Freunde in der Stadt – wenn man das beste Brot weit und breit backt, bleibt das nicht aus, weißt du? –, und sobald sich die Aufregung ein bisschen gelegt hat …« Sie sah plötzlich so aus, als hätte sie den Satz angefangen, ohne wirklich zu wissen, wie sie ihn beenden sollte, und rettete sich prompt in ein unsicheres Lächeln.

»Jedenfalls ist es besser, wenn Ansgar und du im Haus bleiben«, sagte sie. »Aber ich beantworte dir gerne alle Fragen, die du hast. Ganz egal, wie viele es sind … selbst wenn ich dieses Versprechen bestimmt bedauern werde.«

Und damit sollte sie Recht behalten.

*

Da sie so unendlich viele Fragen über die Stadt, ihre Bewohner und vor allem das Leben in Santen stellte, hatte sie die Hälfte der Antworten natürlich schon wieder vergessen, als sich der

Tag dem Ende zu neigte und Elsa schließlich erschöpft aufgab. Sie hatte tatsächlich – fast – alle Fragen beantwortet, die Katharina ihr gestellt hatte, und dabei eine wahre Engelsgeduld an den Tag gelegt, und aus dem, was Katharina bisher nur gefürchtet hatte, war längst bittere Gewissheit geworden, nämlich dass es da eine ganze Welt voller Wunder und unvorstellbarer Dinge jenseits des erbärmlichen Lebens gab, das sie bisher geführt hatte; eine Welt, die zu entdecken und zu erforschen selbst ein ganzes Menschenleben vielleicht nicht ausreichen würde. Und inzwischen erging es ihr wieder so wie vorhin, als sie am Fenster gestanden und auf den Marktplatz hinuntergesehen hatte: In all die Freude und Aufregung über dieses neu entdeckte Leben mischten sich Bitterkeit und Zorn, um genau dieses Leben bisher betrogen worden zu sein.

Als die Sonne unterging, schloss Hendrik den Laden und gesellte sich zu ihnen, und seine Frau tischte ihnen ein Abendessen auf, das Katharina beinahe noch köstlicher und reichhaltiger vorkam als das Mittagsmahl, doch danach bestand Elsa darauf, dass es für heute genug wäre und sie zu Bett gehen sollte.

Katharina protestierte zwar, allerdings nur sozusagen der Ordnung halber. Sie war sehr müde. Der lange Weg hierher und das beinahe ebenso lange Gespräch (sie hatte überrascht festgestellt, dass Reden tatsächlich genau so anstrengend sein konnte wie körperliche Arbeit) begannen ihren Preis zu fordern. Elsa musste kein drittes Mal darauf bestehen, dass sie sich in die kleine Dachkammer zurückzog, um zu schlafen.

»Und wundere dich nicht, wenn es heute Nacht ein bisschen lauter wird«, schloss ihre grauhaarige Wohltäterin, bevor sie die Tür hinter sich zuzog. »Nach einem Markttag wie heute reinigt Hendrik immer den Backofen, und das kann bis spät in die Nacht dauern. Ich sage ihm, dass er leise sein soll, aber ganz versprechen kann ich es dir nicht.«

Katharina nuschelte nur eine Antwort, die sie selbst nicht

richtig verstand, rollte sich in ihre Decke ein und war schon eingeschlafen, bevor Elsas Schritte auf der Treppe draußen verklungen waren. Aber es war kein sehr erholsamer Schlaf. Immer wieder wachte sie auf, mit klopfendem Herzen und der wirren Erinnerung an noch wirrere Albträume, und einmal war ihr Gesicht nass, und ihre Augen brannten, als hätte sie im Schlaf geweint.

Schließlich – ihr Gefühl sagte ihr, dass es mindestens Mitternacht sein musste – resignierte sie, setzte sich auf und versuchte Ordnung in ihre Gedanken zu bringen … was ihr natürlich nicht gelang. Ihr Herz klopfte noch immer, als wäre sie stundenlang gerannt, und zugleich war sie noch benommen vom Schlaf. Zugleich spürte sie, dass sie jetzt keine Ruhe mehr finden würde; und wie auch, wo doch binnen eines einzigen Tages ein ganzes Jahrzehnt gestohlener Lebenszeit über sie hereingebrochen war?

Im Haus war es nicht still. Gedämpft, aber dennoch deutlich hörbar drangen Geräusche aus dem Erdgeschoss zu ihr herauf; Stimmen und ein beständiges Poltern und Rumoren, das in der Stille der Nacht wahrscheinlich noch drei Häuser weiter zu hören war. Elsa hatte ihr ja gesagt, dass ihr Mann bis spät in die Nacht damit beschäftigt sein würde, die Spuren des turbulenten Markttages zu beseitigen und den Backofen zu reinigen. Sie vermutete, dass auch Ansgar dabei war, um seinen Anteil an der Arbeit zu leisten, und da sie spürte, dass sie so schnell ohnehin nicht wieder einschlafen würde, konnte sie ebenso gut nach unten gehen und sich ein bisschen nützlich machen. Immerhin hatte sie die Gastfreundschaft dieser guten Leute in Anspruch genommen und ihr Essen gegessen, da war es nur recht und billig, wenn sie wenigstens etwas davon auf ihre Weise zurückzahlte.

Sie stand auf, überlegte einen Moment, in Hose und Sandalen zn schlüpfen, und behielt dann nur das Kleid an, in dem sie ohnehin geschlafen hatte. Geräusche und Stimmen wurden lauter, als sie auf nackten Füßen die Treppe hinunterschlich, und das unstete Licht flackernder Kerzen wies ihr den Weg.

Die Stimmen kamen ihr aufgeregt vor – aufgeregter, als sie sein sollten, ging es doch nur um etwas so Banales wie das Reinigen eines Ofens! –, und es war nicht nur Hendriks Stimme, die sie hörte. Dort unten redeten mindestens drei oder vier Männer aufgeregt und mit nur mühsam im Zaum gehaltenen Stimmen durcheinander, und ein- oder zweimal glaubte sie so etwas wie ein Stöhnen zu hören.

Auf halber Höhe der Treppe bleib sie stehen, und nun begann ihr Herz vor Angst zu klopfen. Was ging dort unten vor? Das klang nicht nach Aufräumen, sondern eher nach einem Kampf, mindestens aber nach einem ausgewachsenen Streit.

Nunmehr endgültig auf Zehenspitzen schlich sie weiter, hielt noch mindestens zwei- oder dreimal an, um zu lauschen, und blieb schließlich so auf der Treppe stehen, dass sie zumindest einen Teil der Backstube einsehen konnte, ohne selbst sofort entdeckt zu werden.

Auf den ersten Blick allerdings erschien ihr diese Vorsichtsmaßnahme überflüssig. Die Backstube war leer, sah aber ganz und gar nicht aufgeräumt aus, sondern noch viel unordentlicher und überladener als am Tag, aber es war keine Menschenseele zu sehen. Es war nicht mehr so erstickend warm wie am Tag, was daran lag, dass der große Backofen tatsächlich erloschen war: Die eiserne Klappe stand offen, und dahinter war keine Glut mehr zu sehen, sondern nur eine Schicht aus weißer Asche, die sich kaum noch von dem Überzug aus pulverfeinem Mehl unterschied, der alles hier bedeckte. Darüber hinaus schien Hendrik aber seine Konzentration vor allem darauf verwandt zu haben, hier alles durcheinanderzuwerfen und zu verwüsten anstatt aufzuräumen.

Es sah wirklich ein bisschen aus wie nach einem Kampf, dachte sie beunruhigt. Und auch die Stimmen, die jetzt deutlich lauter an ihr Ohr drangen, klangen eindeutig erregt; zornig.

Ihre Verursacher konnte sie immer noch nicht sehen, und seltsamerweise fiel es ihr plötzlich schwer, die genaue Richtung auszumachen, aus der die Stimmen kamen.

Aus … dem Boden?

So unsinnig ihr der Gedanke im ersten Moment vorkommen mochte, es war ganz genau so.

Nur ein kleiner Teil des Bodens, der, auf dem der schwere Backofen stand, bestand aus festgestampftem Erdreich, der Rest aus dicken hölzernen Bohlen, deren Ritzen aber so mit Schmutz und Mehlstaub verstopft waren, dass man schon genau hinsehen musste, um das zu entdecken.

Noch genauer musste sie hinsehen, um die schmale Klappe im Boden zu entdecken, unter der sich offensichtlich ein verborgener Keller befand. Wären die frischen Fußspuren in der Schicht aus Mehl und Staub nicht gewesen, hätte sie sie vielleicht nicht einmal jetzt gesehen.

Nachdem sie noch einen Moment lang konzentriert gelauscht und sich davon überzeugt hatte, dass sie wirklich allein war, ging sie hin, griff nach dem eisernen Ring in ihrer Mitte und stellte überrascht fest, dass sich die Klappe nicht nur unerwartet leicht, sondern nahezu lautlos öffnen ließ. Offensichtlich waren die Scharniere gut geölt.

Warum eigentlich? Allzu sauber oder gar ordentlich schienen die beiden Bäckersleute doch gar nicht zu sein …

Katharina verscheuchte den Gedanken, lugte vorsichtig in die Tiefe und sah nichts als eine schmale Leiter, die nahezu senkrecht nach unten führte und nicht nur hoffnungslos verdreckt war, sondern auch alles andere als Vertrauen erweckend aussah. Die Stimmen wurden lauter, und sie sah jetzt den flackernden roten Schein von Fackeln, kein Kerzenlicht mehr.

In der Hoffnung, dass die wackelige Leiter wenigstens ihr Gewicht tragen würde, schwang sie sich in die Tiefe, ließ die Klappe lautlos über sich wieder zufallen und stieg die ächzenden

Sprossen hinab, um sich schließlich in einer winzigen, gemauerten Kammer wiederzufinden, die offensichtlich Teil eines größeren Gewölbekellers war, der sich unter dem gesamten Haus dahinziehen musste, wenn nicht sogar noch weiter. Stimmen und Licht drangen aus einem benachbarten Raum, zu dem eine aus schweren Bohlen gefertigte halbrunde Tür führte. Sie war allerdings nur angelehnt, und vermutlich war das der einzige Grund, warum sie nicht längst entdeckt worden war.

Katharina schalt sich für ihren Leichtsinn, bewegte sich nun aber vorsichtig weiter und hielt auf den letzten Schritten sogar den Atem an.

Und dieses Mal beglückwünschte sie sich zu ihrer Vorsicht, als sie ihr Ziel erreichte.

Die Tür stand tatsächlich nur einen schmalen Spalt offen, doch was sie durch diesen Spalt sehen konnte, das hätte ihr um ein Haar einen überraschten Schrei entlockt.

Der Raum auf der anderen Seite war deutlich größer als die winzige Kammer, in der sie stand, und gleich von einem halben Dutzend Fackeln erhellt, deren Flammen in der Zugluft tanzten und damit nicht nur Licht, sondern auch unzählige hektisch hin- und herspringende Schatten erzeugten, sodass es ihr im allerersten Moment fast schwerfiel, überhaupt etwas zu erkennen. Ganz wie sie es erwartet hatte, gewahrte sie nicht nur Hendrik auf der anderen Seite, sondern auch Ansgar und sogar Hendriks Frau.

Was sie nicht erwartet hatte, das war der Anblick Eriks und zweier weiterer Männer, die sie aus Bjarnisund kannte (Ole und Tjerg, glaubte sie sich zu erinnern, aber ganz sicher war sie nicht … es wollte ihr immer noch nicht gelingen, diese ausnahmslos bärtigen und Zöpfe tragenden Hünen auseinanderzuhalten). Außerhalb des schmalen Bereiches, den sie einsehen konnte, schienen sich noch mehr Gestalten aufzuhalten. Und dennoch war es nicht einmal das, was Katharina jäh die Schreckensbleiche ins Gesicht steigen ließ.

Erik hatte sich auf ein Knie sinken lassen und beugte sich, einen Dolch in der rechten Hand, über eine ausgemergelte Gestalt mit dick verbundenen Händen und grauem Gesicht, die sich wimmernd vor Angst auf dem Boden krümmte.

»... deine allerletzte Chance, Pfaffe«, sagte Erik gerade. »Sag mir jetzt die Wahrheit, oder du lernst am eigenen Leib die Höllenqualen kennen, mit denen du deinen Schäfchen so gerne drohst!«

Katharina verstand nicht einmal wirklich, was sie da sah. Vater Cedric war hier? Aber Ansgar hatte ihr doch gesagt, sie hätten ihn ins Stift gebracht, wo sich seine Brüder um seine schrecklichen Wunden kümmern konnten!

Wohl um seiner Drohung den nötigen Nachdruck zu verleihen, begann Erik mit seinem Dolch vor Vater Cedrics Gesicht herumzufuchteln, und der heilige Mann hob mit einem angsterfüllten Wimmern die verbundenen Hände, wie um den vermeintlichen Angriff abzuwehren. Aber trotz der schieren Todesangst in seinen Augen klang seine Antwort trotzig.

»Du bringst mich doch sowieso um, Heide!«, sagte er. »Tu es! Stoß mir dein Messer ins Herz, damit ich vor meinen Herrn treten und dort Anklage gegen dich führen kann!«

»Sterben wirst du«, sagte Erik grimmig. »Aber es liegt ganz bei dir, wann und wie qualvoll.« Und damit beugte er sich zu Katharinas maßlosem Entsetzen noch weiter vor und führte die Dolchspitze über Vater Cedrics Wange, wo sie einen langen, blutigen Schnitt hinterließ. Cedric kreischte vor Schmerz und versuchte ihn abzuwehren, und Erik schlug seine Hände grob zur Seite und fügte ihm noch einen zweiten, noch tieferen Schnitt auf der anderen Wange zu.

»Es ist ganz allein deine Wahl, alter Mann«, sagte er kalt. »Es macht mir keine Freude, dich zu quälen, aber es macht mir auch nichts aus, es zu tun. Beantworte mir ein paar Fragen, und ich lasse dich am Leben.«

Vater Cedric wimmerte vor Schmerz und Angst und versuchte Erik anzuspucken, brachte aber nicht mehr als ein wenig schaumigen Sabber heraus, der an seinem Kinn herablief und sich mit seinem eigenen Blut vermischte. Erik seufzte, senkte seinen Dolch, und Cedric quietschte wie ein angestochenes Schwein, ehe die Messerspitze ihn auch nur berührt hatte.

»Nein!«, wimmerte er. »Nicht mehr! Was ... willst du wissen?«

»Das Mädchen«, antwortete Erik. »Katharina. Woher kommst sie, und wer ist sie wirklich?«

»Das weiß ich nicht!«, behauptete Cedric. »Nur ein armes Waisenkind, das niemand haben wollte und –«

Erik piekste ihn mit der Messerspitze in die verbundene Hand, und ein neuer, hellroter Fleck erblühte auf dem mit eingetrocknetem Blut besudelten Stoff. Cedric kreischte.

»Ich habe mich erkundigt, alter Mann«, sagte Erik kalt. »Und da ich dir weitere Schmerzen ersparen möchte, sage ich dir, was ich weiß. Jemand hat das Mädchen vor zehn Jahren zu dir gebracht. Eine Frau, wie ich gehört habe. Sie soll dir eine ansehnliche Summe Geld gegeben haben, damit du dich des Kindes annimmst. Ist das richtig?«

Vater Cedric starrte ihn aus weit aufgerissenen Augen an, die jetzt schwarz vor Angst waren. Er schwieg, doch als Erik erneut mit seinem Dolch drohte, nickte er umso hastiger, schüttelte aber praktisch aus derselben Bewegung heraus den Kopf. »Ellsbusch!«, stieß er hervor. »Es war Ellsbusch, zu dem sie das Kind gebracht hat! Und er hat auch das Geld bekommen! Ich weiß nicht, wie viel, aber mir hat er nur wenig gegeben! Nicht einmal genug, um für ihr Essen aufzukommen!«

»Graf Ellsbusch?«, vergewisserte sich Erik. Er klang überrascht und alles andere als überzeugt, aber wenigstens verzichtete er darauf, weiter an Vater Cedric herumzuschnitzen.

Zumindest für den Augenblick.

Cedric nickte hastig. »Er hat das Kind zu mir gebracht, noch in derselben Nacht!«, versicherte er. »Ich habe die Frau nie zu Gesicht bekommen, aber sie soll sehr schön gewesen sein.«

Er wandte zitternd den Kopf, und Katharinas Herz setzte vor Schrecken beinahe aus, als er dabei genau in ihre Richtung sah. Doch es war Ansgar, dessen Gesicht sein Blick suchte. »Sie sah aus wie du, mein Junge.«

»Wie ich?«, wiederholte Ansgar verwirrt. Dann sog er mit einem Keuchen die Luft ein. »Meine Mutter? Was ist mit ihr geschehen? Wo ist sie?«

»Und du weißt, dass sie wie Ansgar ausgesehen hat, obwohl du sie niemals gesehen hast?«, fügte Erik hinzu, seufzte tief und stach Vater Cedric auch noch in die andere Hand. Er sprach erst weiter, als Cedric aufgehört hatte zu schreien; was eine geraume Weile dauerte.

»Belüge uns noch einmal, und ich schneide dir einen Finger ab«, sagte er ruhig.

»Ich … ich habe sie gesehen, ja«, wimmerte Cedric. »Aber nur einmal, in dieser Nacht, als sie mir das Kind übergeben hat, und da hatte sie schon hohes Fieber und lag im Sterben.«

»Im Sterben?«, keuchte Ansgar. »Meine Mutter ist tot?!«

Erik brachte ihn mit einer unwirschen Geste zum Schweigen und bedeutete Cedric zugleich, weiterzusprechen.

»Ellsbusch und sie kamen in dieser Nacht zu mir«, sagte Vater Cedric. »Graf Ellsbusch hat mir aufgetragen, mich um das Kind zu kümmern.«

»Was du ja auch getan hast!«, grollte Ansgar. »Ihr habt sie wie ein Tier behandelt! Schlimmer als eine Sklavin!«

»Aber das war Ellsbuschs Befehl!«, verteidigte sich Vater Cedric mit weinerlicher Stimme. Sein Blick hing wie gebannt an der Spitze von Eriks Dolch, die nass und rot von seinem eigenen Blut war. »Er … er hat gesagt, dass niemand von ihr erfahren darf, nicht wer das Kind ist und woher es kommt, weil es das Mädchen sonst das Leben kosten würde. Vor allem seine Verbündeten nicht, die Wikinger!«

Ansgar schnaubte nur abfällig, aber Erik zog das Messer plötzlich ein kleines Stück zurück und machte ein nachdenkliches Gesicht. »Wulfgar?«, fragte er.

»Ja«, versicherte Vater Cedric. »Er hat gesagt, Wulfgar und seine Männer würden das Kind auf der Stelle töten und auch uns alle umbringen, wenn sie von seiner Existenz wüssten. Ich habe das Kind immer versteckt, wenn er oder einer seiner Krieger in der Nähe waren.«

»Aber das ergibt doch überhaupt keinen Sinn!«, begehrte Ansgar auf, aber sein Großvater brachte ihn wieder einmal mit einer herrischen Geste zum Schweigen. Sein Blick ließ den des wimmernden Geistlichen nicht los.

»Und weiter?«, fragte er.

»Weiter gibt es nichts«, beteuerte Cedric. »Ich habe gehört, die Frau wäre ein paar Tage darauf gestorben, aber Graf Ellsbusch hat nie wieder von ihr gesprochen, und ich habe ihn nicht gefragt. Manchmal hat er sich nach dem Mädchen erkundigt, aber das ist alles, was ich dir sagen kann! Mehr weiß ich nicht, das schwöre ich bei meinem Seelenheil!«

»Du solltest es lieber beim Heil deiner Glieder schwören«, sagte Ansgar böse. Diesmal ignorierte ihn sein Großvater.

»Ihr Name«, sagte er. Erik. »Katharina. Hast du ihn ihr gegeben?«

»Ihre Mutter«, antwortete Vater Cedric. »Sie hat immer wieder Kara gesagt, aber das ist kein guter Name für ein Christenmädchen. Deshalb habe ich sie Katharina genannt, schon damit niemand diesen heidnischen Namen hört und misstrauisch wird!«

Erik presste für einen halben Atemzug die Lippen zu einem beinahe blutleeren Strich zusammen, so wütend schien ihn diese Antwort zu machen, dann setzte er dazu an, selbst etwas zu sagen – und hob mit einem plötzlichen Ruck den Kopf, um Katharina in ihrem zweifelhaften Versteck direkt anzusehen!

Selbst wenn es noch irgendein Versteck für sie gegeben hätte, wäre es viel zu spät gewesen. Katharina war vollkommen sicher, weder ein verräterisches Geräusch noch auch nur die kleinste Bewegung gemacht zu haben, aber Erik hatte sie dennoch irgendwie entdeckt, und es bedurfte keines besonderen Befehles ihres Skalden, um die beiden Krieger reagieren zu lassen. Noch während Katharina voll und ganz damit beschäftigt war, zu erschrecken, waren die beiden Männer schon heran und rissen die Tür auf, und Katharina fühlte sich mit solcher Gewalt gepackt und herum- und in die Höhe gerissen, dass ihr die Luft wegblieb. Ein Messer blitzte auf, züngelte nach ihrer Kehle und wurde im letzten Moment wieder zurückgerissen, und erst dann rief Erik laut und erschrocken: »Nicht!«

Seine Warnung wäre zu spät gekommen, hätte der Krieger sie nicht schon selbst erkannt und reichlich unsanft wieder auf die Füße gestellt. Im nächsten Moment musste er schon wieder zupacken, diesmal allerdings, um sie festzuhalten, als sie das Gleichgewicht zu verlieren drohte.

Erik starrte sie aus aufgerissenen Augen an. »Katharina?«, murmelte er. »Aber was –?« Dann ruckte sein Kopf mit einer fast schlangenhaft anmutenden Bewegung herum, und aus dem Erstaunen in seinem Blick wurde Zorn.

»Ansgar! Was macht sie hier? Hatte ich dir nicht aufgetragen, sie an einen sicheren Ort zu bringen?«

Aufgetragen?, dachte Katharina. *Interessant*. Konnte es sein, dass Ansgar ihr die Dinge etwas anders geschildert hatte, als sie sich in Wahrheit zugetragen hatten? Sie würde ein sehr ernstes Gespräch mit ihrem Bruder führen müssen, eines, das ihm bestimmt nicht gefallen würde … aber nicht jetzt.

»Ist … ist das wahr?«, murmelte sie, an Vater Cedric gewandt. »Ihr habt meine Mutter gekannt?«

Vater Cedric funkelte sie so hasserfüllt an, dass klar war, wie wenig er mit ihr reden wollte; geschweige denn diese eine bestimmte Frage beantworten. Vielleicht brachte ihn einzig der Anblick des Messers in Eriks Hand dazu, es doch zu tun.

»Ich weiß nicht, ob sie deine Mutter war«, sagte er. »Und ich habe sie nur ein einziges Mal gesehen, in jener Nacht! Aber ich habe gleich gewusst, dass sie uns nur Unglück bringt. Genau wie du!«

»Was soll das heißen?«, fragte Erik.

»Ich habe es gewusst!«, antwortete Vater Cedric. »Vom ersten Moment an habe ich gewusst, dass dieses Teufelskind nur Unglück über uns bringen wird, und ich habe Recht gehabt! Alle sind tot! Ellsbusch, alle seine Männer und jede Seele aus dem Dorf! Ich habe es gewusst, als ich das Teufelsmal auf ihrem Rücken das erste Mal gesehen habe! Ich habe Ellsbusch gesagt, dass er sie töten soll, um alle anderen zu retten, aber er wollte ja nicht auf mich hören, und jetzt –«

Erik brachte ihn mit einer herrischen Geste zum Schweigen. Im ersten Moment glaubte Katharina, weil er sich so sehr über Cedrics Worte ärgerte, doch dann sah sie, wie Erik sich anspannte und er mit konzentriertem Gesichtsausdruck nach rechts sah. Erst jetzt fiel ihr auf, dass es auch dort eine Tür gab, die offensichtlich zu einem weiteren Raum führte. Vielleicht hatte dieser Keller ja mehr als einen Eingang. Sie konnte sich kaum vorstellen, dass sie den schwer verletzten Geistlichen einfach durch die Vordertür hier herein und sogar die steile Leiter herabgeschleppt hatten.

»Er hätte auf mich –«, setzte Vater Cedric noch einmal an, und Erik hob drohend sein Messer.

»Noch einen Laut, und ich schneide dir die Kehle durch!«, zischte er. »Tjerg!«

Das letzte Wort galt einem der beiden Krieger, der auf der Stelle sein Schwert zog und geduckt auf die Tür zuhuschte, und noch bevor er sie erreichte, deutete Erik nacheinander auf Hendrik, seinen Enkelsohn und schließlich sie.

»Bringt sie weg!«, befahl er. »Schnell! Wir treffen uns am Hafen!«

Der Bäcker verschwand wie weggezaubert, und Ansgar ergriff sie mit beiden Händen an den ihren, drehte sie grob herum und stieß sie schon fast gewaltsam durch die Tür, durch die sie gerade gekommen war.

»Aber –!«, protestierte sie und brach mit einem Japsen wieder ab, als Ansgar ihr einen zweiten, noch derberen Stoß versetzte, der sie haltlos durch die winzige Kammer und gegen die Leiter stolpern ließ. Die Klappe über ihr stand wieder auf, und Staub und Mehl regneten von der Decke, während sich Hendriks hastige Schritte entfernten.

Gerade, als sie die Hand nach der ersten Sprosse ausstrecken wollte, hallte ein lautstarkes Krachen aus der Tür hinter ihnen, gefolgt von dem Geräusch von splitterndem Holz und aufgeregten Stimmen. Katharina wollte herumfahren, doch Ansgar versetzte ihr einen dritten Stoß, als versuchte er, sie nun die Leiter hinaufzuschubsen, und sie kletterte hastig los.

Noch bevor sie die Hälfte der Leiter überwunden hatte, wurden die Schreie unter ihnen lauter, und dann hörten sie die typischen Geräusche eines Kampfes: Metall klirrte auf Metall, und sie hörte Schreie und dumpfe Schläge und ein angestrengtes Keuchen und Schnauben; vielleicht Schmerzenslaute.

»Schneller!«, keuchte Ansgar, der ihr so dichtauf folgte, dass sie ihm bei jeder zweiten Sprosse auf die Finger trat. »Bei Odin, schneller! Sie kriegen uns!«

Katharina kletterte schon, so schnell sie konnte – mit dem Ergebnis allerdings, dass die vorletzte Sprosse der altersschwachen Leiter unter ihren zupackenden Fingern zerbrach und sie um ein Haar beide abgestürzt wären. Im buchstäblich allerletzten Moment fand sie am Rand der Klappe Halt, und Ansgar schaffte es irgendwie, an ihr vorbeizukommen und hinaufzuspringen. Er zerrte sie so unsanft auf die Füße, dass sie einen keuchenden Schmerzenslaut nicht mehr unterdrücken konnte.

»Raus!«, befahl er, während er bereits herumwirbelte und sie einfach mit sich zerrte. »Lauf weg! Schnell! Wir treffen uns am Hafen!«

Katharina fand nicht einmal Gelegenheit, richtig Luft zu holen, geschweige denn zu widersprechen, so schnell zerrte Ansgar sie hinter sich her durch die Backstube: Die Schreie und der Kampflärm unter ihnen wurden noch lauter, und obwohl sie wusste, dass es rein gar nichts gab, was sie für Erik und seine beiden Begleiter tun konnte, kam sie sich einfach nur schäbig vor, sie so feige im Stich zu lassen.

Sie hatten die Backstube durchquert, und Ansgar stürmte in den kleinen Verkaufsraum hinein und prallte dann so abrupt zurück, dass sie um ein Haar zu Boden gestürzt wären, stieß einen Fluch in seiner Muttersprache aus und zerrte sie dann hastig wieder zurück. Plötzlich hämmerte es dumpf und laut auch vor ihnen gegen die Tür, und Ansgar stolperte ein paar Schritte zurück, blieb wieder stehen und sah sich mit gehetztem Blick um. Ein gellender Schrei drang durch die offen stehende Luke zu ihnen herauf, der etwas sonderbar Endgültiges hatte, und die Tür auf der anderen Seite der Backstube erbebte unter einem Schlag, der vom Geräusch splitternden Holzes begleitet wurde.

Ansgar sah sich noch einmal verzweifelt um – und dann tat er etwas vollkommen und absolut Irrsinniges: Er packte Katharina an beiden Schultern, wirbelte sie herum und stieß sie kopfüber in die offen stehende Ofenklappe!

Mit dem Gesicht voran landete sie in der weißen Asche (die nicht einmal annähernd so kalt war, wie ihre Farbe Glauben machen wollte), kämpfte einen Moment lang verzweifelt darum, nicht zu ersticken, und registrierte kaum, dass Ansgar die eiserne Klappe hinter ihr zuwarf.

Irgendwie gelang es ihr, nicht nur nicht zu ersticken, sondern dabei auch nicht genug Lärm zu machen, um die halbe Stadt aufzuwecken.

Selbst hier drinnen drangen noch Schreie an ihr Ohr, das Klirren von Waffen und hastige Schritte, und nachdem sie das Kunststück fertiggebracht halte, sich irgendwie die Asche aus den Augen zu blinzeln, stellte sie fest, dass es nicht annähernd so dunkel war, wie man hätte meinen können. Der Ofen hatte eine Tür aus schwerem Gusseisen mit einer ganzen Anzahl kleinfingerdicker Luftlöcher, durch die sie nach draußen sehen konnte.

Aber sie wünschte sich fast, es nicht getan zu haben.

Sie sah Ansgar, aber nicht nur ihn. Zwei sehr große Männer in groben Kettenhemden hielten ihn gepackt, und obwohl sie zusammengenommen mindestens zehnmal so stark sein mussten wie er, schienen sie ihre liebe Mühe zu haben, ihn zu bändigen. Erst als ein dritter Mann in Kettenhemd und blauem Wappenrock hinzutrat und ihm derb mit dem Handrücken ins Gesicht schlug, stellte Ansgar seine verzweifelte Gegenwehr ein und erschlaffte in ihrem Griff.

Jetzt erkannte Katharina den dritten Mann. Es war Guy de Pardeville. Er trug Helm und Panzerhandschuhe, aber sein Visier stand offen, und sein linker Arm hing in einer Schlinge, ganz wie der Eriks, als er vor zwei Tagen zurückgekommen war, und wahrscheinlich war es sogar ein Andenken an seine letzte Begegnung mit dem Skalden.

»Wenn das keine Überraschung ist«, höhnte er, indem er die gepanzerten Finger seiner unversehrten Hand in Ansgars Haar grub und seinen Kopf brutal in den Nacken zwang. »Hättest du gedacht, dass wir uns so schnell wiedersehen, mein Junge?«

Ansgar antwortete nicht – wahrscheinlich konnte er es gar nicht, denn Pardevilles Schlag hatte ihm nahezu das Bewusstsein geraubt –, aber das schien Pardeville nicht zu stören, denn er holte zu einem weiteren Schlag mit seiner in Eisen gehüllten Hand aus.

»Lasst ihn in Ruhe!«, sagte eine dunkle Stimme

Pardeville erstarrte mitten in der Bewegung, blickte einen halben Atemzug lang hasserfüllt auf Ansgar hinab und wandte sich dann mit einem Ruck zu dem unbekannten Sprecher um.

Katharina versuchte in dem winzigen Raum in eine andere Position zu rutschen, um den Neuankömmling erkennen zu können, und hätte um ein Haar vor Schmerz aufgeschrien, als sie spürte, dass sich unter der heißen Asche noch sehr viel heißerer Stein befand.

Was denn sonst?, schalt sie sich selbst in Gedanken. Hatte sie wirklich geglaubt, dass das Höllenfeuer, das noch am Nachmittag in diesem Ofen getobt hatte, schon nach wenigen Stunden vollkommen abgekühlt war?

»Habt Ihr gerade Euer Herz für Kinder entdeckt, mein Freund?« Pardeville drehte sich mit einer gezwungen langsamen Bewegung herum, und Katharina hätte um ein Haar vor Schrecken aufgeschrien, als sie den grauhaarigen Hünen erkannte, der hinter ihm hereingekommen war.

»Es mag sein, dass ich den Jungen noch brauche«, antwortete Wulfgar. »Und selbst wenn nicht, Sire – es ist bei unserem Volk nicht üblich, Kinder zu schlagen. Auch nicht die unserer Feinde.«

Pardeville setzte zu einer ärgerlichen Entgegnung an, aber Wulfgar schob ihn einfach zur Seite, ließ sich vor Ansgar in die Hocke sinken und ergriff sein Kinn mit einer Hand, die beinahe größer war als Ansgars Gesicht.

»Wo ist deine Schwester, mein Junge?«, fragte er.

Ansgar nuschelte eine Antwort, die vermutlich gar nichts bedeutete, denn er war noch immer mehr besinnungslos als wach, und Katharina musste immer fester die Zähne aufeinanderpressen, um nicht vor Schmerz zu stöhnen und damit ihr

Versteck zu verraten. Der Boden, auf dem sie kniete, war heiß, und er schien mit jedem Moment noch heißer zu werden.

»Sie ist hier, das weiß ich genau!«, sagte eine Stimme von der Tür her. »Ich habe sie ins Haus gehen sehen, und sie ist bisher nicht wieder herausgekommen!«

Pardeville drehte sich mit einem Ruck herum, und auf seinem Gesicht erschien ein Ausdruck von Verachtung, als er die schwarzhaarige Frau sah, die unter der Tür aufgetaucht war. Er sagte nichts von alledem, was ihm so überdeutlich auf der Zunge lag, aber das lag wohl eher an den beiden hünenhaften Wikingern, die hinter der Gauklerin hereinkamen.

»Und jetzt will ich meine Belohnung!«, fuhr Vera fort. »Ich habe euch gesagt, wo sie ist, und Ihr habt mir –«

»Schweig, Frau!«, herrschte Wulfgar sie an. »Du bekommst, was dir zusteht, aber du wirst erst reden, wenn es dir erlaubt wird!«

Vera machte ein abfälliges Geräusch, maß den hünenhaften Wikinger mit einem nicht minder abfälligen Blick und wandte sich dann direkt an Pardeville.

»Wer ist dieser Heide?«, fragte sie. »Ihr seid ein Edelmann und Ritter! Wieso lasst Ihr es zu, dass er so mit einer Frau redet?«

Pardeville schürzte nur verächtlich die Lippen, und Wulfgar wandte sich nun endgültig in ihre Richtung und sagte beinahe sanft: »Das Mädchen ist nicht hier.«

»Dann durchsucht das Haus!«, schnaubte Vera. Das Äffchen, das auf ihrer Schulter saß, begann lautstark zu schnattern, wie um ihr Recht zu geben, und Vera fuhr fort: »Ich habe sofort Bescheid gegeben, als der Junge und sie hierhergegangen sind! Wenn eure Leute nicht gesehen haben, dass sie –«

Wulfgar ohrfeigte sie, schnell und so hart, dass Vera mit einem erschrockenen Keuchen zurück und gegen den Türrahmen taumelte und wimmernd daran zu Boden sank. Das Äffchen sprang mit einem erschrockenen Kreischen von ihrer Schulter und verschwand aus Katharinas Blickfeld, und Wulfgar sagte noch einmal und sehr ruhig: »Du wirst schon bekommen, was dir zusteht, Weib. Und jetzt schweig still. Wenn du noch ein einziges Wort sagst, ohne dass du dazu aufgefordert wirst, schneide ich dir die Kehle durch.«

Er wartete Veras Antwort gar nicht ab, sondern machte eine befehlende Geste zu den beiden Kriegern, die mit ihr hereingekommen waren.

»Durchsucht das Haus. Dem Mädchen darf nichts geschehen, aber tötet alle anderen.«

Die beiden Männer verschwanden wortlos, und Katharina konnte ein leises Wimmern nun nicht mehr ganz unterdrücken. Ihre Knie, Handflächen und Zehen schmerzten, als stünden sie in Flammen. Sie versuchte ein wenig der heißen Asche zusammenzuraffen, um sie als Polster zwischen ihrer Haut und den noch heißeren Stein zu bringen, aber damit schien sie es eher schlimmer zu machen. Außerdem bekam sie kaum noch Luft. Und was war das für ein Gestank, der ihr in die Nase stieg? Ihr eigenes verkohlendes Fleisch?

Ihre Augen füllten sich mit Tränen, und sie begann sich allmählich zu fragen, ob Wulfgars Messer vielleicht nicht der gnädigere Weg war, um dieses Grauen zu beenden.

Irgendwie gelang es ihr, den Schmerz niederzukämpfen und sich auf das zu konzentrieren, was außerhalb ihres ganz privaten Fegefeuers geschah. Pardeville sagte irgendetwas zu Wulfgar, was sie nicht genau verstand und was den Wikinger auch nicht zu interessieren schien, denn er reagierte nur mit einem rauen Lachen, und von oben glaubte sie einen halb erstickten Schrei zu hören, und fast im gleichen Augenblick ein schweres Poltern.

Auch auf der anderen Seite der Backstube wurde es jetzt laut. Katharina hörte ein Ächzen und angestrengtes Schnauben, und zwei weitere Männer in Kettenhemden und Helmen drängten sich in den überfüllten Raum, den halb besinnungslosen Erik zwischen sich herschleifend. Grob stießen sie ihn direkt vor ihrem Herrn auf die Knie und traten zurück, blieben aber mit gezückten Schwertern hinter ihm stehen, jederzeit bereit, sofort zuzupacken, sollte Erik ihn möglicherweise angreifen.

»Mein guter alter Freund Erik«, sagte Guy de Pardeville. »Ich wusste, dass wir uns wiedersehen, aber wenn ich ehrlich bin, hätte ich nicht zu hoffen gewagt, dass es so schnell der Fall sein würde.«

Seine Hand landete mit einem hörbaren Klatschen auf dem Schwertgriff, und Wulfgar griff rasch nach seinem Handgelenk, hielt es fest und schob ihn aus der gleichen Bewegung heraus zur Seite. Erik hob stöhnend den Kopf und versuchte sich das Blut aus den Augen zu blinzeln, aber man sah ihm an, dass er alle Mühe hatte, bei Bewusstsein zu bleiben.

»Wo ist sie?«, fragte Wulfgar.

Katharina wäre erstaunt gewesen, hätte Erik überhaupt geantwortet, und das tat er auch nicht. Wulfgar schien nicht wirklich damit gerechnet zu haben, denn er seufzte nur, trat wieder zurück und gab einem von Pardevilles Kriegern einen kaum merklichen Wink, und der Mann packte Ansgar, drehte ihm den Arm auf den Rücken und hielt ihm mit der anderen Hand den Mund zu, während er ihn grob auf die Füße zerrte. Erik erwachte plötzlich aus seiner vermeintlichen Benommenheit und versuchte aufzuspringen, aber Wulfgar stieß ihn mühelos zu Boden, und Pardevilles zweiter Krieger zog sein Schwert und drückte ihm die Waffe an den Hals.

»Tu nichts Unbedachtes, Bruder«, sagte Wulfgar. »Ich will dir nichts antun. Also zwing mich nicht dazu.«

Katharina hielt es nun eindeutig nicht mehr aus. Das Innere des Ofens stank mittlerweile nach verbrannter Haut – ihrer eigenen, schmorenden Haut –, und die Tränen rannen ihr in

Strömen übers Gesicht. Vielleicht schrie sie nur deshalb nicht vor Schmerz, weil ihr einfach die Kraft dazu fehlte.

»Ich will jetzt mein Geld!«, meldete sich Vera wieder zu Wort. »Ihr habt es versprochen! Wir hatten einen Handel, und ich habe meinen Teil eingehalten!«

Sie war wieder aufgestanden, und auch das Äffchen saß wieder auf ihrer Schulter und überschüttete Wulfgar mit einem Schwall schnatternder Beschimpfungen. Der Wikinger-Fürst wandte sich kopfschüttelnd zu ihr um, betrachtete erst das keifende Äffchen nachdenklich, dann sie – und Veras Augen weiteten sich ungläubig, als er ihr ohne Vorwarnung einen Dolch in den Leib stieß.

Einen endlosen Atemzug lang stand sie einfach wie erstarrt da und sah Wulfgar aus weit aufgerissenen Augen an, dann brach sie lautlos und wie vom Blitz getroffen zusammen. Das Äffchen kreischte so laut und spitz, als wäre es selbst von dem Dolch getroffen wurden, und versuchte sich auf den Mörder seiner Herrin zu stürzen. Wulfgar schleuderte es mit einem Fußtritt davon und beugte sich ächzend vor, um die Messerklinge an Veras Kleid abzuwischen.

»Ich habe dir doch gesagt, dass du bekommst, was dir zusteht, Weib«, sagte er.

Die Bewegung, mit der er sich aufrichtete, kam Katharina sehr mühsam vor, als bereite sie ihm Schmerzen, die er sich nicht anmerken lassen wollte.

Aber sie war nicht ganz sicher. Gleich würde sie das Bewusstsein verlieren, das spürte sie, und danach würde sie hier drinnen elend und bei lebendigem Leibe verbrennen. Vielleicht war das die gerechte Strafe, die Gott für sie bereithielt, nach allem, was sie bisher angerichtet hatte.

Vielleicht verlor sie tatsächlich für einige Augenblicke das Bewußtsein, denn als sie wieder halbwegs klar sehen konnte, hatte sich Erik wieder in eine kniende Haltung hochgestemmt.

Das Schwert drückte noch immer gegen die Seite seines Halses, aber das schien er gar nicht zu spüren.

»Damit kommst du nicht durch, Wulfgar«, sagte er. »Jedermann in Santen weiß, dass diese Leute hier unsere Freunde sind.«

Es war Pardeville, der antwortete, nicht Wulfgar. »Ja, und die Hälfte der Stadt verachtet sie dafür, Heide. Und jetzt wird man ihre Leichen finden, und dazu zwei deiner toten Krieger … und den bedauernswerten Vater Cedric, den ihr aus dem Stift entführt und feige zu Tode gefoltert habt, nicht zu vergessen.« Er lachte böse. »Ich bedauere es aufrichtig, dass sie nicht auch deine Leiche hier finden werden.«

Er wandte sich mit einem fast bittenden Blick an Wulfgar, doch dieser schüttelte nur den Kopf. »Niemand rührt ihn an«, sagte er. »Er ist trotz allem mein Bruder, und ich vergieße nicht das Blut meiner Familie, wenn es nicht unbedingt sein muss.«

Einer seiner Krieger kam aus dem oberen Stockwerk zurück. Er hatte das Schwert gezogen, und auf der armlangen Klinge glänzte frisches Blut. Er sagte etwas in seiner Muttersprache, und Wulfgar schürzte mit einem angedeuteten Heben der Schulten die Lippen, so als wäre er zwar enttäuscht, hätte aber nichts anderes erwartet. Er wandte sich an Erik, besann sich dann aber anders und bedeutete dem Mann, der Ansgar festhielt, die Hand von seinem Mund zu nehmen.

»Wo ist deine Schwester, mein Junge?«, fragte er.

Ansgar musste erst ein paarmal japsend nach Luft schnappen, ehe er überhaupt antworten konnte. »Ich weiß nicht, wovon du … sprichst«, stieß er mühsam hervor. »Ich habe keine … Schwester.«

Wulfgar hob die Hand, wie um ihn zu schlagen, und Erik sagte rasch: »Lass ihn, der Junge weiß nichts.«

»Und du wirst es mir nicht sagen, vermute ich«, sagte Wulfgar nachdenklich. »Und warum solltest du auch? Ich an deiner

Stelle täte es auch nicht … aber ich weiß, was ich an deiner Stelle täte.«

Er machte eine knappe Handbewegung, und der Krieger hielt Ansgar nicht nur wieder den Mund zu, sondern hob ihn hoch und trug den heftig strampelnden Jungen aus dem Raum.

»Mach dir keine Sorgen, Bruder«, sagte Wulfgar, an Erik gewandt. »Bring mir meine Enkeltochter, und du bekommst deinen Enkelsohn zurück. Ich gebe dir Zeit bis zum nächsten Vollmond. Wenn du sie bis dahin nicht zu mir gebracht hast, siehst du deinen Enkel nie wieder.«

*

Weder erinnerte sie sich, wie sie aus dem Ofen herausgekommen, noch was anschließend geschehen war. Jemand hatte sie hochgehoben und getragen, und danach waren nur noch verschwommene und sinnlose Bilder gewesen, die Erinnerung an Schmerzen und Fieber und sehr viel Zeit, die vergangen war. Vielleicht waren sie geritten, vielleicht mit einem Schiff gefahren, vielleicht war sie auch getragen worden oder gar auf magischem Weg hierhergekommen – wo immer dieses *hier* war –, und mehr als einmal, wenn sie fiebernd und von Schmerzen geplagt aufwachte, hatte sie ernsthaft geglaubt, in jenem Ofen gestorben und längst im Fegefeuer zu sein.

Ein- oder zweimal, wenn Schmerzen und Durst ganz besonders schlimm gewesen waren, hatte sie es sich sogar gewünscht.

Dann, am dritten Morgen – und erstaunlicherweise war sie sich dessen als Einziges und bar jeden Zweifels vollkommen bewusst – wachte sie auf eine andere Art auf; endgültiger und vielleicht zum ersten Mal wirklich.

Was sie immer noch nicht wusste, war, wo sie war oder wie genau sie hierhergekommen war; von der Frage, wieso sie überhaupt noch lebte, ganz zu schweigen. Sie hatte immer noch

Schmerzen, wenn auch nicht mehr annähernd so schlimm wie in den zurückliegenden Tagen, in ihrem Mund war ein durch und durch grässlicher Geschmack, und sie fühlte sich so schwach, dass ihr selbst das Denken Mühe bereitete.

Aber sie lebte.

Immerhin.

Zu ihrem Verdruss war ihr zweiter, wirklich klarer Gedanke allerdings die Frage, ob sie darüber froh sein sollte.

Wo war sie? Hatten Eriks Männer sie gerettet, oder war es Pardeville gewesen, der sie aus ihrem nichts anderes als selbstmörderischem Versteck gezogen und sie damit zwar gerettet hatte, das aber wahrscheinlich nur, um sie hochnotpeinlich zu verhören und sie anschließend endgültig an den grausamen Wikinger auszuliefern?

Katharina zermarterte sich das Gehirn über diese Frage, aber sie erinnerte sich einfach nicht. Sie musste wohl das Bewusstsein verloren haben. Vielleicht hatte sie ja auch Hendrik erst am nächsten Morgen gefunden, als er wieder in die Backstube gekommen war, um seinen Ofen für den nächsten Arbeitstag vorzubereiten.

Dann erinnerte sie sich daran, dass Hendrik nicht mehr lebte, genau wie seine Frau, die so freundlich zu ihr gewesen war, und ein Gefühl tiefer Trauer ergriff von ihr Besitz. Lange Zeit lag sie einfach so da und spürte, wie die Tränen über ihr Gesicht liefen, zu schwach, um auch nur die Hand zu heben und sie wegzuwischen. Und selbst wenn, sie hätte es nicht einmal gewollt. Was konnte sie sonst noch für Elsa und ihren Mann tun, außer wenigstens ein paar Tränen um sie zu vergießen?

Doch irgendwann hörten die Tränen auf zu fließen, und aus ihrer Trauer wurde etwas anderes und Schlimmeres. Sie lebte, ja, aber ganz gleich, was dieses Leben jetzt noch für sie bereit hielt, es gab keinen Grund für sie, sich darüber zu freuen. Sie war verflucht. Vater Cedric hatte Recht gehabt mit dem, was er über sie gesagt hatte: Sie war ein Teufelskind, das allen nur Unglück brachte, die seinen Weg kreuzten. Hendrik und seine Frau waren nicht die Ersten gewesen, die ihretwegen gestorben waren, und sie würden auch nicht die Letzten sein. Warum nur hatte Vater Cedric damals nicht das einzig Richtige getan und sie einfach im Fluss ertränkt?

Katharina versuchte den Gedanken als so albern abzutun, wie er sich anhören musste, hätte sie ihn laut ausgesprochen, schaffte es aber nicht und konzentrierte sich dann zum ersten Mal auf ihre neue Umgebung, und sei es nur, um sich abzulenken und so dem Schrecken zu entkommen, mit dem ihre eigenen Gedanken sie plagten.

Allzu viel gab es nicht zu sehen, denn sie war tatsächlich zu schwach, um auch nur den Kopf zu drehen, aber immerhin sah sie, dass sie sich nicht in einer Kerkerzelle befand (wie sie sie sich vorgestellt hätte), und spürte, dass sie auch nicht auf einem Lager aus fauligem Stroh lag. Ihr Kopf ruhte auf einem weichen Kissen, und über ihr erhob sich eine aus schweren Balken zusammengefügte Dachkonstruktion, die mit Stroh eingedeckt war. Etwas knisterte, und auf ihrem Gesicht spürte sie die angenehme Wärme eines Kaminfeuers.

Irgendetwas, das so weich und flauschig war wie blühender Löwenzahn kitzelte ihre Wange, und obwohl sie nicht hinsehen konnte, spürte sie doch, dass ihre Hände mindestens so dick verbunden waren wie die Vater Cedrics. Wenn sie eine Gefangene war, dann eine, die man sehr gut behandelte. Dennoch mochte es sein, dass sie sich nicht in Bjarnisund befand, sondern in Wulfgars Lager. Wikinger wie sein Bruder, würden er und seine Männer wohl in ganz ähnlichen Häusern leben.

Das Kitzeln an ihrer Wange wurde stärker, und sie hörte ein leises Schnurren, das ihr auf seltsame Weise vertraut vorkam, dann erschien ein winziges schwarzes Katzengesicht in ihrem

Blickfeld, und erst ein, dann ein zweites Paar fast schon unheimlich bernsteingelb glühender Augen starrten sie an.

Das Schnurren wurde noch lauter, während Hugin und Munin nebeneinander ganz auf ihre Brust hinaufkletterten und dann gleichzeitig damit begannen, ihr mit ihren rauen Zungen kreuz und quer durch das Gesicht zu lecken.

Es kitzelte nicht nur, es erfüllte sie auch mit unendlicher Erleichterung. Sie war in Bjarnisund, nicht mehr in Santen und auch nicht in Wulfgars Lager, und sie hoffte zumindest, dass das bedeutete, dass auch Erik noch am Leben und ebenfalls hier war.

Die Tür ging auf, und für einen Moment wurde es heller, und die vertrauten Geräusche des Palisadendorfs drangen an ihr Ohr. Rasche Schritte näherten sich, dann beugte sich Arlas Gesicht über sie. Arlas *sehr besorgtes* Gesicht, um genau zu sein.

Aber vielleicht war das, was sie für Sorge hielt, in Wahrheit nur Ärger, denn ihre ersten Worte klangen weder besorgt noch in irgendeiner Weise erleichtert, sie wach zu sehen. Ganz und gar nicht. »Du solltest dich wirklich schämen, mein Kind«, sagte sie.

Katharina verstand nicht einmal annähernd, wovon sie sprach, und wollte es in diesem Moment auch gar nicht wissen. Sie war zuhause, und das was alles, was zählte.

Arla kam näher, setzte sich vorsichtig auf die Kante ihres Bettes und sah ihr aufmerksam ins Gesicht, wie um sich davon zu überzeugen, dass die beiden schwarzen Kater es auch wirklich gründlich sauber schleckten, und nun gelang es ihr nicht mehr ganz, ihre Erleichterung zu verbergen. Trotzdem fuhr sie fort: »Du hast diesen beiden Burschen nicht nur das Leben gerettet, sondern damit auch die Verantwortung für sie übernommen, mein Kind. Und dann lässt du sie schnöde im Stich, wo sie doch auf deine Hilfe angewiesen sind, um zu überleben? Das war nicht in Ordnung.«

Eigentlich war das lächerlich, nach allem, was in den letzten Tagen geschehen war, aber Katharina verspürte trotzdem einen heftigen Stich ihres schlechten Gewissens und versuchte die Hand zu heben, um die beiden Kätzchen zu streicheln.

»Nichts da«, sagte Arla streng, indem sie ihren Arm herunterdrückte und zusätzlich den Kopf schüttelte. »Du brauchst noch Ruhe. Mach dir keine Sorgen, du bist nicht schlimm verletzt. Aber ich habe dir etwas gegeben, was dich schlafen lässt, damit du die Schmerzen nicht so sehr spürst.« Sie schüttelte tadelnd den Kopf, hob aber gleichzeitig die Hand, um die beiden Kätzchen abwechselnd hinter den Ohren zu kraulen. Hugin und Munin verdoppelten daraufhin die Intensität ihrer Leckattacken, und ihre rauen Zungen begannen allmählich unangenehm zu werden. Vielleicht war es gar keine Liebesbezeugung, dachte Katharina, sondern ihre ganz eigene Art, sich an ihr zu rächen, da sie sie so schmählich im Stich gelassen hatte.

»Welcher Teufel hat dich eigentlich geritten, dich ausgerechnet in einem heißen Backofen zu verstecken?«, wollte Arla wissen.

Ansgar, wollte sie antworten, brachte aber immer noch keinen Ton heraus und war im nächsten Moment auch sehr froh darüber, denn Arla fuhr fort: »Andererseits war es vielleicht ganz gut so, denn das ist wahrscheinlich der einzige Platz, an dem sie nicht nachgesehen haben.« Sie zog kurz eine Grimasse. »Ich meine, wer kommt schon auf die Idee, dass du dich anscheinend für einen Brotlaib hältst, oder ein Stück Holzkohle?«

Diesmal gelang es Katharina immerhin, die Lippen zu einem angedeuteten Lächeln zu verziehen. Arla lächelte ebenfalls, offenbar zufrieden mit dieser Reaktion, und Hugin (oder Munin, so sehr sie es versuchte, bisher war es ihr nicht gelungen, den allerkleinsten Unterschied zwischen den beiden festzustellen) nahm das zum Anlass, ihr Gesicht jetzt nicht nur mit seiner rauen Zunge zu bearbeiten, sondern auch seine nadelspitzen Krallen rhythmisch aus seinen Vorderpfoten aus- und in ihre Wange hineinzugraben. Selbstverständlich dauerte es nur einen ganz kurzen Moment, bis sein Bruder die Anregung begeistert aufgriff und mitmachte.

Irgendwo klapperte etwas, und fast meinte Katharina so etwas wie Schritte zu hören, wenn auch rasend schnelle Schritte wie von absurd winzigen Füßen. Arla drehte flüchtig den Kopf und sah gleichzeitig leicht verstimmt und resignierend aus.

»Dwegr«, seufzte sie.

Offenbar hatte sie gerade die Wahrheit gesagt, als sie behauptete, sie würde sich bald erholen, denn jetzt gelang es Katharina immerhin, ein halbwegs verständliches »Wer?« zu krächzen.

»Dwegr«, wiederholte Arla. »Ich glaube, die beiden werden dir deine Treulosigkeit vielleicht verzeihen. Immerhin hast du ihnen einen neuen Spielkameraden mitgebracht … auch wenn er manchmal eine richtige Plage sein kann.«

Die letzten Worte hatte sie in schärferem Ton und auch nicht in Katharinas Richtung ausgesprochen, und Katharina fühlte sich mittlerweile sogar kräftig genug, den Kopf zu drehen und in dieselbe Richtung wie sie zu blicken. Sie glaubte eine winzige Gestalt davonhuschen zu sehen, beinahe etwas wie ein Mensch, nur dass sie geradezu lächerlich klein war und ein sonderbar helles Gesicht hatte.

Dann riss sie ungläubig die Augen auf. Das war –

»Das Äffchen?«, murmelte sie verwirrt.

»Ich habe ihn Dwegr getauft«, bestätigte Arla. »Der arme Bursche hatte ja nicht einmal einen Namen. Jeder sollte einen Namen haben, finde ich. Und Dwegr passt.«

Da sie nicht wusste, ob dieser Name eine Bedeutung hatte – und wenn ja, welche –, konnte Katharina das nicht beurteilen, aber sie verwandte kaum mehr als einen flüchtigen Gedanken darauf, denn etwas anderes erstaunte sie in diesem Augenblick sehr viel mehr. »Ihr habt ihn mitgenommen?«, fragte sie überrascht.

»Wir konnten den armen Kerl schließlich nicht ganz allein in der Stadt zurücklassen«, antwortete Arla. »Außerdem hätte Vera uns das nie verziehen. Sie ist ganz vernarrt in dieses komische kleine Ding. Umso seltsamer, dass sie ihm nie einen Namen gegeben hat.«

»Vera … ist am Leben?«, entfuhr es ihr.

»Sie ist verletzt, aber nicht einmal besonders schwer«, bestätigte Arla. »Ein paar Tage Ruhe, und sie ist wieder vollkommen auf dem Damm. Ich glaube, sie hält jetzt schon insgeheim nach allem Möglichen Ausschau, was sie stehlen kann. Bei jemandem wie ihr ist das ein gutes Zeichen, nehme ich an. Aber sie wäre zweifellos verblutet, wenn ich sie nur wenig später gefunden hätte.«

Sie stand auf, verschwand aus Katharinas Blickfeld, ohne indes das Haus zu verlassen, und hantierte eine Weile lautstark irgendwo herum. Als sie zurückkam, hielt sie eine Schale mit bitter riechender Flüssigkeit in den Händen, die sie Katharina an die Lippen setzte und die noch deutlich bitterer schmeckte. Instinktiv wollte Katharina den Kopf wegdrehen, doch Arla bestand mit sanfter Gewalt darauf, dass sie die Schale zur Gänze leerte.

»Ich weiß, es schmeckt scheußlich«, sagte sie, »aber es wird dir guttun, und es bringt dich wieder zu Kräften.«

Das Einzige, was ihr vermeintlicher Zaubertrank bewirkte, war den schlechten Geschmack in ihrem Mund noch schlechter und Katharina darüber hinaus schläfrig zu machen. Sie hatte die Schale kaum abgesetzt, da bereitete es ihr immer mehr Mühe, die Augen offenzuhalten. Kurz darauf musste sie tatsächlich eingeschlafen sein, denn als sie nach einer Weile blinzelte, waren die beiden Kätzchen von ihrer Brust verschwunden, und Arla saß plötzlich auf der anderen Seite des Bettes und machte sich an ihrer Hand zu schaffen. Was sie tat, tat ziemlich weh, aber Katharina ertrug es mit tapfer zusammengebissenen Zähnen, wusste sie doch, dass Arla nur ihr Bestes im Sinn hatte.

»Du bist wieder wach«, stellte Arla fest, ohne von ihrer Hand aufzusehen. Also hatte sie tatsächlich geschlafen – oder Arla machte sich einen Spaß daraus, sie zu foppen, was Katharina ihr durchaus zutraute. Vorsichtshalber sagte sie gar nichts dazu, sondern setzte sich auf und wunderte sich erst danach, dass sie zu dieser Kraftanstrengung überhaupt fähig war. Anscheinend hatte Arla ihr wirklich so etwas wie einen Zaubertrank eingeflößt.

Neugierig beugte sie sich vor und begriff jetzt immerhin, warum ihre Hände so höllisch wehtaten. Arla war zwar damit beschäftigt, etwas auf ihre Handfläche zu schmieren, das nicht nur so aussah, sondern auch ganz so roch, als käme es aus dem falschen Ende einer Kuh, doch das bisschen Haut, das sie noch sehen konnte, sah wirklich übel aus, schlimm verbrannt und mit großen, nässenden Wunden übersät.

»Nur keine Sorge, es bleiben keine Narben zurück«, sagte Arla. »Aber es wird noch eine ganze Weile dauern, bis es richtig verheilt ist, und auch noch eine Weile ziemlich wehtun, fürchte ich. Das kommt dabei heraus, wenn man sich am falschen Platz versteckt.«

Katharina sagte auch dazu nichts. Stattdessen wartete sie, bis Arla ihre Hand fertig mit Salbe behandelt und so fest verbunden hatte, dass es ihr fast das Blut abschnürte, und sagte dann: »Du hast *wir* gesagt.«

»Das sage ich ziemlich oft«, bestätigte Arla, während sie aufstand und um das Bett herumging, vermutlich um ihre andere Hand auf dieselbe Weise zu malträtieren.

»Du warst auch in Santen.«

Arla seufzte. »Ich muss wirklich besser auf meine Worte achten«, sagte sie. »Nicht dass ich etwas dagegen hätte, aber manchmal ist es schon ein Kreuz, mit zwei so schlauen Kindern geschlagen zu sein.«

Katharina blieb ernst. »Du warst mit in Santen«, sagte sie.

»Und einige andere auch«, bestätigte Arla. »Sei froh, dass es so ist. Ich weiß nicht, ob Erik es ganz allein geschafft hätte, Vera und dich zurückzubringen. Und wenn ich deine Wunden nicht gleich versorgt hätte, dann würdest du jetzt ein paar hässliche Narben zurückbehalten, und das würde dir bestimmt nicht gefallen.«

»Und ihr habt auch gewusst, dass ich weglaufen wollte«, fuhr Katharina unbeirrt fort.

»Ansgar und Ole sollten auf dich aufpassen«, antwortete Arla, unbehaglich und ohne sie dabei anzusehen. »Aber der dumme Junge hatte den Auftrag, dich zu den Köhlern zu bringen und dort für ein paar Tage zu verstecken. Ganz bestimmt nicht, dich nach Santen zu bringen. Vor allem nicht nach Santen!«

»Es ist nicht seine Schuld«, antwortete Katharina. »Wir waren bei dem Köhler, aber er hat uns fortgeschickt. Er hatte Angst vor Wulfgar.«

Arla ließ für einen Moment von ihrer Hand ab und sah sie forschend an; vielleicht glaubte sie ja, dass sie das nur sagte, um Ansgar zu verteidigen. »Wulfgar?«, fragte sie schließlich.

»Wir haben ihn im Wald gesehen«, bestätigte Katharina. »Nicht einmal weit von hier. Er hat uns nicht gesehen, aber Ansgar hat seinen Begleiter zurückgeschickt, um Erik zu warnen.«

»Er wusste, dass wir unterwegs nach Santen waren, antwortete Arla. »Aber Ole ist dort nie angekommen. Und du sagst auch wirklich die Wahrheit? Es geht jetzt nicht mehr darum, deinen Bruder zu verteidigen, Katharina. Das ist wichtig.«

»Ich sage die Wahrheit«, beteuerte Katharina.

»Ole ist nie bei uns in Santen angekommen, und auch hier hat ihn niemand mehr gesehen«, sagte Arla. »Wir dachten, er wäre Pardevilles Männern in die Hände gefallen, aber das …« Sie stand auf. »Erik muss davon erfahren. Er wollte ohnehin mit dir reden. Ich bin gleich zurück.«

Sie ging, bevor Katharina noch eine weitere Frage stellen konnte, kam aber schon nach wenigen Augenblicken in Eriks Begleitung zurück, beinahe als hätte er draußen vor dem Haus auf sie gewartet. Er verschwendete keine Zeit mit Höflichkeiten, oder auch nur damit, sich zu erkundigen, wie es ihr ging, sondern kam sofort zur Sache. Katharina musste ihm gleich zweimal und in allen Einzelheiten von ihrer unheimlichen Begegnung am Waldrand erzählen. Erik hätte ihr nicht einmal sagen müssen, wie wenig ihm das alles gefiel, denn sein Gesicht verfinsterte sich zusehends mit jedem Wort.

»Dann war er ganz in unserer Nähe, und das vielleicht schon die ganze Zeit«, sagte Arla mit kaum weniger finsterer Miene. »Thor allein weiß, was er vorhat.«

»Ich fürchte, ich weiß es schon«, fügte Erik hinzu. »Und bei den Köhlern waren sie auch … falls er die Wahrheit gesagt hat.«

»Was redest du da?«, schalt ihn Arla. »Sie sind unsere Freunde. Wenn sie uns ihre Hilfe verweigern, dann werden sie einen triftigen Grund dafür haben. Du kennst deinen Bruder. Wenn er jemanden einschüchtern will, dann gelingt es ihm auch.«

»Dazu sagte Erik nichts mehr, aber er wirkte jetzt beinahe noch besorgter.

»Was ist hier eigentlich los?«, fragte Katharina geradeheraus. »Irgendetwas ist doch passiert! Sagt mir, was!«

»Zwei gute Männer sind tot«, antwortete Erik, »drei, sollten sie Ole ebenfalls getötet haben. Dein Bruder wurde von Wulfgar verschleppt, und in Santen stellen sie möglicherweise gerade ein Heer auf oder rufen zumindest nach einem, weil sie glauben, dass wir den Priester und die Bäckersleute ermordet haben. *Das* ist los, Katharina. Meinst du nicht, dass das reicht, um ein bisschen besorgt zu sein?«

»Doch«, antwortete Katharina. »Aber das ist nicht alles, habe ich Recht?«

Erik schwieg. Lange. Dann nickte er. »Wir gehen fort«, sagte er.

»Fort?«, wiederholte sie verständnislos.

»Wir verlassen Bjarnisund«, antwortete Arla an Eriks Stelle. »Alle und für immer. Gleich morgen früh, spätestens aber bei Sonnenuntergang.«

»Was soll das heißen, ihr verlasst Bjarnisund?«, fragte Katharina empört. »Aber das könnt ihr nicht! Das hier ist eure Heimat!«

»Nein, Kind«, antwortete Erik. »Das ist es nicht, und das war es auch nie. Ich wollte es lange nicht wahrhaben, aber es ist so. Es hat keinen Sinn, die Augen noch länger vor der Wahrheit zu verschließen. Das habe ich viel zu lange getan.« Er hob müde die Hand, als Katharina widersprechen wollte. »Pardeville und mein Bruder haben ihr Ziel erreicht, so einfach ist das. Die Menschen hier fürchten uns. Das haben sie schon immer getan, wegen der Dinge, die in der Vergangenheit geschehen sind, und nun haben sie sogar einen Grund. Aber das ist es nicht allein. Dieses Land ist um so vieles wärmer und reicher als das, aus dem wir kommen, aber es ist nicht unsere Heimat, und das wird es auch nie sein. Wir hätten nicht hierherkommen sollen, und wir werden wieder gehen, solange wir es noch können.«

Aber das ... durfte er nicht!, dachte Katharina entsetzt. Das hier war auch ihr Zuhause, ihre Heimat, die sie gerade erst gefunden hatte! »Und Ansgar?«, fragte sie. »Wollt ihr ihn einfach im Stich lassen?«

»Natürlich nicht.« Erik wirkte ein bisschen verletzt. »Sobald die Schiffe fort sind, gehe ich zu meinem Bruder und bitte ihn, Ansgar freizulassen. Er will ihn nicht wirklich, das weiß ich. Ansgar ist von keinerlei Wert für ihn. Und wenn es nichts mehr gibt, womit er mich erpressen kann, dann lässt er ihn vielleicht frei.«

»Aber es gibt etwas«, erwiderte Katharina. »Mich.«

»Ich werde dich nicht ausliefern, keine Angst«, sagte Erik, der sie offensichtlich so falsch verstanden hatte, wie es überhaupt nur ging. »Du kannst mit Arla und den anderen gehen, wenn du das möchtest – ich würde mich sehr freuen, wenn du dich so entscheidest –, oder aber wir suchen einen anderen Ort, an dem du leben kannst. Einen Ort, an dem du sicher vor Wulfgar bist.«

»Du verstehst mich falsch«, sagte Katharina. »Ich bin bereit dazu. Ich … ich gehe zu Wulfgar, wenn das der einzige Weg ist, um Ansgar freizubekommen.«

Seltsamerweise lächelte Erik, als sie das sagte, schüttelte zugleich aber auch den Kopf. »Dein Angebot ehrt dich, mein Kind, aber ich werde nicht das Leben eines meiner Enkelkinder gegen das eines anderen eintauschen.«

»Du kennst mich doch gar nicht«, widersprach Katharina. »Ansgar ist –«

»Der Sohn meiner Tochter«, fiel ihr Erik ins Wort, »so wie du die Tochter meiner Tochter bist. Es macht keinen Unterschied, ob ich dich dein Leben lang oder erst seit wenigen Tagen kenne. Das ist nicht die Art von Handel, wie ich sie schließe. Und Wulfgar wird Ansgar nichts antun, keine Angst. Er ist immerhin auch von seinem Blut. Der Mann, von dem ich dir erzählt habe, der, mit dem meine Tochter fortgegangen ist und der so großes Leid über unser Volk gebracht hat, war Wulfgars Sohn. Wulfgar ist ebenso Ansgars Großvater wie ich.«

Das hatte sich Katharina schon selbst zusammengereimt – aber erst jetzt ging ihr etwas auf, das mindestens ebenso offensichtlich war. Aber aus irgendeinem Grund war ihr dieser Gedanke bisher noch gar nicht gekommen. Vielleicht hatte sie es einfach nicht wissen *wollen*.

»Dann ist er auch mein Großvater«, murmelte sie schaudernd. Aber das ergab einfach keinen Sinn! Wenn es Wulfgar nur darum ging, sein Enkelkind bei sich zu haben, warum sollte er dann Ansgar ausgerechnet gegen sie eintauschen wollen und dabei nicht nur große Gefahren auf sich nehmen, sondern möglicherweise einen ausgewachsenen Krieg mit dem Clan seines Bruders riskieren?

»Warum ich?«, fragte sie verstört. »Was will er von mir? Ist es nur, weil ich gesehen habe, dass er den Grafen erschlagen hat?«

»Und jetzt glaubst du, er würde dich töten, damit du es niemandem sagen kannst?« Die Vorstellung schien Erik zu amüsieren. »Wer würde dir schon glauben? Und selbst wenn: Wulfgar würde sich eher die Hand abhacken, bevor er zuließe, das dir auch nur ein Haar gekrümmt wird.«

»Warum will er mich dann?«, fragte sie.

»Das weiß ich nicht« antwortete Erik, und Katharina lernte schon wieder etwas über ihren neu gefundenen Großvater. Nämlich, dass er ein sehr schlechter Lügner war.

»Unsinn!«, wiedersprach sie. »Wulfgar will einen Enkel? Er hat Ansgar, einen Enkelsohn, der die Sitten und Sprache seines Volkes spricht. Ich bin nur ein Bettlerkind, das nicht einmal weiß, wie sein richtiger Name lautet! Wer soll das glauben?«

Sie hörte selbst, wie sehr sie sich im Ton vergriff, und Erik wollte prompt auffahren, um sie in ihre Schranken zu weisen, aber Arla kam ihm mit einer raschen Bewegung zuvor.

»Sag es ihr«, sagte sie.

Erik schwieg, und Katharina blickte einen Moment lang verstört von einem zum anderen und fragte dann: »Was?«

»Sag es ihr!«, verlangte Arla noch einmal. »Sie weiß ohnehin schon beinahe alles. Sie hat das Recht, auch den Rest der Geschichte zu erfahren.«

»Ja, wahrscheinlich«, murmelte Erik. Er wandte sich an Katharina, und mit einem Mal sah er um zehn Jahre älter aus als noch vor einem Moment; vielleicht zum allerersten Mal so alt, wie er wirklich war. »Es geht um dich, Katharina. Wulfgar will nicht einfach nur seinen Enkel oder einen Erben … Wenn er das gewollt hätte, so hätte er sich Ansgar längst holen können, denn er hat mehr Krieger als wir und ist viel rücksichtsloser. Ansgar ist sein Enkel, aber er hat sich nie für ihn interessiert. Als sein Sohn damals meine Tochter geheiratet hat und zu uns gekommen ist, da hat er seinen eigenen Sohn verstoßen. Er wollte immer nur dich, Katharina. Mein Bruder und alle seine Krieger sind aus demselben Grund hierhergekommen wie ich. Um nach dir zu suchen.«

»Aber warum?«, murmelte Katharina. »Er … er kennt mich doch gar nicht!«

»Es gibt eine Prophezeiung bei unserem Volk, mein Kind«, sagte Arla. »Eine uralte Prophezeiung, die seit vielen Jahrhunderten von Generation zu Generation weitergegeben wird. Wulfgar ist ein sehr abergläubischer Mann, auf seine Art.«

»Eine Prophezeiung über *mich?*«, fragte Katharina zweifelnd.

»Über dein Mal«, sagte Erik. »Es heißt, dass eine Frau, die das Schlangenmal trägt, unser Volk eines Tages in ein fernes Land führen wird, wo wir ein Leben in Frieden und Wohlstand führen werden.« Er berührte flüchtig ihre Schulter, dort, wo sich unter dem Kleid das rote Muttermal befand, das sie selbst noch nie gesehen hatte. »Deine Großmutter hatte dieses Mal, deine Mutter hatte es, und nun trägst du es. Wulfgar weiß das, und er würde alles tun, um dich in seine Gewalt zu bringen und damit Macht über die Prophezeiung zu erlangen.«

»Und er … glaubt an diese Prophezeiung?«, fragte Katharina stockend.

»Wer weiß?«, antwortete Erik. »Auf jeden Fall würde es ihm in unserer Heimat zu großem Ansehen und Einfluss verhelfen. Und wer will schon sagen, ob die Prophezeiung am Ende nicht doch wahr ist?«

»Und ich soll euer ganzes Volk in ein fremdes Land führen?«, fragte Katharina. Sie versuchte zu lachen, aber es misslang kläglich. Das war … einfach absurd! Noch vor weniger als einem Monat hatte sie nicht einmal gewusst, dass es jenseits der Wälder, die Ellsbusch und die gleichnamige Burg umgaben, überhaupt eine Welt *gab!*

»Du oder vielleicht deine Tochter, oder die Tochter deiner Tochter, oder auch deren Tochter«, antwortete Erik. »Die Götter planen in anderen Maßstäben als wir Menschen. Aber das soll nicht deine Sorge sein. Ich werde nicht zulassen, dass du Wulfgar in die Hände fällst, hab keine Angst.«

»Ich habe keine Angst!«, antwortete Katharina – was glatt gelogen war. Sie hatte Angst, ganz fürchterliche Angst sogar. Und trotzdem: »Wir müssen Ansgar befreien! Ich gehe zu Wulfgar. Er kann mich haben, wenn er Ansgar dafür gehen lässt!«

Erik sah sie lange und mit einem traurigen Lächeln an. Aber er sagte nichts mehr, sondern schüttelte nur noch einmal den Kopf und ging dann ohne ein weiteres Wort hinaus.

*

Trotz Arlas *Zaubertrank* dauerte es noch einige Zeit, bis Katharina sich kräftig genug fühlte, um aufzustehen und das Haus zu verlassen. Es war später Nachmittag, und die Sonne näherte sich bereits wieder dem Horizont. Es war kühl, und sie begann in ihrem dünnen Wildlederkleid fast augenblicklich zu frösteln, als sie ins Freie trat. Kaum hatte sie die ersten paar Schritte getan, da fiel ihr die sonderbare Stimmung auf, die von ganz Bjarnisund Besitz ergriffen hatte. Sie sah nur wenige Menschen, und diejenigen, die sie sah, bewegten sich hastig, aber sehr leise, fast schon verstohlen. Zum ersten Mal, seit sie hierhergekommen war, sah sie Männer auf den schmalen Wehrgängen hinter der Palisade, und auch auf dem Steg unten am Fluss standen gleich zwei Männer und blickten konzentriert auf die schmutzig braunen Fluten hinaus. Katharina musste nicht einmal hinsehen, um zu wissen, dass auch oben auf dem *Thinghügel* jetzt ein Posten stand, um die Umgebung zu beobachten. Obwohl weit und breit außerhalb der Stadt kein Mensch zu sehen war, hatte sie doch das Gefühl, dass sich Bjarnisund in einem stillen Belagerungszustand befand, in dem es nicht von menschlichen Feinden bestürmt wurde, sondern von der Natur und dem Land selbst.

Nicht nur drei, sondern gleich vier Schiffe lagen unten am Steg, die drei schlanken Drachenboote sowie ein weiteres, weit größeres und bauchigeres Schiff, das schon fast zur Gänze beladen war und entsprechend tief im Wasser lag. Und vielleicht war es dieser Anblick, der Katharina wirklich begreifen ließ, was Arla und Erik ihr gerade gesagt hatten; nämlich dass dies der letzte Tag dieser Stadt war. Nahezu alles, was die Menschen hier besaßen, war bereits auf dieses Schiff geladen worden, und noch bevor die Sonne das nächste Mal unterging, würden die Menschen an Bord der drei anderen Schiffe gehen und für immer von hier fortgehen. Und es nutzte überhaupt nichts, dass ihr Verstand plötzlich alle möglichen Argumente dafür fand, dass all das *nicht* ihre Schuld war. Nichts von alledem wäre passiert, wenn es sie nicht gegeben hätte, so einfach war das.

Niedergeschlagen ging sie zum Fluss, überwand ihre instinktive Abscheu dem Wasser gegenüber und trat auf den Steg hinaus. Verrückterweise hatte sie das Gefühl, dass er deutlich schmaler geworden war, seit sie ihn das letzte Mal betreten hatte, und während sie ihm tapfer bis zum Ende folgte, hatte sie das noch viel verrücktere Gefühl, den massiven Steg unter sich schwanken zu spüren.

Wenn sie wirklich die Tochter eines Wikinger-Fürsten war, wieso hatte sie dann eigentlich so große Angst vor *Wasser?*

Sie fand keine Antwort, aber am Ende des Steges angelangt, fragte sie sich, warum sie überhaupt hergekommen war. Das Wasser machte ihr nach wie vor Angst, und der Anblick des fast fertig beladenen Schiffes, das die Habseligkeiten so vieler Leben trug, stimmte sie noch trauriger.

Und da war immer noch Ansgar.

Ihr schlechtes Gewissen meldete sich schon wieder – und jetzt umso heftiger, da sie bisher kaum an ihren Bruder gedacht hatte. Dabei war auch sein Schicksal nichts anderes als ihre Schuld, und plötzlich kostete es sie fast ihre ganze Kraft, die Tränen zurückzuhalten.

Da sie nicht wollte, dass jemand sie so sah, machte sie kehrt, um ins Haus zurückzugehen und dort still vor sich hinzuleiden, gewahrte dann aber eine Bewegung auf der anderen Seite des Flusses und hielt noch einmal inne, um genauer hinzusehen.

Wie nahezu überall am Ufer gab es auch dort einen Treidelpfad, auf dem Männer mit Mauleseln und Pferden (manchmal sogar mit der bloßen Kraft ihrer Hände) Schiffe und Lastkähne gegen die Strömung flussaufwärts zogen, wenn der Wind falsch stand oder sie gar keine Segel hatten. Auch jetzt war gerade eine ganze Anzahl Männer und Ochsen damit beschäftigt, einen hoch mit geschälten Baumstämmen beladenen Kahn den Rhein hinaufzuschleppen, und diese Bewegung war es wohl, die ihre Aufmerksamkeit erregt hatte – aber ihr Blick blieb an etwas anderem hängen, das sie ohne das Schiff und das halbe Dutzend mühsam dahintrottender Ochsen wahrscheinlich gar nicht bemerkt hätte.

Am Waldrand, nur ein kleines Stück oberhalb des Treidelpfades, blitzte Metall zwischen den Schatten des dichten Unterholzes. Viel mehr war nicht zu erkennen, denn der Rhein war an dieser Stelle besonders breit, und das Durcheinander dunkler Grün- und Brauntöne verwischte jegliche Form, aber dann und wann brach sich ein verirrter Lichtstrahl auf Metall;

einem Dolch vielleicht, den Ringen eines Kettenhemdes oder einem Helm.

»Sie sind seit zwei Tagen da«, sagte eine Stimme hinter ihr. Katharina wandte den Kopf und sah in das bärtige Gesicht eines der beiden Krieger, die hier unten am Ufer Wache hielten. Er musste fast doppelt so groß sein wie sie und wog vermutlich viermal so viel; dennoch hatte er sich ihr vollkommen lautlos genähert.

»Es sind mindestens ein Dutzend, wahrscheinlich sogar mehr.« Er lachte humorlos. »Wahrscheinlich glauben sie, besonders vorsichtig gewesen zu sein, dabei stellen sie sich tölpelhafter an als Kinder.«

Katharina wusste nicht so recht, was sie darauf antworten sollte, hob nur mit einem angedeuteten Lächeln die Schultern und hatte es nun sehr eilig, den Steg zu verlassen und wieder auf sicheren Grund zu gelangen. Der Mann wirkte enttäuscht, als hätte er eine ganz bestimmte Reaktion von ihr erwartet, aber Katharina wusste nicht welche und beschleunigte ihre Schritte noch einmal, um die Böschung hinauf und ins Dorf zu gelangen; und so schnell wie möglich zurück ins Haus, das ihr plötzlich der einzige Flecken weit und breit zu sein schien, an dem sie noch sicher war.

Aus der kleinen Kirche wehten Stimmen an ihr Ohr, die zwar Lieder und Gebete sangen, die sie kannte, das aber in der unverständlichen Sprache des Wikinger, und etwas Seltsames geschah: Mit einem Mal konnte sie Vater Cedrics Worte, die sie doch selbst so sehr empört hatten, beinahe verstehen, denn diese düstere, harte Sprache schien die vertrauten Psalmen und Lieder in etwas anderes zu verwandeln, das sie zutiefst erschreckte. Fast war sie versucht, in die Kirche zu gehen, um vielleicht selbst Trost im Gebet zu finden, doch stattdessen rannte sie nun die letzten Schritte beinahe; und als sie das Haus endlich erreicht und die Tür hinter sich geschlossen hatte, atmete sie so erleichtert auf, als wäre sie soeben einer großen Gefahr entronnen.

Dabei war es auch hier drinnen alles andere als ruhig. Noch bevor sich ihr rasender Puls halbwegs beruhigt hatte, hörte sie ein Poltern und Zischen und Spucken, und schon im nächsten Moment entdeckte sie die Ursache der Aufregung: Veras Äffchen. Es stand aufgeregt schnatternd auf den Hinterbeinen da, und Hugin und Munin, die beiden winzigen Kater, hatten mit gesträubtem Fell, aufgestelltem Buckel und heftig spuckend und geifernd rechts und links von ihm Aufstellung genommen, wie zwei ausgewachsene Raubkatzen, die ihre Beute in die Enge getrieben hatten … eine Beute allerdings, die mehr als dreimal so groß war wie sie selbst, aber das ging ihnen wohl erst auf, als Dwegr sie kurzerhand an den Schwänzen ergriff und hochhob – allerdings nur für einem kurzen Moment, nach dem er sie beinahe sanft wieder zu Boden setzte. Die Katerzwillinge zogen sich spuckend und fauchend ein gutes Stück zurück, und Dwegr folgte ihnen lautstark schnatternd und Zähne fletschend und mit den zu winzigen Fäusten geballten Händen. Aber irgendwie wirkte das alles nicht echt, fand Katharina. Eigentlich eher wie ein Spiel; wenn auch ein reichlich grobes.

»Ich hoffe doch, deine beiden kleinen Freunde sind nicht allzu nachtragend. Sonst wird er es spätestens in ein paar Monaten bitter bereuen, so grob mit ihnen umgesprungen zu sein.«

So sehr, wie sie mit ihren eigenen Gedanken beschäftigt gewesen war, war ihr der Besucher nicht einmal aufgefallen, der während ihrer Abwesenheit hereingekommen war.

Aber das war längst nicht der einzige Grund, aus dem sie Vera aus erstaunt aufgerissenen Augen anstarrte.

»Du?«, murmelte sie erstaunt.

Die schwarzhaarige Gauklerin zog eine Grimasse. »Tut mir leid, wenn ich dich enttäuscht habe, aber wie du siehst, lebe ich noch.«

Das war gar nicht der Grund, aus dem Katharina sie so fassungslos anstarrte; auch wenn Veras Worte schon wieder ihr schlechtes Gewissen weckten. Viel erstaunlicher fand sie den Umstand, dass Vera überhaupt hier war, egal ob unversehrt oder dem Tode nahe. Sie starrte sie nur weiter an, und die Gauklerin deutete ihren Blick wieder falsch. Vielleicht wollte sie es ja auch.

»Ich bin gleich wieder weg«, sagte sie. »Keine Angst. Ich wollte nur mein Äffchen holen. Die Gesellschaft deines Volkes bekommt ihm nicht, weißt du? Mit jedem Tag, den wir länger hier sind, gehorcht er mir weniger.«

Sie schnippte mit den Fingern, und wie um sie auf der Stelle Lügen zu strafen, sprang Dwegr mit einem einzigen Satz auf ihre Schulter hinauf und krallte sich mit einer Hand in ihr Haar, während sie selbst bereits auf dem Absatz herumfuhr und den Ausgang ansteuerte. Katharina trat zwar gehorsam zur Seite, um sie vorbeizulassen, hob aber trotzdem rasch die Hand.

»Warte«, sagte sie.

Vera zog die linke Augenbraue hoch, aber immerhin blieb sie stehen und sah sie fragend an; fast ein bisschen lauernd, fand Katharina.

»Wenn du mir irgendwelche Vorhaltungen machen willst, weil ich dich verraten habe, dann spar dir deinen Atem«, sagte sie. »Das hat deine reizende Familie schon in aller Ausführlichkeit getan.«

»Bevor oder nachdem sie dir das Leben gerettet hat?«, wollte Katharina wissen.

Vera sagte vorsichtshalber nichts dazu, aber Dwegr gab einen Schwall keckender Laute von sich, die wohl nicht nur in Katharinas Ohren verdächtig nach einem spöttischen Lachen klangen, denn Vera warf ihm einen scharfen Blick zu, den das Äffchen zum Anlass nahm, mit einem Satz von ihrer Schulter und wieder auf den Boden zu springen. Die beiden Kater stürzten sich spuckend und fauchend auf ihn, und sofort war wieder die schönste Balgerei im Gange.

»Jetzt kann ich sehen, wie ich ihn wieder einfange«, seufzte Vera. »Ja, vielen Dank auch.«

»Das … tut mir wirklich leid«, sagte Katharina.

»Dass das kleine Mistvieh nicht mehr auf mich hört, seit ich hier bin?«, erkundigte sich Vera. Sie machte einen raschen Schritt hinter Dwegr her, und vielleicht war das keine wirklich gute Idee, denn sie blieb ebenso plötzlich wieder stehen, presste sich eine Hand gegen die Seite und sog scharf die Luft zwischen den Zähnen ein.

»Nein«, antwortete Katharina, während sie sich – vergeblich – Mühe gab, so zu tun, als wäre ihr gar nichts aufgefallen. »Dass du all den Ärger bekommen hast meinetwegen.«

»Ärger?« Vera runzelte demonstrativ die Stirn. »Wenn du die zwei Zoll scharfes Eisen meinst, die mir dein Oheim oder Schwager – oder was immer er auch sein mag – zwischen die Rippen gestoßen hat, ja, das könnte man durchaus Ärger nennen, Kleines.«

»Mein Großvater«, antwortete Katharina automatisch und registrierte noch, wie schwer ihr dieses Wort von den Lippen kam. Allein die Vorstellung, dass sie tatsächlich mit Wulfgar *verwandt* sein könnte, trieb ihr schon einen kalten Schauer über den Rücken.

Anscheinend sah man ihr das deutlich an, denn Vera legte den Kopf schräg und sah sie einen Moment lang nachdenklich an, zuckte aber dann nur mit den Schultern. »Wie auch immer«, sagte sie. »Gottlob hat er nicht besonders gut gezielt, sonst könntest du mich jetzt nicht einmal mehr mit vorwurfsvollen Blicken traktieren … obwohl deine Großmutter oder Tante – oder was immer sie sein mag – der Meinung ist, er hätte mich ganz genau so getroffen, wie er es wollte, damit ich möglichst lange leide.«

Das passte ziemlich gut zu dem Bild, das sich Katharina schon lange von Wulfgar (sie vermied es ganz bewusst, ihn in Gedanken ihren *Großvater* zu nennen) gemacht hatte, aber sie sah die Gauklersfrau nur wortlos an. Vera erwiderte ihren Blick ebenso stumm, und eine ganz besonders unangenehme Art von Stille begann sich zwischen ihnen breitzumachen; es war eine sehr seltsame Art von Schweigen. Ganz plötzlich wurde Katharina klar, dass sie im Grunde nichts lieber tun würde, als Vera zu verzeihen.

»Warum hast du das gemacht?«, fragte sie geradeheraus.

»Mich niederstechen lassen?«

»Uns verraten.«

Sie sah Vera an, dass sie dieses Wort mehr verletzte, als sie zugeben wollte. »Wenn es nach deinem Großvater geht – nicht dem mit dem Messer, sondern dem anderen –, dann nur, weil ich Geld dafür bekommen habe«, antwortete sie trotzig.

»Und warum wirklich?«

»Weil ich Geld dafür bekommen habe?«, schlug Vera vor, schürzte fast trotzig die Lippen und fügte hinzu: »Oh ja, und weil das halbe Land Ausschau nach den Barbaren hält die den Grafen von Ellsbusch und ein ganzes Dorf ausgelöscht haben.«

Darüber musste Katharina einen Moment lang nachdenken. Und seltsam – aber sie glaubte Vera.

»Wer hat dir das erzählt?«, fragte sie.

»Alle.«

»Und du hast das geglaubt?«

»Vor drei Tagen?« Vera tat so, als müsste sie einen Moment lang wirklich über diese Frage nachdenken, dann nickte sie um so heftiger. »Ja. Und das hättest du auch, an meiner Stelle.«

»Und jetzt?«

»Jetzt ist es mir gleich«, behauptete Vera. »Deine Leute halten mich sowieso für eine Diebin und Betrügerin. Eine aus dem Fahrenden Volk, der man besser nicht über den Weg traut. Es kann mir gleich sein, was sie von mir halten. Und morgen sind sie sowieso verschwunden.«

»Und du?«

»Ich auch.« Vera machte eine flatternde Handbewegung. »Wenn sich dein Großvater – den anderen meine ich, nicht den mit dem Messer – nicht doch noch durchsetzt und mir die Kehle durchschneidet, heißt das.«

»Immerhin hat er dich nicht in Ketten legen lassen«, sagte Katharina, aber Vera schüttelte nur den Kopf und behauptete:

»Das hat er doch, Kleines. Man sieht sie nur nicht.« Sie schnaubte. »Dieses ganze Dorf ist ein einziges Gefängnis. Hast du schon einmal versucht, hier herauszukommen, ohne dass jemand es merkt?«

»Ja«, antwortete Katharina wahrheitsgemäß … nun ja, *Fast.*

Vera blinzelte, fing sich aber sofort wieder. »Wie auch immer«, sagte sie. »Deine Tante oder Mutter – oder was auch immer sie sein mag – hat ein gutes Wort für mich eingelegt, und ich hoffe wenigstens, dass dein Großvater ein Einsehen mit mir hat und mich nur ein bisschen auspeitschen lässt oder mich vielleicht seinen Männern vorwirft, damit sie ein bisschen Spaß mit mir haben, und mich danach vielleicht gehen lässt.«

Katharina verstand nicht genau, warum sich Vera darin gefiel, so zu reden – zumal sie zu spüren glaubte, dass sie ganz und gar anders dachte –, aber sie ging trotzdem nicht darauf ein, sondern wiederholte nur ihre Frage: »Und du? Ich meine: Glaubst du immer noch, dass wir Ellsbusch niedergebrannt und den Grafen erschlagen haben?«

»Ich weiß nicht, was ich glauben soll«, antwortete Vera. »Und es ist mir auch gleich, wirklich. Ich habe mit alledem hier nichts zu schaffen, weißt du? Sollen sie sich doch gegenseitig umbringen.«

»Und warum hast du Ansgar und mich dann verraten?«, fragte Katharina.

»Weil ihr leichtsinnig wart und sowieso die halbe Stadt nach euch gesucht hat«, antwortete Vera. »Wenn ich es nicht getan hätte, dann hätte es ein anderer getan und mir die Belohnung vor der Nase weggeschnappt. Es war eine Menge Geld.«

»Dreißig Silberlinge, vermute ich?«

Vera verzog zur Antwort zwar nur abfällig die Lippen, aber Katharina entging dennoch nicht das kurze, amüsierte Aufblitzen tief in ihren nachtschwarzen Augen. Sie ertappte sich selbst dabei, sich gegen das Gefühl zu wehren ... aber Vera gefiel ihr. Unter ihrem bewusst herausfordernden Benehmen verbarg sich etwas vollkommen anderes, und sie fragte sich vergebens, warum sie etwas zu sein vorgab, was sie nicht war.

»Wirst du mit uns kommen?«, fragte sie.

»Ich?« Vera sah wirklich verblüfft aus. »Wie kommst du denn auf diese Idee?«

Einen Moment lang fragte sich Katharina dasselbe ... vielleicht, weil sie es sich insgeheim wünschte? Aber warum sollte sie das? Sie kannte diese Frau doch gar nicht ... was aber strenggenommen auf so ziemlich jeden zutraf, dem sie in den letzten Wochen begegnet war.

Sie verscheuchte diesen albernen Gedanken.

»Deine Tante hat mit dir gesprochen, habe ich Recht?«, fragte Vera plötzlich. »Diese ... Arla.«

»Nein«, antwortete Katharina. »Worüber?.

Vera setzte zu einer Antwort an, schüttelte aber dann nur den Kopf und sagte: »Wenn sie es nicht getan hat, dann steht es mir auch nicht zu, darüber zu reden.«

»Worüber?«, fragte Katharina noch einmal.

Die Gauklerin schüttelte nur noch einmal den Kopf. »Frag

deine Tante, Kleines. Ich werde den Teufel tun und mich noch einmal in eure Familienangelegenheiten einmischen. Nicht bei *so* einer Familie.«

Und dabei blieb es.

*

Und das für den Rest des Tages, die darauffolgende Nacht und einen Gutteil des nächsten Vormittags. Natürlich war Katharina sofort nach draußen geeilt und hatte so lange vor der Kirche herumgelungert, bis Arla (als Letzte) ihr sonderbares Gotteshaus verlassen hatte, um sie mit Fragen nur so zu bestürmen, und ebenso natürlich war Arla jeder einzelne dieser Fragen ausgewichen; zuerst geschickt und mit einem Lächeln, dann immer ruppiger, und schließlich schien sie sogar ihrer Fähigkeit verlustig zu gehen, ihre Sprache zu sprechen.

Mit Erik war es ihr wenig besser ergangen, und schließlich hatte sie sich verärgert und enttäuscht in ihr Bett gekuschelt und versucht, ein wenig Schlaf und vielleicht Vergessen zu finden; ein Vorhaben, das ihr zuerst von ihren eigenen wild kreisenden Gedanken schwer und später von den beiden kleinen Katern noch schwerer gemacht wurde, die ein paar Stunden nach Sonnenuntergang zu dem Schluss gekommen zu sein schienen, dass jetzt der richtige Moment war, die verlorenen Spielstunden den letzten Tage nachzuholen.

Irgendwann fand sie doch Schlaf (auch wenn sie es am nächsten Morgen beinahe bedauerte, wenn sie an die wirren Albträume dachte, die sie gequält hatten) und wachte pünktlich bei Sonnenaufgang wieder auf, allerdings nicht von selbst, sondern von einem mittlerweile schon bekannten schmerzhaften Zerren und Reißen an ihren Händen.

Im ersten Moment war sie viel zu benommen, um auch nur eine einzige Frage zu stellen, und als sich ihre Gedanken allmählich klärten, reagierte Arla genauso unwirsch wie am Vortag, beschied ihr mit ein paar harschen Worten, still zu halten und ging darüber hinaus plötzlich nicht mehr annähend so vorsichtig zu Werke, sodass Katharina zwar noch nicht ganz die Tränen in den Augen standen, als sie fertig war, sie aber dennoch erleichtert aufatmete, als Arla endlich aufstand und das Haus (ohne ein weiteres Wort) verließ.

Immerhin hatte sie ihre Hände dieses Mal nicht zu groben Fäustlingen zusammengeschnürt, die zu nichts nutze waren, sondern zwar fest, aber zugleich auch so verbunden, dass sie die Finger bewegen konnte und es nicht einmal besonders wehtat. Als sie nach einer Weile – vorsichtig – aufstand, waren ihre Knie nicht mehr ganz so wackelig wie bisher. Tatsächlich fühlte sie sich sogar zum ersten Mal seit Tagen beinahe wohl.

Wenigstens, was ihr körperliches Befinden anging.

Schon drinnen im Haus hatte sie Lärm und aufgeregte Stimmen und ein Durcheinander aus hastigen Schritten und emsigem Hantieren gehört, und was sie sah, als sie ins Freie trat, war beinahe noch hektischer. Ganz Bjarnisund schien auf den Beinen und mit irgendetwas beschäftigt zu sein, auch wenn sie bei den allerwenigsten sagen konnte, womit eigentlich. Ein wenig ratlos blieb sie stehen, drehte sich einmal im Kreis und fuhr dann so erschrocken zusammen, dass sie beinahe aufgeschrien hätte.

Unten am Ufer war ein weites Schiff erschienen. Es war nicht annähernd so groß wie die *Sturmvogel*, aber von derselben plumpen Bauweise, die es angesichts der schnittigen *Drakkars* in seiner direkten Nachbarschaft noch schwerfälliger erscheinen ließ, und hinter der niedrigen Reling standen auch keine Wikinger, sondern Männer in knöchellangen Kettenhemden und mit großen, dreieckigen Schilden und klobigen Topfhelmen.

Jetzt war sie schlagartig und vollkommen wach.

Ihr Herz begann schon wieder zu rasen, und am liebsten wäre sie auf der Stelle herumgefahren und weggerannt, jetzt, wo ihre Feinde da waren und bevor noch mehr Unschuldige ihretwegen zu Schaden kommen könnten.

Im letzten Moment aber meldete sich ihr Verstand wieder zu Wort. Das war kein Angriff.

Das Schiff war viel zu klein, und die Krieger an Bord mochten zwar beeindruckend aussehen, waren aber letzten Endes nicht mehr als eine Handvoll, die sich schwerlich mit mehr als hundert Männern anlegen würden, denen sie hier gegenüberstanden.

Sie hatte trotzdem immer noch Angst, kämpfte dieses Gefühl aber tapfer nieder und lief nicht weg, sondern ging ganz im Gegenteil zum Fluss hinunter.

Eine ununterbrochene Kette von Männern und Frauen war damit beschäftigt, nach dem Frachtschiff nun auch die drei Drachenboote mit den Habseligkeiten der Bjarnisunder zu beladen, und sie gewahrte Erik, Arla und zwei oder drei weitere Männer ein Stück abseits des Hauptstromes, wo sie in ein intensives Gespräch mit einem dunkelhaarigen Mann in Kettenhemd und Wappenrock vertieft waren. Sie war viel zu weit entfernt, um irgendetwas zu verstehen, aber allein ihre Haltung und Gesten machten ihr klar, dass es sich nicht unbedingt um ein angenehmes Gespräch handelte.

Erst, als sie schon nahezu heran war, erkannte sie den Fremden. Es war Baron zu Guthenfels, und er sah womöglich noch besorgter und älter aus als das letzte Mal.

Er musste sie wohl im gleichen Moment erkannt haben wie sie umgekehrt ihn, denn er unterbrach sein Gespräch für einen kurzen Moment, zwang sich zu einem matten Lächeln und winkte ihr zu. Auch Erik raffte sich immerhin zu einem angedeuteten Nicken auf, aber Arla wirkte seltsamerweise beinahe peinlich berührt, sie zu sehen.

»Katharina«, sagte zu Guthenfels. »Es geht dir schon wieder besser, wie ich sehe. Das freut mich.«

Es klang ehrlich, aber Katharina wusste trotzdem nicht so recht, was sie von dieser Begrüßung halten sollte. Sie hatte nicht vergessen, was Guthenfels das letzte Mal gesagt hatte.

»So schlimm war es nicht«, sagte sie nur ausweichend.

»Ja, und das hat dein Großvater mir auch schon gesagt«, antwortete Guthenfels.

»Was?«

»Dass du ein außergewöhnlich tapferes Mädchen bist«, antwortete Guthenfels, bevor er sich wieder an Erik wandte. Das Lächeln verschwand wie weggezaubert von seinem Gesicht.

»Und ich kann wirklich nichts tun, um Euch von Eurem Entschluss abzubringen, Erik?«, fragte er.

»Es ist das Beste so, glaubt mir«, antwortete Erik. »Nicht nur wegen dem, was geschehen ist. Wir hätten niemals hierherkommen sollen, Baron. Ihr wisst das, und ich weiß es auch. Die Zeit ist noch nicht reif für ein friedliches Miteinander unserer Völker.«

»Wahrscheinlich habt Ihr Recht«, seufzte zu Guthenfels. »Manche Wunden brauchen vielleicht mehr als ein Menschleben, um zu heilen. Dennoch tut es mir leid … vor allem, da so mancher Euren Weggang als Eingeständnis Eurer Schuld auslegen wird.«

Erik sagte nichts dazu, und Guthenfels ließ eine geraume Weile verstreichen, in der er ihn nur abwartend ansah, bis er schließlich ein tiefes, enttäuschtes Seufzen ausstieß.

»Vielleicht habt Ihr Recht«, sagte er. »Aber ich verspreche Euch, dass ich der Sache auf den Grund gehen werde. Ich habe bereits einen Boten zum Hofe des Kaisers geschickt. Man wird den Vorfall peinlich genau untersuchen, darauf habt Ihr mein Wort.«

»Wozu?«, fragte Erik. »Es ist genug Unheil angerichtet worden. Nichts von alledem wird ungeschehen gemacht, ganz gleich, was Ihr auch tut, mein Freund.«

Erneut wollte Guthenfels widersprechen, besann sich aber dann eines Besseren und seufzte nur noch einmal und noch tiefer. »Ganz wie Ihr wollt, alter Freund. Gibt es sonst noch etwas, was ich für Euch tun kann?«

»Nein«, antwortete Erik. »Ihr habt schon mehr für uns alle getan, als ich verlangen kann.«

»Eines gäbe es da doch noch«, mischte sich Arla ein. »Habt Ihr über meine Bitte nachgedacht, Baron?«

Guthenfels antwortete nicht sofort darauf, aber er drehte den Kopf und sah Katharina kurz und auf eine Art an, die ihr ein Frösteln über den Rücken laufen ließ, Arla wich ihrem Blick weiter aus, und auch Erik sah plötzlich weg. Was ging hier vor?

»Selbstverständlich«, antwortete Guthenfels schließlich.

»Selbstverständlich *was?*«, fragte Katharina scharf.

»Dann bereite ich alles vor«, sagte Arla, an Guthenfels gewandt und so, als hätte sie gar nichts gesagt. Nein, verbesserte sich Katharina in Gedanken. So, *als wäre sie gar nicht da.* Die Erkenntnis machte sie sehr wütend.

»Was geht hier vor?«, fragte sie. »Ich will jetzt auf der Stelle –«

»Du«, fiel ihr Erik ins Wort, nicht einmal laut, aber mit einer Stimme, die mit einem Male so hart und scharf wie eine Schwertklinge war, »wirst jetzt schweigen, Kind. Geh ins Haus und warte dort.«

Einen Moment – nicht einmal einen Herzschlag lang – sah Katharina ihn nichts anderes als herausfordernd an, und für einen noch kürzeren Augenblick war sie drauf und dran, ihm trotzig zu widersprechen. Aber dann las sie etwas in seinen Augen, was sie doch davon abhielt. Sie war dabei, den Bogen zu überspannen, und das war vermutlich keine so gute Idee.

»Ganz wie Ihr befehlt, Skalde!«, schnappte sie, warf trotzig den Kopf in den Nacken und ging zum Haus zurück, bevor Erik noch irgendetwas sagen konnte.

Wahrscheinlich war es besser so.

Zurück im Haus kam sie sich mehr denn je wie eine Gefangene vor, und dass Erik sie plötzlich vor aller Augen wie ein dummes Kind behandelt hatte, machte sie nur noch wütender.

Und außerdem hatte sie Angst.

Sehr lange musste sie sich nicht nicht gedulden. Nach wenigen Augenblicken schon ging die Tür hinter ihr auf, und Arla kam herein. So hatte gehofft, dass Erik ebenfalls mitkam, doch Arla zog die Tür hinter sich zu, lehnte sich mit vor der Brust verschränkten Armen dagegen und sah sie eine geraume Weile ebenso stumm wie vorwurfsvoll an.

»Was?«, fauchte sie schließlich.

»Sprich nie wieder so mit meinen Vater«, sagte Arla. »Nicht wenn wir allein sind, und schon gar nicht in Gegenwart anderer, hast du das verstanden?«

»Und wenn doch?«

»Niemand wagt es, so mit unserem Skalden zu reden«, fuhr Arla fort. »Auch seine Enkeltochter nicht. Danke deinem Gott dafür, dass du noch ein Kind bist und Erik im Moment andere Dinge durch den Kopf gehen, sonst wärst du mit dieser Unverschämtheit nicht durchgekommen.«

»Und welche anderen Dinge wären das?«, fragte Katharina patzig. Eine leise, aber immer drängender werdende innere Stimme warnte sie, dass sie dabei war, es endgültig zu übertreiben, aber sie war einfach zu aufgebracht, um auf sie zu hören.

»Zum Beispiel hat er etwas getan, was ihm zutiefst zuwider ist, und eine alte Schuld bei Guthenfels eingefordert, um dich zu schützen.«

»Mich?«, murmelte Katharina, Jetzt verstand sie überhaupt nichts mehr. »Aber was habe ich mit –«

»Baron zu Guthenfels wird sich deiner annehmen«, fiel ihr Arla ins Wort.

»Meiner?« Katharina starrte sie an.

»Es wird sich um dich kümmern«, fuhr Arla fort. »Sein Schiff legt in einer Stunde ab, und du wirst ihn begleiten.«

»Ich?!«, keuchte Katharina entsetzt.

»Er wird sich deiner annehmen, als wärst du sein eigenes Kind«, fuhr Arla unbeirrt fort. »Du wirst ein gutes Leben haben, und du wirst in Sicherheit sein.«

»Aber ihr habt versprochen, dass ich bei euch bleiben darf!«, protestierte Katharina. Sie sollte … *von hier weggehen?* Das neue Leben, das das Schicksal ihr gerade erst geschenkt hatte, die neue Familie, die sie gerade erst gefunden hatte, sollten ihr gleich wieder weggenommen werden? Nein! Das *durfte* einfach nicht sein!

»Ich weiß«, antwortete Arla. Ihre Stimme wurde sanfter; aber nicht viel. »Und es tut mir auch leid, bitte glaub mir. Ich breche nicht gerne mein Wort. Aber die Dinge haben sich geändert. Es wäre viel zu gefährlich, dich mitzunehmen. Noch vor wenigen Tagen waren die Menschen hier unsere Freunde, aber das, was Wulfgar und Pardeville getan haben, hat alles geändert. Wir brechen in wenigen Stunden auf, doch der Weg wird nicht leicht. Vielleicht werden wir angegriffen. Möglicherweise werden wir kämpfen müssen. Erik sagt, wir fahren nach Hause, aber es wird wohl eher eine Flucht. Und selbst wenn wir unversehrt in unserer alten Heimat ankommen, so weiß niemand, was uns dort wirklich erwartet, Katharina. Wir wissen nicht einmal, ob wir dort noch willkommen sind.«

»Und das alles ist euch gerade eben eingefallen?«, brachte Katharina mit zitternder Stimme heraus. Aus ihrem Schrecken was längst etwas anderes geworden; Entsetzen und ein Gefühl der Hilflosigkeit, das beinahe körperlich wehtat.

Arla ignorierte ihren Einwurf. »Und selbst wenn all das gut

ausginge, Katharina«, sagte sie, und dass sie ganz bewusst Katharina sagte und sie nicht Kara nannte, wie Ansgar es getan hatte, verletzte sie umso mehr, »würdest du es wahrscheinlich bereuen. Das Leben dort ist … anders, mein Kind. So vollkommen anders, dass du es dir nicht einmal in deinen kühnsten Träumen vorstellen kannst. Ich bin nicht sicher, ob du es ertragen würdest. Deine Großmutter hat es nicht ertragen, und auch deine Mutter nicht.«

Katharina wollte noch lauter und noch empörter protestieren, doch ihre Kehle war mit einem Mal wie zugeschnürt, und sie brachte keinen Laut hervor. Tränen schossen ihr in die Augen, doch sie konnte nicht einmal sagen, ob es Tränen des Schmerzes oder blanker Wut waren; oder vielleicht etwas ganz anderes, das ihr völlig fremd war und wofür sie nicht einmal ein Wort hatte.

»Baron zu Guthenfels wird dich mit auf sein Gut nehmen«, fuhr Arla in etwas sanfterem, aber nach wie vor unerbittlichem Tonfall fort. »Dort bist du in Sicherheit, keine Angst. Nicht einmal Wulfgar würde es wagen, dir dort etwas anzutun. Sobald wir in unserer neuen Heimat sind und wissen, dass es dort sicher ist, senden wir einen Boten, und du kannst nachkommen … wenn du das wirklich willst.«

Das klang so dünn, dass Katharina sich fragte, ob Arla es wohl überhaupt selbst glaubte. Dachte sie wirklich, ihre Worte wären ein Trost?

»Es ist überall besser als hier«, sagte sie, mit einer Stimme, die sich herausfordernd anhören sollte, aber selbst in ihren eigenen Ohren weinerlich klang.

»Das kannst du doch gar nicht wissen, Kind«, antwortete Arla ein wenig sanfter. »Der Baron wird gut für dich sorgen, und du wirst es viel besser haben als da, wo du bisher gewesen bist, glaub mir. Bleib ein Jahr bei ihm, oder zwei, und wenn du dann immer noch der Meinung bist, das Leben hier wäre nichts für dich, dann sehen wir weiter.«

Ein Jahr oder zwei? Was redete sie da? Ein Jahr, das war eine … unvorstellbar lange Zeit! Sie sollte ein Jahr lang allein bleiben oder sogar zwei? Niemals!

»Ihr habt es versprochen«, sagte sie mit bebender Stimme.

»Ich weiß«, antwortete Arla.« Aber auch das bedeutet erwachsen werden, mein Kind.«

»Sein Wort nicht zu halten?«, fragte Katharina bitter.

»Zu begreifen, dass man es manchmal nicht halten kann«, erwiderte Arla. »Manchmal muss man ein kleines Unrecht tun, um ein größeres zu verhindern.«

»Und … und Ansgar?«, stammelte sie, fast verzweifelt um irgendetwas bemüht, was Arla vielleicht doch noch umstimmen würde. »Wollt ihr ihn einfach im Stich lassen?«

»Es ist so, wie dein Großvater gesagt hat«, antwortete Arla. »Wulfgar mag ein grausamer Mann sein, aber er ist nicht dumm. Wenn ihm erst einmal klar geworden ist, dass er dich nicht bekommen kann, dann hat dein Bruder keinen Wert mehr für ihn, sondern stellt allenfalls eine Gefahr dar. Er wird ihn freilassen.«

Sie wechselte das Thema, indem sie auf die beiden kleinen Kater deutete, die aneinandergekuschelt vor dem Kamin lagen und schliefen. »Möchtest du sie mitnehmen? Ich würde mich um sie kümmern, aber ich glaube nicht, dass sie die Reise überleben würden.«

Katharina sagte gar nichts dazu, was Arla anscheinend als Zustimmung deutete. »Dann suche ich ein Körbchen, in dem du sie transportieren kannst«, sagte sie. »Und ein paar Decken, damit sie es warm haben. Und für dich suche ich noch ein paar Kleider heraus.«

Damit ging sie, und dieses Mal versuchte Katharina nicht noch einmal, sie zurückzuhalten. Kaum war sie allein, da verlor sie endgültig den Kampf gegen die Tränen.

*

Es dauerte länger als eine Stunde, bis das Schiff ablegte und sie Bjarnisund für immer verließ – sehr viel länger –, und die schlimmste Enttäuschung sollte ihr noch bevorstehen.

Arla kam noch zweimal zurück, einmal um ein geflochtenes Körbchen mit einer weichen Decke für die Kätzchen sowie einen kleinen Beutel mit Futter für sie zu bringen, und ein zweites Mal, um ihr einen wasserdichten Sack zu geben, der mit Kleidern, Schuhen und allerlei anderen Dingen vollgestopft und so schwer war, dass Katharina ihn wahrscheinlich kaum allein tragen konnte.

Sie warf nicht einmal einen Blick hinein. Noch vor ein paar Tagen hätten ihr all diese Schätze, die sie einfach so geschenkt bekam, schlichtweg den Atem verschlagen, aber jetzt interessierten sie sie nicht. Der größte Schatz, den es auf der ganzen Welt gab – eine eigene Familie und Menschen, von denen sie wenigstens geglaubt hatte, dass sie mehr als nur Verachtung für sie empfanden –, war ihr für wenige Tage geschenkt und dann gleich wieder genommen worden, gerade als sie vorsichtig zu hoffen begann, dass es mehr sein könnte als ein Traum. Was interessierten sie da *Kleider?*

Dann kann Arla zum dritten Mal zurück, diesmal in Begleitung zweier schweigsamer Männer, von denen einer das Körbchen mit den beiden kleinen Katern nahm, der andere ihren Kleiderbeutel, der tatsächlich so schwer war, dass sie ihn selbst nicht anheben konnte. Erik war nicht bei ihnen, aber Katharina tröstete sich damit, dass er wahrscheinlich unten am Steg auf sie warten würde, um sich von ihr zu verabschieden. Vielleicht gelang es ihr ja doch noch, ihn irgendwie umzustimmen.

Erik war nicht da, und er wartete auch nicht auf dem Steg oder an Bord des plumpen Flussschiffes auf sie. Das Treiben am Ufer hatte deutlich nachgelassen, und während sie Arlas stummen Gesten gehorchte und an Bord des plumpen Segelschiffes ging, stellte sie fest, dass auch die drei Drachenboote jetzt nahezu vollständig beladen waren, sodass sie sich instinktiv fragte, wie all die Menschen, die in Bjarnisund lebten, eigentlich noch Platz finden wollten zwischen den aufgestapelten Kisten und Ballen und Säcken, Fässern und Werkzeugen und Waffen und Kleidern und tausend anderen Dingen.

Nachdem sie an Bord gegangen war, suchte sie ein trockenes Plätzchen hinter der Schanzwand, an dem sie das Körbchen mit den beiden Kätzchen abstellen konnte, ignorierte ihr protestierendes Piepsen und klappte den Deckel zu, damit sie nicht herauskletterten und von all den Männern zu Tode getrampelt wurden, oder über über Bord fielen und ertranken, vorwitzig wie sie waren. Erst dann ging sie wieder zur anderen Seite des Schiffes zurück und hielt nach Erik Ausschau. Sie konnte ihn immer noch nirgendwo entdecken, aber wenigstens war Arla auf dem Steg stehengeblieben; wahrscheinlich wartete sie auf ihren Vater. Darüber hinaus gewahrte sie jedoch noch etwas anderes; eine subtile Veränderung der gesamten Szenerie, die ihr schon am Morgen aufgefallen war, ohne dass sie sie genau in Worte fassen konnte. Noch immer herrschte hier am Ufer rege Betriebsamkeit, und es war alles andere als ruhig, und dennoch spürte sie, wie bedrückt und niedergeschlagen die meisten waren. So mancher versuchte es durch besonderen Eifer oder ein übertrieben lautes Lachen oder ein Scherzwort zu überspielen, aber das meiste davon wirkte zu aufgesetzt, um sie zu überzeugen. So leicht, wie Arla behauptet hatte, fiel es den meisten hier anscheinend doch nicht, ihre angeblich so ungeliebte neue Heimat zu verlassen.

Endlich bewegte sich eine kleine Gruppe zielsicher auf den Steg und damit auf sie zu, doch als sie näher kamen, stellte sie enttäuscht fest, dass Erik auch dieses Mal nicht bei ihnen war. Stattdessen gewahrte sie Baron zu Guthenfels, zwei seiner bewaffneten Begleiter und eine schwarzhaarige Gestalt in einem sehr unkeuschen Kleid, auf deren Schulter ein schnatterndes Äffchen saß.

»Vera?«, entfuhr es ihr erstaunt.

»Wir können sie nicht mitnehmen, und wenn sie hierbliebe oder gar nach Santen zurückginge, dann würde Wulfgar sie töten lassen.« Die Frage hatte gar nicht Arla gegolten, aber sie beantwortete sie trotzdem. »Der Baron hat versprochen, sich um sie zu kümmern. Außerdem ist sie die Einzige, die weiß, was wirklich geschehen ist.«

Sie wedelte unwillig mit der Hand, beiseitezutreten, und Katharina gehorchte zwar automatisch, um Guthenfels und seine Begleiter an Bord zu lassen, fragte aber trotzdem: »Und Erik?«

»Dein Großvater«, antwortete Arla betont, »ist im Augenblick zu beschäftigt, wie du dir eigentlich selbst denken solltest. Er wird nicht kommen.«

Zu beschäftigt, um sich von seiner Enkeltochter zu verabschieden?, dachte Katharina. Derselben Enkeltochter, nach der er seit zehn Jahren gesucht und derentwegen er sogar seine Heimat verlassen hatte?

Sie sah noch einmal in Arlas Gesicht, versuchte ihren Blick einzufangen ... und dann, endlich, begriff sie wirklich.

»Du«, murmelte sie, so benommen, als hätte sie unversehens ein Schlag ins Gesicht getroffen.

Arla sah sie durchdringend an. Sie schwieg.

»Es war ... deine Idee, habe ich Recht?«, flüsterte Katharina. Sie wusste, dass es so war, denn sie las die Antwort auf ihre noch nicht einmal ganz ausgesprochene Frage in Arlas Augen. Aber allein der Gedanke war so ... monströs, dass es sie fast ihre gesamte Kraft kostete, ihn auszusprechen.

Irgendwie schaffte sie es trotzdem. »Du willst, dass ich weggehe«, flüsterte sie. »Es war deine Idee, habe ich Recht? Und du hast Ansgar auch aufgetragen, mich zu den Köhlern zu bringen ... oder sonstwohin. Hauptsache weg.«

»Es ist nicht deine Schuld, mein Kind«, sagte Arla. Niemand macht dir einen Vorwurf. Ich am allerwenigsten, und auch Erik nicht. Aber es ist besser so, glaub mir. Für dich und für uns. Du hast schon genug Unglück über uns gebracht.«

»Und … Erik?«, fragte Katharina mühsam. »Denkt er auch so?«

»Es spielt keine Rolle, was er denkt, mein Kind«, antwortete Arla. »Mein Vater tut stets das, was für uns alle das Beste ist. Deshalb ist er unser Skalde.«

»Er kommt nicht einmal, um –?«, murmelte Katharina.

»Wenn wir nicht bald ablegen, dann braucht er sich nicht von dir zu verabschieden, weil wir dann nicht mehr von hier wegkommen«, unterbrach sie zu Guthenfels. »Such dir irgendwo einen Platz und halt dich fest, Kind. Die Fahrt kann ein wenig unruhig werden, wenigstens auf dem ersten Stück.« Er wandte sich an Arla. »Habt noch einmal vielen Dank für alles, und richtet Eurem Vater meine besten Wünsche aus. Ich wollte, ich könnte mehr für euch tun.«

»Ihr habt schon mehr für unser Volk getan als die meisten anderen, Graf«, antwortete Arla. »Und mein Vater hat Recht: Es ist das Beste so, für uns alle.«

»Ich werde die Wahrheit beweisen«, versprach zu Guthenfels. »Immerhin gibt es ja jemanden, der bezeugen kann, dass Euer Vater nicht der Mörder des Priesters ist. Und auch nicht der der Bäckersleute. Ich schicke einen Boten zu euch, sobald sich alles aufgeklärt hat.«

»Und wir lassen es Euch wissen, sobald wir angekommen sind.«

Und das war es. Es gab kein weiteres Wort des Abschieds, kein Lebewohl oder gar eine Umarmung. Arla nickte nur noch einmal knapp und ging davon, ohne Katharina noch eines einzigen weiteren Blickes zu würdigen, und zwei von Guthenfels'

Männern griffen nach langen Stangen, um das Schiff vom Steg abzustoßen.

»Das nenne ich einen sauberen Rauswurf.«

Katharina drehte sich weder zu Vera herum, noch reagierte sie auch nur mit einem Nicken auf Veras Worte. Sie war viel zu sehr damit beschäftigt, die Tränen niederzukämpfen, die ihr schon wieder in die Augen schießen wollten. Sie verstand einfach nicht, warum sich Arla mit einem Mal so benahm; und noch viel weniger, warum Erik nicht einmal gekommen war, um sich von ihr zu verabschieden.

»Und ich hätte gewettet, dass deine Tante dich mag«, fuhr Vera fast im Plauderton fort. »Gut, dass ich es nicht getan habe. Ich hätte wohl verloren.«

Katharina riss ihren Blick endlich vom Ufer und der allmählich zurückfallenden Stadt los, drehte sich zu Vera um und setzte zu einer ärgerlichen Antwort an, doch in diesem Moment geschah genau das, wovor Guthenfels sie gewarnt hatte: Das Boot drehte sich knarrend in die Strömung und begann so heftig zu schaukeln, dass sie um ein Haar das Gleichgewicht verloren hätte, und vielleicht fiel sie nur deshalb nicht, weil die Gauklerin rasch zugriff und sie mit überraschender Kraft festhielt. Vera selbst schien das heftige Schaukeln des Schiffes nicht das Geringste auszumachen.

»Setz dich lieber hin«, riet sie. »Wenn man nicht daran gewöhnt ist, kann einem dabei ganz schön übel werden.«

Katharina fragte sich, ob Vera vielleicht ein längeres Gespräch mit Arla geführt hatte oder ob man es ihr so deutlich ansah – aber ihr wurde tatsächlich schon wieder ein wenig flau im Magen. So schnell sie es auf den immer heftiger schaukelnden Decksplanken konnte, ging sie wieder zu dem Weidenkörbchen hin und setzte sich mit angezogenen Knien daneben. Nachdem sie den Rücken gegen die niedrige Schanzwand presste, schien es ein bisschen besser zu werden; aber nicht viel.

Vera folgte ihr und nahm uneingeladen auf der anderen Seite des Körbchens Platz, und Dwegr sprang von ihrer Schulter und verschwand wie der Blitz in der komplizierten Takelage des einzelnen Mastes.

»Wie kommst es, dass du nicht seefest bist?«, erkundigte sie sich. Dann lachte sie. »Dabei kann man das hier nun wirklich keinen Seegang nennen. Der Rhein ist ein sehr gutmütiger Fluss. Ich habe mich immer gefragt, woher dein Volk den Mut nimmt, in diesen winzigen Schiffen auf das Meer hinauszufahren. Wie kommt es, dass dir so leicht übel wird?«

»Mir ist nicht übel«, behauptete Katharina.

»Dann hat dein Gesicht immer diese hübsche grüne Farbe?«, erkundigte sich Vera.

»Es wird gleich besser«, mischte sich Guthenfels ein. »Sobald wir das Schiff ganz in die Strömung gedreht haben.«

Im ersten Augenblick dachte Katharina, Guthenfels hätte sie belauscht, aber dann wurde ihr klar, dass das gar nicht nötig war. Dass Schiff war so klein, dass man ohnehin überall jedes Wort hören konnte.

»Also, was tust du, wenn du wirklich auf hoher See bist?«, beharrte Vera.

»Das war ich noch nie«, antwortete Katharina widerwillig. »Und ich werde es auch ganz bestimmt nie sein.«

»Ein Wikingermädchen, das noch nie an Bord eines Schiffes war?«, wunderte sich die Gauklerin. »Und ich dachte, ihr kommt mit Schwimmhäuten und Kiemen auf die Welt.«

Hätte sie nicht mit aller Macht dagegen angekämpft, hätte sie über diese Worte herzhaft lachen müssen. So schüttelte sie nur den Kopf und starrte demonstrativ an Vera vorbei ins Leere.

»Du bist nicht sehr redselig, wie?«, fuhr die Gauklerin fort.

»Du dafür um so mehr«, erwiderte Katharina in bewusst unfreundlichem Ton – aber das schien Vera wenig zu beeindrucken.

Sie nickte nur. »Was ist gegen ein bisschen Unterhaltung zu sagen?«, fragte sie. »Wir haben eine lange Fahrt vor uns. Willst du sie damit zubringen, Löcher in die Planken zu starren? Das wäre nicht gut. Ich habe nämlich keine große Lust, zum Ufer zurückzuschwimmen, Du vielleicht?«

»Ich kann nicht schwimmen.«

»Du kannst nicht –?« Vera riß erstaunt die Augen auf. »Ein Wikingermädchenn, das seekrank wird und nicht schwimmen kann? Das wird ja immer verrückter!«

»Ich bin kein Wikingermädchen«, antwortete Katharina. »Jedenfalls … nicht richtig.«

»Aber Erik ist dein Großvater?«, fragte die Gauklerin, die langsam immer verwirrter aussah. »Und Arla ist deine Tante?«

»Hm«, machte Katharina.

»›Hm‹ ist keine befriedigende Antwort«, erwiderte Vera.« Auch wenn ich gestehen muss, dass ich es dann und wann selbst benutze.«

»Es ist … kompliziert«, antwortete Katharina ausweichend.

»Wir haben Zeit«, sagte Vera. »Also, ich jedenfalls habe für den Rest des Tags nichts weiter vor. Du vielleicht?«

»Für den Rest des Tages«, ächzte Katharina. »Wie lange … ich meine, wohin fahren wir denn?«

»Zuerst einmal bis zur Feste Zons«, antwortete Guthenfels an Veras Stelle. Er hatte auch jetzt wieder jedes Wort gehört und war sogar näher gekommen, ohne dass Katharina es gemerkt hatte. »Von da aus geht es zu Pferd weiter, für einen Tag, Vielleicht auch zwei.«

»Zons?«, ächzte Vera. »Aber das dauert zwei Tage, mit dieser Nussschale!«

»Wenn der Wind nachlässt, vielleicht sogar länger«, bestätigte der Adlige ungerührt. »Aber du hast es ja gerade selbst gesagt: Wir haben im Moment nichts Besseres vor.« Er ließ sich vor ihnen in die Hocke sinken, stützte die Unterarme auf den

Knien auf und ließ die Hände baumeln und sah zuerst Vera, dann Katharina deutlich länger und nachdenklicher an.

»So oder so, wir haben viel Zeit, mein Kind«, sagte er. »Und ich bin genauso neugierig wie deine Freundin. Dein Großvater hat mir das eine oder andere über dich erzählt, aber längst nicht alles, und ich bin ein neugieriger Mann. Warum erzählst du uns nicht den Rest der Geschichte?«

Katharina war sich nicht sicher, ob sie das wollte. Baron zu Guthenfels war ein Freund ihres Großvaters, und als solcher vertraute sie ihm natürlich … aber sie wusste einfach nicht mehr, wie weit sie ihrem *Großvater* vertrauen konnte.

»Na ja, du musst aber nicht, wenn du nicht willst«, fuhr er fort, nachdem sie ihn einige Zeit nur schweigend angesehen hatte. »Das meiste weiß ich ja ohnehin schon, und den Rest kannst du mir irgendwann einmal erzählen, wenn dir danach ist … oder auch nicht.«

Es stand wieder auf und ging zum Bug des Schiffes, wo er leise mit einem seiner Matrosen zu sprechen begann. Vera blickte ihm stirnrunzelnd nach, und als sie sprach, tat sie es mit gesenkter und einigermaßen besorgt klingender Stimme. »Du solltest nicht so mit ihm reden.«

»Ich glaube, ich habe gar nicht mit ihm geredet«, antwortete Katharina, aber Vera schüttelte nur den Kopf und wirkte eher noch besorgter.

»Du weißt, was ich meine, Kleines«, sagte sie. »Er ist ein Adliger. Denen kann man nicht trauen, aber man sollte ihnen antworten, wenn sie eine Frage stellen.«

»Er hat mich nichts gefragt«, erwiderte Katharina.

Vera verdrehte die Augen. »Und du bist sicher, dass du nicht in Wahrheit selbst eine Adlige bist? Jedenfalls redest du schon genau so gestelzt daher. Aber hör auf das, was ich dir sage: Edelleuten kann man nicht trauen. Als ich das das letzte Mal getan habe, da hätte es mich um ein Haar das Leben gekostet.«

»Ich weiß«, sagte Katharina. »Ich war dabei.« Trotzdem schüttelte sie den Kopf. »Aber das ist etwas anderes. Pardeville kann man nicht trauen.«

»Aber dem Freund deines Großvaters schon?«, fragte Vera spöttisch. »Nur, damit ich das richtig verstehe: desselben Großvaters, der dich gerade weggeschickt hat?«

Katharina funkelte sie an und wollte ihr angemessen antworten, aber dann zog sie nur trotzig die Unterlippe zwischen die Zähne und schwieg. Vielleicht hatte die Gauklerin ja Recht. Dass ihr Großvater und Arla dem Baron offensichtlich vertrauten, bedeutete längst nicht, dass auch sie das konnte. Sie hatte bisher nur zwei andere Edelleute kennengelernt, und sie hätte nicht sagen können, welcher von beiden schlimmer gewesen war – Ellsbusch oder Guy de Pardeville –, aber vielleicht hatte die Gauklerin ja Recht, und sie waren alle so.

Und warum auch nicht? Schließlich würde sich Gott etwas dabei gedacht haben, als er die Welt in Arm und Reich aufteilte.

Irgendjemand begann lautstark zu schimpfen. Vera hob mit einem Ruck den Kopf, und ein Ausdruck von mit Verblüffung gemischtem Ärger erschien auf ihrem Gesicht. Auch Katharina schrak aus ihren düsteren Überlegungen hoch und sah nach oben.

Das Äffchen war auf die oberste Spitze der schrägen Rahe hinaufgeklettert, überschüttete die Besatzung mit keckernden Beschimpfungen und den drolligsten Grimassen, ließ es aber nicht nur dabei bewenden, sondern machte sich mit seinen winzigen Händchen und dem seiner Art eigenen Geschick an der Takelage zu schaffen, und was immer es auch tat, schien zumindest einem der Männer ganz und gar nicht zu gefallen. Er hatte angefangen, den Mast zu ersteigen, stellte sich dabei aber mindestens genau so ungeschickt an wie Dwegr behände, was bei immer mehr seiner Kameraden zu spöttischem Gelächter und mindestens genauso spöttischen Anfeuerungsrufen führte. Der

Mann kletterte umso verbissener weiter, und als er das Äffchen schließlich fast erreicht hatte, schnitt ihm Dwegr eine Grimasse und hüpfte spöttisch schnatternd zu Boden. Mit einem Satz war er wieder auf Veras Schulter, und dem armen Burschen oben auf dem Mast war das schadenfrohe Gelächter seiner Kameraden gewiss.

»Ja«, sagte Katharina. »Du weisst zweifellos, wie man sich Freunde macht.«

»Das kommt nur durch den schlechten Umgang«, sagte Vera. »Seit wir bei euch sind, gehorcht er mir einfach nicht mehr.«

»Und dabei ist es doch das fahrende Volk, dem ein so schlechter Ruf vorauseilt«, konterte Katharina.

»Auch nicht schlechter als euch Wikingern«, gab Vera zurück. »Wenn ich es mir recht überlege, ist er sogar besser. Wir bestehlen die Leute nur, aber wir brennen ihnen nicht die Häuser nieder und schneiden ihnen nicht die Kehlen durch.«

»Tut ihr das?«, fragte Katharina. »Stehlen und betrügen?« Mit Ausnahme Veras selbst war sie noch nie jemandem vom fahrenden Volk begegnet, aber sie hatte natürlich gehört, wie die Leute in Ellsbusch (allen voran Vater Cedric) über sie geredet hatten.

»Ich stehle nicht!«, antwortete Vera beleidigt. »Manchmal nehme ich mir vielleicht, was mir zusteht, aber niemals mehr als das. Das Leben ist hart, mein Kind. Du musst dir nehmen, was dir zusteht. Wenn du darauf wartest, dass man es dir freiwillig gibt, oder gar glaubst, du würdest fair behandelt, dann wirst du ein bitteres Erwachen erleben.«

Damit hatte sie vermutlich sogar Recht, dachte Katharina, aber ihr war im Moment ganz und gar nicht nach *dieser* Art von Gespräch. Sie antwortete nicht, sondern sah scheinbar interessiert zu, wie der Matrose genauso unelegant wieder am Mast herunterkletterte, wie er ihn erklommen hatte, was ihm viel lautes und schadenfrohes Gelächter der anderen einbrachte. Mit einem Blick auf das Äffchen, der jeden Scheit loderndes Kaminholz auf der Stelle in einen Eisblock verwandelt hätte, ging er an ihnen vorbei zum Heck des plumpen Seglers. Katharina sah ihm kopfschüttelnd nach, und das amüsierte Lächeln gefror auf ihren Lippen.

Ohne dass es ihr aufgefallen war, hatte das Schiff inzwischen die Flussmitte erreicht und damit begonnen, mit seinem dreieckigen Segel erstaunlich schnell gegen Wind und Strömung zu kreuzen. Sie hatten sich schon ein gehöriges Stück von der Flussbiegung entfernt, hinter der Bjarnisund lag, und sie hätte erwartet, den Fluss vollkommen leer hinter sich zu erblicken; was schlimm genug gewesen wäre.

Viel schlimmer aber war der Anblick der drei schlanken Drachenboote, die mit gleichmäßig schlagenden Rudern und geblähten Segeln langsam in die Flussmitte hineinfuhren und nordwärts schwenkten, um dem vierten und plumperen Schiff zu folgen, das ihnen schon voraus gefahren war und als langsamstes des kleinen Konvois das Tempo vorgab.

Aber das war noch nicht alles. Noch während sie hinsah, begann zuerst grauer, dann schwarzer Rauch hinter der Flussbiegung in die Luft zu steigen; schwere, dräuende Wolken, die sich nur widerwillig zu erheben und für einen Moment sogar dem Wind zu trotzen schienen, bevor sie den aussichtslosen Kampf schließlich aufgaben und auf den Fluss hinaustrieben, um den davonrudernden Schiffen zu folgen. Und es wurde immer mehr und mehr.

»Was … geht da … vor?«, murmelte sie stockend.

»Das ist Bjarnisund«, sagte zu Guthenfels. »Es brennt.«

»Es brennt?!«, wiederholte sie erschrocken. »Aber was –?«

Guthenfels hob beruhigend die Hand. »Hat dein Großvater es dir nicht gesagt?«

»Was?«

»Dass sie die Stadt hinter sich anzünden.«

»Anzünden?«, wiederholte sie verständnislos. »Was soll das heißen? Das ist doch Unsinn! Warum sollten sie Bjarnisund in Brand setzen? Es ist ihre Heimat!«

»Weil sie es ernst meinen?«, schlug Vera vor.

»Aber das ist doch –«, begehrte Katharina auf, und Guthenfels unterbrach sie zum zweiten Mal mit einer ebenso ungeduldigen wie herrischen Geste; einer Handbewegung, die deutlich machte, dass er es nicht gewohnt war, seine Anordnungen zu widerholen, und es ihn auch nicht erfreute.

»Deine Freundin hat Recht«, sagte er. »Sie haben Bjarnisund angezündet, weil es kein Zurück mehr für sie gibt. Vielleicht wird das den einen oder anderen beruhigen, der sonst darauf gedrängt hätte, sie zu verfolgen … aber hauptsächlich wollte dein Großvater eurem Volk wohl zeigen, wie ernst es ihm mit seinem Entschluss ist, nehme ich an.«

Katharina hörte kaum hin. Sie starrte den schwarzen Rauch an und sah den langsam davonrudernden Schiffen nach, und sie spürte, wie ihr das Herz so schwer und hart wie ein Stein in der Brust wurde. Wahrscheinlich hatte Guthenfels Recht, und von Eriks Standpunkt aus ergab es vielleicht sogar einen Sinn, wortwörtlich alle Brücken hinter sich abzubrechen. Vielleicht brachte es sogar Wulfgar dazu, Ansgar gehen zu lassen, musste es ihm doch zeigen, wie bitter ernst es seinem Bruder damit war, seiner Drohung nicht nachzugeben.

Trotzdem spürte sie, wie ihr schon wieder heiße Tränen über die Wangen liefen, und dieses Mal versuchte sie gar nicht erst, sie zurückzuhalten, Sie konnte nur den Rauch sehen, nicht die heißen Flammen, die hinter der Flussbiegung tobten, und trotzdem meinte sie fast, den Schmerz zu spüren, mit dem sie sich in ihre Seele fraßen, denn das, was sie dort hinter der Flussbiegung verzehrten, das war nicht einfach nur eine Stadt hinter einer hölzernen Palisade. Dort hinten zerfielen ihr Leben und ihre Zukunft zu grauer Asche, die der Wind ergriff und auf den Fluss hinauswehte.

*

Genau wie Baron zu Guthenfels es vorausgesagt hatte, schien die Fahrt kein Ende zu nehmen. Die Reise rheinabwärts auf der *Werdandi* war ihr lang vorgekommen, die Fahrt in umgekehrter Richtung und auf dem viel schwerfälligeren und langsameren Segler erschien ihr buchstäblich endlos.

Vera hatte es irgendwann aufgegeben, ihr ein Gespräch aufzwingen zu wollen, und hatte sich unter die Männer gemischt. Mit ihnen ins Gespräch zu kommen schien ihr nicht sonderlich schwerzufallen, und schon nach kurzem hallte das Deck wider von ihrem lauten Lachen und der einen oder anderen anzüglichen Bemerkung der Männer. Einen Moment lang fragte sie sich ernsthaft, warum sie nicht einfach aufstand und zu ihr ging und sich bei ihr entschuldigte, aber zumindest dieses Mal noch obsiegte ihr Trotz, und sie erbarmte sich stattdessen endlich den beiden Katern und öffnete das Körbchen, um sie aus ihrem Gefängnis zu befreien.

Es half nicht allzu viel. Hugin und Munin beschwerten sich nicht nur mit lautstarkem Piepsen darüber, so lange in dem düsteren Korb eingesperrt gewesen zu sein, sondern straften sie darüber hinaus mit Verachtung und verschwanden augenblicklich, um ihre neue Umgebung zu erkunden. So bestritt Katharina den Rest dieses endlosen Tages mehr oder weniger damit, auf das Verstreichen genau dieses Tages zu warten.

Die darauffolgende Nacht war auch nicht viel besser. Sie fuhren bis lange nach Sonnenuntergang, und ihre Hoffnung, wenigstens auf einem Untergrund schlafen zu können, der nicht beständig hin und her schaukelte, erfüllte sich nicht. Als es schließlich endgültig zu dunkel wurde, um noch weiter zu fahren, legte das Schiff an einer seichten Stelle am Ufer an, aber niemand machte Anstalten, es zu verlassen.

Als Katharina am nächsten Morgen erwachte, unausgeschlafen und mit schmerzendem Rücken von der unbequemen Haltung, waren sie schon wieder unterwegs.

Dieser Tag kam ihr noch länger vor, und das Schiff schien noch langsamer von der Stelle zu kommen, obwohl der Wind gegen Mittag drehte, sodass sie nicht mehr mühsam dagegen kreuzen mussten, sondern spürbar an Tempo zulegten. Dennoch war es ihr, als bewege sich das Ufer wie durch einen geheimnisvollen Zauber im gleichen Maße neben ihnen, wie sie durch die schmutzigen Wellen pflügten.

Erst spät am Nachmittag begann ihr ihre Umgebung allmählich wieder vertraut vorzukommen.

Sie hatte ihre Heimat nie vom Fluss aus gesehen, weil sie es zeit ihres Lebens vermieden hatte, auch nur einen Fuß auf ein Schiff zu setzen, aber das eine oder andere glaubte sie nun trotz der unbekannten Perspektive zu erkennen: den großen Baum, unter dessen Wurzeln sie im vergangenen Jahr eine Handvoll köstlicher Trüffeln gefunden hatte, die flache Stelle, an der die älteren Jungen manchmal bis zu den Hüften ins Wasser gewatet waren, um ihre Schnüre auszuwerfen, und schließlich die felsige Klippe, wo sie Ansgar zum ersten Mal getroffen hatte.

Der Anblick war verwirrend, denn die Dinge sahen von hier aus betrachtet vollkommen anders aus, als sie sie in Erinnerung hatte, hatten zugleich aber etwas auf beinahe unheimliche Art Vertrautes und dabei Unangenehmes. Mit diesem Ort – vor allem den letzten Stunden, die sie hier verbracht hatte – waren zu viele schlimme Erinnerungen verbunden, als dass sie sich wirklich freute, ihn wiederzusehen. Trotzdem stand sie nach einer Weile auf und trat an die niedrige Schanzwand auf der anderen

Seite des Schiffes heran, um einen besseren Blick auf das Ufer zu haben.

Dann sah sie Ellsbusch selbst – oder das, was noch davon übrig war.

Das Erste, was auf der Böschung in der Ferne auftauchte, war Vater Cedrics kleine Kirche. Die steinernen Wände standen noch, dass Dach jedoch war samt des schweren Gebälks einfach verschwunden, und die stehengebliebenen Mauerreste waren rußgeschwärzt. Ein leichter Dunst lag über dem Ufer, sicherlich nichts als Nebel oder vielleicht Staub, den der Wind oder irgendwelche Tiere aufgewirbelt hatten, aber ihre Fantasie und ihre Erinnerungen machten den Rauch eines verzehrenden Feuers daraus, und aus dem leisen Knallen des Segels über ihrem Kopf und den murmelnden Stimmen der Männer ringsum das Krachen zusammenstürzender Wände und die Schreie der Sterbenden. Ihr Herz begann schneller zu schlagen.

Sie spürte, wie jemand neben sie trat, aber sie sah nicht hin, denn es war ihr unmöglich, ihren Blick von dem unheimlichen Bild loszureißen. So weit, wie sie vom Ufer entfernt waren, hätte sie von hier aus ohnehin nur die Dachspitzen sehen können, vielleicht den einen oder anderen Kamin, aber da war rein gar nichts. Nur das dunstige Flirren von Staub, von dem ihr ihre Fantasie immer noch weismachen wollte, es wäre Rauch.

»Es ist nichts mehr übrig«, sagte Baron zu Guthenfels neben ihr. Sie sah nicht hin, aber natürlich erkannte sie seine Stimme, und sie hörte das leise Klirren, mit dem die Ringe seines Kettenhemds aneinanderrieben, wenn er sich bewegte. »Das war dein Heimatdorf, nicht wahr?«

Katharina nickte stumm. Ihre Kehle war wie zugeschnürt. Sie musste schon wieder gegen die Tränen ankämpfen, was sie im ersten Augenblick nicht einmal selbst verstand. Es war nicht nur ihre überbordende Fantasie, die ihr zu schaffen machte, indem sie mit immer größerer Begeisterung die Schreckensbilder aus ihrer Erinnerung wiederauferstehen ließ. Guthenfels hatte Recht: Dies hier war ihre Heimat gewesen, mit Ausnahme der wenigen zurückliegenden kostbaren Tage das einzige Leben, dass sie jemals gekannt hatte, und auch wenn sich damit nur sehr wenige wirklich schöne Erinnerungen verbanden, so war es doch der Ort ihrer Kindheit, eben ihre Heimat. Sie in Trümmern daliegen zu sehen – genau genommen sie *gar nicht mehr* zu sehen, was beinahe schlimmer war – tat weh.

»Was … was ist denn passiert?«, brachte sie mühsam heraus.

Guthenfels' Kettenhemd klirrte lauter, als er überrascht den Kopf wandte, um auf sie herabzusehen. »Ich dachte, du wüsstest es. Warst du nicht dabei?«

Katharina antwortete mit einer Bewegung, die irgendwo zwischen einem Kopfschütteln und einem Nicken angesiedelt war, und einem angedeuteten Heben der Schultern. »Sie … waren alle tot«, flüsterte sie. »Sie haben sie alle erschlagen.«

»Und das Dorf danach niedergebrannt«, fügte der Baron hinzu.

Katharinas Blick tastete immer unsteter und verzweifelter über das höhergelegene Ufer und suchte nach irgendeiner Spur des Dorfes, aber da war nichts. Sie schüttelte den Kopf. »Nicht, als ich hier war«, murmelte sie.

»Und da bist du ganz sicher?«, fragte Guthenfels.

Jetzt riss sie ihren Blick doch von dem auf so schreckliche Weise leeren Ufer los und sah zu dem Adligen hoch, und Guthenfels schien wohl selbst zu begreifen, dass das eine ziemlich dumme Frage gewesen war, denn ein fast verlegenes Lächeln huschte kurz über sein Gesicht und verschwand dann wieder. Ja, sie *war* sicher, dass das Dorf nicht in hellen Flammen gestanden hatte, während sie die Häuser eines nach dem anderen durchsucht und überall nur Tod und Schrecken gefunden hatte. Sie sparte es sich, laut zu antworten.

Während des kurzen Gespräches war auch Vera zu ihnen gekommen und sah jetzt genauso aufmerksam (und erstaunlicherweise mit ebenso besorgtem Gesichtsausdruck) in die Richtung, in der sich einst das kleine Dorf erhoben hatte. »Aber das ergibt keinen Sinn«, murmelte sie.

Guthenfels nickte zustimmend. »Zumal es genügend Zeugen gibt, die gesehen haben, wie die Nordmänner zurück zu ihrem Schiff gegangen und damit davongerudert sind, nachdem sie die Burg niedergebrannt haben«, fügte er hinzu.

Katharina blickte verwirrt von einem zum anderen. Sie versuchte vergebens, den Worten der beiden einen Sinn abzugewinnen. Den hätten sie nur, wenn …

Und dann begriff sie. »Das waren nicht Wulfgars Krieger«, murmelte sie.

Weder die Gauklerin noch Baron zu Guthenfels antworteten laut darauf, aber der Adlige nickte, und der Ausdruck in seinen Augen wurde noch besorgter. Für eine ziemlich lange Zeit blickte er einfach weiter schweigend dorthin, wo einst ihr Heimatdorf gewesen war, und er ließ dieses Schweigen immer weiter andauern, bis selbst die schwarze Silhouette der verbrannten Kirche im Dunst der Entfernung hinter ihnen verschwand. Erst dann drehte er sich mit einer sehr langsamen Bewegung ganz zu Katharina um und sah ihr durchdringend und ernst in die Augen.

»Das ist jetzt wichtig, mein Kind«, begann er. »Dein Großvater hat mir bereits alles erzählt, so, wie er es von dir gehört hat, aber ich möchte, dass du dich noch einmal genau zu erinnern versuchst. Alle im Dorf waren tot, als du zurückgekommen bist?«

»Bis auf Vater Cedric«, bestätigte Katharina. Aus dem unguten Gefühl, dass sie schon die ganze Zeit über plagte, wurde etwas anderes.

»Aber es hat nirgends gebrannt?«, fuhr der Baron fort. Er hob rasch die Hand, als sie sofort antworten wollte. »Überlege genau. Nicht das kleinste Feuer? Nicht der winzigste Brand, der später hätte um sich greifen können?«

Ganz impulsiv wollte Katharina den Kopf schütteln, aber dann fiel ihr erneut der große Ernst in Guthenfels' Blick auf, und sie tat ihm den Gefallen und versuchte sich noch einmal jene schrecklichen Momente vor Augen zu rufen, in denen sie durch das allen Lebens beraubte Dorf geirrt war. Schließlich aber schüttelte sie nur stumm den Kopf.

Guthenfels seufzte tief. »Aber du hast Guy de Pardeville auf dem Rückweg getroffen«, vergewisserte er sich.

»Ja. Aber –«

»Dann haben sie das Dorf niedergebrannt?«, fragte Vera stirnrunzelnd.

»Aber warum, wenn doch alle schon tot waren?«

»Das weiß ich nicht«, antwortete Guthenfels. »Vielleicht um Erik und seine Familie noch mehr in Misskredit zu bringen oder um irgendwelche Spuren zu verwischen, Wir werden es herausfinden.« Er drehte sich ganz zu der schwarzhaarigen Frau um. »Umso wichtiger, dass du uns an den Hof begleitest und dort erzählst, was in Santen passiert ist. Und du auch«, fügte er an Katharina gewandt hinzu.

»Am Hof?«

»Was hast du gedacht, wohin wir unterwegs sind, Kind?«, fragte Guthenfels lächelnd. »Ich habe deinem Großvater versprochen, dass ich die Sache aufklären werde, und ich bin ein Mann, der sein Wort hält. Es spielt keine Rolle, ob sie fortgegangen sind oder nicht. Es ist unsere Aufgabe, in diesem Land für Frieden und Ordnung zu sorgen. Wenn tatsächlich Guy de Pardeville hinter dieser Verschwörung steckt, dann werde ich dafür sorgen, dass er dafür zur Rechenschaft gezogen wird.«

»Wann ist einer wie Pardeville jemals für irgendetwas zur Verantwortung gezogen werden?«, schnaubte Vera. Guthenfels warf ihr zwar einen ärgerlichen Blick zu, beließ es zu Katharinas

Überraschung aber dabei, und Vera fügte noch hinzu: »Er hat doch schon gewonnen.«

»Ja, so mag es aussehen«, sagte Guthenfels finster. »Und vielleicht ist es sogar gut, wenn er selbst das im Moment glaubt. Aber noch ist die Angelegenheit nicht vorbei. Gottes Mühlen mahlen langsam, und die der Gerichtsbarkeit manchmal noch langsamer, aber sie mahlen, verlass dich darauf.«

Anscheinend tat sie das nicht, denn Vera verzog noch einmal geringschätzig die Lippen, war allerdings klug genug, Guthenfels' Geduld nicht über die Maßen zu strapazieren, und ließ es dabei bewenden. Auch der Adlige sagte nichts mehr, sondern wandte sich wieder um und ließ seinen Blick aufmerksam über das Ufer tasten; vor allem, als die Vegetation allmählich wieder näher ans Ufer heranrückte. Etwas an diesem Anblick schien ihn zu beunruhigen, und Katharina musste plötzlich wieder an den Morgen denken, als sie das Funkeln von Metall im Unterholz auf der anderen Seite gesehen hatte. Katharina hütete sich, eine entsprechende Frage zu stellen, aber sie fragte sich doch beunruhigt, ob es vielleicht einen Grund gab, aus dem sich das Schiff die ganze Zeit über so peinlich genau in der Flussmitte hielt; und damit so weit wie möglich von beiden Ufern entfernt.

Für eine ganze Weile – mehr als ausreichend, um aus ihrem vagen Unbehagen nagende Furcht zu machen – standen sie weiter stumm nebeneinander da und betrachteten das langsam vorüberziehende Ufer, und schließlich wandte sich Guthenfels mit einem fast unhörbaren Seufzen ab und ging zum Bug, um den Männern dort irgendwelche Anweisungen zu geben.

Katharina wartete darauf, dass Vera nun ebenfalls ging – so wie sie ihr den ganzen Tag über schon aus dem Weg gegangen war, soweit sie das auf dem winzigen Schiffchen überhaupt konnte –, aber sie blieb nicht nur weiter neben ihr stehen, sondern sah sie auch unübersehbar auffordernd an. Katharina wusste nicht zu sagen, was sie eigentlich von ihr erwartete. Immerhin rang sie sich ein angedeutetes Lächeln ab, und das schien Vera als Aufforderung schon vollkommen zu genügen.

»Hast ja eine Menge mitgemacht, Kleines«, sagte sie.

»Es geht«, antwortete Katharina einsilbig. »Und hör endlich auf, mich Kleines zu nennen. Und auch nicht Kind«, fügte sie noch rasch hinzu, als Vera zu einer Antwort ansetzte. »Ich habe einen Namen.«

»Ich glaube, sogar gleich mehrere«, erwiderte Vera ungerührt. »Welcher darf es denn sein?«

Ganz impulsiv wollte sie mit ›Kara‹ antworten, der Name, den Ansgar ihr gegeben hatte, aber dann zögerte sie. Vielleicht war das tatsächlich ihr Name, aber er war auch untrennbar mit dem Leben verbunden, das sie vielleicht niemals leben würde. Selbst wenn Arla Wort hielt, würde es mindestens ein Jahr dauern, bis sie Erik und sie und alle anderen wiedersah. Ein Jahr war eine unglaublich lange Zeit, wenn man so jung war wie sie.

»Katharina«, sagte sie schließlich.

»Ich weiß«, sagte Vera lächelnd. »Aber du hast meine Frage nicht beantwortet. Ich meine: Ich habe das eine oder andere aufgeschnappt, aber es ist etwas anderes, es dann mit eigenen Augen zu sehen. Was ist passiert?«

Das war im Prinzip nichts anderes als dieselbe Frage, die auch Guthenfels ihr schon gestellt hatte, und Katharina hatte sie ihm nicht beantwortet – wie also kam sie auf die Idee, sie würde sie *ihr* beantworten?

Katharina wusste es nicht, und noch viel weniger wusste sie, warum sie sich nach kurzem Zögern wieder hinsetzte, wartete, bis Vera auf dieselbe Weise neben ihr Platz genommen hatte, und ihr dann die gesamte Geschichte erzählte; mit ein, zwei kleinen Auslassungen vielleicht, denn es gab doch ein paar Dinge, die die Gauklerin nichts angingen. Das meiste jedoch erzählte sie wahrheitsgemäß und freiweg, und Vera hörte ihr mit wachsendem Staunen zu.

»Ja«, sagte sie noch einmal, als Katharina zu Ende gekommen war und sich der Kreis mit ihrer ersten Begegnung auf dem Marktplatz schloss. »Man kann wirklich sagen, dass du eine Menge mitgemacht hast, Klei … Katharina.«

»Und das ist noch lang nicht alles«, seufzte Katharina. »Wulfgar wird keine Ruhe geben. Ich weiß nicht, warum er mich unbedingt in seine Gewalt bringen will und was er sich davon verspricht.«

»Vielleicht den einzigen Zeugen zu beseitigen, der gesehen hat, wer Graf Ellsbusch wirklich umgebracht hat?«, fiel ihr Vera ins Wort.

Katharina lachte, leise und freudlos. »Wer würde mir schon glauben?«

»Baron zu Guthenfels zum Beispiel?«, fragte Vera und machte eine Geste zu dem Adligen hin. »Ich glaube, du wärst nicht hier, wenn er dir nicht glauben würde.«

»Und wenn«, seufzte Katharina.

»Du solltest deinen neuen Wohltäter nicht unterschätzen«, sagte Vera ernst. »Ich habe das eine oder andere über ihn gehört. Er befiehlt vielleicht nicht über das größte Heer und herrscht auch nicht über außergewöhnlich reiche Ländereien, aber er hat eine Menge einflussreicher Freunde, und es heißt, dass seine Stimme am Hof des Kaisers über großen Einfluss verfügt.«

»Aha«, sagte Katharina. »Das beruhigt mich … und was genau bedeutet das?«

»Das nennt man Politik, Kleines«, sagte Vera lächelnd. »Aber zerbrich dir darüber nicht den Kopf. Ich denke, das wird unser adeliger Schutzengel schon für dich übernehmen.«

Politik? Ja, dieses Wort hatte sie schon gehört, ohne jedoch wirklich jemals darüber nachgedacht zu haben, was es bedeutete. Und sie hatte das Gefühl, dass sie es gar nicht wirklich wissen wollte.

»Mach dir keine Sorgen«, fuhr Vera fort, die ihr Schweigen wohl wieder einmal falsch deutete. »Spätestens morgen sind wir in Zons, und dann bist du in Sicherheit.

»Hm«, machte Katharina. »Und du?«

»Ich?« Vera machte ein Gesicht, als wäre diese Frage vollkommen absurd. »Ich kann ganz gut auf mich aufpassen, keine Sorge. Es gehört schon ein bisschen mehr dazu als ein dahergelaufener Barbar aus dem Norden, um mir Angst zu machen.«

»Zwei Zoll scharf geschliffenes Eisen?«, schlug Katharina vor.

»Mindestens drei«, behauptete Vera. »Zwei reichen nicht. Das hat er schon versucht.«

*

Wenn es überhaupt etwas Gutes an der an den Nerven zerrenden Langsamkeit gab, mit der sie vorankamen, dann dass Katharina genug Zeit fand, um sich zu erholen. Während der Tag immer noch zäher zu verstreichen schien, tat sie das Einzige, was sie konnte, und gestattete sich, immer wieder einzudösen. Und auch Arlas übelriechende Salbe tat ihren Dienst. Irgendwann am späten Nachmittag hielt sie das Jucken und vor allem den Geruch nicht mehr aus, begann die mittlerweile vor Schmutz starrenden Verbände abzuwickeln und beugte sich anschließend über Bord, um sich die Hände im Fluss zu waschen. Als sie sie wieder herauszog, waren sie nicht nur sauber und prickelten vor Kälte, auch die hässlichen Brandblasen waren nahezu verschwunden, und als sie die Finger bewegte, tat es kaum noch weh.

»Das ist wirklich erstaunlich«, sagte Vera. Sie hatte sie beobachtet, kam nun – wieder einmal ungefragt – näher und betrachtete ihre Handflächen unverhohlen neugierig.

»So schlimm war es nicht«, behauptete Katharina, erntete

aber nur einen schrägen Blick und ein noch heftigeres Kopfschütteln.

»Red keinen Unsinn, Kleines Ich habe gesehen, wie schlimm du dich verbrannt hast. Deine Tante versteht sich auf die alten Heilkünste, wie?«

»Ein bisschen«, antwortete Katharina, und die Gauklerin schnaufte abfällig.

»Das da war kein *bisschen*«, beharrte sie. »Genauso wenig wie das, was dein Großvater mit mir gemacht hat. Einen Fingerbreit tiefer, und er hätte mich ausgenommen wie einen Fisch. Ich dachte, das war es jetzt, aber dann hat deine Tante irgendetwas mit mir gemacht, und jetzt spüre ich die Wunde kaum noch.« Sie schlug demonstrativ (und nicht besonders fest) mit der flachen Hand auf ihre Seite (nicht die, in die sie die Messerklinge getroffen hatte, sondern die andere, wie Katharina sehr wohl bemerkte), verzog schmerzhaft die Lippen und verbesserte sich: »Na ja, fast.«

»Du siehst aus wie das blühende Leben«, sagte Katharina spöttisch.

»Genau wie du«, erwiderte Vera spitz, aber dann wurde sie ernst und ihre Stimme leiser. »Vielleicht sollten wir nicht zu laut darüber sprechen. Manch einer könnte es falsch deuten.«

»Wie meinst du das?«

»Ich verstehe mich selbst ein wenig auf die Heilkräfte der Natur, weißt du?«, antwortete Vera, »wenn auch nicht so viel wie deine Tante. Aber ich weiß, wie schnell die Leute mit dem Wort Hexerei bei der Hand sind. Bleib lieber dabei, dass es gar nicht so schlimm war. Genau wie ich.«

»Hm«, machte Katharina zum wiederholten Mal. Im ersten Moment kamen ihr Veras Worte übertrieben vor, aber dann versuchte sie sich vorzustellen, was Vater Cedric wohl dazu sagen würde, und musste ihr im Stillen Recht geben. Besser, sie sprachen nicht vor zu vielen neugierigen Ohren über dieses Thema.

Sie redeten noch eine Weile über dies und das, und als sich die Sonne den Baumwipfeln im Westen näherte und sie schließlich wie ein flammender Ball aus reinem Licht berührte, tauchte rechterhand die Silhouette eines mächtigen Bauwerks aus der beginnenden Dämmerung auf. Katharina hatte plötzlich schon wieder ein ungutes Gefühl, obwohl sie nicht genau sagen konnte warum. Vera sah einen Monat lang nachdenklich zu dem schon halb in Auflösung begriffenen Schatten hin und stand schließlich auf, um einen besseren Blick zu haben. »Was ... ist das?«

Woher sollte sie das wissen?, dachte Katharina. Aber dann dachte sie einen Moment lang nach und versuchte die Zeit abzuschätzen, die das Schiff den Rhein hinaufgekrochen war, seit sie die Ruinen von Ellsbusch hinter sich gelassen hatten.

»Das muss Schloss Pardeville sein«, sagte sie.

Vera nickte zwar, schüttelte aber schon im nächsten Moment den Kopf und sagte in nachdenklichem Ton: »Das ist nicht Schloss Pardeville. Ich ... kenne diese Burg. Ich war schon einmal dort.«

»Aber das muss es sein«, betonte Katharina. »Es gibt keine andere Burg zwischen Ellsbusch und Novesium.«

»Das ist Schloss ...« Vera dachte einen Moment nach. »Hülchrath?«

»Ihr habt beide Recht«, mischte sich Baron zu Guthenfels ein. »Es muss schon eine ganze Weile her sein, dass du dort gewesen bist.«

»Bestimmt zehn Jahre«, antwortete Vera. »Wenn nicht länger. Aber diesen seltsamen Namen hätte ich mir gemerkt.«

»Guy de Pardeville hat die Burg als Lehen bekommen, nachdem ihr früherer Besitzer in Ungnade gefallen ist. Als Allererstes hat er ihren Namen geändert, der eitle Geck. Das hat ihm in der Nachbarschaft nicht viele Freunde gebracht ... Sei's drum.« Er machte eine wegwerfende Geste. »Ich bin froh, wenn wir diese Stelle passiert haben. Bis Mitternacht sind wir in Novesium, wenn nicht eher, und von dort bis Zons ist es nicht mehr weit.«

»Warum übernachten wir nicht dort?«, fragte Vera.

»In Novesium?« Guthenfels schüttelte den Kopf. »Die Stadt ist zu klein, und es heißt, Pardeville hätte dort Freunde. In Zons steht eine Garnison, auf die ich mich verlassen kann. Hätte ich gewusst, wie ernst die Lage ist, hätte ich sie gleich mitgebracht, aber so ...« Er seufzte tief. »Dieser verrückte Franke muss vollkommen den Verstand verloren haben! Aber keine Angst«, fügte er mit einem etwas zu optimistischen Lächeln hinzu, »noch eine Stunde, höchstens zwei, und wir sind in Sicherheit.«

Was nichts anderes bedeutete, dachte Katharina schaudernd, als dass sie es jetzt nicht waren. Vorsichtshalber behielt sie diesen Gedanken aber für sich.

»Seht zu, dass wir mehr Tempo machen!«, rief Guthenfels, nicht mehr an sie oder Vera gewandt, sondern an die gesamte Mannschaft, und mit erhobener Stimme. »Drei Heller für jeden Mann und jede Stunde, die wir vor Sonnenaufgang in Zons sind.«

Prompt brach an Bord neue und sehr hektische Aktivität aus. Katharina konnte nicht sagen, was die Männer im Einzelnen taten, und selbst wenn, hätte es ihr nichts bedeutet. Sie verstand von Schiffen allerhöchstens so viel, dass sie meistens klein und unbequem waren und auf dem Wasser schwammen, einem Element, das ihr zutiefst zuwider war. Aber das Boot schien tatsächlich schneller zu werden.

Auch die Sonne sank jetzt rasch. Aus der Dämmerung wurden graues Zwielicht und dann Dunkelheit, und als wäre das alles noch nicht genug, kam nun Nebel auf, der sich staubigen Spinnweben gleich über dem Fluss ausbreitete und lautlos die Ufer hinaufkroch. Außerdem wurde es kälter.

Mit dem Nebel kam die Feuchtigkeit, die nicht nur das Segel, sondern jedes bisschen Stoff an Bord durchtränkte und selbst ihr Kleid schwer und nass werden ließ. Hugin und Munin kamen herangewuselt, beschwerten sich lautstark piepsend bei ihr über den plötzlichen Kälteeinbruch und kuschelten sich dann mit ihrem nassen Fell rechts und links in ihre Halsbeuge, als wäre ihr noch nicht kalt genug. Katharina hob trotzdem die Hände und begann die beiden Kater zu streicheln. Aus dem jämmerlichen Piepsen wurde ein zufriedenes Schnurren, und Katharina lächelte leise und hob gerade noch rechtzeitig den Blick, um zu sehen, wie der Drache aus dem Nebel vor ihnen auftauchte.

Sie war sich in jedem einzelnen Moment der Tatsache bewusst, dass es nicht wirklich ein Drache war, den sie sah, sondern nur der kunstvoll geschnitzte Bug eines Wikingerschiffes, aber dieses Wissen nutzte ihr in den allerersten Momenten so wenig wie irgendeinem der Männer an Bord: Sie sah einen Drachen, der mit weit aufgerissenem Maul und drohend gebleckten Zähnen aus dem Nichts auftauchte, um sich auf sie zu stürzen und sie zu zerreißen, und ihr Herz schien sich in einen stacheligen Ball aus Eis zu verwandeln, der wie verrückt in ihrer Brust auf und ab sprang. Die Zeit schien stehenzubleiben.

Dann erlosch der Bann, und rings um sie herum wurde ein Chor gellender Schreckensschreie laut, und die Welt versank in reinem Chaos.

Die *Fenrir* schien mit einem einzigen gewaltigen Satz auf sie zuzuspringen, gefolgt von einer Explosion wirbelnder bronzefarbener Glühwürmchen, in der sich das Sternenlicht auf zahllosen Helmen und Schwertern und bronzenen Brustharnischen brach. Ein plötzliches Brausen und Zischeln erscholl, fast wie das Geräusch eines Vogelschwarms, oder von Wind, der in den Baumkronen spielte, und irgendetwas bohrte sich mit einem dumpfen Laut kaum eine Handbreit neben ihrem Fuß in die Decksplanken.

Einen unendlich schweren, halben Herzschlag lang starrte sie den gefiederten Todesboten einfach nur verständnislos an, ohne zu begreifen, was sie sah, dann wiederholte sich das Geräusch, lauter und schneller und hämmernder, wie Hagel, der rings um sie herum auf das Deck prasselte, und ein eher erschrockenes als wirklich schmerzerfülltes Keuchen erklang. Einer von Guthenfels' Männern torkelte mit wild rudernden Armen rückwärts gehend an ihr vorbei und stürzte dann schwer auf das Deck; ein Pfeil hatte seinen Oberschenkel dicht unterhalb des kurzen Kettenhemdes durchbohrt.

Und dann brach endgültig die Hölle los.

Das Schiff bebte, als wäre es von der Faust eines unsichtbaren Riesen getroffen worden. Schreie, Dutzende, wie es ihr vorkam, erfüllten die Luft und mischten sich mit dem schrecklichen Geräusch von splitterndem Holz und dem immer noch anhaltenden Zischen und Prasseln des gefiederten tödlichen Hagels. Die beiden Kater verschwanden mit einem erschrockenen Fauchen von ihrer Schulter, und irgendjemand schrie ihren Namen, ohne dass sie die Richtung ausmachen konnte, aus der die Stimme kam, oder sie gar erkannte. Das Schiff erbebte zum zweiten Mal wie unter dem Faustschlag eines unsichtbaren Giganten, und diesmal spürte sie, wie tief unter ihren Füßen im Rumpf des Bootes etwas zerbrach.

Die Erschütterung war kräftig genug, sie nach vorne auf Gesicht und Hände zu werfen. Es tat weh, so sehr, dass sie vor Schmerz aufschrie und beinahe das Bewusstsein verloren hätte. Zwei oder drei Augenblicke lang war sie vielleicht wirklich benommen, denn alles rings um sie herum wurde plötzlich unwirklich und leicht; selbst der Schmerz in ihren Handflächen verschwand zwar nicht, verlor aber seinen Biss. Dann spülte eine eisige Welle über die niedrige Bordwand, in ihrer Angst und Einbildung höher als der Mast und brüllend wie ein mystisches Ungeheuer, dass aus den Tiefen des Flusses emporgestiegen war, um sie endgültig ins Verderben zu reißen, landete mit einem schweren Platschen auf dem Deck und durchnässte sie endgültig bis auf die Haut. Sie schluckte Wasser, bekam einen Hustenanfall und fühlte sich endgültig von purer Angst überwältigt. Gleichzeitig traf sie die Kälte wie ein Schock und riss sie wieder in die Wirklichkeit zurück.

Vielleicht war es auch Vera, die wie ein rettender Engel in diesem Moment neben ihr auftauchte und sie einfach in die Höhe riss.

Von Gott gesandter Engel oder Zufall – so oder so rettete sie ihr das Leben, denn genau dort, wo sie einen halben Atemzug zuvor noch gelegen hatte, ragten plötzlich die zitternden Schäfte zweier bösartig gefiederter Pfeile aus den Decksplanken.

Vera schrie irgendetwas, das im allgemeinen Lärm unterging. Katharina sah nur, wie sich ihre Lippen bewegten. Ein weiterer Mann torkelte vorbei, schreiend und beide Hände vor das Gesicht geschlagen. Ein abgebrochener Pfeil ragte zwischen seinen Fingern hervor, und hellrotes Blut spritzte und vermischte sich mit der eisigen Gischt, die die Luft plötzlich überall zu erfüllen schien.

Das Schiff legte sich auf die Seite, ächzte wie ein gewaltiges, lebendiges Wesen, das vergebens versuchte, sich gegen einen übermächtigen Angreifer zu stemmen, und sank dann mit einem Ruck wieder in die Waagerechte zurück, der hart genug war, sie beide von den Füßen zu reißen. Irgendetwas zischte mit einem bösartigen Laut kaum eine Handbreit über Katharinas Rücken durch die Luft und bohrte sich mit einem dumpfen Klatschen in den Mast, sie hörte das Klirren von Metall, das auf Metall oder hartes Holz schlug, und die Schreie wurden noch lauter, klangen jetzt aber irgendwie anders.

»Steh auf!«, schrie Vera verzweifelt. »Wir müssen weg!«

Aber wohin denn?, dachte Katharina entsetzt. Rings um sie herum ging die Welt unter – und das vielleicht sogar wortwörtlich! –, aber es gab nichts, wohin sie fliehen konnten. Sie waren auf einem Schiff, in der Mitte des Flusses, viel zu weit vom Ufer entfernt, um es zu erreichen … selbst wenn sie des Schwimmens mächtig gewesen wäre, was sie nicht war.

Trotzdem rappelte sie sich mühsam hoch, half nun ihrerseits der Gauklerin, wieder auf die Füße zu kommen, und wäre im nächsten Moment fast schon wieder gestürzt, als das Schiff nicht nur unter einem weiteren heftigen Anprall erzitterte, sondern sich zugleich schwerfällig auf der Stelle zu drehen begann. Links von ihnen hatte Guthenfels eine kleine Anzahl seiner Männer um sich geschart, denen es irgendwie gelungen war, nicht nur dem Pfeilhagel zu entkommen, sondern auch ihre Waffen an sich zu nehmen und ihre Schilde zu heben. Sie verteidigten sich ebenso verbissen wie aussichtslos gegen eine wahre Flut riesiger gehörnter Gestalten, die von der *Fenrir* aus auf das höhergelegene Deck des Schiffes zu kommen suchten. Erst einer, dann ein zweiter Nordmann stolperten getroffen zurück und rissen etliche ihrer Kameraden mit sich. Mehr als nur einer stürzte ins Wasser oder prallte hart auf den Rudern der gewaltigen *Drakkar* auf, und für einen kurzen Moment schöpfte Katharina tatsächlich Hoffnung, dass es dem Baron und seinem tapferen Häuflein gelingen könnte, ihre übermächtigen Gegner zurückzuschlagen. Dann aber sirrten die Bogensehnen wieder, und gleich drei von Guthenfels' Kriegern sanken getroffen zu Boden. Die anderen scharten sich mit schützend erhobenen Schilden um ihren Herrn und wehrten die mit tödlicher Zielsicherheit abgeschossenen Pfeile ab, so gut sie konnten, aber Katharina wusste, dass es nur noch eine Frage von Augenblicken war, bis die Angreifer das Schiff endgültig enterten und alles hier niedermachten.

Dann geschah das Wunder.

Vielleicht hatte sich Gott entschieden, ihr doch noch eine letzte Chance zu gewähren, vielleicht war er des grausamen

Spieles auch nur noch nicht überdrüssig und der Meinung, sie könnte durchaus noch ein wenig weiter leiden, vielleicht war es auch einfach nur Zufall – aus welchem Grund auch immer, das Schiff löste sich mit einem spürbaren Zittern von der viel größeren *Drakkar*, drehte sich ganz von selbst weiter in die Strömung und nahm dann Kurs auf das Schloss Pardeville gegenüberliegende Ufer.

»Weg hier!«, schrie Guthenfels. »Zum Ufer! Schnell!«

Noch bevor die Männer zum Ruder oder an die Takelage eilen konnten, um seinen Befehl auszuführen, drehte sich das Schiff weiter in die Strömung und entfernte sich dabei spürbar von der *Fenrir*, so als hätte es seine Worte gehört und versuche die Menschen zu retten, die ihm ihr Schicksal und ihr Leben anvertraut hatten. Katharina hätte durch den plötzlichen Ruck um ein Haar fast schon wieder das Gleichgewicht verloren und kämpfte mit wild rudernden Amen um ihre Balance, bis sie endlich auf die Idee kam, Veras Beispiel zu folgen und sich auf die Knie sinken zu lassen. Außerdem bot sie auf diese Weise den Pfeilen ein kleineres Ziel, die noch immer überall rings um sie herum niederregneten.

»Geht in Deckung!«, schrie Guthenfels überflüssigerweise, während er an ihnen vorüberhastete. *»Wenn sie uns entern, springt über Bord! Wir versuchen sie aufzuhalten!«*

»Über Bord?!«, ächzte Katharina. Warum hielt er ihr nicht gleich sein Schwert hin, damit sie sich hineinstürzte? Das wäre vermutlich sogar schneller gegangen …

Vera zumindest schien das für eine ausgezeichnete Idee zu halten, denn sie zerrte sie ohne viel Federlesens in die Höhe und stieß sie quer über das schwankende. Deck zur anderen Seite, und wenn sie sich nicht mit verzweifelter Kraft losgerissen hätte, hätte sie sie wahrscheinlich noch aus derselben Bewegung heraus gleich ins Wasser geschubst.

»Nein!«, kreischte sie verzweifelt.

»Ich weiß, dass du Angst hast!«, fuhr Vera sie an. »Aber wir schaffen es! So weit ist es nicht bis zum Ufer!«

Nicht so weit bis zum Ufer!?, dachte Katharina entsetzt. Sie konnte es von hier aus nicht einmal mehr *sehen!* Es musste eine Meile entfernt sein … ach was, hundert!

Vera wartete ihre Antwort gar nicht ab, sondern griff schon wieder nach ihrer Schulter, um sie kurzerhand über Bord zu stoßen, und Katharina riss sich mit verzweifelter Kraft los und schrie mit überschnappender Stimme: *»Nein! Ich kann nicht schwimmen!«*

Wenigstens das half. Vera ließ sie so abrupt los, als wären ihre Schultern plötzlich glühend heiß geworden, prallte einen halben Schritt zurück und starrte sie aus aufgerissenen Augen an.

»Du kannst nicht schwimmen?«, ächzte sie. »Na wunderbar! Das hat uns gerade noch gefehlt!«

Katharina machte vorsichtshalber noch einen weiteren Schritt zurück und wäre nun um ein Haar ganz von selbst ins Wasser gefallen, als ihre Waden unsanft gegen die niedrige Schanzwand stießen, und statt sie über Bord zu schubsen, musste Vera nun ganz im Gegenteil hastig zugreifen und sie festhalten.

»Verdammt!«, murmelte sie noch einmal.

Auch wenn dies ein gotteslästerlicher Fluch war, der ihrem Seelenheil gewiss nicht guttun würde (Katharina nahm allerdings an, dass dies in Veras speziellem Fall keinen allzu großen Unterschied mehr machte), so konnte sie ihr in Gedanken nur beipflichten, als sie herumfuhr und in Richtung des Drachenbootes zurücksah.

Die *Fenrir* war tatsächlich eis gutes Stück zurückgefallen, und die Dunkelheit und der immer dichter werdende Nebel begannen ihre Umrisse bereits aufzulösen, aber sie machte sich nichts vor: Sie hatte gesehen, wie schnell und vor allem wendig die schlanken Drachenboote der Nordmänner waren – selbst die riesige *Fenrir* –, und bis zum Ufer war es entsetzlich weit. Außerdem spürte sie, dass sie sich gerade nicht getäuscht hatte: Das Schiff lag nicht mehr ganz gerade, und sie meinte beinahe hören zu können, wie unter ihren Füßen immer mehr und mehr Wasser in den aufgerissenen Rumpf strömte. Das Schiff sank, und wenn vielleicht nicht das, so machte das hereinströmende Wasser es doch mit jedem Moment schwerer und damit langsamer.

»Wir schaffen es nicht!« Baron zu Guthenfels tauchte schwer atmend neben ihnen auf, das Schwert noch immer in der rechten Hand und einen gewaltigen dreieckigen Schild am anderen Arm, aus dem mindestens ein halbes Dutzend abgebrochener Pfeile ragten. »Ihr müsst schwimmen. So dunkel, wie es ist, sehen sie euch vielleicht nicht!«

»Sie kann nicht schwimmen«, antwortete Vera mit einer Kopfbewegung auf Katharina. »Und ich schaffe es nicht, sie bis zum Ufer zu bringen.«

»Dann helfe uns Gott«, murmelte Guthenfels. »Haltet euch fest. Es wird ungemütlich.«

Und das war noch untertrieben, wie Katharina schon in den nächsten Augenblicken begriff. Das leckgeschlagene Schiff wurde tatsächlich noch einmal schneller, als die Hälfte der Männer ihre Waffen senkte und sich an Ruder und Segel zu schaffen machte, während ihre Kameraden mit erhobenen Schilden rings um sie herum Aufstellung nahmen, um sie vor den vereinzelten Pfeilen zu schützen, die noch immer vom Deck der *Fenrir* aus auf sie abgeschossen wurden. Ihre Zielsicherheit ließ jedoch im gleichen Maße nach, in dem der Abstand zwischen den ungleichen Schiffen wuchs, und schon bald fielen die allermeisten davon weit von ihnen entfernt harmlos ins Wasser. Kurz darauf wurde der Beschuss vollkommen eingestellt.

»Nur keine Angst, Kleines«, murmelte Vera mit einer Stimme, die ihre eigene Angst nur zu deutlich verriet. »Wir schaffen es. Guthenfels ist ein guter Kapitän.«

»Ach ja?«, murmelte Katharina ängstlich. »Woher willst du das wissen? Du kennst ihn doch gar nicht.«

»Er muss es sein«, antwortete die Gauklerin lapidar. »Weil wir sonst tot sind … na ja oder wenigstens ich.«

Katharina fragte sich, woher die Gauklerin in einem Moment wie diesem den Mut nahm, auch noch Scherze zu machen, fand aber keine Artwort darauf. Und als hätte sie ihre Gedanken gelesen, fügte Vera mit einem freudlosen Verziehen der Lippen hinzu: »Es wird auch nicht besser, wenn ich jammere, oder?«

Damit mochte sie Recht haben, dachte Katharina, aber es machte es auch nicht besser, gar nichts zu tun … obwohl das tatsächlich das Einzige war, was ihnen für die nächsten endlosen Minuten blieb.

Vielleicht war das das Schlimmste überhaupt: einfach dazustehen und gar nichts tun zu können, und dabei beständig zwischen verzweifelter Hoffnung und blankem Entsetzen hin- und hergerissen zu werden.

Immerhin glaubte sie zu erkennen, was Guthenfels' verzweifelter Plan war: Das Schiff hatte sich ein gutes Stück von der gewaltigen *Drakkar* entfernt, schwenkte zu ihrem Entsetzen aber nun fast auf einen Parallelkurs zur *Fenrir* ein, sodass es beinahe aussah, als hätte er vor, das gewaltige Drachenboot in einem selbstmörderischen Angriff zu rammen. Dann jedoch spannte sich das Segel über ihren Köpfen mit einem peitschenden Knall, der sie erschrocken zusammenfahren und das Tauwerk wie gespannte Bogensehnen summen ließ, und sie konnte spüren, wie das waidwunde Schiffchen noch einmal deutlich schneller wurde und dem Ufer nun regelrecht entgegenschoss. Vielleicht hatten sie ja doch noch eine Chance.

Selbstverständlich hatten sie sie nicht. Für eine winzige Zeitspanne, gerade lange genug, um noch einmal einen Funken verzweifelter Hoffnung in ihr auflodern zu lassen, wurde der Abstand zwischen ihnen noch einmal größer ... und dann zog sich ihr Magen zu einem Klumpen aus reiner Furcht zusammen, als sie sah, wie die *Fenrir* ihr Manöver getreulich nachvollzog und ebenfalls herumschwenkte.

Dreimal so groß wie ihr eigenes Schiff, war zwar der Wendekreis der *Drakkar* entsprechend größer, aber das riesige rotweiß gestreifte Segel bot dem Wind auch eine viel größere Angriffsfläche, und den Männern an Bord schien endlich wieder eingefallen zu sein, wozu die zwanzig Ruder auf jeder Seite des Schiffes gut waren.

Sie hatten die Entfernung zum Ufer nahezu halbiert, bevor der geschnitzte Drachenkopf am Bug der *Fenrir* wieder in ihre Richtung deutete, doch nachdem es ihr endlich gelungen war, schien sie geradezu pfeilschnell auf sie zuzuschießen, und ihr eben erst so mühsam gewonnener Vorsprung schmolz so rasch wieder zusammen, dass man dabei zusehen konnte.

»Halt dich an mir fest, falls wir ins Wasser fallen«, sagte Vera. »Ich schwimme nicht sehr gut, aber für ein kleines Stück schaffe ich es vielleicht, dich mitzunehmen.«

Schon die bloße Vorstellung bewirkte etwas, was Katharina noch vor einem halben Atemzug für vollkommen unmöglich gehalten hätte: nämlich ihre Furcht noch einmal regelrecht explodieren zu lassen. Hastig wich sie so weit von der Gauklerin zurück, wie es auf dem kleinen Schiffchen überhaupt nur möglich war.

Sie sollte *ins Wasser springen* und hoffen, dass Vera sie *vielleicht* lebend ans Ufer zog? Eher würde sie sich ein Schwert nehmen und im Kampf gegen Wulfgars Krieger sterben und –

Schlagartig wurde ihr ihr Irrtum klar.

Mit einem einzigen Satz war sie wieder neben Guthenfels und riss ihn am Arm herum. »Es gibt noch eine Möglichkeit!«, keuchte sie. »Ich weiß, was wir tun können!«

Guthenfels funkelte sie beinahe zornig an, riss seinen Arm

los und sah noch einmal kurz zu der heranrasenden *Drakkar*. Noch zwei oder drei dieser gewaltigen Ruderschläge, dachte sie entsetzt, und sie waren wieder in Pfeilschussweite.

»Und was?«, fragte Guthenfels gehetzt.

»Liefert mich aus!«, antwortete Katharina. »Wulfgar will mich! Er würde mir nie etwas tun!«

Sie meinte regelrecht sehen zu können, wie es hinter der Stirn des Edelmannes arbeitete; aber nur für einen ganz kurzen Moment, dann schüttelte er den Kopf. »Das wäre zwecklos.«

»Aber er will nur mich, versteht Ihr denn nicht!«, antwortete sie verzweifelt. »Wenn ich freiwillig zu ihm gehe, dann hat er keinen Grund mehr –«

»– ein Dutzend Zeugen am Leben zu lassen, die mit einem ganzen Heer zurückkommen?«, unterbrach sie Vera. Grob zerrte sie sie von Guthenfels weg. »Habt keine Angst, ich bringe sie in Sicherheit, Herr. Haltet sie auf, so gut Ihr könnt!«

»Und sorgt dafür, dass bekannt wird, was hier geschehen ist«, sagte Guthenfels grimmig, »Und dass man erfährt, wer wirklich hinter all diesen feigen Überfällen steckt!«

Katharina wollte protestieren, aber Vera packte einfach ihren Arm und drehte ihn ihr mit solcher Kraft auf den Rücken, dass nur ein halb ersticktes Keuchen daraus wurde. Ohne auf ihre verzweifelte Gegenwehr zu achten, zerrte sie sie einfach über das Deck. Aber auch dieses Mal stieß sie sie nicht kurzerhand über Bord, sondern zögerte im allerletzten Moment. In ihrem Gesicht arbeitete es, während sie zum Ufer hinsah, das vielleicht noch zwei oder drei Steinwürfe entfernt war.

Ebensogut hätte es auf dem Mond liegen können, denn in diesem Moment war die *Fenrir* wieder heran, und diesmal ließen die Angreifer ihren Opfern nicht die geringste Chance.

Katharina registrierte erst im Nachhinein, dass sich der tödliche Pfeilregen nicht wiederholt hatte. Guthenfels und seine Männer hatten sich abermals zu einem kleinen Trupp aus Schilden und starrenden Schwertern zusammengezogen, doch die Nordmänner hatten aus ihrem ersten Fehler gelernt. Statt sich noch einmal auf ihre offensichtlich kampferprobten Gegner zu stürzen und einen womöglich noch höheren Blutzoll zu bezahlen, hoben etliche von ihnen plötzlich die schweren Ruder aus dem Wasser und begannen damit nach den Verteidigern zu stoßen. Katharina beobachtete entsetzt, wie zuerst einer und gleich darauf ein zweiter Mann von einem der gewaltigen Ruderblätter getroffen und über Bord geschleudert wurde, wo er in seiner Rüstung und dem schweren Kettenhemd auf der Stelle versank.

Einen halben Atemzug später (um genau zu sein, einen *ganzen* Atemzug, den sie aber vergessen hatte zu nehmen) erging es ihr ganz genauso, als Vera sie mit beiden Armen umschlang und zusammen mit ihr ins Wasser sprang.

Allein die Kälte traf sie wie ein Schlag in die Magengrube. Instinktiv schrie sie auf, erreichte damit aber nicht mehr, als dass auch noch das allerletzte bisschen kostbare Atemluft aus ihren Lungen entwich und in einem Vorhang aus winzigen silberfarbenen Bläschen vor ihrem Gesicht in die Höhe stieg. Panik und schiere Todesangst machten es ihr unmöglich, auch nur zu denken. Völlig von Sinnen schlug sie um sich, traf irgendetwas und schluckte Wasser, was ihre Todesangst noch weiter anstachelte.

Starke Arme schlossen sich von hinten um ihre Brust, zerrten sie nach oben und durch die Wasseroberfläche und hielten sie nicht nur mit unwiderstehlicher Kraft fest, sondern hinderten sie auch daran, auf der Stelle erneut unterzugehen und wie ein Stein auf den Flussgrund zu sinken. Keuchend und würgend rang sie nach Luft, spuckte zwei Lungen voll bitter schmeckendem Wasser aus und versuchte die Dunkelheit zurückzudrängen, die ihre Gedanken verschlingen wollte.

»Halt … still, verdammt … noch … mal!«, japste Vera hinter ihr. »Willst du … uns beide … umbringen?«

Katharinas Meinung nach erledigte Vera das schon ganz hervorragend allein. Sie rang weiter verzweifelt nach Luft, strampelte und schlug um sich, erreichte damit aber nicht mehr, als sich abermals zu verschlucken und Vera einen Vorwand zu liefern, ihr noch härter den Arm auf den Rücken zu drehen. Es fühlte sich an, als würde ihre Schulter gleich aus dem Gelenk springen.

»Halt einfach still«, keuchte Vera hinter ihr. »Dir passiert nichts, keine Angst! Dreh … dich einfach auf den … Rücken und … halt still!«

Dass ihre Stimme dabei selbst vor kaum unterdrückter Panik zitterte, verlieh ihren Worten nicht unbedingt mehr Glaubwürdigkeit, aber sie warf sich gleichzeitig herum, hievte Katharina mit schierer Gewalt auf ihre Brust und begann auf dem Rücken liegend zum Ufer zu schwimmen. Schreie gellten in Katharinas Ohren (nicht wenige davon von ihr selbst), das Klirren von Metall und die Geräusche eines erbitterten Kampfes, aber ihr Herz klopfte jetzt so laut, dass es diese Geräusche fast zu übertönen schien. Ihre Angst nahm immer noch zu, und Himmel und Erde und der alles verschlingende Fluss führten einen immer irrsinniger werdenden Tanz rings um sie herum auf.

Dann – endlich – schwanden ihr gnädigerweise die Sinne.

*

Allerdings wieder nur für wenige Augenblicke. Sie erwachte würgend und abwechselnd Wasser spuckend und verzweifelt nach Luft ringend auf dem Bauch am Ufer liegend, die Beine noch halb im Wasser, und etwas, das ungefähr so schwer war wie ein Berg, hockte nicht nur auf ihrem Rücken, sondern schlug ihr auch immer wieder zwischen die Schulterblätter, sodass sie schon vor reinem Schmerz aufschrie und dabei ganz unabsichtlich Luft holte.

»Um Gottes willen, Kind, sei still!«, keuchte Vera. »Willst du, dass sie uns hören?« Was sie nicht daran hinderte, ihr im gleichen Moment und noch einmal so derb zwischen die Schulterblätter zu schlagen, dass aus ihrem Schrei zwar ein halb ersticktes Keuchen wurde, das Klatschen allein aber bis zum anderen Ufer hin zu hören sein musste.

»Es ist … gut«, brachte sie irgendwie zwischen Würgen und Japsen heraus. »Du musst mich nicht … totschlagen!«

Tatsächlich stellte die Gauklerin ihre Versuche ein, auch noch das letzte bisschen Leben aus ihr herauszuprügeln, drehte sie mit einem unsanften Ruck auf den Rücken und sah sie ebenso aufmerksam wie besorgt an. »Ist alles in Ordnung?«

Sah man davon ab, dass sie gerade beinahe ertrunken wäre, nur einen Steinwurf entfernt eine Bande mordlüsterner Barbaren herumtobte, die nur darauf warteten, ihr den Hals umzudrehen, sie immer noch nicht richtig atmen konnte und ihr jeder einzelne Knochen im Leib wehttat? Ja, wenn man diese paar Kleinigkeiten außer Acht ließ, war tatsächlich alles in Ordnung.

Das bisschen Luft, das sie bekam, war viel zu kostbar, um sie für eine Antwort auf diese dämliche Frage zu verschwenden. Sie funkelte Vera nur an.

»Das deute ich dann mal als ein Ja«, sagte Vera, nachdem sie sie eine geraume Weile nur zornig angestarrt hatte. »Aber wir haben keine Zeit, um auszuruhen. Kannst du laufen?«

Ohne ihre Antwort abzuwarten, stand sie auf und zog Katharina reichlich grob in die Höhe. »Wir müssen weg«, fuhr sie fort. »Schnell. Lange werden Guthenfels' Männer sie nicht mehr aufhalten können!«

Damit hatte sie bestimmt Recht. Trotzdem schüttelte Katharina nur den Kopf, machte sich endgültig los und trat rasch einen unsicheren Schritt zurück, um sich umzusehen. Die Dunkelheit, die sie umgab, war nur zum Teil die Schwärze der Nacht, zu einem anderen und größeren das Geäst der dichten Büschel, die an dieser Stelle direkt bis ans Ufer heran wuchsen. Sie brauchte einen Moment, bis sie die *Fenrir* und das viel kleinere Schiff des Barons überhaupt sah, und sie war nicht wenig überrascht. Die Strömung hatte sie ein gutes Stück weit flussabwärts getragen, bevor sie sie ans Ufer gespült hatte, und im allerersten Moment sah sie nur zwei dunkle Umrisse, die halb miteinander verschmolzen zu sein schienen. Sie konnte nicht sagen, ob dort drüben noch gekämpft wurde oder nicht. Zumindest trug der Wind kein Waffengeklirr mehr heran.

Und mit diesen unheimlichen Schatten … stimmte etwas nicht. Aber es dauerte noch einen Moment, bis sie wirklich sah, was es war.

Der Kampf war eindeutig vorbei, und das kleinere Schiff lag in einer eigentlich vollkommen unmöglichen Schräglage im Wasser und hätte längst sinken müssen. Wahrscheinlich war es im seichten Wasser am Ufer auf Grund gelaufen. Die *Fenrir* jedoch begann sich genau in diesem Augenblick von der Beute zu lösen, die sie gerade erst so mühsam zur Strecke gebracht hatte. Verwirrt – und mehr als nur ein bisschen fassungslos – sahen Vera und sie zu, wie das schlanke Drachenboot in spitzem Winkel in die Flussmitte hinausglitt und dabei beständig schneller wurde. Schließlich blähte sich das riesige, rotweiß gestreifte Segel, und die Ruder fanden in einen raschen, gleichmäßigen Takt. Nur wenige Augenblicke später war die *Drakkar* so lautlos und schnell wieder im Nebel verschwunden, wie sie zuvor aus den grauen Schwaden aufgetaucht war.

»Unheimlich«, murmelte sie.

»Ja«, stimmte ihr Vera zu, schüttelte absurderweise aber gleichzeitig den Kopf. »Und vollkommen sinnlos. Wieso suchen sie nicht nach uns?«

Im allerersten Moment starrte Katharina sie einfach nur verblüfft an. Warum sagte Vera das? Sollte sie doch froh sein, dass die Nordmänner nicht am Ufer ausschwärmten, um nach ihnen zu suchen!

Aber diese Verblüffung hielt nur wenige Augenblicke an, bevor sie sich selbst eingestehen musste, dass die Gauklerin Recht hatte. Welchen Sinn hatte Wulfgars Angriff eigentlich gehabt, wenn er jetzt einfach wieder abzog?

»Vielleicht ... vielleicht haben sie ja gesehen, wie wir über Bord gefallen sind, und glauben, wir wären ertrunken«, sagte sie zögernd.

Vera warf ihr einen schrägen Blick zu, dachte aber trotzdem sichtlich einen Moment lang über diese Worte nach. Dann schüttelte sie umso überzeugter den Kopf. »Nein«, sagte sie. »Dann hätten sie das Ufer nach unseren Leichen abgesucht. Hier geht irgendetwas nicht mit rechten Dingen zu. Bleib hier!« Und damit watete sie wadentief ins Wasser hinein und begann zu dem gestrandeten Schiffchen zurückzueilen.

Katharina sah ihr mit klopfendem Herzen nach, und ein nicht kleiner Teil von ihr schrie fast hysterisch auf und fragte sich, ob sie nun endgültig den Verstand verloren hatte. Nicht nur Gott selbst, sondern auch alle seine Engel mussten ihre schützenden Hände über sie gehalten haben, damit sie gerade nicht ertrunken war, und jetzt ging sie *freiwillig* ins Wasser zurück? Aber sie tat es trotzdem, denn noch schrecklicher als die Angst vor dem Wasser war plötzlich ihre Furcht davor, allein zurückzubleiben.

Ihr Herz klopfte mit jedem Schritt schneller, den sie in das eisige Wasser hineinwatete, und ihre kreischende Fantasie beharrte darauf, dass sie gleich in ein verstecktes Loch treten und jämmerlich ertrinken musste, was nur die gerechte Strafe dafür wäre, das Schicksal auf so unverschämte Weise herauszufordern.

Nichts von alledem geschah. Das Wasser stieg ihr bis zu den Waden, und weder tat sich der Boden auf, um sie zu verschlingen, noch sprang irgendein Meeresungeheuer aus dem Fluss heraus, um sie in die Tiefe zu reißen. Nicht einmal aus dem Nebel tauchte das klitzekleinste Ungeheuer auf, um über sie herzufallen.

Andererseits war die Wirklichkeit schon schlimm genug.

Nach drei oder vier Dutzend Schritten hatte sie Vera eingeholt, und schon auf dem letzten Stück wurde sie wieder langsamer, und aus ihrer natürlichen Angst vor dem Wasser wurde eine vollkommen andere Beklemmung, die auf ihre Art genau so schlimm war.

Die Gauklerin hatte direkt vor dem gestrandeten Schiff Halt gemacht und beugte sich jetzt über eine leblose Gestalt, die mit dem Gesicht nach unten im Wasser trieb. Es war einer von Guthenfels' Männern, und Katharina war im Stillen sehr dankbar dafür, dass Vera ihn nicht herumdrehte, um sich davon zu überzeugen, dass er auch tatsächlich tot war. Die drei schwarz gefiederten Pfeile, die aus seinem Rücken ragten, waren mehr als Beweis genug dafür.

Ein neuer und bitterer Geschmack breitete sich auf ihrer Zunge aus. Vielleicht war es erst der Anblick dieses Toten, der ihr klar machte, wie knapp Vera und sie selbst dem gleichen Schicksal gerade entronnen waren.

Und sie fragte sich noch einmal, warum eigentlich.

Vera richtete sich mit einem tiefen Seufzen auf und bedeutete ihr mit einer Geste (auf die sie auch diesmal nicht hören würde) zurückzubleiben und watete auf das gestrandete Schiff zu. Katharina wartete, bis sie es erreicht hatte und sie sehen konnte, dass ihr das Wasser nur bis zu den Hüften reichte, doch dann raffte sie all ihren Mut zusammen und folgte ihr. Die Gauklerin zog sich mit einer scheinbar mühelosen Bewegung auf das schräg stehende Deck hinauf, wandte sich auf den Knien um und streckte ihr die Hand entgegen, um ihr an Bord zu helfen.

Der Tote, den sie am Ufer gefunden hatten, war nicht der einzige. Auf dem Schiff erwartete sie ein halbes Dutzend weiterer reglosen Körper, und Katharina hatte auch den Anblick nicht vergessen, mit dem die Männer über Bord gefallen und in den brodelnden Fluten versunken waren. Das Deck war nicht nur glitschig von Wasser, sondern auch von Blut, das hier in Strömen geflossen war, und der Gestank nach Tod und Sterben schnürte ihr nicht nur im übertragenen Sinne die Kehle zu. Sie stand einfach nur da und beobachtete, wie Vera gebückt von einem zum anderen ging und die Männer der Reihe nach untersuchte. Sie konnte sich nicht vorstellen, dass sie hier auch nur einen einzigen Überlebenden finden würden.

Umso erstaunter war sie, als Vera plötzlich scharf die Luft zwischen den Zähnen einsog und heftig mit beiden Armen zu gestikulieren begann. »Er ist noch am Leben! Schnell! Hilf mir!«

Katharina war mit einem einzigen Satz neben ihr und auf den Knien, aber erst, als sie ihr half, den in nasses Kettengeflecht gehüllten schweren Körper auf den Rücken zu drehen, erkannte sie ihm.

»Baron zu Guthenfels!«, entfuhr es ihr.

»Ja, und er lebt«, sagte Vera. »Hilf mir!« Dass sie nicht genau sagte, womit, machte weiter nichts, denn sie drehte Guthenfels schon aus eigener Kraft auf die Seite und schlug ihm mehrmals mit der flachen Hand und so fest auf den Rücken, als wollte sie ausprobieren, was sein Kettenhemd wirklich aushielt. Aber es funktionierte. Nach drei oder vier wuchtigen Schlägen begann Guthenfels plötzlich zu husten, krümmte sich und erbrach einen Schwall Wasser. Instinktiv wehrte er Veras Hände ab, krümmte sich noch weiter zusammen und rang ein paar Augenblicke lang verzweifelt nach Luft, fand seine Beherrschung aber schon nach wenigen mühsamen Atemzügen wieder. Zitternd stemmte er sich auf die Knie, barg noch einmal kurz das Gesicht in den Händen und betrachtete anschließend stammelnd seine Fingerspitzen, an denen frisches Blut klebte.

»Sie haben mich niedergeschlagen«, murmelte er.

»Aber immerhin lebt Ihr noch«, sagte Vera.

Guthenfels sah sie an, noch immer halb benommen, aber auch eindeutig so, als wäre es ja gerade das, was er nicht verstand, nickte aber dann nur und betastete noch einmal mit spitzen Fingern sein Gesicht. Blut sickerte aus seinem Haaransatz und vermischte sich mit dem Wasser auf seinen Zügen zu einem rosafarbenen Film.

»Was ist mit dir?«, fragte er dann, an Katharina gewandt.

»Mir ist nichts passiert«, antwortete sie.

»Gut«, sagte Guthenfels.

»Mir auch nicht«, sagte Vera. Guthenfels ignorierte sie, stand unsicher und sehr langsam auf und tat dann dasselbe wie sie gerade, indem er von einem Mann zum anderen ging und sie der Reihe nach rasch, aber sehr aufmerksam untersuchte. Allerdings auch mit demselben Ergebnis wie sie. Schließlich stand er ganz auf, balancierte vorsichtig zum Bug des kleinen Schiffes hin und stand eine ganze Weile hoch aufgerichtet und wie zu einer Statue erstarrt da und starrte in den Nebel, der die *Fenrir* verschlungen hatte.

»Sechzehn gute Männer«, flüsterte er. »Dafür wird er bezahlen.«

»Vielleicht sollten wir von hier verschwinden, bevor sie zurückkommen und siebzehn daraus werden«, sagte Vera. »Und zwei gute Frauen.«

Guthenfels maß sie mit einem stummen und beinahe vorwurfsvollen Blick und starrte dann noch einmal und fast genau so lange in den Nebel, aber schließlich nickte er und wandte sich mit einem Ruck ab. »Ja, vielleicht hast du Recht. Lasst uns zum Ufer gehen und irgendwo Hilfe suchen. Ich brauche einen sicheren Ort, an dem ich das Mädchen und dich lassen kann. Und ich muss weiter nach Zons.«

Vera sah ganz so aus, als wollte sie widersprechen, doch Guthenfels war bereits mit wenigen energischen Schritten zur Bordwand geeilt, sprang in den Fluss hinab, ohne auch nur in der Bewegung zu stocken, und ging in dem kaum hüfthohen Wasser genauso schnell und ohne das allergeringste Zögern unter.

Vera verdrehte die Augen, seufzte etwas, das sich wie *Männer!* anhörte und folgte ihm mit einem beherzten Sprung. Sie ging ebenfalls unter, und für einen Moment sprudelte und zischte das Wasser, als kämpften in seiner Tiefe gleich ganze Schwärme gewaltiger Raubfische gegeneinander. Dann tauchte sie prustend und heftig nach Luft ringend wieder auf, Guthenfels' rechten Arm um ihre Schulter gelegt und sein Handgelenk festhaltend. Ihr anderer Arm umschloss die Hüfte des Adligen. Guthenfels drohte immer wieder zur Seite zu kippen und die allerhöchstens halb so schwere Gauklerin mit sich zu reißen, aber irgendwie schaffte sie es nicht nur, ihn festzuhalten, sondern sich auch mit mühsam stolpernden Schritten dem Ufer zu nähern.

»Es wäre nett, wenn du mir ein bisschen helfen würdest!«, beschwerte sich Vera. Katharina dachte tatsächlich ungefähr einen haben Atemzug lang darüber nach, kam aber zu dem Schluss, den sie ohnehin schon erwartet hatte: nämlich, dass die Gauklerin das eigentlich ganz gut allein schaffte und sie sie schließlich nicht um den Ruhm bringen wollte, den Baron ganz allein gerettet zu haben. Also sah sie zwar aufmerksam zu, wie Vera mühsam zum Ufer platschte und den nur halb wachen Baron mit sich zerrte, um ihr im Notfall beispringen zu können, sollten sie etwa die Kräfte verlassen, trat darüber hinaus aber einen Schritt zurück, kämpfte ihren Widerwillen und ihre Furcht nieder und zwang sich, das verwüstete Deck noch einmal genauer in Augenschein zu nehmen.

Nach kurzem Suchen fand sie, wonach sie Ausschau gehalten hatte. Das Weidenkörbchen stand noch immer an derselben Stelle, an der sie es zurückgelassen hatte, war aber halb unter dem Körper eines erschlagenen Kriegers eingeklemmt, und selbst der Deckel lag noch darauf. Katharina brauchte all ihre Kraft, um den Leichnam zur Seite zu wälzen, und noch größere Überwindung kostete es sie, den Deckel abzuheben. Ihr Herz hämmerte vor Furcht, als sie es tat.

Der schreckliche Anblick, gegen den sie sich zu wappnen versucht hatte, blieb ihr erspart – aber das Bild des vollkommen leeren Korbes war beinahe genauso schlimm.

Sie verbrachte die nächsten endlosen Minuten damit, das verheerte Schiff vom Bug bis zum Heck abzusuchen, wobei sie unentwegt die Namen der beiden kleinen Kater rief. Aber sie fand weder Hugin noch Munin, und den Mut, die Toten zu bewegen und unter ihnen nachzusehen, hatte sie nicht. Sie hätte es nicht ertragen, sie erschlagen oder von einem Pfeil durchbohrt zu finden.

Schließlich gab sie es niedergeschlagen auf, stieg vorsichtig wieder ins Wasser und watete zum Ufer zurück.

Nur wenige Augenblicke später fand sie Vera und Guthenfels, und allerspätestens jetzt fragte sie sich ernsthaft, ob die Gauklerin vielleicht wirklich über geheime Hexenkräfte gebot, denn zwischen den beiden brannte ein knisterndes Feuer. Katharina blieb mitten in der Bewegung stehen, starrte die noch winzigen Flämmchen aus aufgerissenen Augen an und wandte sich dann verblüfft an Vera.

»Wie … hast du das … gemacht?«, fragte sie stockend.

»Vielen Dank auch für deine Hilfe«, nörgelte Vera, ohne auf ihre Frage einzugehen. »Es war überhaupt kein Problem, diesen Burschen hierherzubringen. Es wiegt ja kaum dreimal so viel wie ich. Warst du noch ein bisschen schwimmen, oder hast du nur die schöne Nacht genossen?«

»Hugin und Munin«, murmelte Katharina. »Ich kann sie nicht finden.«

»Deine beiden Kätzchen?«

Katharina nickte, und Veras Blick wurde weicher. »Das tut mir leid«, sagte sie. »Ich kann mein Äffchen auch nicht finden.«

Sie bedeutete Katharina, neben ihr Platz zu nehmen, und für eine Weile saßen sie einfach in vertrautem Schweigen nebeneinander und warteten darauf, dass die Flammen größer wurden und mehr als Rauch und die bloße Illusion von Wärme erzeugten. Und schließlich war es Guthenfels, der müde den Kopf hob und das Schweigen brach.

»Wir müssen das Feuer ausmachen.«

»Ist Euch zu warm, Herr?«, fragte Vera.

»Jemand könnte die Flammen sehen«, antwortete Guthenfels lahm. Eigentlich nuschelte er es mehr, fand Katharina. Er saß mit hängenden Schultern und weit nach vorn gebeugt da, als koste es ihn all seine Kraft, sich auch nur halbwegs aufrechtzuhalten. Vielleicht war er doch schlimmer verletzt, als es bisher den Anschein gehabt hatte.

»Wenn jemand das Licht sieht, sind wir verloren«, wiederholte Guthenfels womöglich noch undeutlicher. »Sie werden uns finden.«

»Fantasiert er?«, flüsterte Katharina.

Vera deutete nur ein Schulterzucken an, und Guthenfels sagte zum dritten Mal: »Wir müssen das Feuer ausmachen«, ließ sich zurück und mit dem Hinterkopf gegen einen Baumstamm sinken und schloss die Augen, um im nächsten Moment einzuschlafen. Vielleicht hatte er auch das Bewusstsein verloren.

Die Gauklerin stand auf, untersuchte ihn flüchtig und sah besorgt aus, als sie zurückkam. Auf Katharinas fragenden Blick reagierte sie jedoch nur mit einem Kopfschütteln. »Er ist nur ohnmächtig«, sagte sie. »Keine Sorge. Diese Adligen haben einen harten Schädel.«

In Wahrheit machte sich Katharina keine allzu großen Sorgen um Guthenfels – dazu war sie viel zu verstört –, aber sie schenkte Vera doch ein schüchternes Lächeln und rutschte nicht nur ein Stück näher an die Flammen, sondern auch an sie heran, als die Gauklerin sich wieder neben sie setzte. Das Feuer war inzwischen größer geworden und spendete deutliche Wärme, aber Katharina fragte sich besorgt, ob Guthenfels nicht vielleicht Recht gehabt hatte. So dunkel, wie die Nacht war, musste der Feuerschein meilenweit zu sehen sein. Was, wenn Wulfgar und seine Männer es sahen und zurückkamen, um zu Ende zu bringen, was sie auf dem Fluss angefangen hatten?

»Wir warten hier, bis die Sonne aufgeht«, sagte Vera, schon wieder, als hätte sie ihre Gedanken gelesen. »Wir finden bestimmt jemanden, der uns hilft, aber es ist viel zu gefährlich, nachts durch den Wald zu stolpern.«

Katharina sagte nichts darauf – was auch, sie hatte ja Recht –, und sie versanken erneut in tiefes und sonderbar bedrücktes Schweigen, das diesmal endlos lange anzudauern schien.

Katharina lauschte in sich hinein und hatte fast Angst vor dem, was sie dort entdecken würde, aber was sie wirklich fand, war noch schlimmer: Sie hätte Angst spüren sollen, Entsetzen oder doch wenigstens Trauer über all diese Menschen, die einen so grausamen und sinnlosen Tod gestorben waren, aber da schien rein gar nichts zu sein. Als wäre etwas in ihr schon so abgestumpft, dass sie diesen neuerlichen Schrecken einfach nur noch zur Kenntnis nehmen konnte. Wenn sie überhaupt so etwas wie Trauer empfand, dann um die beiden kleinen Kater, die vielleicht Allerunschuldigsten von allen, denen trotzdem das Leben genommen worden war.

Etwas knackte.

Katharina registrierte das Geräusch erst mit einiger Verspätung, aber Vera richtete sich kerzengerade auf, war dann mit einer einzigen fließenden Bewegung bei Guthenfels und zog den Dolch aus seinem Gürtel. Der Adlige wachte nicht einmal auf, sondern gab im Schlaf nur ein unartikuliertes Grunzen von sich, und Vera gestikulierte ihr, zu bleiben, wo sie war, und verschwand mit ebenso schnellen wie lautlosen Schritten im Unterholz. Katharina folgte ihr dichtauf und genauso schnell, wenn auch weit weniger leise. Nach wenigen Schritten erreichten sie das Ufer, und Vera machte eine warnende Bewegung, still zu sein.

Sie lauschten. Das Knacken wiederholte sich nicht, aber nun hörten sie ein Plätschern, das nicht ins gleichmäßige Geräusch des Flusses passte, und ein dreieckiges Wellenmuster bewegte sich auf sie zu; wie ein Schwimmer, der sich unter Wasser dem Ufer näherte.

Genauso war es auch, nur dass der Schwimmer nicht viel größer als eine aufrecht gehende Katze war, ein dunkles Fell und ein sonderbar helles Gesicht hatte, das nicht ganz menschlich war, aber auch ganz und gar nicht das eines Tieres, und mit einem vorwurfsvollen Schnattern und Keifen aus dem Wasser herauswatete, das noch bis zum anderen Ufer zu hören sein musste.

»Äffchen!« Vera ließ das Messer einfach fallen, war mit einem zweiten und noch lauteren Schrei bei dem winzigen Tier und riss es in die Höhe, um es so ungestüm an die Brust zu pressen und zu herzen wie eine Mutter, die ihr verloren geglaubtes Kind wiedergefunden hat. Und im nächsten Moment riss auch Katharina ungläubig die Augen auf und war mit einem eigenen, überraschten Schrei bei ihr.

Dwegr war nicht allein gekommen. Triefend nass und nicht nur wegen der Kälte und Erschöpfung lautstark piepsend und spuckend, sondern vor allem ob der groben Behandlung, trug er in jeder Hand den Schwanz einer winzigen pechschwarzen Katze, die er aus dem Fluss gezogen hatte.

*

Sonnenlicht kitzelte ihr Gesicht, als sie erwachte, und zwei winzige raue Katzenzungen leckten ihr abwechselnd über Wangen und Kinn. Noch bevor sie die Augen öffnete, drang ihr ein verlockender Geruch in die Nase, den sie erst mit einiger Verspätung als den von gebratenem Fisch identifizierte, und da war auch eine Stimme, die leise mit jemandem sprach. Nicht mit ihr. Leise lachend, weil es kitzelte, schob sie die beiden Kater von sich herunter, setzte sich auf und öffnete erst dann die Augen. Heller Sonnenschein sickerte grün gefiltert durch das Blätterdach über ihr, und sie hörte das seidige Rauschen des Flusses ganz in der Nähe, vermischt mit dem Gesang von Vögeln, die lautstark den neuen Tag begrüßten. Vera saß nur ein Stück weit entfernt am Feuer, drehte ihr den Rücken zu und hielt einen Stock über die Flammen, an dem zwei aufgespießte Fische brieten. Sie sprach mit leiser Stimme mit ihrem Äffchen, das ihr tatsächlich aufmerksam zuzuhören schien und ab und zu den Kopf von einer Seite auf die andere legte, als würde es ihre Worte sorgsam abwägen. Der Anblick war so … friedlich, dass ihr alles, was gestern geschehen war, nunmehr wie ein böser Traum vorkam.

»Du musst dich noch einen Moment gedulden«, sagte Vera, ohne sich zu ihr herumzudrehen. »Der Fisch ist gleich gut. Warum gehst du nicht zum Fluss hinunter und holst uns ein bisschen Wasser?«

Umständlich und nur auf den Zehenspitzen balancierend, wandte sie sich nun doch halb zu ihr um und machte eine Kopfbewegung in Richtung eines kleinen Tonkrugs mit zerbrochenem Henkel, der neben ihr im Gras stand. Katharina fragte sie erst gar nicht, woher sie ihn hatte, sondern blinzelte nur den Rest Müdigkeit weg, reckte sich ausgiebig und gähnte dann noch ausgiebiger und vollkommen ungeniert, bevor sie aufstand und tat, was Vera ihr aufgetragen hatte.

Die Illusion, sich all die schrecklichen Geschehnisse der vergangenen Nacht nur eingebildet zu haben, zerplatzte endgültig, als sie an den Fluss trat und das Schiff sah, das halb gesunken am Ufer lag. Es war noch weiter auf die Seite gekippt und sah ganz so aus, als würde es beim nächsten kräftigen Windzug einfach in Stücke brechen. Von den Toten, die auf seinem Deck gelegen hatten, war keine Spur mehr zu sehen. Vielleicht waren sie über Bord gefallen, und die Strömung hatte sie davongetragen.

Katharina füllte ihren Krug, fragte sich erneut, woher er eigentlich kam, und stellte diese Frage auch laut, als sie zum Feuer zurückkam und neben Vera im Gras zwei Becher, eine ganze Auswahl an Messern und ein aufgerolltes Seil sowie etliche andere nützliche Dinge entdeckte.

»Herbeigezaubert«, antwortete Vera mit ernstem Gesichtsausdruck. »Du weißt doch, dass wir alle über geheime Hexenkräfte verfügen.«

Katharina war tatsächlich ein bisschen erschrocken (obwohl sie natürlich wusste, dass die Gauklerin sie nur foppte), und anscheinend sah Vera ihr diesen Schrecken an, denn plötzlich lachte sie. »Ich war noch einmal auf dem Schiff«, sagte sie. »Der nächste kräftige Windstoß reißt es wahrscheinlich in Stücke. Kein Grund, all die guten Dinge mit untergehen zu lassen.«

»Und die ... Soldaten?«, fragte Katharina zögernd.

»Ich habe Guthenfels geholfen, sie ans Ufer zu schaffen«, antwortete Vera. »Er schickt jemanden, um die Toten zu holen, damit sie ein anständiges christliches Begräbnis bekommen.«

»Aha«, sagte Katharina. Sie setzte sich, sah demonstrativ nach rechts und links und fragte dann: »Wo ist er überhaupt?«

»Weg.« Vera hob die Schultern. »Er will versuchen, irgendwo ein Pferd aufzutreiben, um Hilfe zu holen.«

»Und wir?«

»Wir frühstücken jetzt.« Vera hielt ihr den Stock hin, und Katharina zog mit spitzen Fingern einen der aufgespießten Fische herunter und begann vorsichtig daran zu knabbern. Er war so heiß, dass sie sich Lippen, Fingerspitzen und Zunge verbrannte, schmeckte aber köstlich. Hugin und Munin begannen sie sofort lautstark um ihren Anteil an dem Leckerbissen anzubetteln, aber Katharina ignorierte sie.

»Und danach?«, fragte sie mit vollem Mund kauend.

Vera sah sich demonstrativ in alle Richtungen um und tat so, als müsse sie angestrengt über diese Frage nachdenken. Katharina war allerdings ziemlich sicher, dass sie das längst schon getan hatte. »So, wie das hier aussieht, müsste es eigentlich irgendwo hinter den Rodungen einen Hof geben, oder vielleicht sogar ein kleines Dorf. In dieser Richtung finden wir bestimmt jemanden, der uns hilft.«

»Das meine ich nicht«, antwortete Katharina. Sie hatte ihren Fisch aufgegessen und warf Kopf und Gräte hinter sich, wo Hugin und Munin sofort begannen, sich darum zu balgen. Bevor sie weitersprach, musste sie ein paarmal schlucken, weil ihr das Wasser im Mund zusammenlief. Die wenigen Bissen waren zwar köstlich gewesen, hatten ihren Hunger aber gerade erst richtig entfacht, und ihr Magen knurrte hörbar.

»Ich weiß.« Vera lächelte fast mütterlich, streckte den Arm aus und nahm einen zweiten Stock vom Feuer, auf dem ein weiterer Fisch aufgespießt war. Und es war nicht der einzige. Wie es aussah, hatte sie den halben Rhein leergefischt, während Katharina geschlafen hatte.

»Wir brauchen ein Versteck für die nächsten Tage«, fuhr sie fort, während Katharina bereits die Zähne in den nächsten Fisch schlug. Er kam ihr sogar noch heißer vor als der erste. Und noch köstlicher. »Der Baron hat versprochen, Männer zu schicken, die dich abholen und sicher auf sein Gut bringen.«

Dass sie *dich* sagte, und nicht *uns*, entging Katharina keineswegs, aber sie sparte sich diese Frage für später auf und schlang auch den zweiten Fisch so gierig herunter wie den ersten.

»Ich habe mich ein bisschen umgesehen, während du geschlafen hast«, fuhr Vera fort. »Scheint eine friedliche Gegend zu sein. Würde mich nicht mal wundern, wenn es hier irgendwo eine Fähre gäbe.«

Eine Fähre? Katharina schwieg auch dazu und kaute jetzt sogar langsamer, um Zeit zu gewinnen, aber sie dachte sich ihren Teil. Einmal ganz außer Acht gelassen, dass Fähren per Definition auf dem Wasser fuhren und ihr somit schon von Natur aus unheimlich waren, führte sie auf das gegenüberliegende Ufer, und was glaubte Vera eigentlich, dort zu finden?

»Ich will nicht auf Guthenfels' Landgut«, sagte sie unvermittelt. »Und schon gar nicht an den Hof.«

»Aber es würde dir gefallen«, antwortete Vera. *Einmal davon abgesehen, dass man dich kaum um deine Meinung fragen wird,* fügte ihr Blick hinzu.

»Ich kann nicht einfach weglaufen«, beharrte sie.

»Hätten wir gestern Nacht nicht genau das getan, dann könntest du das jetzt wahrscheinlich nicht so vollmundig behaupten«, gab Vera zu bedenken.

»Das meine ich nicht«, beharrte Katharina. »Ich kann nicht einfach weglaufen und so tun, als wäre gar nichts passiert!«

»Du könntest dich umbringen lassen«, stimmte ihr Vera zu. »Aber warte damit, bis ich nicht mehr in der Nähe bin.«

Katharina setzte auch dazu zu einer – noch heftigeren – Antwort an, beließ es aber dann bei einem trotzigen Schulterzucken und mampfte schweigend ihren Fisch weiter. Vera hatte sehr gut verstanden, was sie meinte. Das Problem war eher, dass sie Recht hatte. Was sollte sie schon tun, vor allem jetzt, wo Erik und sein ganzes Volk abgereist und wahrscheinlich schon auf halbem Wege in ihre Heimat waren?

So schön der Morgen angefangen hatte, in so gedrückter Stimmung endete er. Vera versuchte noch zwei- oder dreimal, ein Gespräch in Gang zu bringen oder sie wenigstens mit einer witzigen Bemerkung aufzuheitern, gab es aber irgendwann auf und verzehrte ihren Teil des Frühstücks ohne ein weiteres Wort. Ebenso schweigend löschte sie das Feuer, raffte ihre mageren Beutestücke zusammen und verstaute alles in einem Leinenbeutel, den sie am vergangenen Tag auch noch nicht gehabt hatte. Aber sie hatte nicht nur das kleine Weidenkörbchen vom Schiff geholt, sondern es auch mittels einiger Stricke und einer Menge Improvisationstalent so umgebaut, dass Katharina es auf dem Rücken tragen konnte, um die beiden Kater zu transportieren. Kurze Zeit später machten sie sich in die Richtung auf den Weg, in der Vera das Dorf gesehen zu haben meinte.

Den größten Teil des Wegs legten sie in unbehaglichem Schweigen zurück. Vera legte ein scharfes Tempo vor, das Katharina anfangs mühelos, später aber nur noch mit immer größerer Anstrengung mithielt. Als das Dorf schließlich in Sichtweite kam – wenn man es genau nahm, war es wenig mehr als ein schlammiger Weiler, um den sich eine Handvoll ärmlicher Hütten drängelten, die auch nicht prachtvoller aussahen als Ellsbusch früher –, war sie schon wieder so erschöpft, dass sie stehenblieb und auf einen Stein sank, um ein bisschen Kraft zu schöpfen. Vera eilte stur noch ein paar Schritte weiter, hielt aber dann doch an und kam widerwillig zu ihr zurück.

»Habe ich dir schon gesagt, dass du ziemlich schlecht in Form bist, für jemanden deines Alters?«, fragte sie.

»Ich habe auch eine Menge mitgemacht, für jemanden meines Alters«, nörgelte Katharina. Sie machte eine Kopfbewegung zum Dorf hin. Aus keinem der Kamine kräuselte sich Rauch, und zwischen den Gebäuden war keine Menschenseele zu sehen, was angesichts der Tageszeit ungewöhnlich war. Trotzdem war sie sicher, dass man sie längst gesehen hatte und die beiden Fremden misstrauisch beäugte. »Vielleicht ist es keine so gute Idee, wenn wir dort ankommen, als wäre der Teufel persönlich hinter uns her.«

Vera verdrehte zwar die Augen, als hätte sie gerade etwas ziemlich Dummes gesagt, setzte sich dann aber trotzdem neben sie und fragte: »Ist er das denn nicht?«

»Jetzt übertreibst du.«

»Ach?«, fragte Vera spitz, sah einen Moment lang konzentriert in die Richtung zurück, aus der sie gerade gekommen waren, als wäre sie nicht ganz sicher, dass Katharina wirklich nur einen Scherz gemacht hatte, und sah dann beinahe noch länger zum Dorf hin.

»Vielleicht hast du Recht«, sagte sie.

»Was Pardeville angeht oder meinen Großvater?«

»Das Dorf«, antwortete Vera unbeeindruckt. »Vielleicht ist es doch keine so gute Idee. Ich bin nicht mehr sicher, dass sie uns helfen werden.«

»Du kennst dieses Dorf?«, vermutete Katharina.

»Nein«, antwortete Vera, nickte absurderweise aber gleichzeitig. »Aber ich kenne Dörfer *wie* dieses. Die Leute sind arm, und arme Menschen sind sehr misstrauische Menschen. Solche wie ich sind dort nicht gerne gesehen.«

»Heißt das, ich soll allein dorthin gehen?«

»Vielleicht sollten wir einfach zurückgehen und warten, bis Guthenfels' Männer kommen«, sinnierte Vera. »Allzu lange wird es bestimmt nicht dauern. Ein paar Tage vielleicht; wir fangen uns Fische, lassen Gott einen guten Mann sein und warten einfach ab, bis ein Dutzend gut gebauter Soldaten kommen und uns in Sicherheit bringen.«

»Wulfgars Männer, denen doch noch eingefallen ist, dass sie etwas vergessen haben?«

Vera schnitt eine Grimasse, als hätte sie in einen saftigen Apfel gebissen und zu spät gemerkt, dass es in Wahrheit eine rot angemalte Zwiebel war. Aber als sie weitersprach, ging sie mit keinem Wort auf Katharinas Bemerkung ein, und aller Spott war aus ihren Augen verschwunden.

»Du hast das wirklich ernst gemeint, wie? Dass du dich für diesen Jungen opfern willst.«

»Er ist mein Bruder.«

»Von dem du vor ein paar Wochen noch nicht einmal gewusst hast, dass es ihn gibt.«

»Deshalb bleibt er doch trotzdem mein Bruder!«, sagte Katharina heftig.

Vera schüttelte traurig den Kopf. »Du bist wirklich tapfer, Kleines«, seufzte sie. »Aber Tapferkeit allein reicht manchmal nicht.« Katharina sah ihr an, dass das längst nicht alles war, was sie zu diesem Thema zu sagen hatte, aber sie sprach nichts davon aus, sondern stemmte sich mit einem leisen Ächzen in die Höhe, streckte die Hand aus, um Katharina ebenfalls aufzuhelfen, und sie setzten ihren Weg fort.

Der Anblick blieb so sonderbar, wie er war, und er wurde noch unheimlicher, als sie näher kamen. Nichts rührte sich in dem kleinen Dorf. Niemand kam heraus, um sie zu begrüßen oder nach ihrem Begehr zu fragen, da waren keine spielenden Kinder, nicht einmal ein Hund kam ihnen entgegen, um die unangemeldeten Besucher zu verbellen.

Ein Gefühl von bangem Wiedererkennen begann sich in Katharina breitzumachen. Genau so war es in Ellsbusch gewesen, als sie das allerletzte Mal dort gewesen war. Dort hatte nichts mehr gelebt, und irgendwie spürte sie, dass es hier genauso war.

Schließlich blieb sie ganz stehen. Ihre Angst vor dem, was sie vielleicht sehen würde, wenn sie diese Häuser betrat, war einfach zu groß.

Auch Vera hielt an, warf ihr einen sonderbaren Blick zu, sagte aber nichts, sondern setzte nur ihre Last ab, nahm eines der erbeuteten Messer zur Hand und ging dann allein weiter. Katharinas Herz begann zu pochen, als sie das erste Gebäude betrat, und es schien endlos zu dauern, bis sie wieder herauskam. Das Messer hielt sie noch immer in der Hand, und ihr Gesicht war wie versteinert. Sie wich Katharinas Blick aus, während sie mit raschen Schritten an ihr vorbei und zum nächsten Haus ging. Rasch – und zugleich quälend langsam, wie es Katharina vorkam – durchsuchte sie den gesamten Weiler.

Vera wirkte sehr erschrocken, als sie endlich zu Katharina zurückkam. »Es ist überall dasselbe«, sagte sie.

»Sind sie …« Katharina brauchte all ihre Kraft, um die wenigen Worte auszusprechen. »… alle tot?«

»Tot?« Vera blinzelte, als wäre ihr dieser Gedanke noch gar nicht gekommen, Dann schüttelte sie heftig den Kopf. »Nein. Es ist niemand mehr da.«

»Niemand mehr da?«, wiederholte Katharina verständnislos.

»Das Dorf ist verlassen«, bestätigte Vera. »Und zwar ziemlich überstürzt, wie es aussieht. Sie sind vor irgendetwas geflohen. Ach ja: Und das Dorf wurde gründlich geplündert.« Sie lächelte freudlos. »Nicht dass es hier jemals viel gegeben hätte, was des Stehlens wert war, wenn du mich fragst, aber hier hat jemand gründliche Arbeit geleistet und selbst dieses Wenige mitgenommen. Und was sie nicht mitnehmen konnten, haben sie kurz und klein geschlagen. Die guten Leute hier werden nicht mehr viel Freude an ihrem Zuhause haben, wenn sie zurückkommen.«

Katharina war zwar verwirrt, spürte aber trotzdem vor allem eine unendliche Erleichterung. Sie hätte es nicht ertragen, schon wieder ein ganzes Dorf voller Toter zu finden.

Erst jetzt fiel ihr auf, dass Vera das Messer nicht mehr in der Hand hielt. Stattdessen umklammerten ihre Finger einen abgebrochenen Pfeil mit schwarzen Federn. »Damit haben sie einen Hund erschossen, der wohl den Fehler gemacht hat, sein Heim verteidigen zu wollen«, sagte sie, als sie Katharinas fragenden Blick bemerkte. »Und das ist noch nicht alles.«

Sie hielt Katharina den Pfeil hin und machte eine zusätzliche, auffordernde Kopfbewegung, als sie zögerte, danach zu greifen.

Der Pfeil war ungewöhnlich schwer, wie sie fand, und fühlte sich in ihrer Hand … nicht richtig an; vielleicht weil sie sich noch zu gut an die vergangene Nacht erinnerte, und daran, was dieses so harmlos aussehende Stück Holz anrichten konnte.

»Da ist noch mehr«, sagte Vera mit sonderbarer Betonung. »Einer der Angreifer hat einen Brotlaib erstochen und sein Messer darin stecken lassen, und ein anderer war sogar unachtsam genug, seinen Helm zu vergessen.«

Katharina sah sie fragend an. Veras Stimme war plötzlich so seltsam wie ihre Wortwahl, und sie erwiderte ihren Blick auf eine Art, als erwarte sie eine ganz bestimmte Reaktion. Als sie nicht kam, nahm sie den Pfeil wieder an sich und ließ ihn mit einem Achselzucken in ihrem Beutel verschwinden.

»Lass uns sehen, ob wir noch etwas zu essen finden«, sagte sie. »Oder etwas anderes Nützliches.«

»Du willst die Leute hier bestehlen?«, fragte Katharina erschrocken.

»Was für ein großes Wort.« Vera verdrehte die Augen. »Da ist ein bisschen Milch und das erstochene Brot. Wir könnten es auch liegen lassen, damit es schlecht wird.« Ohne Katharinas Antwort abzuwarten, fuhr sie auf dem Absatz herum und verschwand wieder in dem Haus, aus dem sie gerade gekommen war. Katharina folgte ihr, wenn auch mit einem bangen Gefühl und schon wieder heftig klopfendem Herzen.

Das Innere der kleinen Hütte hielt, was sein Äußeres versprochen hatte: Es war dunkel, stickig und hätte wohl selbst in Ellsbusch als ärmlich gegolten. Aus einem einzigen Baum gefertigt, bestand seine gesamte Einrichtung lediglich aus einem einfachen Bett, einem simplen Tisch samt der dazugehörigen Stühle und einer groben Truhe – oder hatte daraus bestanden, um genau zu sein, denn alles war zerschlagen und wie in einem

Anfall sinnloser Raserei zerstört. Selbst die Truhe war wie von gewaltigen Axthieben getroffen und in Stücke gebrochen, und die wenigen Kleider und armseligen Habseligkeiten, die die Bewohner dieses Hauses darin aufbewahrt hatten, waren ausnahmslos zerschnitten oder auf andere Weise zerstört.

Während Vera zwei der umgestürzten Stühle aufrichtete und sich vorsichtig davon überzeugte, dass sie ihr Gewicht tragen konnten, ging Katharina hin und betrachtete das, was von der gesamten Habe der Menschen übriggeblieben war, die einmal hier gelebt hatten. Nichts hier war von besonderem Wert gewesen, oder auch nur hübsch, bevor es so sinnlos zerstört worden war … aber es war alles gewesen, was die Menschen hier besessen hatten, und der Gedanke, dass irgendjemand es so grundlos und vollkommen zerstört hatte, erfüllte sie mit einer Mischung aus Trauer und Zorn. Warum taten Menschen so etwas? Sie konnte noch verstehen, wenn sie etwas stahlen, weil sie es selbst brauchten, oder auch einfach nur haben wollten, aber wozu diese sinnlose Zerstörung?

Das Schimmern von Metall fing ihren Blick ein. Zögernd ging sie in die Knie, streckte die Hand danach aus und blickte verwirrt auf ein zerrissenes Lederbändchen, an dem ein kleiner bronzefarbener Anhänger in Form eines missgestalteten Hammers hing.

»Das ist ein Thorshammer«, sagte sie erstaunt.

»Den muss wohl einer der Männer deines Großvaters verloren haben«, sagte Vera. »Das Zeug liegt hier überall herum.« Sie seufzte. »Wirklich, Wutfgar sollte mal ein ernstes Wort mit seinen Kriegern reden. Sie sind ziemlich schlampig. Man könnte meinen, sie wollen, dass jedermann weiß, wer das hier getan hat.«

Katharina schloss die Hand um den bronzenen Thorshammer und ging zu ihr zurück. »Was meinst du damit?«

»Ich meine überhaupt nichts.« Vera machte eine wedelnde Handbewegung auf den Tisch, auf dem sie alles zusammengetragen hatte, was der sinnlosen Zerstörungswut der Angreifer entgangen war: ein halber Brotlaib, aus dem tatsächlich der Griff eines schweren Wikingerdolchs ragte, ein halb zerbrochener Tontopf mit Schmalz und ein zweiter, in dem noch ein Rest (nicht ganz sauberer) Milch schwappte. Ihr schlechtes Gewissen wollte sich schon wieder melden, aber sie brachte es mit dem Argument zum Schweigen, dass Vera vollkommen Recht hatte und das kostbare Essen nur verderben würde, wenn sie es liegen ließen. Außerdem knurrte ihr Magen schon wieder.

Sie aßen schweigend. Katharina war längst satt, noch bevor sie die Hälfte des Brotes verzehrt hatten, doch Vera beharrte darauf, dass sie alles aufaß; schließlich konnten sie nicht wissen, wann sie das nächste Mal etwas bekamen.

»Und jetzt müssen wir entscheiden, wie es weitergeht«, sagte Vera, als sie zu Ende gegessen hatten und Katharina das Gefühl hatte, sich kaum noch bewegen zu können; geschweige denn irgendwohin zu laufen. »Wie die Dinge liegen, sollten wir niemandem trauen, und hierbleiben können wir schon gar nicht. Das heißt, dass wir mindestens zwei Tage brauchen, um nach Zons zu kommen. Wenn nicht drei.«

Sie wartete einige Momente auf eine Antwort, bekam keine und fügte dann hinzu: »Wenn du das willst, heißt das.«

»Warst du nicht vorhin der Meinung –«

Vera unterbrach sie eine Spur schärfer: »Ich weiß, was ich gesagt habe, Kindchen, Und ich weiß auch, was du geantwortet hast. Du bist zwar ein Kind und hast zu tun, was dir gesagt wird, aber du bist nicht *mein* Kind. Es steht mir nicht zu, über dein Leben zu entscheiden. Aber ich habe deiner Tante versprochen, mich um dich zu kümmern, bis du in Sicherheit bist.«

»Und du bist natürlich jemand, der sein Wort hält«, antwortete Katharina. Zu spät wurde ihr klar, wie sehr diese Worte die Gauklerin verletzen mussten, doch wenn es so war, dann ließ sie es sich nicht anmerken.

»Und … du?«, fragte sie zögernd.

»Ich werde etwas Zeit ins Land gehen lassen«, fuhr Vera fort. »Wenn sich die Gemüter ein wenig abgekühlt haben, gehe ich vielleicht zurück nach Santen, oder wo immer die anderen auch gerade sind.« Sie machte ein nachdenkliches Gesicht. »Auf dem Plan stand als Nächstes Novesium, aber ich weiß nicht, ob sie wirklich dorthin weitergezogen sind, nach dem, was in Santen geschehen ist.«

»Auf dem Plan?«, wiederholte verständnislos.

»Wir ziehen von einer Stadt in die nächste«, antwortete Vera. »Wusstest da das nicht?« Als Katharina den Kopf schüttelte, schien sie das sehr traurig zu stimmen. »Oh du armes Kind«, sagte sie. »Du weißt rein gar nichts von der Welt und dem Leben hier draußen, habe ich Recht? Was hat man dir nur angetan?«

Darüber wollte Katharina nicht reden, schon weil sie ahnte, dass dieses Thema sie nur noch trauriger machen würde.

»Und wenn du sie nicht findest?«, fragte sie.

»Meine Sippe?« Vera schüttelte so heftig den Kopf, dass ihre schwarzen Haare wie ein Schleier flogen. »Nur keine Sorge. Wenn ich sie nicht finde, finden sie mich. Wir sind wie eine große Familie, weißt du? Wir sorgen füreinander. Ich bin sicher, dass sie jetzt schon nach mir suchen.«

»Das muss schön sein«, sagte Katharina traurig.

»Was?«

»Eine Familie zu haben.«

»Sie ist das Einzige, was zählt«, antwortete Vera leise.

»Und wenn ich dich begleite?«, fragte Katharina.

»Du?« Der Vorschlag schien Vera ehrlich zu überraschen.

»Ich könnte dir nützlich sein«, antwortete Katharina. »Ich weiß, dass man es mir vielleicht nicht ansieht, aber ich kann hart arbeiten, und ich esse nicht viel.«

Vera ließ ihren Blick vielsagend über den bis auf den letzten Krümel geleerten Holzteller schweifen und enthielt sich jeden

Kommentars dazu, schüttelte aber trotzdem den Kopf. »Das wäre kein Leben für dich«, sagte sie überzeugt. »Du machst dir ein falsches Bild. Es ist nicht immer so wie an dem Tag, an dem du mich kennengelernt hast, weißt du? Zu einem Gutteil besteht mein Leben daraus, um selbiges zu kämpfen. Alle jubeln und freuen sich, wenn wir in die Stadt kommen, weil wir für ein paar Tage Abwechslung in ihre tristen Leben bringen, aber sie sind genauso froh, wenn wir wieder gehen; und oft genug jagen sie uns davon.« Sie seufzte übertrieben. »Wir sind ein Volk ohne Heimat, weißt du?«

»So wie ich.«

»Man wird sich um dich kümmern«, betonte Vera, ohne ihre letzte Bemerkung zur Kenntnis zu nehmen. »Der Baron ist ein Mann von Ehre, und –« Sie brach mitten im Satz ab, hob mit einem Ruck den Kopf und sah zur Tür.

»Was hast du?«, fragte Katäharina alarmiert. Vera antwortete nicht gleich, aber auch ihr Äffchen, das bisher gehorsam auf ihrer Schulter gesessen und seinen Anteil an dem trockenen Brot verzehrt hatte, hob plötzlich den Kopf, starrte einen Moment lang aufmerksam zur Tür und flitzte dann mit aufgeregtem Geschnatter hinaus.

»Jemand kommt«, sagte Vera. »Schnell. Wir müssen weg!«

Katharina und sie sprangen gleichzeitig und so heftig auf, dass ihre Stühle umfielen, aber es war längst zu spät. Katharina hatte noch nicht einmal den zweiten Schritt zur Tür hin gemacht, als ein massige Gestalt in Kettenhemd und einem blauen Wappenrock darunter auftauchte.

»Na, wenn das keine Überraschung ist«, sagte Guy de Pardeville fröhlich.

*

Immerhin hatten sie ihr nicht nur die Katzen gelassen, sondern brachten Hugin und Munin ebenso regelmäßig und gut zu essen wie ihr … was dann aber auch schon beinahe alles Positive war, was man über die nächsten beiden Tage sagen konnte.

Selbstverständlich hatten sie versucht zu entkommen, und zumindest Vera hatte sich nach Leibeskräften gewehrt und die eine oder andere blutige Schramme in einem Gesicht hinterlassen, bevor es Pardevilles Männern endlich gelungen war, ihren Widerstand zu brechen, und auch Katharina hatte getan, was sie konnte. Aber es hatte nicht gereicht. Nur kurze Zeit später fanden sie sich beide an Händen und Füßen gefesselt (und nachdem Vera Pardeville mit einer nicht endenden Flut erstaunlich fantasievoller Beleidigungen überschüttete, die einfach kein Ende zu nehmen schien, wurden sie obendrein geknebelt) in einem leckenden Boot wieder, das sie auf das andere Rheinufer brachte.

Wenigstens hatten sie sie auf den Rücken gelegt, sodass sie während der gesamten Überfahrt nur den (hin- und herschaukelnden) Himmel sehen musste, und nicht den Fluss.

Anschließend ging es eine geraume Weile zu Pferde weiter (noch immer geknebelt und mit auf dem Rücken zusammengebundenen Händen). Schließlich sah sie Burg Pardeville zum ersten Mal aus der Nähe, was ein etwas einschüchterndes, vor allem aber beeindruckendes Erlebnis war. Den Burghügel und die äußere Palisadenwand mitgerechnet, war das niedergebrannte Ellsbusch vielleicht sogar größer gewesen. Doch selbst nachdem sie in Samten gewesen war, verschlug ihr der Anblick schlichtweg die Sprache.

Die Burg war zwar nicht sonderlich groß, aber so wuchtig und abweisend wie ein von Menschenhand geschaffener Berg. Gleich zwei Türme – der eine klein und gedrungen, aber immer noch größer als der hölzerne Donjon von Ellsbusch, der andere schlanker und beinahe doppelt so hoch – verbanden sich mit einem massiven Tor und einem Gewirr ineinander verschachtelter zinnengekrönter Mauern und trutzigen Wehrbauten zu einem wahren Monstrum, dessen bloßer Anblick sie sich klein und hilflos vorkommen ließ. Hinter einem zu einem Dreiviertel-Kreis geschlossenen Wassergraben und einer zusätzlichen äußeren Mauer gelegen, kam ihr die Burg wehrhaft genug vor, um jedem nur denkbaren Angriff zu trotzen.

Von innen betrachtet wirkte sie beinahe noch massiver, aber das hatten Kerkerzellen vermutlich so an sich.

Dabei war es nicht einmal wirklich ein Kerker. Der Raum, in den einer von Pardevilles Männern sie gebracht hatte, befand sich im oberen Stockwerk des hohen Turmes und hatte ein großes Fenster, das nicht einmal vergittert war, und war – zumindest nach Katharinas Maßstäben – schon fast verschwenderisch eingerichtet, aber die Tür aus massiven Eichenbohlen und der an der Außenseite angebrachte Riegel machten trotzdem ein Gefängnis daraus. Und für den Rest dieses und des gesamten darauffolgenden Tages sah sie niemanden mehr.

Erst nachdem sie die zweite Nacht in ihrem königlichen Gefängnis zugebracht hatte, wurde sie von demselben wortkargen Mann abgeholt, der sie heraufgebracht hatte, und zum Herrn dieses finsteren Schlosses gebracht.

Guy de Pardeville erwartete sie in einem gewaltigen Saal – vermutlich dem Thronsaal der Burg, auch wenn sie noch nie in einem solchen gewesen war –, der mit schweren and reich verzierten Möbeln und kostbaren Wandteppichen ausgestattet war. Gleich zwei große Kamine mussten selbst im strengsten Winter hier drinnen für angenehme Temperaturen sorgen, und allein der gewaltige Tisch, an dem Pardeville sie empfing, bot Platz für drei oder vier Dutzend Besucher, wenn nicht mehr. An seinem Kopfende stand tatsächlich so etwas wie ein Thron, dessen mit aufwändigen Schnitzereien verzierte Rückenlehne ein gutes Stück größer war als Katharina.

Guy de Pardeville empfing sie jedoch am anderen Ende der gewaltigen Tafel, wo auf kostbarem Zinnbesteck ein reichhaltiges Frühstück für zwei Personen aufgetragen worden war, als hätte er Angst, sie über die Maßen einzuschüchtern, säße er auf seinem martialischen Thron. Der Anblick des fränkischen Edelmannes überraschte sie im ersten Moment. Ohne seine Rüstung und den schweren Helm sah er sehr viel kleiner aus, beinahe schon schmächtig, und er kam ihr sehr viel älter vor als bisher.

Darüber hinaus hatte sie ihn noch nie so freundlich erlebt wie bisher. Als sie hereingebracht wurde, sprang er so plötzlich und mit einem so strahlenden Lächeln auf, als erblicke er einen lieben Gast, auf den er schon seit Stunden sehnsüchtig gewartet hatte, eilte ihr entgegen und scheuchte ihren Bewacher mit einer unwilligen Geste hinaus.

»Katharina! Wie schön, dich unversehrt zu sehen. Die Ruhe scheint dir wirklich gutgetan zu haben.«

Tatsächlich hatte Katharina den gestrigen Tag – schon aus purer Langeweile – zu einem Großteil schlafend verbracht und fühlte sich so ausgeruht, dass es ihr schon beinahe unangenehm war; als hätte sie sich etwas gestohlen, was ihr nicht zustand. Sie antwortete gar nicht.

»Du bist doch gut behandelt worden?«, vergewisserte sich Pardeville. »Ich musste leider für zwei Tage fort und konnte mich nicht selbst um dich kümmern, aber ich habe strengsten Befehl erlassen, dich wie einen Ehrengast zu behandeln und dir jeden Wunsch zu erfüllen.«

»Dann solltet Ihr Eure Männer auspeitschen lassen«, antwortete Katharina. »Ich habe sie gebeten, mich gehen zu lassen, aber das haben sie nicht getan.«

»Ja, man hat mir gesagt, dass du über viel Humor verfügst«, antwortete de Pardeville mit einem nicht ganz überzeugenden Lächeln. Er machte eine wedelnde Handbewegung zum Tisch.

»Komm. Lass uns gemeinsam essen. Du musst hungrig sein, und ich glaube, ich bin dir ein paar Erklärungen schuldig.«

»Wo ist Vera?«, fragte Katharina. Sie bewegte keinen Muskel, um Pardevilles Einladung zu folgen.

»Es geht ihr gut, keine Sorge«, antwortete Pardeville. »Wenn du willst, lasse ich dich später zu ihr bringen, damit du mit ihr reden kannst. Aber jetzt haben wir erst einmal eine Menge zu besprechen.« Er wiederholte seine einladende Geste, und diesmal lag etwas Befehlendes darin, was es ihr unmöglich machte, ihr nicht zu gehorchen. Widerwillig setzte sie sich und stellte erst jetzt fest, dass das Essgeschirr noch leer war.

De Pardeville klatschte in die Hände, ging um den Tisch herum und nahm ihr gegenüber Platz. Noch bevor er es ganz getan hatte, ging die Tür auf, und eine alte Frau schlurfte gebückt herein und lud ein Tablett mit frischem Obst, Gemüse und Brot auf dem Tisch ab, und das in einer Menge, als erwarteten sie noch ein weiteres Dutzend Gäste. Katharina erhaschte einen flüchtigen Blick auf ein schmales, von vorzeitig ergrautem Haar eingerahmtes Gesicht, das im Nacken zu einem strengen Knoten zusammengebunden war. Ein verhärmtes Gesicht und schmale Lippen, die aussahen, als hätten sie vor einem Menschenalter das letzte Mal gelächelt, aber mit erstaunlich wachen Augen, die viel jünger zu sein schienen als der Rest dieses Gesichtes. Für einen ganz kurzen Moment trafen sich ihre Blicke, und irgendetwas … war in ihren Augen, das Katharina noch einmal genauer hinsehen ließ.

Aber das war unmöglich.

»Es ist gut, Erika«, sagte Pardeville. »Ich rufe dich, wenn wir noch etwas brauchen.«

Die alte Frau entfernte sich rasch und lautlos, und Pardeville sah ihr stirnrunzelnd nach. »Du musst es ihr nachsehen«, seufzte er. »Sie war schon alt und gebrechlich, als ich sie aufgenommen habe, und seither sind über zehn Jahre vergangen, in denen sie immer ungeschickter und langsamer geworden ist. Ich glaube, in all der Zeit ist kaum ein Tag vergangen, an dem ich mich nicht gefragt habe, warum ich sie überhaupt noch behalte.«

»Das muss Euer großes Herz sein, Herr«, sagte Katharina. Sie sah der alten Frau nach, bis sie das Zimmer verlassen hatte, und ihre Verwirrung wuchs beinahe ins Unermessliche. War es möglich, dass …

Nein! Ganz gewiss nicht.

»Übertreib es nicht, mein Kind«, sagte Pardeville. Er lächelte, aber seine Augen blieben kalt.

»Was?«, fragte Katharina.

Jetzt blitzten Pardevilles Augen in schierer Wut auf, und seine Lippen wurden zu einem blutleeren dünnen Strich, der sein Gesicht wie eine Narbe zu spalten schien. Aber dann erlosch das Feuer in seinen Augen, und er zwang sich zu einem – beinahe – überzeugenden Lächeln.

»Entschuldige, mein Kind«, sagte er. »Ich sollte nicht so mit dir sprechen. Du hast jedes Recht, mir nicht zu glauben. Nach allem, was man dir angetan hat, kannst du wahrscheinlich überhaupt niemandem mehr vertrauen, habe ich Recht?«

Katharina sah ihn nur wortlos an, was Pardeville aber als Antwort zu genügen schien, denn er nickte und machte eine einladende – vielleicht auch befehlende – Geste auf all die aufgetischten Köstlichkeiten. Katharina leistete ihm noch einige Momente lang schon aus Prinzip trotzigen Widerstand, begann dann aber mit großem Appetit zu essen.

»Hättest du nur nur gleich gesagt, wer du bist, Kind, dann wäre uns allen sehr viel Aufregung erspart geblieben. Und eine Menge Unheil wäre vielleicht nicht geschehen.«

Katharina hörte einen Moment auf, mit der zweizinkigen Gabel zu kämpfen, deren Benutzung sie überhaupt erst in Bjarnisund gelernt hatte, und starrte ihn durchdringend an. Sollte das ein Vorwurf sein?

»Andererseits war es nicht deine Schuld«, fuhr Pardeville fort, als hätte er ihre Gedanken erraten. »Nach allem, was du erlebt hast, musstest du jedem Fremden misstrauen, glaube ich, Ich will dir keinen Vorwurf machen. Es wäre nur einfacher gewesen.« Er zögerte einen Moment. »Auch für dich«, fügte er dann hinzu.

»Wieso?«, fragte Katharina misstrauisch.

Pardeville setzte zu einer Antwort an, schüttelte aber dann nur den Kopf und dachte eine Weile nach. »Vielleicht muss ich weiter ausholen«, begann er in verändertem Ton. »Du weißt inzwischen, wer du bist, nicht wahr? Damals wusstest du es nicht ... aber ich wusste es.«

Katharina sah ihn überrascht an, und Pardeville nickte bekräftigend, gleich ein paarmal. »Wir sind zu spät gekommen, was ich ehrlich bedauere, aber wir waren nicht nur da, um die Menschen in deinem Dorf zu retten. Vor allem war ich auf der Suche nach dir.«

»Das ...«, begann Katharina zögernd.

»Ist schwer zu glauben, ich weiß«, unterbrach sie Pardeville. »Aber es ist die Wahrheit. Was weißt du über Wulfgar und seine Familie?«

»Nicht viel«, gestand Katharina. »Nur dass er Eriks Bruder ist.«

»Und seit zehn Jahren auf der Suche nach dir«, sagte Pardeville. »Sie beide hatten Gründe, hierher in unser Land zu kommen: Erik um eine neue Heimat für sein Volk zu suchen – angeblich – und sein Bruder, um reiche Beute zu machen. Das ist es, was sie ihren Leuten sagen ... und uns. Aber in Wahrheit sind sie beide hier, um nach ihren Kindern zu suchen. Wusstest du, dass Wulfgars Sohn dein Vater ist?«

Katharina nickte. Damit hörte ihr Wissen über ihre Eltern schon beinahe auf, aber sie fragte sich, woher *er* davon wusste. Zwar hatte sie Pardeville zusammen mit Wulfgar gesehen und mutmaßte auch, dass er den Wikingerfürsten sogar weit besser kannte, als dieser nach außen hin zugab, aber sie konnte sich einfach nicht vorstellen, dass Wulfgar ihn so ins Vertrauen gezogen hatte.

»Ich sehe schon, Erik hat dir nicht die ganze Geschichte erzählt«, fuhr Pardeville fort. »Warum sollte er auch? Seine eigene Rolle dabei ist vielleicht nicht ganz so selbstlos und strahlend, wie er es gerne hätte, musst du wissen. Dein Vater kam damals beim Angriff auf euer Dorf ums Leben, aber deiner Mutter gelang zusammen mit dir die Flucht. Sie muss ein Jahr lang auf der Flucht gewesen sein, die arme Frau, ganz allein, verletzt und krank und mit einem Säugling, um den sie sich kümmern musste. Irgendwann am Ende ihrer verzweifelten Flucht kam sie hierher, an den Rhein, und sie muss wohl gespürt haben, dass ihre Zeit zu Ende ging. Also suchte sie einen Platz, an dem sie ihr Kind in Sicherheit wusste.«

»Bei Vater Cedric?« Katharina war selbst überrascht, wie bitter ihre Stimme klang, und Pardeville schüttelte den Kopf.

»Graf Ellsbusch«, antwortete er. »Ich will dich nicht belügen, Kind. Ellsbusch und ich waren niemals Freunde. Er war ein harter Mann, und unehrlich dazu. Viele haben es ihm damals übel genommen, dass er sich mit Wulfgar und seiner Räuberbande eingelassen hat, aber die meisten haben es widerwillig hingenommen, weil er sie auch im Griff zu haben schien und vom Schlimmsten abhielt.« Er deutete ein Schulterzucken an. »Vielleicht war das der Grund, aus dem deine Mutter sich an ihn um Hilfe gewandt hat … weil er sie an ihr Volk erinnerte, und alles, was sie verloren hat.«

»Sie soll mich zu einem Mann gebracht haben, der ausgerechnet mit Wulfgar im Bunde ist?«, fragte Katharina.

»Das ist schwer vorstellbar, nicht wahr?« Pardeville lächelte. »Ich konnte es selbst nicht glauben, als mir die Geschichte zu Ohren kam, doch wenn man genauer darüber nachdenkt, dann ergibt es durchaus einen Sinn. Deine Mutter war offensichtlich nicht nur eine sehr tapfere Frau, sondern auch sehr klug. Wo wäre wohl der einzige Ort, an dem Wulfgar nicht nach dir suchen würde? Direkt unter seinen Augen. Du kennst das Sprichwort, dass man oft den Wald vor lauter Bäumen nicht sieht?«

Katharina hatte diesen Ausdruck noch nie zuvor gehört, aber Pardeville lachte, als hätte er einen besonders guten Scherz zum Besten gegeben. »Sie vertraute sich Ellsbusch an und nahm ihm das Versprechen ab, sich um dich zu kümmern und dein Geheimnis zu wahren … wie ich den guten Grafen kenne, hat er sich dieses Versprechen gut bezahlen lassen. Aber man muss ihm zugutehalten, dass er dein Geheimnis mehr als zehn Jahre lang gehütet hat.«

»Aber ich bin nicht auf der Burg aufgewachsen«, gab Katharina zu bedenken.

»Und wie auch, auf einer Burg, in der Wulfgar und seine Männer ein- und ausgingen?«, sagte Pardeville kopfschüttelnd. »Ellsbusch kannte Wulfgar gut genug, um zu wissen, dass er niemals in euer Dorf kommen würde. Dort gab es für ihn nichts zu holen, und er verachtete seine Bewohner für ihre Armut und ihre Dummheit. Dort warst du tatsächlich sicher.«

»Oh ja«, sagte Katharina bitter.

»Urteile nicht vorschnell«, sagte Pardeville. »Ich bin wahrlich der Letzte, der Graf Ellsbusch verteidigen will, aber es war das Einzige, was er tun konnte, um dich direkt unter Wulfgars Augen zu verstecken.«

»Ja, Vater Cedric war wie eine Mutter zu mir«, erwiderte Katharina böse.

»Vater Cedric«, antwortete Pardeville ernst, »war ein böser Mann. Hat er dir beigebracht, an Gott zu glauben, mein Kind, oder hat er dich gelehrt, ihn zu fürchten?«

Vielleicht beides, dachte Katharina. Aber sie hätte nicht sagen können, welche Seite überwog.

»Ich vermag mir nicht vorzustellen, was du erlitten haben musst, mein Kind«, fuhr Pardeville fort, »aber diese Zeit ist vorbei, und sowohl der Graf als auch Vater Cedric haben dafür bezahlt.«

Wenn er glaubte, dass ihr das ein Trost war, so irrte er sich. Oh ja, Graf Ellsbusch und vor allem Vater Cedric hatten ihr Schlimmes angetan, viel mehr, als Pardeville je ermessen konnte, hatten sie ihr doch nicht weniger als zehn Jahre ihres Lebens gestohlen, aber es dürstete sie nicht nach Rache. Dass beide ein so schreckliches Ende genommen hatten, mochte dem fränkischen Edelmann ja wie ein Akt göttlicher Gerechtigkeit vorkommen, aber ihr selbst bedeutete es nichts. Als sie in sich hineinlauschte, suchte sie vergeblich nach einem Gefühl von Genugtuung oder Erleichterung. Der Tod dieser beiden änderte gar nichts, und er machte auch nichts besser.

Stattdessen fragte sie: »Woher wisst Ihr das alles?«

»Ich habe einen Vertrauten in Wulfgars Lager«, bekannte Pardeville freimütig. »Er hat mir Bescheid gegeben, als Wulfgar die Wahrheit erfahren hat. Er hat vor Zorn geschäumt, wie du dir denken kannst – und wie er auf diesen Verrat reagiert hat, hast du ja mit eigenen Augen gesehen.« Er hob die Schultern, beugte sich vor und griff mit einer affektiert wirkenden Geste nach einer einzelnen, dunkelroten Weintraube. »Meine Männer und ich sind sofort losgeritten, um das Schlimmste zu verhindern, aber wie du ja selbst gesehen hast, sind wir zu spät gekommen.«

Er zerbiss die Weintraube zwischen den Zähnen, und ein einzelner Tropfen roter Beerensaft lief an seinem Kinn hinab, bis er ihn mit dem Handrücken wegwischte. Der Anblick erinnerte Katharina an das Blut, das sie auf Guthenfels' Gesicht gesehen hatte.

»Hätte ich damals schon gewusst, wer du bist, dann hätten wir dich mit hierhergenommen, und dir wäre eine Menge erspart geblieben, mein Kind. Aber wir haben nach einem Mädchen Ausschau gehalten, nicht nach einem Knaben. Es war sehr klug von Vater Cedric, dich als Jungen zu verkleiden.«

Wieder sah Katharina ihn nur schweigend an. Pardeville erwartete etwas von ihr, eine ganz bestimmte Reaktion, aber sie wusste nicht welche. Und sie war einfach nur verwirrt. Natürlich verfolgte er einen bestimmten (und ganz gewiss niederträchtigen) Zweck damit, und auch sein Lächeln war nur geschauspielert. Und doch war da etwas in ihr – ein kleiner, aber hartnäckiger Teil –, das seinen Worten glauben *wollte*.

»Du glaubst mir nicht«, stellte Pardeville fest. »Das schmerzt mich, mein Kind, aber ich kann dich verstehen.Du hast mich zusammen mit Wulfgar in Santen gesehen, und was dir dieses Zigeunerweib über mich erzählt hat, das möchte ich lieber gar nicht wissen.«

Um ein Haar hätte Katharina hinzugefügt, dass sie ihn auch im Haus der Bäckersleute gesehen – und vor allem *gehört!* – hatte, aber dann fiel ihr im letzten Moment ein, dass er davon nichts wusste, und sie biss sich stattdessen auf die Zunge.

»Vera ist sehr nett, nicht wahr?«, fuhr Pardeville fort.

»Sie hat mir das Leben gerettet«, bestätigte Katharina. Pardeville zog fragend die Augenbrauen hoch, und sie fügte hinzu: »Ich bin ins Wasser gefallen, als Wulfgar und seine Krieger uns auf dem Fluss angegriffen haben. Ich wäre ertrunken, wenn sie mich nicht gerettet hätte.«

Pardeville nickte. »Und deshalb vertraust du ihr. Das verstehe ich. Andererseits … hättest du … sagen wir … auch Vater Cedric vertraut, wenn er dich vor dem Ertrinken gerettet hätte, und zwar ohne Vorbehalte und für den Rest deines Lebens?«

»Warum … erzählt Ihr mir das alles, Herr?«, fragte Katharina zögernd.

»Damit du verstehst, worum es hier wirklich geht, mein Kind«, antwortete er. »Ich erwarte nicht, dass du mir glaubst oder gar vertraust, aber beides wäre wichtig.« Er nahm eine zweite, bastfarbene Traube vom Tisch, aß sie aber nicht, sondern begann, wie in Gedanken versunken damit zu spielen. Schließlich stand er auf.

»Komm mit, mein Kind.«

Katharina – schon wieder misstrauisch – gehorchte und trat mit zögernden Schritten um den Tisch herum und an seine Seite. Der Adlige trat an eines der beiden großen Fenster an der nördlichen Wand des Raumes und bedeutete ihr mit einer einladenden Handbewegung, ihm zu folgen. Katharina gehorchte ihm auch jetzt erst wieder nach einem spürbaren Zögern, worüber er jedoch kein Wort verlor. Vielmehr geduldete er sich, bis sie neben ihm angelangt war, zog dann mit der linken Hand den schweren Vorhang beiseite und deutete mit der anderen nach draußen. Katharinas Blick folgte der Geste, und sie sah zwar genau das, was sie erwartete, doch der Anblick verschlug ihr die Sprache.

Sie mussten sich unmittelbar unter dem Dach des hohen Turmes befinden, denn der Blick reichte von hier aus ungehindert nicht nur bis zum Rhein – immerhin eine gute Stunde zu Pferde entfernt! –, sondern bis weit auf sein gegenüberliegendes Ufer. So weit dahinter, dass sie die Entfernung noch nicht einmal zu schätzen vermochte, sah sie etwas wie einen Schatten am Himmel, und darunter die Dächer und Turmspitzen einer Stadt, kaum mehr als die Silhouette eines fernen, sonderbar kantigen Gebirges. Ein Schiff fuhr auf dem Rhein. Es musste sehr groß sein, denn es hatte gleich zwei Masten, deren straff gespannte Segel es rasch durch die Wellen gleiten ließen. Dennoch kam es ihr über die große Entfernung hinweg wie ein Spielzeug vor, kaum beeindruckender als die kleinen Schiffchen, die die Kinder von Ellsbusch manchmal aus Baumrinde gebastelt hatten.

»Gehört das alles hier … Euch?«, fragte sie stockend.

»Nein.« Pardeville lachte leise, und jetzt klang es nicht mehr spöttisch oder drohend, sondern nur noch gutmütig. »Aber ein guter Teil davon … obwohl *gehört* vielleicht nicht das richtige Wort ist. Es wurde mir als Lehen anvertraut.«

»Bedeutet das nicht dasselbe?«

»So mag es mancher sehen«, antwortete der Adlige. »Und in gewisser Hinsicht stimmt es vielleicht auch. Zumindest indem ich davon profitiere und mir alle Bauern und Fischer und Handwerker und Viehzüchter Steuern und Abgaben zahlen müssen. Ja, das ist wahr. Doch das bedeutet nicht, dass ich es geschenkt bekäme. Mit der Macht über dieses Land und seine Menschen habe ich die Verantwortung dafür übernommen, denn im Gegenzug schulden wir euch Schutz und garantieren all den Menschen dort ihre Sicherheit, sowohl ihres Lebens als auch ihrer Seelen.«

Was genau wollte er damit sagen? Katharina riss sich mit einiger Mühe von dem faszinierenden Anblick der winzig kleinen Welt unter sich los und sah fragend zu ihm hoch.

»Dein Großvater hat dir erzählt, ich wäre ein Feind seines Volkes, habe ich Recht?«, fuhr er fort.

Katharina schwieg dazu, und auch diesmal war Pardeville dieses Schweigen Antwort genug. Er deutete ein Nicken an und sah beinahe ein bisschen traurig aus.

»Und nach allem, was du selbst miterlebt das, musst du ihm glauben«, fuhr er fort. »Doch es ist nicht die Wahrheit. Ich habe nichts gegen euer Volk, mein Kind. Im Gegenteil. Ich schätze es, denn es hat eine Menge großer Männer hervorgebracht, und eure Handwerkskunst und die Kühnheit eurer Seefahrer sind zu Recht auf der ganzen Welt berühmt. Aber ich glaube, es gehört nicht hierher. Nicht wenige Städte hier und noch viel mehr im Norden treiben Handel mit deinem Volk – mit denen, die in ihrer Heimat geblieben sind. Dies hier ist nicht eure Welt, und ich glaube, ihr solltet nicht hier sein, so wenig, wie unser Volk in eurem Land sein sollte.«

Katharina hatte das Gefühl, dass diese Worte sie empören sollten, und ein bisschen taten sie das auch … aber eben nur ein bisschen, und vielleicht tatsächlich nur, weil etwas in ihr der Meinung war, dass es sich eben so gehörte. Waren das nicht beinahe dieselben Worte, wie sie Erik benutzt hatte, und Arla?

»Baron zu Guthenfels –«, begann sie, und Pardeville fiel ihr mit einer fast sanften Geste, aber entschieden ins Wort:

»Der Baron ist ein kluger Mann, mein Kind, aber manchmal vielleicht ein wenig zu gutmütig. Ich kenne seine Argumente, und wir haben oft und lange darüber gestritten. Seine Absichten sind ehrenhaft, und sicher hat er in vielem Recht. Er ist ein guter Freund deines Großvaters, und die Menschen von Bjarnisund haben nie irgendjemandem etwas zu Leide getan, soweit ich weiß.«

Er schüttelte den Kopf. »Aber nicht alle sind so, Katharina. Es gibt auch Männer wie Wulfgar und die Seinen. Du hast erlebt, wozu sie imstande sind. Vielleicht wird eines Tages die Zeit kommen, in der unsere beiden Völker friedlich zusammenleben können, aber noch ist es nicht so weit. Du hast gesehen, was sie getan haben, zuerst in Ellsbusch, und später auf dem Rhein. Ich habe einen Mann zu Wulfgar geschickt und ihn aufgefordert, sich dazu zu äußern, doch das ist zwei Tage her, und er ist bisher nicht zurückgekehrt.« Ein Schatten schien über sein Gesicht zu huschen. »Und ich fürchte, das wird er auch nicht mehr.«

»Und was ist … hat das mit mir zu tun?«, fragte Katharina unsicher.

»Wenn wir alle Glück haben, nichts«, antwortete der Adlige. Es klang wie ein Stoßseufzer. »Ich bete darum, dass wir eine friedliche Lösung finden, doch ich fürchte, dass Gott meine Gebete nicht erhört.«

»Es wird Krieg geben«, murmelte Katharina. »Meinetwegen.«

»Deinetwegen?« Pardeville wirkte ehrlich überrascht. »Wie kommst du denn auf diese Idee, mein Kind?« Die Antwort auf diese Frage gab er sich mit einem heftigen Kopfschütteln selbst, bevor Katharina ein weiteres Wort herausbrachte. »Über kurz oder lang wäre es ohnehin dazu gekommen, vor allem jetzt, wo Bjarnisund aufgegeben wurde und Erik nicht mehr hier ist. Ellsbusch und er waren die Einzigen, die Wulfgar noch in Schach gehalten haben. Ich habe meine Männer bereits zusammengerufen, und vergangene Nacht hat mich ein Bote aus Zons erreicht. Der Baron ist unbeschadet dort eingetroffen – wofür ich Gott danke – und bereits mit einem Heer auf dem Weg.«

»Und was erwartet Ihr jetzt von mir, Herr?«, fragte Katharina.

»Nur, dass du die Wahrheit sagst, mein Kind«, antwortete Pardeville. »Nicht mehr, aber auch nicht weniger. Du bist die Einzige, die wirklich gesehen hat, was in jener Nacht geschehen ist. Oder ist es nicht wahr, dass du dabei warst, als Wulfgar den Grafen mit seiner Axt erschlagen hat?«

Katharina hatte plötzlich das Gefühl, dass von ihrer Antwort auf diese Frage sehr viel abhing; möglicherweise ihr Leben. Und möglicherweise brachte sie sich gerade um selbiges, doch wenn, dann war es vermutlich ohnehin schon längst um sie geschehen. »Aber ich dachte, Ihr und Wulfgar …«

»Wären Verbündete?«, beendete Pardeville den Satz an ihrer Stelle, als sie es nicht tat. Er lächelte schmerzlich. »Nur, weil ich in Santen mit ihm gesprochen habe? Nein, gewiss nicht. Ich habe versucht, mit ihm zu reden, um das Schlimmste zu verhindern, das ist wahr. Und ich hätte ihm beinahe geglaubt, auch das ist wahr. Vielleicht hätte ich es sogar, hätte er das Schiff nicht angegriffen und versucht, dich und Guthenfels umzubringen.« Er machte eine wedelnde Handbewegung, wie um das Thema körperlich zur Seite zu wischen. »Aber du wolltest wissen, weshalb du hier bist. Man wird Fragen stellen, Kind. Die

Leute werden wissen wollen, was geschehen ist. Es wird vielleicht zum Kampf kommen, und Menschen werden sterben. Sicher wird der Kaiser jemanden schicken, um sich davon zu überzeugen, dass alles hier rechtens gewesen ist. Ich weiß nicht, was dein Großvater dir über mich erzählt hat, mein Kind, aber auch ich stehe nicht über dem Gesetz. Es gibt nicht Wenige, die meinen, dass ich genau so wenig hier zu suchen hätte wie Wulfgar und seine Männer. Ich kann nicht einfach einen Krieg vom Zaun brechen, nur weil mir danach ist.«

»Wer wird mir schon glauben«, antwortete Katharina. »Ich bin nur ein Kind. Und noch dazu eine von ihnen.«

»Unsinn«, widersprach Pardeville. »Es ist wahr, dein Vater war Wulfgars Sohn und damit ein Nordmann, aber deine Großmutter kam von hier, nicht wahr? Ich glaube, sogar aus dieser Gegend. Und viel wichtiger ist, du bist hier aufgewachsen und von einem Mann der Kirche aufgezogen worden, vielleicht nicht so, wie es richtig gewesen wäre, aber doch in bestem christlichen Glauben.« Er zögerte, zwar nur einen winzigen Moment, aber doch spürbar. »Davon abgesehen muss niemand erfahren, dass du mit den bei uns von so vielen verhassten Nordmännern verwandt bist.«

»Und was wird dann aus mir?«, fragte sie.

»Das wird sich finden«, antwortete Pardeville leichthin. »Guthenfels hat versprochen, sich um dich zu kümmern, und er ist ein Mann, der sein Wort hält. Er wird einen guten Platz für dich finden. Oder du kannst hierbleiben, wenn du das möchtest.«

»Bei Euch?«, fragte Katharina überrascht.

»Schloss Pardeville ist groß«, antwortete Pardeville. »Für ein gesundes Mädchen wie dich, das zu arbeiten gelernt und keine Angst hat, sich schmutzig zu machen, wird sich ein Fleckchen finden. Du hättest immer genug zu essen, im Winter einen warmen Platz am Kamin und würdest sogar dafür bezahlt … wenn auch nicht besonders gut, fürchte ich.« Er hob die Hand, als sie antworten wollte. »Entscheide dich nicht jetzt. Es wird bis morgen dauern, bis Guthenfels mit seinen Truppen hier eintrifft, wenn nicht länger, und bis dahin solltest du die Zeit nutzen und in dich gehen. Du kannst dir die Burg ansehen, wenn du möchtest. Sie wird dir gefallen, da bin ich sicher. Wir haben eine Menge Tiere hier, Hunde, Pferde, Esel und Katzen … du magst Katzen, das hat man mir berichtet?«

»Ich … darf mich hier –?«

»Frei bewegen?«, fiel ihr Pardeville ins Wort. »Aber natürlich, mein Kind. Du bist hier keine Gefangene.«

»Bisher war ich es.«

»Ein bedauerliches Missverständnis«, behauptete Pardeville. Ich hatte meinen Männern aufgetragen, auf dich achtzugeben, nicht dich einzusperren. Ich werde den Verantwortlichen streng bestrafen, wenn du das möchtest.«

Katharina starrte ihn einfach nur verdutzt an. Einen Moment lang war sie versucht, *ja* zu sagen, und sei es nur, um zu sehen, wie er darauf reagierte. Aber sie wusste natürlich selbst, wie albern das gewesen wäre.

»Und … Vera?«, fragte sie zögernd.

»Du kannst mit ihr sprechen, wenn du das möchtest.«

Katharina schüttelte den Kopf. »Das meine ich nicht. Was wird aus ihr?«

Guy de Pardeville zögerte, eine Winzigkeit nur, aber doch gerade lange genug, um ihr Misstrauen wieder zu wecken. »Bei ihr liegt die Sache … etwas anders«, antwortete er schließlich. »Man hat mich gebeten, sie nach Santen zu bringen. Es gibt da ein paar Fragen, die man deiner Freundin im Zusammenhang mit dem Tod der Bäckersleute stellen möchte; und dem Schicksal von Vater Cedric, nicht zu vergessen.«

Viel besser könnte *sie* sie wahrscheinlich beantworten, dachte Katharina. Aber sie hütete sich, das laut auszusprechen, oder sich ihre wahren Gefühle nur anmerken zu lassen. »Sie hat nichts damit zu tun«, sagte sie.

Pardeville lächelte. »Es muss schön sein, jemanden wie dich zur Freundin zu haben«, sagte er. »Mach dir keine Sorgen, Kind. Ich werde für sie tun, was ich kann. Es wird sich alles aufklären, glaub mir.«

Oh ja, dachte Katharina grimmig, das würde es.

Ganz bestimmt.

*

»Und du hast ihm natürlich jedes Wort geglaubt.« Veras Stimme troff geradezu vor Hohn, und noch viel schlimmer war der Blick, mit dem sie Katharina maß; genau jene Art von Blick, mit dem ein Erwachsener ein Kind bedenken mochte, das gerade etwas sehr Dummes getan hatte und sich stur weigerte, das einzusehen.

»Natürlich nicht«, antwortete Katharina rasch. »Aber immerhin hat er Wort gehalten. Er hat versprochen, dass ich dich sehen darf, und ich bin hier, oder?«

»Wie ungemein großzügig!« Vera schnaubte. »Ich meine, nachdem er uns mit Gewalt hierher verschleppt und mich in dieses Loch geworfen hat, darf ich immerhin einen Besucher empfangen.«

Mit dem *Loch*, dachte Katharina unbehaglich, hatte sie nicht einmal so Unrecht.

Guy de Pardeville hatte einen seiner Männer beauftragt, sie zu Vera zu bringen, und sie hatte etwas Ähnliches wie ihr eigenes Gefängnis erwartet, wenn auch vielleicht nicht ganz so prachtvoll.

Stattdessen jedoch hatte der Mann sie eine endlos lange und halsbrecherisch steile Steintreppe hier heruntergeführt, in einen Raum, der tief unter dem Erdgeschoss der Burg liegen musste, vielleicht sogar noch unter dem Kellergeschoss. Es gab kein Fenster, sondern nur einen schmalen Luftschacht unter der niedrigen Gewölbedecke, durch den es erbärmlich zog, ohne dass dieser Zug irgendetwas an dem noch erbärmlicheren Gestank ändern konnte, der ihr die Kehle zuschnürte. Das einzige Licht kam von einer blakenden Fackel, die eindeutig mehr Qualm als Helligkeit verbreitete, und auch die Einrichtung von Veras Quartier konnte nicht mit der Katharinas mithalten. Genau genommen bestand sie aus einer Lage halb verfaulten Strohs auf dem Boden und einem hölzernen Eimer mit einem Deckel, der auch die Quelle des Atem abschnürenden Gestanks war.

»Geben sie dir wenigstens genug zu essen?«, fragte sie unbehaglich.

»Mehr als ich herunterbekomme«, versicherte Vera. Sie nickte so übertrieben, dass die Kette klirrte, mit der ihr Bein an einen eisernen Ring im Boden gekettet war. Katharina sah sie nur fragend an, und die Gauklerin fuhr fort: »Du solltest das köstliche Mahl probieren, das dein neuer Freund seinen Gästen hier unten kredenzt. Nach einem einzigen Löffel wärst du auch so satt, dass du nichts mehr herunterbekommen würdest, mein Wort darauf.«

Katharina verzog die Lippen zu einem humorlosen Lächeln, machte einen Schritt auf die Gauklerin zu und blieb wieder stehen, als hinter ihr ein Scharren erklang, Der Mann, der sie hier heruntergeführt hatte, war Katharina zwar nicht in die winzige Kerkerzelle gefolgt, wohl aber so stehengeblieben, dass er Vera und sie gleichzeitig im Auge behalten konnte.

»Ich rede mit Guy de Pardeville«, sagte sie. »Das ist bestimmt nur ein … Irrtum.«

»Dass ich noch lebe?«, giftete Vera. »Ja, vermutlich.«

Katharina schluckte alles herunter, was ihr dazu auf der Zunge lag. Vera war ungerecht, aber nach fast zwei Tagen in diesem grässlichen Verlies wäre das wohl jeder gewesen. Statt an die Gauklerin wandte sie sich in scharfem Ton an ihren schmalgesichtigen Bewacher. »Ich möchte allein mit ihr sprechen.«

»Das … darf ich nicht zulassen«, sagte der Mann unbehaglich. »Und du darfst sie auch nicht berühren.«

»Hat dein Herr Angst, dass ich ihre Kette durchbeißen könnte?«, fragte Katharina spitz.

Der Mann funkelte sie einen Moment lang so zornig an, dass sie fürchtete, den Bogen überspannt zu haben, doch dann konnte sie ihm regelrecht ansehen, dass es ihm einfach zu dumm war, sich auf diesen Streit einzulassen. Statt zu antworten, stülpte er nur trotzig die Unterlippe vor, drehte sich mit einem Ruck um und stapfte bis ans Ende des schmalen Korridors davon, sodass er sie zwar weiter im Auge behalten konnte, aber nicht mehr belauschen.

»Übertreib es nicht«, sagte Vera. »Dass er dich nicht in Ketten gelegt hat, heißt noch lange nicht, dass du keine Gefangene bist.«

Katharina sagte vorsichtshalber nichts dazu, sondern ging jetzt ganz zu Vera hin, und ihr wurde das Herz schwer, als sie sah, in was für einem bejammernswerten Zustand sich die Gauklerin befand. Ihre Kleider, ihre Haut und ihr Haar starrten vor Schmutz, als wäre sie schon seit Wochen hier unten, nicht erst seit anderthalb Tagen, und die Haut, die sie darunter erkennen konnte, war bleich wie die einer Toten. Ihre Wangen waren eingefallen, und unter ihren Augen lagen dunkle Ringe. Ihre Lippen waren geschwollen und dick verschorft, und überall auf ihrem Kleid war dunkelbraun eingetrocknetes Blut zu sehen.

»Oh Gott!«, entfuhr es Katharina. »Was haben sie mit dir gemacht?«

»Nicht halb so viel, wie sie gerne hätten, glaub mir«, antwortete Vera. Sie hob abwehrend die Hände, als Katharina sich zu ihr herabbeugen wollte. »Schon gut. Ich habe schon Schlimmeres erlebt.«

»Aber … aber warum haben sie das getan?«, stammelte Katharina. Die Gauklerin zuckte die Achseln. Ihre Kette klirrte leise.

»Er«, verbesserte sie sie. »Seine Männer haben mich nur festgehalten, auch wenn es ihnen zweifellos Spaß gemacht hat. Und Guy de Pardeville wollte mir einfach nur seinen Standpunkt klarmachen.«

»Welchen Standpunkt?«

»Dein neuer Freund erwartet Besuch«, schnaubte Vera. »Irgendeinen Boten vom Hof des Kaisers.«

»Ich weiß«, sagte Katharina. »Er hat mir davon erzählt. Jemand will mit dir reden, wegen dem, was in Santen passiert ist.«

»Siehst du?«, antwortete Vera. »Und unser aller Lebensretter und Wohltäter hat mir ziemlich deutlich klargemacht, was ich zu antworten habe.«

Katharina war so erschüttert, dass sie gar nicht mehr darauf antworten konnte. Veras bloßer Anblick schnürte ihr schier die Kehle zu, und das Gefühl, dass all das ihre Schuld war, machte es noch schlimmer.

»Entschuldige«, sagte Vera plötzlich. »Das war ungerecht von mir. Ich weiß, dass du nichts dafür kannst. Aber du darfst ihm nicht vertrauen, hörst du?«

Wer sagte denn, dass sie das tat? Sie nickte nur zur Antwort, doch Vera fuhr noch eindringlicher fort, als hätte sie das Gegenteil getan.

»Ich kenne Männer wie Pardeville, glaub mir. Er kann bestimmt charmant sein, wenn er will, und wahrscheinlich sehr überzeugend, aber wenn er dir einen guten Morgen wünscht, dann solltest du zum Fenster gehen und nachschauen, ob die Sonne überhaupt am Himmel steht.«

»Aber warum tut er das?«, murmelte Katharina nur. Es fiel

ihr schwer, Veras Worten zu folgen. Der Anblick der Gauklerin verlor nichts von seinem Schrecken, sondern erschreckte sie mit jedem Moment nur noch mehr.

»Habe ich das nicht schon erwähnt?«, fragte Vera spöttisch. »Wir leben in zivilisierten Zeiten, Kleines. Man kann nicht einfach hingehen und irgendwelchen armen Bäckersleuten die Kehle durchschneiden, und einem Mann der Kirche schon gar nicht; nicht einmal einem so selbstgefälligen alten Pfaffen wie deinem Vater Cedric. Die Leute in Santen werden Fragen stellen, und der kaiserliche Gesandte erst recht. Pardeville ist mit Wulfgar gesehen worden. Da kann es ihm nur recht sein, wenn jemand gesehen hat, wer wirklich für diese schändliche Tat verantwortlich ist.«

»Aber du hast es doch gar nicht gesehen!«, antwortete Katharina.

Vera fuhr erschrocken zusammen und sah verstohlen zu dem Posten am anderen Ende des Ganges. »Hast du ihm das gesagt?«, flüsterte sie.

Katharina verneinte, und Vera senkte die Stimme zu einem gehetzten Flüstern. »Und das darfst du auch nicht, hörst du? Auf gar keinen Fall! Wenn Pardeville auch nur argwöhnt, dass du alles mitangesehen haben könntest, dann leistest du mir hier unten Gesellschaft, wenn er dich nicht gleich umbringt, hast du das verstanden?«

Katharina nickte zwar, aber das schien Vera nicht zu genügen. Ihre Stimme und vor allem ihr Blick wurden noch eindringlicher. »Er darf es auf gar keinen Fall erfahren, hörst du? Und du musst fliehen, bei der ersten Möglichkeit, die sich bietet.«

»Als ob ich dich im Stich lasse!«

Vera schnaubte. »Als ob du irgendetwas für mich tun könntest, du dummes Kind! Begreifst du es denn immer noch nicht? Um mich ist es geschehen, aber du hast noch eine Chance!

Spiel sein Spiel mit, und wenn sich die Gelegenheit bietet, dann lauf weg. Baron zu Guthenfels wird dir glauben, und wenn du ihn nicht findest, dann geh meinetwegen zu Wulfgar! Dort bist du immer noch sicherer als hier.«

»Aber … warum denn?«, antwortete Katharina verstört; und zumindest Veras Gesichtsausdruck nach zu schließen entschieden zu laut. »Ich meine: Du … du musst doch nur tun, was er von dir verlangt! Es ist doch egal, wenn du lügst! Danach wird er dich gehen lassen!«

»Ja, und zwei Tage später findet man mich mit durchschnittener Kehle in irgendeiner Gasse!«, schnaubte Vera. Sie verdrehte die Augen. »Wie naiv bist du eigentlich, Kindchen? Unser gemeinsamer Wohltäter will nichts Geringeres als einen ausgewachsenen Krieg vom Zaun brechen! Glaubst du, da kommt es ihm auf das eine oder andere Leben an?«

»Was denn für einen Krieg?«

»Seinen ganz privaten«, antwortete Vera verächtlich. »Er ist dafür bekannt, dass er die Nordmänner hasst. Damit steht er weiß Gott nicht allein da, aber keiner der anderen ist so fanatisch wie er. Hat er dir auch sein Sprüchlein aufgesagt, von dem Volk, das nicht hierhergehört, und den guten Beziehungen, die alle miteinander haben könnten, würden sie nur dort bleiben, wo sie hingehören?«

»Du hast gelauscht?«, antwortete Katharina, vergeblich um einen scherzhaften Ton bemüht.

»Das war gar nicht nötig«, sagte Vera. »Wenn es um dieses Thema geht, dann spricht er laut genug, um überall im Land gehört zu werden.«

Schritte näherten sich, und der Wächter sagte: »Es wird Zeit.«

»Nur noch einen Moment«, sagte Katharina. Als der Posten zögerte, zu antworten, fügte sie hinzu: »Bitte.«

Vielleicht war das das Zauberwort, auf das der Mann gewartet hatte. Er widersprach jedenfalls nicht noch einmal, sondern stülpte nur auf dieselbe komische Art die Unterlippe vor und trollte sich.

»Du solltest jetzt gehen«, sagte Vera. »Scher dich nicht um mich. Ich passe schon auf mich auf.«

»Ja, das sehe ich«, antwortete Katharina mit einem bezeichnenden Blick auf ihre Kette. Erst jetzt fiel ihr auf, wie schlimm der rostige Eisenring ihre schmale Fessel aufgeschürft hatte.

»Noch braucht mich Pardeville«, sagte Vera. »Solange ich nicht zu seinen Gunsten ausgesagt habe, wird er mir nichts tun, keine Sorge.« Sie wedelte unwillig mit beiden Händen. »Und jetzt verschwinde! Wenn er Verdacht schöpft, dann sind wir beide tot!«

Am liebsten hätte Katharina darüber gelacht, allein um den Worten etwas von ihrer Schärfe und Bedrohlichkeit zu nehmen. Aber der Anblick der misshandelten Gauklerin machte es ihr unmöglich, und es schnürte ihr im Gegenteil noch heftiger die Kehle zu. Ihre Augen begannen zu brennen, und sie spürte, dass sie kurz davor war, den Kampf gegen die Tränen endgültig zu verlieren. Einen ganz kurzen Augenblick lang hatte sie tatsächlich die verrückte Idee, sich einfach auf den Wächter hinter ihr zu stürzen und ihm den Schlüssel zu Veras Kette abzunehmen, um gemeinsam mit ihr zu flüchten, verwarf diesen Gedanken aber sofort wieder.

»Ich … spreche noch einmal mit ihm«, murmelte sie hilflos. »Bestimmt lässt er dich hier raus, wenn ich ihn darum bitte. Vielleicht … ich meine … vielleicht weiß er gar nicht, was sie mit dir gemacht haben.«

Vera verzichtete darauf, sie an ihre eigenen Worte von gerade eben zu erinnern, aber ihr Blick sprach Bände. »Wenigstens scheint er dich gut zu behandeln«, sagte sie.

Katharina ertappte sich dabei, einen Moment lang nach einem versteckten Vorwurf in diesen Worten zu suchen, schämte sich ihrer eigenen Gefühle und beeilte sich, zu nicken. »Ja. Er hat mir sogar die Katzen gelassen.« Sie sah sich demonstrativ um. »Und … Dwegr? Ich meine, wo …?«

»Er ist weggelaufen«, antwortete Vera. »Was nur beweist, was ich immer schon gesagt habe, nämlich dass Tiere schlauer sind als Menschen. Und vor allem«, fügte sie mit einem bezeichnenden Blick hinzu, »nicht so gutgläubig wie gewisse Leute, die ich kenne.«

»Er hat gesagt, ich wäre keine Gefangene.« Katharina hatte plötzlich das absurde Bedürfnis, Guy de Pardeville zu verteidigen. Sie versuchte zu lachen, aber es wurde eher ein Krächzen heraus. »Er hat sogar gesagt, ich dürfte gehen, wenn ich will.«

Vera warf einen schrägen Blick in Richtung des Wächters. »Hast du es versucht?«

Natürlich hatte sie das nicht, aber erst, als sie diese Frage hörte, wurde ihr selbst klar, warum nicht: Wohin sollte sie denn gehen? Jetzt, wo Erik und Ansgar fort waren, gab es niemanden mehr, an den sie sich um Hilfe hätte wenden können.

»Geh jetzt«, sagte Vera noch einmal. »Wenn er dich wirklich lässt, dann erkunde das Schloss. Vielleicht findest du einen Fluchtweg.«

Katharina antwortete zwar mit einem Nicken, aber sie wussten beide, wie aussichtslos diese Idee war. Pardevilles Schloss war mindestens ebenso sehr Gefängnis wie Burg, und hinauszukommen vielleicht noch schwieriger als herein.

Hinter ihr räusperte sich der Wachtposten zum zweiten Mal und jetzt hörbar ungeduldig, und Vera musste sie kein drittes Mal auffordern, zu gehen.

*

Wie Katharina herausfinden sollte, hatten sie beide Recht. So schnell, dass es schon beinahe einer Flucht glich, war sie nicht nur die steile Treppe wieder hinauf-, sondern direkt durch die erste Tür ins Freie geeilt, um ein paar tiefe, unendlich erleichterte Atemzüge zu nehmen. Erst hier oben wurde ihr richtig bewusst, wie grässlich der Gestank dort unten gewesen war, und wie finster und bedrückend eng das lichtlose Verlies, in dem Vera eingesperrt war. Zorn auf Pardeville und unendliches Mitleid mit ihrer Freundin vermischten sich mit dem immer stärker werdenden Gefühl, dass auch das ganz allein ihre Schuld war, und machten es ihr für Minuten fast unmöglich, einen klaren Gedanken zu fassen.

Irgendwann jedoch taten die frische Luft und das helle Sonnenlicht (und vor allem das Gefühl, nicht mehr eingesperrt zu sein) ihre Wirkung, und ihr hämmernder Puls beruhigte sich im gleichen Maße, indem das Chaos hinter ihrer Stirn verebbte. Dass sie dem Herrn dieser Burg nicht trauen konnte und er nicht nur log, sondern ihr ohne zu zögern dasselbe – wenn nicht Schlimmeres – antun würde wie Vera, hatte sie schließlich vorher gewusst. Warum also war sie so erschrocken?

Tief in sich kannte sie die Antwort auf diese Frage schon, bevor sie sie sich überhaupt stellte, aber sie verscheuchte den Gedanken, nahm einen weiteren, sehr tiefen Atemzug und erfreute sich einen Moment lang einfach nur am köstlichen Geschmack der Luft (die nur ein ganz kleines bisschen nach Pferdemist, Hühner- und Schweinedreck roch) und sah sich dann zum ersten Mal wirklich aufmerksam um. Scheinbar himmelhohe Wände schienen sie zu umgeben, wohin sie auch blickte. Burg Pardeville mochte ja das größte Gebäude sein, das sie jemals gesehen hatte, kam ihr in diesem Moment aber dennoch winzig vor, beinahe schon selbst eine Kerkerzelle, kaum größer als das Verlies, aus dem sie gerade gekommen war, und nur zum Himmel hin offen. Der kleine, asymmetrische Innenhof maß vielleicht zwanzig Schritte in der einen und vierzig oder fünfzig in der anderen Richtung, war aber so voll gestopft mit offenen Ställen, Remisen und roh aus Brettern zusammengenagelten

Schuppen und Unterständen, dass man das Gefühl hatte, sich nur vorsichtig darin bewegen zu können, um nicht ständig überall anzustoßen. Abgesehen von ihrem Wächter, der kein Wort mehr gesagt hatte und nichts dagegen zu haben schien, dass sie sich aufmerksam umsah, sie aber dennoch misstrauisch im Auge behielt, war kein Mensch zu sehen. Eine Handvoll Hühner lief gackernd umher und suchte im Schmutz auf dem Boden nach irgendetwas Essbarem, und sie hörte das ärgerliche Quieken eines Schweins, das in einem der Schuppen eingesperrt war. Der sachte Geruch nach brennender Holzkohle hing in der Luft, und aus dem Gebäude hinter ihr drangen Stimmen, ohne dass sie die Worte verstehen konnte. Zwei der vier Wände wurden von trutzigen Gebäuden und der gekrümmten Wand des Turmes gebildet, die anderen waren einfach glatte Mauern, nicht himmelhoch, wie es ihr im ersten Moment vorgekommen war, aber dennoch mindestens fünf-, wenn nicht sechsmal so hoch wie ein erwachsener Mann und auf dem unteren Drittel sorgsam verputzt, sodass es vollkommen unmöglich war, daran hinaufzuklettern. Anscheinend hatte Vera Recht, dachte sie betrübt, und sie war hier genauso gefangen wie die Gauklerin, nur dass man ihre Ketten nicht sehen konnte.

Auf der anderen Seite gab es ein Tor, das weit offen stand und anscheinend auch nicht bewacht wurde. Zögernd setzte sich Katharina darauf zu in Bewegung und erwartete, von ihrem griesgrämigen Begleiter sofort zurückgerufen zu werden, doch er sagte nichts, sondern schlurfte ihr nur in zwei oder drei Schritten Abstand hinterher. Sogar als sie den gemauerten Torbogen erreicht hatte und nicht anhielt, sondern ihn im Gegenteil schneller werdend durchschritt.

Erst als sie auf der schmalen steinernen Brücke angekommen war, die den Wassergraben auf der anderen Seite überspannte, blieb sie stehen und sah sich nach rechts und links um. Es gab eine zweite, niedrigere und zu einem Gutteil von kleineren gemauerten Gebäuden gebildete, äußere Mauer. Das Tor darin war ebenso einladend geöffnet wie das, durch das sie gerade gekommen war, und auch hier schien es nirgendwo einen Wächter zu geben, oder auch nur irgendjemanden, der sich für sie interessierte. Ein gutes Stück entfernt auf der anderen Seite des zum Teil mit Bäumen bestanden Geländes waren zwei Frauen damit beschäftigt, Wäsche auf eine Leine zu hängen. Katharina hörte ihre gemurmelten Gespräche und ein leises Lachen, und ganz kurz sahen sie sogar in ihre Richtung und unterbrachen sowohl ihr Gespräch als auch ihr Tun, verloren aber beinahe augenblicklich wieder das Interesse an ihr und arbeiteten und redeten weiter.

Der Anblick verwirrte sie. Nach allem, was er getan hatte, um ihrer habhaft zu werden, schien es Pardeville jetzt vollkommen gleichgültig zu sein, was sie tat oder ob sie auch nur hier war. Das ergab keinen Sinn.

Zögernd tat sie einige weitere Schritte, wartete erneut – und vergeblich – darauf, von ihrem Bewacher zurückgerufen zu werden, und blieb am anderen Ende der Brücke stehen. Von hier aus war das weit geöffnete, äußere Tor gut zu sehen, und es dauerte nur einen Augenblick, bis sie zu begreifen begann, weshalb der fränkische Edelmann so scheinbar sorglos mit seiner wertvollen Gefangenen umging. So weit ihr Auge reichte, gab es nichts, wohin sie hätte gehen können, so einfach war das. So weit entfernt, dass sie nur einen rauchigen, dunkelgrünen Schemen wahrnahm, erhob sich ein Wald, dazwischen aber erstreckte sich nichts als flaches, mit Gras und wenigen dürren Büschen bestandenes Gelände, und dieser Anblick passte sehr gut zu den anderen, an die sie sich jetzt erinnerte: den Blick aus dem Fenster oben in Pardevilles Thronsaal. Sie könnte eine Stunde rennen, ohne irgendwo ein Versteck zu finden, und ein Mann zu Pferd (oder ein schneller Läufer) hätte keine Mühe, sie binnen weniger Augenblicke aufzuspüren und einzuholen. Offensichtlich hatte Vera Recht, dachte sie, niedergeschlagen und zornig zugleich. Der Herr dieser Burg tat sich leicht damit, Großzügigkeit zu zeigen, wenn es in Wahrheit nichts gab, was er zu verschenken hatte.

Das intensive Gefühl, angestarrt zu werden, riss sie aus ihren Gedanken. Fast schon erschrocken drehte sie sich herum und sah zu ihrem schweigsamen Begleiter zurück, doch dieser blickte nicht einmal in ihre Richtung, sondern hatte sich gemächlich gegen den Torbogen gelehnt und döste mit halb geschlossenen Augen im Sonnenlicht vor sich hin.

Aber das Gefühl blieb. Katharina sah nach rechts und links – nirgends war eine Menschenseele zu erkennen – und hob dann mit einem Ruck den Kopf in den Nacken und gerade noch rechtzeitig, um zu sehen, wie in einem der schmalen Fenster zwei Manneslängen über ihr ein Schatten verschwand. Jemand hatte sie beobachtet.

Daran hätte nichts Ungewöhnliches sein sollen, aber die Erkenntnis beunruhigte sie ganz im Gegenteil mit jedem Moment mehr.

Katharina schalt sich in Gedanken zum wiederholten Male einen Dummkopf, versuchte ihre verwirrenden Gefühle abzuschütteln und erreichte damit natürlich nur genau das Gegenteil. Zutiefst verstört machte sie kehrt, ging mit demonstrativ trotzig in den Nacken geworfenem Kopf an ihrem Bewacher vorbei und steuerte die Tür an, durch die sie gerade herausgekommen war.

Nach dem hellen Sonnenlicht und der Weite draußen kam ihr selbst die großzügig geschnittene Eingangshalle der Burg wie ein finsteres Verlies vor, und im allerersten Moment hatte sie das Gefühl, kaum noch richtig atmen zu können.

Das hallende Echo schneller Schritte meldete Pardevilles Kommen an, noch bevor er am oberen Ende der breiten Treppe auftauchte. Anders als noch vorhin trug er jetzt wieder Waffen und seine volle Rüstung, und selbst den klobigen Helm hatte er unter den linken Arm geklemmt. Ein Anblick, der unangenehme Erinnerungen in Katharina wachrief.

Allerdings lächelte er, während er rasch die Treppe herunterkam, und das so ehrlich, dass man meinen konnte, er hätte Katharina seit Wochen vermisst und freue sich nun, sie wiederzusehen.

Beinahe hätte Katharina ihm sogar geglaubt.

»Du hast dich schon ein bisschen umgeschaut, wie ich sehe?«, begann er. »Das ist gut. Ich hoffe, mein bescheidenes Heim gefällt dir?« Er beantwortete seine eigene Frage mit einem Kopfnicken und machte zugleich ein übertrieben wehleidiges Gesicht. »Es ist recht ansehnlich, aber nichts gegen das Schloss meiner Väter, in dem ich aufgewachsen bin. Du hättest Château de Pardeville sehen sollen, mein Kind!«

»Ich habe Vera gesehen«, antwortete Katharina.

Des fast melancholische Ausdruck auf Pardevilles Gesicht verschwand wie weggeblasen. »Und?«, fragte er.

»Warum habt Ihr sie in den Kerker geworfen?«, fragte Katharina. »Und noch dazu in Ketten gelegt? Sie hat nichts getan!«

Diesmal *war* sie zu weit gegangen, das spürte sie. In Pardevilles Gericht bewegte sich kein Muskel, aber seine Augen flammten in schierer Wut auf, und seine Rechte schloss sich so fest um den Schwertgriff an seinem Gürtel, dass das dünne Kettengeflecht seines Handschuhs klickte.

Doch statt sie für ihren unverschämten Ton zurechtzuweisen (oder gar mehr zu tun), wandte er sich mit noch immer wie versteinert wirkendem Gesicht an ihren Begleiter.

»Ist das wahr?«, fragte er eisig.

»Aber Herr! Ihr habt doch selbst –«

»Ich habe befohlen, sie zu bewachen und dafür Sorge zu tragen, dass sie nicht flieht«, unterbrach ihn de Pardeville. »Nicht, sie ins Verlies zu werfen, und schon gar nicht, sie in Ketten zu legen oder gar zu misshandeln!«

»Aber ich habe doch nur –«

»Geh!«, zischte de Pardeville. »Bring die Gefangene in eines der Turmzimmer, und stell eine Wache vor die Tür, die dafür Sorge trägt, dass ihr nichts geschieht! Du haftest mir persönlich für ihre Sicherheit, hast du das verstanden?«

»Ja, Herr«, antwortete der Mann hastig, senkte demütig das Haupt und entfernte sich rückwärtsgehend und sehr schnell. Pardeville blickte ihm kopfschüttelnd und mit finsterem Gesicht nach.

»Merke dir eine der einfachen, aber wichtigen Wahrheiten des Lebens, mein Kind«, seufzte er. »Wenn du wirklich sicher gehen willst, dass etwas in deinem Sinne geschieht, dann erledige es selbst.«

Er sah Katharina eindeutig Beifall heischend an, als hätte er ihr gerade tatsächlich den Sinn des Lebens oder etwas ähnlich Wichtiges offenbart, und machte ein enttäuschtes Gesicht, als sie sich nicht gebührend beeindruckt zeigte. Schließlich wechselte er das Thema.

»Warum gehst du nicht hinauf in die Küche und hilfst Edith, das Abendmahl vorzubreiten? Wir erwarten Gäste, und es ist noch eine Menge zu tun. Wir sind ein wenig knapp an Bediensteten. Die Hälfte von ihnen ist schon weggelaufen, weil sie Angst vor Wulfgar und seinen Kriegern hat, und wenn nicht bald etwas geschieht, dann wird der Rest wohl auch noch davonlaufen, fürchte ich.« Er blinzelte Katharina fast verschwörerisch zu. »Keine Angst, hier in der Burg sind wir sicher. Aber es wäre eine Gelegenheit für dich, ein paar neue Freundschaften zu schließen. Ich bin sicher, dass du dich mit Edith gut verstehst. Du hast sie vorhin kennengelernt, erinnerst du dich?«

Sie nickte, und Pardeville fuhr fort: »Und es wäre eine gute Gelegenheit, dich umzusehen. Vielleicht gefällt dir die Arbeit in der Küche ja.«

Anscheinend glaubte er tatsächlich, dass sie auf seine

plumpe Lüge vom Morgen hereinfiel. Katharina hob zur Antwort nur die Schultern und sah ihn weiter verstockt an, wovon sich Pardeville aber nicht im Mindesten beeindruckt zeigte. »Geh einfach die Treppe hoch, und dann dem Geruch nach«, erklärte er fröhlich. »Edith weiß schon Bescheid.« Damit stapfte er klirrend und scheppernd hinaus, und Katharina lief mit schnellen Schritten die Treppe hinauf.

Es war tatsächlich so, wie Pardeville gesagt hatte: Gelächter und Töpfeklirren und lautes Scheppern wies ihr schon von Weitem den Weg, und tatsächlich auch der Geruch. Diesmal war es zu ihrer Erleichterung das Gegenteil, nämlich der köstliche Duft von gebratenem Fleisch und frisch gedünstetem Gemüse.

Die Küche überraschte sie, denn sie war mindestens doppelt so groß, wie sie erwartet hatte. Es gab nicht nur gleich zwei große gemauerte Herde, in denen trotz der frühen Stunde schon gewaltige Feuer prasselten, sondern auch einen noch viel gewaltigeren Kamin mit einem Bratspieß, auf dem sich ein halber Ochse drehte. Überall blitzte und funkelte kupfernes Geschirr, und der große Raum summte geradezu vor nervöser Aktivität. Wenn Pardeville wirklich die Hälfte seiner Bediensteten davongelaufen war, dachte Katharina, dann musste es hier zuvor ziemlich eng gewesen sein. Selbst jetzt sah sie fast noch ein Dutzend Köchinnen und Mägde, die geschäftig hin- und hereilten, Töpfe und Pfannen und Körbe voller Lebensmittel trugen und mit hundert anderen Dingen beschäftigt waren. Zwar hatte Pardeville gerade selbst gesagt, dass er Gäste zum Abendmahl erwartete, doch Katharina war trotzdem überrascht. Dem Aufwand nach zu schließen, der hier betrieben wurde, musste er wohl eine kleine Armee eingeladen haben.

In all dem Durcheinander dauerte es einen Moment, bis sie die grauhaarige Dienerin entdeckte, und wenn man es genau nahm, war es eigentlich genau umgekehrt: Genau wie gerade unten auf der Brücke hatte sie erneut das fast körperliche Empfinden, angestarrt zu werden, und sie war nicht im Geringsten überrascht, Ediths Blick zu begegnen, als sie sich alarmiert umsah. Die Dienerin stand am anderen Ende des großen Raumes und war damit beschäftigt, irgendein Gemüse zu putzen, das Katharina noch nie zuvor gesehen hatte. Ihre Hände arbeiteten weiter, wie zwei kleine selbständige Wesen, die die Aufmerksamkeit ihrer Besitzerin gar nicht benötigten, sie selbst aber stand da wie erstarrt und starrte Katharina regelrecht an, und trotz der großen Entfernung glaubte Katharina auch jetzt wieder etwas in ihren Augen zu erkennen, was ihr einen eisigen Schauer über den Rücken laufen ließ.

Mit einiger Mühe gelang es ihr, das unheimliche Gefühl abzuschütteln und sich in Bewegung zu setzen. Trotz allem ging sie nicht direkt zu Edith hin, sondern machte einen Umweg am Fenster vorbei, und sie sah genau das, was sie erwartet hatte: Unter ihr lagen der Wassergraben und die Brücke, auf der sie selbst gerade noch gestanden hatte.

»Was tust du hier, Kind?«

Ohne sich ganz zu ihr herumzudrehen, sah Katharina über die Schulter zurück und blickte in Ediths Gesicht. Die Dienerin hatte ihre Arbeit unterbrochen und war hinter sie getreten, und in ihren Augen stand immer noch dieser sonderbare Ausdruck, den Katharina einfach nicht richtig benennen konnte. Auch einige der anderen Frauen hatten ihre Arbeit eingestellt und sahen in ihre Richtung.

Statt ihre Frage zu beantworten, deutete Katharina auf die Brücke hinab. »Du hast mich beobachtet.«

»Ich habe dich gefragt, was du hier zu suchen hast, Mädchen«, wiederholte Edith. »Das hier ist die Küche. Gäste haben hier nichts verloren. Wir haben viel Arbeit.«

Seltsam: Katharina hatte das sehr sichere Gefühl, dass das ganz und gar nicht das war, was Edith wirklich sagen wollte. Es fiel ihr immer schwerer, dem Blick der älteren Frau standzuhalten.

»Deshalb … hat mich der Herr geschickt«, antwortete sie stockend. »Ich soll … euch helfen.«

»Ich wüsste nicht, was du hier tun kannst«, sagte Edith, wie es ihr vorkam, in bewusst unfreundlich-ruppigem Ton. »Die Arbeit hier ist schwierig und viel zu anstrengend für ein Kind.«

»Guy de Pardeville hat es mir aber aufgetragen«, beharrte Katharina. »Warum hast du mich beobachtet?«

Den zweiten Satz ignorierte Edith. »Du sollst hier helfen? Was ist denn das wieder für ein Unsinn? Das hier ist keine Arbeit für ein Kind!« Allerdings schnitt sie Katharina mit einer harschen Geste das Wort ab, als sie antworten wollte. »Aber wenn es der Wunsch unseres Herrn ist, dann soll es mir recht sein. Komm mit. Es wird sich schon etwas finden, womit du dich nützlich machen kannst.«

Was natürlich überhaupt kein Problem für sie darstellte. Allerdings nahm sich Katharina schon nach kurzer Zeit vor, sich bei passender Gelegenheit eingehend mit Edith über die genaue Bedeutung des Begriffes *nützlich machen* zu unterhalten. Sie kam kaum dazu, richtig Luft zu holen oder zwischendurch einen Schluck Wasser zu trinken, geschweige denn sich in Ruhe mit der geheimnisvollen Dienerin zu unterhalten, wie sie sich eigentlich fest vorgenommen hatte. Edith trug ihr auf, Wasser zu holen, Töpfe und Tiegel mit feinem Scheuersand zu reinigen und Gemüse zu putzen, den Bratspieß zu drehen und Holz ins Feuer zu schichten, und das alles am besten gleichzeitig (zusammen mit ungefähr zwei Dutzend anderen Dingen), und ganz egal, wie viel Mühe sie sich gab und wie sehr sie sich beeilte, nichts war ihr gut und vor allem nicht schnell genug. Schon bald war sie in Schweiß gebadet, und es war noch keine Stunde vergangen, ehe sie es bitter bereute, Pardevilles Angebot angenommen zu haben und hierhergekommen zu sein. Katharina war schwere Arbeit gewohnt, so lange sie sich erinnern konnte, aber Edith und nach und nach auch die anderen Frauen trieben sie so unbarmherzig an, als hätten sie insgeheim Wetten abgeschlossen, wie lange es dauerte, bis sie endgültig zusammenbrach.

Gerade, als sie meinte, dass es nun so weit war, legte Edith ihr die Hand auf die Schulter und bedeutete ihr mit einer Geste, eine Pause zu machen. Katharina war selbst zu müde, sich zu einem dankbaren Lächeln zu zwingen. Sie deutete nur ein Nicken an, schlurfte mit hängenden Schultern zum Fenster und lehnte sich minutenlang mit halb geschlossenen Augen auf die niedrige Brüstung, um tief ein- und auszuatmen. Müdigkeit ließ ihre Glieder so schwer wie Blei werden, und einen Moment lang musste sie tatsächlich ihre ganze Willenskraft aufbieten, um nicht im Stehen einzuschlafen. Edith hätte das gewiss nicht gefallen, und wahrscheinlich hätte sie es nur zum Anlass genommen, ihre eine neue und noch härtere Strafarbeit zu geben.

Nach einer Weile wurde es besser. Die frische Luft half, und ihre Hände und Knie hörten auf zu zittern. Gerade wollte sie sich vom Fenster abwenden, als sie unten auf dem Hof eine Bewegung wahrnahm. Reiter kamen durch das äußere Tor herein, drei, vier, schließlich ein halbes Dutzend bunt gekleideter Gestalten, die sich hintereinander der Brücke näherten und schließlich davor anhielten, um eine schnurgerade Linie zu bilden. Sie waren auffällig gekleidet und ausnahmslos bewaffnet, und von ihrem Anblick ging eine spürbare Bedrohung aus. Zugleich umgab sie etwas seltsam Vertrautes, obwohl Katharina ganz sicher war, keine der sechs Gestalten jemals zuvor gesehen zu haben.

Dann sah sie etwas, das sie sehr wohl kannte: Auf der Schulter eines der Männer saß eine winzige Gestalt, fast wie ein absurd kleiner Mensch, der dunkles Fell und ein helles Gesicht hatte.

Erschöpfung und Ärger waren auf der Stelle vergessen. Katharina fuhr herum und eilte zum Ausgang. Jemand rief ihren Namen, und sie sah aus den Augenwinkeln, wie Edith plötzlich ebenfalls loseilte, um ihr den Weg abzuschneiden, und beschleunigte ihre Schritte, sodass sie die Tür vor ihr erreichte. Draußen auf dem Gang begann sie zu rennen.

Schritte und aufgeregte Stimmen schlugen ihr von unten entgegen, als sie die Treppe in Angriff nahm, und unten angelangt traf sie auf ihren schweigsamen Begleiter vom Morgen, der auch jetzt wieder kein Wort sagte, sie aber verdrossen musterte und gewiss nicht zufällig dergestalt vor ihr her eilte, dass es ihr unmöglich wurde, an ihm vorbeizukommen.

Der Hof war voller Krieger, und weitere, mit langen Bögen und Köchern voller Pfeile bewaffnete Männer liefen mit schnellen Schritten die Treppen zu den Wehrgängen hinter den Zinnen hinauf. Katharina spürte die allgemeine Anspannung, während sie zum Tor eilte. Man hätte meinen können, dass in den wenigen Augenblicken, seit sie die Küche verlassen hatte, draußen eine ganze Armee aufmarschiert sei.

Vor der Brücke standen jedoch nach wie vor nur sechs kunterbunte Reiter, und ein rascher Blick zum Tor hin zeigte ihr, dass auch keine weiteren Heerscharen aufgetaucht waren, um Burg Pardeville zu schleifen. Allerdings standen nun beiderseits des Tores jeweils zwei Männer mit Schild und Speer und im matten Blau von Pardevilles Soldaten.

Ein schrilles Kreischen erscholl, und ein Schatten sprang von der Schulter eines der Reiter und flitzte mit – wortwörtlich – affenartiger Geschwindigkeit über die Brücke auf sie zu. Katharinas wortkarger Führer schrak beim Anblick des unbekannten Geschöpfes so heftig zusammen, als stünde er dem Leibhaftigen persönlich gegenüber, und Katharina nutzte die Gelegenheit, sich endlich an ihm vorbeizudrängeln und dem Äffchen entgegenzueilen. Noch bevor sie auch nur zwei Schritte getan hatte, sprang Dwegr mit einem schrillen Quietschen auf ihre Schulter und begann aufgeregt schnatternd an ihrem Haar und ihrem Gesicht zu zerren, und das so heftig, dass sie strauchelte und rasch die Hand ausstrecken musste, um am Geländer Halt zu suchen. Mit der anderen Hand versuchte sie das Äffchen festzuhalten und zu beruhigen, erreichte damit aber eher das Gegenteil. Dwegr gebärdete sich immer wilder und schnatterte und kreischte wie von Sinnen.

»Was ist denn das für eine widerwärtige Kreatur?«, polterte eine raue Stimme hinter ihr. Dwegr reagierte nur mit noch wilderem Geschnatter und Kreischen, und Katharina konnte gerade noch eine entsprechend überraschte Frage unterdrücken, als sie Guy de Pardeville erkannte. Der Adlige wusste doch, wer Dwegr war, und auch, wem er gehörte.

Aber er konnte schließlich nicht wissen, dass *sie* das wusste …

Pardeville schien allerdings gar keine Antwort auf seine Frage zu erwarten, denn er trat mit schnellen Schritten an ihr vorbei und blieb hoch aufgerichtet und in herausfordernder Haltung vor den fremden Reitern stehen. Seine rechte Hand lag demonstrativ auf dem Schwert, und Katharina hörte Schritte und raschelnde Laute und das Scharren von Metall hinter sich, als weitere und zweifellos bewaffnete Männer aus dem Tor traten.

»Was wollt ihr hier?«, begann Pardeville laut und in unfreundlichem Ton. »Hat man euch nicht gesagt, dass solche wie ihr hier nicht gerne gesehen sind?«

Der Mann, an den er sich gewandt hatte – ein breitschultriger Riese mit schulterlangem schwarzem Haar; derselbe, auf dessen Schulter das Äffchen gesessen hatte –, erwiderte seinen Blick gelassen, und Pardevilles herausfordernder Ton schien ihn wenig zu beeindrucken. »Ihr seid der Herr dieser Burg?«, fragte er kühl.

»Ich bin Guy de Pardeville, der Herr über Schloss Pardeville«, antwortete der Adlige. »Das ist richtig, Und ich wiederhole meine Frage: Hat euch keiner gesagt, dass Schloss Pardeville kein Ort ist, an dem das Fahrende Volk willkommen wäre?«

Der Schwarzhaarige deutete nur ein Schulterzucken an, maß Pardeville mit einem beinahe noch kühleren Blick und sah dann etwas länger zu Katharina hin. Eine schmale Falte erschien zwischen seinen Augenbrauen, als er das Äffchen auf ihrer Schulter erblickte, aber er sagte nichts, sondern stieg nur unaufgefordert aus dem Sattel und trat Pardeville entgegen. Als sie sich gegenüberstanden, überragte er den Adligen beinahe um Haupteslänge.

»Wir sind nicht gekommen, um hier eine Vorstellung zu geben«, antwortete der Schwarzhaarige. »Ich muss mit Euch sprechen, Graf Pardeville.«

»Ich wüsste nicht, was ich mit einem wie dir zu besprechen habe«, erwiderte Pardeville abfällig. »Aber gut, wenn du einmal da bist, trag dein Anliegen vor, und dann verschwinde von meinem Land.«

»Mein Name ist Arden«, fuhr der Schwarzhaarige unbeeindruckt fort. »Ich bin auf der Suche nach meiner Schwester.«

Seine Schwester? Katharina riss erstaunt die Augen auf. Kein Wunder, dass ihr der Schwarzhaarige auf so sonderbare Weise bekannt vorgekommen war. Jetzt, wo sie einmal wusste, worauf sie zu achten hatte, war die Ähnlichkeit geradezu unübersehbar. Der Schwarzhaarige war Veras Bruder, größer und mindestens fünf Jahre älter, ihr ansonsten aber so ähnlich wie ein Zwilling.

»Ich habe auch nichts mit den Schwestern von Gauklern und Diebsgesindel zu tun«, sagte Pardeville verächtlich.

»Ihr Name ist Vera«, antwortete Arden ruhig. Er deutete auf Katharina und das Äffchen auf ihrer Schulter. »Dieses Tier gehört ihr, und mir wurde berichtet, dass sie das letzte Mal zusammen mit einem Kind gesehen wurde, dessen Beschreibung auf dieses Mädchen da zutrifft.«

»Oh, *diese* Frau meinst du.« Pardeville machte ein abfälliges Geräusch. »Warum hast du das nicht gleich gesagt? Sie ist in der Tat mein Gast. Wir haben sie und das Mädchen auf der anderen Seite des Flusses aufgelesen. Sie waren auf der Flucht vor einer Bande Wikinger, die ein ganzes Dorf ausgelöscht haben. Du solltest besser auf deine Schwester achtgeben, Arden. Es sind gefährliche Zeiten. Frauen sollten nicht allein unterwegs sein.«

»Das ist wahr«, antwortete Arden kühl. »Man weiß nie, auf wen man trifft, nicht wahr? Jedenfalls danke ich Euch, dass Ihr Euch um meine Schwester gekümmert habt, aber nun sind wir hier. Ihr könnt sie jetzt in unsere Obhut übergeben.«

»Ganz so einfach wird das nicht gehen, fürchte ich«, erwiderte Pardeville. Er machte eine Kopfbewegung zu Katharina zurück. »Dieses Mädchen und deine Schwester sind wichtige Zeugen.«

»Zeugen? Wofür?« In Ardens Augen blitzte Misstrauen auf, sein Gesicht jedoch blieb weiter vollkommen ausdruckslos.

»Hast du noch nicht davon gehört, dass die Nordmänner wieder damit begonnen haben, Menschen umzubringen und ganze Dörfer zu plündern?«

»So sagt man«, erwiderte Arden. »Und?«

»Deine Schwester und dieses Mädchen hatten Glück, mit dem Leben davonzukommen«, antwortete Pardeville. »Sie haben alles mit angesehen. Sie wird noch eine Weile bleiben müssen, bis sie ihre Aussage gemacht hat, fürchte ich. Aber mach dir keine Sorgen. Sie ist hier so sicher, wie sie nur sein kann.«

»Dann möchte ich sie sehen«, verlangte Arden, aber Pardeville schüttelte nur heftig den Kopf.

»Das wird nicht gehen«, sagte er. »Ich gebe dir mein Wort, dass sie hier sicher ist und wie ein Gast behandelt wird. Aber jetzt solltest du gehen.«

»Ich muss darauf bestehen –«, begann Arden, und Pardeville unterbrach ihn mit einer herrischen Geste.

»Du hast auf gar nichts zu bestehen! Steig auf dein Pferd und reite weg, solange du es noch kannst! Deine Schwester wird auf freien Fuß gesetzt, sobald wir sie nicht mehr brauchen.«

Dieses Mal gelang es Arden nicht mehr vollkommen, seinen Zorn zu verhehlen, aber angesichts der Übermacht, der sie sich gegenübersahen, blieb ihm keine andere Wahl, als sich zu fügen. Es funkelte Pardeville noch einen Moment lang hasserfüllt an, ging dann aber wortlos zu seinem Pferd zurück und saß auf.

»Und vergiss nicht, dein hässliches Tier mitzunehmen«, sagte Pardeville.

Arden streckte den Arm aus und schnippte mit den Fingern, und Dwegr richtete sich auf Katharinas Schulter auf. Er schnatterte noch aufgeregter als bisher, machte jedoch keinerlei Anstalten, dem Befehl nachzukommen.

»Vielleicht will er lieber hierbleiben«, sagte Katharina hastig. »Ich könnte ihn zu Vera bringen … wenn Ihr es erlaubt, Herr.«

Pardeville sah sie zwar ein wenig ärgerlich an, nickte aber schließlich. »Immerhin ist es ja ihr Haustier«, sagte er. »Es mag hier bleiben, solange es keinen Schaden anrichtet.« Er wandte sich wieder an Arden. »Du siehst, es wird alles für deine Schwester getan. Und jetzt geh. Komm in ein paar Tagen nach Santen, dort kannst du deine Schwester wieder in die Arme schließen.«

Nicht nur Katharina sah Arden wohl an, wie schwer es ihm fiel, sich zu beherrschen, doch beließ er es bei einem neuerlichen wütenden Blick, zwang sein Pferd mit einem unnötig harten Ruck herum und ritt mitsamt seinen Begleitern davon.

Pardeville blieb vollkommen reglos stehen und sah ihnen nach, bis sie durch das äußere Tor verschwunden waren, doch dann fuhr er mit einem Ruck auf dem Absatz herum und wandte sich mit schneidend scharfer Stimme an Katharina:

»Misch dich niemals wieder ein, wenn ich mit jemandem

rede, hast du das verstanden? Und schaff mir dieses stinkende Vieh aus den Augen!«

*

Katharina war überrascht, festzustellen, dass Pardeville sein Wort gehalten hatte: Der Wächter führte sie nicht wieder hinab ins Verlies, sondern in die entgegengesetzte Richtung und wieder hinauf in den Turm, in dem sie die zurückliegenden beiden Tage zugebracht hatte. Sie begann schon zu argwöhnen, dass sie Pardeville abermals hereingelegt und der Mann nur den Auftrag hatte, sie mit wenigst möglich Aufsehen wieder zurück in ihre eigene luxuriöse Kerkerzelle zu bringen, doch sie verließen die Treppe eine Etage vorher, und ihr schweigsamer Begleiter gestikulierte ungeduldig nach rechts in einen Korridor hinein. An seinem Ende befand sich eine niedrige Tür, die fast so massiv aussah wie das große Tor unten im Hof, aber einen Spalt breit offen stand. Katharina entging jedoch weder der schwere Riegel noch das wuchtige eiserne Schloss, das von außen daran angebracht war.

Immer noch ohne ein einziges Wort bedeutete er ihr, weiterzugehen und das Zimmer zu betreten, rührte sich selbst aber nicht von der Stelle, um ihr zu folgen. Katharina gehorchte, aber sie gab sich jetzt nicht einmal mehr die Mühe, ein abfälliges Verziehen der Lippen zu unterdrücken. Der Mann war ihr die Treppe hinauf mit größerem Abstand gefolgt als zuvor, und er hatte zwar sein Möglichstes getan, um seine Angst zu verbergen, aber es hatte nicht gereicht. Sein Blick ließ das keifende Äffchen auf ihrer Schulter keinen Moment lang los, und er war sehr blass geworden – und fast schon selbstverständlich schien Dwegr seine Furcht zu spüren und keifte und kreischte nicht nur in seine Richtung, sondern schnitt ihm auch die bedrohlichsten Grimassen.

Dann betrat sie das Zimmer und vergaß sowohl den abergläubischen Wachtposten als auch alles andere.

Das Zimmer war nicht so groß und nicht in so verschwenderischer Pracht eingerichtet wie das ihre, aber es war ein richtiges Zimmer mit einem Fenster und sogar einem Kamin, und statt auf faulendem Stroh lag Vera in einem richtigen Bett.

Sie war nicht allein. Niemand anderes als Edith saß neben ihr auf der Bettkante und war gerade damit beschäftigt, die schlimme Wunde an ihrem Knöchel zu verbinden, wo der eiserne Ring Veras Haut aufgerissen hatte. Auch darüber hinaus war sie offenbar nicht untätig gewesen. Veras Gesicht und Hände waren jetzt sauber, und sie trug ein einfaches, aber sauberes weißes Nachthemd. Wenn man genauer hinsah, bot sie immer noch einen Anblick zum Gotterbarmen – aber er war nicht mehr annähend so schlimm wie noch vor wenigen Stunden.

»Katharina!« Vera setzte sich halb auf, als sie hereinkam – was nicht nur ihr selbst, sondern auch Katharina einen vorwurfsvollen Blick der grauhaarigen Köchin einbrachte –, und setzte dazu an, noch mehr zu sagen, doch Dwegr kam ihr zuvor, indem er mit einem einzigen Satz von Katharinas Schulter herab und bis zum Bett sprang, wo er mit lautstarkem Geschnatter und Gekreisch regelrecht über die Gauklerin herfiel. Vera ließ seine reichlich grobe Wiedersehensfreude eine Zeitlang lachend über sich ergehen, bevor sie sich noch weiter aufsetzte und das Äffchen mit sanfter Gewalt von sich wegschob, oder es wenigstens versuchte.

»Was hat dieses schmutzige Tier hier zu suchen?«, beschwerte sich Edith. »Ich kann dich nicht verbinden, solange es da ist. Weg mit dir, du kleines Scheusal!«

Und damit versuchte sie, Dwegr mit einer wedelnden Handbewegung fortzuscheuchen, was keine wirklich gute Idee war. Vermutlich büßte sie nur deshalb nicht einen oder gleich mehrere ihrer Finger ein, weil sie die Hand genauso schnell wieder zurückzog, als das Äffchen nach ihr schnappte.

»Schon gut«, sagte Vera rasch. »Er wird mir nichts tun. Er ist mein bester Freund.« Sie zog Dwegr mit beiden Händen an sich und vergrub für einen Moment das Gesicht in seinem weichen Fell. Ihre Augen sahen noch immer so müde und voller Schmerz aus wie am Morgen, aber für einen Moment strahlten sie trotzdem.

»Vielen Dank, dass du ihn zurückgebracht hast«, sagte sie schließlich. »Wo ist er hergekommen?«

Katharina antwortete mit einem Kopfschütteln und erzählte ihr dann, was sich gerade unten im Hof zugetragen hatte. Dwegr kommentierte jedes ihrer Worte mit aufgeregtem Geschnatter und noch aufgeregterem Herumfuchteln mit seinen winzigen Händchen, und Vera unterbrach sie zwar kein einziges Mal, sah aber tatsächlich ein paarmal und sehr nachdenklich das Äffchen an, wie um sich von ihm bestätigen zu lassen, dass ihre Wore auch der Wahrheit entsprachen.

»Mein Bruder ist also hier«, sagte sie schließlich. »Und die anderen auch. Das ist gut. Sie werden sich um mich kümmern. Und um dich natürlich auch«, fügte sie hastig hinzu.

Katharina wollte antworten, doch Edith kann ihr zuvor. »Was kann er schon ausrichten, du dummes Weib?«, schnaubte sie. »Pardeville hat ihn fortgejagt, und dabei kann er noch von Glück reden, dass er ihn nicht in den Kerker geworfen oder gleich erschlagen hat. Pardeville hasst das Fahrende Volk!«

»Allmählich scheint es mir, dass Guy de Pardeville jeden hasst, der nicht Guy de Pardeville heißt«, seufzte Vera. Dwegr schnatterte zustimmend, aber Edith sah eher noch besorgter drein.

»Das ist weiß Gott nicht der richtige Moment für deine Scherze, Weib«, sagte sie griesgrämig. »Unser Herr ist ein sehr grausamer Mann. Ein Leben gilt ihm nicht viel.«

»Meine Familie wird auf mich aufpassen«, beharrte Vera.

Edith schnaubte nur abfällig. »Ach? Und was wird sie tun, deiner Meinung nach? Diese Burg stürmen, um dich und dein Teufelstier zu befreien?«

»Es ist ein weiter Weg bis Santen«, antwortete Vera geheimnisvoll. »Da kann eine Menge passieren.«

Edith machte ein Gesicht, dessen genaue Bedeutung Katharina gar nicht wissen wollte. Selbst Dwegr gab einen Laut von sich, der eher zweifelnd klang. »Du solltest dein Glück nicht unnötig auf die Probe stellen, Weib«, sagte die Dienerin. »Danke deinem Gott lieber dafür, dass du noch lebst. Und reize den Herrn lieber nicht unnötig, wenn du möchtest, dass das noch eine Weile so bleibt.« Sie war fertig damit, Veras Knöchel zu verbinden, betrachtete ihr Werk noch einmal mit einem kritischen Blick und stand auf.

»Und dasselbe gilt auch für dich«, fügte sie an Katharina gewandt hinzu, während sie sich bereits herumdrehte und zur Tür schlurfte. »Trau ihm nicht. Vor allem nicht, wenn du deinen Bruder jemals wiedersehen willst.«

»Woher … weiß sie von Ansgar?«, fragte Katharina überrascht.

»Weil ich ihr davon erzählt habe«, antwortete Vera.

»Und du traust ihr?«

»Warum nicht?« Vera lachte leise. »Sie scheint ihren Dienstherrn nicht besonders zu mögen … Aber welcher Bedienstete tut das schon?«

»Aber du traust ihr?«, beharrte Katharina.

»Ohne sie wäre ich jetzt vielleicht tot«, erwiderte Vera ernst. »Wenn sie mir nicht Wasser und zu essen gebracht hätte, wäre ich vielleicht in Fardevilles Kerker gestorben. Ich glaube, wir können ihr trauen.«

»Hm«, machte Katharina.

»Ja, sie hat mir davon erzählt, dass sie dich den ganzen Vormittag über auf Trab gehalten hat«, erklärte Vera amüsiert. »Nimm es ihr nicht übel, ich hätte dasselbe getan.«

»Mich arbeiten lassen, bis mir die Fingernägel bluten?«, fragte Katharina empört.

»An deinem ersten Tag?« Vera nickte. »Sicher. Gerade am ersten Tag. Man muss doch sehen, was du aushältst.«

»Hm«, machte Katharina noch einmal, während sie die geschlossene Tür hinter der Dienerin ansah. »Hast du gehört, was sie gesagt hat?«

»Dass wir Pardeville nicht trauen sollen?«

»Dass wir *unseren Göttern* danken sollen, dass wir noch leben«, antwortete Katharina. »Das war gewiss kein Zufall. Glaubst du, dass sie weiß, wer ich bin?«

»Das wäre möglich«, antwortete die Gauklerin in nachdenklicherem Ton und mit dazu passender Miene. »Zumal ich es ihr erzählt habe.«

»Warum?«, fragte Katharina erschrocken.

»Das meiste wusste sie sowieso schon«, antwortete Vera, »und den Rest hat sie sich zusammengereimt. Sie ist nicht dumm, und sie ist nicht nur Pardevilles Köchin, sondern auch seine Leibdienerin. Sie erfährt alles, was auf der Burg geschieht. Wahrscheinlich weiß sie mehr als ihr Herr.«

»Hm«, machte Katharina zum dritten Mal. Das war es nicht, was sie gemeint hatte. Da war noch mehr; ein Gefühl, das von ihr Besitz ergriffen hatte, schon als sie Edith das erste Mal gesehen hatte. Sie konnte (oder wollte?) es nicht in Worte fassen, aber es wollte einfach nicht vergehen.

»Pardeville hat erzählt, dass sie seit zehn Jahren hier ist«, sagte sie nachdenklich.

»Genauso lange wie du, ich weiß«, sagte Vera. Das Lächeln auf ihrem Gesicht erlosch. »Ich weiß, was du jetzt denkst, aber du solltest dich vor solchen Überlegungen hüten. Nichts ist so schlimm wie eine falsche Hoffnung, weißt du? Sie ist nicht deine Mutter. Sie sieht dir nicht im Geringsten ähnlich … und außerdem ist sie viel zu alt.« Sie schüttelte bekräftigend den Kopf; vielleicht sogar ein bisschen *zu* heftig. »Sie könnte deine Großmutter sein.«

Natürlich hatte sie damit Recht, ganz davon abgesehen, dass Katharina es gespürt hätte, wäre diese alte Frau mehr gewesen als eben nur eine alte Frau. Dennoch hatte sie einen Moment lang Mühe, sich ihre Enttäuschung nicht allzu deutlich anmerken zu lassen.

»Und warum sieht sie mich dann immer so komisch an?«

»Weil das jeder hier tut?«, schlug die Gauklerin vor. Dwegr keckerte zustimmend und schnitt ihr eine Grimasse, die sie beinahe zum Lachen gebracht hätte. »Du bist eine Berühmtheit, Kleines, ob dir das nun gefällt oder nicht.«

»Ich?«

»Na, ich bestimmt nicht«, spöttelte Vera. »Ich weiß noch nicht genau, warum du für Pardeville so wichtig bist, aber du bist es. Eine Zeitlang habe ich gedacht, er wollte dich einfach behalten und ein paar Jahre abwarten, aber da muss noch mehr sein.«

»Was meinst du damit? Worauf warten?«

»So naiv kannst du nicht sein, oder?«, fragte Vera, maß sie mit einem langen, stirnrunzelnden Blick und seufzte dann tief. »Doch«, sagte sie dann, »das kannst du. Lass es mich so sagen: Du bist ein hübsches Mädchen, und schon in einem oder zwei Jahren wirst du eine sehr schöne junge Frau sein. Dein Haar wird wachsen, und das eine oder andere …« Sie sah sie noch sonderbarer und noch länger an. »… wird sich entwickeln«, schloss sie.

Katharina sah sie verständnislos an.

»Aber mach dir darüber keine Sorgen«, fuhr Vera fort. »Pardeville ist kein geduldiger Mann. Er wird gewiss nicht zwei Jahre auf etwas warten, was er sofort haben könnte. Da muss noch etwas anderes sein. Edith wusste es nicht genau, aber sie meint, dass du von großem Wert für ihn bist. Es hat etwas mit deiner Herkunft zu tun, glaubt sie. Aber mehr weiß sie auch nicht. Noch nicht.«

»Ich?«, murmelte Katharina nur noch einmal.

»Wir finden es heraus, keine Sorge«, versprach Vera.

Jetzt sagte Katharina nichts mehr. Sie glaubte Vera sogar, dass sie hinter Pardevilles (und damit auch ihr) Geheimnis kommen würde.

Aber vielleicht war es gerade das, wovor sie Angst hatte.

Sie verbrachte noch fast den ganzen restlichen Tag bei Vera, und sie sprachen über dies und das, über Gott und die Welt und alles Mögliche, ohne dass sie diesem einen Thema noch einmal nahe gekommen wären. Katharina erfuhr eine Menge nicht nur über Vera und ihren Bruder, sondern auch über ihr Leben und vor allem ihre Sippe, in der längst nicht alle wirklich miteinander verwandt waren – eigentlich nur die wenigsten –, die aber trotzdem wie eine einzige große Familie zusammenhielt, füreinander sorgte und wie Vera zugab, manchmal auch wie eine ebensolche untereinander stritt. Vieles von dem, was sie über das Leben des Fahrenden Volkes hörte, erstaunte sie, und bei dem einen oder anderen Abenteuer oder Wunder, von dem Vera berichtete, vermutete sie, dass es zumindest übertrieben, wenn nicht gleich ganz ausgedacht war, weil die Gauklerin sie beeindrucken wollte.

Aber eigentlich machte das nichts. Katharina hing wie gebannt an ihren Lippen und sog jedes einzelne Wort in sich auf, um es wie einen kostbaren Schatz zu hüten, erzählte Vera doch von einem Leben und einer Welt, die ihr bisher vollkommen fremd gewesen waren.

Sie selbst trug nur sehr wenig zu der Unterhaltung bei, zum einen, weil sie Vera nicht die Zeit stehlen wollte, von ihren Abenteuern in fremden Ländern zu erzählen, zum anderen, weil es nicht sehr viel gab, was sie hätte erzählen können. Das Leben in Ellsbusch hatte nicht viel Abwechslung geboten, und die meisten Erinnerungen, die sie hatte, waren eher unangenehmer Natur, sodass sie wenig Vergnügen dabei empfunden hätte, über sie zu reden.

Im Gegenteil. Je länger sie Vera zuhörte, desto stärker wurde in ihr der Wunsch, einfach vergessen zu können, was bisher gewesen war, und desto klarer wurde ihr, dass ihr Leben – ihr eigentliches Leben – im Grunde erst vor wenigen Wochen begonnen hatte, an dem Tag nämlich, an dem sie Ansgar und den anderen begegnet war. Sie musste noch einmal an ihr letztes Gespräch mit Arla denken, und ihr wurde jetzt endgültig klar, wie sehr sich Arla getäuscht hatte. Wenn es einen Platz auf der Welt gab, an den sie gehörte, dann war er bei ihr und ihrer Familie, ganz gleich, wie kalt und unwirklich das Land auch sein mochte, in das sie unterwegs waren, und welche Gefahren sie dort erwarteten. Sie hätte sich widersetzen und darauf bestehen sollen, sie zu begleiten.

Und sie nahm sich vor, diesen Fehler wiedergutzumachen. Irgendwie.

*

Der Besuch, von dem Pardeville und Edith gesprochen hatten, kam mit Einbruch der Dämmerung, und es war streng genommen kein Besuch, sondern ein kleines Heer, das zwischen der äußeren Mauer und dem Wassergraben sein Lager aufschlug; mehr als ein Dutzend großer Feuerstellen und gut die dreifache Anzahl an Zelten oder einfach aufgespannter Decken, die Schutz vor dem Wind boten.

Katharina stand am Fenster, als die ersten Männer eintrafen, sodass sie sie als Erste sah; eine schier endlose Kette von Reitern, jeweils zwei nebeneinander, von denen etliche brennende

Fackeln in Händen hielten, um der hereinbrechenden Dämmerung zu trotzen. Alle waren bewaffnet, und etliche trugen Rüstungen, Kettenhemden und Helme, schwere lederne Brustpanzer und Arm- und Beinschienen, manche aber nur einfache lederne Kappen und ein gefüttertes Wams. Zahlreiche bunte Wimpel, die die unterschiedlichsten Motive zeigten, flatterten über ihnen im Wind, aber es hätte dieser verschiedenen Fahnen gar nicht bedurft, um Katharina klarzumachen, dass es nicht wirklich ein einheitliches Heer war, das sie sah, sondern eher ein bunt und in aller Hast zusammengewürfelter Haufen.

»Sind das die Truppen aus Zons, die Guthenfels holen wollte?«, fragte Vera. Katharina hatte nicht einmal bemerkt, dass sie aufgestanden und zu ihr ans Fenster gekommen war, und die Gauklerin beantwortete ihre eigene Frage auch gleich selbst, indem sie den Kopf schüttelte und in nachdenklicherem Ton fortfuhr: »Nein. Das sieht mir nicht nach einem Heer aus.«

Das entsprach ziemlich genau dem, was Katharina gerade selbst gedacht hatte. Trotzdem fragte sie: »Was soll es sonst sein?«

»Eher schon ein Söldnertrupp«, fuhr Vera fort, mehr zu sich selbst gewandt denn als Antwort auf ihre Frage. »Vor denen muss man sich in Acht nehmen. Das Soldatenvolk ist schon schlimm genug, aber Söldner sind zehnmal schlimmer.«

»Warum?«

»Sie kämpfen für Geld«, antwortete Vera, als wäre das Erklärung genug.

»Aber tun Soldaten das denn nicht auch?«, fragte Katharina.

»Sogar meistens für weniger«, bestätigte Vera, verzog aber dennoch das Gesicht zu einer angewiderten Grimasse. »Söldner glauben an nichts, weißt du? Es ist eine Sache, für sein Land und seinen König zu kämpfen, oder die zu verteidigen, die man liebt. Die da unten kämpfen nur für sich und für ihre Geldbeutel. Sie sind es gewöhnt, sich zu nehmen, was sie wollen, und manche von ihnen kämpfen einfach nur, weil es ihnen Spaß macht, zu töten.«

Katharina setzte dazu an, eine weitere Frage zu stellen, aber dann fiel ihr der Ausdruck in Veras Augen auf, und sie ließ es bleiben. Vera plapperte nicht nur etwas nach, was sie irgendwo aufgeschnappt hatte. Offensichtlich war sie nicht nicht die Einzige, die mit unangenehmen Erinnerungen aufwarten konnte.

Sie ließ eine geraume Weile verstreichen, in der sie schweigend zusahen, wie die Männer unten vor der Burg ihr Lager aufschlugen, und schließlich sagte sie:

»Aber er hat mir selbst erzählt, dass der Baron mit einem Heer auf dem Weg ist.«

»Das mag sein«, antwortete Vera finster, »aber das hier ist es jedenfalls nicht.«

Sie standen noch eine ganze Zeit schweigend nebeneinander und sahen auf das rasch größer werdende Heer hinab. Katharina war nicht gut in so etwas, schätzte aber vorsichtig, dass es an die hundert Mann sein mussten, die rasch und mit einer über viele Jahre angeeigneten Routine dort unten ihr Lager aufschlugen. Dazu kam eine nicht sehr viel kleinere Anzahl an Frauen und Kindern, Marketendern und Wagen mit Kleidern, Waffen und Lebensmitteln und sogar Feuerholz; ein Tross aus mehr als einem Dutzend Wagen, der zu einem Gutteil draußen vor dem äußeren Tor Halt machte. Selbst ein paar Stücke Schlachtvieh hatte das Heer mitgebracht.

Was Katharina nicht sah, war die grauhaarige Gestalt, nach der sie Ausschau hielt. Die Männer wuselten aufgeregt durcheinander, bastelten an ihrem Lager, debattierten und redeten oder hatten es sich an den Feuerstellen gemütlich gemacht. Guthenfels war nicht unter ihnen.

Die Tür ging auf, und ihr wortkarger Wächter kam herein. Noch schweigsamer als ohnehin bedeutete er Vera und ihr, ihm zu folgen, und hielt auch jetzt wieder einen übertrieben großen Abstand zu Vera (um genau zu sein, zu dem Äffchen auf ihrer Schulter) ein, als sie an ihm vorbei und auf den Flur hinaustraten. Katharina fragte ihn ein halbes Dutzend Mal, wohin (und vor allem weshalb dorthin) sie gebracht wurden, gab es aber schließlich auf, als die ausführlichste Antwort, die sie bekam, aus einem unartikulierten Grunzen bestand.

Ihr Ziel war der große Raum unter dem Dach, den sie Pardevilles Thronsaal getauft hatte. Anders als am Morgen war der Raum nicht mehr leer. Schon von weitem hörte sie ein Durcheinander von Stimmen und Geräuschen, und vor der Tür standen gleich zwei Wachen, von denen nur eine das mit einem sich aufbäumenden Pferd geschmückte Blau Pardevilles trug. Der andere war ein riesenhafter, grobschlächtiger Kerl, der Katharina – und vor allem Vera – mit Blicken maß, die ihr ganz und gar nicht gefielen.

Er war es allerdings auch, der es sehr eilig hatte, aus seiner wachsamen Starre hochzuschrecken und ihnen eilfertig die Tür aufzureißen.

Pardeville war nicht allein. Rings um den großen Tisch, der sich unter der Last der aufgetragenen Speisen und Getränke und Köstlichkeiten schier durchzubiegen schien, saßen mehr als ein Dutzend Männer, und Pardeville selbst hatte nun auf seinem martialischen Thronsessel Platz genommen, und er trug jetzt auch andere Kleidung. Sowohl sein Helm, der vor ihm auf dem Tisch lag, als auch seine Arm- und Beinschienen glänzten golden, und statt eines blauen Wappenrocks trug er eine ebenfalls vergoldete Brünne, in die sein Wappentier eingraviert war. Links neben ihm saß ein dunkelhaariger Mann mit stechenden Augen, der in zerschrammtes schwarzes Leder gehüllt war und eine zweischneidige schartige Axt auf dem Rücken trug. Als Vera und sie eintraten, standen beide auf und kamen ihnen entgegen, und die Gespräche und das Lachen an dem großen Tisch verstummten für einen ganz kurzen Moment und setzten dann wieder ein. Einer der Männer stieß einen schrillen Pfiff aus, und ein anderer machte eine zotige Bemerkung an Veras Adresse, die diese mit einem humorlosen Verziehen der Lippen quittierte.

»Katharina! Vera!« Pardeville begrüßte sie mit einem so herzlichen Lächeln, als sähe er nach langer Zeit zwei gute alte Freundinnen wieder. Er reichte Katharina sogar die Hand und wandte sich dann mit einem perfekt geschauspielerten, leicht verlegenem Gesichtsausdruck an Vera.

»Ich muss mich noch bei Euch entschuldigen, meine Liebe. Katharina hat mir berichtet, was Euch widerfahren ist. Ich kann Euch gar nicht sagen, wie unendlich leid mir dieses dumme Missverständnis tut! Ich fürchte, meine Männer waren ein wenig übereifrig. Aber wie ich sehe, habt Ihr es ja ohne größere Blessuren überstanden, dem Herrn sei Dank!«

Vera starrte ihn nur aus großen Augen an, und Pardeville erklärte das Thema mit einer wedelnden Handbewegung für beendet und wandte sich aus der gleichen Bewegung heraus an den Mann neben sich.

»Das ist Mandred, ein alter Freund und Verbündeter, der sich bereit erklärt hat, uns mit seinen Männern im Kampf gegen Wulfgar und seine Mörderbande beizustehen.«

Mandred maß Katharina nur mit einem knappen und fast schon desinteressierten Blick, Vera dafür aber umso länger, und wahrscheinlich hätte er sie noch deutlich länger angestarrt, hätte Pardeville den immer unangenehmer werdenden Moment nicht mit einem übertriebenen Räuspern aufgelöst und eine ebenso einladende wie befehlende Geste zum Tisch hin gemacht.

»Mandred hat den Wunsch geäußert, mit euch zu reden«, sagte er. »Vor allem mit dir, Katharina. Lasst uns gemeinsam speisen. So redet es sich besser, und ein gutes Essen«, fügte er noch direkt an Vera gewandt hinzu, »ist wohl das Mindeste, was ich Euch schulde, nicht wahr?«

Vera starrte ihn einfach nur an, aber Dwegr reagierte mit einem Schwall aufgeregter Laute und sprang mit einem Satz von ihrer Schulter auf den Tisch, um sich sofort über eine Schale mit Obst herzumachen. Pardeville verzog fast angewidert das Gesicht, aber einige der Männer am Tisch begannen zu lachen, und Pardeville beließ es dabei, noch einmal auf die beiden freien Stühle zu deuten. Vera und Mandred beendeten ihr stummes Blickduell, ohne dass es einen eindeutigen Sieger oder Verlierer gegeben hätte, und setzten sich. Katharina nahm ebenfalls Platz, nachdem Pardeville sie noch einmal zornig angefunkelt hatte.

Einer Zeitlang sprachen sie nur über dies und das, wobei *sprechen* die Sache nicht genau traf: Pardeville – und vor allem Mandred – stellten eine Menge Fragen, auf die Vera umso einsilbiger antwortete, je bohrender sie wurden, und nach einer Weile stellte Mandred sein improvisiertes Verhör ein und begann zu erzählen und mit allerlei Abenteuern und Heldentaten zu prahlen, die seine Männer und er erlebt und begangen hatten. Diener und Hausmädchen trugen noch mehr Essen und Wein und Bier in Unmengen auf. Katharina langte kräftig zu – dass sie Angst hatte und sich alles andere als wohl in ihrer Haut fühlte, änderte erstaunlicherweise nichts an ihrem Appetit –, beschränkte sich bei den Getränken aber auf Wasser, während Vera dem Wein mindestens im gleichen Maße zusprach wie die meisten Männer am Tisch, ohne dass man ihr indes irgendetwas davon anmerkte. Vielleicht waren die Blicke, die sie Mandred zuwarf, nicht mehr ganz so eisig wie zuvor.

»Du bist also das Mädchen, das dieser Wikingerfürst unbedingt in seine Gewalt bringen will«, sagte Mandred schließlich, im gleichen fast beiläufigen Ton, in dem er gerade von einer lustigen Episode erzählt hatte. »Und warum?«

»Das weiß ich-«, begann Katharina unbehaglich, und Pardeville fiel ihr sofort ins Wort:

»Weil er glaubt, sie wäre seine verschollene Enkeltochter, dieser Narr.«

Mandred trank einen großen Schluck Wein und nutzte die Gelegenheit, sie über den Rand seines Bechers hinweg auf eine neue und nicht unbedingt angenehme Art zu mustern. »Vielleicht ist sie es ja.«

Pardeville lachte. »Unsinn! Ich bitte Euch, Mandred!« Er machte eine heftige Handbewegung auf Katharina. »Seht sie Euch doch an! Sieht dieses Mädchen vielleicht aus wie eine Wikingerin?«

»Ich bin nicht einmal sicher, ob es wie ein Mädchen aussieht«, antwortete Mandred trocken mit unveränderter Miene, aber direkt an Katharina gewandt fuhr er fort: »Bist du es, Kind?«

»Ich weiß es nicht«, sagte Katharina. »Aber er hat ... schlimme Dinge getan, um mich zu bekommen!

»Das ist mir zu Ohren gekommen«, sagte Mandred. »Ich frage mich nur, verehrter Guy de Pardeville, ob wir uns in die Angelegenheiten der Nordmänner einmischen sollten.«

»Sie machen ihre Angelegenheiten zu unseren«, sagte Pardeville. »Viel unschuldiges Blut wurde vergossen, und noch mehr wird fließen, wenn wir diesem schändlichen Treiben keinen Einhalt gebieten.«

Mandred reagierte vollkommen anders, als Katharina erwartet hätte. Einige Augenblicke lang sah er Pardeville nur ausdruckslos an, dann lächelte er plötzlich.

»Es scheint wohl zu stimmen, was man sich über Euch erzählt.«

»Und was wäre das?«

»Dass Ihr die Nordmänner hasst, und nicht zimperlich in der Wahl Eurer Mittel seid, wenn es darum geht, etwas gegen sie zu untenehmen.«

»Und?«, schnaubte Pardeville. Vielleicht wird mir so mancher von denen, die bisher die Nase über mich gerümpft haben jetzt Recht geben! Habe ich nicht immer gesagt, man darf diesen Barbaren nicht trauen?«

»Denselben Barbaren, die das Schloss Eurer Eltern in Paris niedergebrannt haben?«, fragte Mandred.

»Sie haben weit mehr getan!«, fuhr Pardeville auf. »Das Blut unzähliger Unschuldiger klebt an ihren Händen! Und es wäre weit weniger gewesen, hätten sie eher auf mich gehört!«

»Und jetzt erwartet Ihr, dass ich das Blut meiner Männer vergieße. Warum?«

Katharina wurde hellhörig, und auch Vera sah plötzlich aufmerksamer aus, sagte aber kein Wort, sondern verkroch sich hastig hinter ihrem Becher.

»Weil ich Euch dafür bezahle?«

Das war die falsche Antwort, dem kurzen Aufblitzen in Mandreds Augen nach zu urteilen, Aber er beherrschte sich und schüttelte nur den Kopf. »Das mag sein«, antwortete er,»und die Summe, die Ihr mir in Aussicht gestellt habt, ist überaus großzügig bemessen. Dennoch.« Er schüttelte noch einmal den Kopf, diesmal heftiger. »Für Geld zu kämpfen ist eine Sache, aber es ist dennoch nicht von Nachteil, dabei auf der richtigen Seite zu stehen.«

»Diese Barbaren haben Burg Ellsbusch niedergebrannt«, antwortete Pardeville verächtlich. »Sie haben das Schiff des Barons versenkt, und die guten Leute aus Hostenansis sind gerade noch mit dem Leben davongekommen, weil sie klug genug waren, zu fliehen. Ist Euch diese Seite richtig genug, mein Freund?«

Mandred schwieg, aber Katharina hatte das Gefühl, das ihm das Gehörte nicht besonders gefiel.

»Aber habt Ihr nicht gesagt, dass der Baron auf dem Weg hierher ist?«, fragte Vera.

»Ich hoffe, dass er noch im Laufe des Abends eintrifft«, bestätigte Pardeville, »spätestens aber im Laufe der Nacht. Morgen bei Tagesanbruch brechen wir auf. Doch die Truppen aus Zons allein nutzen uns vielleicht nichts.«

»Weil Wulfgar sie besiegen wird?«, fragte Vera spöttisch.

»Dass ich Wulfgar für gefährlich halte, heißt nicht, dass ich ihn für dumm halte oder ihn gar unterschätzen würde«, antwortete Pardeville. »Wulfgar ist vor allem ein Krieger. Er wird ahnen, dass jemand etwas gegen ihn unternimmt, und wenn nicht er, dann einer seiner Männer. Dass ich die Wikinger hasse, heißt nicht, dass ich noch mehr unschuldiges Blut fließen sehen will.«

»Weshalb Ihr eine Söldnertruppe angeheuert habt«, sagte Vera spöttisch. »Und noch dazu auf eigene Kosten, nehme ich an? Wie edel von Euch.«

»Ich tue das alles nicht, um mich zu bereichern«, antwortete Pardeville spröde. »Es geht mir –«

»Um Rache?«, fiel ihm Mandred ins Wort, erstickte den noch empörteren Protest, zu dem Pardeville ansetzte, aber sofort mit einem Kopfschütteln und einer besänftigenden Geste. »Rache ist ein gutes Motiv, Comte. Ein starkes Motiv. Ich weiß, was die Nordmänner Euch und Eurer Familie angetan haben, und kann Euch gut verstehen. Ich an Eurer Stelle würde wohl genauso reagieren.«

Wieder maß er Vera mit einem seltsamen, sehr langen Blick, dann trank er einen weiteren Schluck Wein, fuhr sich mit dem Handrücken über den Mund, und Katharina konnte regelrecht auf seinem Gesicht ablesen, wie er sich innerlich zwang, das Thema zu wechseln. Er riss seinen Blick von Vera los und wandte sich direkt an Katharina. »Erzähle mir von dir, Mädchen. Wer bist du, und wie kommt dieser Barbar auf den Gedanken, du könntest mit ihm verwandt sein?«

Katharina druckste einen Moment herum und fragte sich

nicht nur, wie weit sie diesem Söldnerführer trauen konnte, sondern auch, wie viel Guy de Pardeville wirklich wusste, und vor allem, was er Mandred verraten hatte.

»Warum lässt du sie nicht in Ruhe?«, sprang ihr Vera bei. »Merkst du nicht, wie sehr sie deine Fragen erschrecken?«

»Aber ich habe mich doch nur erkundigt, ob –«

»Ich fürchte, sie hat Recht«, mischte sich nun auch Pardeville ein. »Das arme Mädchen ist vollkommen durcheinander, und das ist ja auch kein Wunder, nach allem, was sie erdulden musste, das arme Kind. Wir sollten sie nicht noch mehr quälen.«

»Sie könnte uns vielleicht Wichtiges über Wulfgar verraten«, gab Mandred zu bedenken. »Dieser Wikinger ist ein gefährlicher Mann, wie man hört. Jede Kleinigkeit könnte von Bedeutung sein.«

»Das ist wohl wahr«, stimmte ihm Pardeville zu, schüttelte zugleich aber den Kopf. »Glaubt mir, dieses arme Kind weiß von allen hier im Raum am allerwenigsten über ihn.« Mit einem Lächeln wandte er sich direkt am Katharina. »Es ist spät geworden, mein Kind. Warum gehst du nicht zu Bett und ruhst dich aus? Immerhin hast du einen anstrengenden Tag hinter dir. Und deine Freundin ebenfalls.«

Katharina wollte widersprechen, doch Vera kam ihr zuvor, indem sie wortlos und sehr rasch aufstand und auch ihr einen entsprechenden Wink gab. »Ihr habt Recht, Comte«, sagte sie. »Es war ein anstrengender Tag, und wir müssen morgen wieder früh aufstehen. Ich bin sicher, dass Baron zu Guthenfels noch mit Katharina reden möchte, bevor er mit Euch ins Feld zieht.«

*

Das Fest dauerte an, und es verging nur kurze Zeit, bis die Musik und die ausgelassenen Stimmen und das Lärmen der Feiernden laut genug wurden, um auch in Katharinas Zimmer so laut zu hören zu sein, als fände die Feier direkt im benachbarten Raum statt, und nicht ein ganzes Stockwerk über ihr.

Und es verging nur noch eine weitere halbe Stunde, bis es an ihrer Tür klopfte und sie aufgemacht wurde, bevor sie sich halb von ihrem Lager erheben konnte.

Es war Edith. Katharina erkannte sie an ihrem gebückten Gang und ihren schlurfenden Schritten und stand hastig auf, doch sie kam nicht dazu, irgendetwas zu sagen.

»Rasch!«, begann die Dienerin aufgeregt, während sie zugleich noch aufgeregter mit beiden Armen gestikulierte, wie um einen unsichtbaren Gegner zu vertreiben. »Steh auf, Kind! Zieh dich an!«

Katharina stand bereits, und ausgezogen hatte sie sich erst gar nicht. Edith ließ ihr keine Chance, sondern ergriff sie kurzerhand am Arm und zerrte sie mit so überraschender Kraft hinter sich her, dass sie alle Mühe hatte, sich überhaupt auf den Beinen zu halten. »Wir müssen weg! Rasch! Sag jetzt nichts! Wir holen deine Freundin, und ich erkläre euch alles auf dem Weg nach draußen!«

Katharina hatte gar nicht vorgehabt, irgendetwas zu fragen – dafür war sie viel zu verwirrt –, und sie wäre wahrscheinlich ohnehin nicht dazu gekommen, denn die Dienerin zerrte sie in unverändertem Tempo weiter hinter sich her und hätte sie wahrscheinlich bis zum Ende des Korridors und zur Treppe gerissen, hätte Katharina nicht in diesem Moment ein ebenso verschlafenes wie jämmerliches Piepsen gehört und sich losgerissen.

»Kind! Bist du –?«, begann Edith, und ihre Stimme klang schon beinahe entsetzt, aber Katharina hörte gar nicht mehr hin, sondern stürmte mit weit ausgreifenden Schritten zurück in ihre Kammer. Hugin und Munin kamen ihr verschlafen entgegengetapst und piepsten überrascht, als sie sie kurzerhand aufnahm und in eine Falte ihres Rocks fallen ließ, dann verstummten sie verdutzt.

Edith maß sie mit einem strafenden Blick, aber dann erschien etwas sonderbar Gutmütiges in ihren Augen, als sie die beiden pelzigen Katzengesichter gewahrte, die ihr aus der Falte entgegensahen. Sie seufzte tief und schüttelte strafend den Kopf, verlor aber kein weiteres Wort darüber, sondern setzte ihren Weg fort und dirigierte Katharina mit heftigem Gestikulieren und Grimassenschneiden vor sich her die schmale Treppe hinauf. Erst als sie ihr Ziel schon fast erreicht hatten, gelang es Katharina, sich irgendwie loszureißen.

»Aber was … ist denn … passiert?«, brachte sie atemlos heraus. Edith begann schon wieder hektisch mit beiden Armen zu fuchteln, als hätte sie aus Leibeskräften gebrüllt, statt atemlos zu flüstern. »Nicht so laut!«, sagte sie. »Noch ist nichts passiert, aber wenn wir uns nicht beeilen, dann wird etwas Schlimmes geschehen. Vor allem mit deiner Freundin, du dummes Kind!«

Dummes Kind? Aber was hatte sie denn getan?

Edith zerrte und stieß sie weiter, bevor sie diese Frage wirklich in Worte kleiden konnte. Sie stolperten in den Gang, an dessen Ende Veras Gefängnis lag. Die Tür stand offen, und von dem Wächter war weit und breit nichts zu sehen.

»Wo ist der Posten?«, fragte sie.

»Den habe ich weggeschickt«, antwortete Edith. »Aber ich weiß nicht, wie lange es funktioniert. Warte hier!«

Zwei Schritte vor der Tür ließ sie Katharinas Hand zum zweiten Mal los, eilte voraus und kam nur einen Augenblick darauf zusammen mit Vera zurück. Dwegr folgte ihnen aufgeregt schnatternd, und Edith verdrehte demonstrativ die Augen, sparte sich aber jeden Kommentar dazu, sondern schloss die Tür und befestigte das eiserne Vorhängeschloss wieder an seinem Platz. Zu Katharinas nicht geringer Überraschung zog sie einen großen Schlüssel mit einem komplizierten doppelten Bart hervor, verriegelte es und ließ ihn anschließend wieder in ihrer Schürze verschwinden.

»Rasch jetzt«, sagte sie. »Und seid um Gottes willen leise!«

Katharina warf Vera nur einen fragenden Blick zu, erntete aber nur ein hilfloses Schulterzucken. Dwegr sprang mit einem Satz auf ihre Schulter und schnatterte und kreischte umso lauter, was ihm einen ärgerlichen Blick von Edith einbrachte. Vera sah sehr verwirrt aus, beließ es aber bei einem stummen Heben der Schultern.

»Wohin bringst du uns?«, fragte Katharina, als sie wieder auf der Treppe waren. Edith verdrehte die Augen, aber diesmal bekamen sie immerhin eine Antwort.

»Weg, mein Kind. Ihr müsst die Burg verlassen!«

»Und warum?«, fragte Vera.

»Weil ihr in Gefahr seid«, antwortete Edith unwillig. »Ihr beide. Du, dummes Weib, aber vor allem Katharina. Und das ist allein deine Schuld!«

Vera blieb stehen und starrte sie unter ärgerlich gerunzelten Brauen hervor an. »Meine? Was soll das heißen?«

»Baron zu Guthenfels wird bestimmt mit Katharina sprechen wollen«, zitierte Edith mit übertrieben verstellter Stimme. »Was hast du dir dabei gedacht, du dummes Weib? Warum hast du ihm nicht gleich ein Messer in die Hand gedrückt, damit er ihr die Kehle durchschneidet? Du glaubst doch nicht wirklich, dass Graf Pardeville gestattet, dass der Baron mit ihr spricht?«

»Oh.«

Vera machte ein betroffenes Gesicht, und Edith wiederholte ihr *»Oh«* mit grimmig verstellter, vorwurfsvoller Stimme und gestikulierte schon wieder, sich zu beeilen.

Unten im Hof angekommen, wurden Musik und Stimmengewirr lauter, die aus dem großen Raum unter dem Dach zu ihnen herabwehten. Edith zog eine Grimasse und bedeutete ihnen mit stummen Gesten, zurückzubleiben, verschwand in einem Schuppen und kam schon nach kaum einem Atemzug zurück. Sie trug jetzt einen dunklen Mantel, und Katharina griff ganz automatisch zu, als sie Vera und ihr zwei gleichartige Kleidungsstücke reichte, und streifte ihres über. Die beiden Kater piepsten protestierend, als sie sie kurzerhand in die Manteltaschen stopfte.

»Keinen Laut mehr jetzt«, sagte Edith überflüssigerweise, deutete zum Tor und fuhr deutlich lauter fort: »Ich bringe euch raus, aber seid um Himmels willen leise, wenn euch euer Leben etwas wert ist!«

Katharina tauschte einen fragenden Blick mit Vera, schlug aber gehorsam die Kapuze ihres Mantels hoch und folgte ihr. Musik und grölendes Gelächter schienen noch lauter zu werden, aber weder im Hof noch am Tor war eine Menschenseele zu sehen. Katharina wunderte sich ein bisschen, dass Pardeville plötzlich so leichtsinnig geworden zu sein schien und nicht einmal eine einzige Wache aufgestellt hatte, doch dieser Gedanke hielt gerade so lange vor, bis sie das Torhaus durchquert und den Anfang der Brücke erreichten. Edith blieb nicht nur stehen, sondern prallte so erschrocken zurück, dass sie um ein Haar mit ihnen zusammengestoßen wäre.

»Was hast du?«, fragte Vera alarmiert.

Edith gestikulierte ihr – schon selbstverständlich – erschrocken, leise zu sein, antwortete aber trotzdem: »Dort.« Aus der gleichen Bewegung heraus deutete sie über die Brücke und den großen Innenhof hinweg zum äußeren Tor.

Der gesamte äußere Hof hatte sich in ein einziges großes Heerlager verwandelt – Katharina erschrak ein bisschen, als ihr klar wurde, wie groß Mandreds Söldnerheer wirklich war –; zahllose Feuer brannten, es wurde gefeiert, getrunken und gelacht, und überall wuselte es, sodass sie im allerersten Moment gar nichts erkennen konnte. Dann aber fiel ihr Blick auf das äußere Tor. Dort standen noch immer vier bewaffnete Männer in den Farben Pardevilles, die das fröhliche Treiben zwar neidisch beobachteten, aber trotzdem jeden, der das Gelände betreten oder verlassen wollte, aufs Genaueste überprüften.

»Sie sind wachsam«, sagte Edith niedergeschlagen. »Dort kommen wir nicht durch.«

»Gibt es keinen anderen Weg?«, fragte Vera.

Die Dienerin schüttelte nur stumm den Kopf und deutete auf die mehr als mannshohe Mauer, die das gesamte Gelände umgab. In regelmäßigen Abständen brannten Fackeln, und hier und da patrouillierte ein Wächter, im Mantel frierend.

»Das hat keinen Sinn«, murmelte Edith. »Durch das Lager kommen wir, aber die Männer am Tor und auf den Mauern kennen mich. Und euch auch.« Sie seufzte sehr tief. »Pardeville ist misstrauischer, als ich dachte.«

»Und es gibt wirklich keinen anderen Weg?«, fragte Vera noch einmal. Sie klang fast schon ein bisschen verzweifelt.

»Nein.« Edith schüttelte den Kopf. Dann nickte sie. »Doch. Es gibt einen Tunnel. Einen geheimen Fluchtweg, den nur Pardeville kennt.«

»Und du«, sagte Vera.

»Und ich«, bestätigte Edith und schüttelte den Kopf. »Aber das hilft uns nicht. Die Tür ist verschlossen, und es gibt nur einen einzigen Schlüssel, den Pardeville immer bei sich trägt.«

»Verschlossen?« Vera lächelte, als hätte sie gerade etwas äußerst Erfreuliches gehört. »Bring uns hin. Das Schloss, das ich nicht aufbekomme, ist noch nicht erfunden worden.«

Zumindest eines gab es doch, wie sie nur wenige Minuten später feststellten, nachdem Edith sie in einen finsteren Gang tief in den Kellern der Burg geführt hatte. Die Tür, vor der sie standen, war so niedrig, dass selbst Katharina wohl nur gebückt hindurchtreten konnte, und das Schloss, mit dem es gesichert war, sah eher aus wie ein kompliziertes (und äußerst massives) Kunstwerk. Vera fummelte trotzdem einige Augenblicke lang konzentriert daran herum, brach sich mindestens zwei Fingernägel ab und gab es schließlich auf, indem sie der Tür einen wütenden Tritt versetzte und dann zurücktrat.

»Vielleicht könnten wir sie irgendwie aufbrechen«, sagte Katharina hilflos.

Edith antwortete gar nicht, und Vera funkelte die Tür so feindselig an, als bemühe sie sich allen Ernstes, ein Loch in das steinharte Holz zu starren. »Und es gibt nur einen Schlüssel, sagst du?«

Edith nickte, und Vera sah einen Moment lang sehr nachdenklich aus, wandte sich dann ganz zu Edith um und sah sie noch länger und noch nachdenklicher an. »Pardeville hat ihn immer bei sich? Wo genau?«

»Er trägt ihn am Gürtel«, antwortete die Dienerin. »Aber du denkst jetzt nicht das, von dem ich denke, dass du es denkst?«

»Ich denke schon«, sagte Vera.

»Was?«, murmelte Katharina.

Vera sah plötzlich beinahe fröhlich aus, nahm das Äffchen von ihrer Schulter und ließ sich in die Hocke sinken, um mit leiser Stimme und in einer vollkommen unverständlichen Sprache auf das Tier einzureden. Dwegr hörte scheinbar konzentriert zu, legte ein paarmal den Kopf abwechselnd auf die rechte und die linke Seite und ließ ein zustimmendes Keckern hören. Schließlich stieß er ein abschließendes schrilles Schnattern aus und verschwand wie der Blitz.

»Nicht dass ich es nicht ahnen würde«, sagte Edith unbehaglich, »aber verrätst du mir trotzdem, was du vorhast?«

»Er wird uns den Schlüssel besorgen«, antwortete Vera.

»Keine Angst. Das Eigentum, das vor ihm sicher ist, ist noch nicht erfunden worden.«

»So wenig wie das Schloss, das du nicht aufbekommst?«, fragte Edith.

Vera zog es vor, die Frage zu überhören. »Wohin führt dieser Tunnel?«, fragte sie stattdessen.

»Zu einem verborgenen Ausgang, nur ein kleines Stück außerhalb der Mauern«, antwortete Edith. »Er ist gut getarnt, keine Angst. Niemand wird euch sehen.« Sie zögerte einen ganz kurzen Moment. »Von dort aus müsst ihr allein schauen, wie ihr weiterkommt. Ich hatte gehofft, dass ihr draußen beim Tross ein paar Pferde stehlen könnt, aber jetzt muss es eben so gehen.« Sie seufzte noch einmal, noch tiefer. »Mit ein bisschen Glück ist er bald betrunken genug, um gar nicht zu merken, dass ihr fort seid. Und morgen früh ist euer Vorsprung vielleicht groß genug. Ihm wird nicht viel Zeit bleiben, nach euch zu suchen.« Sie sah nervös in die Richtung, in der das Äffchen verschwunden war. »Vielleicht gar keine, wenn Guthenfels früh genug eintrifft. Dann wird der Baron nach euch suchen lassen, und solange er dabei ist, wird Pardeville es nicht wagen, Hand an dich zu legen.« Sie drehte sich zu Vera um. »Und auch nicht an dich … obwohl es dir beinahe recht geschähe, du dummes Weib.«

»Was habe ich denn mit Pardeville zu schaffen?«, empörte sich Vera.

»Vielleicht nicht mit ihm, aber sehr wohl mit seinem Freund, diesem Söldner«, antwortete Edith. »Hast du etwa nicht gesehen, wie er dich angestarrt hat?«

»Das bin ich gewohnt«, antwortete Vera verächtlich, »Jeder zweite Mann starrt mich so an.«

»Aber nicht jeder zweite Mann lässt sich von Pardeville das Versprechen geben, dass er dich noch als Dreingabe bekommt, wenn der Feldzug vorbei ist«, gab Edith zurück.

Vera blinzelte. »Oh.«

»Ja, oh«, sagte Edith, »und wenn er deiner überdrüssig geworden ist, dann überlässt er dich wahrscheinlich seinen Männern.«

Dieses Mal reagierte Vera überhaupt nicht mehr, sondern starrte die Dienerin nur mit steinerner Miene an, und obwohl Katharina nicht ganz genau verstand, was Edith mit ihren Worten gemeint hatte, ging zwischen den beiden doch etwas vor, das weit über den bloßen Austausch von Blicken hinausging. Schließlich drehte sich Vera mit einem Ruck herum und setzte ihre fruchtlosen Versuche fort, ein Loch in die Tür zu starren.

Eine schiere Ewigkeit schien zu vergehen, in der sie nur in unbehaglichem Schweigen dastanden. Katharina konnte nicht sagen, wie viel Zeit, doch die Fackel, die Edith mit heruntergebracht hatte, war zu einem sichtbaren Teil heruntergebrannt, als das Äffchen zurückkam. Mit einem schrillen Keifen sprang es auf Veras Schulter hinauf und präsentierte ihr triumphierend schnatternd und Grimassen schneidend einen fast handlangen Schlüssel mit einem großen und überaus kompliziert aussehenden Bart. Vera nahm ihn lachend entgegen, tätschelte Dwegr anerkennend Kopf und Rücken und ließ sich dann in die Hocke sinken, um den Schlüssel ins Schloss zu nesteln.

Angesichts des großen Schlüssels und des noch viel gewaltigeren Schlosses hatte Katharina ein schweres Klacken oder irgendetwas noch Dramatischeres erwartet, doch das Schloss sprang nahezu lautlos auf, und die Tür bewegte sich so leise, als wären die uralten Angeln sorgfältig geölt.

Dahinter kam ein niedriger Tunnel mit halbrundem Querschnitt zum Vorschein, der aus dem gewachsenen Fels herausgemeißelt worden war, auf dem sich die Burg erhob. Ein sachter Luftzug wehte ihnen entgegen, der trocken und sehr alt roch. Edith trat als Erste ein und bedeutete ihnen mit ungeduldigen Gesten, ihr zu folgen. Die Flamme ihrer Fackel fuhr zischend an der Decke entlang, hinterließ einen schwarzen Rußstreifen und verbrannte mit Staub verklebte Spinnweben. Ihre Schritte ließen winzige graue Wölkchen aufsteigen, die in Nase und Hals kitzelten.

Zu Katharinas Erleichterung war der Tunnel nicht besonders lang. Schon nach wenigen Dutzend Schritten stießen sie auf eine schmale Treppe, die in engen Kehren nach oben führte und danach in einen genauso finsteren, aber sehr viel größeren

Stollen mit gemauerten Wänden, in dem sie wenigstens wieder aufrecht gehen konnten. Die Luft war noch immer so trocken, dass jeder Atemzug zum Husten reizte.

Diesmal verging deutlich mehr Zeit, bis Edith wieder stehenblieb, die Fackel an Vera reichte und sich einen Moment lang lautstark an irgendetwas in der Dunkelheit vor sich zu schaffen machte.

Etwas raschelte, und blasssilbernes Mondlicht und ein Schwall eisiger, aber köstlich frischer Nachtluft drangen zu ihnen herein. Edith nahm die Fackel wieder entgegen, eilte voraus und wedelte dann ungeduldig mit der Fackel, ihr zu folgen.

»Schnell jetzt«, sagte sie. »Ihr habt nicht mehr viel Zeit. Sobald er merkt, dass der Schlüssel nicht mehr da ist, wird er sich denken können, wo ihr seid!«

Katharina trat rasch an ihr vorbei, machte noch zwei weitere Schritte und blieb stehen, um sich rasch umzublicken. Wie Edith gesagt hatte, befanden sie sich jetzt auf der anderen Seite der äußeren Mauer, wenn auch nur gerade so – sie hätte nur die Hand auszustrecken brauchen, um die Ziegelsteine zu berühren. Gelächter und Musik waren auch hier noch zu hören, und der Himmel über der Burg glühte rot im Widerschein der zahllosen Feuer, die auf der anderen Seite der Mauer brannten.

Edith warf die brennende Fackel zurück in den gemauerten Tunnel, wo sie zu Boden fiel, ohne zu erlöschen, und deutete auf ein niedriges Gebüsch, ein halbes Dutzend Schritte entfernt. Sie eilten hin, und Vera setzte dazu an, etwas zu sagen, doch Edith brachte sie mit einem erschrockenen Fuchteln zum Schweigen und scheuchte sie endgültig in den Schutz der Dornenhecke. Kaum hatte sie das getan, da tauchte eine einsame Gestalt in Helm und Speer über der Mauerkrone auf und bewegte sich genau in ihre Richtung.

Mit klopfenden Herzen und angehaltenem Atem warteten sie, bis der Wächter auf seinem einsamen Rundgang an ihnen vorüber war, und Edith gab auch dann noch eine geraume Weile zu, bis sie sich vorsichtig aufrichtete und gleich wieder mit ihrem hektischen Gestikulieren begann.

»Jetzt aber schnell! Am besten geht ihr nach Süden, in den Sumpf. Dort können sie euren Spuren nicht folgen, und zu Pferde trauen sie sich sowieso nicht dorthin. Ihre schweren Schlachtrösser würden einfach versinken.«

Katharina schien das eine gute Idee, aber Vera schüttelte den Kopf. »Meine Sippe lagert unten am Fluss«, sagte sie. »Dort sind wir in Sicherheit. Sie werden Katharina und mich verstecken.«

»Ja, gewiss«, schnaubte Edith. »Und was glaubst du wohl, wo sie zuerst nach euch suchen werden?« Sie schüttelte heftig den Kopf. »Willst du Unglück über deine ganze Sippe bringen, du dummes Weib? Pardeville wird sie alle töten lassen, wenn man euch bei ihnen findet. Oder auch nur dich!«

Vera funkelte sie feindselig an, aber sie war klug genug, alles für sich zu behalten, was ihr dazu vielleicht auf der Zunge lag, und Edith fuhr mit einen bekräftigenden Kopfschütteln fort: »Die Sümpfe sind das sicherste Versteck. Ihr müsst nicht lange dort bleiben, vielleicht bis morgen früh, längstens bis Mittag.«

»Und dann?«, fragte Vera misstrauisch.

»Sobald Baron zu Guthenfels mit seinen Soldaten hier ist und sie zusammen aufbrechen, stellt ihr keine Gefahr mehr da, und ihr seid in Sicherheit«, antwortete Edith. »Wenigstens vorerst. Lange genug, um euch endgültig in Sicherheit zu bringen.« Sie machte eine harsche Geste, als Vera abermals widersprechen wollte. »Aber nur, wenn ihr euch jetzt endgültig auf den Weg macht und nicht noch länger hier herumsteht und redet!«

Vera starrte sie ärgerlich an, als wäre das alles hier nur ihre Schuld, widersprach aber nicht mehr, sondern ließ sich wieder in die Hocke sinken und setzte das Äffchen auf den

Boden. Dwegr begann schon wieder aufgeregt zu schnattern und zu kreischen, und Vera antwortete mit leiser Stimme und in derselben fremden Sprache, die sie gerade im Keller benutzt hatte.

»Und du?«, fragte Katharina rasch. »Du redest immer nur von *uns.* Was ist mit dir? Du begleitest uns doch, oder?«

»Wie könnte ich das, mein Kind?«, fragte Edith sanft. »Ich bin hier zuhause. Ich kann nicht mit euch kommen.«

»Guy de Pardeville wird dich töten, wenn er erfährt, was du getan hast«, sagte Vera. »Das ist dir doch klar, oder?« Sie stand auf, und das Äffchen verschwand wie ein Schatten in der Dunkelheit.

Edith sah ihm stirnrunzelnd nach, schüttelte noch einmal den Kopf, aber die Bewegung kam Katharina schon nicht mehr ganz so energisch vor wie bisher. »Ich habe nicht vor, es ihm zu sagen«, antwortete sie. »Macht euch keine Sorgen um mich. Ich bringe den Schlüssel zurück, und er wird nie erfahren, was wirklich geschehen ist.«

»Du meinst, dass du den Posten vor meiner Tür weggeschickt hast?«, fragte Vera. »Katharina hat Recht. Guy de Pardeville mag ein schlechter Mensch sein, aber er ist nicht dumm! Er wird zwei und zwei zusammenzählen, und dann bist du tot. Wenn du Glück hast.«

Edith zögerte. »Ich würde euch nur aufhalten«, sagte sie schließlich. »Ich bin eine alte Frau, und –«

»Bitte, Edith«, unterbrach sie Katharina. »Wir brauchen dich! Du musst uns den Weg zeigen. Ohne dich sind wir in den Sümpfen verloren!«

Edith schwieg. Es war zu dunkel, um den Ausdruck auf ihrem Gesicht zu erkennen, aber Katharina meinte den stummen Kampf nahezu spüren zu können, den sie mit sich selbst ausfocht.

»Aber das hier ist mein Zuhause«, sagte sie schließlich. »Es gibt keinen anderen Ort, an den ich gehen kann. Und ich könnte nie wieder zurück.«

»Wie ich das sehe, kannst du das ohnehin nicht mehr«, sagte Vera achselzuckend.

»Und Katharina hat Recht. Ich habe keine große Lust, aus einem finsteren Loch zu fliehen, um dann in einem anderen zu ertrinken. Wir brauchen dich. Katharina braucht dich.«

Edith schwieg noch einmal, noch länger. »Also gut«, sagte sie schweren Herzens. »Aber dann kommt! Wir haben schon viel zu viel Zeit verloren.«

*

Auf dem ersten Stück kamen sie gut voran. Das Gelände war beinahe eben, und es gab nicht allzu viele Hindernisse, denen sie ausweichen mussten oder die etwa in der Dunkelheit verborgen auf sie lauerten. Bald lag eine gehörige Entfernung zwischen ihnen und der Burg und eventuellen Verfolgern. Schloss Pardeville versank schon nach wenigen Schritten in der Dunkelheit hinter ihnen, und nur kurze Zeit darauf verklangen auch die Musik, der Lärm und das Gelächter. Und als Katharina sich das nächste oder übernächste Mal umsah, war auch der rote Widerschein am Himmel erloschen, und es schien, als wären sie vollkommen allein auf der Welt. Aber es war eine trügerische Stille, die nicht das Gefühl von Sicherheit brachte, nach dem sich Katharina so sehr gesehnt hätte.

Doch die Stille hielt nicht allzu lange an. Schon bald wurde der Boden unebener, und nicht Ediths, sehr wohl aber Veras Schritte begannen langsamer und vor allem ungleichmäßiger zu werden, und obwohl sie sich alle Mühe gab, sich nichts davon anmerken zu lassen, war bald nicht mehr zu übersehen, dass es ihr immer schwerer fiel, mit Edith und Katharina Schritt zu halten. Sie verlor kein Wort darüber, aber die Erkenntnis erschreckte sie zutiefst. – Vera hatte bisher in ihrer ganz eigenen Art eine Kraft und Energie ausgestrahlt, die sie schier unbesiegbar erscheinen ließ. Vielleicht hatte sie in den anderthalb Tagen, die sie in Pardevilles Kerker gewesen war, doch mehr erlitten, als sie Katharina gegenüber bisher zugegeben hatte.

Wenigstens das Wetter war auf ihrer Seite. Obgleich der Sommer noch lange nicht vorüber war, wurde es bald kühler, dann empfindlich kalt, sodass sie Edith im Stillen sehr dankbar für die warmen Mäntel waren, die sie ihnen gegeben hatte. Im gleichen Maße, in dem die Nacht fortschritt, bezog sich der Himmel mit Wolken, und es wurde immer dunkler.

Das Vorwärtskommen wurde immer schwieriger. Es lag nicht nur am Licht, das jetzt praktisch nicht mehr vorhanden war und selbst Edith und die Gauklerin, die kaum eine Armeslänge entfernt vor ihr hergingen, zu schwarzen Schatten ohne Tiefe oder klar abgegrenzte Konturen machte. Der Boden wurde jetzt tatsächlich sumpfiger, und sie musste immer genauer darauf achten, wohin sie ihre Füße setzte, um nicht in eine Pfütze zu treten oder über eine Wurzel zu stolpern, die in immer größerer Anzahl, gewundenen, pelzigen Schlangen gleich aus dem Gras und dem dichten Moos- und Flechtenteppich auf dem Boden herausragten. Mindestens zweimal blieb Edith plötzlich stehen, starrte konzentriert in die Dunkelheit und deutete dann kopfschüttelnd nach rechts oder links, um einen anderen Weg zu suchen. Ein moderiger, aber nicht wirklich unangenehmer Geruch hing in der Luft, und es war nicht mehr still. Wenn sie stehenblieben und lauschten – was immer öfter vorkam –, hörten sie ein beständiges Plätschern und Gluckern, manchmal auch Laute, die sie an kleine Tiere mit Zähnen und Klauen denken ließen, die in der Dunkelheit vor ihnen flohen. Büsche und knorriges Geäst wuchsen jetzt zahlreicher und dichter beieinander, und Katharinas Mantel verfing sich immer öfter in dem Geflecht aus dürren Zweigen, und es schien sie jedes Mal ein kleines bisschen mehr Kraft zu kosten, sich wieder loszumachen.

Irgendwann blieb Vera einfach stehen, beugte sich vor, um die Handflächen auf ihre Oberschenkel zu stützen, und schüttelte den Kopf, zum Zeichen, dass sie einfach nicht mehr weiter konnte. »Wohin bringst du uns?«, stieß sie atemlos hervor.

Edith, die schon ein paar Schritte weitergegangen war, ohne überhaupt gemerkt zu haben, dass die Gauklerin ihr nicht mehr folgte, machte kehrt und kam mit einer Miene zurück, in der sich Besorgnis und Ärger um die Vorherrschaft stritten. »Es ist nicht mehr weit«, sagte sie. »Vielleicht noch eine Stunde, wahrscheinlich weniger. Aber hier können wir nicht bleiben.«

»Was ist an diesem Ort anders als an einem anderen?«, murmelte Vera. Sie versuchte zu lachen (es misslang) und sich wieder ganz aufzurichten, was genauso misslang.

Edith tauschte einen raschen, aber sehr beredten Blick mit Katharina, bevor sie antwortete. »Zum Beispiel, dass wir hier Spuren hinterlassen, denen sie folgen können. Weiter drinnen in den Sümpfen trägt der Boden kein Pferd mehr, und er bewahrt auch keine Spur. Außerdem steigen dort üble Dämpfe aus der Erde, sodass selbst die Hunde unsere Witterung verlieren.«

»Hunde?«, entfuhr es Katharina erschrocken. Hugin und Munin, die sich die ganze Zeit über mucksmäuschenstill in ihrer Manteltasche verhalten hatten, piepsten erschrocken, als hätten sie das Wort verstanden.

Edith machte eine beruhigende Geste, das aber so hastig, dass sie damit eher die gegenteilige Wirkung erzielte. »Nur für alle Fälle«, behauptete sie. »Ich weiß nicht, ob sie Hunde mitbringen. Ich weiß ja nicht einmal, ob sie uns überhaupt verfolgen.«

Katharina fand, dass die grauhaarige Dienerin eine erbärmliche Lügnerin abgab, doch Edith gab ihr keine Gelegenheit zu einer entsprechenden Bemerkung, sondern zwang nun sogar ein beinahe überzeugend aufmunterndes Lächeln auf ihr Gesicht und fuhr mit einem Kopfschütteln fort: »Außerdem gibt es da etwas, was ich euch zeigen möchte.«

»Ach ja?«, murmelte Vera müde. »Und was?«

»Es ist leichter, es euch zu zeigen«, beharrte Edith. »Außerdem seid ihr dort in Sicherheit.«

Das hatte sie von diesem Sumpf auch schon behauptet, dachte Katharina, hütete sich aber, das laut auszusprechen. Sie trat dichter an Veras Seite, als sie ihren Weg fortsetzten, um nötigenfalls sofort zugreifen und sie auffangen zu können, sollten sie endgültig die Kräfte verlassen.

Das geschah nicht, aber Vera wurde noch langsamer, und schon bald lag es nicht mehr allein am immer sumpfiger und morastiger werdenden Untergrund mit seinen zahllosen Pfützen und heimtückischen Fallen, dass sie mehr nebeneinander her*stolperten* als wirklich gingen. Ihr Tempo sank abermals, und so brauchten sie deutlich mehr als die Stunde, von der Edith gesprochen hatte, um ihr Ziel zu erreichen.

Vielleicht kam es ihnen aber auch nur so vor, denn es wurde so dunkel, dass man kaum mehr die sprichwörtliche Hand vor Augen sehen konnte, und ihre Umgebung schien mit jedem Schritt unheimlicher und bedrohlicher zu werden. Bald marschierten sie wieder durch einen Wald, aber es war keiner, wie Katharina ihn jemals zuvor gesehen hatte. Die Bäume waren niedrig und wirkten allesamt verkrüppelt, und obwohl es zwischen ihnen und dem immer dichter und dorniger werdenden Unterholz kaum noch ein Durchkommen gab, wurde auch der Boden immer tückischer. Manchmal hatte sie das Gefühl, über ein mit Daunenfedern gefülltes Kissen zu gehen, das bei jedem Schritt unter ihrem Gewicht federte, manchmal trat sie in eine flache Pfütze, nur um festzustellen, dass sie fast bis zu den Oberschenkeln darin versank, und Edith blieb jetzt immer öfter stehen und sah sich unsicher um; mehr als einmal bedeutete sie ihnen, kehrtzumachen und einen anderen Weg zu suchen.

Schließlich stießen sie auf einen schmalen Bach, dem sie eine kleine Weile folgten, bis er sich in einen breiten Strom ergoss; vermutlich ein Nebenarm des Rhein. Katharina hatte noch nie davon gehört, dass es so etwas hier gab, geschweige denn einen Sumpf, sagte sich aber, dass das nichts zu bedeuten hatte. Bis vor wenigen Wochen war sie schließlich niemals weiter als eine halbe Stunde von ihrem Heimatdorf weggekommen.

Vera stolperte immer öfter, sodass sich Katharina immer mehr auf sie konzentrieren musste und entsprechend weniger auf ihre eigenen Schritte achten konnte, und so war es dann prompt sie, die irgendwann stolperte, mit wild rudernden Armen auf dem steil abfallenden Uferstreifen vollends den Halt verlor und nur deshalb nicht kopfüber ins Wasser fiel, weil Edith gedankenschnell zugriff und sie festhielt.

»Danke«, sagte sie automatisch.

Edith reagierte nur mit einem stummen Nicken, warf Katharina aber einen umso besorgteren Blick zu, während sie ihr wieder auf die Böschung hinaufhalf. Sie hatte sehr wohl gesehen, was wirklich geschehen war. »Es ist jetzt nicht mehr weit«, sagte sie. »Noch ein paar Schritte, und wir sind da.«

»Da?«, wiederholte Vera atemlos. »Wo, da?«

Statt zu antworten, deutete Edith auf den Fluss hinab. Katharinas Blick folgte der Geste. Im ersten Moment erkannte sie dort nichts als Schatten, vielleicht einen verschwommenen Umriss, als wären Unterholz und Gestrüpp dort ein Stück weit auf den Fluss hinausgewuchert. Allenfalls, dass er ihr vielleicht eine Winzigkeit zu regelmäßig vorkam.

»Ich sehe nichts«, beharrte Vera.

»Das ist ja auch im Allgemeinen die Absicht, die derjenige verfolgt, der sich die Mühe macht, etwas zu verstecken, nicht wahr?«, antwortete Edith mit einem schmalen Lächeln. »Und wie es aussieht, haben sie ihre Aufgabe gut erledigt. Folgt mir. Aber gebt acht. Es ist ein wenig steil.« So rasch, als wollte sie ihre eigenen Worte sofort Lügen strafen, eilte sie voraus und auf das vermeintliche Gebüsch zu, und Katharina folgte ihr gehorsam; eingedenk ihres Ungeschicks von gerade eben allerdings sehr vorsichtig.

Auf dem letzten Stück wäre sie dennoch beinahe gestürzt, denn die Böschung war hier noch ein gutes Stück steiler und zu allem Überfluss mit Moos und allerlei glibberigen Schlinggewächsen bedeckt, auf der ihre Füße kaum Halt fanden. Sich mehr von Ast zu Ast hangelnd als wirklich gehend, gelang es ihr immerhin, nicht so weit hinter Edith zurückzufallen, dass sie sie aus den Augen verloren hätte. Sie atmete erleichtert auf, als sie nach einem letzten, großen Schritt endlich wieder festen (wenn auch alles andere als ruhigen!) Boden unter den Füßen hatte, gewährte ihrem heftig klopfenden Herzen eine winzige Pause, um sich zu erholen, und drehte sich dann umso rascher herum, um Vera zu helfen.

Die Gauklerin war dicht hinter ihr und sogar noch blasser, als sie es gerade gewesen war, bedachte ihre hilfreich ausgestreckte Hand aber trotzdem nur mit einem beinahe trotzigen Blick und kletterte aus eigener Kraft zu ihr herab.

»Ein Schiff«, sagte sie gepresst. »Wie originell!«

»Vor allem ist es gut versteckt«, fügte Edith hinzu. »Hier wird euch niemand finden. Keiner weiß von seiner Existenz.«

Vera sah sich missmutig um und nickte. »Außer denen, die es hier versteckt haben«, vermutete sie.

Edith stimmte ihr zwar mit einem angedeuteten Nicken zu, schüttelte aber beinahe sofort wieder den Kopf. »Damit hast du zwar Recht«, sagte sie, »aber die Besitzer dieses Schiffes sind im Moment mit anderen Dingen beschäftigt, glaubt mir.«

Vera sah sie beinahe noch ärgerlicher an, behielt ihren entsprechenden Kommentar aber immerhin für sich und seufzte nur tief. Statt weiter herumzusticheln, ging sie mit unsicheren kleinen Schritten zur anderen Seite des schmalen Schiffes und ließ sich mit angezogenen Knien gegen die niedrige Bordwand sinken, die ihr selbst in dieser Position nicht einmal den halben Rücken hinaufreichte. Katharina folgte ihr, setzte sich nach kurzem Zögern ebenfalls und befreite endlich die beiden kleinen Kätzchen aus ihren Manteltaschen. Hugin und Munin machten ihrem Unmut über die bisherige entwürdigende Behandlung lautstark Luft und begannen sofort, ihre neue Umgebung zu erkunden. Nachdem Katharina sich mit einem verstohlenen Blick in Veras erschöpftes Gesicht davon überzeugt hatte, dass sie von ihr auch keine weitere Erklärung bekommen würde, tat sie dasselbe.

Vom Ufer aus betrachtet war das schlanke Boot so gut wie unsichtbar gewesen, und Katharina vermutete, dass das wohl auch tagsüber der Fall sein würde – obwohl ihr dieser Aufwand ein wenig übertrieben erschien; sie konnte sich nicht vorstellen, dass es allzu viele gab, die sich in diese unwirtliche Gegend verirrten. Und selbst wenn … letzten Endes war es nur ein Schiff, ein Anblick, der an einem Fluss nun wirklich nicht so außergewöhnlich war, dass man ihn vor neugierigen Augen verstecken musste.

»So«, murmelte Vera plötzlich, leise und ohne dass sie sich die Mühe gemacht hätte, dabei die Augen zu öffnen. »Und du warst also der Meinung, wir hätten das hier schon allein gefunden, wenn du uns den Weg nur gut genug erklärt hättest?«

Katharina verstand erst jetzt, dass die Worte nicht ihr, sondern Edith galten, und vielleicht erging es der grauhaarigen Dienerin ebenso, denn es dauerte eine geraume Weile, bis sie überhaupt eine Antwort bekam.

»Nein«, sagte sie knapp.

»Aha«, murmelte Vera. Sie öffnete nun doch die Augen, wandte in einer müden Bewegung den Kopf und sah zu der Gestalt im schwarzen Kapuzenmantel hin. Edith hatte sich ein gutes Stück von ihnen entfernt – fast so weit, wie es auf dem kleinen Schiff überhaupt möglich war – und sah auch nicht direkt in ihre Richtung, aber es war seltsam: Katharina meinte regelrecht spüren zu können, wie unwohl sie sich plötzlich fühlte und welche Überwindung es sie kostete, überhaupt zu antworten.

»Wahrscheinlich hättet ihr es nicht gefunden.«

»Und das sollten wir auch nicht, nehme ich an«, sagte Vera. Da war etwas in ihrer Stimme, das Katharina beunruhigte, obwohl sie nicht genau sagen konnte, warum.

Edith zuckte die Achseln. Katharina sah die Bewegung nicht wirklich, aber sie hörte das Rascheln ihres Mantels. »Vielleicht habe ich jetzt alles nur noch schlimmer gemacht«, murmelte sie.

»Vielleicht«, gab Vera zurück, und ihre Stimme war jetzt eindeutig schärfer, vorwurfsvoll, »wäre es allmählich an der Zeit, uns reinen Wein einzuschenken, meinst du nicht?«

Reinen Wein einschenken? Katharina setzte sich etwas gerader auf. »Was meinst du –?«

Vera unterbrach sie mit einer herrischen Geste, ohne dass ihr Blick die schwarze Silhouette am Heck des Schiffes losgelassen hätte. »Mir bist du nichts schuldig, Edith«, sagte sie. »Aber diesem Kind hier schon, glaubst du nicht auch?«

Edith antwortete auch darauf nicht sofort, aber Katharina sah, dass sie sich unter den Worten der Gauklerin wie unter einem Hieb krümmte, und plötzlich tat ihr die alte Frau leid, und sie verspürte Zorn auf Vera. Immerhin hatte Pardevilles Dienerin ihr Leben riskiert, um sie und die Gauklerin zu retten.

»Lass sie in Ruhe!«, sagte sie streng. »Siehst du nicht, wie ungerecht du bist?«

»Ungerecht?« Vera hörte endlich auf, Edith anzustarren, und drehte betont langsam den Kopf, um nun stirnrunzelnd auf Katharina herunterzublicken. »Ich?«, vergewisserte sie sich. Dann lachte sie, aber nur ganz leise, kurz und bitter. »Hast du es eigentlich immer noch nicht begriffen, du dummes Kind?«

»Was?«, fragte Katharina verstört.

Sie machte eine Kopfbewegung zu Edith hin. »Frag sie, wer schuld daran ist, dass wir überhaupt hier sind.«

»Wie bitte?«, murmelte Katharina verwirrt. Hatte Vera jetzt den Verstand verloren?

»Und bei der Gelegenheit«, fuhr Vera erbarmungslos fort, »frag sie doch auch gleich, wessen Schuld es ist, dass Wulfgar Burg Ellsbusch geschleift und deinen Bruder entführt hat.«

Katharina verstand jetzt gar nichts mehr. Sie starrte die Gauklerin einfach nur an, und ihre Gedanken kreisten immer schneller, in dem vergeblichen Versuch, ihren Worten irgendeinen Sinn abzugewinnen. Vielleicht hatten der anstrengende Marsch und das, was sie in Pardevilles Kerker erlitten hatte, ihr einfach die Gedanken verwirrt, und sie redete Unsinn.

Dann wurde ihr klar, dass die Einzige, die Unsinn dachte, sie selbst war. Veras Worte überraschten sie nicht einmal wirklich. Tief in ihrem Inneren hatte sie es die ganze Zeit über geahnt.

»Du … du bist … meine Mutter?«, flüsterte sie mit dünner, beinahe brechender Stimme.

Edith schwieg gerade lange genug, um ihren Gedanken Zeit für die wildesten Spekulationen und ihrem Herzen für eine vollkommen widersinnige, verzweifelte Hoffnung zu geben, doch dann schüttelte sie den Kopf, schlug mit beiden Händen die Kapuze ihres Mantels zurück und kam langsam auf sie zu. »Nein«, sagte sie. »Es tut mir leid, mein Kind, wenn es das ist, was du erhofft hast. Ich bin nicht deine Mutter.«

Es war Katharina unmöglich, in ihrem Gesicht zu lesen, obwohl sie nun nahe genug war. Die grauhaarige Frau lächelte, und wenn Katharina jemals das Lächeln einer Mutter gesehen hatte, war es das, was sie jetzt auf ihren Zügen erblickte. Aber Ediths Augen waren auch dunkel vor Schmerz, und als sie weitersprach, hörte Katharina in ihrer Stimme einen tiefen Kummer, den keine Macht und alle Zeit der Welt nicht lindern konnten.

»Und trotzdem hat deine Freundin Recht, mein Kind. Das alles hier ist meine Schuld. Es tut mir so unendlich leid, glaub mir. Ich gäbe mein Leben dafür, es rückgängig machen zu können, aber das kann ich nicht.«

»Was?«, fragte Katharina mit klopfendem Herzen.

Statt zu antworten, kam Edith noch einmal einen Schritt näher und maß die Gauklerin neben ihr mit einem fast flehenden Blick. »Du hast es ihr nicht gesagt?«

»Was gesagt?«, verlangte Katharina zu wissen. Ihr Herz jagte plötzlich, und ihre Stimme klang selbst in ihren eigenen Ohren schrill.

Vera schüttelte den Kopf. »Nein«, antwortete sie, ohne Katharinas Frage zu beachten. »Ich war der Meinung, dass das deine Aufgabe ist.«

»Ja, und damit hast du wahrscheinlich Recht«, sagte Edith traurig. Sie blickte nun wieder auf Katharina herab, und der Anteil von Kummer in ihren von unzähligen winzigen Falten eingerahmten Augen wurde noch größer. Sie schwieg eine schiere Ewigkeit lang, nahm dann Katharina gegenüber auf dem feuchten Deck Platz und bemühte sich vergebens, ihrem Blick standzuhalten. Keiner konnte ihr ansehen, wie verzweifelt sie um Worte rang, ohne sie zu finden.

Schließlich war es nicht Edith, sondern Vera, die das immer unerträglicher werdende Schweigen brach, indem sie sich umständlich und mit einer Anzahl kleiner, ächzender Laute in die Höhe stemmte. »Ich lasse euch beide einen Moment allein«, sagte sie.

»Das ist nicht –«, begann Katharina fast erschrocken und brach dann mitten im Satz ab, als sie den kleinen, dankbaren Blick registrierte, den Edith der Gauklerin zuwarf. Vera wandte sich um und schlurfte mit hängenden Schultern und kleinen, mühsamen Schritten zum Bug hin, und Edith ließ noch einmal Zeit verstreichen, bis sie so allein waren, wie es auf dem kleinen

Schiff und in der fast vollkommenen Stille der Nacht überhaupt möglich war. Selbst wenn sie flüsterten, würde Vera dennoch jedes Wort verstehen, aber Katharina begriff immerhin, warum sie sich zumindest bemühte, den Anschein zu wahren, und empfand ein kurzes, aber sehr tiefes Gefühl von Dankbarkeit.

Edith hob die Hand unter dem Mantel hervor, griff nach ihren Fingern und hielt sie fest, ganz so, wie es eine gütige Großmutter tun mochte, wenn sie ein Kind trösten wollte, dass sich verletzt oder einen großen Verlust erlitten hatte. Katharina hatte eine solche Situation niemals erlebt, aber wenn sie versucht hätte, sie sich vorzustellen, dann wäre es ungefähr so gewesen. Statt die Hand zurückzuziehen, wie es ihr allererster Impuls war, hatte sie doch zeit ihres Lebens jegliche Berührung vermieden, wo es nur ging, hob sie ihrerseits die andere Hand und ergriff die der Dienerin.

»Ich bin nicht deine Mutter, Kara«, begann Edith. *Aber wenn das stimmte, warum benutzte sie dann ihren wirklichen Namen, nicht den, den mir die Menschen in diesem Land gegeben haben?* »Aber ich habe sie gekannt, das ist wahr. Und ich habe auch dich gekannt, als du noch ein kleines Kind warst.«

Katharina spürte, wie sich ihre Augen weiteten. »Du?«, hauchte sie. »Aber wie –?«

»Deine Mutter und ich waren Freundinnen«, fuhr Edith fort. »Als deine Mutter noch in der Trelleborg in eurer Heimat gelebt hat, da war ich ihre Zofe, aber sie war eine gute Herrin, und sie war stets der Meinung, dass kein Mensch das Recht haben sollte, einen anderen zu besitzen oder ihm seinen Willen aufzuzwingen. So wurden wir Freundinnen, auch wenn sie stets meine Herrin geblieben ist.«

»Dann … dann hast du sie gekannt?«, murmelte Katharina, vollkommen widersinnig und im Grunde nur als Ausdruck ihrer Überraschung. »Und Erik und Arla und all die anderen auch und –«

Edith unterbrach sie mit einem Kopfschütteln und der Andeutung eines sanften Lächelns. Der Ausdruck von Kummer blieb in ihren Augen, nun aber gesellte sich noch etwas anderes hinzu, das ihren Schmerz vielleicht nicht linderte, es ihr aber leichter zu machen schien, ihn zu ertragen.

»Selbstverständlich habe ich sie alle gekannt«, antwortete sie. »Und auch deinen anderen Großvater, Wulfgar, Eriks Bruder.«

»Und auch … meinen Vater?«, fragte Katharina stockend.

»Wulfgars Sohn, Wulfigar.« Etwas wie ein Schatten huschte über Ediths Gesicht und erlosch wieder, bevor Katharina ganz sicher sein konnte. »Er war kein guter Mann, mein Kind, auch wenn er dein Vater war – er war ungewöhnlich aufbrausend und brutal. Erik war gegen diese Ehe, so wie fast alle anderen, aber deine Mutter hat ihn geliebt, und wo das Herz regiert, da gilt die Stimme der Vernunft nicht mehr viel. Und vielleicht ist das richtig so.« Sie lächelte flüchtig und wurde dann mit einem Seufzen wieder ernst.

»Schließlich hat Erik der Verbindung dann doch zugestimmt, weil er seine Tochter liebte, und vielleicht auch, weil er wollte, dass diese Ehe das Verhältnis zwischen den beiden zerstrittenen Familien verbessern könnte. Und eine Weile sah es ganz danach aus, vor allem, als dein Bruder und du auf die Welt kamt.«

»Aber es hat nicht funktioniert«, sagte Katharina.

»Nein.« Edith schüttelte den Kopf. »Die Ansichten waren zu unterschiedlich. Wulfgar war auf brutale Raubzüge aus, Erik hat auf friedlichen Handel gesetzt. Darüber kam es zum Streit, dann zum offenen Krieg. Als deine Mutter dem entfloh, habe ich sie begleitet.«

So weit kannte Katharina die Geschichte bereits, und Ediths Worte deckten sich mit dem, was sie schon von Arla und Erik gehört hatte. Dennoch hing sie weiter wie gebannt an Ediths

Lippen, selbst wenn sie eine ganze Weile nichts wirklich Neues hörte.

»Wir waren länger als ein Jahr unterwegs«, erzählte Edith schließlich. »Immer auf der Flucht vor Wulfgars und Eriks Männern. Und schließlich geschah ein Unglück.« Ihre Stimme wurde leiser und drohte zu brechen, und Katharina konnte ihr den Schmerz ansehen, den ihr die Erinnerung bereitete. Sie gab ihr hinlänglich Zeit, bevor sie sie mit einem leisen Räuspern daran erinnerte, dass ihre Geschichte noch nicht zu Ende war.

»Es geschah ein Unglück. Wir waren wieder einmal auf der Flucht … ich weiß nicht einmal, vor welcher der beiden Familien. Ein Sturm zog auf. Ich weiß noch, dass deine Mutter Angst hatte, an Bord zu gehen, aber dein Vater hat sie letzten Endes überredet, denn er hoffte, dass der Sturm auch unsere Verfolger dann hindern würde, uns weiter zu folgen, und er war ein ausgezeichneter Seemann, vielleicht der beste, den es jemals gab.«

Sie ließ Katharinas Finger los, um eine deutende Geste mit beiden Händen zu machen. »Dies hier war sein Schiff, die *Heimdall*. Es war ein prachtvolles Schiff. Das schnellste, das je gebaut wurde.«

»Das hier?« Katharina sah sich aus großen Augen um. Dass dieses Schiff anders war als die *Sturmvogel* oder das namenlose Schiffchen, mit dem Guthenfels sie in Bjarnisund abgeholt hatte, war ihr sofort aufgefallen, aber erst jetzt sah sie, dass es sich tatsächlich um eine *Drakkar* handelte; eines der schlanken Drachenboote der Wikinger. Die eingezogenen Ruder, die Tatsache, dass die großen Rundschilde an der Reling fehlten und vor allem die aufwändige Tarnung und die fast vollkommene Dunkelheit gaben sich alle Mühe, es zu einem formlosen Schatten zu machen, aber nun, einmal darauf aufmerksam geworden, erkannte sie den hochgezogenen Bug mit dem geschnitzten Drachenkopf und die schlanke Bauweise umso deutlicher.

»Das ist …«, murmelte sie fassungslos.

»Die *Heimdall*, ja«, führte Edith den Satz mit einem Nicken zu Ende. »Wir sind hier gestrandet, in diesem Seitenarm. Die Mannschaft war tot, und dein Vater …« Sie unterbrach sich für einen Moment, und wieder schien ein unsichtbarer Schatten über ihr Gesicht zu gleiten, als die Erinnerung an jene schrecklichen Augenblicke vor zehn Jahren sie zu überwältigen drohten. Katharina geduldete sich, bis sie von sich aus weitersprach. »Auch deine Mutter wurde verletzt, und du wärst um ein Haar ertrunken. Erinnerst du dich nicht daran?«

Katharina schüttelte zwar automatisch den Kopf, aber noch bevor sie die Bewegung beendet hatte, war sie schon nicht mehr ganz sicher. Auch die Worte der alten Frau ließen keine Erinnerungen oder gar Bilder in ihr aufsteigen, aber sie begann zu ahnen, warum sie zeit ihres Lebens so große Angst vor dem Wasser gehabt hatte. Selbst jetzt, wo das Schiff sicher vertäut und das Ufer nur einen halben Schritt entfernt war, fühlte sie sich nicht besonders wohl.

»Deine Mutter und du waren die einzigen Überlebenden«, fuhr Edith fort. »Und auch sie war mehr tot als lebendig.«

»Und warum hier?«, mischte sich Vera ein. »Ihr wolltet nicht zufällig Guy de Pardeville um Hilfe bitten, den größten Feind, den euer Volk in diesem ganzen Land hat?«

Edith schüttelte traurig den Kopf. »Der Sturm hat uns hier ans Ufer geworfen. Vielleicht war es der Wille der Götter, oder einfach Zufall … wer will das sagen? Wir brauchten zwei Tage, um wieder zu Kräften zu kommen, und zwei weitere, um uns zu orientieren und zu entscheiden, wohin wir gehen sollten.«

Sie sah Katharina erwartungsvoll an, als wäre sie sicher, damit alles gesagt zu haben, was von Wichtigkeit war, aber es war Vera, die nun wieder näher kam und dann – sehr leise – sagte: »Wulfgar.«

»Ja.« Edith nickte traurig. »Deine Mutter hatte große Angst vor ihm, denn er war so ganz anders als sein Bruder Erik. Und nicht nur das. Es heißt, dass Wulfgar ein Auge auf deine Großmutter geworfen hatte und dass Erik und Wulfgar deswegen in ihren jungen Jahren in schrecklichen Streit geraten seien. Dadurch ist es zum endgültigen Bruch zwischen den beiden ungleichen Brüdern gekommen.«

Wulfgar hatte ihrer Großmutter nachgestellt? Hätte es dann nicht passieren können, dass sie Wulfgars statt Eriks Enkeltochter geworden wäre?

Der Gedanke war so ungeheuerlich, dass Katharina beinahe laut aufgelacht hätte. Aber auch nur beinahe. »Hat Wulfgar denn Chancen bei meiner Großmutter gehabt?«, fragte sie stattdessen mit pochendem Herzen.

Edith schüttelte den Kopf. »Das wohl kaum. Trotzdem muss Erik vor Wut geschäumt haben, als er davon erfuhr. Wulfgar versuchte sich rauszureden, indem er behauptete, deine Großmutter sei doch nicht von ihrem Volk und damit nicht viel mehr wert als eine Sklavin. Du kannst dir vorstellen, dass er damit Öl auf Eriks Feuer der Empörung gegossen hat.«

Und ob sich das Katharina vorstellen konnte – schließlich kannte sie Erik mittlerweile gut genug, um zu wissen, dass er zwar der besonnenere der beiden Brüder war, und dennoch sehr hitzig reagieren konnte.

»Natürlich hatte Wulfgar dann später auch für deine Mutter und Arla nur Verachtung übrig«, fuhr Edith fort. »Als die Töchter von Erik und einer Einheimischen hat er sie nicht als vollwertige Wikinger akzeptiert.«

»Und wie hat meine Mutter darauf reagiert?«

»Es hat sie nicht weiter interessiert. Viel schlimmer war für sie, dass Erik ihren eigenen Ehemann abgelehnt hat.« Ediths Blick wurde plötzlich hart. »Und jetzt Schluss damit. Du weißt jetzt, warum deine Mutter Wulfgar nicht gerade in ihr Herz geschlossen hatte.«

»Ja«, pflichtete ihr Vera bei, die dem Gespräch mit grimmiger Miene gefolgt war. »Ich glaube, das versteht jeder. Aber nicht das, was ihr damals nach dem Unglück hier getan habt.«

»Was habt ihr denn getan?«, fragte Katharina rasch.

Edith verzog das Gesicht, als hätte sie auf eine saure Frucht gebissen. »Das, was getan werden musste, um dein Leben zu retten, mein Kind. Hier konnten wir nicht bleiben, das war uns sofort klar. Pardeville hätte euch beide getötet oder euch Schlimmeres angetan, und ich glaube, deine Mutter hat gespürt, dass ihr Ende nahe war. Und ganz gleich, was man über Wulfgar denken und sagen mag, und egal, ob er euch für vollwertige Wikinger gehalten hat oder nicht: Er hätte dich mit Leib und Leben beschützt und jeden erschlagen, der dir ein Haar hätte krümmen wollen.«

Ja, das konnte sich Katharina vorstellen. Das Schwert war ihm im Gegensatz zu Erik schon immer näher gewesen als jede Vernunft.

»Aber was war mit Erik?«, sprach Vera Katharinas Gedanken aus. »Welcher Teufel hat euch geritten, euch ausgerechnet für Wulfgar zu entscheiden – und nicht für Erik?«

»Da gab es gar nichts zu entscheiden«, antwortete Edith bitter. »Wir mussten uns an den wenden, der für uns erreichbar sein würde – und darauf hoffen, dass sich später schon alles richten würde.«

»Wenn das schon alles so sein musste«, sagte Vera böse. »Warum habt ihr euch dann nicht direkt an Wulfgar gewandt? Warum seid ihr ausgerechnet nach Ellsbusch gegangen?«

Katharina warf ihr einen mahnenden Blick zu. Warum machte sie Edith Vorwürfe? Spürte sie denn nicht, wie sehr die alte Frau unter den Erinnerungen litt, die ihre eigenen Worte heraufbeschworen?

Edith lächelte traurig. »Es ist eine Tagesreise von hier bis zu Wulfgars Lager. Das hätten wir niemals geschafft. Doch Ellsbusch war für uns erreichbar.«

»Und was hat euch so sicher gemacht, dass euch ausgerechnet der Graf helfen würde?«, hakte Vera nach.

»Weil er ein alter Verbündeter von Wulfgar war«, antwortete Edith. »Das wussten wir von Karas Vater. Deswegen wollten wir dort erst einmal Unterschlupf suchen.«

Vera seufzte. Es klang ein bisschen resigniert. »Und da habt ihr geglaubt, er würde euch helfen, zu Ellsbusch zu gelangen, um zu versuchen, sein Herz zu erweichen und an seine Freundschaft zu Wulfgar zu appellieren?« Sie lachte böse. »Nimm es mir nicht übel, aber das war naiv. Ihr hattet wenig Erfahrung mit den hiesigen Adligen, wie?«

»Er hat uns betrogen«, sagte Edith bitter. »Doch als uns klar wurde, dass er seine eigenen Pläne verfolgt, war es zu spät.« Ihre Augen schimmerten feucht, als sie sich wieder direkt an Katharina wandte, und ihre Stimme klang angestrengt. »Deine Mutter starb noch in derselben Nacht, mein Kind. Ich glaube, an gebrochenem Herzen, als sie begriff, was sie getan hatte. Ich konnte mit Mühe und Not entkommen, doch auch ich war verletzt und krank. Deshalb habe ich auch nicht mitbekommen, was mit dir geschehen ist. Glaub mir, ich hätte mein Leben geopfert, um dich zu retten, aber es ging nicht.«

Ihre Stimme versagte endgültig. Sie gewann den Kampf gegen die Tränen, hatte aber nicht mehr die Kraft, weiterzusprechen, und Katharina griff nach ihrer Hand, um sie zu halten und ihr so den einzigen Trost zu spenden, zu dem sie imstande war. Dabei sollte es doch eigentlich genau andersherum sein.

»Und Guy de Pardeville hat zehn Jahre gewartet, um Kapital daraus zu schlagen?«, wunderte sich Vera.

»Er wusste von nichts«, antwortete Edith. »Gute Menschen haben mich gesund gepflegt, und ich habe eine Anstellung auf Schloss Pardeville gefunden. Er wusste nicht, wer ich war, und da ich eure Sprache gut kannte, hat er in all der Zeit niemals Verdacht geschöpft. Ich dachte, ich könnte ein wenig auf dich achten, wenn du älter wirst … aber ich habe alles nur noch schlimmer gemacht. Wäre ich doch in jener Nacht gestorben, anstelle deiner Mutter!«

»Das ist doch Unsinn!«, antwortete Katharina heftig; beinahe empört. »Was hast du denn Schlimmes getan?«

»Es ist meine Schuld, dass Pardeville alles erfahren hat«, sagte Edith traurig. »Ich dummes altes Weib habe alles ausgeplaudert, in einem Moment der Schwäche. Ich wollte es nicht, aber Worte sind so schnell gesprochen und so unmöglich wieder zurückzunehmen.«

»Du hast es Pardeville *erzählt?«*, ächzte Vera.

»Nein«, antwortete Edith, leise und ohne aufzublicken. »Aber jemandem, von dem ich dachte, ich könnte ihm vertrauen. Meiner einzigen und besten Freundin.«

»Man kann niemandem vertrauen!«, schnaubte Vera. »Und denen, von denen man es glaubt, am allerwenigsten.«

*

Die Nacht schien kein Ende zu nehmen. Die Stunden schleppten sich dahin, ohne dass sich Mond und Sterne am Himmel sichtbar zu bewegen schienen, und die Stille schien mit jedem Moment intensiver und drückender zu werden, wie ein unsichtbarer Nebel, der sich über die Welt gelegt hatte und nicht nur alle Geräusche fraß, sondern auch das Atmen schwer machte.

Katharinas Hoffnung, von der alten Dienerin mehr über ihre Mutter und deren Schicksal zu erfahren, hatte sich nicht erfüllt. Edith war bald in dumpfes Brüten verfallen, offenbar überwältigt von ihren Erinnerungen und dem Schmerz, den sie mit sich gebracht hatten, und auch Vera war immer schweigsamer geworden und hatte sich schließlich an der Reling zusammengerollt, um vorgeblich zu schlafen, sodass Katharina endlose Stunden allein mit ihrem Kummer und der Stille verbrachte. Erst, als sich das erste Grau der Dämmerung mit dem gleichfarbigen Nebel mischte, der wie ein Wald aus dürren Hexenfingern vom Fluss aufstieg, wachte Vera wieder aus ihrem (vermutlich gespielten) Schlaf auf, sagte aber immer noch kein Wort, sondern schlurfte zum hinteren Teil der *Heimdall*, um sich zum Wasser hinabzubeugen und sich zu erfrischen.

Katharina überlegte ganz kurz, dasselbe zu tun, dachte dann daran, wie kalt das Wasser sein musste und entschied sich dagegen.

Stattdessen stand sie auf, beschränkte ihre Morgentoilette darauf, ausgiebig zu gähnen und sich noch ausgiebiger zu recken, spielte eine kleine Weile mit den Katzen und nutzte dann das heller werdende Licht, um sich das Schiff zum ersten Mal genauer anzusehen.

Allzu viel gab es gar nicht zu entdecken. Die *Heimdall* war ein typisches Drachenboot, ähnlich Eriks Schiffen, oder auch der *Fenrir*, nur dass sie deutlich kleiner war, und ein gutes Stück schlanker. Katharina verstand rein gar nichts von Schiffen, aber sie hatte gesehen, wozu diese schnellen Angriffsboote imstande waren, und sie konnte sich gut vorstellen, wie schnell und wendig dieses Schiff sein mochte.

Und wenn man es genau nahm, musste sie es sich nicht einmal vorstellen. Es war ja nur wenige Tage her, da hatte sie es mit eigenen Augen gesehen.

Die Erkenntnis überfiel sie mit solcher Plötzlichkeit, dass sie sich mit einem erschrockenen Keuchen aufrichtete und herumfuhr. Sie *kannte* dieses Schiff! Sie hatte am eigenen Leibe erfahren, welch entsetzliches Gefühl es war, den geschnitzten Drachenkopf an seinem Bug wie das Haupt eines rachsüchtigen Meeresungeheuers auf sich zurasen zu sehen …

»Und ich dachte schon, du merkst es überhaupt nicht.«

Veras Stimme drang aus einem kleinen Boot zu ihr, das am Heck der *Heimdall* festgebunden war und schwach, aber ohne

Unterlass an seiner Fessel zerrte. Katharina sah sie einen Moment lang ebenso verwirrt wie erschrocken an, machte dann einen einzelnen Schritt in ihre Richtung und blieb sofort wieder stehen, um sich noch einmal und womöglich noch erschrockener umzusehen. Ihre Augen logen nicht, so wenig wie ihre Erinnerung, aber es war doch trotzdem un-mög-lich!

Sie war sicher, nicht den geringsten Laut von sich gegeben und erst recht keine verräterische Bewegung gemacht zu haben, doch als sie sich schließlich wieder zu Edith umdrehte, blickte die alte Dienerin sie alarmiert an.

»Was hast du, mein Kind?«, fragte sie.

Katharina antwortete nicht darauf, doch Vera tat es an ihrer Stelle, während sie geschickt wieder aus dem kleineren Boot heraufkletterte. »Ach, es ist nichts«, sagte sie spöttisch. »Ich nehme an, die Wiedersehensfreude hat ihr die Sprache verschlagen. Es ist doch immer wieder schön, alte Freunde zu treffen.«

»Ich verstehe nicht, wovon du redest.«

»Ach nein?« Vera verzog die Lippen zu einem durch und durch humorlosen Lächeln und machte eine deutende Geste in die Runde. »Das hier ist also das Schiff, das vor zehn Jahren hier gestrandet ist? Ich finde dafür, dass die ganze Besatzung umgekommen ist, ist es in sehr gutem Zustand …, vor allem nach der langen Zeit.«

»Jemand hat es gefunden und Pardeville gemeldet«, antwortete Edith. »Er hat es wieder richten lassen. Ein Schiff ist ein wertvolles Gut.«

»Vor allem so ein Schiff«, pflichtete ihr Vera bei. Edith runzelte noch tiefer die Stirn, und die Gauklerin ließ ganz bewusst noch einen Moment verstreichen, bevor sie mit dramatischer Gestik fortfuhr: »Es war genau dieses Schiff, das uns auf dem Rückweg von Bjarnisund angegriffen hat.«

»Die *Heimdall?«* Edith schüttelte impulsiv den Kopf. »Unsinn! Warum solle Wulfgar –«

»Wer hat etwas von Wulfgar gesagt?«, fiel ihr Vera ins Wort. »Es waren Männer in der Kleidung und mit den Waffen der Wikinger, mehr war nicht zu erkennen … auch wenn sie Pfeile auf uns abgeschossen haben, wie sie die Nordmänner normalerweise nicht benutzen.«

»Und was willst du damit sagen?«

»Rein gar nichts.« Vera sah sich übertrieben pantomimisch um. »Das wäre ja genau so ein Unsinn, als würde ich behaupten, dass sich jemand ganz besondere Mühe gemacht hat, in Hostenansis Spuren zu hinterlassen, die auf Wulfgar und seine Männer hinweisen. Das wäre doch Unsinn, nicht wahr? Ich meine: Warum sollte jemand so etwas tun?«

»Um den Hass auf die Wikinger zu schüren«, sagte Edith düster. »Ja, das sähe Pardeville ähnlich.« Trotzdem schüttelte sie den Kopf. »Aber warum haben sie euch und den Baron dann am Leben gelassen?«

»Aber was nutzt denn das schönste Theaterstück, wenn niemand übrig bleibt, um davon zu erzählen?«, gab die Gauklerin spöttisch zurück. »Glaub mir, im Possenspielen und Intrigieren macht uns niemand etwas vor. Baron zu Guthenfels wird heute mit seinem gesamten Heer hier auftauchen, und spätestens morgen bei Sonnenaufgang greifen sie Wulfgars Lager an. Und ich glaube nicht, dass er noch viel Gnade walten lassen wird, nachdem er am eigenen Leibe erlebt hat, wozu diese *blutrünstigen Barbaren* aus dem Norden fähig sind.« Sie lachte noch einmal bitter. »Und wenn du immer noch zweifelst, alte Freundin, dann frag dich, warum sie Katharina nicht mitgenommen haben.«

»Wie?«, murmelte Katharina verstört. »Du glaubst, Guy de Pardeville hat das alles … inszeniert?«

»Nein«, antwortete Vera ruhig. »Ich glaube es nicht. Ich weiß es. Und du solltest es eigentlich auch wissen, Kind.«

Katharina wollte antworten – sie wusste selbst nicht, was –, doch in diesem Moment erscholl ein raschelndes Knacken am

Ufer über ihnen, und ein hochgewachsener Mann in auffälliger Kleidung und mit schulterlangen schwarzen Locken tauchte aus dem Unterholz auf.

»Eine beeindruckende Rede«, sagte er, während er spöttisch zu applaudieren begann. »Du solltest sie dir unbedingt merken, Schwester. Vielleicht können wir sie in unser nächstes Theaterstück einbauen.«

Das Rascheln wurde noch lauter, und ein haariger schwarzer Schatten mit hellem Gesicht flitzte durch das Unterholz heran, sprang mit einem schrillen Kreischen an Bord und mit einem noch schrilleren Schnattern und Keifen mit einem einzigen Salz auf Veras Schulter hinauf.

»Arden!«, rief Vera, vielleicht ein wenig atemlos, da sie sich der stürmischen Liebesbezeugungen des Äffchens zu erwehren versuchte. »Wo warst du so lange, zum Teufel? Ich hatte schon Angst, dass du gar nicht mehr kommst! Hast du dich wieder mal verlaufen?«

»Beschwer dich bei deinem kleinen Mistvieh da«, antwortete Arden. Genau so zielsicher wie Dwegr zuvor, aber deutlich langsamer und uneleganter begann er sich einen Weg durch das tarnende Gebüsch zu bahnen und setzte schließlich mit einem Sprung auf die *Heimdall* über, unter dem das ganze Boot zu wanken begann.

»Dein kleiner Freund hatte so seine Schwierigkeiten, deine Spur zu finden. Vielleicht solltest du dir überlegen, ihn gegen einen Hund einzutauschen.«

Vera verzog nur spöttisch die Lippen, aber Dwegr bleckte seine kleinen, aber dennoch beeindruckenden Zähne und zischte ihn so wütend an, als hätte er die Worte verstanden.

»Es war nicht einfach«, fuhr Arden fort, indem er übergangslos ernst wurde. »Die Gegend wimmelt von Pardevilles Männern, die jeden Stein umdrehen und hinter jeden Busch schauen. Eure Flucht scheint deinen neuen Verehrer ziemlich erbost zu haben, Schwesterherz.« Er seufzte. »Sie sind kurz vor Mitternacht in unserem Lager aufgetaucht und haben es so gründlich durchsucht, wie man es eben tut, wenn man einen Vorwand braucht, um alles kurz und klein zu schlagen. Aber schließlich sind sie wieder gegangen … und das sogar, ohne jemanden umzubringen.«

»Ist dir jemand gefolgt?«, fragte Vera.

Arden stieß die Luft durch die Nase aus. »Scheint die Sonne in der Nacht?«

»Und die anderen?«

»Ziehen am Rhein entlang in unsere Richtung«, antwortete Arden. »Zusammen mit dem, was von unserem Lager übrig ist.« Er machte eine Kopfbewegung nach rechts, den morastigen Fluss hinab. »Wir müssten an der Mündung auf sie stoßen, wenn wir gleich losmarschieren.« Er sah sich demonstrativ um. »Oder dieses prachtvolle Schiffchen nehmen. Es gefällt mir. Woher hast du es?«

»Eine großzügige Spende von meinem neuen Verehrer, Guy de Pardeville«, antwortete Vera. »Als Entschädigung für alles, was er getan hat, wäre das nur angemessen … aber ich fürchte, dass es im Moment nicht ratsam ist, sich auf einem Schiff wie diesem blicken zu lassen.«

»Ja, damit hast du wohl Recht, fürchte ich.« Arden seufzte. »Obwohl es wirklich schade darum ist. Ein Schiff wie dieses habe ich mir immer schon gewünscht.«

»Kindskopf«, murmelte Vera kopfschüttelnd, entledigte sich mit einiger Mühe des Äffchens, das noch immer aufgeregt schnatternd an ihrem Haar und ihrem Gesicht herumzerrte, und wandte sich dann an Katharina. »Es tut mir leid, wenn mein Bruder dich erschreckt hat. Ich weiß, ich hätte dich vorwarnen sollen. Ich habe schon eher mit ihm gerechnet, aber ich wollte kein Risiko eingehen.«

»Weil du uns nicht traust?«

Sie hatte die Worte noch nicht ganz ausgesprochen, als sie ihr auch schon leidtaten, aber wenn Vera verletzt war, so ließ sie es sich jedenfalls nicht anmerken. »Hätten uns Pardevilles Häscher gefunden, hättet ihr meinen Bruder und die anderen vielleicht verraten, und dann wäre es um sie alle geschehen gewesen«, antwortete sie ruhig.

Arden sagte etwas in einer Sprache, die Katharina nicht verstand, und lachte, und Vera antwortete im gleichen Dialekt, aber scharf und mit einem ärgerlichen Stirnrunzeln, woraufhin ihr Bruder verstummte und lieber damit fortfuhr, das Schiff zu inspizieren.

Vera blickte ihm kopfschüttelnd nach und kam dann näher, um sich mit untergeschlagenen Beinen neben Edith und ihr niederzulassen. Die grauhaarige Dienerin hatte bisher kein einziges Wort gesagt, sondern musterte Vera und ihren Bruder nur abwechselnd und sehr aufmerksam. Dabei wirkte sie nicht im Geringsten überrascht. Anscheinend war sie selbst tatsächlich die Einzige gewesen, die keine Ahnung gehabt hatte.

Dwegr sprang mit einem Satz von Veras Schulter, entdeckte die Kater am anderen Ende des Bootes und begann aufgeregt schnatternd Jagd auf sie zu machen.

»Anscheinend hat Gott am Ende doch ein Einsehen mit uns gehabt«, begann Vera, nachdem sie wohl begriffen hatte, dass keiner von ihnen etwas sagen würde. »Oder Thor oder Wotan oder an wen auch immer ihr glaubt.«

»Gott«, hörte sich Katharina antworten, zu ihrer eigenen Überraschung, und sehr heftig. »Wir sind Christen. Wir glauben an denselben Gott wie ihr.«

Vera blinzelte, vielleicht mehr von der Heftigkeit ihres Ausbruchs überrascht als von ihren Worten, aber nach einem Moment fuhr sie mit einem Achselzucken fort: »Wie auch immer. Aber du musst jetzt keine Angst mehr haben.«

»Weil jetzt alles gut wird?«, fragte Katharina spöttisch.

»Wenigstens wird es nicht noch schlimmer«, gab Vera zurück.

»Arden und ich gehen gleich und holen die anderen. Das hier scheint mir ein guter Platz, um abzuwarten, bis Pardeville und seine Söldner verschwunden sind. Während sie gegen deinen Großvater ziehen, können wir in Ruhe verschwinden.«

Wieder schien sie auf eine bestimmte Reaktion Katharinas oder Ediths zu warten. Als sie nicht kam, legte sie den Kopf auf die Seite und wirkte mit einem Male ein bisschen misstrauisch. »Damit hast du doch kein Problem, oder? Ich meine: Du hast nicht etwa plötzlich deinen Familiensinn für Wulfgar entdeckt?«

Das war so absurd, dass Katharina am liebsten laut aufgelacht hätte. Aber sie tat es nicht, sondern sah Vera nur weiter und mit wachsender Verwirrung an. Tatsächlich hatten die Worte der Gauklerin etwas in ihr ausgelöst, das sie … verstörte.

»Oder?«, fragte Vera noch einmal. Jetzt klang sie eindeutig beunruhigt.

»Krieg ist niemals gut«, antwortete Edith an ihrer Stelle. »Viele unschuldige Menschen werden sterben.«

»Ein unschuldiger Guy de Pardeville, meinst du?«, schnaubte Vera. »Oder seine gekauften Mörder? Oder Wulfgars unschuldige Räuberbande?«

»Sie hat Recht«, sagte Katharina. »Baron zu Guthenfels war gut zu uns. Er hat uns gerettet – auch dich. Und er hätte fast mit dem Leben dafür bezahlt.«

»Unschuldige Menschen bezahlen immer und überall mit dem Leben für die Fehler der Mächtigen«, antwortete Vera abfällig. »Lass dich von Guthenfels' scheinbarer Freundlichkeit nicht täuschen, Kleines. Er ist ein Adliger, und die sind alle gleich.«

»So wie ich?«, fragte Katharina. Vera blinzelte, und Katharina fuhr fort: »Wenn man es genau nimmt, bin ich auch so etwas wie eine Königstochter.«

Vera zog es vor, diesen Einwurf zu ignorieren. »Was glaubst du, woher sie ihre Macht und ihren Reichtum haben? All ihre Ländereien und ihr Gold wurden mit dem Schweiß und dem Blut einfacher Leute bezahlt! Wie oft bist du frierend und mit knurrendem Magen eingeschlafen, Kindchen? Wie viele deiner Freunde sind verhungert, während es sich die hohen Herren in ihren behaglich geheizten Burgen gutgehen ließen?«

»Das war Graf Ellsbusch!«, begehrte Katharina auf. Das war –«

»– etwas anderes?«, fiel ihr Vera ins Wort. Sie lachte. »Kaum. Sie sind alle gleich, glaub mir! Vielleicht ist Guthenfels nicht ganz so schlecht wie die anderen, aber das macht ihn noch lange nicht zu einem guten Menschen!« Sie schüttelte noch einmal heftig den Kopf. »Ich weiß, wovon ich rede, mein Kind. Ich bin weiß Gott weit genug in der Welt herumgekommen, um sie alle zu kennen, und glaub mir, sie sind überall gleich! Sollen sie sich doch gegenseitig umbringen. Ein paar weniger, vor denen wir Angst haben müssen!«

Jetzt war es Katharina, die die Heftigkeit dieses Ausbruchs überraschte. Sie setzte zu einer Antwort an, doch Edith legte ihr rasch die Hand auf den Unterarm und schüttelte den Kopf.

»Niemand verlangt, dass ihr euch einmischt, Vera«, sagte sie. »Du und deine Sippe habt genug unter etwas gelitten, an dem ihr weiß Gott keine Schuld tragt. Aber Kara hat Recht, weißt du? Wir müssen dem Baron eine Warnung zukommen lassen, nicht nur um unnötiges Blutvergießen zu vermeiden. Würde dir nicht gefallen, Guy de Pardeville endlich das Handwerk zu legen?«

Wenn sie gehofft hatte, Vera damit zu überzeugen, so irrte sie sich. Die Gauklerin schüttelte nur noch heftiger den Kopf, und in ihren Augen blitzte es wütend auf.

»Sollen sie sich doch gegenseitig umbringen«, zischte sie. »Mir ist es recht! Und ich hätte erwartet, dass es dir das auch ist, nach zehn Jahren, die du an Pardevilles Hof verbracht hast. Oder sagst du das alles nur, um dein schlechtes Gewissen zu beruhigen, altes Weib?«

Edith fuhr unter diesen Worten wie unter einem Schlag zusammen und presste die Lippen aufeinander, um sich die Antwort zu verkneifen, die der Gauklerin für diese Unverschämtheit zustand. Vera sprang mit einem Satz auf die Füße, funkelte Katharina und sie noch einmal zornig an und ging dann mit trotzig in den Nacken geworfenem Kopf zu ihrem Bruder.

»Das … tut mir leid«, murmelte Katharina betroffen. »Das war gemein von ihr. Das hätte sie nicht sagen dürfen.«

Edith antwortete nicht gleich. Ein sonderbarer Ausdruck erschien auf ihren Zügen; vielleicht Trauer, vielleicht aber auch etwas anderes, das Katharina nicht genau benennen konnte. »Vielleicht hat sie ja Recht«, sagte sie schließlich.

»Unsinn!«, protestierte Katharina.

»Was sie über die Mächtigen sagt, ist nicht ganz falsch«, beharrte Edith. »Und auch das andere … wir können nichts tun, um den Baron zu warnen. Pardeville würde uns töten, bevor wir auch nur in seine Nähe kämen.«

»Und Ansgar?«, fragte Katharina. »Wulfgar hat ihn in seiner Gewalt! Was, wenn er bei dem Angriff zu Schaden kommt oder getötet wird? Er ist mein Bruder!«

»Für den du rein gar nichts tun kannst, mein Kind«, sagte Edith traurig. Sie hob ganz leicht die Stimme, bevor Katharina antworten konnte. »Selbst wenn du es wolltest nicht. Wulfgars Lager befindet sich fast eine Tagesreise flussabwärts. Du kämst viel zu spät, ganz davon abgesehen, dass du niemals ungesehen hineinkämst, denn es ist gut bewacht.«

Katharina fragte sich, woher Edith das eigentlich so genau wissen wollte, war sie doch nach eigener Aussage niemals dort gewesen, aber sie bekam keine Gelegenheit, diese Frage in Worte zu kleiden, denn in diesem Moment kehrte Vera zurück und verlangte mit einem unechten Räuspern nach ihrer Aufmerksamkeit. Katharina sah aus herausfordernd funkelnden Augen zu ihr hoch, auf einen Schwall neuerlicher Vorwürfe und Dummheiten gefasst und fest entschlossen, diesmal angemessen darauf zu antworten.

Doch der Ausdruck auf Veras Gesicht hatte sich verändert. Sie sah jetzt beinahe verlegen aus, und erst nach einem erneuten, unbehaglichen Räuspern sprach sie. »Ich … möchte mich entschuldigen«, sagte sie. »Es tut mir leid. Ich war ungerecht.«

»Wie die Welt nun einmal ist«, antwortete Edith mit mildem Spott.

Vera nahm die kleine Rüge hin, ohne darauf zu reagieren. »Wir müssen trotzdem entscheiden, was wir tun«, fuhr sie fort, jetzt direkt an Katharina gewandt. »Arden und ich brechen jetzt auf, um die anderen zu holen. Wir bleiben hier, bis das Schlimmste vorüber ist. Vielleicht einen Tag, oder zwei, bis wir entschieden haben, wohin wir ziehen. Du kannst bei uns bleiben, Katharina, wenn du das möchtest. Und du«, fügte sie an Edith gewandt hinzu, »natürlich auch.«

»Ich?« Die alte Frau schüttelte mit einem traurigen Lächeln den Kopf. »Was sollte ich beim Fahrenden Volk? Ich würde euch nur zur Last fallen.«

Vera sah sie ernst an und antwortete nicht darauf, aber Katharina sah ihr an, dass sie sich wohl dasselbe fragte wie sie selbst: nämlich wohin sie denn sonst gehen wollte. Sie war eine alte Frau, die nichts besaß und niemanden kannte, und es gab nichts mehr, wohin sie zurückgehen konnte. Sie sparte es sich jedoch, das laut auszusprechen, und wandte sich stattdessen wieder an Katharina. »Du musst dich nicht sofort entscheiden. Wir werden bestimmt zwei Stunden brauchen, um die anderen zu finden, und noch länger, bis wir zurück sind. So lange habt ihr Zeit, um in aller Ruhe und allein zu beraten. Denk darüber nach. Das Leben bei uns ist nicht das Schlechteste. Wir sehen die ganze Welt, und es gibt in jeder Stadt anderes zu entdecken und neue Menschen kennenzulernen.«

Katharina musste daran denken, dass es noch nicht lange her war, dass sie ihr von einer gänzlich anderen Seite ihres *freien Lebens* erzählt hatte, aber sie schwieg, und Vera fuhr fort: »Vielleicht ziehen wir irgendwann auch nach Norden. Es kann ein Jahr dauern oder länger, aber wir wollten schon immer einmal die großen Städte an der Küste besuchen. Von dort aus wäre es gar nicht mehr so weit bis in deine Heimat.« Sie hob die Schultern. »Beratet euch in Ruhe, bis wir zurück sind. Und dann«, fügte sie noch mit einem unechten Lächeln hinzu, »gibt es vor allem erst einmal etwas zu essen. Ich sterbe vor Hunger, und dir geht es gewiss genauso.«

Noch einmal wartete sie – vergebens – auf eine Antwort von Edith oder ihr, drehte sich schlussendlich mit einem Ruck herum, und ihr Bruder und sie verließen ohne ein weiteres Wort das Schiff.

Edith wartete, bis die *Heimdall* aufgehört hatte, sich zu schütteln wie ein Pferd, das endlich einen ungeliebten Reiter abgeworfen hat. »Die beiden sind sind ein sonderbares Paar«, seufzte sie. »Aber im Grunde ihres Herzens ist sie eine gute Frau. Du solltest über ihren Vorschlag nachdenken. Es ist nicht der schlechteste.«

Und einfach vor dem Schicksal davonlaufen?, dachte Katharina. Warum sagte Edith das? War denn ihr eigenes Schicksal nicht Beweis genug dafür, wie unmöglich das war?

»Und du?«, fragte sie.

Edith sah sie an, als hätte sie die Frage nicht verstanden.

»Würdest du mit mir kommen?«

»Nein«, antwortete Edith lächelnd. »Das Leben des Fahrenden Volkes ist nichts für mich, mein Kind. Ich könnte es nicht führen, und ich würde ihnen nur zur Last fallen.«

»Aber wohin willst du denn gehen?«, fragte Katharina.

»Mach dir keine Sorgen um mich«, beharrte Edith. »Ich

habe es vom anderen Ende der Welt hierhergeschafft und zehn Jahre am Hof des schlimmsten Mannes überlebt, den du dir vorstellen kannst. Es ist nur ein weiterer Sturm, durch den ich segeln muss.«

Katharina sagte nichts dazu, aber sie spürte, dass Edith log. Was sie sagte, war nicht das, was sie dachte. Ediths Weg war hier zu Ende, vielleicht nicht in dieser Stunde und in diesem Sumpf, aber bald. Auf Schloss Pardeville erwartete sie der sichere Tod, und anderenorts würde man sie davonjagen oder ihr schlimme Dinge antun, war sie doch alt und schwach und nichts als ein nutzloser Esser. Vielleicht, dachte sie traurig, war Vera mit ihrem unfairen Vorwurf gerade der Wahrheit näher gekommen, als sie selbst ahnte. Edith musste gewusst haben, was sie tat, schon als sie Vera und sie befreite, und sie war nicht so dumm, sich der Konsequenzen ihres Tuns nicht bewusst zu sein. Gewiss war es nicht Ausdruck ihres schlechten Gewissens gewesen, wie Vera ihr vorgeworfen hatte.

Alles vielleicht ihre Art, Buße zu tun.

Sie sprach nichts von alledem aus, doch ein Gefühl tiefer Trauer ergriff von ihr Besitz, als ihr klar wurde, dass nun auch diese gutherzige alte Frau den Preis dafür bezahlen würde, dass sie, Katharina, einfach da war. Wie viel Leid, wie viel Unglück wäre so vielen Menschen erspart geblieben, wäre sie niemals geboren worden?

Sie gab sich einen Ruck und zwang ein leicht gequältes Grinsen auf ihre Lippen und einen entsprechenden Ausdruck in ihre Stimme. »Vielleicht müssen wir all diese Entscheidungen ja gar nicht mehr treffen«, sagte sie. »Bis dahin bin ich wahrscheinlich verhungert.«

Edith sah sie eher misstrauisch an, wenigstens für einen kurzen Moment, dann machte sie eine bedauernde Geste. »Wenn ich eine Schnur hätte, könnte ich versuchen, einen Fisch zu fangen«, sagte sie.

Katharina schnüffelte demonstrativ. »Ich glaube nicht, dass ich einen Fisch essen möchte, der in diesem Wasser lebt.«

Das Misstrauen erschien noch einmal in Ediths Augen und brauchte dieses Mal deutlich länger, um wieder zu verschwinden. »Ich könnte … versuchen, ein paar Beeren zu finden«, sagte sie zögerlich. »Es gibt auch Moos, das man essen kann. Es schmeckt nicht wirklich gut, aber es füllt den Magen.«

»Ich glaube, im Moment würde ich sogar einen Baum essen«, antwortete Katharina.

Vielleicht hatte sie es damit übertrieben, denn Ediths Blick wurde geradezu bohrend … doch dann nickte sie und stemmte sich mit einem leisen Ächzen hoch. Ihre alten Gelenke knackten wie trockenes Geäst. »Ich werde sehen, ob ich etwas finde«, sagte sie. »Aber versprechen kann ich dir nichts. Das hier ist ein Sumpf, kein Wald … es sie denn, du magst Kröten und Schlangen.«

»Immer noch besser als rohe Bäume«, versicherte Katharina.

Edith lachte nicht, sondern sah sie nur abschätzend an, wandte sich dann aber ohne ein weiteres Wort um und stieg umständlich von Bord. Es kostete sie deutliche Mühe, sich einen Weg durch das dichte Gestrüpp zu bahnen, mit dem das Schiff getarnt war, und oben auf der Böschung angekommen, blieb sie noch einmal stehen und sah lange genug nachdenklich auf sie herab, um in Katharina deutliche Zweifel an ihrer Glaubwürdigkeit aufkommen zu lassen. Endlich aber wandte sie sich um und verschwand raschelnd im Unterholz.

Katharina blieb etliche Minuten lang reglos sitzen und lauschte. Wie schon in der Nacht war der Wald nicht still. Überall raschelte und knisterte und gluckerte es, und für eine Weile konnte sie auch noch die Geräusche hören, die Edith verursachte, bis sie schließlich leiser wurden und dann gar nicht mehr zu identifizieren waren. Schließlich stand sie auf, trat an die niedrige Bordwand auf der anderen Seite und kämpfte ihren instinktiven Widerwillen vor dem Wasser nieder, um den Fluss genauer in Augenschein zu nehmen.

Er war nicht annähernd so breit, wie es während der Nacht den Anschein gehabt hatte; vielleicht zwei Dutzend Schritte, und nur ein kleines Stück flussabwärts sogar noch deutlich schmaler. Seine Oberfläche war erstaunlich ruhig und glänzte da, wo sich das Licht der Morgensonne darauf brach wie auf einem See aus tiefschwarzem Pech, aber selbst hier spürte sie den eisigen Hauch, der vom Wasser aufstieg.

Schaudernd wandte sich Katharina ab, sah sich einen Moment lang suchend um und ging dann zum Bug, um Hugin und Munin einzusammeln. Die beiden Kater fielen sofort schnurrend mit ihren rauen Zungen über ihre Hände her, begannen dann aber überrascht und schließlich protestierend zu piepsen, als sie sie in ihr Körbchen setzte. Unverzüglich versuchten sie wieder hinauszuklettern, doch Katharina schubste sie mit sanfter Gewalt zurück und hielt sie fest, indem sie mit einer Hand ihre Köpfchen kraulte und mit der anderen nach dem geflochtenen Deckel griff.

»Es tut mir leid, meine Kleinen«, sagte sie. »Ich lasse euch nicht gerne im Stich, aber hier seid ihr besser aufgehoben, glaubt mir. Vera wird sich um euch kümmern, und euer Freund Dwegr ist ja auch da.«

Hugin – vielleicht war es auch Munin, es gelang ihr immer noch nicht, die beiden eineiigen Katerzwillinge auseinanderzuhalten – piepste so vorwurfsvoll, als hätte er die Worte verstanden, und Katharina spürte ein heißes Brennen in den Augen und beeilte sich, den Deckel auf das Körbchen zu setzen und festzuknoten, bevor sie den Kampf gegen die Tränen endgültig verlor.

Rasch streifte sie ihren Mantel ab, stieg mit einem Fuß auf die niedrige Bordwand hinauf und setzte ihren Entschluss in die Tat um, noch bevor sie ihn wirklich in Gedanken fassen konnte (und damit vielleicht begriff, wie verrückt er war), um mit einem kraftvollen Hechtsprung ins Wasser hinabzutauchen.

Sie hatte sich gleich in doppelter Hinsicht getäuscht: Das Wasser war noch sehr viel kälter, als sie befürchtet hatte, und die Kälte traf sie nicht wie ein Schlag, sondern schien das Blut in ihren Adern zu Eis erstarren zu lassen und begann augenblicklich, jedes bisschen Kraft aus ihren Gliedern zu saugen.

Zu ihrem Glück hatte sie sich aber auch noch in anderer Hinsicht geirrt: Der Fluss war ein gutes Stück schmaler, als sie geglaubt hatte. Schon als sie nach ihrem beherzten Sprung wieder auftauchte, hatte sie ihn mehr als zur Hälfte überwunden, und die Strömung riss sie nicht nur mit sich, sondern trug sie fast genauso schnell zur anderen Seite. Katharina versuchte Luft zu holen und zugleich ungeschickt die Schwimmbewegungen nachzuahmen, die sie so oft bei den anderen beobachtet hatte, aber Letzteres erwies sich als nicht annähernd so leicht, wie sie geglaubt hatte, und Ersteres endete in einem qualvollen Hustenanfall, als sie modrig riechendes Wasser schluckte. Augenblicklich kam sie aus dem Takt, geriet endgültig in Panik und wurde von der Strömung weiter herum- und gleichzeitig unter Wasser gerissen. Irgendetwas schrammte schmerzhaft an ihrer Hüfte und dann an ihren Knien entlang, und etwas anderes traf sie mit der Wucht eines Fausthiebes in den Leib, sodass sie vor Schmerz und Überraschung aufschrie … oder es wenigstens versuchte. Mit dem einzigen Ergebnis allerdings, dass sie des letzten bisschens kostbarer Atemluft verlustig ging und noch mehr Wasser schluckte.

Panische Angst ergriff von Katharina Besitz, sie schlug und trat wie von Sinnen um sich und verlor zu allem Überfluss nun auch noch die Orientierung, sodass sie nicht einmal mehr wusste, wo oben und unten war. Dass sie durch ihr verzweifeltes Strampeln an die Wasseroberfläche kam, statt noch tiefer zu tauchen, war nichts als schlichtes Glück.

Aber sie schaffte es, brach prustend und keuchend aus dem

Fluss und konnte nicht nur einen einzelnen, unendlich kostbaren Atemzug nehmen, sondern sah auch aus den Augenwinkeln, dass sie dem Ufer ganz nahe war. Mehr wie ein Hund paddelnd und Wasser tretend, bewegte sie sich weiter, fühlte plötzlich mit scharfkantigen Steinen gespickten Schlamm unter Händen und Knien und schleppte sich mit letzter Kraft ans Ufer, wo sie keuchend zusammenbrach und minutenlang nichts anderes tat, als ein- und auszuatmen und gegen die Ohnmacht zu kämpfen, die ihre Gedanken verschlingen wollte.

Nur unendlich langsam kehrte ihr Bewusstsein wieder ganz zurück, und ihr erster wirklich klarer Gedanke war, dass sie sich gerade nicht nur die unzweifelhaft größte, sondern um ein Haar auch *letzte* Dummheit ihres Lebens geleistet hatte. Es hatte so leicht ausgesehen: ein beherzter Sprung in den Fluss, um sich dann durch seine eigene Strömung ans gegenüberliegende Ufer tragen zu lassen. Dass sie nahezu panische Angst vor dem Wasser hatte, hatte es im Grunde nur noch schlimmer gemacht, denn da war ein ziemlich verrückter Teil in ihr, der sich allen Ernstes eingeredet hatte, dass es vollkommen ausreichte, ihre Angst zu überwinden, um auch das Wasser zu besiegen. Sie hatte wirklich mehr Glück als Verstand gehabt. Vielleicht hatte es sich ja ausgezahlt, dass sie gerade Vera gegenüber Gottes Partei ergriffen hatte.

Katharina schnitt sich selbst eine Grimasse, als ihr klar wurde, wie albern dieser Gedanke war, stemmte sich mühsam auf die Ellbogen hoch und bemerkte erst jetzt, dass ihre Füße noch immer im eisigen Wasser lagen. Hastig zog sie die Knie an und setzte sich auf.

»Für jemanden, der angeblich Todesangst vor dem Wasser hat, war das wirklich sehr tapfer.«

Katharina fuhr mit einem halblauten Schrei vollends hoch und herum, und Edith fuhr mit einem missbilligenden Stirnrunzeln fort: »Aber auch ziemlich dumm.«

Katharina starrte sie aus aufgerissenen Augen an. »Edith? Aber woher … wie …?«, stammelte sie.

»Du solltest ein wenig Unterricht bei deiner Freundin nehmen, Kara«, antwortete Edith. »Du bist eine schlechte Schauspielerin. Hast du wirklich gedacht, ich gehe Pilze suchen, während du losmarschierst, um die Welt zu retten?«

»Aber wie … kommst du hierher?«, fragte Katharina. Dann wurde sie urplötzlich zornig. »Du hast die ganze Zeit gewusst, was ich vorhabe?«

»Dass du nicht einfach dasitzen und die Hände in den Schoß legen wirst?« Edith nickte. »Ich habe deine Mutter gekannt, hast du das vergessen? Ihr beide seid euch wirklich sehr ähnlich. Sie war genau so mutig wie du, aber nicht immer besonders klug. Was hattest du vor? Guthenfels warnen oder ganz allein in Wulfgars Lager stürmen und deinen Bruder mit Gewalt befreien?«

Katharina ignorierte die Frage. »Du hast es gewusst und in aller Ruhe zugesehen, wie ich beinahe ertrunken wäre?«, ächzte sie.

»Du hattest versprochen, auf mich zu warten«, gab Edith gleichmütig zurück. »Außerdem ertrinkt niemand in hüfthohem Wasser … es sei denn, er besteht darauf, darin zu schwimmen, obwohl er es gar nicht kann.«

Katharina starrte sie an, wollte etwas sagen und bemerkte erst jetzt, dass Ediths Kleid und Mantel bis zur Hüfte durchnässt waren. »Oh«, murmelte sie. »Das Wasser ist …?«

»Keine vier Fuß tief«, sagte Edith. »Ein Stück flussabwärts ist es sogar noch flacher. Und keine Angst, du wärst nicht ertrunken. Ich habe dich die ganze Zeit im Auge gehabt. Aber einen kleinen Dämpfer hast du verdient, finde ich.«

»Und wieso?« Wenn das ein *kleiner Dämpfer* gewesen war, dann wollte sie sich Ediths wirkliche Feindschaft lieber nicht zuziehen.

»Warum vertraust du mir nicht, Kind?«, erwiderte Edith. »Hast du wirklich geglaubt, ich würde dich und deinen Bruder im Stich lassen?«

Katharinas schlechtes Gewissen meldete sich, und statt der scharfen Antwort, die ihr gerade noch auf der Zunge gelegen hatte, brachte sie ein schüchtern-verlegenes Lächeln zustande. Außerdem war ihr so erbärmlich kalt, dass es sie fast ihre ganze Kraft kostete, nicht mit den Zähnen zu klappern.

»Du willst deinem Bruder helfen«, fuhr Edith fort. »Aber das geht nicht. Wulfgars Lager ist viel zu weit entfernt. Wir kämen niemals rechtzeitig dort an. Aber es gibt etwas anderes, was wir tun können.«

»Und was?«, fragte Katharina. Wieso hatte sie nur das Gefühl, die Antwort eigentlich gar nicht hören zu wollen?

»Wir können versuchen, den Baron zu warnen«, antwortete Edith.

»Und wie?«

»Damit«, antwortete Edith und deutete über den Fluss und auf die *Heimdall*.

Katharina ächzte.

»Das ... ist nicht dein Ernst!«, entfuhr es ihr.

Edith machte ein beleidigtes Gesicht. »Sehe ich aus, als würde ich scherzen?«

Natürlich nahmen sie nicht wirklich das Drachenschiff, sondern das kleine Ruderboot, das an seinem Heck vertäut war, aber Edith hatte sich noch eine ganze Weile vollkommen unverhohlen über ihre verdatterte Miene amüsiert, und sie hatte auch nicht darauf verzichtet, vor ihren Augen gemächlich durch den Fluss zu waten, in dem sie selbst vor wenigen Augenblicken beinahe ertrunken wäre. Und selbstverständlich geizte sie nicht mit spöttischen Bemerkungen, nachdem sie ihr den Umgang mit einem der beiden Ruder gezeigt hatte und sie losfuhren.

Irgendwann jedoch wird auch die schärfste Klinge stumpf, und nachdem sie jeden Vorwurf dreimal gemacht, jede ironische Bemerkung fünfmal wiederholt und jeden Tadel ein halbes Dutzend Mal ausgesprochen hatte, ließ sie es endlich gut sein und beschränkte sich darauf, Katharina aus spöttisch funkelnden Augen zu mustern. Katharina widersprach während der ganzen Zeit kein einziges Mal (wozu auch? Sie hätte sich nur lächerlich gemacht), aber sie verwandte einen Gutteil der Fahrt darauf, sich eine lange Liste ausgesuchter Beleidigungen zurechtzulegen, mit denen sie sich bei passender Gelegenheit revanchieren würde.

Darüber hinaus nutzte sie die Zeit, sich aufmerksam umzusehen und sich jede Kleinigkeit ihrer Umgebung einzuprägen – nur für alle Fälle. Der Sumpf bot auch bei Tage einen kaum weniger unheimlichen Anblick als nachts. Die Bäume waren knorrig und klein und wirkten wie verkrüppelte Riesen, die sich zum Trinken am Wasser versammelt hatten und dort mitten in der Bewegung erstarrt waren. Die Schatten zwischen ihnen kamen ihr tiefer vor, als sie sein sollten, und sämtliche Vegetation schien irgendwie ... schmierig zu sein, als hätte sie schon vor langer Zeit zu faulen begonnen, ohne sich dabei jedoch selbst zu verzehren. Sogar das wenige Getier, das nicht schnell genug vor ihnen floh, um sich ihren Blicken zu entziehen, wirkte falsch und unheimlich.

»Das ist ein seltsamer Ort, nicht wahr?«, fragte Edith, der ihre Blicke nicht entgangen waren. »Kein Wunder, dass die Leute sich die unheimlichsten Geschichten darüber erzählen.«

Katharina tauchte das Ruder ins Wasser und zog es mit einer kraftvollen Bewegung durch, wie Edith es ihr gezeigt hatte, bevor sie antwortete. Ihr taten jetzt schon Schultern und Nacken weh, obwohl sie noch nicht lange unterwegs waren. »Vielleicht gibt es ja einen Grund dafür«, sagte sie kurzatmig. »Es sollte mich nicht wundern, wenn es hier Ungeheuer gibt.«

»Ungeheuer?« Edite wiederholte das Wort, als hätte sie etwas Komisches gesagt. Dann schüttelte sie den Kopf. »Ich bin eine alte Frau, mein Kind, und ich habe viel von der Welt gesehen. Die sonderbarsten Dinge, die du mir nicht einmal glauben würdest. Aber die einzigen Ungeheuer, denen ich begegnet bin, hatten zwei Beine und trugen zumeist Rüstungen und Waffen.«

»Jetzt klingst du beinahe wie Vera«, sagte Katharina.

»Das könnte daran liegen, dass sie so Unrecht nicht hat«, erwiderte Edith. Katharina beobachtete mit einem sachten Stich von Neid, wie sie das Ruder ohne die geringste sichtbare Mühe ins Wasser tauchte und durchzog. »Deine Freundin ist verbittert, und das vielleicht zu Recht. Wer weiß schon, was ihr in ihrem Leben angetan wurde?«

»Aber ein Mensch ist doch nicht schlecht, nur weil er als Adliger geboren wird!«

Edith lachte. »Habe ich dir schon gesagt, dass du deiner Mutter sehr ähnlich bist, Kind?«

»Mehrmals«, maulte Katharina.

»Sie war auch immer bestrebt, nur das Gute im Menschen zu sehen«, erwiderte Edith. »Sie war vielleicht ein bisschen naiv, das ist wahr … aber sie hat einen hohen Preis dafür bezahlt. Und ich glaube, sie hätte dasselbe gesagt wie du. Niemand ist böse, nur weil er als Mächtiger geboren wird. Aber Macht verleitet die Menschen, weißt du? Wenn man zu den Mächtigen gehört, dann ist die Verlockung groß, sich zu nehmen, was man will, ob es einem gehört oder nicht.«

»Nicht alle sind so«, beharrte Katharina.

Edith wollte widersprechen, seufzte aber dann nur leise und betrachtete sie auf eine neue, schwer einzuschätzende Art. »Wenn wir das hier überleben, mein Kind«, sagte sie nach einer Weile, »und du zu deiner Familie zurückkehrst, dann wirst du vielleicht eines Tages auch zu den Mächtigen gehören.«

»Und was willst du damit sagen?«, fragte Katharina misstrauisch.

»Dass du vielleicht die Chance bekommst, es besser zu machen und zu beweisen, dass ich mich irre«, antwortete Edith. »Und außerdem –«

Sie unterbrach sich, hörte für einen Moment auf zu rudern und legte lauschend den Kopf auf die Seite. Dann tauchte sie das Ruder umso kräftiger ein, sodass das kleine Boot spürbar zitterte.

»Schnell!«, zischte sie. »Rudere, was du kannst!«

Katharina wusste zwar nicht, warum, ergriff das Ruder aber gehorsam fester und versuchte sich Ediths Tempo anzupassen, was ihr jedoch nicht ganz gelang. Im Ergebnis wurde das Boot nicht deutlich schneller, fuhr dafür aber einen wackeligen Schlingerkurs, der es ein- oder zweimal gefährlich nahe ans Ufer heranführte, bis Edith eingriff. Darüber hinaus aber sah und hörte sie nichts, was der Grund für Ediths plötzliche Vorsicht sein mochte. Tatsächlich begann sie bereits an den Sinnen der alten Dienerin zu zweifeln, als es vor ihnen heller wurde und der Fluss breiter und zugleich so seicht, dass die Ruder jetzt manchmal den schlammigen Grund berührten.

In der nächsten Sekunde war sie umso froher, auf Edith gehört zu haben.

Vor ihnen lag der Rhein, scheinbar unendlich breit und zumindest in ihrer Einbildung ein reißender Strom, der jedes noch so gut gebaute Schiff einfach in Stücke schlagen musste, von dem winzigen Bötchen, in dem sie saßen, gar nicht zu reden. An der Stelle jedoch, in der der Seitenarm in den Strom mündete, war er offensichtlich sehr seicht, denn sie sah gleich ein halbes Dutzend bunt geschmückter Wagen, die von Ochsen oder mageren Pferden gezogen gerade in diesem Moment durch die Furt rollten.

Und dann ging alles viel zu schnell, als dass sie auch nur

einen klaren Gedanken fassen konnte – was sich im Nachhinein als reines Glück erwies. Katharina fand kaum Zeit, um richtig zu erschrecken, da schoss das kleine Boot auf einen der Wagen zu, drohte mit ihm zu kollidieren und schrammte dann – wortwörtlich – um Haaresbreite an seinem Heck vorbei, als Edith ihr Ruder eintauchte und im allerletzten Moment die entscheidende Kurskorrektor vornahm. Katharina schrie vor Schreck auf und hätte um ein Haar das Ruder fallen lassen, und dann waren sie auch schon hindurch und schossen pfeilschnell auf den Fluss hinaus. Katharina erhaschte einen flüchtigen Blick auf einige Gesichter, die ihnen verblüfft hinterherstarrten, und sie glaubte, jemanden ihren Namen rufen zu hören, aber schon im nächsten Moment waren sie viel zu weit entfernt. Nun griff die Strömung des großen Flusses nach ihnen und ließ das Boot noch schneller werden.

»Das war knapp«, seufzte Edith. »Ich hätte nicht gedacht, dass sie schon so nahe sind.«

Katharina zog das Ruder vorsichtshalber ganz zu sich ins Boot, bevor es ihr endgültig entgleiten konnte, um auf Nimmerwiedersehen im Fluss zu verschwinden. Erst dann drehte sie sich – sehr vorsichtig – um und sah zu der kleinen Karawane zurück. Sie erschrak ein bisschen, als sie erkannte, wie weit sie sich in den wenigen Augenblicken schon entfernt hatten, doch obwohl sie diese Wagen noch nie mit eigenen Augen gesehen hatte, wären Ediths Worte gar nicht nötig gewesen, um sie sie erkennen zu lassen. Sie waren so bunt und sonderbar wie ihre Besitzer, und jetzt war sie fast sicher, dass es Veras Stimme gewesen war, die gerade ihren Namen gerufen hatte.

»Hattest du es deshalb so eilig?«, fragte sie.

»Sie wären nicht begeistert, wenn sie wüssten, was du vorhast«, bestätigte Edith.

»Wir«, verbesserte sie Katharina. »Und warum?«

»Du spielst nicht nur mit deinem Leben, mein Kind«, antwortete Edith. »Wenn es uns gelingt, Guthenfels zu warnen, dann kann Guy de Pardeville sein eigenes Grab schaufeln – wenn ihm noch genug Zeit dazu bleibt. Er wird jeden umbringen, der ihm gefährlich werden könnte –« Sie schüttelte den Kopf, als hätte Katharina ihr widersprechen wollen – was sie gar nicht vorgehabt hatte. »Du kannst nicht erwarten, dass Vera und ihre ganze Familie ihre Leben riskieren, um deinen Kampf zu kämpfen, mein Kind.«

»Aber das habe ich doch gar nicht –«, begann Katharina empört und brach dann mitten im Satz ab, als sie Ediths Blick begegnete. Natürlich hatte sie das erwartet. Sie hätte es niemals laut ausgesprochen, aber tief in sich hatte sie es einfach vorausgesetzt.

»Verstehst du jetzt, was ich gemeint habe?«, fragte Edith.

»Nein«, antwortete Katharina ehrlich.

»Hättest du die Macht dazu, würdest du sie zwingen, dir zu helfen?«

»Natürlich nicht!«

»Aber du hättest nichts dagegen, wenn Guthenfels Wulfgars Lager stürmen und deinen Bruder mit Gewalt befreien würde?«

»Wenn es keinen anderen Weg gibt«, antwortete Katharina unbehaglich. Warum hatte sie nur das Gefühl, dass Edith sie in eine Falle lockte?

Einen Moment später beantwortete sie sich ihre eigene Frage: Weil sie ganz genau das tat.

»Und glaubst du, dass all die Männer freiwillig und mit einem Lachen auf den Lippen in einen Kampf auf Leben und Tod ziehen würden, um einen Jungen zu befreien, den sie nicht einmal kennen und der strenggenommen zu ihren Feinden gehört?«, fragte Edith. »Männer, die Frauen und Kinder zuhause haben? Was würdest du ihren Frauen sagen, wenn sie erfahren, dass ihre Männer nicht mehr wiederkehren, und ihren Kindern, wenn sie dich fragen, wofür ihre Väter gestorben sind? Um etwas zu tun, was dir wichtig ist?«

Darauf wusste Katharina keine Antwort, aber Edith schien auch keine zu erwarten, denn sie tauchte ihr Ruder wieder ins Wasser und bedeutete Katharina mit einer Kopfbewegung, dasselbe zu tun – als ob es nötig gewesen wäre! Das Boot schoss noch immer wie ein von der Sehne geschnellter Pfeil dahin, und es war für Katharinas Geschmack wirklich nicht notwendig, dass sie noch schneller wurden.

Erneut kam ihr zu Bewusstsein, wie weit die Strömung sie schon auf die Flussmitte hinausgetragen hatte und wie entsetzlich viel *Wasser* sie umgab. Ihre Angst (die sie bis zu diesem Moment schlichtweg *vergessen* hatte) meldete sich zurück, und es gelang ihr nur mit Mühe, sie zu beherrschen. Oder sich wenigstens einzureden, es zu tun.

»Du musst keine Angst haben«, sagte Edith unvermittelt. »Das Boot ist sicher. Ich habe es mir genau angesehen, während du geschlafen hast. Pardevilles Zimmerleute haben gute Arbeit geleistet.«

Sah man ihr ihre Gefühle so deutlich an?

Edith nickte. »Ein Stück weiter vorn lässt die Strömung nach«, sagte sie, »und dort gehen wir auch wieder an Land.«

»So große Angst habe ich gar nicht«, behauptete Katharina, und Edith unterbrach sie mit einem Kopfschütteln und einem flüchtigen mütterlichen Lächeln.

»Erstens ist das nicht wahr«, sagte sie, »und zweitens tun wir es nicht deinetwegen.« Sie machte eine Kopfbewegung in die Richtung, in die der Fluss sie immer noch mit aller Macht schleuderte. »Wulfgars Lager ist nur ein paar Stunden entfernt, wenigstens bei dem Tempo, das wir im Moment machen. Aber auf halbem Wege gibt es eine tückische Sandbank.«

»Und du hast Angst, wir könnten darauf auflaufen?«

Edith lachte gutmütig. »Nein«, sagte sie. »Aber jedes Schiff, das sie passiert, muss nicht nur seine Fahrt verlangsamen, sondern sich auch dem Ufer nähern. Wir warten dort auf Guthenfels und seine Männer. Wenn er dich erkennt, dann wird er anhalten und uns an Bord nehmen, und du kannst ihm die ganze Geschichte erzählen.«

*

Ganz wie Edith vorausgesagt hatte, wurde der Fluss nach einer Weile schmaler, erstaunlicherweise aber auch ruhiger, so als versickere hier ein Teil des Wassers irgendwo unter ihnen. Die Strömung verlor ihre reißende Kraft und trug sie schon bald nur noch gemächlich dahin, sodass sie ihre Ruder schon bald nicht mehr nur einsetzten, um das Boot zu lenken und nicht allzu weit auf die Flussmitte hinausgetrieben zu werden, sondern auch, um Fahrt zu machen. Schon nach kurzer Zeit passierten sie zum zweiten Mal die Ruinen des niedergebrannten Ellsbusch, und ein unbehagliches Schweigen breitete sich zwischen ihnen aus, als würde der Anblick nicht nur in Katharina schlimme Erinnerungen wecken.

Eine gute Stunde, nachdem die verkohlten Dächer des ausgelöschten Dorfes hinter ihnen verschwunden waren, bemerkte Katharina ein sonderbares Kräuseln der Wasseroberfläche, nur ein kleines Stück vor ihnen und scheinbar mitten im Nichts. Auf ihren fragenden Blick hin bedeutete ihr Edith, näher ans Ufer heranzurudern und ein wenig Geschwindigkeit wegzunehmen. Auch wenn Katharina bezweifelte, dass die Untiefe einem so kleinen Boot wie dem ihren wirklich gefährlich werden konnte, passierten sie die Sandbank doch in respektvoller Entfernung und mit großer Vorsicht, und sie war mehr als erleichtert, als sie schließlich das Ufer ansteuerten und sie wieder festen Boden unter den Füßen hatte.

Sie half der Dienerin, das Boot unter einem überhängenden

Strauch festzubinden und so zu tarnen, dass es zumindest bei flüchtigem Hinsehen nicht sofort entdeckt wurde. Dann zogen sie sich weit genug in den Wald zurück, um den Fluss noch gut überblicken zu können, wobei sie selbst aber so gut wie unsichtbar waren, und Edith bedeutete ihr mit einer müden Geste, sich zu setzen.

Katharina gehorchte nur zu gern, hatte sie doch ohnehin das Gefühl, sich kaum noch auf den Beinen halten zu können. Jeder einzelne Muskel oberhalb ihrer Hüften schmerzte unerträglich, und ihr ganzer Körper schien sich in Blei verwandelt zu haben. Sie war so müde, als hätte sie seit einer Woche nicht mehr geschlafen, und dass sie das letzte Mal etwas gegessen hatte, schien mindestens doppelt so lang her zu sein. Sie hatte ja nicht geahnt, wie anstrengend etwas so Simples wie Rudern sein konnte.

Trotzdem regte sich ihr schlechtes Gewissen, als sie in Ediths Gesicht sah und begriff, dass die alte Frau mindestens ebenso müde und erschöpft war wie sie selbst, dazu aber mindestens fünfmal so alt.

»Und was jetzt?«, murmelte sie erschöpft.

»Jetzt«, antwortete Edith, »gehe ich in den Wald und suche uns etwas zu essen. Hier gibt es bestimmt mehr als giftige Kröten und Moderpilze.«

»Ich bin nicht hungrig«, sagte Katharina.

»Lügnerin«, antwortete Edith. »Aber du musst auch nichts essen, wenn du nicht willst. Dann suche ich nur für mich etwas. Aber du könntest den Fluss im Auge behalten, bis ich zurück bin, nur für alle Fälle.«

Katharina kam nicht einmal dazu, sie zu fragen, von was für *Fällen* sie sprach, da war sie auch schon im Unterholz verschwunden, und das Nächste, woran Katharina sich erinnerte, war ihre Hand, die an ihrer Schulter rüttelte, und Ediths strafender Blick.

»So viel zu deinem Versprechen, die Augen offen zu halten.«

Katharina konnte sich nicht erinnern, ein solches Versprechen abgegeben zu haben, aber sie war einfach zu müde, um Edith darauf aufmerksam zu machen.

»Ich jedenfalls war erfolgreich.« Edith deutete auf das, was sie aus dem Wald mitgebracht hatte: zwei oder drei Handvoll Beeren, eine etwas kleinere Menge Pilze sowie etliche Wurzeln, die ein bisschen wie verknöcherte Würmer aussahen, von denen sie aber wusste, dass sie essbar waren. Zu Katharinas Überraschung hatte sie auch ein kleines Tier erlegt, obwohl sie nicht sagen konnte, was es einmal gewesen war, denn Edith hatte es bereits abgezogen. »Aber du bist ja nicht hungrig. Dann werde ich wohl versuchen müssen, alles allein aufzuessen … auch wenn es recht viel ist. Aber ich hasse es, gutes Essen zu verschwenden. Das ist wider die Natur.«

»Schon gut«, nuschelte Katharina verschlafen. Mühsam richtete sie sich auf, rieb sich die Müdigkeit aus den Augen und verzog das Gesicht, als schon diese kleine Bewegung einen stechenden Schmerz durch ihre Schultermuskeln jagte. Edith lächelte unverhohlen schadenfroh, nahm neben ihr Platz und aß ein paar Beeren.

»Schmeckt gar nicht einmal so schlecht«, sagte sie. »Auf jeden Fall besser als Stolz.«

Katharina versuchte vergeblich, ihr einen wütenden Blick zuzuwerfen, gähnte noch einmal und entschied den Kampf zwischen Stolz und ordinärem Hunger dann zugunsten ihres knurrenden Magens. Beeren und Pilze schmeckten köstlich (was sicher hauptsächlich an ihrem Hunger lag, den sie zwar zur Genüge kannte, der seinem Ruf als bester aller Köche aber auch jetzt wieder alle Ehre machte), an den Wurzeln knabberte sie nur einmal kurz, und das rohe Fleisch, das Edith ihr in Form eines knackend aus dem Gelenk gedrehten Beinchens anbot, lehnte sie mit einem hastigen Kopfschütteln ab.

»Aber es ist gut«, beharrte Edith. »Gutes Fleisch, ganz frisch.«

»Es ist roh«, sagte Katharina.

»Aber es gibt dir Kraft«, beharrte Edith. »Wenn dir das schon seltsam verkommt, dann solltest du manches von dem, was wir in unserer alten Heimat Tag für Tag gegessen haben, lieber gar nicht erst sehen.«

Katharina klaubte mit spitzen Fingern die letzten Beeren aus dem Gras und beschloss, vorsichtshalber das Thema zu wechseln. Es wäre doch schade, wenn sie das bisschen Essen, das sie gerade bekommen hatte, nicht einmal bei sich behalten würde.

»Es tut mir wirklich leid, dass ich eingeschlafen bin«, sagte sie.

»Ja, das sollte es auch«, antwortete Edith. »Es ist nicht schlimm, dass du zu müde warst, um deine Aufgabe zu erfüllen, weißt du? Schlimm ist nur, dass du es nicht gesagt hast. Falscher Stolz hat vielleicht schon mehr Menschen ins Grab gebracht als Schwerter und Pfeile.«

Das war dann wohl das zweite Thema innerhalb weniger Augenblicke, über das sie nicht reden wollte.

»Und wenn sie … schon vorbei sind?«, fragte sie zögernd.

»Baron zu Guthenfels, meinst du?« Edith schüttelte den Kopf, bog ein paar Zweige auseinander, um in den Himmel hinaufzusehen und den Stand der Sonne abzulesen, und schüttelte dann noch einmal den Kopf. »Wir haben noch Zeit.«

»Und woher willst du das so genau wissen?«

»Weil ich Pardevilles Dienerin war, und Diener wissen immer mehr als ihre Herren«, antwortete Edith. »Außerdem war Guthenfels gestern Abend noch nicht im Schloss, und niemand fährt während der Nacht mit einem Schiff wie der *Sturmvogel* an diesen Untiefen vorbei … na ja, jedenfalls keiner von diesen *Skärlingen* hier, die ein Schiff nicht von einem Butterfass unterscheiden können. Keine Sorge. Wir haben noch Zeit.«

Und damit hatte sie Recht. Eine Stunde verging, eine zweite und sogar noch eine dritte, und die Sonne kletterte langsam höher, erreichte ihren Zenit und schien für eine Weile völlig reglos dort zu verharren, bevor sie den zweiten Teil ihrer Tageswanderung in Angriff nahm. Mehrere Schiffe und ein geradezu unglaublich langes Floß fuhren in dieser Zeit in beiden Richtungen an ihrem Versteck vorüber, aber keines davon ähnelte der *Sturmvogel*, und auf keinem einzigen waren Männer mit Waffen. Bald kamen ihr ernsthafte Zweifel, dass das Schiff, auf das sie warteten, überhaupt noch kommen würde. Sie scheute sich nicht, diese Zweifel in Worte zu kleiden, doch Edith beharrte darauf, dass sie am richtigen Platz waren und sich einfach nur noch eine Weile gedulden mussten. Katharina fügte sich in ihr Schicksal – was blieb ihr auch anderes übrig? –, und Edith und sie wechselten sich dabei ab, immer wieder vorsichtig aus dem Wald zu treten und den Fluss abzusuchen.

Und dann – endlich – kehrte Edith aufgeregt zu ihr zurück und bedeutete ihr hektisch gestikulierend, aufzustehen. »Die *Sturmvogel*!«, rief sie. »Sie ist da! Komm!«

Katharina war wie der Blitz auf den Füßen und mit zwei oder drei gewaltigen Schritten am Waldrand, und hätte Edith sie nicht festgehalten, hätte ihr eigener Schwung sie womöglich kopfüber ins Wasser stürzen lassen. Sie bemerkte es nicht einmal. Über dem Fluss war ein großes, rechteckiges Segel aufgetaucht, und auch die plumpe Form des Schiffes darunter, das auf den ersten Blick mehr an eine hölzerne Burg erinnerte, die jemand mit wenig Gefühl für Ästhetik zum Schwimmen zu bringen versucht, war unverkennbar. Das grelle Licht der Nachmittagssonne schimmerte auf polierten Helmen und Speerspitzen, und da waren Dutzende bunter Wimpel, die miteinander im Wind um die Wette flatterten.

»Sie sind da!«, sprudelte sie aufgeregt los. »Das ist die –«

Katharina unterbrach sich mitten im Wort und riss verblüfft

die Augen auf, als sie ein zweites und fast im gleichen Moment noch ein drittes, nicht weniger großes Schiff hinter der *Sturmvogel* gewahrte. Auch auf ihnen drängten sich bewaffnete Männer in dichten Reihen. »Das ... das ist ein ganzes Heer«, murmelte sie.

Edith pflichtete ihr mit einem stummen Nicken bei und wirkte plötzlich eher besorgt, statt erleichtert, wie sie es doch eigentlich sein sollte. »Ich bin nur nicht sicher, welches«, murmelte sie, mehr an sich selbst als an Katharina gewandt. Katharina sah sie fragend an, doch die alte Frau ließ ihr keine Zeit, ihre Verwunderung in Worte zu fassen, sondern wich mit einem hastigen Schritt wieder in den Schutz des Waldes zurück und zog sie mit der gleichen Bewegung mit sich.

»Was ist los?«, fragte Katharina alarmiert. Edith machte eine fast erschrockene Geste, leise zu sein – als hätte sie Angst, ihre Stimmen könnten auf den Schiffen dort hinten gehört werden, die mindestens noch eine Meile entfernt waren, wahrscheinlich mehr. »Versteck dich«, sagte sie. »Wir warten besser ab.«

»Worauf?«, fragte Katharina verwirrt.

Sie bekam auch jetzt nicht sofort eine Antwort. Edith zog sie nur weiter in den Wald zurück, ließ sich in die Hocke sinken und bog vorsichtig das Unterholz auseinander, um wieder zu den näher kommenden Schiffen zu sehen. »Das sind zu viele«, sagte sie. »Ich weiß, dass Guthenfels hundert Männer unter Waffen hat. Aber das da sind mindestens dreimal so viel, wenn nicht mehr.«

»Dann wird er Verbündete mitgebracht haben«, vermutete Katharina, und Edith blickte kurz über die Schulter zu ihr hoch, nickte besorgt und sagte dann noch besorgter:

»Die Frage ist nur, welche Farben sie tragen.«

Nicht einmal das verstand Katharina sofort, doch als sie es tat, erschrak sie umso mehr. Edith hatte anscheinend Recht, wenn sie ihr vorwarf, bei allem Überschwang oft das Denken zu vergessen. Was, wenn die zusätzlichen Männer dort blaue Wappenröcke trugen, und ein sich aufbäumendes Pferd auf der Brust?

Sie entschuldigte sich in Gedanken für alles, was sie gerade über Edith gedacht hatte, ließ sich neben ihr in die Hocke sinken und blickte genau wie sie den näher kommenden Schiffen schweigend und mit heftig klopfendem Herzen entgegen. Nach einer Weile erkannte sie, dass es sich tatsächlich um die *Sturmvogel* handelte, und – sie war nicht ganz sicher, aber doch beinahe – sie meinte eine grauhaarige Gestalt auszumachen, die hoch aufgerichtet im Bugkastell des Schiffes stand. Etliche der anderen Männer trugen tatsächlich ein leuchtendes Blau, das dem Pardevilles glich, aber das musste nichts bedeuten.

Es musste allerdings auch nichts Gutes bedeuten.

Katharina wälzte diesen Gedanken noch eine geraume Weile hin und her, ohne zu irgendeinem Ergebnis zu kommen (wenigstens keinem, das ihr gefallen hätte), und auch Edith sagte nichts mehr. Die drei Schiffe näherten sich nur langsam, viel langsamer, als es selbst angesichts der gefährlichen Sandbank nötig gewesen wäre, und Katharina sah, dass sie tatsächlich so nahe an ihrem Versteck vorüberfahren würden, wie Edith es ihr versprochen hatte.

Nur würde ihnen das nichts nützen, denn sie fuhren offensichtlich so langsam, damit die schier endlose Reiterkolonne mit ihnen Schritt halten konnte, die sich auf dem schmalen Uferstreifen parallel zu ihnen bewegte.

»Das sind Mandreds Söldner«, sagte sie erschrocken.

»Ja, und Guy de Pardeville selbst führt sie an«, fügte Edith düster hinzu. Schweigend verharrten sie in ihrem Versteck, während die kleine Flotte quälend langsam näher kam und dann noch viel langsamer an ihrem Versteck vorüberglitt; und das so nahe und langsam, dass es schon vollkommen ausgereicht hätte, einfach nur einen Schritt aus ihrem Versteck herauszutreten, und sie wären sofort entdeckt worden.

Der Mann im Bugkastell der *Sturmvogel* war tatsächlich Guthenfels, und er kam ihnen nahe genug. um den besorgten Ausdruck auf seinem Gesicht erkennen zu können. Er war so nahe!

Katharina spürte, wie ihr die Tränen in die Augen schossen, als sie den Mann, auf den sie ihre gesamte Hoffnung gesetzt hatte, so dicht an sich vorübergleiten sah, dass sie buchstäblich nur den Arm ausstrecken musste, um ihn zu berühren ... und zugleich so unerreichbar, als wäre er auf der anderen Seite der Welt. Wut und Enttäuschung fochten einen immer heftigeren Kampf hinter ihrer Stirn, und sie merkte nicht einmal, dass sie die Hände immer fester zu Fäusten ballte, bis ihre Knöchel wie trockener Reisig zu knacken begannen. Warum war das Schicksal so grausam zu ihr? Wieso hatte Gott sie gezwungen, all diese Gefahren und Mühen und Schmerzen auf sich zu nehmen, nur um ihr dann im allerletzten Moment doch wieder eine lange Nase zu drehen?

»Tu jetzt nichts Unüberlegtes, Kind«, flüsterte Edith.

Katharina verbot es sich selbst, auch nur mit einem Nicken zu antworten. Nicht nur die Schiffe – jetzt, als sie buchstäblich zum Greifen nahe unter ihnen vorüberfuhren, sah sie, dass die *Sturmvogel* tatsächlich das kleinste der drei Schiffe war –, sondern auch die Söldner zogen dicht genug an ihnen vorbei, dass es Katharina im Nachhinein schon beinahe wie ein kleines Wunder verkam, dass sie nicht entdeckt worden waren. Ihr Herz klopfte bis in den Hals hinauf, und einen Moment lang überlegte sie in ihrer Panik sogar ernsthaft, alles auf eine Karte zu setzen und einfach aus dem Wald herauszustürmen und zu schreien und mit den Armen zu wedeln, bis Guthenfels oder einer seiner Männer auf sie aufmerksam wurde. Gewiss würde Pardeville es nicht wagen, ihr direkt unter seinen Augen etwas anzutun.

Gottlob gewann ihr Verstand (und ihre Angst) gerade noch rechtzeitig die Oberhand, bevor sie diese selbstmörderische Idee in die Tat umsetzen konnte.

»Und wenn wir –?«, begann sie, doch Edith brachte sie mit einer erschrockenen Geste zum Schweigen.

Nur einen Moment später erkannte sie den Grund für Ediths scheinbar so übertriebene Vorsicht.

»Irgendetwas muss passiert sein … aber was?«

»Wie kommst du darauf?«

Ediths Stimme klang beinahe noch besorgter, und ihr Blick ließ das langsam herankriechende Heer keinen Moment los. »Wulfgar hat nicht mehr als zweihundert Krieger, und selbst das nur, wenn er jedem Knaben und jedem zahnlosen Greis ein Schwert in die Hand drückt«, sagte sie. »Das da sind mindestens fünfhundert Mann, wahrscheinlich sogar mehr.«

»Und?«, fragte Katharina. »Ist es nicht vernünftig, mit einer Übermacht anzugreifen?«

»Nicht mit einer solchen«, behauptete Edith. »Krieg führen ist teuer, mein Kind. Selbst ein Heer, das nur von einem Ort zum anderen zieht, erleidet Verluste, und die Einwohner jedes Weihers, durch den es kommt, werden noch Jahre später diesen Tag verfluchen.« Edith wiederholte ihr Kopfschütteln und sah Katharina nun doch an. »Würdest du einen Schmiedehammer nehmen, um eine Schabe zu zerquetschen?«

Katharina musste unwillkürlich lächeln, als sie sich vorzustellen versuchte, wie Wulfgar wohl auf diesen Vergleich reagieren würde, aber sie verstand auch, worauf Edith hinauswollte, und schüttelte den Kopf. Trotzdem fuhr Edith nachdenklich fort: »Ich weiß, dass dein Großvater seit zehn Jahren Angst und Schrecken verbreitet, und es gibt nicht Wenige, die ihn für den Leibhaftigen selbst halten – aber im Grunde ist er nicht mehr als ein Räuber. Niemand schickt ein Heer los, um ein Räubernest auszuheben. Es sei denn …«

»Es sei denn?«, fragte Katharina, als Edith nicht weitersprach.

»Es sei denn, er rechnet mit etwas anderem«, antwortete Edith. Anscheinend gefiel sie sich gerade wieder einmal darin, die Geheimnisvolle zu spielen. Katharina verstand jedenfalls kein Wort.

»Und was sollte das sein?«, fragte sie. Sie wäre vermutlich überrascht gewesen, hätte sie eine Antwort bekommen, und natürlich geschah das auch nicht. Edith sah dem langsam davonziehenden Heer nur weiterhin schweigend nach, und dann starrte sie noch eine geraume Weile ins Nichts, als die letzten Reiter schon lange an ihrem Versteck vorbeigezogen waren und die Schiffe allmählich wieder weiter auf die Flussmitte hinausfuhren. »Das ist schlimm«, sagte sie schließlich. »Sehr schlimm. Ich fürchte, das kann nur eines bedeuten.«

»Und was?, fragte Katharina.

»Dass dein Großvater ein noch viel größerer Narr ist, als ich ohnehin geglaubt habe«, antwortete Edith düster.

»Und was genau meinst du damit?«, fragte Katharina.

»Wir müssen ihn warnen!«, sagte Edith, ohne ihre Frage damit auch nur im Ansatz zu beantworten. »Wenn dieses Heer dort ankommt, ohne dass sie wissen, was sie erwartet, gibt es eine Katastrophe!« Sie stand so plötzlich auf, dass Katharina erschrak. »Ich muss zu Wulfgar!«

»Aha«, sagte Katharina. »Und wie?« Dann fügte sie misstrauisch hinzu: »Und wieso *du?*«

Edith ignorierte den zweiten Teil ihrer Frage. »Ich folge ihnen«, sagte sie mit einer Geste auf das Gebüsch, in dem sie das kleine Ruderboot versteckt hatten. »So langsam, wie sie sich bewegen, schaffen es Guthenfelds und Pardeville nicht vor Sonnenuntergang. Und ich glaube nicht, dass sie bei Dunkelheit angreifen. Sie werden bis zum Morgengrauen warten.«

»Dann sollten wir keine Zeit verlieren«, sagte Katharina,

und das in so entschlossenem Tonfall, dass Edith nicht einmal versuchte, sie umzustimmen, sondern es bei einem resignierten Seufzen beließ.

*

Alles kam ganz genau so, wie Edith es vorausgesagt hatte. Nur viel schlimmer.

Tatsächlich hatten sie noch fast eine Stunde warten müssen, bevor sie aufbrechen konnten, denn der kleinen Flotte und dem Söldnerheer war ein Tross von Wagen und Packpferden und den üblichen Nachzüglern gefolgt, und Edith hatte darauf bestanden, noch einmal eine geraume Weile zuzugeben, bis auch noch der allerletzte Nachzügler vorbei und außer Sichtweite war.

Die nächste unangenehme Neuigkeit (die Katharina aber kaum noch wirklich überraschte) war, dass etwas mit dem Boot geschehen war, während sie in ihrem Versteck abgewartet hatten: Es hatte Wasser genommen, das nun fingertief in seinem Rumpf stand und Katharina zu einer unwillkommenen Begegnung mit einer guten alten Bekannten verhalf: der Panik. Edith musste ihre ganze Überredungskunst aufwenden, damit sie das Boot überhaupt betrat, und während der gesamten Fahrt beäugte sie misstrauisch die leicht unangenehm riechende Pfütze, in der ihre Zehen standen. Sie wurde nicht tiefer, aber natürlich sorgte ihre Furcht dafür, dass es ihr trotzdem so vorkam.

Den ganzen Nachmittag über ruderten sie. Ein-, oder zweimal hob Edith das Ruder aus dem Wasser, sodass sie eine Weile einfach nur von der Strömung weitergetrieben wurden, und einmal lenkte sie das Boot hastig ans Ufer und in den Schutz eines überhängenden Busches, wo sie eine ganze Zeitlang abwarteten, ohne dass das Mindeste geschah. Danach setzten sie ihren Weg fort, und – selbstverständlich – ohne dass sie auch nur ein Wort der Erklärung abgegeben hätte.

Erst als die Sonne schon fast den Horizont berührte, steuerte Edith das Boot wieder ans Ufer und bedeutete Katharina, auszusteigen. Sie gehorchte zwar (schon aus Erleichterung, endlich wieder festen Boden unter den Füßen zu haben, statt eine halbe Fingerdicke morsches Holz, unter der ein meilentiefer Abgrund aus tödlichem Wasser lauerte), aber sie wäre kaum überrascht gewesen, hätte Edith die Gelegenheit beim Schopfe gepackt, einfach weiterzurudern und sie allein hier zurückzulassen.

Stattdessen tat sie etwas anderes, das sie nun doch überraschte und auch erschreckte: Sie steig aus, packte das Ruder mit beiden Händen und rammte es mehrmals hintereinander wuchtig in den Bootsrumpf, bis die morschen Planken nachgaben und mit einem sonderbar weichen Laut zersplitterten. Dann versetzte sie dem leckgeschlagenen Boot einen Stoß, der es wieder auf den Fluss hinaus und in die Strömung gleiten ließ. Viel schneller, als Katharina erwartet hätte, lief es voll, sank tiefer ins Wasser und war schon nach erschreckend kurzer Zeit ganz untergegangen.

»Ich nehme an, du willst mir nicht verraten, warum du das getan hast?«, fragte Katharina.

Edith schüttelte den Kopf, antwortete aber trotzdem. »Es könnte sich losreißen, und mit sehr viel Pech könnte Pardeville es finden und die richtigen Schlüsse daraus ziehen.«

Unsinn, dachte Katharina. Sie blickte zweifelnd, was Edith aber nicht im Geringsten beeindruckte. »Jetzt haben wir nichts mehr, um zurückzufahren«, sagte sie.

»Das hatten wir auch vorher nicht«, antwortete Edith gelassen. »Ist dir nicht aufgefallen, dass es geleckt hat? Ich wundere mich fast, dass wir es bis hierher geschafft haben. Ehrlich gesagt, habe ich schon vor Stunden damit gerechnet, dass wir sinken.«

Katharina riss entsetzt die Augen auf. »Und das sagst du mir jetzt?«, ächzte sie.

»Hättest du dich besser gefühlt, wenn ich es dir vor zwei

Stunden gesagt hätte?«, fragte Edith. Sie wartete vergeblich auf eine Antwort, hob schließlich die Schultern, wie um zum Ausdruck zu bringen, dass es sie ohnehin nicht interessierte, und setzte ihren Weg dann fort, ohne sich davon zu überzeugen, dass Katharina ihr folgte. Vielleicht hoffte sie ja, dass sie es nicht tat, sondern zurückblieb.

Allerdings dachte Katharina gar nicht daran, etwas so Dummes zu tun.

Ganz egal, wie vernünftig es auch gewesen wäre.

»Wie weit ist es noch?«, fragte sie, nachdem sie eine Weile genauso schweigend nebeneinander hergegangen waren wie zuvor gerudert.

»Nicht mehr sehr weit. Hinter der nächsten Biegung.« Edith deutete in die entsprechende Richtung, in der Katharina allerdings kaum etwas sah. Die Sonne war schon zum größten Teil hinter dem Horizont verschwunden, und sie erkannte nur noch Schatten, durchbrochen von Splittern aus blendend grellem Rot. »Aber dorthin gehen wir nicht.«

»Warum?«

»Das siehst du, wenn wir da sind«, beschied ihr Edith.

»Wo, da?«

»Na, dort eben.«

Katharina verstand. Sie stellte keine Fragen mehr.

Die Sonne sank weiter, und es wurde endgültig dunkel und fast augenblicklich kühl, dann kalt. Edith marschierte unverdrossen weiter und legte dabei ein Tempo vor, das es Katharina immer schwerer machte, mit ihr Schritt zu halten.

Irgendwann wurde Edith langsamer, blieb dann ganz stehen und schien einen Moment zu lauschen, dann deutete sie – Katharina war fast sicher, vollkommen wahllos – nach links und damit in den Wald hinein. Katharina signalisierte ihr zwar mit einem schüchternen Nicken ihre Zustimmung, hatte aber schon wieder ein ungutes Gefühl. Der Waldrand war kaum eine

Armeslänge neben ihnen, kam ihr aber selbst auf diese geringe Entfernung vor wie eine massive Wand, die einfach alles verschlang. Wenn sie Edith dort drinnen aus den Augen verlor, würde sie sie nie wieder finden.

War es vielleicht sogar das, was sie plante?

Wie sich zeigte, war das jedoch nicht ihr größtes Problem.

Das größte Problem sah Katharina nicht einmal, während sie sich damit herumplagte. Im Wald war es pechschwarz, sodass sie nicht mehr das Geringste sah, aber dafür spürte sie umso deutlicher, wie steil der Boden plötzlich anstieg und wie unwegsam er wurde. Sie stolperte praktisch ununterbrochen nicht nur über Wurzeln und verschlungenes Unterholz, sondern auch immer öfter über Steine und scharfkantigen Fels, der unsichtbar aus dem ebenso unsichtbaren Boden wuchs. Das letzte Stück – wahrscheinlich nur ein Dutzend Schritte, auch wenn sie ihr wie ebenso viele Meilen vorkamen – legte sie mehr auf Händen und Knien stolpernd als gehend zurück, und hätte sie nicht irgendwann einen blassen Lichtschimmer irgendwo vor und über sich wahrgenommen, dann hätte sie möglicherweise ganz der Mut verlassen; oder sie hätte sich schlichtweg verirrt.

Kaum zehn Minuten später, aber so erschöpft, als wären es zehn Stunden gewesen, stolperte sie ein gutes Stück entfernt von Edith aus dem Wald heraus und auf einen schmalen felsigen Grat, und der Anblick, der sich ihr auf der anderen Seite bot, ließ sie die Schrecknisse der zurückliegenden Minuten augenblicklich vergessen.

Die Flussbiegung lag unter ihnen, und das Bild auf dieser Seite unterschied sich so dramatisch von dem hinter ihnen, wie es überhaupt ging. Die Nacht war verschwunden, ausgelöscht von hunderten roter Lichtpunkte, die sich nicht nur am Ufer entlangzogen, sondern auch auf dem Fluss tanzten. Obwohl sie sie jetzt aus viel größerer Entfernung betrachtete, kamen ihr die beiden mächtigen Kriegsschiffe viel größer und gefährlicher vor als vorhin, und das am Ufer lagernde Heer erschien ihr mindestens doppelt so groß wie am Nachmittag, als die Reiter in einer schier endlos scheinenden Zweierreihe an ihrem Versteck vorbeigezogen waren. Edith hatte Recht, dachte sie schaudernd. Das was kein kleines Trüppchen, das man eilig zusammengestellt hatte, um einen Möchtegern-Seeräuber zu bestrafen, der einen Schritt zu weit gegangen war. Das war ein Heer, das in den Krieg zog. Dennoch war an diesem Anblick etwas, das ... nicht stimmte.

»Ein beeindruckender Anblick, nicht wahr?«, sagte Edith leise. »Da kann man fast verstehen, warum so viele vom Krieg und dem Soldatenleben so fasziniert sind. Nur schade, dass die Hälfte von ihnen morgen zu dieser Zeit tot oder verkrüppelt sein wird. Und die Hälfte deiner Familie auch«, fügte sie nach einer winzigen Pause hinzu. »Wenn nicht sogar mehr.«

Katharina schwieg dazu. Was sollte sie auch sagen?

»Und Wulfgars Lager?«, fragte sie stattdessen.

Edith machte eine Kopfbewegung in die Nacht hinein. Es liegt hinter der übernächsten Flussbiegung«, sagte sie. »Eine halbe Stunde, für Guthenfels Schiffe, vielleicht zwei für die Soldaten.«

Katharina wollte etwas sagen, doch dann wurde ihr klar, was an dem Bild unter ihr nicht richtig war. »Es sind nur zwei Schiffe«, sagte sie. »Wo ist die *Sturmvogel?*«

»Vorausgefahren, hinter die nächste Flussbiegung«, antwortete Edith. »Zusammen mit einem kleinen Teil des Heeres, nehme ich an.«

»Aber dort werden Wulfgars Späher sie sehen!«, sagte Katharina zweifelnd.

»Und genau das sollen sie auch«, antwortete Edith grimmig.« Sie deutete auf das Heerlager hinab. »Sie werden drei oder vier Stunden vor Sonnenaufgang losmarschieren und dann landeinwärts schwenken, um sich Wulfgars Festung von der

Landseite aus zu nähern und ihnen so den Fluchtweg abzuschneiden, und die Schiffe werden entsprechend später losfahren, um sich bei Einbruch der Dämmerung mit der *Sturmvogel* zu vereinen. Ein perfekter Hinterhalt. Dein Großvater rechnet mit einem Schiff und einer Handvoll Soldaten, und genau das zeigt Guthenfels seinen Spähern.«

»Aber in Wahrheit taucht ein ganzes Heer vor seiner Tür auf«, murmelte Katharina.

»Und ein zweites in seinem Rücken«, fügte Edith hinzu. »Sie haben keine Chance.«

Und damit hatte sie wahrscheinlich Recht, dachte Katharina schaudernd. Sie konnte sich nichts vorstellen, was diesem gewaltigen Heer dort unten hätte standhalten können. »Du kennst dich gut mit so etwas aus, wie?«, fragte sie mit belegter Stimme.

»Man ist nicht sein halbes Leben lang die Zofe und beste Freundin einer Kriegerprinzessin, ohne dass das eine oder andere hängen bleibt«, antwortete Edith.

Es dauerte einem Moment, bis Katharina wirklich begriff, was sie gerade gesagt hatte. »Kriegerprinzessin?«, wiederholte sie zweifelnd.

»Was hast du geglaubt?«, fragte Edith. »Wir sind ein kriegerisches Volk, Kara. Wir waren es immer, und tief in unseren Herzen werden wir es auch immer bleiben.« Sie schüttelte den Kopf, als Katharina widersprechen wollte.

»Ich weiß, du hast Erik kennengelernt und Bjarnisund, und du hast ein Dorf voller friedlicher Händler und Bauern gesehen. Aber das sind wir nicht. Ist dir nicht aufgefallen, dass ein jeder von ihnen sein Schwert an der Seite trägt, auch wenn er nur zur Arbeit auf die Felder geht?«

Katharina hatte nie einen von Eriks Männern bei der Arbeit auf dem Feld gesehen, aber nun, wo sie darüber nachdachte, musste sie Edith Recht gehen. Tatsächlich hatten alle Männer, denen sie in Bjarnisund begegnet war, ständig und überall ihre Waffen getragen, und die meisten nicht nur Schwert oder Axt, sondern auch ihre Schilde und Helme. Sie hatte dieser Beobachtung keine Bedeutung zugemessen, und wenn doch, so hatte sie sie allenfalls für so etwas wie eine leicht schrullige Angewohnheit gehalten.

»Dein Großvater Erik war einst ein mächtiger Kriegsherr«, fuhr Edith fort. »Seine Krieger waren ebenso gefürchtet wie die Wulfgars. Vielleicht sogar mehr. Dass er beschlossen hat, mit diesem Leben zu brechen und hierherzukommen, macht seine Vergangenheit nicht ungeschehen, Kind.«

Und vielleicht war diese Vergangenheit auch der Grund, aus dem er letzten Endes beschlossen hatte, wieder von hier wegzugehen, dachte Katharina traurig. Vielleicht halte Edith Recht, und er hatte versucht, sich und seiner ganzen Sippe ein Leben aufzuzwingen, das wider ihre wahre Natur war.

Der Gedanke kam ihr unsagbar grausam vor, und sie hätte nichts lieber getan, als sich selbst eine törichte Närrin zu nennen, einen solchen Unsinn auch nur zu *denken* … aber das konnte sie nicht. Sie erinnerte sich nicht nur wieder daran, wie beiläufig Wulfgar versucht hatte, Vera zu töten. Noch viel deutlicher stand plötzlich wieder das Bild vor ihren Augen, wie grausam Erik Vater Cedric gefoltert hatte. Vielleicht waren sich die beiden Skalden ja ähnlicher, als sie zugeben wollten.

»Von hier aus sollte ich allein weitergehen, Kara«, sagte Edith ernst. »Wenn ich mich beeile, kann ich vielleicht früh genug bei Wulfgar sein, um mit ihm zu reden. Er kennt mich. Er weiß, dass ich gewiss keine Freundin Guy de Pardevilles bin, und nicht einmal des Barons. Vielleicht hört er auf mich, und dieses schreckliche Blutvergießen kann verhindert werden.« Abermals machte sie eine entsprechende Geste, als Katharina antworten wollte. »Aber nur vielleicht. Deshalb wäre es mir lieber, wenn du hierbleibst. Ich werde es dir nicht befehlen, weil ich weiß, wie zwecklos es wäre, dich zu etwas zwingen zu wollen, aber ich bitte dich darum. Wenn dein Großvater nicht auf mich hört und es zum Kampf kommt, dann könnten wir beide getötet werden.«

»Ich weiß«, antwortete Katharina, aber Edith sah sie nur noch ernster an.

»Nein, das weißt du nicht. Du bist noch viel zu jung, um wirklich zu wissen, wovon du da sprichst. Dein Leben hat ja noch nicht einmal richtig angefangen.«

Katharina schwieg, und nach einigen weiteren Augenblicken schien Edith wohl einzusehen, dass das die einzige Antwort war, die sie bekommen würde. »Aber ich werde keine Rücksicht auf dich nehmen, Kleines«, warnte sie nur. »Wenn du nicht mithalten kannst, dann ist das dein Problem.«

Katharina konnte gerade noch eine spöttische Bemerkung herunterschlucken, und das war vermutlich gut so, denn damit hätte sie sich wohl ziemlich blamiert, wie ihr schon nach kurzer Zeit klar wurde. Edith machte sich unverzüglich und ohne ein weiteres Wort auf den Weg, und Katharina hatte schon auf dem allerersten Stück ihre liebe Mühe, nicht den Anschluss zu verlieren.

Der Weg die Anhöhe auf der anderen Seite wieder hinab erwies sich als noch viel steiler und gefährlicher als der herauf, und ein gutes Stück weit mussten sie sogar klettern, was bei nahezu völliger Dunkelheit zu einem haarsträubenden (und alles andere als ungefährlichen) Unterfangen wurde. Danach wurde der Boden zwar ebener, aber kein bisschen leichter. Mal mussten sie sich durch dichtes Gestrüpp kämpfen, mal durch sumpfiges Gelände, in dem sie bei jedem Schritt bis über die Knöchel versanken, dann wieder über trockenes Grasland oder durch einen Wald, dessen Bäume so dicht standen, dass es kaum ein Durchkommen zwischen ihnen zu geben schien. Hätte Katharina nicht ohnehin schon lange nicht mehr gewusst, wo sie sich befand, hätte sie spätestens jetzt endgültig die Orientierung verloren.

Der Rhein fiel bald hinter ihnen zurück, und die Nacht wurde nicht nur dunkler, sondern auch kälter. Und es fiel ihr beinahe mit jedem Schritt schwerer, nicht den Anschluss an Edith zu verlieren, die nicht die mindeste Rücksicht auf sie nahm, ganz wie sie es angekündigt hatte. Woher diese gebrechliche alte Frau die Energie nahm, Stunde um Stunde zu marschieren und scheinbar mühelos über Stock und Stein zu klettern, war ihr ein Rätsel. Irgendwann würde sie Edith einfach zwingen, ihr dieses Geheimnis zu verraten.

Natürlich nur, wenn es ihr gelang, diese Nacht zu überstehen, ohne einen Herzschlag zu bekommen.

Kurz bevor es so weit war (und vielleicht eine Stunde vor Sonnenaufgang), hielt Edith endlich an, drehte sich um und wartete, bis sie wieder ganz zu ihr aufgeschlossen hatte. Katharina konnte sich ungefähr vorstellen, was sie ihr sagen wollte, und sie wurde nicht enttäuscht.

»Die Wulfiborg liegt hinter diesem Wald«, sagte sie. »Du solltest hierbleiben. Wirklich.«

Katharina sah kurz zu dem Schatten hin, von dem Edith behauptet hatte, es wäre ein Wald. Sie sah dort nichts als vollkommene Finsternis. Stur schüttelte sie den Kopf.

»Ganz wie du willst.«

Irgendwie brachte Edith das Kunststück fertig, sich nicht herumzudrehen und weiterzugehen, sondern einfach mit den Schatten hinter sich zu verschmelzen, aber Katharina war nicht so weit gekommen, um sich jetzt von einem simplen Taschenspielertrick abschrecken zu lassen. Sie marschierte einfach in dieselbe Richtung los, orientierte sich an den Geräuschen, die Edith irgendwo in der Dunkelheit vor ihr verursachte, und nahm dabei zähneknirschend in Kauf, dass sie ein paarmal unsanft mit einem Schatten kollidierte, der zwar unsichtbar blieb, aber so hart war, wie es nur ein Baum sein konnte.

Immerhin dauerte es nicht lange.

Der Wald stellte sich eher als schmaler, wenn auch ungewöhnlich dichter Uferstreifen heraus, hinter dem sich eine erschreckend große Wasserfläche befand. Im allerersten Moment glaubte sie, am Ufer eines Sees zu stehen, doch ein rascher Blick in die Runde zeigte ihr ihren Irrtum: Der Rhein verbreiterte sich an dieser Stelle, um einer dicht bewaldeten Insel auszuweichen, sodass der Eindruck eines halbmondförmigen und sehr lang gestreckten Sees entstand. An seinem anderen Ufer und präzise gleich weit von seinen vermeintlichen Zu- und Abflüssen entfernt erhob sich ein sonderbar kantiger Umriss. Vermutlich Wulfgars Lager, denn sie entdeckte eine Vielzahl winziger roter Lichter, die scheinbar im Nichts zu schweben schienen und ihr manchmal zublinzelten, wie winzige glühende Dämonenaugen.

»Wulfgars Lager?«, fragte sie.

»Die Wulfiborg, ja«, antwortete Edith und beantwortete ihre nächste Frage gleich mit, bevor sie sie überhaupt aussprechen konnte. »Er hat es nach seinem Sohn benannt, deinem Vater. Es ist nicht wirklich eine Burg, aber es kommt ihm nahe genug, um Guthenfels' Soldaten einen hohen Blutzoll abzuverlangen.«

»Und wie kommen wir dorthin?«

Edith deutete nach links, am Ufer entlang. »Dort hinten beginnt ein Weg. Dort kommen wir besser voran.«

»Und das weißt du, weil du ja noch nie hier warst«, vermutete Katharina.

Edith überging die Bemerkung. »Du weißt, was geschieht, wenn du zu Wulfgar gehst?«, fragte sie. »Er wird dich nicht wieder gehen lassen. Alles, was geschehen ist, wäre vollkommen umsonst gewesen.«

»Wulfgar?«, wiederholte Katharina verständnislos. »Ich … ich habe nicht vor, zu Wulfgar zu gehen.«

»Das wirst du aber, wenn du mich begleitest«, sagte Edith ruhig. »Denn ich gehe zu ihm. Wie soll ich ihn sonst warnen?«

»Aber … aber ich dachte, wir … wir schleichen uns in sein Lager«, stammelte Katharina, »und –«

»Und hinterlassen ihm eine mit Blut geschriebene Warnung an der Wand seines Thronsaales?«, unterbrach sie Edith. »Dass ich nicht selbst auf diese Idee gekommen bin! Ich werde anscheinend alt. Und wenn wir schon einmal dabei sind, dann suchen wir doch gleich noch nach deinem Bruder und befreien ihn.«

Diesen Spott hatte sie wahrscheinlich verdient, dachte Katharina. Ihre Idee war wirklich naiv gewesen … aber die beiden einzigen möglichen Alternativen, nämlich entweder tatsächlich hier zurückzubleiben oder Edith zu begleiten und sich Wulfgar freiwillig auszuliefern, kamen ihr genau so schrecklich vor.

»Aber es … es muss doch noch einen anderen Weg geben!«, sagte sie verzweifelt.

Edith schüttelte den Kopf und wollte antworten, fuhr dann aber erschrocken zusammen und machte einen so hastigen Schritt zurück, dass sie um ein Haar das Gleichgewicht verloren hätte und hintenüber ins Wasser gefallen wäre. Gleichzeitig hörte Katharina hinter sich ein scharfes Knacken, sodass sie erschrocken herumfuhr, und eine ihr nur zu bekannte Stimme sagte:

»Den gibt es in der Tat, mein Kind. Und ich fürchte, dir bleibt gar keine andere Wahl mehr, als ihn zu nehmen.«

Katharina hatte die Stimme längst erkannt, genau wie den gedrungenen Umriss, der hinter ihr aus dem Wald trat. Trotzdem riss sie mit einem halb erstickten Schreckenslaut die Augen auf, als sie einen zweiten Schritt machte und damit nahe genug kam, um das Gesicht zu erkennen.

»Ich hatte ehrlich gehofft, dass du klüger bist, Kara«, sagte Erik bedauernd. »Du hättest niemals hierherkommen dürfen.« Dann wandte er sich an Edith, und eine sonderbare Mischung aus Trauer und ehrlicher Wiedersehensfreude erschien auf seinem Gesicht. »Hallo Jorun«, sagte er. »Es ist lange her, dass wir uns gesehen haben.«

*

Der Raum, den Edith – oder Jorun, wie sie wirklich hieß – vorhin spöttisch als Wulfgars *Thronsaal* bezeichnet hatte, glich auf verblüffende Weise dem großen Langhaus in Bjarnisund, nur dass alles größer, deutlich gröber und auf schwer in Worte zu kleidende Weise düsterer war. Auch hier gab es einen gewaltigen, von zahlreichen Stühlen umstandenen Tisch, einen barbarischen Thronsessel an seinem Kopfende und einen gewaltigen Kamin, dessen hoch prasselnde Flammen den Raum nicht nur in schon fast unangenehme Wärme tauchten, sondern auch in unheimliches rotes Licht und hin- und herhuschende Schatten.

Die gute Nachricht war, dass man sie bisher weder gefesselt noch geschlagen oder ihr irgendein Körperteil abgeschnitten hatte.

Damit hörten die angenehmen Überraschungen aber auch schon auf. Die tiefe Erleichterung, die tatsächlich für einen ganz kleinen Moment von ihr Besitz ergriffen hatte, hatte nicht allzu lange vorgehalten – genau so lange, wie die vier riesenhaften Krieger, die in Eriks Begleitung gekommen waren brauchten, um hinter ihm aus dem Wald zu treten und Edith – Jorun – und sie zu packen und mit entschieden mehr Begeisterung festzuhalten als notwendig war, um ein Kind und eine alte Frau zu bändigen.

Und wenn sie ganz ehrlich war, dann hatte sie das, was danach geschehen war, immer noch nicht richtig verstanden.

Hin- und hergerissen zwischen Schrecken und Erleichterung, wenigstens keinem von Wulfgars Kriegern gegenüberzustehen, hatte sie immerhin eines begriffen, nämlich dass sie Erik Unrecht getan hatte und er keineswegs feige geflohen, sondern zurückgekommen war, um Ansgar zu retten.

Aber wenn das so war, warum waren sie dann hier, in Wulfgars hölzerner Burg, statt auf einem von Eriks Schiffen?

Natürlich hatte sie Erik diese Frage auch laut gestellt, aber er hatte sie so wenig beantwortet wie irgendeine der anderen immer hysterischer werdenden Fragen, mit denen sie ihn überschüttet hatte, während sie Jorun und sie auf die Wulfiborg brachten. Genau genommen hatte er kein einziges Wort gesprochen, sondern sie und die ehemalige Zofe seiner Tochter nur abwechselnd und auf eine Art angesehen, von der sie nicht sagen konnte, ob sie nun vorwurfsvoll, traurig oder enttäuscht war; oder von allem etwas. Seine Begleiter hatten sie hierher in diesen düsteren Saal gebracht, und vor wenigen Augenblicken war auch Wulfgar selbst gekommen und hatte auf seinem monströsen Thron Platz genommen. Seither klopfte ihr Herz wie verrückt.

Sie wusste selbst nicht, was sie erwartet hatte – und wie auch? –, aber es war auf jeden Fall … etwas anderes gewesen. Lange Zeit hatte Wulfgar sie nur mit unbewegtem Gesicht angestarrt, und etwas sehr Seltsames war geschehen; Katharina hatte mehr Angst vor ihm denn je, eine Furcht, die ihr schier die Kehle zuschnürte, und dieser grauhaarige Riese kam ihr erbarmungsloser und härter vor denn je, aber es wollte ihr einfach nicht mehr gelingen, das blutrünstige Ungeheuer in ihm zu sehen, das er stets für sie gewesen war.

Vielleicht lag es schlichtweg daran, dass sie Wulfgar und Erik nun das erste Mal nebeneinander sah, wie sie so beieinander saßen und mit leisen Stimmen und besorgten Gesichtern miteinander sprachen. Selbst wenn sie nicht gewusst hätte, dass die beiden Wikinger Brüder waren, hätte sie es bei diesem Anblick sofort erkannt. Erik war sicher der ältere und möglicherweise (etwas) weisere, Wulfgar der jüngere und ganz unzweifelhaft wildere, und dennoch waren sich die beiden Männer so ähnlich, wie es Brüder nur sein konnten, die nicht als Zwillinge geboren waren.

Schließlich und nach einer schieren Ewigkeit war es Wulfgar, der das immer bedrückender werdende Schweigen brach, indem er sich mit einer sonderbar mühsam wirkenden Bewegung in seinen geschnitzten Thronsessel zurücklehnte und zuerst Katharina lange und dann Jorun noch sehr viel länger und durchdringender anstarrte.

»Jorun«, begann er. »Wie lange ist es her? Zehn Jahre?«

»Beinahe elf«, antwortete sie.

»Du hättest nicht hierherkommen sollen«, sagte Wulfgar. »Du weißt, dass ich dich töten werde. Der einzige Grund, aus dem ich es noch nicht getan habe, ist der, dass du mir meine Enkeltochter zurückgebracht hast. Und dass mein Bruder sich für dich eingesetzt hat. Was nicht bedeutet, das ich dich wirklich verschonen werde. Ich bin kein sehr gnädiger Mann, wie du dich vielleicht erinnerst.«

»Aber was hat sie denn getan?«, empörte sich Katharina.

»Ich wüsste nicht, was dich das angeht, Kara«, sagte Wulfgar. »Und Kinder haben zu schweigen, wenn die Erwachsenen reden. Hat man dir das bei deiner *christlichen Erziehung* nicht beigebracht?«

»Vater Cedric hat mir vor allem beigebracht, immer die Wahrheit zu sagen«, antwortete Katharina scharf. »Edith hat ihr Leben riskiert, um dich und deine Männer zu warnen! Zählt das denn gar nichts?«

»Jorun«, antwortete Wulfgar betont, »hat vor allem *dein* Leben riskiert, indem sie dich mit hierhergebracht hat. Das Leben meiner Enkeltochter.«

»Wahrscheinlich hätte er noch mehr gesagt, doch Erik unterbrach ihn, indem er rasch die Hand hob. »Kara hat Recht«, sagte er. »Sie hat ihr Leben aufs Spiel gesetzt, um uns zu warnen, das sollten wir nicht vergessen. Sie hätte nicht herkommen müssen. Und was Kara angeht …« Er lächelte flüchtig. »Ich glaube, ich kenne sie inzwischen gut genug, um zu wissen, dass es ihr wahrscheinlich nicht möglich war, sie zurückzulassen.« Er seufzte. »Das wäre vermutlich nicht einmal dir gelungen.«

»Jetzt ist nicht der Moment für Scherze«, sagte Wulfgar.

»Wir sind auch nicht hier, um Scherze zu machen«, antwortete Jorun, Eriks immer warnender und beschwörender werdende Blicke ignorierend. »Ihr seid in Gefahr, versteht doch! Ihr müsst –«

»Schweig, Weib!«, unterbrach sie Wulfgar. Er hob nicht einmal die Stimme, brachte es aber dennoch irgendwie fertig, beinahe zu schreien. Er machte eine befehlende Geste zu ihr, sich zu setzen. Als sie nicht sofort reagierte, gab er einem der Männer hinter ihr einen Wink, und er stieß sie so grob auf einen Stuhl, dass das Möbelstück bedrohlich zu knirschen begann.

Wulfgar setzte dazu an, noch mehr zu sagen, doch in diesem Moment flog die Tür auf, und einer seiner Männer stürmte herein, noch nicht rennend, aber nur einen Deut davon entfernt. Rasch eilte er zu Wulfgars Thron, beugte sich zu ihm hinab und flüsterte ihm ein paar Worte zu, bevor er sich genauso schnell wieder entfernte.

»Deine Freunde sind da«, fuhr Wulfgar fort, wieder an Jorun gewandt und noch immer mit vollkommen unbewegtem Gesicht.

»Guthenfels?« Jorun sah erschrocken zum Fenster hin, machte eine Bewegung, wie um aufzustehen, und ließ sich wieder zurücksinken, als der Mann hinter ihrem Stuhl ein warnendes Räuspern von sich gab.

»Nein.« Wulfgar schüttelte mit einem rauen Lachen den

Kopf. »Dieses Söldnerpack. Sie formieren sich im Wald hinter der Burg zum Angriff.« Die Vorstellung schien ihn zu amüsieren. Etliche Momente lang schien er darauf zu warten, dass Jorun antwortete, dann schnaubte er verächtlich und wandte sich an Erik, der neben ihm saß. »Es wird Zeit.«

Zeit?, dachte Katharina beunruhigt. Wofür?

Erik stand auf, trat einen halben Schritt zurück und streckte seinem Bruder die Hand entgegen, um ihm beim Aufstehen zu helfen, und nicht nur zu Katharinas Erstaunen nahm Wulfgar die angebotene Hilfe an. Auch Jorun runzelte überrascht die Stirn, als sie sah, wie mühsam Wulfgar sich erhob. Hatte er sich immer noch nicht von der schweren Verletzung erholt, die Ellsbusch ihm zugefügt hatte?

»Du weißt, was zu tun ist«, wandte sich Wulfgar an Erik. »Wir treffen uns auf dem Schiff. Ich habe dein Wort. Das Wort eines Skalden.«

»Nein«, antwortete Erik ernst. »Das Wort deines Bruders, Wulfgar.«

Wulfgar verzog die Lippen, aber Katharina hätte nicht sagen können, ob zu einem verächtlichen Lächeln oder schlichtweg vor Schmerz. Erst jetzt fiel ihr auf, wie blass der grauhaarige Riese war. Und das Netz feiner Schweißperlen, das auf seiner Stirn glänzte, hatte seine Ursache vielleicht nicht nur in dem übergroßen Kaminfeuer. Einen kurzen Moment lang blickte er noch auf seinen älteren Bruder hinab, den er tatsächlich um eine gute Haupteslänge überragte, dann wandte er sich mit einem Ruck um und ging, gefolgt vom größten Teil seiner Krieger. Einzig Erik und die beiden Männer, die sie schon hier heraufgebracht hatten, blieben zurück.

»Du musst mir zuhören, Erik!«, begann Jorun, als sie allein waren. »Ihr alle seid in großer Gefahr! Wir müssen –«

Erik brachte sie mit einer Geste zum Verstummen, die kaum weniger zornig wirkte als die seines Bruders gerade. Im krassen

Gegensatz dazu klang seine Stimme allerdings eher müde. »Ich weiß, was geschieht«, sagte er. »Wenn du nur hierhergekommen bist, um uns vor Guthenfels zu warnen, dann hast du dein Leben umsonst weggeworfen, Weib. Und das meiner Enkeltochter umsonst in Gefahr gebracht.«

»Es war nicht ihre Schuld«, mischte sich Katharina ein. »Sie wollte mich nicht mitnehmen.«

Erik ignorierte sie schlichtweg. Er starrte Jorun an, und es war Katharina nicht möglich, zu sagen, was sie in seinen Augen las. Aber es war nichts Gutes.

»Mehr als zehn Jahre, Jorun«, sagte er schließlich. »Du warst die ganze Zeit hier, nicht einmal zwei Tagesreisen von Bjarnisund entfernt! Wie konntest du mir das antun?« Er deutete auf Katharina. »Wie konntest du *ihr* das antun?«

»Sie hat es nicht gewusst!«, mischte sich Katharina ein, bevor Jorun antworten konnte.

Ihr Großvater ignorierte sie weiter.

»Warum hast du nichts gesagt, Weib?«, fuhr er fort. »In all den Jahren, nicht ein einziges Wort?«

»Weil deine Tochter es nicht wollte«, antwortete Jorun, leise, aber mit fester Stimmte, und ohne unter Eriks Blick zu wanken. »Sie ist in meinen Armen gestorben, und mit ihrem letzten Atemzug hat sie mir das Versprechen abgenommen, weder zu dir noch zu deinem Bruder zu gehen. Hätte ich mein Wort brechen sollen?«

Erik reagierte nur mit einem traurigen Blick darauf, seufzte plötzlich tief und straffte dann sichtbar die Schultern. »Dann verlange ich jetzt dein Wort, dass du tun wirst, was ich dir sage.« Er deutete auf den Mann, der hinter ihr stand. »Ich kann dich binden lassen, aber das möchte ich nicht. Versprichst du mir, vernünftig zu sein und keinen Fluchtversuch zu unternehmen, bis all das hier vorüber ist?«

Jorun zögerte einen Moment, nickte aber dann, und Erik

nahm diese Entscheidung mit sichtbarer Erleichterung zur Kenntnis. »Dann sollten wir gehen«, sagte er.

»Und Ansgar?«, fragte Katharina. »Wo ist Ansgar?«

»Er wartet auf uns, unten auf der *Fenrir*«, antwortete Erik. Er wirkte ein bisschen verärgert. »Hast du wirklich geglaubt, ich lasse ihn im Stich und laufe feige davon, du dummes Kind? Mein eigen Fleisch und Blut?«

Die Worte trafen Katharina hart, aber da war auch ein ganz leiser, nagender Zweifel tief in ihr, ein Gefühl, für das sie sich fast schämte, das aber einfach nicht weichen wollte.

»Vielleicht war sie nicht sicher, dass du sie nicht gegen Ansgar eintauschen würdest«, sagte Jorun an ihrer Stelle. Erik starrte sie einen halben Atemzug lang beinahe hasserfüllt an, und auch Katharina erfüllte dieser ungeheuerliche Vorwurf im ersten Moment fast mit Entsetzen – aber eben nur fast. Da war immer noch diese beharrlich flüsternde Stimme in ihr, die sie fragte, ob Jorun nicht vielleicht Recht hatte. Sie war Eriks Enkelin, von seinem Fleisch und Blut, und sie hatte erlebt, wozu er fähig war, um sie zu beschützen … aber auch Ansgar war sein Enkel, und er hatte all die Jahre wie ein Sohn an seiner Seite gelebt, in denen Erik von ihrer Existenz nicht einmal etwas wusste! Hatte sie wirklich das Recht, ihm seine Wahl vorzuwerfen, wenn er schon zu einer so grausamen Entscheidung gezwungen war?

Ein dumpfer Knall wehte durch die offenen Fenster herein, gefolgt von einem alarmierten Schrei, der aber sofort abbrach, und Erik hob mit einem Ruck den Kopf und sah plötzlich bestürzt aus. »Es wird Zeit«, sagte er. »Rasch.«

Gefolgt von den beiden Kriegern, die Joruns Wort nicht ganz so zu vertrauen schienen wie Erik, verließen sie den großen Saal. Draußen erwarteten sie zwei weitere Männer, die Erik Schild und Helm übergaben und ihnen mit gezogenen Schwertern vorauseilten, als sie ihren Weg fortsetzten. Und die Waffen und der grimmige Ausdruck auf ihren Gesichtern waren nicht alles, was Katharina beunruhigte.

Der Lärm und die Schreie hatten nicht aufgehört, sondern nahmen im Gegenteil immer mehr zu. Die Wulfiborg hallte wider von aufgeregten Stimmen und hastigen Schritten, Lärmen und Schreien und Poltern und dem Klirren von Metall. Ein sonderbar scharfer Geruch hing in der Luft, den Katharina nicht genau einordnen konnte, der aber ein vages Gefühl von Gefahr in ihr wachrief, und ihre Führer beschleunigten ihre Schritte noch einmal, als sie das Gebäude verließen und auf den an drei Seiten von hölzernen Palisaden umgebenen Hof hinausstürmten.

Jetzt waren die Schreie nicht mehr zu überhören. Der Himmel über der Burg glühte rot im Widerschein zahlreicher Fackeln, die auf der anderen Seite der Palisade brannten, und sie hörte ein Raunen und Rumoren und ein Geräusch wie von etwas Riesigem und Schwerfälligem, das dort draußen herankroch. Mandreds Söldnerheer, das genau in diesem Moment zum Sturm auf die Wulfiborg ansetzte.

Erik bellte ein einzelnes Wort in seiner rau klingenden Muttersprache, und Jorun ergriff sie am Handgelenk und begann zu rennen, sodass Katharina alle Mühe hatte, nicht von den Füßen gerissen zu werden. Rings um sie herum tauchten plötzlich Männer auf, schwer bewaffnete Krieger, die aus dem Nichts zu kommen schienen und dem Tor und den steilen Leitern entgegeneilten, die auf den Wehrgang hinaufführten. Aus dem Raunen und Rumoren des näher rückenden Söldnerheeres wurde urplötzlich ein Chor gellender Kriegsrufe, aus mehr als hundert rauen Kehlen gebrüllt, und noch bevor sie das jenseitige Ende des Hofes erreicht hatten, erbebte das Tor unter einem gewaltigen Schlag, als hätte ein Riese von außen dagegengetreten, und die ersten Pfeile kamen über die Palisade geflogen, ohne jedoch Schaden anzurichten.

Auch auf der anderen Seite des Hofes gab es eine Palisade, die allerdings nicht einmal mannshoch war und so neu und improvisiert wirkte, als wäre sie gerade erst und in aller Hast errichtet worden. Dahinter ragte das Segel der *Fenrir* auf, dessen gestickter Wolfsschädel der Dämmerung eine trotzige Herausforderung entgegenzubrüllen schien. Statt eines Tores gab es nur einen drei oder vier Schritte messenden Durchgang, den ihre beiden Führer mit weit ausgreifenden Schritten anstrebten. Schatten bewegten sich dahinter, die sie nicht genau identifizieren konnte, die ihre Angst aber noch zusätzlich schürten.

Gerade als Jorun und sie den Durchgang fast erreicht hatten, erscholl hinter ihnen ein gewaltiges Poltern und Krachen, und Katharina warf im Laufen einen hastigen Blick über die Schulter zurück.

Der Anblick, der sich ihr bot, ließ ihr das Blut in den Adern gefrieren. Das große Tor in der Palisadenwand war halb aus den Angeln gerissen, und durch die entstandene Lücke drängten Dutzende von Bewaffneten. Der Hof schien unter Schreien und Waffengeklirr zu erbeben, als sich Wulfgars Krieger den eindringenden Söldnern entgegenwarfen, ohne die lebende Springflut aus Fleisch und Eisen indes wirklich aufhalten oder nennenswert verlangsamen zu können. Immer mehr und mehr Soldaten strömten durch das aufgebrochene Tor herein, und ihre Zahl überstieg schon jetzt die der Verteidiger um ein Vielfaches, obwohl nun auch die Krieger von den Wehrgängen wieder herunterkamen, um sich ihren Kameraden anzuschließen. Es war ein Kampf von einer Wildheit und Wut, wie sie ihn noch nie zuvor erlebt hatte.

Und doch: Irgendetwas an diesem Anblick … war nicht so, wie es sein sollte.

Katharina kam nicht dazu, den Gedanken zu Ende zu denken, denn Jorun war anscheinend der Meinung, dass sie genug gesehen hatte, und zerrte sie mit solcher Kraft weiter, dass sie nur die Wahl hatte, ihr zu folgen oder einfach hinter ihr hergeschleift zu werden.

Sie stolperten auf einen hölzernen Steg hinaus, hinter dem die *Fenrir* auf sie wartete. Katharina sah die gewaltige *Drakkar* jetzt zum ersten Mal aus allernächster Nähe, und erneut fiel ihr auf, wie riesig und drohend das Drachenboot im Vergleich zu Eriks *Werdandi* wirkte; von der pfeilschnellen *Heimdall* gar nicht zu reden. Dutzende von Gestalten drängten sich auf dem von runden Schilden gesäumtem Deck. Katharina versuchte, Ansgar irgendwo in dem Durcheinander auszumachen, aber Jorun ließ ihr auch jetzt wieder keine Zeit, sondern setzte mit einem beherzten Sprung über den Schildwall hinweg, um auf das tieferliegende Deck zu gelangen, und zerrte sie kurzerhand mit sich.

Katharina bewältigte das artistische Kunststück nicht ganz so elegant. Ihr Fuß schrammte an einem der Schilde entlang, und sie kam ungeschickt auf, verlor endgültig das Gleichgewicht, und Jorun machte alles noch schlimmer, indem sie ihren Arm nicht etwa losließ, sondern sie im Gegenteil festzuhalten versuchte – mit dem Ergebnis, dass sie schwer auf das harte Deck stürzte und einen Moment lang buchstäblich Sterne sah.

Als sie wieder atmen konnte und die bunten Lichter vor ihren Augen erloschen, blickte sie in ein schmales, von zwei dicken blonden Zöpfen eingerahmtes Gesicht.

»Hallo Schwesterherz!«, feixte Ansgar. »Ich wusste ja gar nicht, dass du mich so sehr vermisst hast.«

Katharina war sich nicht sicher, ob sie wirklich verstand, was er damit meinte. »Ansgar?«, murmelte sie benommen.

Ansgar griente noch breiter, ergriff sie an den Schultern und zog sie unsanft auf die Füße. »Immerhin erinnerst du dich noch an meinen Namen«, sagte er. »Ganz so schlimm scheint der Sturz ja nicht gewesen zu sein.«

»Nein«, antwortete Katharina. »Ich erinnere mich sogar sehr gut. Und an alles. Du hast mich in einen *Backofen* geschubst.«

»Immerhin habe ich ihn nicht angemacht«, gab Ansgar nicht nur ungerührt zurück, sondern griente dabei noch breiter. »Und ja, ich freue mich auch, dich wiederzusehen. Aber lass uns die Wiedersehensfeier auf später verschieben, einverstanden? Jetzt haben wir etwas Wichtigeres zu tun.«

»Und was?«

»Am Leben zu bleiben?« Ansgar erfreute sich unverhohlen an ihrem betroffenen Gesichtsausdruck und zog sie dann mit einem Ruck zur Seite, als zwei weitere Männer so wuchtig neben ihr auf das Deck der *Fenrir* herabsprangen, dass das ganze Schiff erzitterte.

Und plötzlich war die Wirklichkeit wieder da, und schlimmer als zuvor. Die Luft erzitterte unter einem Chor gellender Schreie und kreischendem Schlachtenlärm, dem Klirren aufeinanderprallender Schwerter und den Schreien der Getroffenen. Weitere Krieger sprangen vom Steg herab, und Katharina wich hastig zur anderen Seite des Schiffes zurück, um nicht einfach über den Haufen gerannt zu werden. Sie hielt nach Erik oder Wulfgar Ausschau. Von Wulfgar war nichts zu sehen, Erik jedoch stand noch immer zusammen mit seinen vier Kriegern neben dem Durchgang in der Palisadenwand, Schwert und Schild kampfbereit erhoben. Im ersten Moment glaubte sie ernsthaft, er wäre verrückt genug, kehrtzumachen und sich in den aussichtslosen Kampf zu stürzen, dann aber wurde ihr klar, dass das Gegenteil der Fall war: Er und seine Begleiter deckten nur den Rückzug der Verteidiger, die rückwärtsgehend und einer nach denn anderen auf den Steg herausstolperten und auf die *Fenrir* herabsprangen. Und endlich begriff sie auch, was sie am Anblick dieses Kampfes die ganze Zeit über so irritiert hatte. Sie hatte erlebt, wozu diese gewaltigen Wikinger-Krieger imstande waren, wenn sie ihre berserkerhafte Wut einmal entfesselten.

Mandreds Söldner mochten in der Überzahl sein, aber es hätte ihnen trotzdem nicht gelingen dürfen, die Wulfiborg zu stürmen; und wenn doch, dann wenigstens nicht so schnell. Doch Wulfgars Männer versuchten gar nicht, ernsthaft Widerstand zu leisten, sondern zogen sich nur Schritt für Schritt und fast geordnet zurück, um die rettende *Fenrir* zu erreichen. Erik selbst war der Letzte, der mit einem Sprung über die Schildwand setzte.

Hinter ihm drängten die Söldner auf den Steg. Einer von ihnen schleuderte einen Dolch, den Erik mit hochgerissenem Schwert abwehrte, und ein anderer spannte seinen Bogen und legte auf ihn an, besann sich dann aber eines Besseren, als eine Axt herangeflogen kam und ihm die Waffe (zusammen mit zwei oder drei Fingern) aus der Hand riss. Einer der Söldner war tatsächlich mutig – oder dumm – genug, mit einem beherzten Sprung auf die *Fenrir* überzusetzen, aber Katharina bezweifelte, dass ihm noch Zeit genug blieb, diese Idee zu bedauern.

Die *Drakkar* erzitterte, als die Hälfte der Männer nach den großen Rudern griff, um sie vom Steg abzustoßen, und das große Segel über ihren Köpfen spannte sich mit einem hörbaren Knall. Nur im allerersten Moment noch schwerfällig, dann von Rudern und Segel angetrieben und rasch schneller werdend, schwenkte die *Fenrir* herum, drehte sich fast auf der Stelle und wandte ihren bedrohlichen Drachenkopf dann dem rettenden Fluss zu. Hinter ihnen drängten mehr und mehr Söldner auf den Steg hinaus und schrien ihnen Flüche oder Schmährufe zu, und etliche begannen mit ihren Bögen auf sie zu schießen, aber sie zielten schlecht. Die meisten Pfeile fielen harmlos ins Wasser, und die wenigen, die die *Fenrir* überhaupt trafen, fuhren harmlos in die Bordwand oder prallten von den hochgerissenen Schilden der Krieger ab. Schon nach wenigen kraftvollen Ruderschlägen befanden sie sich außer Reichweite, und Katharina wandte sich mit einem erleichterten Seufzen um …

und erstarrte schier vor Entsetzen.

Gott hatte sich schon wieder einen makaberen Scherz mit ihr erlaubt, dachte sie. Die Rettung in letzter Sekunde hatte kaum länger als eben eine solche gehalten.

Wo die rettende Ausfahrt in den Rhein sein sollte, tauchte im allerersten Grau der Dämmerung die *Sturmvogel* auf, lautlos wie ein Gespenst, das Nebel und Dämmerung ausgespien hatten, und noch während sie versuchte, den schrecklichen Anblick zu verarbeiten, erschienen hinter ihr ein zweites und ein drittes Schiff.

Ein spürbarer Ruck ging durch die *Fenrir*, als die Männer diese neu aufgetauchten Gegner bemerkten und das Rudern einstellten, und für einen Moment wurde es fast unheimlich still, als die Krieger ringsum begriffen, in welch perfekt aufgestellte Falle sie gegangen waren.

Und wohl auch, dass ihr Schicksal besiegelt war.

Katharina zweifelte nicht daran, dass die *Fenrir* mit ihrer kampferprobten Besatzung ein Schiff wie die *Sturmvogel* besiegen konnte, ganz gleich, wie viele Soldaten sie auch an Bord hatte, aber gegen eine dreifache Übermacht bestehen zu wollen war aussichtslos.

Dennoch sah sie auf keinem einzigen Gesicht Furcht. Ansgar zog sie mit sich zum Bug und damit zu seinem Großvater, und jetzt sah sie auch Wulfgar wieder. Der riesige Wikinger hatte sich halb gegen den hochgezogenen Bugsteven des Schiffes gelehnt und die andere Hand auf den Rand seines Schildes gestützt, der an der Bordwand lehnte; eine scheinbar gelassene Haltung, die aus etwas größerer Entfernung vielleicht sogar Selbstsicherheit und unerschütterliches Vertrauen in die eigene Kraft ausdrückte. Aber Katharina sah, dass genau das Gegenteil der Fall war. Wulfgar zitterte. Er hatte kaum noch die Kraft, sich auf den Beinen zu halten.

»Was ist mit ihm?«, fragte sie.

Ansgar signalisierte ihr mit einem erschrockenen Blick, still zu sein, antwortete aber trotzdem im Flüsterton: »Ellsbuschs Schwerthieb. Die Wunde ist wieder aufgebrochen und schlimmer denn je. Ich glaube, er stirbt.«

Täuschte sie sich, oder hörte sie echte Trauer in Ansgars Stimme? Trauer um Wulfgar, den Mann, der ihn entführt und seiner ganzen Familie um ein Haar den Untergang gebracht hätte?

»Er ist immerhin sein Großvater, Kind«, sagte Jorun, die ihnen gefolgt war, ohne dass sie es gemerkt hatte. Ebenso wenig hatte sie gemerkt, dass sie ihre Frage anscheinend laut ausgesprochen hatte, statt sie nur zu denken. »Und deiner übrigens auch.«

Betroffen sah sie zu Wulfgar hoch, aber der hatte anscheinend nichts gehört, sondern sah den drei näher kommenden Kriegsschiffen mit steinernem Gesicht entgegen.

Die *Sturmvogel* war langsamer geworden, während die beiden anderen Schiffe nun nach rechts und links schwenkten, um ihnen jeden Fluchtweg abzuschneiden; vielleicht auch, um die *Fenrir* in die Zange zu nehmen. Aber wenn Wulfgar die Bedeutung dieses Manövers klar war, so ließ er sich nichts anmerken, so wenig wie Erik, der zwar ernst, erstaunlicherweise aber nicht wirklich besorgt aussah.

Auch er sah der feindlichen Flotte einen Moment lang mit starrer Miene entgegen, dann seufzte er tief, tauschte einen langen Blick mit seinem Bruder und drehte sich dann mit einem noch tieferen Seufzen herum, um zur Wulfiborg zurückzusehen.

Auf dem Steg standen nur noch eine Handvoll Männer, die aufmerksam in ihre Richtung blickten und vermutlich darauf warteten, den letzten Akt des grausamen Schauspiels beobachten zu können. Die meisten waren wieder hinter der Palisade verschwunden, und der Wind trug ihre aufgeregten Stimmen und Rufe heran, manchmal auch ein lautstarkes Poltern oder Klirren und Scheppern.

»Was … tun sie?«, fragte Katharina beunruhigt.

»Das, was Söldner immer tun,wenn der Kampf vorbei ist«, antwortete Jorun verächtlich. »Sie plündern.«

Katharina sah erschrocken zu Wulfgar hoch. Auch der ungeliebtere ihrer beiden neuen Großväter hatte sich umgedreht und sah zu der hölzernen Burg zurück, die für die letzten zehn Jahre sein Zuhause gewesen war. Katharina konnte sich nicht vorstellen, dass es ihn nicht berührte, was genau in diesem Moment damit geschah – selbst sie hatte mit den Tränen kämpfen müssen, als sie die verkohlten Ruinen von Ellsbusch sah, das nun wirklich alles andere als ein schönes Heim für sie gewesen war – doch wenn er irgendetwas empfand, dann ließ er es sich nicht anmerken.

»Und … und wenn ich mit dem Baron rede?«, brachte sie mühsam heraus. »Ich kann ihm sagen, was wirklich passiert ist! Dieses Blutvergießen muss nicht sein! Noch ist es nicht zu spät!«

Wulfgar sah schweigend auf sie herab, und etwas änderte sich in seinem Blick, aber sie konnte nicht sagen, was.

»Ich bleibe auch bei dir!«, fügte sie verzweifelt hinzu. »Das verspreche ich! Ich bleibe für den Rest meines Lebens bei dir und deiner Sippe. Das schwöre ich, bei Gott und … und bei Odin und der Midgardschlange!«

»Schweig, Kind«, sagte Wulfgar. Aber er sagte es leise, fast sanft, und die Andeutung eines Lächelns huschte über sein Gesicht. Dann straffte er mit sichtlicher Anstrengung die Schultern, hob die Hand und rief mit lauterer Stimme: »Jetzt!«

An einem Dutzend Stellen an Bord glommen plötzlich winzige rote Funken auf, die binnen eines einzigen Augenblicks zu den lodernden Spitzen brennender Pfeile wurden, die ebenso viele Männer auf ihre Bogensehnen legten. Ohne dass es eines weiteren Befehles Wulfgars bedurft hätte, schossen sie. Zwei oder drei Pfeile verfehlten ihr Ziel und stürzten ins Wasser, die allermeisten aber fielen wie brennender Regen auf die Wulfiborg hinab, verschwanden hinter der niedrigen Palisade oder fuhren in die hölzernen Wände des gewaltigen Gebäudes.

Einen einzelnen, nicht enden wollenden Herzschlag lang geschah gar nichts.

Dann explodierte die Wulfiborg.

Es ging unglaublich schnell, kaum die Zeitspanne eines Blinzelns und nicht einmal so lange, wie Katharina brauchte, um endlich zu begreifen, was der Grund für den stechenden Geruch gewesen war, den sie die ganze Zeit über wahrgenommen hatte. An einem knappen Dutzend Stellen erblühten plötzlich winzige, schier unerträglich grelle Feuerblumen, und das gesamte riesige Gebäude ging mit einem berstenden Schlag in Flammen auf. Rotes Feuer spritzte aus Fenstern und Türen, brennende Holzsplitter flogen tödlichen Geschossen gleich durch die Luft, und immer neue und schlimmere Explosionen krachten, spien Flammen und Rauch und mehrten die Feuersbrunst, die die hölzerne Burg schneller zu verzehren schien, als der Blick ihr zu folgen vermochte. Brennende Gestalten torkelten schreiend umher, stürzten aus Fenstern oder Türen oder sprangen verzweifelt um sich schlagend ins Wasser, um die Flammen zu löschen, die sie bei lebendigem Leibe verbrannten.

Und selbst das war noch nicht das Schlimmste. Noch während Katharina wie gelähmt dastand und zu begreifen versuchte, was sie sah, war es, als wäre ein brennender Stern vom Himmel gestürzt: Eine gewaltige Explosion riss beinahe die Hälfte des Haupthauses in Stücke, und eine brüllende Wolke aus blutroten Flammen wälzte sich dem Himmel entgegen, wie um das Firmament in Brand zu setzen.

Für einen Augenblick war es, als hielte die Zeit selbst den Atem an. Dunkelrotes flackerndes Licht überzog das Wasser, das Schiff und alles und jeden an Bord wie mit einem dünnen Film aus leuchtendem Blut, und trotz des immer noch anhaltenden und sogar noch lauter werdenden Getöses der sterbenden Burg schien zugleich eine gespenstische Stille einzukehren, als hätte der Lärm der von Menschenhand entfesselten Verheerung nicht nur alle anderen Geräusche übertönt, sondern einfach *ausgelöscht*.

Dann hallte ein Chor ebenso entsetzter wie wütender Stimmen über das Wasser von den anderen Schiffen zu ihnen herüber, und Katharina riss sich gewaltsam vom Anblick des lodernden Infernos los, das Wulfgar am Ufer angerichtet hatte, und sah wieder zur *Sturmvogel* und ihren beiden Schwesterschiffen hin. Sie begannen wieder Fahrt aufzunehmen, und sie sah, wie eine Woge unruhig gleitender Bewegung durch die Reihen der gerüsteten Männer an Deck der drei Schiffe lief, als sie ihre Waffen fester ergriffen und sich bereit machten, das Schicksal ihrer Kameraden an Land zu rächen.

Die Gelegenheit dazu sollten sie nie bekommen. Plötzlich glommen überall am Ufer winzige glühende Funken auf und wurden zu Fackeln oder brennenden Pfeilen, die auf Bogensehnen aufgelegt wurden, und auch hinter der *Sturmvogel* und den beiden anderen Schiffen entstand mit einem Male Bewegung, wo keine sein sollte. Etwas Großes, Dunkles und Bedrohliches löste sich vom Ufer der bewaldeten Insel, schwenkte herum und richtete sein aufgerissenes Drachenmaul auf die *Sturmvogel* und ihre Begleiter. Buschwerk und Geäst, die als Tarnung nicht mehr gebraucht wurden, flogen davon, und drei Dutzend Ruder fielen mit einem gewaltigen Klatschen ins Wasser, während hinter dem niedrigen Wall aus Schilden an der Reling ebenfalls Funken und Flammen aufloderten, als Fackeln entzündet und Brandpfeile aufgelegt wurden. Noch bevor das Schiff gänzlich herumgeschwenkt war und Fahrt aufnehmen konnte, wiederholte sich der Vorgang zweimal, und nun waren es plötzlich die *Sturmvogel* und ihre beiden Begleiter, die sich einer erdrückenden Übermacht gegenübersahen.

Katharina entschuldigte sich noch einmal in Gedanken bei Erik, tatsächlich geglaubt zu haben, dass er Ansgar – oder auch sie – im Stich lassen könnte. Er war nicht nur allein zurückgekommen, um mit seinem Bruder zu verhandeln, sondern hatte all seine Krieger mitgebracht. Die drei Schiffe, die mit raschen Ruderschlägen näher kamen, waren die *Urd* die *Skuld* und die *Werdandi*, Eriks Schiffe, bemannt mit allen seinen Kriegern.

»Es tut mir leid, dass du das mit ansehen musst, Kara«, sagte Wulfgar leise. »Aber sie lassen uns keine Wahl.« Wieder hob er die Hand, und diesmal bedurfte es nicht einmal mehr eines gesprochenen Befehls.

Einer der Männer hinter ihm schoss einen einzelnen brennenden Pfeil senkrecht in die Luft, und noch bevor er den Scheitelpunkt seiner Bahn erreicht hatte, lösten sich Dutzende lodernder Brandpfeile vom Ufer und den Decks der drei neu aufgetauchten Schiffe und der *Fenrir.*

Die beiden Schwesterschiffe der *Sturmvogel* entgingen der ersten Salve; wenigstens größtenteils. Nahezu alle Pfeile flogen zu kurz und erloschen harmlos im Wasser. Nur ein einziger bohrte sich ins Heck eines der Schiffe, wo er aber keinen Schaden anrichtete, und ein zweiter traf einen Mann in den Unterarm und setzte unverzüglich seinen Rock in Brand, doch seine Kameraden löschten die Flammen auf der Stelle.

Guthenfels' Schiff hatte weniger Glück, denn die *Fenrir* war längst in Schussweite. Zwar hoben nicht einmal ein Dutzend Männer ihre Bögen und ließen brennende Pfeile fliegen, diese jedoch trafen ausnahmslos ihr Ziel. Drei, vier gerüstete Krieger brachen getroffen zusammen oder stürzten lichterloh brennend über Bord, andere Pfeile bohrten sich in den Rumpf oder das rechteckige Segel, um es augenblicklich in Brand zu setzten.

»Zurück!«, befahl Wulfgar. Wieder schwirrten die Bogensehnen, um lodernden Tod auf das Deck der *Sturmvogel* zu schleudern, die allermeisten Männer aber griffen nach den Rudern und zehrten mit einer einzigen Bewegung die restliche Fahrt der *Fenrir* auf; nach einem zweiten, noch härteren Ruck begann sich die *Drakkar* tatsächlich rückwärts zu bewegen, und diesmal verfehlten die allermeisten Pfeile ihr Ziel, weil auch die Schützen plötzlich sehr viel mehr damit zu tun hatten, ihr Gleichgewicht zu halten, als sorgfältig zu zielen.

Wahrscheinlich aber rettete sie dieses Manöver, denn in ihrer Verzweiflung versuchte die *Sturmvogel* nun, wieder Fahrt aufzunehmen, um das kleinere Drachenboot mittschiffs zu rammen. Pfeile und Speere regneten auf die *Fenrir* herab, allesamt schlecht gezielt und fast ohne Schaden anzurichten, aber die *Sturmvogel* schien plötzlich mit zehnfacher Schnelligkeit auf sie zuzuspringen und dabei ins Riesengroße anzuwachsen. Auch die letzten Männer ließen jetzt ihre Bögen fallen und fügten ihre Kraft der der Ruderer hinzu, und dieses Mal war der Ruck so heftig, dass Katharina verzweifelt mit den Armen zu rudern begann, um ihr Gleichgewicht zu halten. Wahrscheinlich hätte sie den Kampf trotzdem verloren, hätte Ansgar nicht mit beiden Händen zugegriffen und sie festgehalten.

Gegen die dritte, noch härtere Erschütterung, die die *Fenrir* im nächsten Moment mit der Gewalt eines göttlichen Hammerschlages traf, konnte Ansgar nichts mehr tun. Die Erschütterung riss nicht nur sie beide, sondern so gut wie jeden an Bord von den Füßen, und noch während sie stürzte, sah sie die *Sturmvogel* riesig und so nahe an der *Drakkar* vorbeischießen, dass sie den Bugsteven mit dem geschnitzten Drachenkopf wie mit einem Axthieb abtrennte.

Hilflos stürzte sie auf den Rücken, verletzte sich wahrscheinlich nur deshalb nicht schwer, weil sie hart genug auf Ansgar landete, um seine Rippen knacken zu hören, und rappelte sich gerade noch rechtzeitig wieder auf, um mitanzusehen, wie ein halbes Dutzend von Guthenfels' Männern vom Deck des höheren Schiffes auf die *Fenrir* herabsprangen.

Nicht allen gelang es. Zwei Männer schätzten ihren Sprung falsch ein und stürzten ins Wasser, wo sie augenblicklich von ihren schweren Kettenhemden und Rüstungen in die Tiefe gezogen wurden. Ein dritter kam so unglücklich auf, dass Katharina *hören* konnte, wie sein Bein brach. Nur einen Augenblick später waren Wulfgars Krieger über ihm.

Und auch die, denen ihr Sprung besser gelang, bezahlten ihren Wagemut mit dem Leben. Wären ihnen weitere Soldaten gefolgt, hätten sie vielleicht sogar eine winzige Chance gehabt, die Mannschaft der *Fenrir* zu überrumpeln, doch die Verstärkung, auf die sie gezählt hatte, befand sich noch an Bord der *Sturmvogel* und entfernte sich mit jedem Atemzug weiter, und so waren sie es, die binnen eines einzigen Augenblickes den Schwertern und Speeren der Nordmänner zum Opfer fielen. Wulfgar selbst tötete der letzten Mann mit einem einzigen Axthieb, stieß den Leichnam über Bord und wedelte der davonfahrenden *Sturmvogel* herausfordernd mit seiner Axt hinterher.

Er schrie auch etwas, doch es waren Worte in seiner Muttersprache, die Katharina nicht verstand … und selbst wenn, hätte sie nicht hingehört. Alles um sie herum drehte sich. Ihr Herz raste so schnell, dass sie kaum noch Luft bekam, und sie musste sich wohl auf die Zunge gebissen haben, denn in ihrem Mund war plötzlich der Geschmack ihres eigenen Blutes. Die ganze Welt stand in Flammen, und alles, was sie hörte, waren die Schreie der Sterbenden und Verwundeten und das Klirren von Schwertern und unaufhörliche Sirren der Bogensehnen. Auch die beiden anderen Schiffe brannten inzwischen, von den Schützen am Ufer und an Deck der anderen Drachenboote ins Kreuzfeuer genommen, und immer mehr und mehr Männer schleuderten ihre Waffen davon und befreiten sich von ihren Kettenhemden und Rüstungen, um ins Wasser zu springen und auf diese Weise wenigstens das nackte Leben zu retten, aber Katharina glaubte nicht, dass es vielen gelingen würde.

Schaudernd wandte sie sich um und sah sich sofort mit dem nächsten Schrecken konfrontiert, denn auch das Schicksal der *Sturmvogel* schien besiegelt. Ihr eigener, verzweifelter Versuch, die überlegene *Drakkar* in einem selbstmörderischen Angriff zu rammen, wurde ihr nun zum Verhängnis. Das Schiff war viel zu schnell, um noch vor dem Ufer zum Stillstand zu kommen, und der verzweifelte Versuch der Mannschaft, den Kurs im letzten Moment noch zu ändern, machte die Katastrophe komplett. Unweit der brennenden Wulfiborg und in spitzem Winkel prallte die *Sturmvogel* gegen das Ufer, rutschte ein deutliches Stück weit hinauf und legte sich schwerfällig auf die Seite. Einen Moment lang sah es tatsächlich so aus, als wollte das gewaltige Schiff auf das Ufer kippen, wie ein Spielzeugboot, das ein zorniges Kind an Land geworfen hatte, dann richtete es sich, schwerfällig wie ein angeschossener Ochse und Trümmerstücke und brennendes Segelzeug in alle Richtungen schleudernd, wieder auf. Selbst über die große Entfernung hinweg war das Splittern von Holz zu hören, als der Rumpf unter der Belastung einfach in Stücke brach.

»Vorwärts!«, befahl Wulfgar. »Wir haben sie! Jetzt geben wir ihnen den Todesstoß!«

»Nein!«, schrie Katharina. »Nicht noch mehr! Ihr habt doch gewonnen! Was wollt ihr denn noch?« In ihrer Verzweiflung versuchte sie sogar, Wulfgar in dem Arm zu fallen, doch der Wikinger stieß sie mit einer so derben Bewegung fort, dass sie schon wieder fast gestürzt wäre, und fuhr sie an:

»Schweig, Kind! Das hier geht dich nichts an! Und wage es nie wieder, in einem solchen Ton mit mir zu reden, hast du das verstanden?«

Das hatte sie, aber sie setzte trotzdem zu einer wütenden Entgegnung an und hätte es auch getan, hätte ihr Erik nicht die Hand auf die Schulter gelegt und rasch den Kopf geschüttelt.

»Lass es gut sein, Kara«, sagte er. »Er hat Recht. Das hier hat nichts mit dir zu tun. Und es ist ohnehin zu spät. Was geschehen soll, das wird geschehen.«

Zornig schüttelte Katharina seine Hand ab und funkelte ihn an, aber Erik schüttelte nur noch einmal den Kopf, bedeutete Ansgar mit einem entsprechenden Blick, auf sie achtzugeben, und trat dann an die Seite seines Bruders.

»Aber das …, das darf nicht passieren!«, stammelte Katharina. »Das darf nicht sein! Sie müssen aufhören!«

»Es geschieht doch schon«, antwortete Ansgar traurig, hielt sie aber trotzdem mit erstaunlicher Kraft fest, als sie sich losreißen wollte. »Und vielleicht ist es sogar gut so. Irgendwann muss es ein Ende haben.«

Und wie es aussah, war dieses Ende nahe. Lärm und Feuerschein hinter ihr kündeten davon, dass die Schlacht auf dem Fluss noch immer mit unverminderter Härte tobte – an deren Ausgang nicht der mindeste Zweifel herrschte –, aber die *Fenrir* war inzwischen ebenfalls herumgeschwenkt und hielt mit raschen Ruderschlägen auf das aufgelaufene Schiff zu. Mindestens die Hälfte der Mannschaft war inzwischen über Bord gesprungen oder hatte sich an Land gerettet, und ein Teil der Takelage und das Achterkastell der *Sturmvogel* brannten noch immer, doch es gab auch ein kleines Grüppchen tapferer Verteidiger, die sich um Baron zu Guthenfels geschart hatten, um ihren Herrn mit dem Mut der Verzweiflung zu beschützen.

Wie die allermeisten Verzweiflungstaten blieb es wenig mehr als eine Geste.

Mit einigen wenigen, kraftvollen Ruderschlägen ging die *Fenrir* längsseits, und die Krieger enterten das größere Schiff, angeführt von Wulfgar und Erik, die Seite an Seite kämpften. Binnen weniger Augenblicke wurde das ebenso tapfere wie dumme Häuflein Verteidiger einfach überrannt, und schließlich war der Kampf wenigstens hier vorbei. Die wenigen Überlebenden senkten ihre Waffen, und zu Katharinas Erleichterung verzichteten

Wulfgars Krieger darauf, ihre Gefangenen einfach zu erschlagen; womit sie nach dem, was in Ellsbusch geschehen war, beinahe gerechnet hatte. Schreie und Waffengeklirr verstummten, und für einen Moment waren nur noch die Geräusche des Flusses zu hören, das schwere Schlagen des Segels und das Prasseln der Flammen, und dann und wann das Stöhnen eines Verwundeten.

Vom Fluss her drang noch immer der Lärm der Seeschlacht an ihr Ohr, aber Katharina hatte nicht mehr die Kraft, sich umzudrehen und diesem schrecklichen Anblick noch einmal standzuhalten. Die beiden Schiffe waren dem Untergang geweiht, ebenso wie jede einzelne Seele an Bord. Hinter ihr starben Menschen, Dutzende, wenn nicht Hunderte, und es war vollkommen gleichgültig, was Erik oder Ansgar oder auch ihr eigener Verstand ihr einzureden versuchten: Tief in sich war sie überzeugt davon, dass all dieses Unglück, als dieses Leid und die Schmerzen und die Furcht und jedes einzelne sinnlos ausgelöschte Leben ihre Schuld waren.

Und zum ersten Mal seit vielen Jahren – vielleicht sogar zum ersten Mal überhaupt, ohne dass es ihr befohlen worden oder einfach an der Zeit war – betete Katharina. Sie flehte Gott an, dass das Töten endlich ein Ende haben möge und wirkliche Stille einkehrte.

Aber es dauerte lange, bis Gott ihr Flehen erhörte.

*

Die Sonne war schon vor einer ganzen Weile aufgegangen, aber der grelle Schein der brennenden Burg überstrahlte ihr Licht noch immer so mühelos, dass der neue Tag Katharina nur wie trübe Dämmerung vorkam. Selbst hier, zwei gute Pfeilschuss weit von dem noch immer lodernden Scheiterhaufen entfernt, der einst die Wulfiborg gewesen war, und somit so weit, wie es überhaupt nur ging, ohne in den Wald einzudringen, war die

Hitze noch so groß, dass ihr Gesicht auf der dem Feuer zugewandten Seite brannte und sie sich ständig die Tränen aus den Augen wischen musste. Und als wäre das alles noch nicht genug, hatte das gewaltige Feuer nun noch einen kleineren, aber nicht minder wütenden Bruder bekommen, nachdem die Flammen vom Heck der *Sturmvogel* auf das gesamte Schiff übergegriffen hatten und es zischend verzehrten.

»Dein Großvater möchte dich sehen.«

Katharina blinzelte die Tränen weg, von denen sie sich immer weniger selbst einzureden vermochte, dass sie von der Hitze und dem grellen Licht kamen, die wie mit dünnen Nadeln in ihre Augen stachen.

Allerdings änderte das nicht viel. Das bärtige Gesicht, das aus den verschwommenen Schleiern von ihren Augen auftauchte, war ihr unbekannt, und sie setzte zu der Frage an, welchen ihrer beiden Großväter er eigentlich gemeint hatte, beließ es aber dann bei einem angedeuteten Nicken und stand auf. Im Grunde machte es keinen Unterschied; schon, weil der Unterschied zwischen Erik und Wulfgar nicht annähernd so groß war, wie sie sich bisher selbst vorgemacht hatte.

Vielleicht gab es gar keinen.

Statt dem Mann zu folgen, wandte sie sich jedoch zuerst einmal um und ging die wenigen Schritte zum Fluss hinunter, wo sie sich wieder in die Hocke sinken ließ, um sich das Blut von den Händen zu waschen. Sie wusste nicht einmal zu sagen, von wem es stammte – ob von einem von Guthenfels' Soldaten oder einem Krieger ihres Volkes, und es machte eigentlich keinen Unterschied. Nachdem die Schlacht – endlich – vorbei gewesen war, hatten Jorun und die wenigen Frauen, die es in Wulfgars Lager gab, damit begonnen, die Verwundeten zu versorgen, und zumindest ihnen war es vollkommen gleich gewesen, welche Kleidung und welches Wappen sie trugen. Katharina hatte nicht einmal darüber nachgedacht, ob sie ihnen helfen sollte oder nicht, sondern es einfach getan, und schon bald war ihr klar geworden, dass es durchaus etwas Schlimmeres gab als den Anblick einer Schlacht: nämlich den eines Schlachtfeldes nach der Schlacht.

Katharina hatte nur die Toten gesehen, die sie an Land gebracht hatten, nicht die Ertrunkenen oder die, die in den Ruinen der Wulfiborg und auf der *Sturmvogel* verbrannt waren, aber selbst das waren Dutzende gewesen, und die Anzahl der Verwundeten war ungleich höher. Manche von denen, die sie versorgt und deren Wunden sie mehr schlecht als recht verbunden hatte, würden den nächsten Tag nicht mehr erleben, und von den anderen würden sich viel zu viele nie wieder ganz von den schrecklichen Wunden erholen, die sie davongetragen hatten.

Während sie sich das Blut von den Händen wusch, tastete ihr Blick traurig über das Wasser. Die vier Drachenboote, aus denen ihre kleine Flotte jetzt bestand, hatten in respektvollem Abstand zu der brennenden Burg am Ufer angelegt, und da sich der Wind immer wieder drehte, war eine kleine Mannschaft an Bord jedes Schiffes zurückgeblieben, die sorgsam darauf achtete, dass die fliegenden Funken die Takelage nicht im Nachhinein noch in Brand setzten. Eines von Guthenfels' Schiffen war noch halbwegs intakt und nun ebenfalls von Wikingern bemannt ans Ufer der bewaldeten Insel gebracht worden; das andere war gesunken und blockierte verkohlt und halb auf der Seite liegend eine der beiden Zufahrten des natürlichen Hafens. Wenn man genau hinsah, konnte man eine Anzahl regloser Körper erkennen, die sich an dem Wrack oder im Gestrüpp am Ufer verfangen hatten. Katharina wartete darauf, bei diesem Anblick abermals zu erschrecken, aber das geschah nicht. Sie empfand allenfalls so etwas wie eine dumpfe Betäubung; als wäre ihre Fähigkeit, Schmerz und Entsetzen zu empfinden, einfach aufgebraucht.

»Kara?«

Sie identifizierte Joruns Stimme, sah aber nicht einmal zu ihr hoch, sondern wusch sich weiter die Hände, obwohl sie längst so sauber waren, wie es überhaupt nur ging. Jorun ließ ihr noch etwas Zeit, ehe sie mit sanfter Stimme fortfuhr:

»Erik verlangt nach dir. Du solltest ihn nicht zu lange warten lassen.«

Katharina stand auf, wischte sich die Hände an ihrem Kleid trocken und folgte Jorun ohne ein einziges Wort. Sie versuchte den Anblick all der Verletzten und Toten zu vermeiden, während sie der Dienerin folgte, aber was sie nicht konnte, war die Ohren vor dem allgemeinen Stöhnen und Wehklagen zu verschließen. Sie musste noch einmal daran denken, was Jorun gestern (als sie noch Edith hieß) über den Krieg und das Soldatendasein erzählt hatte. Schon da hatte sie es nicht verstanden, und jetzt begriff sie umso weniger, was auch nur irgendein Mensch auf der Welt daran faszinierend finden konnte.

Was ihr beinahe schon absurd vorkam, war das große Zelt, das Wulfgars Männer am Waldrand aufgeschlagen hatten und das gleich vier grimmig dreinblickende Krieger mit Schild und Speer bewachten. Im Innern war es halbdunkel und kalt, und ihre immer noch vom Feuerschein geblendeten Augen benötigten eine Weile, um sich umzustellen und sie nicht nur formlose Schemen und bedrohliche Schatten wahrnehmen zu lassen.

Erik wartete auf sie, genau wie Jorun es gesagt hatte, und auch Wulfgar war anwesend, saß aber als Einziger auf einem Schemel, statt zu stehen. Sie war nicht einmal überrascht, sowohl Guthenfels als auch Guy de Pardeville zu erblicken, umso mehr aber, beide relativ unversehrt und unbewaffnet, aber nicht einmal gefesselt zu sehen. Eriks Vertrauen in seine eigene Kraft und sein Schwert schien grenzenlos zu sein … oder Vera hatte Recht mit allem, was sie über Adlige und Herrscher gesagt hatte, und es gab so etwas wie einen kruden Ehrenkodex unter ihnen, der den Gedanken an Widerstand in einer solchen Situation gar nicht erst aufkommen ließ.

»Kara, mein Kind«, begrüßte sie Erik. Wulfgar schwieg und sah sie nur mit seinem Lieblings-Gesichtsausdruck an, nämlich gar keinem.

»Geht es dir gut?«, fuhr Erik fort und sog dann erschrocken die Luft zwischen den Zähnen ein, als er all das Blut auf ihrer Kleidung sah. »Was –?«

»Es ist nicht ihr Blut«, sagte Jorun hastig. »Keine Sorge, sie ist unversehrt. Sie hat mir und den anderen Frauen geholfen, die Verwundeten zu versorgen.«

»Das ist gut«, sagte Erik, überzeugte sich aber trotzdem mit einem langen und sehr misstrauischen Blick davon, dass Jorun auch die Wahrheit gesagt hatte. Dann wechselte er mit einem Kopfschütteln das Thema. »Aber ich habe dich nicht deshalb rufen lassen, Kara. Jorun hat uns eine Geschichte erzählt, die mich ... verwirrt.«

»Eine Geschichte?«

»Deine Freundin und du – dieses Gauklermädchen«, mischte sich Guthenfels ein. »Erzähl uns, wie es euch ergangen ist, nachdem ich euch verlassen habe.«

Katharina war ein bisschen überrascht, dass der Adlige ungefragt und noch dazu als Besiegter und Gefangener das Wort ergriff, doch da weder Erik noch Wulfgar etwas dagegen zu haben schienen, gehorchte sie nach kurzem Zögen.

»Das Dorf war also verlassen?«, vergewisserte sich Erik. »Und ihr habt Spuren unserer Krieger gefunden?«

»Meiner jedenfalls nicht«, sagte Wulfgar.

»Ja, da bin ich sicher!«, mischte sich nun auch Pardeville ein. »Weil du ja diesen Ort nicht einmal kennst, da wette ich!«

Hostenansis ist mir wohlbekannt«, antwortete Wulfgar gelassen. »Wir haben keinen Streit mit den Menschen dort.« Er machte ein abfälliges Geräusch. »Bevor du es sagst, Franke: Die

Menschen dort sind zu arm, um ihnen feindselig gesonnen zu sein. Sie haben nichts, was man ihnen wegnehmen könnte.«

»Außer ihrem Leben«, schnaubte Pardeville.

Guthenfels hob die Hand, um den drohenden Streit zu beenden, und wandte sich mit nachdenklich gerunzelter Stirn an Katharina. »Was genau willst du damit sagen, Kind?«

»Gar nichts«, antwortete Katharina ehrlich. »Aber Vera glaubt, dass es andere waren, die Hostenansis geplündert haben. Und dass sie all diese Waffen und Spuren absichtlich hinterlassen haben, damit man sie findet.«

»Ach, und wer sollte das gewesen sein?«, schnaubte Pardeville.

»Das weiß ich nicht«, antwortete Katharina – jetzt vielleicht nicht mehr ganz so wahrheitsgemäß –, raffte all ihren Mut zusammen und sah ihm fest in die Augen. »Aber Ihr und Eure Männer wart sehr rasch da.«

»Was soll das heißen, du verdammtes –?«, begehrte Pardeville auf und schluckte den Rest seiner Worte dann mühsam herunter, als Erik ihm einen drohenden Blick zuwarf.

»Vera war auch der Meinung, das Schiff, das uns angegriffen hat, wäre kein Schiff unseres Volkes gewesen«, fuhr sie fort, jetzt direkt an Guthenfels gewandt.

»Ist das wahr?«, fragte Erik. Pardeville gab einen abfälligen Laut von sich, und Guthenfels machte ein sehr nachdenkliches Gesicht und antwortete dann in ebenso nachdenklichem Tonfall:

»Das weiß ich nicht. Es war dunkel, und wir mussten um unser Leben kämpfen. Aber es war ein Drachenboot, und die Männer an Bord waren gekleidet wie eure Männer.«

»Schiffe kann man stehlen, und Kleider und Waffen auch«, sagte Wulfgar.

»Sicher, wo die Drachenboote der Nordmänner ja überall herumliegen«, höhnte Pardeville. Zornig wandte er sich direkt an Erik. »Worauf willst du hinaus, Wikinger? Dass ihr an allem unschuldig seid, was geschehen ist? Dass dein Bruder kein Räuber und Dieb ist, sondern in Wahrheit ein Missionar und Wohltäter, der den Menschen nur Gutes tut?« Er spie verächtlich aus. »Hört auf mit dieser Peinlichkeit, Wikinger! Warum tötest du uns nicht einfach und ersparst uns diesen unwürdigen Auftritt?«

»Ich will nicht Euren Tod, Comte«, antwortete Erik ruhig. »Ich will wissen, was wirklich geschehen ist. Es ist Blut geflossen. Viel zu viel Blut.«

»Und noch mehr wird fließen!«, fügte Pardeville böse hinzu. »Euer Blut, Wikinger! Was hier geschehen ist, wird weder unbemerkt noch ungesühnt bleiben. Tötet mich ruhig. Wenn mein Opfer dazu beiträgt, dass die Menschen hier endlich begreifen, wer ihr wirklich seid, dann ist mir das mein Leben wert!«

Erik wollte antworten, doch Guthenfels unterbrach ihn mit einem traurigen Kopfschütteln. »So leid es mir tut, alter Freund«, sagte er, »aber Graf Pardeville hat Recht. Was heute geschehen ist, wird schlimme Folgen haben. Die Menschen werden sich nicht daran erinnern, warum es geschehen ist. Aber sie werden darüber reden, *was* geschehen ist. Dass eine Flotte von Wikingerschiffen die Soldaten des Kaisers angegriffen und Hunderte von ihnen getötet hat.« Er schwieg einen Moment, und etwas in seinem Blick veränderte sich. Katharina konnte nicht sagen, was. Er wirkte nicht mehr zornig, nicht einmal vorwurfsvoll, sondern …

Nein. Es gelang Katharina nicht, den Ausdruck in seinen Augen zu beschreiben. Aber sie spürte, wie schwer es Erik plötzlich fiel, seinem Blick standzuhalten.

»Warum?«, fragte er. »Wir waren einmal Freunde, Erik. Jetzt stehen wir uns mit dem Schwert in der Hand gegenüber. Wie konnte es so weit kommen? Warum hast du nicht mit mir geredet, statt uns in diese Falle zu locken und so viele gute Männer sterben zu lassen?«

»Mein Bruder und seine Krieger sind hierhergekommen, um mich anzugreifen und seinen Enkel zu befreien«, antwortete Wulfgar, bevor Erik etwas sagen konnte. »Ihr hättet nur abwarten müssen, Ihr Narr, und wir hätten uns gegenseitig umgebracht.«

Für einen Moment wurde es so still, als hätte jeder hier drinnen den Atem angehalten, und zumindest, was Katharina anging, war es auch so.

»Ist das ... wahr?«, krächzte sie schließlich.

Erik schwieg auch jetzt, doch Wulfgar antwortete: »Dein Großvater liebt seine Enkel wohl mehr, als ich glaubte, mein Kind ... oder er ist noch sturer als ich. Er hat mir die Wahl gelassen, deinen Bruder auszuliefern, oder das Schwert entscheidet, wem du und dein Bruder gehören.«

»Und trotzdem habt ihr euch zusammengetan, um gegen uns zu kämpfen«, sagte Guthenfels.

»Blut ist nun einmal dicker als Wasser«, antwortete Pardeville verächtlich, bevor Wulfgar oder Erik es konnten. »Wir waren nie Freude, Baron, und Gott ist mein Zeuge, dass wir es wohl auch niemals werden! Aber macht endlich die Augen auf! Begreift endlich, dass ich Recht hatte, vor diesen Barbaren zu warnen! Ich weiß, dass Ihr unerschütterlich an das Gute im Menschen glaubt, und diese Einstellung macht Euch vielleicht zu einem besseren Menschen, als ich es je sein werde. Aber in diesem Punkt irrt Ihr Euch, Baron! Ihr könnt diese Wilden nicht ändern! Sie in andere Kleider zu stecken und unter der Verhöhnung eines Kreuzes beten zu lassen, macht noch lange keine aufrechten Christenmenschen aus ihnen. Unter dieser Tünche werden sie immer blutrünstige Barbaren bleiben! Was muss noch geschehen, damit Ihr das endlich begreift?«

»Hüte deine Zunge, Franke«, sagte Wulfgar.

»Warum?«, schnaubte Pardeville.»Schneidest du sie mir sonst heraus?«

»Ein verlockender Gedanke«, erwiderte Wulfgar. »Andererseits ... ihr habt meinem Schiff den Kopf abgeschlagen. Ich überlege, ob ich ihn durch deinen ersetzen soll.«

»Hört auf«, sagte Erik, laut, aber eher resigniert als wirklich zornig. »Das führt zu nichts. Ihr habt gehört, was meine Enkeltochter gesagt hat, Baron, und Ihr habt die Geschichte gehört, die Jorun zu erzählen hatte. Wie werdet Ihr entscheiden?«

»Ich fürchte, es spielt keine Rolle, wie ich mich entscheide«, antwortete Guthenfels traurig. »Ich glaube Euch. Ich glaube auch Eurer Enkelin, und ich bin sogar bereit, Eurer Dienerin zu glauben, obwohl ich sie kaum kenne. Aber wer außer mir wird das tun? Das Wort eines Bauernmädchens und einer Küchenmagd, die sich an ihrem Herrn rächen will? Ich werde für Euch und Eure Familie tun, was ich kann, aber es wird nicht reichen, fürchte ich.«

Erik nickte. Er sah nicht wirklich enttäuscht aus, aber auch nicht wirklich beunruhigt. »Dann ist es entschieden«, sagte er.

»Die Art, auf die ihr uns umbringt?«, fragte Pardeville.

»Wir verlassen euer gastliches Land«, antwortete Erik. »Wir alle, und noch heute. Ihr und Baron zu Guthenfels werdet uns begleiten.«

»Als Geiseln?«, fragte de Pardeville,

»Wenn Ihr es so nennen wollt.« Erik hob ungerührt die Schultern. »Sobald wir die Mündung des Rheins erreicht haben, lassen wir euch frei. Darauf habt Ihr mein Wort. Und auch das meines Bruders.«

Wulfgar schwieg dazu, und Pardeville machte ein höhnisches Gesicht.

»So mancher wird diese Flucht als Eingeständnis Eurer Schuld auslegen«, sagte Guthenfels.

»Ich weiß«, erwiderte Erik. »Aber welche Wahl bleibt uns schon? Ihr habt es selbst gesagt: Niemand würde uns glauben.« Er straffte die Schultern. »Wir bringen die Verwundeten an Bord und verbrennen unsere Toten, und dann fahren wir ab.«

Ohne eine Antwort abzuwarten, wandte er sich um und verließ das Zelt, und Katharina hatte es sehr eilig, ihm zu folgen, hielt aber schon nach wenigen Schritten wieder an und wartete, bis auch alle anderen das Zelt verlassen hatten. Pardeville und der Baron wurden sofort von den vier Kriegern in die Mitte genommen, die bisher vermeintlich nur das Zelt bewacht hatten, und Wulfgar bildete den Abschluss. Er bewegte sich langsam, und Katharina fiel erneut auf, wie hölzern seine Schritte waren. Vorhin, als Ansgar ihr gesagt hatte, wie schlimm es um ihn stand, hatte sie geglaubt, dass er übertrieb, aber nun war sie plötzlich nicht mehr so sicher.

Da niemand das Wort an sie richtete, schloss sie sich Jorun an, um ihr weiter bei den Verwundeten zu helfen, und sie hatte das Ufer noch nicht ganz erreicht, da kam Ansgar im Laufschritt auf sie zu und wedelte aufgeregt mit beiden Armen.

»Ein Schiff!«, rief er. »Ein Schiff kommt!«

Katharina sah überrascht – und schon wieder ein bisschen beunruhigt – aufs Wasser hinaus, aber sie sah kein Schiff; jedenfalls keines, das nicht auch schon vor einer Stunde da gewesen wäre. Ansgar wiederholte seine Worte jedoch noch lauter und aufgeregter, und von überall her kamen Männer herbeigeeilt, unter ihnen auch Erik, Wulfgar und die beiden Adligen samt ihrer Bewacher. Etwas Seltsames geschah: Kaum jemand sagte etwas, und auch Erik machte nur ein paar stumme, wenn auch befehlende Gesten, doch sie konnte die Anspannung fast mit Händen greifen, die sich plötzlich unter Eriks und Wulfgars Kriegern ausbreitete. Zahlreiche besorgte Gesichter wandten sich dem Wasser zu, und Hände senkten sich auf Schwerter oder griffen nach Schilden.

»Was ist los?«, fragte sie, als Ansgar sich wieder zu ihr gesellte und ebenso angespannt wie besorgt wie alle anderen auf den Fluss hinaussah.

Ihr Bruder hob nur die Schultern. »Der Kapitän der *Werdandi* hat nur signalisiert, dass ein Schiff kommt«, antwortete er. »Mehr weiß ich auch nicht.« Er seufzte. »Und ich dachte, es wäre vorbei.«

Katharina erschrak. »Du meinst, es wäre … noch ein Schiff voller Soldaten?«

»Wenn, dann versenken wir es wie alle anderen«, antwortete Ansgar grimmig.

Das erschreckte sie noch mehr, aber sie sah Ansgar an, dass er keine weiteren Fragen mehr beantworten würde, und geduldete sich, so schwer es ihr auch fiel. Tatsächlich verging noch eine quälend lange Zeit, bis die *Werdandi* mit wenigen kraftvollen Ruderschlägen die Hafeneinfahrt frei gab, die sie bisher blockiert hatte, und ein weiteres Schiff auftauchte.

Katharina riss ungläubig die Augen auf.

Es war kein weiteres Kriegsschiff, das kam, um Guthenfels oder Pardeville zu unterstützen. Das Boot war viel kleiner, hatte ein rotweiß gestreiftes Segel und einen kunstvoll geschnitzten Drachenkopf und bewegte sich nicht nur mit der Kraft des Windes, sondern auch von vielleicht zwei Dutzend Rudern angetrieben; wenn auch ein wenig wackelig; als wäre seine Besatzung den Umgang damit nicht gewohnt.

Außerdem trugen die Gestalten an Deck nicht das schwarze Leder und Eisen und die Fellmäntel der Wikinger, sondern kunterbunte Kleidung, Kopftücher und Hüte in zum Teil schon schreienden Farben.

»Welche Teufelei steckt dahinter jetzt schon wieder?«, fragte Pardeville.

Erik wollte ihn mit einer wütenden Bemerkung zum Schweigen bringen, doch Guthenfels kam ihm zuvor. »Ich hätte es anders ausgedrückt«, sagte er. »Aber im Prinzip … was bedeutet das, Erik?«

»Das weiß ich nicht«, begann Erik, riss plötzlich die Augen auf und sog scharf die Luft zwischen den Zähnen ein. »Bei Odin! Das … das ist die *Heimdall!*«

Und obwohl es für Katharina in diesem Moment nicht den geringsten Sinn ergab, wusste sie doch, dass Erik Recht hatte. Die schlanke *Drakkar* war genau das Schiff, das sie zum letzten Mal in den Sümpfen unweit der Burg gesehen hatte, und bei den bunt gekleideten Gestalten hinter der niedrigen Bordwand handelte es sich um niemand anderes als Vera und ihre Freunde vom Fahrenden Volk.

Aber was um alles in der Welt *taten* sie hier?

Um ein Haar hätte sie keine Antwort auf diese Frage bekommen – oder zumindest nicht so schnell –, denn die neue Besatzung des Schiffes bewies fast augenblicklich, dass sie tatsächlich neu (und nicht besonders erfahren) war: Die *Heimdall* schoss regelrecht auf das Ufer zu, wurde aus irgendeinem Grund auf dem allerletzten Stück sogar noch schneller, obwohl ihre Besatzung verzweifelt versuchte, sie irgendwie zu verlangsamen, und schoss schließlich weit genug auf das Ufer herauf, um nicht nur einen Chor erschrockener Rufe zu verursachen, sondern auch einen wahren Sturm hastiger Bewegung, als sich Eriks Männer mit beherzten Sprüngen in Sicherheit brachten, um nicht einfach niedergewalzt zu werden. Mindestens zwei, wenn nicht mehr Ruder zerbrachen, als sich die *Heimdall* mit einem knackenden Laut auf die Seite legte, der fast wie ein Stöhnen klang, und die Hälfte der bunt zusammengewürfelten Besatzung purzelte einfach über Bord oder fiel ins Wasser. Der Rest folgte ihr nur einen Moment später mehr oder weniger freiwillig; allerdings zumindest in Ardens Fall deutlich eleganter. Der schwarzhaarige Gaukler landete mit einem federnden Satz nur ein paar Schritte neben ihr auf dem Ufer, und Vera folgte ihm. Ihr Sprung war nahezu ebenso elegant … bis auf die Landung vielleicht. Immerhin sank sie nur auf ein Knie hinab, statt der Länge nach in den Sand zu fallen, und sie rappelte sich sofort wieder hoch.

»Wer ist das?«, wollte Wulfgar wissen. »Wer ist das, und wie kommen sie zu diesem Schiff?«

Katharina versuchte Vera und ihrem Bruder entgegenzugehen und kam immerhin einen ganzen Schritt weit, bevor sich ein struppiges braunes Ding von der Schulter der Gauklersfrau löste und sie mit einem schrillen Kreischen ansprang. Obwohl Dwegr kaum mehr wog als eine große Katze, hätte sein Anprall sie um ein Haar von den Beinen gerissen, und er begann unverzüglich und schnatternd und so aufgeregt an ihr herumzuzerren und -zureißen, dass Wulfgar das Schwert ein paar Finger breit aus der Scheide an seinem Gürtel zog, die Bewegung aber nicht zu Ende führte, als Erik rasch den Kopf schüttelte.

»Muss ich jetzt eifersüchtig werden?«, fragte Vera augenzwinkernd.

Katharina gelang es mit einiger Mühe, sich der allmählich unangenehm werdenden Liebesbezeugungen des Äffchens zu erwehren. »Ganz im Gegenteil«, keuchte sie. »Ich wäre dir dankbar, wenn du mich von diesem lästigen kleinen Ungeheuer befreien könntest.« Sie versuchte Dwegr zu packen und auf Armeslänge von sich zu halten, aber es blieb bei dem Versuch. So kurz geschnitten ihr Haar auch war, Dwegrs winzigen Fingerchen reichte es allemal, sich mit ganz erstaunlicher Kraft darin festzuklammern.

»Wer sind diese Leute?«, fragte Wulfgar noch einmal. »Und wie kommen sie an dieses Schiff?« Bei der letzten Frage wurde seine Stimme lauter und beinahe schon drohend.

»Sofort«, antwortete Katharina. Sie versuchte noch einmal, Dwegr auf Armeslänge von sich wegzuschieben, aber es gelang ihr erst, als Vera einen halblauten Pfiff ausstieß. Dwegr sprang mit einem Satz von ihrer Schulter und wieder auf die Veras hinauf und überschüttete sie nun mit einem Schwall schnattern-der Beschimpfungen.

Die winzige Unterbrechung hatte Wulfgar gereicht, näher zu kommen und sich drohend vor Vera aufzubauen. »Wie kommt ihr zu diesem Schiff, Weib?«, zischte er. »Sprich! Woher habt ihr dieses Schiff?«

Mit einem einzigen, raschen Schritt war Arden zwischen ihm und seiner Schwester, doch Wulfgar schleuderte ihn mit einer fast beiläufigen Bewegung aus dem Weg und zu Boden und schrie jetzt: *»Woher habt ihr dieses Schiff?!«*

Und plötzlich lag wieder Gewalt in der Luft. Keiner von Veras Begleitern trug ein Schwert oder eine vergleichbare Waffe, aber mit einem Mal blitzten Messer, Dolche und andere und ausnahmslos spitze und scharfe Gegenstände in ihren Händen, und die zwei Dutzend Gestalten scharten sich rasch und nahezu lautlos um Vera und ihren Bruder. Etliche von ihnen nahmen eine sonderbar geduckte Haltung an, die aber irgendwie … gefährlich aussah, und auch Wulfgars Männer rückten näher und zogen ihre Waffen.

»Woher habt ihr dieses Schiff?«, fragte Wulfgar zum dritten Mal, gab Vera aber nicht einmal die Gelegenheit, zu antworten, sondern packte sie mit der linken Hand am Hals und drückte ihr so fest die Kehle zu, dass ihr die Augen aus den Höhlen quollen. Arden sprang mit einem zornigen Knurren auf die Füße und zog etwas unter seinem Hemd heraus, von dem Katharina nicht ganz sicher war, ob es sich um ein besonders kleines Schwert oder ein außergewöhnlich großes Messer handelte, und Jorun sagte ganz ruhig:

»Aber das weißt du doch ganz genau, Wulfgar. Ich habe es dir gesagt. Und Kara auch.«

Wulfgar hielt die Gauklerin noch lange genug fest, um ihrem Bruder Anlass zu einem drohenden Schritt in seine Richtung zu geben, ließ sie dann endlich los und wandte sich mit einem

Ruck dem schräg daliegenden Schiff zu, dessen geschnitzter Drachenkopf hoch über ihm aufragte. Seine Augen weiteten sich noch mehr.

Vera stolperte zurück, rang keuchend und japsend nach Luft und hatte reichlich Mühe, sich auf den Beinen zu halten, machte aber trotzdem eine rasche und abwehrende Geste mit der linken Hand, als ihr Bruder allen Ernstes Anstalten machte, sich auf Wulfgar zu stürzen. Die andere lag an ihrem Hals.

»Lass ihn, Arden«, krächzte sie. »Das ist eine …« Sie hustete und musste ein paarmal tief ein- und ausatmen, bevor sie weitersprechen konnte. »… eine gute alte Angewohnheit zwischen uns, dass wir uns gegenseitig umzubringen versuchen.«

Arden starrte sie aus großen Augen an, aber er war vernünftig genug, angesichts der Übermacht nichts Dummes zu tun, und starrte Wulfgar nur zornig an. Von Dwegr, der sich offenbar noch gut an seine letzte Begegnung mit dem Wikinger erinnerte, war keine Spur mehr zu sehen.

»Das ist die *Heimdall*«, murmelte Wulfgar, als hätte er Vera, ihren Bruder und alle anderen um sich herum einfach vergessen. »Es ist lange her, aber ich erkenne sie. Das ist Wulfigars Schiff!« Plötzlich fuhr er herum und wandte sich in scharfem Ton wieder an Vera. »Woher habt ihr –?«

Aber er sprach den Satz nicht zu Ende. Zwei, drei endlos lange, schwere Atemzüge lang stand er vollkommen reglos da und starrte die Gauklerin an, dann drehte er sich mit einer schwerfällig wirkenden Geste herum und wandte sich an Jorun. Trauer erfüllte seinen Blick.

»Dann ist also alles wahr.«

Jorun nickte. Sie schwieg.

»Und der Rest auch«, sagte Baron zu Guthenfels. Ohne dass Erik oder einer seiner Krieger ihn daran hinderten, trat er dichter an das Schiff heran, legte den Kopf in den Nacken und musterte die *Heimdall* aus zu schmalen Schlitzen zusammengepressten Augen, und sehr lange. »Das ist das Schiff, das uns angegriffen hat«, sagte er schließlich. »Es gibt keinen Zweifel. Ich erkenne es wieder.«

Langsam und zutiefst erschüttert drehte er sich wieder um und bedachte zuerst Vera, dann Katharina mit einem nachdenklichen Blick, bevor er sich mit mühsam beherrschter Stimme an Guy de Pardeville wandte. »Die Zigeunerin sagt die Wahrheit, Pardeville. Es war nicht Wulfgars Schiff, das uns überfallen hat.«

Pardeville schnaubte abfällig. »Was beweist das schon? Dann hat er eben ein anderes Schiff genommen, damit man sein eigenes verdammtes Wolfsboot nicht erkennt, so auffällig, wie es ist!«

Seine Stimme klang trotzig, aber in seinen Augen flackerte mühsam unterdrückte Angst.

»Nicht die Wikinger haben uns angegriffen, sondern Eure Leute«, sagte Guthenfels. »Wie konntet Ihr das tun, Pardeville? All das hier, all diese Toten … ist Euer Hass auf die Nordmänner so groß, oder seid Ihr einfach nur abgrundtief böse?«

»Hütet Eure Zunge, Baron«, antwortete Pardeville kalt. »Ich kenne dieses Schiff nicht. Wollt Ihr das Wort eines Kindes und einer dahergelaufenen Gauklerin über das meine stellen?«

»Und wenn es so wäre?«, fragte Guthenfels.

Pardeville lachte böse. »Dann seid Ihr dumm, Baron, oder zumindest naiv. Lasst uns die Sache bei Hofe vortragen. Ich stelle mich dem Gericht, wenn Ihr Euch unbedingt zum Narren machen wollt! Ihr werdet sehen, wem man glaubt!«

»Wahrscheinlich Euch«, mischte sich Vera ein. Ihre Stimme klang ein wenig kratzig. Wulfgar hatte anscheinend wirklich mit aller Kraft zugedrückt. Dennoch lächelte sie dünn. »Es sei denn, Ihr stolpert über Eure eigene Schläue.«

»Was soll das heißen?«, schnappte Pardeville. »Was fällt dir ein, ungefragt das Wort an mich zu richten?«

Vera lächelte. Sie sagte nichts mehr, sondern nickte ihrem Bruder zu, und Arden wiederum gab seinen Begleitern einen Wink, auf den hin vier von ihnen zwei Gestalten herbeischleiften, deren Hände auf dem Rücken zusammengebunden waren. Guthenfels sog hörbar die Luft durch die Nase ein, und auch unter den Kriegern ringsum wurde ein ebenso erschrockenes wie drohendes Murmeln laut, wirkten die beiden Gefangenen auf den ersten Blick doch wie zwei der ihren.

Auf den zweiten nicht mehr. Sie trugen zwar keine Fellmäntel, ansonsten aber eindeutig die Kleidung der Nordmänner, bis hin zu einem Helm mit kurzen, abwärts gekrümmten Hörnern, der am Gürtel des Größeren der beiden hing. Auch die Schwerter, die man ihnen gelassen hatte – schließlich waren sie gefesselt –, waren die typischen Wikingerschwerter mit kurzer Parierstange und rundem Knauf, nicht die längeren und schwereren Klingen, wie sie hierzulande üblich waren. Nur ihre Gesichter passten nicht dazu. Es waren nicht die Gesichter von Nordmännern. Der eine war ein dürrer, kleiner Kerl, der etwas von einer Ratte hatte, der andere dafür um so größer und vierschrötig, aber ganz und gar nicht von skandinavischer Art. Beide sahen aus, als wären sie übel verprügelt worden, und zitterten vor Angst.

»Kennt Ihr diese beiden?«, fragte Vera. Pardeville reagierte gar nicht, womit Vera aber anscheinend gerechnet hatte, denn sie wandte sich mit einem fragenden Blick an Guthenfels, der aber seinerseits nur stumm den Kopf schüttelte.

»Nun, sie kennen Euch«, fuhr sie fort. »Jedenfalls haben sie uns das erzählt, als wir sie dabei überrascht haben, wie sie das Schiff in Brand stecken wollten, um alle Spuren Eurer kleinen Scharade zu vernichten.«

»Blödsinn!«, schnaubte Pardeville.

»Er hat sie geschickt, um die *Heimdall* zu verbrennen«, fuhr Vera unbeeindruckt fort, und nun direkt an Guthenfels gewandt. »Am Anfang wollten sie nicht so recht mit der Sprache heraus, aber mein Bruder kann sehr überzeugend sein, wenn er es wirklich will. Sie haben zugegeben, dass Pardeville sie beauftragt hat. Und sie waren auch bei dem Überfall auf uns dabei.«

Pardeville sagte etwas, das niemand verstand und keiner beachtete, und Guthenfels trat dicht an den kleineren der beiden Gefangenen heran, legte die Hand unter sein Kinn und zwang ihn so, ihn anzusehen. »Ist das wahr?«

Der Mann begann vor Angst zu sabbern, und der Speichel malte eine glitzernde Spur in den Schmutz und das Blut auf seinem grün und blau geschlagenen Gesicht. »Es … es stimmt, Herr!«, stammelte er. »Aber es war nicht unsere Idee! Wirklich nicht! Graf Pardeville hat es uns befohlen, das müsst Ihr mir glauben!«

Guthenfels ließ ihn los und wandte sich mit einer Bewegung zu Pardeville um, die wirkte, als würde er von unsichtbaren Ketten gehalten.

»Der Kerl lügt doch!«, sagte Pardeville aufgebracht. »Schaut ihn Euch doch an! Sie haben ihn halb tot geschlagen! Er würde alles sagen, was sie hören wollen!«

»Und wenn das nicht reicht, dann fragen wir doch die guten Leute aus Hostenansis«, fügte Vera süffisant hinzu. »Ich bin sicher, sie werden sich erinnern, was wirklich geschehen ist, sobald sie erfahren, dass Ihr in Ketten liegt und ihnen nicht mehr mit dem Tode drohen könnt, sollten sie nicht bei der Geschichte bleiben, die Ihr ihnen eingeschärft habt.«

Guy de Pardeville sagte nichts mehr. Seine Augen brannten vor Hass. Es wurde sehr still. Dann, nach einer schieren Ewigkeit, und mit ruhiger und sehr fester Stimme, sagte Baron zu Guthenfels: »Guy de Pardeville, ich verhafte Euch wegen Mordes, Bruch des Landfriedens und Verschwörung gegen den Kaiser. Ihr werdet mir zum Hofe folgen und Euch dort vor Gericht verantworten.«

Pardeville starrte ihn an, lange. Aus dem Hass in seinen Augen wurde etwas anderes und Schlimmeres, und schließlich riss er seinen Blick von Guthenfels' Gesicht los, starrte einen Moment lang Vera an, und dann Katharina.

»Du?«, sagte er mit leiser, hasserfüllter Stimme. »Ein Kind! Ein dummer, schmutziger Bastard, der vor ein paar Wochen noch nicht einmal wusste, wer seine Mutter war? Das alles ist nur deinetwegen passiert! Ein von Gott verfluchtes, dummes *Kind!«*

Das letzte Wort hatte er geschrien, und dann ging alles so schnell, dass Katharina es erst begriff, als es vorbei war: Pardeville brüllte auf, als hätte man ihm ein glühendes Eisen in den Leib gestoßen, machte einen halben Schritt auf sie zu und griff unter sein Wams. Einer von Eriks Männern versuchte ihn zurückzureißen, verfehlte ihn aber, und in Pardevilles Hand blitzte plötzlich ein schmaler geschliffener Dolch.

»Du!«, brüllte er mit schriller, überschnappender Stimme. Der Dolch verwandelte sich in einen verschwommenen Schemen, als er ihn mit aller Gewalt schleuderte, weniger als fünf Schritte von Katharina entfernt und mit tödlicher Präzision auf ihr Herz gezielt.

Doch so schnell er auch war, Wulfgar war schneller. Mit einer einzigen, fließenden Bewegung riss er Katharina herum und zurück und warf sich zugleich schützend vor sie, und statt sich in ihr Herz zu bohren, grub sich der mit aller Kraft geschleuderte Dolch knirschend durch Wulfgars Kettenhemd und tief in seinen Leib.

Wulfgar taumelte mit einem dumpfen Stöhnen zurück und brach nicht nur zusammen, sondern riss auch Katharina mit von den Beinen, und noch bevor sie den Boden berührt hatte, war Guthenfels schon über Pardeville und streckte ihn mit einem einzigen, gewaltigen Fausthieb nieder. Drei, vier Krieger stürmten heran und hoben ihre Schwerter, und Erik schrie:

»Nein! Er gehört mir.«

Katharina hatte einen Moment lang damit zu tun, unter Wulfgar hervorzukriechen, der sie im Zusammenbrechen halb unter sich begraben hatte. Innerlich war sie wie gelähmt vor Schreck. Ihre Hände waren schon wieder voller Blut, und obwohl sie noch nicht einmal richtig begriffen hatte, was wirklich geschah, erreichte ihr Entsetzen eine neue und bisher unbekannte Qualität, die schon beinahe körperlich wehtat. Sie registrierte kaum, wie raue Hände nach ihr griffen und sie auf die Füße stellten, und noch weniger, wie sich weitere Männer über Wulfgar beugten, um ihm zu helfen. Alles schien sich zu drehen, als wäre die ganze Welt aus den Fugen geraten.

Wie betäubt sah sie zu Pardeville und den anderen hin. Guthenfels stand breitbeinig über ihm, in einer Haltung, die zu gleichen Teilen so wirkte, als wolle er ihn beschützen und als könne er sich kaum noch zurückhalten, mit seiner ganzen Kraft und Wut über ihn herzufallen. Mehr als ein halbes Dutzend Krieger mit gezückten Waffen umgaben Pardeville und ihn, aber Eriks Befehl hielt sie davon ab, ihre Schwerter zu benutzen.

»Du verdammter Mörder«, keuchte Erik. »Du …« Seine Stimme versagte. Langsam zog er sein Schwert, trat auf den gestürzten Adligen zu und versetzte ihm einen Tritt in die Seite, als Pardeville sich aufzurappeln versuchte. Pardeville wimmerte vor Schmerz und Angst, stemmte sich aber dennoch gleich wieder auf Hände und Knie hoch und funkelte ihn zornig an.

»Dann töte mich doch!«, sagte er trotzig. »Bring mich doch um, damit auch ein jeder sieht, was für ein Barbar du bist!«

Guthenfels brachte ihn zum Schweigen, indem er ihm hart genug mit dem Handrücken ins Gesicht schlug, dass er schon wieder stürzte und Blut und Rotz zu spucken begann, und Erik trat einen weiteren Schritt auf ihn zu und hob sein Schwert, wie um Pardevilles Aufforderung auf der Stelle nachzukommen.

»Erik!«, sagte Guthenfels erschrocken. »Ich bitte Euch, tut das nicht!«

Erik holte nur noch weiter aus, wie um Guthenfels nötigenfalls einfach niederzuschlagen, sollte er nicht aus dem Weg gehen, verhielt dann aber mitten in der Bewegung. Das Schwert in seiner Hand zitterte, und er hatte die Kiefer so fest aufeinandergepresst, dass seine Zähne knirschten.

»Ich kann Euch verstehen, Erik«, fuhr Guthenfels in beschwörenden Tonfall fort. »Er verdient den Tod, mehr als irgendein anderer, aber nicht jetzt! Ich beschwöre Euch! Lasst mich ihn vor Gericht stellen! Ich gebe Euch mein Wort, dass er sterben wird, aber nicht hier, und nicht von Eurer Hand! Es würde alles nur noch viel schlimmer werden!«

Einen nicht enden wollenden Moment lang stand Erik einfach nur da. Das erhobene Schwert in seiner Hand zitterte noch stärker, und Katharina konnte sehen, wie sich die Muskeln unter seinem Wams zum Zerreißen anspannten. Dann und mit einem Ruck ließ er seine Waffe sinken und wandte sich mit einer noch heftigeren Bewegung ab.

»Schafft mir diese Kreatur aus den Augen!«, zischte er.

Gleich vier seiner Krieger rissen Pardeville grob in die Höhe und zerrten ihn weg, und Erik ließ sein Schwert achtlos zu Boden fallen und eilte zu seinem Bruder. Etliche Männer umringten den gestürzten Wikingerfürsten, und Jorun hatte sich hinter ihm auf die Knie sinken lassen und seinen Kopf in ihren Schoß gelegt. Ihre rechte Hand lag auf seiner Stirn, mit den gespreizten Fingern der anderen versuchte sie die Wunde in Wulfgars Brust zuzudrücken, ohne dass es ihr gelang, den Blutstrom zu verlangsamen. Als Katharina ihrem Blick begegnete, deutete sie nur ein stummes Kopfschütteln an.

Erik scheuchte die Hälfte der Männer beiseite und ließ sich neben seinem sterbenden Bruder auf die Knie sinken. Zitternd streckte er die Hand nach dem Dolchgriff aus, der dicht oberhalb des Herzens aus Wulfgars Brust ragte, wagte es aber nicht, ihn zu berühren. »Wulfgar«, murmelte er. »Bruder!«

Wulfgar öffnete mühsam die Augen. Seine Lippen formten ein Wort, ohne dass der geringste Laut zu hören gewesen wäre, und nun lief auch Blut aus seinem Mund. Erik beugte sich vor und brachte das Ohr ganz dicht an sein Gesicht, und Wulfgar versuchte abermals zu sprechen. Katharina hörte auch jetzt nicht den geringsten Laut, aber Erik nickte, richtete sich wieder auf und sah sich einen Moment lang suchend um, bevor sein Blick auf ihrem Gesicht hängen blieb.

»Kara! Komm her!«

Katharina gehorchte, aber erst nach einem spürbaren Zögern, und es fiel ihr unendlich schwer. Der Anblick schnürte ihr schier die Kehle zu, und ihr Herz schlug so hart und schwer, dass sie kaum noch atmen konnte. Wulfgar war nicht ihr Freund. Er war ganz im Gegenteil der Mensch, der vielleicht das größte Unglück und die schlimmste Gefahr in ihr Leben gebracht hatte, und dennoch verspürte sie einen dumpfen Schmerz und etwas wie beginnende Trauer, von der sie wusste, dass sie nur ein Schatten dessen war, was noch kommen würde. Unsicher und mit zitternden Knien trat sie neben Wulfgar, und Erik griff nach ihrem Arm und zog sie mit sanfter Gewalt hinab.

»Sie ist hier, Wulfgar«, sagte er. »Kara ist hier. Ich bringe dir deine Enkeltochter.« Wulfgar versuchte die Hand zu heben, aber es gelang ihm erst, als Erik ihm dabei half. Die Hand, die er auf Katharinas Unterarm legte, war rau und heiß wie ein Stein, der lange in der Sonne gelegen hatte.

»Kara«, flüsterte er. »Du … du bist es … wirklich.«

Katharina wollte antworten (ohne zu wissen was), aber sie konnte es nicht. Ihre Stimme versagte ihr den Dienst, und ihre Augen füllten sich mit brennender Hitze.

»Zieh … dein Kleid … aus, Kind«, flüsterte Wulfgar. »Lass mich dich … sehen.«

Im ersten Moment verstand Katharina nicht, was er meinte, dann aber drehte sie sich um und streifte ihr Kleid von der linken Schulter. Wulfgars Hand tastete wie ein heißes Reibeisen über ihren Rücken, und sie konnte sogar durch seine Fingerspitzen hindurch spüren, wie rasend schnell und mühsam sein Herz schlug.

»Also ist es wahr«, flüsterte er, während seine Fingerspitzen die Umrisse des roten Muttermales unter ihrem linken Schulterblatt nachzeichneten; der Midgardschlange.

»Du … du bist es … wirklich. Also wird die … die Prophezeiung … am Ende doch noch wahr.«

Und damit starb er.

*

Baron zu Guthenfels hatte angeboten, das ohnehin schwer beschädigte letzte Schiff seiner kleinen Flotte zur Verfügung zu stellen, aber sie alle waren wortlos übereingekommen, dass es nur eine einzige passende Wahl gab. Und so hatten die *Fenrir* und die *Werdandi* die *Heimdall* bis in die Mitte des Flusses geschleppt, und Erik selbst war es gewesen, der das letzte Tau mit einem Axthieb gekappt und abgewartet hatte, bis das führerlose Schiff seinen Drachenkopf in die Strömung drehte und langsam Fahrt aufnahm, bevor er es mit einem einzigen, gut gezielten Pfeil in Brand schoss.

Jetzt entfernte sich die *Heimdall* langsam von der kleinen Rheininsel, auf der sie sich versammelt hatten, um von Eriks Bruder, Katharinas Großvater und einem großen Krieger Abschied zu nehmen. Schwarzer Qualm stieg vom Heck des kleinen Drachenbootes auf und vermischte sich mit dem Rauch der immer noch brennenden Wulfiborg am Himmel. Aber dazwischen flackerte schon das erste Rot und Orange, mit dem die Flammen an Reisig und trockenem Geäst leckten, das sie an Deck der *Heimadall* aufgeschichtet hatten. Wulfgars Leichnam lag auf einem flachen Podest aus mit Öl getränktem Holz in der

Mitte des Schiffes, das Erik selbst dort aufgebaut hatte, und Katharina erinnerte sich noch immer an die überraschten Blicke nicht nur zahlreicher Krieger, sondern selbst Ansgars und Joruns, als Erik als Einzigem Baron zu Guthenfels erlaubt hatte, ihm dabei zu helfen.

Während das Schiff immer mehr in den Griff der Strömung geriet und schneller wurde, fraßen sich die Flammen weiter über das Deck und leckten zuerst am Mast und dem straff gespannten Segel empor, bis sie schließlich Wulfgars Scheiterhaufen erreichten, wo sie jäh zu einer grellen Stichflamme explodierten, die fast bis zur anderthalbfachen Höhe des Mastes schoss. Binnen eines einzigen Atemzuges verwandelte sich die *Heimdall* in einen gewaltigen, schwimmenden Scheiterhaufen, dessen Glut selbst die Sonne am Himmel mühelos überstrahlte.

Rings um Katharina herum erhob sich ein Chor murmelnder Stimmen, die sie im allerersten Moment für eine erschrockene Reaktion auf die Stichflamme und den grellen Feuerschein hielt, doch die Stimmen hörten nicht auf, und das Murmeln und Raunen nahm sogar an Intensität und Lautstärke zu, bis sie schließlich so etwas wie eine fremdartige, sonderbar schwermütig anmutende Melodie identifizierte und begriff, dass sie Gesang lauschte, den die Wikinger zu Ehren ihres toten Anführers anstimmten. Er wurde lauter und begann sich zugleich zu verändern, schien dabei gleichzeitig trauriger und aufmunternd zu werden, und endlich wurde sie sich des Umstandes bewusst, dass sie tatsächlich die Einzige war, die nicht in den Gesang eingestimmt hatte; abgesehen von Guthenfels vielleicht, der mit unbewegtem Gesicht neben Erik stand und dem davontreibenden Schiff schweigend Respekt zollte. Selbst Ansgar sang das Trauerlied neben ihr mit heller und überraschend klarer Stimme mit, und auch sein Blick ließ die brennende *Heimdall* nicht für einen Moment los.

Da sie sich plötzlich fehl am Platze fühlte, entfernte sie

sich leise und rückwärtsgehend aus der Gruppe der Wikinger, machte schließlich kehrt und ging zu dem kleinen Lager auf der anderen Seite der Insel hin, wo Vera und ihre Sippe zurückgeblieben waren. Die Gaukler saßen in kleinen Gruppen beisammen, schwatzten oder spielten irgendwelche Spiele, deren Sinn sich ihr nicht erschloss – niemand lachte –, oder waren damit beschäftigt, das wenige Gepäck zusammenzupacken, das sie mitgebracht hatten; wenig mehr als das, was sie am Leibe trugen, und ein paar Lebensmittel. Vera und ihr Bruder saßen an einem schon fast heruntergebrannten Feuer, über dem Vera irgendein kleines Tier briet, das sie wohl gerade hier auf der Insel gefangen hatte. Als er ihre Schritte hörte, stand Arden auf und entfernte sich. Vera sah ihm einen Moment lang stirnrunzelnd nach, lächelte Katharina aber dann zu und winkte sie heran.

»Habe ich deinen Bruder verärgert?«, fragte Katharina, während sie zögernd neben ihr am Feuer Platz nahm. Dwegr, der bisher auf seinem Lieblingsplatz auf Veras Schulter gesessen hatte, schnatterte zustimmend und sprang dann zu Boden, um Arden zu folgen, und Vera schüttelte heftig den Kopf.

»Arden? Nein, Das hat nichts mit dir zu tun, Kleines. Er ist wohl ein bisschen enttäuscht, glaube ich. Dieser Kindskopf hat sich möglicherweise wirklich eingebildet, wir könnten das Schiff behalten.«

»Wieso Kindskopf?«

»Weil es eine naive Vorstellung ist«, antwortete Vera mit einem erneuten Kopfschütteln und einem leisen Lachen. »Leute wie wir auf einem Langboot der Nordmänner? Was glaubst du wohl, wie lange das gutgegangen wäre? Außerdem ist es nur recht so, dass er ein würdiges Begräbnis bekommen hat. Ich glaube, er war ein guter Anführer.«

»Und das sagst ausgerechnet du?«, wunderte sich Katharina.

»Warum nicht ausgerechnet ich?«

»Immerhin hat er versucht, dich umzubringen«, erinnerte Katharina, aber auch jetzt lachte die Gauklerin nur.

»Ach, das«, sagte sie mit einer wegwerfenden Handbewegung. »Das kleine Missverständnis habe ich doch längst vergessen. Außerdem hat er für alles bezahlt, meinst du nicht?«

Katharina war ein wenig erstaunt – und nicht ganz sicher, ob Vera tatsächlich so schnell verzieh oder nur so tat, um freundlich zu ihr zu sein. Während sie sich jedoch noch den Kopf über eine entsprechende Antwort zerbrach, raschelte es neben ihr im Gras, und zwei winzige schwarze Katzen kamen wackelig, aber lautstark piepsend auf sie zu getappt.

»Die beiden Einzigen, die du wahrscheinlich verärgert hast, sind diese zwei Knirpse«, sagte Vera. »Das ist jetzt das zweite Mal, dass du sie einfach im Stich gelassen hast. Irgendwann werden sie es dir übel nehmen, weißt du?«

»Ich lasse sie bestimmt nicht noch einmal im Stich«, versprach Katharina. Hugin und Munin piepsten anklagend, wie um diese Worte nachhaltig zu bezweifeln, und Katharina begann ihre Köpfchen zu kraulen, woraufhin aus ihrem Piepsen ein umso lauteres, wohliges Schnurren wurde. Unverzüglich kam Dwegr herbei und drängte sich eifersüchtig zwischen sie, um seinen Teil der Streicheleinheiten einzufordern, und Vera lachte leise.

»Andererseits scheinen sie bei uns schon einen Freund gefunden zu haben«, sagte sie. »Bringst du es übers Herz, die drei zu trennen?«

Katharina legte den Kopf auf die Seite und sah sie fragend an.

»Wie wärs?«, fragte Vera. »Mein Angebot gilt noch immer. Du kannst mit uns kommen. Ich habe schon mit den anderen gesprochen. Keiner hätte etwas dagegen. Ich glaube sogar, Arden mag dich – auch wenn er es niemals zugehen würde. Das Leben bei uns ist nicht das schlechteste, glaub mir.«

»Würdest du denn mit uns kommen?«, fragte Katharina.

»Mit euch? Mit den Nordmännern, in ihre kalte Heimat?« Vera schauderte übertrieben. »Gott bewahre!«

»Siehst du?«, sagte Katharina.

»Das ist doch wohl ein Unterschied«, antwortete Vera. Aber sie klang nicht wirklich überzeugt, sondern eher so, als hätte sie das nur gesagt, weil sie irgendwie der Meinung war, es ihr schuldig zu sein; oder vielleicht auch sich selbst.

Danach wurde ihr Gespräch immer einsilbiger. Sowohl Katharina als auch Vera versuchten noch ein paarmal, eine Unterhaltung in Gang zu bringen, aber sie spürten wohl beide, dass jetzt nicht der Moment für ein Gespräch über Belanglosigkeiten war, und so wurden sie schließlich immer ruhiger, bis sie am Ende schweigend nebeneinandersaßen.

Katharina hätte nicht sagen können, wie viel Zeit verging, aber sie vermutete, dass der Totengesang der Wikinger so lange andauerte, bis das brennende Schiff endgültig verschwunden war, und danach verging noch eine geraume Weile, bevor Erik zu ihnen kam, begleitet von Ansgar und Baron zu Guthenfels, der sich jetzt nicht nur vollkommen frei bewegte, sondern auch wieder sein Schwert trug; wenn auch als Einziger. Sowohl er als auch Erik waren übereingekommen, seine überlebenden Soldaten zwar nicht mehr als Gefangene zu behandeln, ihnen ihre Waffen aber vorsichtshalber erst wieder auszuhändigen, wenn die kleine Flotte der Wikinger ablegte, damit es nicht aus lauter Nervosität doch noch zu einem Unglück kam.

»Kara«, begann Erik. Vera nickte er nur flüchtig zu. »Ich dachte mir, dass ich dich hier finde. Du hast schon mit deiner Freundin gesprochen?«

Er warf der Gauklerin einen verstohlen-fragenden Blick zu, von dem wohl allerhöchstens er selbst sich einbilden konnte, dass er Katharina entging, und Vera reagierte mit einem genau so schlecht verheimlichten Nicken darauf. Anschließend wartete er etliche Augenblicke vergebens, dass Katharina irgendwie antwortete.

»Es wird ... Zeit«, sagte er unbehaglich. »Die Letzten gehen gerade an Bord. Du musst dich entscheiden, mein Kind.«

»Entscheiden?«

»Ob du mit uns kommst«, antwortete Ansgar an Eriks Stelle.

»Oder hier bei Vera bleibe?« Katharina schüttelte heftig den Kopf. Was sollte sie noch in diesem Land? Es gab hier nichts mehr, was sie noch hielt.

»Überlege es dir genau, mein Kind«, mischte sich Guthenfels ein. »Deine Familie kehrt zurück in ihre alte Heimat, aber es könnte sein, dass dir das Leben dort nicht gefällt. Deine eigene Mutter hat es nicht ertragen.«

Katharina sagte gar nichts dazu, sondern sah nur ruhig zu ihm hoch, und schließlich wechselte Guthenfels seine Taktik und wandte sich mit sehr ernstem Gesicht an Erik.

»Und dasselbe gilt für Euch, mein Freund«, sagte er. »Bleibt hier. Ich sorge dafür, dass jeder erfährt, was wirklich geschehen ist. Guy de Pardeville wird seine gerechte Strafe bekommen, und niemand wird Euch oder Eurem Volk einen Vorwurf machen, das verspreche ich.«

Erik schüttelte traurig den Kopf. »Ihr wisst, dass das nicht stimmt«, sagte er. »Ich weiß, dass Ihr Euer Wort halten werdet. Und vielleicht glauben Euch die Menschen sogar ... aber es spielt keine Rolle, was sie glauben. In ihren Herzen wird die Erinnerung an diesen Tag bleiben, Baron, und an das Blut, das hier vergossen wurde. Ich danke Euch für alles, was Ihr für uns getan habt, aber es wäre sinnlos. Wir kehren zurück in unsere Heimat, mein Freund, wohin wir gehören. Vielleicht kommt ja irgendwann der Tag, an dem unsere Völker als Freunde nebeneinander leben können, aber noch ist es nicht so weit.« Er seufzte, lächelte ein kleines, schmerzliches Lächeln und wandte sich dann wieder an Katharina.

»Es wird Zeit, Kara, aber du musst dich entscheiden. Baron zu Guthenfels wird dir ein gutes Zuhause bieten, wenn du es möchtest. Vielleicht ein besseres, als wir es können.«

»Und wohin genau fahrt ihr?«, fragte Katharina.

»Nach Hause«, antwortete Erik.

Nach Hause. Katharina wiederholte das Wort ein paarmal in Gedanken, sah dann zu Erik und schließlich zu Ansgar hoch und lächelte. Nachdem sie Dwegr ein letztes Mal über den struppigen Kopf gestreichelt hatte, nahm sie die beiden Kätzchen in die Hand, stand auf und trat ohne ein einziges Wort an die Seite ihres Bruders und ihres Großvaters.

Nach Hause, dachte sie noch einmal. Das klang gut.

Und eigentlich war es sogar das Schönste, was sie jemals gehört hätte.

ENDE